非裔美国小说主题研究

Research on the Themes of African-American Fictions

庞好农 著

科学出版社
北京

内 容 简 介

本书是一部以文化记忆和种族价值观为研究主线，探究非裔美国人在逆境中追求自我实现的坚忍性格，系统阐释非裔美国小说的主题形成和发展的专著。本书以 24 位有代表性的非裔美国作家的 28 部重要作品为研究对象，揭示了这些作家对美国社会中种族、阶层、性别、身份等问题的认知和艺术性再现，表明非裔美国作家在文学创作中所呈现的思想境界和哲理认知毫不逊色于同时代的白人作家，他们的文学作品是美国文学和世界文学的重要组成部分。本书有助于拓展我国学界对非裔美国作家创作观和人文观的认知，为美国文学中相关问题的研究提供理论与实证支持，同时也为中外文学作品的主题研究提供有建设性意义的讨论基础和考察视野。

本书可作为非裔美国小说研究相关学者的参考资料或美国文学爱好者的读物，也可作为文学专业本科生或研究生的教材或辅助读物。

图书在版编目（CIP）数据

非裔美国小说主题研究/庞好农著. —北京：科学出版社，2024.4
国家社科基金后期资助项目
ISBN 978-7-03-078068-3

Ⅰ. ①非⋯　Ⅱ. ①庞⋯　Ⅲ. ①美国黑人-小说研究　Ⅳ. ①I712.074

中国国家版本馆 CIP 数据核字（2024）第 027655 号

责任编辑：杨　英　宋　丽 / 责任校对：贾伟娟
责任印制：吴兆东 / 封面设计：蓝正设计

科 学 出 版 社 出版
北京东黄城根北街 16 号
邮政编码：100717
http://www.sciencep.com
北京中石油彩色印刷有限责任公司印刷
科学出版社发行　各地新华书店经销

*

2024 年 4 月第 一 版　　开本：720×1000　1/16
2024 年 8 月第二次印刷　印张：19 3/4
字数：400 000
定价：138.00 元
（如有印装质量问题，我社负责调换）

国家社科基金后期资助项目
出版说明

　　后期资助项目是国家社科基金设立的一类重要项目，旨在鼓励广大社科研究者潜心治学，支持基础研究多出优秀成果。它是经过严格评审，从接近完成的科研成果中遴选立项的。为扩大后期资助项目的影响，更好地推动学术发展，促进成果转化，全国哲学社会科学工作办公室按照"统一设计、统一标识、统一版式、形成系列"的总体要求，组织出版国家社科基金后期资助项目成果。

全国哲学社会科学工作办公室

前　言

　　非裔美国文学的起源与世界上其他民族文学的起源有所不同。众所周知，文学的发展与语言发展水平密切相关，文学是语言发展到一定阶段的产物。语言往往会经历从形成到成熟、从口头表达到书面表达的漫长过程。歌谣、民间传说、打油诗等通常是口头文学的萌芽形式。非裔美国文学也有口头传统，但其中许多成分是从非洲传统文化中移植而来的，一开始就具有文化融合的特征。非裔美国人是被欧洲奴隶贩子掳到北美洲为奴的非洲人的后代。这些非洲人来到美洲大陆后，被白人奴隶主当作会劳动的牲口，失去了做人的资格，被剥夺了使用非洲母语的权利和受教育的机会。奴隶制的高压和险恶的社会环境并没有压垮非裔美国人的意志，也未能磨灭他们的智慧。相反，非裔美国人在北美洲的劳动和生活中渐渐学会了英语，一些非裔美国人开始把非洲的传说和歌谣用英语讲述或唱出来。这些传说和歌谣在非裔美国人中传播，渐渐演绎出独具特色的非裔美国口头文学。"非裔美国口头文学的根，也就是残存的非洲文化元素与白人文化的独特融合，主要出现在美国南方，特别是佐治亚海岛和密西西比三角洲地区。"[①]口头文学从17世纪一直流传下来，没有具体的作者，但这种文学形式是殖民地时期非裔美国人之艺术表达的主要形式。"从一开始，非裔美国口头文学就成为非裔美国人抵抗白人的文化同化或文化灭绝的主要形式，并不时地发展变化。"[②]早期非裔美国口头文学的主要形式有民间传说、劳动歌曲、歌谣和灵歌。这些民间文学形式包含着独特的民族特质和民族精神，表达了他们在奴隶制生活中的苦难、忧伤、怜悯、乐观和愿望。

　　民间传说是早期非裔美国口头文学的重要表达形式之一，也是非裔美国小说传统形成的重要源头之一。民间传说在非裔美国奴隶中流传甚广，正如现代非裔美国小说之父理查德·赖特（Richard Wright）指出，非裔美国人的民间传说是美国特有的"社会产物"，由许多民间故事和传闻构成，反映了非裔美国人独特的民间经历。早期非裔美国人常使用民间传说阐释

[①] Bernard W. Bell, *The Afro-American Novel and Its Tradition*, Amherst: University of Massachusetts Press, 1987, p.17. 本书中的外文引文，如无特别说明，均为笔者按照外文原文自译。

[②] Patricia Liggins Hill, ed. *Call and Response: The Riverside Anthology of the African American Literary Tradition*, Boston: Houghton Mufflin, 1998, p.10.

一些令人迷惑不解的自然现象,并通过不同的人物形象来表明他们所认同的道德、伦理、行为规范和社会习俗。因此,从民间传说中我们可以看到带有非裔美国人种族特征的民间英雄形象、音乐形式、宗教信仰、生活习俗和民族价值观,感知到他们独特的劳动智慧、生存智慧和文娱智慧。

奴隶制早期的黑奴口头文学对奴隶制后期非裔美国书面文学形式的形成和发展有着不可忽略的重要作用。口头文学易于学习和传播,有助于非裔美国人吸收非裔美国文化的精华,也有助于早期非裔美国文化传统的形成和发展。非裔美国口头文学的形成以事实驳斥了白人种族主义者关于非裔美国人愚蠢、野蛮、智力低下、不适合文学创作等歧视性观念,表明非裔美国人在智力上绝不逊色于白人。非裔美国文化的形成与其口头文学形式的形成密切相关。非裔美国文化中既有原汁原味的非洲文化,又有欧洲文化中的故事和传说,还有结合了非洲文化与欧洲文化而生成的具有两者特色的新型文化。非裔美国口头文学传统的形成为早期非裔美国书面文学传统的形成打下了坚实的基础,使后来非裔美国文学的发展和繁荣成为可能。

两百多年奴隶生活所形成的文化沉淀对 21 世纪的非裔美国人和美国社会仍然有着巨大的影响,奴隶制给黑人造成的心灵创伤发展成为当今美国社会不可忽略的严重问题之一。尽管奴隶制早在 1865 年就被废除了,《美国宪法第十三条修正案》《美国宪法第十四条修正案》《美国宪法第十五条修正案》分别确立了非裔美国人的公民权、司法公正权和选举权,但非裔美国人要摆脱白人的强权和对白人的心理依赖仍然困难重重。美国白人种族主义者长期以来拒绝非裔美国人融入美国主流社会。事实上,不管白人如何排斥,居住在美国的黑人已与白人形成了长达 400 多年的共生关系,已经成为美国社会的重要组成部分。然而,白人的社会性排斥和种族偏见把非裔美国人置于一个卑下、低贱的社会地位,迫使他们陷入双重意识的心理状态。在种族歧视环境下,非裔美国人对白人的情感是爱恨交织。他们陷入了虽然身为美国人却不被美国社会接纳的尴尬处境。

威廉·威尔斯·布朗(William Wells Brown)的作品《克洛泰尔》(*Clotel*,1853)的出版标志着非裔美国小说的诞生。美国内战前,仅有四部非裔美国小说得以出版,它们主要涉及废奴、教育、戒酒、女权和经商等当时社会的热门话题。按主题,这四部小说可以分为两类:一类是以布朗的《克洛泰尔》、弗兰克·J. 韦伯(Frank J. Webb)的《加利一家和他们的朋友们》(*The Garies and Their Friends*,1857)和哈丽雅特·E. 威尔逊(Harriet E. Wilson)的《我们的尼格》(*Our Nig*,1859)为代表的种族融合类小说,讲述非裔美国人想方设法地冲破种族歧视和种族偏见的限制和阻碍，希望融入美国主流社会的故事；另一类是以马丁·R. 德莱尼（Martin R. Delany）的《布莱克》（*Blake*，1859）为代表的革命小说，描写非裔美国民族主义者的革命活动。他们鼓励奴隶起来革命，与白人展开英勇斗争，倡导建立一个由黑人领导的国家，消除白人欺凌黑人的现象。这些早期非裔美国小说呈现出五大特点：第一，小说人物形象的塑造深受白人价值观的影响。大多数非裔美国小说家在白人文化的移入中接受了新教的禁欲主义思想，把追求物质财富视为理所当然的个人奋斗目标，经常用勤劳和节俭的程度来展现或衡量小说人物的人品或思想素质。第二，小说被当作废奴主义者的政治宣传工具。在小说创作中，早期非裔美国作家通常把废奴主义思想的表达置于首位，漠视小说构思的艺术性，导致小说文本过于政治化。第三，早期非裔美国小说的戏剧性张力来源于主人公的个人成功意识与种族主义等级观之间的矛盾。小说家试图通过对黑人成功人士的案例描写激励非裔美国人对财富的勇敢追求。第四，小说家的中心任务是塑造丰满的非裔美国人艺术形象，消除白人文学作品对非裔美国人形象的歪曲和贬低。对此，早期非裔美国作家的回应方式是采用现实主义写作手法客观描绘种族歧视社会环境中非裔美国人的不幸遭遇，而不是简单地批判那些丑化和贬低非裔美国人形象的话语。第五，传奇剧式的情节时常出现在小说里。这成为早期非裔美国小说最常见的重要特征。

1871 年，托马斯·德特（Thomas Detter）在旧金山出版了小说《内莉·布朗》（*Nellie Brown*）。十年后，T. T. 珀维斯（T. T. Purvis）在费城发表小说《夏甲，唱歌的少女》（*Hagar, The Singing Maiden*，1881）。之后，除了布朗的小说《克洛泰尔》第四次再版外，非裔美国文坛一直到 1886 年才出现詹姆斯·霍华德（James Howard）发表的小说《束缚与自由》（*Bond and Free*）。此后，逐渐有其他非裔美国作家发表小说。其中，第一部享有较高声誉的小说是弗兰西斯·E. W. 哈珀（Frances E. W. Harper）的《艾奥拉·勒罗伊》（*Iola Leroy*，1892）。其他的作家，如乔治·马里恩·麦克莱伦（George Marion McClellan）、波琳·霍普金斯（Pauline Hopkins）、萨顿·E. 格里格斯（Sutton E. Griggs）、查尔斯·W. 切斯纳特（Charles W. Chesnutt）等，都在文学作品中倡导黑人和白人之间的种族融合，并提出自己的政治主张，揭示追求社会正义和种族平等的重大意义。

1886～1902 年，非裔美国小说家的主要困境是不知道如何在真实描写现实世界的同时，又能让当时以白人为主体的读者群接受自己的作品。哈珀、格里格斯、切斯纳特和保罗·劳伦斯·邓巴（Paul Laurence Dunbar）等作家为了使自己的作品得到面世的机会，不得不在文学创作中强压各种怨恨和愤怒，在承认自己的不足之处的基础上暗中揭露美国社会对非裔美国人的不公，并影射种族偏见的非理性。这也许可以看作是弗雷德里克·道格拉斯（Frederick Douglass）引入其演说中的假道歉手法的一种文学改编形式。这种曲意迎合白人读者的文风在非裔美国文坛延续了半个多世纪，直到理查德·赖特的出现才有所改变。这个时期的大多数小说或以跨种族浪漫爱情为主题，或以混血儿的悲剧人生为主题，揭露黑白混血儿在融入美国主流社会的过程中遭遇的身份窘境和生存危机。

　　20世纪初，浪漫主义、现实主义和自然主义作品占据非裔美国文坛的主导地位。大多数非裔美国作家在小说创作中描写跨种族爱情，涉及种族越界和种族团结等严肃主题时，时常采用华盛顿式的保守方式或W. E. B. 杜波依斯（W. E. B. Du Bois）式的激进方式。F. W. 格兰特（F. W. Grant）在其小说《脱离黑暗》（*Out of the Darkness*，1909）中更倾心于杜波依斯的学说，而不是布克·T. 华盛顿（Booker T. Washington）的主张；但在奥蒂斯·沙克福德（Otis Shackelford）的小说《莉莲·西蒙斯》（*Lillian Simmons*，1915）中，激励非裔美国人战胜生存困境和追求更好的物质生活的灵感来源于华盛顿所倡导的芝加哥资本主义思想。与南北战争时期传奇剧式的恐怖描写或悲怜描写相比，杜波依斯和詹姆斯·韦尔登·约翰逊（James Weldon Johnson）等的小说带有浓烈的反讽色彩。他们对小说主人公双重意识心理的描写虽然不够细腻，但较好地反映了当时非裔美国人所遭遇的各种生存危机。在这个时期，非裔美国小说几乎都是由小型出版社或不知名出版社出版的，在美国文坛的影响力极为有限。但到了20世纪30年代，美国的大型出版社或知名出版社开始接受非裔美国人的文学作品，陆续有20多部小说得以出版。出版形势的好转为非裔美国小说的进一步发展做了很好的铺垫。

　　20世纪三四十年代，非裔美国小说家继续描写黑人社区的社会环境，揭露美国的种族问题，为争取非裔美国人的平等人权而不懈努力。他们越来越关注非裔美国人的身份问题，认为种族歧视和种族偏见仍然是造成非裔美国人生存困境的主要因素。种族问题和公民权问题与非裔美国人所遭遇的各种身份危机有着密切的关联，成为非裔美国小说家的主要关注点。同时，种族抗议也是这一时期小说的主题之一。几乎所有的非裔美国小说家都来自中产阶级，他们中有不少人在美国名牌高校接受过本科或研究生教育。因此，这些小说所描写的故事基本上都是关于非裔美国中产阶级的生活，而且这些人物大多数是肤色较浅的混血儿。哈莱姆文艺复兴时期的小说没有涉及普通民众所遭遇的社会问题，但到了大萧条时期，非裔美国小说的主题发生了转变。大萧条造成的经济危机使美国经济衰退,物价飞涨,失业人口猛增。黑人就业比白人更加艰难,黑人的生存环境也更加恶劣。一些非裔美国作家的小说主题从黑人中产阶级转向底层黑人,描写黑人生活的惨状和无助,表明黑人是大萧条时期的最大受害者。这个时期的知名非裔美国小说家有詹姆斯·韦尔登·约翰逊、吉恩·图默(Jean Toomer)、佐拉·尼尔·赫斯顿(Zora Neale Hurston)、内勒·拉森(Nella Larsen)和理查德·赖特。

在这个时期,非裔美国小说集中反映了美国社会中黑人面临的严酷现实,其风格也完全不同于哈莱姆文艺复兴时期以欢乐为主调的小说。非裔美国小说家第一次意识到西奥多·德莱塞(Theodore Dreiser)、辛克莱·刘易斯(Sinclair Lewis)和杰克·伦敦(Jack London)在其作品中揭示的主题和社会问题与非裔美国人的生活有着密切的联系。他们把观察到的"种族问题"作为小说创作的基本素材,揭露美国的种族偏见给黑人造成的巨大伤害,同时也展现了黑人提高种族意识和实现自我的重要性。罗伯特·波恩(Robert Bone)在《美国黑人小说》(*The Negro Novel in America*,1965)中指出,"20世纪30年代的小说家开始把艺术框架奠基于美国种族的实际经历上"[①]。理查德·赖特在短篇小说集《汤姆叔叔的孩子们》(*Uncle Tom's Children*,1938)中,以现实主义手法揭示了非裔美国人的生存状况。这部小说集获得读者和评论界的众多好评,为赖特赢得了全国性声誉。1940年,他出版了轰动美国文坛的小说《土生子》(*Native Son*)。因其突出的文学成就,赖特被美国学界誉为"现代非裔美国小说之父"。像当时黑幕揭发运动的作家一样,赖特描写了非裔美国人所处的可悲社会环境以及由此而引发的社会问题。安·佩特里(Ann Petry)沿袭了赖特的创作传统,在短篇小说和长篇小说中继续描写美国社会的暴力问题。

1945~1951年,非裔美国小说创作一直延续着理查德·赖特开创的城市自然主义文学传统。人性之恶书写是这个时期小说创作的主要文学表征。威廉·阿塔威(William Attaway)、切斯特·海姆斯(Chester Himes)、安·佩特里和威廉·加德纳·史密斯(William Gardner Smith)等赖特的追随者们继续揭露美国种族社会里的各种人性之恶,他们通常被称为"赖特派"(Wright School)或"赖特部落"(Tribe of Wright)作家。这批作家在其作品中描述了美国社会的制度化种族歧视、内化种族歧视和非裔美国人的自卑式歧视,揭示了非裔美国人在追求人权平等过程中形成的种族价值观。

---

① Robert Bone, *The Negro Novel in America*, New Haven: Yale University Press, 1965, p.118.

1952~1962年，非裔美国文坛出现了两个主要发展趋势：一个趋势是非裔美国作家在小说写作手法上疏远自然主义，不再热衷于种族类主题；另一个趋势是非裔美国作家把民间传说、非洲古代神话和部落宗教习俗等内容引入小说创作，并开始尝试创作以白人为主人公的小说。这种实验性创作的代表作有安·佩特里的《峡谷》(The Narrows，1953)、理查德·赖特的《野性的假日》(Savage Holiday，1954)、詹姆斯·鲍德温(James Baldwin)的《乔凡尼的房间》(Giovanni's Room，1956)和威拉德·莫特利(Willard Motley)的《别让人写我的墓志铭》(Let No Man Write My Epitaph，1958)。美国学者伯纳德·W.贝尔(Bernard W. Bell)说："在多数情况下，这些（小说——笔者注）里都有次要人物出现，或采用了第三人称非戏剧化的叙述者，叙述者同情白人主人公，而白人主人公却是一个与社会格格不入的人，有很强的局外人感。"[1]值得一提的是，这个时期出现了以切斯特·海姆斯的作品为代表的黑人侦探小说。这些侦探小说主要以纽约城哈莱姆街区为背景，主题多涉及黑人社区的各类犯罪问题。鉴于其杰出贡献，海姆斯被美国学界称为"美国黑人侦探小说之父"，其创作理念和写作手法对当代黑人侦探小说有着重要的影响。

与非种族类主题相呼应的是，在20世纪五六十年代，拉尔夫·埃里森(Ralph Ellison)和詹姆斯·鲍德温开始发掘非裔美国神话、传说和宗教仪式的文化价值，并将之应用于文学创作中。埃里森的《隐身人》(Invisible Man，1952)和鲍德温的《向苍天呼吁》(Go Tell It on the Mountain，1953)展示了传统叙事形式在现代非裔美国小说文本中的创造性运用。埃里森和鲍德温早年是赖特的老朋友，在小说创作上深受赖特的影响，但后来与赖特创作理念的分歧越来越大，最后三个人分道扬镳。埃里森和鲍德温认为非裔美国小说应该突出的不是政治性，而是艺术性。两人都意识到民间文化传统在文学创作中的重要意义，于是竭力从艺术的角度探求现代黑人小说主题的表达手法。埃里森的小说《隐身人》在民间故事的运用上比鲍德温的作品更具现代性，但鲍德温的小说《向苍天呼吁》在小说情节的构思上更加超越传统，从视觉上给读者带来了美的享受。伯纳德·W.贝尔说："这两名小说家在主题、情节、人物刻画和叙事角度方面显示出各自的社会化爱恨交织情结和双重视角。"[2]因此，《隐身人》和《向苍天呼吁》所倡

---

[1] Bernard W. Bell, *The Afro-American Novel and Its Tradition*, Amherst: University of Massachusetts Press, 1987, p.189.

[2] Bernard W. Bell, *The Afro-American Novel and Its Tradition*, Amherst: University of Massachusetts Press, 1987, p.234.

导的小说美学对非裔美国小说创作从政治化转向艺术化起到了重要的促进作用。

20世纪60年代到70年代末,非裔美国小说的主要特点可以概括为三个方面:面向现代主义、面向文学新现实主义和批判现实主义、倡导小说化讽刺。

首先,面向现代主义。非裔美国小说家寻求在想象空间里重构双重意识的结构和风格,把非裔美国人对现代精神生活和物质生活的追求用小说艺术的独特视角表现出来,希望通过一种新的思维和情感法则来消除双重意识带来的精神困扰。在这个时期,大多数作家继续遵循现实主义传统,如约翰·O. 基伦斯(John O. Killens)、约翰·A. 威廉姆斯(John A. Williams)和艾丽斯·沃克(Alice Walker);有些作家探索诗学现实主义,如托尼·莫里森(Toni Morrison);还有一些作家尝试新奴隶叙事、浪漫小说、寓言和讽刺作品的现代文学表达形式,如欧内斯特·J. 盖恩斯(Ernest J. Gaines)、约翰·怀德曼(John Wideman)和伊什梅尔·里德(Ishmael Reed)。

其次,面向文学新现实主义和批判现实主义。贝尔说:"一些现代非裔美国小说家受到社会变革时代激进斗争的影响,特别是'权力'、艺术运动和女权运动的影响,从肤色、性别、阶级的角度探索批判现实主义的灵活性和适宜性。"[①]与新现实主义不一样,批判现实主义采用的是带有一些马克思主义思想的文学概念。这一概念在奥诺雷·德·巴尔扎克(Honoré de Balzac)、居斯塔夫·福楼拜(Gustave Flaubert)、伊凡·谢尔盖耶维奇·屠格涅夫(Ivan Sergeevich Turgenev)和列夫·托尔斯泰(Leo Tolstoy)等人的作品中时常出现。虽然基伦斯、威廉姆斯和沃克等新现实主义作家在政治上并不认同马克思主义学说,但是他们采用批判现实主义的方法来表达他们对资本主义的否定态度,为新的社会秩序提供新的、积极的分类思考。从美学的角度看,他们似乎和格奥尔格·卢卡奇(Georg Lukacs)一样,认同视角的重要性;与亨利·詹姆斯(Henry James)一样,认为人物是一切之根本;与拉尔夫·埃里森一样,认为当代小说,不管其写作技巧如何,仍具有与语言符号系统相适宜的伦理要求。美国学者罗伯特·波恩指出,"因为历史上的爱恨交织情感,当代非裔美国小说家已把批判现实主义和传统社会的现实主义做了修改,以适应其种族主义、资本主义和性别主义相

[①] Bernard W. Bell, *The Afro-American Novel and Its Tradition*, Amherst: University of Massachusetts Press, 1987, p.247.

互联系的动态意识"①。

最后，倡导小说化讽刺。当代非裔美国小说家在20世纪六七十年代热衷于把小说主题和讽刺叙事有机地结合起来，以此表达他们对时代的独特看法，其作品产生了强烈的反讽性。他们还没有完全丧失对讽刺和笑声的信心，仍把它们作为医治世间弊病的良方，但是他们更像乔治·S.斯凯勒（George S. Schuyler）和华莱士·瑟曼（Wallace Thurman）那样，不尊重甚至蔑视西方文明、基督教传统、美国社会规则和民族团结。这个时期的非裔美国小说家主要有切斯特·海姆斯、威廉·加德纳·史密斯、威拉德·莫特利、拉尔夫·埃里森、詹姆斯·鲍德温、约翰·O.基伦斯和波莱·马歇尔（Paule Marshall）。

值得注意的是，非裔美国小说从20世纪70年代起进入了一个引人注目的大发展阶段。一大批新作家，如伊什梅尔·里德、托尼·莫里森、欧内斯特·J.盖恩斯等，跻身非裔美国文坛，在美国的知名度越来越高。他们探讨的主题涉及多元文化主义、美国的政治文化和早期殖民地文化等方面。

20世纪80年代，非裔美国文坛涌现出一大批优秀小说家，代表性人物有托尼·莫里森、艾丽斯·沃克、格洛里亚·内勒（Gloria Naylor）、托尼·卡得·班巴拉（Toni Cade Bambara）和玛雅·安吉罗（Maya Angelou）等。这一时期最著名的非裔美国小说家是托尼·莫里森，她于1993年获得诺贝尔文学奖。美国学者克里斯蒂娜·芭芭拉（Christina Barbara）说："她的作品中带有浓浓泥土气息的现实主义，深深地植根于历史和神话之中，回荡着欢乐与痛苦、迷惘与恐惧。"②与莫里森齐名的非裔美国作家是艾丽斯·沃克。沃克主要关注的是非裔美国女性的意识问题，叙述在黑人与白人两种文化中挣扎的非裔美国女性的故事，特别是那些被种族、等级或阶级所边缘化了的女性。她直面美国的社会问题和政治问题，提出了"妇女主义"（womanism）这一概念。格洛里亚·内勒等人十分关注非裔美国女性的生存状况，通常被学界视为沃克"妇女主义"学说的忠实门徒。总之，这个时期的非裔美国小说家主要表达了对女权主义和非洲文化艺术传统的尊崇，继续弘扬非裔美国文学传统，表现非裔美国人的种族自豪感。此外，非裔美国科幻小说和侦探小说也取得了很大的发展，受到公众越来越多的关注。

---

① Robert Bone, *The Negro Novel in America*, New Haven: Yale University Press, 1965, p.78.
② Christina Barbara, *Black Women Novelists: The Development of a Tradition, 1892-1976*, Westport, Conn.: Greenwood Press, 1980, p.137.

20 世纪 90 年代，非裔美国小说获得了进一步的发展。查尔斯·约翰逊（Charles Johnson）的新奴隶叙事《中间通道》（*Middle Passage*）获得 1990 年美国国家图书奖（National Book Award），奠定了其作为非裔美国文学开拓型小说家的地位。约翰逊认为，许多非裔美国作家参与了丑化种族的行动，所以他在作品中致力于消除这些丑化性描写和偏见，探索非裔美国人自己的哲学传统。另一位杰出的小说家是兰德尔·柯南（Randall Kenan），他的短篇小说集《让死者埋葬死者》（*Let the Dead Bury Their Dead*, 1992）获得了兰布达奖（Lambda Award）。美国学者 S. M. 希拉（S. M. Sheila）说："柯南是一名才华横溢的散文文体家，他吸收了詹姆斯·鲍德温、卡森·麦卡勒斯（Carson McCullers）、托尼·莫里森和弗兰纳里·奥康纳（Flannery O'Connor）的精华。"[①]非裔美国小说家牙买加·琴凯德（Jamaica Kincaid）擅长描写西印度群岛移民的生活，其创作风格反映了现代主义的文学精神。她的短篇小说集《在河底》（*At the Bottom of the River*）获得了由美国艺术和文学学会颁发的莫顿·道温·萨贝尔奖（Morton Dauwen Zabel Award）。卡里尔·菲利普斯（Caryl Phillips）熟知非洲人在加勒比、欧洲、美国和非洲大陆的历史，在其小说里精确标识出旅行时她所走过的路线，较为详细地再现了大西洋航程中发生的种种事件。1991 年，她出版的小说《剑桥》（*Cambridge*）引起了美国读者的关注。

进入 21 世纪后，非裔美国小说出现了新的发展势头，一些年轻作家崭露头角。埃德维奇·丹蒂卡特（Edwidge Danticat）描写了自己家人在加勒比海的生活经历和他们移居美国后的生活，他的抒情手法及其对跨文化彷徨感的描写赢得了评论界的好评。爱德华·P. 琼斯（Edward P. Jones）在 2003 年出版的小说《已知世界》（*The Known World*）中以巨大的篇幅描写了奴隶制对非裔美国人生活的毁灭以及非裔美国人战胜奴隶制后重获新生的故事。该书获得了 2004 年普利策小说奖（Pulitzer Prize for Fiction）和 2005 年都柏林国际文学奖（International IMPAC Dublin Literary Award）。科尔森·怀特黑德（Colson Whitehead）的小说沿袭了非裔美国知识分子小说的传统，与吉恩·图默的《甘蔗》（*Cane*）有异曲同工之妙。他最为出色的小说是《地下铁道》（*The Underground Railroad*），该小说于 2016 年 8 月出版后迅速风靡美国和欧洲，获得了 2016 年美国国家图书奖（小说类）和亚瑟·C. 克拉克科幻文学奖（Arthur C. Clarke Award）、2017 年美国普利

---

① S. M. Sheila, "Rescuing the Black Homosexual Lambs: Randall Kenan and the Reconstruction of Southern Gay Masculinity," In K. Clerk (Ed.), *Contemporary Black Men's Fiction and Drama*, Urbana and Chicago: University of Illinois Press, 2001, p.16.

策小说奖，入选英国布克奖（The Man Booker Prize）长名单。这部小说被美国前总统贝拉克·奥巴马（Barack Obama）选为2017年暑假五本必读书之一。杰丝米妮·瓦德（Jesmyn Ward）是21世纪初杰出的非裔美国青年小说家，也是美国文坛一颗冉冉升起的新星。她已出版了三部长篇小说：《家族流血之处》（Where the Line Bleeds，2008）、《拾骨》（Salvage the Bones，2011）和《唱吧，暴尸鬼，唱吧》（Sing, Unburied, Sing，2017）。《拾骨》和《唱吧，暴尸鬼，唱吧》均于出版当年获得美国国家图书奖，引起美国文坛和学界对她的强烈关注。美国《时代》（Time）周刊把她列入2018年"全世界最有影响力的百人"名单。

　　非裔美国小说的发展经历了近200年的历史，讲述了非裔美国人400多年的种族变迁和美国社会演绎史。非裔美国小说的学术价值在相当长的历史时期里遭到美国学界的漠视和低估，不少白人评论家把非裔美国小说视为政治宣传品，否认其文学价值。直到20世纪末莫里森获得诺贝尔文学奖后，学界对非裔美国小说的评价才有了大的改变。本书吸收了国内外学界的最新研究成果，认为非裔美国小说对美国文学发展的贡献毫不逊色于美国白人作家撰写的小说。本书的学术创新点主要表现在以下几方面：第一，本书是首部以非裔美国人在逆境中的自我实现为研究主线，系统探析非裔美国小说各种主题之形成和发展的专著。笔者根据叙述作品主题的基本特征，把非裔美国小说的主题研究主要划分为奴隶叙事、废奴小说与新奴隶叙事、黑人都市叙事、种族心理与种族越界、人性之恶书写、身份危机、创伤书写七个方面，探究作家的创作风格和主题思想，把对非裔美国人文化记忆和种族价值观的研究上升到美学和哲学的认知高度。第二，本书关于非裔美国小说文化记忆的研究分散于对布朗、盖恩斯、莫里森、海姆斯、瓦德等作家的重要作品的解析中，表面看似松散，实际上与这些作品的种族价值观研究相辅相成，从而建构了一个独具特色的非裔美国小说主题批评体系。第三，本书建构了一个独具特色的人性之恶批评模式，探究系统力量、情境力量、个性特质对人格演绎的巨大影响，揭示非裔美国人在奴隶制社会和种族主义社会里所遭遇的各种恶。第四，本书采用马克思主义文学批评理论和唯物辩证法，从历史—美学的角度，研究非裔美国小说的人文思想和种族价值观，提出了把社会学、伦理学、心理学和人类学等有机结合起来的文本细读新策略。

　　本书关于非裔美国小说的批评体系同样适用于对其他美国小说的文本解读。这个研究体系的建立和运用，可以澄清过去研究非裔美国文学评论家及其文论中所出现的一些不恰当理论命题和不规范的表述方法，表明非裔美国小说不但具有丰富的思想性，还具有很高的历史价值和哲学价值。本书把非裔美国小说的文化记忆和种族价值观问题置于世界和美国近现代社会思想发展潮流的宏大社会背景中来考察，将种族平等和社会正义置于道德的制高点，揭示社会、种族、人性和价值观的深层本质，对非裔美国小说所描写的种种社会弊端进行质疑和拷问，以此揭露美国社会的文明危机，探究社会制度的不合理、人性的丑恶和种族偏见的社会危害，并由此凸显非裔美国小说主题研究的人文价值和历史寄寓。

非裔美国小说不但呈现了非裔美国人从奴隶制时期至当下的文化记忆，还展现了他们各个历史阶段的种族价值观和在各种逆境中的自我实现。本书把非裔美国小说视为一个相对独立的学术领域，阐述作品与作家的联系，以及作品被社会接受的过程，以此揭示文学、文化与社会的互动关系。本书探索非裔美国作家的哲学思想和文学创作理念，分析他们的创作特点，包括政治观点和艺术造诣、文化传统和价值观继承，以及对其他作家的影响；同时也分析非裔美国叙事传统在文化移入中形成和发展的历史轨迹和客观规律，揭示非裔美国叙事传统对文化移入的反作用力。

总而言之，本书关于非裔美国小说的研究主要涉及奴隶叙事和黑人小说的主题和作家创作思想等方面。本书对非裔美国小说之主题和创作理念的研究揭示了非裔美国作家的创作艺术特色和审美理念及其对美国小说传统的形成和发展的重大贡献，有助于拓展我国学界对非裔美国文学和文化的认知和研究，有助于我们从非裔美国文学的卓越成就中汲取文化养分和哲学养分，增强我们对美国族裔问题的了解，提高我们对世界多元文化和族裔文化的认知能力。此外，本书对中国文学相关主题的研究探讨也具有一定的参考和借鉴价值。

目　　录

前言

第一章　非裔美国小说的萌芽——奴隶叙事 …………………………… 1
　第一节　悖论的建构与寓意：
　　　　　评《奥洛达·厄奎阿娄的生平趣叙》 ……………………… 4
　第二节　奴隶制下伦理的异化与救赎：
　　　　　《北方黑奴索杰纳·特鲁斯叙事》 ……………………………14
　第三节　"潘多拉魔盒"开启之后：
　　　　　《弗雷德里克·道格拉斯：一个美国奴隶的生平叙事》 ……24
　第四节　从《一个奴隶女孩的生活事件》看雅各布斯笔下
　　　　　非裔美国人的双重意识 ………………………………………33
　小结 ……………………………………………………………………44

第二章　废奴小说与新奴隶叙事 ………………………………………46
　第一节　早期黑人废奴小说的"物化"景观：《克洛泰尔》 ………49
　第二节　人伦三维：《我们的尼格》之伦理学视域研究 ……………59
　第三节　底层叙事的历史重构：《简·皮特曼小姐自传》 …………65
　第四节　悖论中的黑奴智慧：《飞往加拿大》 ………………………75
　小结 ……………………………………………………………………85

第三章　黑人都市叙事 …………………………………………………86
　第一节　从《褐色女孩，褐色砂石房》看都市移民的焦虑 ………89
　第二节　荒原中的人性与人性中的荒原：
　　　　　《布鲁斯特街的男人们》 ………………………………………95
　第三节　《如此有趣的年代》：都市伦理中"利他"与"利己" …104
　第四节　《麻烦是我惹的》：都市人际交往中的"不得已" ………112
　小结 …………………………………………………………………121

第四章　种族心理与种族越界 ………………………………………123
　第一节　斯德哥尔摩效应：《一脉相承》中美国南方黑人的
　　　　　心理分析 ……………………………………………………128

第二节　种族离心力与种族向心力：《最蓝的眼睛》……………… 137
第三节　种族越界与心理流变：《一个前有色人的自传》……… 147
第四节　种族越界的三类心理：《越界》………………………… 156
小结……………………………………………………………………… 163

第五章　人性之恶书写…………………………………………………… 165
第一节　《纽瓦克第三选区》：张力与人性之恶的演绎………… 167
第二节　《牧牛传说》：约翰逊笔下的"恶"与"善"…………… 176
第三节　《拥有快乐的秘密》："煤气灯效应"中的
　　　　　社会陋习之恶…………………………………………… 184
第四节　《地下铁道》：恶的内核与演绎………………………… 194
小结……………………………………………………………………… 203

第六章　身份危机………………………………………………………… 205
第一节　《如果他大叫，就放开他》：被规训后的黑人身份… 207
第二节　《隐身人》："面纱"后非裔美国人的黑人性………… 215
第三节　《紫色》：非裔美国妇女茜莉的隐形性………………… 223
第四节　《布雷迪·西姆斯的悲剧》："正确"的
　　　　　偏执与身份危机………………………………………… 230
小结……………………………………………………………………… 239

第七章　创伤书写………………………………………………………… 240
第一节　伤痕与阴霾：《缺爱》之创伤书写……………………… 242
第二节　《家》：莫里森笔下的心理创伤………………………… 248
第三节　《上帝会救助那孩子》：创伤与异化…………………… 258
第四节　《家族流血之处》：亲情中的创伤与创伤中的亲情…… 267
小结……………………………………………………………………… 274

结语………………………………………………………………………… 276

参考文献…………………………………………………………………… 281

第一章 非裔美国小说的萌芽——奴隶叙事

奴隶叙事是非裔美国文学的重要组成部分，通常被视为非裔美国小说的萌芽。奴隶叙事是由奴隶制时代的逃奴或获得自由的奴隶口述或用笔写下来的，其主题是关于奴隶主与奴隶的相互关系，揭露了奴隶制对人权的践踏和对人类文明的亵渎，其文学影响力一直延续到现在。奴隶叙事以第一人称视角讲述真实的历史事实和个人经历，显示了逃奴和前奴隶[1]在19世纪对自由的勇敢追求。其实，奴隶叙事不仅是自传，还是"重建历史经历"[2]的源泉。撰写奴隶叙事的前奴隶通常被视为"历史学家"，他们把历史和记忆融为一体。这些叙事把奴隶的个人生活和命运与重要的历史事件，如美国内战、《逃亡奴隶法》（Fugitive Slave Act）、地下铁道[3]等，密切地联系起来。

奴隶叙事的具体内容千差万别，但在写作上呈现出一个普遍的叙述框架，即以美国南方种植园为背景，主题大多是奴隶被奴隶贩子卖给白人奴隶主，终生为奴，或者是不甘压迫的黑奴在荒山野岭里逃亡，把逃到美国北方作为自己的最高人生追求。大多数奴隶叙事都是由前奴隶在回忆的基础上撰写的，展现了从失去人身自由的奴隶发展到获得了自由的人之艰辛历程。在讲述奴隶身份演绎的过程中，弗雷德里克·道格拉斯等前奴隶把奴隶主的残酷、黑奴的智慧和恶劣的生存环境设置为奴隶叙事的基本情节，把奴隶主鞭打、虐待和强奸女奴的罪恶行径逼真地展现出来。道格拉斯和哈丽雅特·A. 雅各布斯（Harriet A. Jacobs，1813—1897）等在奴隶叙事里还描写了奴隶主看似道貌岸然实则残忍无比的分裂性人格，揭露了黑奴的悲惨人生，颂扬了他们的英勇抗争精神。

---

[1] 前奴隶指的是在美国社会曾有过奴隶经历的自由民。
[2] David W. Blight, "The Slave Narratives: A Genre and a Source." http://www.gilderlehrman.org. [2012-8-6].
[3] 18世纪上半叶，许多黑奴通过"地下铁道"（Underground Railroad）逃到美国北方。"地下铁道"是由美国北方和西部赞成废奴的爱心人士组成的民间组织，地下交通网络一直延伸到密歇根州，进入加拿大境内。在南方地区和濒临加拿大边境的各州，贵格会教徒和其他有正义感的宗教人士积极帮助逃亡奴隶，黑人教堂和获得自由的非裔美国人为逃亡奴隶提供最可靠的栖身之处。关于逃亡奴隶的人数很难做出准确的统计，但是据说在美国内战前仅通过费城逃亡的奴隶数量就有9000名左右。虽然这个数字不足以严重威胁奴隶制作为一种经济形式的存在，但它足以驳斥奴隶制支持者关于"非裔美国人愿意做奴隶"的谎言。

奴隶叙事于18世纪在英国第一次出版，并在19世纪发展成为非裔美国文学的主要文学形式之一。一些奴隶叙事是在美国废奴主义者的资助下才得以出版的；如果奴隶没有文化，废奴主义者就帮他们记下其口述的故事，并进行必要的编辑。为了揭露奴隶制下黑奴的真实生存状况，哈丽雅特·塔布曼（Harriet Tubman）、雅各布斯和道格拉斯等把他们为奴的经历和逃离奴隶制的往事撰写成可读性很强的奴隶叙事，使读者更多地了解美国奴隶制的罪恶。

奴隶叙事主要采用自传的形式，在美国文学中具有很大的影响力，形成了美国文学史上引人注目的一枝奇葩。绝大多数美国奴隶叙事是由非裔美国人撰写的。从1760年至美国内战结束之时，出现了大约100部关于逃奴和前奴隶的故事。这些奴隶叙事的主题涉及奴隶拍卖、家庭破碎和奴隶逃亡等方面。在这个时期，有大约100万名奴隶通过美国国内奴隶贸易市场从美国南方的北部地区被卖到南部诸州，如佐治亚州、亚拉巴马州、密西西比州、路易斯安那州和南卡罗来纳州。许多黑奴家庭在奴隶贸易中被拆散，骨肉分离，惨不忍睹。奴隶叙事是当时奴隶生存状况的真实写照。

第一部奴隶叙事《奥洛达·厄奎阿娄的生平趣叙》（*The Interesting Narrative of the Life of Olaudah Equiano*）于1789年在英国出版后，引起欧洲学界和美国学界的强烈反响。该叙事追述了主人公厄奎阿娄在西非的童年生活，然后从在大西洋"中间通道"①上为奴的经历讲到成为英国公民后获得了政治上的自由和经济上的成功。随着19世纪初废奴运动的兴起，越来越多的奴隶叙事得以面世。弗雷德里克·道格拉斯、索杰纳·特鲁斯（Sojourner Truth）、所罗门·诺瑟普（Solomon Northup）等的奴隶叙事在英国和美国等国家出版，引起巨大的反响。

美国奴隶叙事时常以黑奴叙述人从南方种植园逃到北方自由州的心路历程为主题，描写奴隶制对黑奴的人权、人格尊严和人类文明的践踏，展现黑奴在肉体和精神上所遭受的双重伤害。在奴隶叙事中，大多数奴隶迫于奴隶主的淫威，不敢逃亡；不少逃亡的奴隶被奴隶主抓回后，遭受到酷刑和折磨，甚至被杀害。只有少数奴隶经过惊心动魄的逃亡之路，才得以摆脱奴隶制的束缚，获得自由和新生。道格拉斯的奴隶叙事《弗雷德里克·道格拉斯：一个美国奴隶的生平叙事》（*Narrative of the Life of Frederick Douglass, an American Slave*, 1845）被学界视为美国奴隶叙事的

---

① 中间通道是指17—19世纪欧洲人从事奴隶贸易时用船把非洲黑人从非洲西海岸运到美洲大陆的大西洋水路。

经典之作。该叙事把自由追求与文化追求结合起来，塑造了一个充满智慧且具有大无畏英雄气概的黑人形象。

1850 年美国《逃亡奴隶法》实施后，奴隶即使逃到北方后仍然难以生存，并且随时有可能被政府或原奴隶主抓回南方。这时的奴隶叙事进一步揭露了奴隶主对待逃奴的野蛮和残酷，由此而引起人们关于奴隶制问题的大争论。道格拉斯在 1855 年出版了奴隶叙事《我的枷锁与我的自由》（*My Bondage and My Freedom*），继续反对北方种族主义，倡导追求自由和独立人格的斗争。1861 年，哈丽雅特·A. 雅各布斯出版了《一个奴隶女孩的生活事件》（*Incidents in the Life of a Slave Girl*），描写奴隶主对她的经济剥削和性骚扰，同时还讲述了她逃到北方开创新人生的故事。汉娜·克拉夫茨（Hannah Crafts）于 19 世纪 50 年代亲笔撰写的《女奴叙事》（*The Bondwoman's Narrative*）在 2002 年得以出版，该叙事讲述了她在北卡罗来纳州的奴隶生活和逃亡遭遇，以令人信服的笔触揭露了奴隶制的各种罪恶。

奴隶制于 1865 年在美国被废除后，至少有 50 名前奴隶撰写或口述了他们的人生经历，以揭露奴隶制的冷酷无情。在奴隶叙事《在幕后，或者为奴三十年，白宫四年》（*Behind the Scenes, or, Thirty Years a Slave and Four Years in the White House*，1868）里，伊丽莎白·凯克利（Elizabeth Keckley）讲述了自己在弗吉尼亚和密苏里等地如何冲破奴隶制的限制，以及如何以杰出的服装设计才华成为当地知名的时装裁缝并受到当地民众喜爱和信赖的故事。

19 世纪末 20 世纪初，销售量最好的奴隶叙事是布克·T. 华盛顿（Booker T. Washington）的《从奴隶制崛起》（*Up from Slavery*，1901）。在这个奴隶叙事中，华盛顿以自己的人生经历为蓝本，强调了一个黑人掌握生存本领的重要性，鼓励更多的黑人做勤劳且技术精湛的劳动者，不提倡黑人从事争取人权的政治斗争。该奴隶叙事在当时具有极大的影响力，但杜波依斯等黑人学者把华盛顿的主张视为放弃黑人政治权利的投降主义思想。在 20 世纪 30 年代的大萧条时期，美国政府工程项目管理署（Works Progress Administration，WPA）下辖的作家联邦项目收集了 2500 名前奴隶的口述历史，编辑整理成 40 卷；这些资料成为研究早期非裔美国文学的珍贵史料，其重要学术价值"在于保留了前黑奴自己的声音以及他们关于奴隶制的记忆。值得关注的是，这些前黑奴关于奴隶制的记忆存在着巨大差异，被采访人显然没有共享某种大的集体记忆"[①]。

总的来看，"即使在奴隶制被废除之后，奴隶叙事也在保存奴隶制记忆、

---

① 金莉：《西方文论关键词：奴隶叙事》，载《外国文学》2019 年第 4 期，第 74 页。

维护黑人尊严、记录黑人种族进步方面继续发挥着作用。这一体裁在 20 世纪后半叶发展成为回顾奴隶制的虚构作品，展现了人们对于奴隶制的持续的历史反思"[1]。美国奴隶叙事大多采用现实主义手法讲述非洲人被掳到美洲后的生存状况，讲述黑奴获得基督教救赎的心路历程。这种文学体裁渐渐发展成为非裔美国文学的一种重要叙事形式，对非裔美国小说和传记作品的发展有着重大影响。正如张丛丛所言，"奴隶叙事是从社会内部记录蓄奴制的非裔美国人的自传体作品，是有着独特叙事主题和叙事结构的新型自传……奴隶叙事不仅向成千上万的奴隶提供了革命性的新思想，也向主张废奴的白人提供了斗争的精神武器"[2]。非裔美国人留下的奴隶叙事对现代人了解美国奴隶制的形成、发展和消亡有着很大的历史价值和学术价值。

从作者身份的确认情况来看，美国的奴隶叙事可以分为三类：第一，作者不详的奴隶叙事，如《不同寻常的苦难与出人意料的判决：由黑人布里敦·哈蒙亲自执笔所写的叙事》(A Narrative of the Uncommon Sufferings, and Surprizing Deliverance of Briton Hammon, a Negro Man, 1760)；第二，由奴隶口述、白人执笔的奴隶叙事，如《旺蒂尔生平与历险记：一个非洲土著人，却在美利坚合众国生活了约 60 年，由其自叙》(A Narrative of the Life and Adventures of Venture, a Native of Africa, But Resident above Sixty Years in the United States of America, Related by Himself, 1798)、《亚当·尼格诺的各种尝试》(Adam Negro's Tryall, 1703)、《主人与黑人约翰·马兰特之精彩交易的叙事》(A Narrative of the Lord's Wonderful Dealings with John Marrant, a Black, 1785) 和《约伯生平的点滴回忆》(Some Memoirs of the Life of Job, 1734)；第三，由奴隶本人执笔的叙事，如《奥洛达·厄奎阿娄的生平趣叙》《一个奴隶女孩的生活事件》等。

第一节　悖论的建构与寓意：
评《奥洛达·厄奎阿娄的生平趣叙》

《奥洛达·厄奎阿娄的生平趣叙》（下文简称《生平趣叙》）是迄今为止发现的最早一部由非裔黑人执笔的奴隶叙事。该奴隶叙事生动地再现了 18 世纪下半叶非洲人被卖为奴隶后的各种遭遇；该叙事所涉及的主题，如奴

---

[1] 金莉：《西方文论关键词：奴隶叙事》，载《外国文学》2019 年第 4 期，第 66 页。
[2] 张丛丛：《奴隶叙事中的性别视角分析——对比研究〈女奴生平〉和〈一个美国黑奴的自传〉》，载《科技创新导报》2010 年第 25 期，第 228-230 页。

隶制、宗教和商业等，已成为非裔美国叙事类文学作品可溯之源头。[1]这部奴隶叙事于1789年在伦敦首次出版，引起英国读者的强烈反响，为英国各项废奴法令的出台打下了良好的思想基础。两年后，该书在美国纽约出版，对美国的废奴运动也产生了积极的影响。1865年美国奴隶制被废除后，该书渐渐淡出读者的视野。但从20世纪90年代起，越来越多的美国学者热衷于发掘和研究历史上尘封多年的文学遗产。萨福克大学教授罗伯特·J. 埃里森（Robert J. Ellison）和哈佛大学历史专业的学者们于1995年整理出版了目前这个版本的《生平趣叙》，保持了文本原貌。该版本披露了一些鲜为人知的史实，涉及非洲奴隶制、西印度群岛和北美殖民地的奴隶生活，以及非洲大陆与美洲、亚洲和欧洲的奴隶贸易情况。《生平趣叙》从政治、经济和文化三个方面展现了美国奴隶制中的悖论，并展现了这些悖论的建构及其寓意。

政治悖论

奴隶制在人类社会有着源远流长的历史。世界各地，包括古罗马、古希腊、古埃及、古巴比伦等，都曾经历过奴隶制阶段。"16世纪时欧洲殖民者走遍世界，并将西非的黑人贩卖到欧洲和美洲，将奴隶制度推向高潮。但是，英国的奴隶制早已于1102年在法律上被定义为非法，最后一名农奴也在17世纪初去世了。"[2]然而，从18世纪开始，非洲黑奴渐渐被输入英国的伦敦和爱丁堡等城市，在一些白人家庭里做仆役，但当时的黑奴不是明码实价地从市场上买来的，而是赠送或抵债而来的，因此他们的法律地位一直都含混不清。18世纪中后期，英格兰的"桑默塞特案"[3]和苏格兰的"约瑟夫·奈特案"[4]的审理结果表明，在英国，任何地方的奴隶所有权

---

[1] Mark E. Brandon, *Free in the World: American Slavery and Constitutional Failure*, Princeton, N.J.: Princeton University Press, 1998, p.198.

[2] Derrick Darby, *Rights, Race, and Recognition*, New York: Cambridge University Press, 2009, p.85.

[3] 1772年，一个名叫詹姆斯·桑默塞特（James Somerset）的黑奴从伦敦逃跑，但是不久后被他的主人查尔斯·斯图尔特（Charles Stuart）抓回。作为惩罚，查尔斯把桑默塞特送到牙买加去种甘蔗。桑默塞特在伦敦时已经接受过洗礼，因此，他的教父为了救他，便以"人身保护令"向法院提出诉讼。英格兰及威尔士高等法院王座法庭庭长威廉·穆雷（William Murray）于1772年6月22日宣判："无论有多么不便，但总要有个决定，我不能说这个案件在英格兰法律之下是被准许或认可的，所以这个黑人应该被释放。"这实际上就等于宣布奴隶制在英格兰得不到法律承认，那么拥有奴隶在任何情况下都是非法的。这一判决使英格兰境内的1万—1.4万名奴隶得到解放，这亦表明殖民地实行的奴隶制在英国本土是违法的。

[4] 在"桑默塞特案"后，苏格兰的黑奴约瑟夫·奈特（Joseph Knight）也像桑默塞特一样逃跑了。这一案件于1776年在韦德伯恩法院审判的结果与前案一样，表明奴隶制在苏格兰也是违法的。

都没有法律效力。尽管奴隶制在英国本土早已废除，但在东印度群岛和中美洲、北美洲等地的英属殖民地里依然存在。这些地区的奴隶主要来源于非洲。①其实，非洲人对奴隶制并不陌生。在大西洋奴隶贸易开始之前，非洲大陆就已经出现了奴隶制，并有一些非洲人从事奴隶贸易。在美国文学史上有不少奴隶叙事之类的作品，但这些叙事大多是关于大西洋奴隶贸易或美洲种植园的奴隶生活，也有少数奴隶叙事提及非洲人在"中间通道"奴隶贩运船只上的悲惨生活和不幸遭遇。然而，只有厄奎阿娄的《生平趣叙》讲述了自己在非洲大陆、美洲大陆和"中间通道"贩奴船上为奴的各种亲身经历。厄奎阿娄体验了奴隶和自由民的各种生活，其个人经历几乎可以被视为非洲与美洲数百年来黑奴和自由黑人的生活的缩影。然而，厄奎阿娄在其叙事中所描写的非洲和美洲奴隶制问题与英美两国所倡导的民主制度和政治理想构成难以调和的政治悖论，即政治主张与社会现实脱节的社会状态所引发的悖论，主要包括民主悖论、身份悖论和自由悖论。

首先，英国和美国都倡导政治民主，但是它们都把政治民主演绎成与其政治理想背道而驰的"民主悖论"，即民主制度无法被国民享受所引起的悖论。它们倡导的民主带有很强的偏狭性和局限性。②厄奎阿娄在《生平趣叙》中指出，从第一批非洲人于1619年到达北美大陆起，他们就一直没有被白人视为同类。北美的13个英属殖民地通过独立战争建立了独立的国家，口头上大肆倡导民主政治，把自己标榜为民主国家的典范。尽管美国黑人经历了200多年的奴隶制度，为美国社会和经济发展做出了巨大的贡献，但是并没有被美国白人视为平等的人。随着美国农业机械化程度的提高，南方种植园对劳动力的需求减少，以从事体力劳动为特征的黑人群体逐渐失去了社会存在价值。"在19世纪20年代和30年代，美国殖民协会领导了向西非输送黑人的运动，当时的美国总统门罗和首席大法官克雷都给予了大力的支持。"③该协会首先将1000多名自由黑人输送到非洲的塞拉利昂；此后，他们又在谷物海岸④购买了大片的土地，把数万名自由黑人从美国迁居于此。这个黑人聚居地被称为"利比里亚"（意为"自由之地"），

---

① Jacob Dewees, *The Great Future of America and Africa*, Whitefish, MT: Kessinger, 2010, p.221.
② Victor Anderson, *Creative Exchange: A Constructive Theology of African American Religious Experience*, Minneapolis: Fortress Press, 2008, p.32.
③ B. W. Higman, *A Concise History of the Caribbean*, New York: Cambridge University Press, 2011, p.78.
④ 谷物海岸（Grain Coast）指的是今西非利比里亚帕尔马斯角至塞拉利昂之间的沿海地区。16—19世纪，西方殖民者在此大肆掠夺一种经济价值很高的香料植物"帕拉迪斯谷"，又称"马拉圭塔胡椒"。这个地方故称"谷物海岸"或"胡椒海岸"。

于1838年成立利比里亚联邦,由美国殖民协会派人担任总督。与此同时,厄奎阿娄也奉英国女王之命把伦敦的贫穷黑人移民到利比里亚。[①]然而,美国和英国在非洲建立移民区的做法,越来越不受黑人的欢迎,并不断遭到黑人的抵制。移民非洲之事表面上是白人为黑人着想的一种策略,但本质上是白人种族主义者排斥黑人以及黑人分离主义者分化黑人的一项措施。因此,"黑人殖民非洲"计划并不能代表大多数美国黑人的真正意愿,白人倡导的移民计划并没有让黑人真正做主,他们表面上的善意掩盖不了本质上的恶意。实际上,白人实施的"黑人殖民非洲"计划无异于一种"卸磨杀驴"的卑鄙伎俩。

其次,在美洲为奴的非洲人在政治人格上形成了一种"身份悖论",即其现有身份不为社会所承认所引起的悖论。塞缪尔·亨廷顿(Samuel Huntington)认为,"身份是一个人或一个群体的自我认识,它是自我意识的产物:我或我们有什么特别的素质而使得我不同于你,或我们不同于他们"[②]。非洲人到达并定居于美国后就成为非裔美国人。他们虽然在身份上是美国人,但却没有被白人从社会和生理两个层面上认定为人。在奴隶制社会环境里,奴隶主是奴隶制的主宰,而奴隶是待宰的羔羊。奴隶主之所以成为主宰是因为他们通过各种手段拥有了奴隶的人身控制权,把黑人视为自己的私有财产。"身为奴隶主的人,如果哪一天丧失了自己的人身控制权,也会沦为奴隶。如果黑人哪一天拥有了财产,也可以购买黑奴,从而成为奴隶主。"[③]在《生平趣叙》中,奥洛达·厄奎阿娄出生在非洲的一个黑人奴隶主家庭,11岁时被奴隶贩子绑架。之后,他在西印度群岛和英国海军军舰上当了十年奴隶。因此,在弱肉强食的奴隶制社会环境里,厄奎阿娄从非洲黑人奴隶主的孩子沦为奴隶。然而,令现代美国黑人伤心的是,当时有些非洲黑人为了得到一点蝇头小利而成为白人的帮凶,残酷迫害黑人同胞。非洲大陆的奴隶贩子参与非洲大陆内部的奴隶贸易,并且与欧洲白人勾结,充当白人购买黑奴的中介,对大西洋奴隶贸易的发展起到了推波助澜的作用。"在16世纪大西洋奴隶贸易盛行的时候,白人并没有直接进入非洲大陆腹地亲手去捕捉黑人,而是派一些贪财的非洲黑人到黑人村

[①] Joseph Warren Keifer, *Slavery and Four Years of War: A Political History of Slavery in the United States, Together with a Narrative of the Campaigns and Battles of the Civil War in Which the Author Took Part, 1861-1865. Volume II, 1863-1865*, Whitefish, MT: Kessinger, 2010, p. 279.

[②] 转引自颜小芳:《自我与身份的悖论:对新生代电影城市边缘青年成长叙事的生存符号学阐释》,载《理论与创作》2010年第4期,第103-105页。

[③] Christopher P. Lehman, *Slavery in the Upper Mississippi Valley, 1787-1865: A History of Human Bondage in Illinois, Iowa, Minnesota and Wisconsin*, Jefferson, N.C.: McFarland, 2011, p.123.

寨去买、去偷、去抢黑人成年人或儿童。"①黑奴在非洲奴隶贩子手里所遭遇的苦难并不亚于美洲白人对黑奴的奴役和虐待。厄奎阿娄关于非洲黑人奴役自己同胞的事件在之后的奴隶叙事或黑人小说里鲜有人提及,因为这是美国黑人作家都不愿面对的一个史实——非洲黑人参与了贩卖自己同胞的勾当。也就是说,美国黑人曾被自己的非洲祖先卖掉。

最后,自由黑人的自由权限问题在政治理念上显示出一种独特的"自由悖论",即公民无法享受法律赋予的自由权利所引发的悖论。厄奎阿娄在《生平趣叙》中指出,在美洲大陆,黑奴没有人身权利,仅是白人奴隶主经济剥削的对象。但出于自身经济利益的考虑,当他们的黑奴与其他人发生冲突时,白人奴隶主通常也会为自己的奴隶说话;在美洲还有不少自由黑人,他们在法律意义上拥有自由,但在现实生活中,当他们的利益受到损害或与他人发生冲突时,没有白人会出面为他们说话。因此,他们是白人社会的弱势群体。自由黑人并没有获得与白人平等的自由权限。他们也生活在恐惧之中,害怕某一天被奴隶主诬陷而重新进入奴隶制。他们在街上行走时提心吊胆,不少白人流氓在街上乱窜,专门诱骗或抓捕自由黑人,并把他们卖为奴隶。自由黑人外出打工时,还需要以前的白人奴隶主就其人格和品行做出鉴定,否则他们就难以找到工作。针对这种现象,厄奎阿娄在作品中专门举了一个例子:有一次,他在街上被一群白人拦截下来,并被捆绑起来。他没有犯过任何罪,而白人在未经法官审判的情况下,肆意把他吊起来。遇到这样的虐待时,即便自由黑人到法院去控告,也是没有结果的,因为"法院带有种族偏见,一般是不会受理黑人控告白人的案件。这是典型的制度化种族歧视。这种歧视一直延续到 20 世纪中期的民权运动时才逐渐有所改变"②。因此,自由黑人的"自由"只是概念上的"自由",而不是真正意义上的"自由",从而构成了一种独特的"自由悖论"。厄奎阿娄通过这一现象辛辣地讽刺了美国民主社会和法治社会的非理性和非正义性。

厄奎阿娄的《生平趣叙》是关于 18 世纪下半叶非洲贩奴运动和欧美废奴运动的一部波澜壮阔的史诗,表达了作者对各类奴隶制的认知,在揭露奴隶制罪恶的同时彰显了黑奴的经济智慧和政治智慧,从而印证了奴隶制的非理性。这部奴隶叙事著作有助于提高非裔美国人的政治意识,增强自

---

① Christine Levecq, *Slavery and Sentiment: The Politics of Feeling in Black Atlantic Antislavery Writing, 1770-1850*, Durham: University of New Hampshire Press, 2008, p.78.

② Dale W. Tomich, *Through the Prism of Slavery: Labor, Capital, and World Economy*, Lanham: Rowman & Littlefield, 2004, p.165.

己的种族自信心。"绝大多数白人都知道在政治层面上奴隶制是错误的，但因顾及自己的经济利益而不愿放弃奴隶制。"[1]因此，他们在政治上并不真正赞成废除奴隶制。厄奎阿娄认为奴隶制不是奴隶主的个人问题，而是国家的社会制度问题。奴隶制通过立法的形式把黑奴视为私有财产，为白人奴役黑人提供了"合法"的借口。

经济悖论

经济悖论指的是在社会生活和商业经营活动中违背经济规律和商业道德所引发的悖论。美国在17—19世纪经历了血腥的殖民地奴隶经济发展阶段。"以奴隶制为基础的北美种植园经济是迄今为止人类历史上最残酷的经济运营模式之一。"[2]在各种已知的经济体系中，只有它才是靠暴力掠夺劳动力资源来最大限度地满足种植园需求的生产方式。但是，奴隶制经济本身是一把双刃剑。它在造就美国南方奴隶制经济繁荣的同时，也阻碍了美国自由经济的发展，摧毁了黑人生存于其中的南方社会生态系统，导致奴隶制经济悖论的形成。厄奎阿娄在《生平趣叙》里揭露了欧美奴隶制时期的三大经济悖论：信用悖论、诚信悖论和剩余价值悖论。

首先，厄奎阿娄在其叙事中设置了白人奴隶贩子违背商业道德的信用悖论。信用悖论指的是人们在商业活动中不遵守商业道德和信用原则所引发的悖论。从事大西洋奴隶贸易的船主，经常超载装运非洲黑奴，导致大量黑奴感染传染病。为了降低自己的损失，奴隶贩运船主通常把生病的黑奴扔进海里淹死，然后向英国的保险公司索赔。根据当时的保险条例，贩运的黑奴如果死于疾病，保险公司不负责赔偿，但如果船上的黑奴死于溺水，保险公司则会给予全额赔偿。英国贩奴船主在追求利润最大化的同时"违背了经济贸易中的诚信原则，导致保险公司渐渐退出大西洋奴隶贸易的业务。这在客观上促成了大西洋奴隶贸易的最终消亡"[3]。奴隶贩运船主为了追求商业利益最大化，公然违背信用原则，结果越想挣更多的黑心钱，遇到的困境就越大，直至最后失去挣黑心钱的机会。

其次，诚信是人际商业活动的基础。诚信悖论指的是人们在社会生活中不遵守诚信原则所引发的悖论。违背诚信，虽然一时可能赚到较多的钱，

---

[1] John C. Perry, *Myths & Realities of American Slavery: The True History of Slavery in America*, Shippensburg, Pa.: Burd Street Press, 2002, p. 253.

[2] Edward Countryman, *How Did American Slavery Begin?*, New York: St. Martin's, 1999, p.76.

[3] Howard McGary & Bill E. Lawson, *Between Slavery and Freedom: Philosophy and American Slavery*, Bloomington: Indiana University Press, 1992, p.98.

但最后会失去合作伙伴的信任，丧失原有的挣钱机会。厄奎阿娄在《生平趣叙》中以自己的亲身经历，揭露了白人的诚信悖论。白人奴隶主在与黑奴的经济交往中时常丧失自己的商业道德和诚信原则。白人利用自己的种族优势不择手段地霸占黑奴的财产。厄奎阿娄就目睹过镇长欺压黑奴的事件：镇长想雇一艘船运送蔗糖，当他获悉所雇船只的主人是一个黑奴时，就拒付运费，还趁机霸占了那艘船。此外，厄奎阿娄还举了不少白人奴隶主借钱不还的事例。他本人也曾多次借钱给奴隶主，可奴隶主从来没有归还过。厄奎阿娄还曾遇到过一个令人啼笑皆非的事件：有个白人到厄奎阿娄的船上购买了鸡和猪；第二天，他又返回来，要求退钱但拒绝退货，否则就要开枪杀人。这些事件的悖论在于：白人比黑人富有得多，但却无耻地从贫穷的黑人或黑奴身上榨取不义之财。在厄奎阿娄的笔下，在金钱面前自称"有道德、有诚信"的白人的道德水准和诚信程度远远比不上所谓"堕落、不诚实"的黑人，这也构成了奴隶制经济环境中的一个悖论，极大地讽刺了白人的贪婪和自私。

最后，剩余价值悖论指的是在商品经济社会里剥削者在追求剩余价值最大化的过程中所引发的悖论。在奴隶制社会里，白人总是想通过暴力手段从黑奴那里榨取更多的剩余价值，但没有前途的生产劳动使黑奴厌恶无比，有的消极怠工，有的情愿用自杀的方式来摆脱白人的苦役。这种情形揭示了一个剩余价值悖论：白人奴隶主越想获取更多的剩余价值，实际获取的剩余价值反而越少。[①]在《生平趣叙》里，厄奎阿娄通过对西印度群岛奴隶生存状况的观察，提出了自己的经济见解。"不过在他（厄奎阿娄——笔者注）定居英国的20年中始终不渝地为反对奴隶制而努力，曾一度上书给夏洛特女王反映'他的千百万非洲同胞如何在西印度暴虐的鞭子下呻吟'。他还题辞把他的自传献给英国国会，要求英帝国结束罪恶的奴隶贸易。"[②]厄奎阿娄认为善待奴隶的行为可以给奴隶主带来更多的经济效益；让奴隶吃饱、穿暖、精神愉快，更能激发奴隶的劳动潜能，让奴隶主从中受益。他认为，英国应该在美洲和非洲废除奴隶制，以此促进生产力的发展。他还认为，应该把非洲变成一个巨大的工业品消费市场，使非洲人也成为工业文明的受益者，这同时也能为英国人在非洲的产业发展提供契机。厄奎阿娄在《生平趣叙》中提出的经济悖论具有极大的讽刺意义："自学成才"的黑奴厄奎阿娄比当时"受过良好教育"的白人殖民者和英国统治者

[①] Edward Countryman, *How Did American Slavery Begin?*, New York: St. Martin's, 1999, p.113.
[②] 施咸荣：《美国黑人奴隶纪实文学》，载《美国研究》1990年第2期，第123-137页。

更具有超前的经济发展眼光。

在《生平趣叙》里，厄奎阿娄虽然是一名奴隶，但他站在促进世界经济发展的高度，提出了"废除奴隶制，发展非洲经济"的政治主张。他坚信，如果西印度群岛上的奴隶获得解放，殖民地的生产力会得到极大的发展，有助于加速英国工业经济的转型。一个白人废奴主义者曾说："厄奎阿娄对废奴事业的贡献比半个美国的人的力量还要大。"[①]厄奎阿娄倡导的废奴主张非常具有前瞻性。以历史为证，英国在1807年立法禁止英国公民参与大西洋奴隶贸易，并且废除其殖民地的奴隶制。英国和其他蓄奴国家最后都采用了厄奎阿娄所提出的商业体系。在厄奎阿娄的这部奴隶叙事著作出版了两个世纪之后，非洲大陆陆续形成了100多个国家和地区，欧洲国家也与这些国家和地区建立了各种贸易关系。欧洲人最终放弃了对非洲人的政治奴役，转而与非洲国家建立和加强了经贸往来，使非洲大陆进入了后殖民时代。

文化悖论

在奴隶制社会里，以欧洲文化为中心的白人文化成为北美英属殖民地占统治性地位的文化，而非洲黑人文化是非洲部落文化和白人文化相融合后生成的非裔美国文化。黑人文化既不同于白人文化，也不同于纯粹的非洲部落文化。黑白文化在北美大陆处于共生状态，也出现了不少文化交融的现象。黑人文化的多元性丰富了黑人的精神世界，同时也促进黑人吸收有利于黑人民族发展的白人文化。白人文化的移入过程实际上也是黑人吸取和倡导文化多元性的一个重要时段。在《生平趣叙》中，厄奎阿娄提倡多元文化的初衷无疑是反对白人文化的霸权主义，为处于社会边缘的黑奴寻找生存和发展的理论依据，并为他们争取自身权益的抗争给予道义上的支持。厄奎阿娄从宗教悖论、教育悖论、取名悖论、肤色悖论等方面揭示了非洲人在美洲大陆为奴所遭遇的文化悖论。

首先，按基督教教义，所有的基督教徒都是上帝的子民，彼此都是兄弟姐妹。然而，在奴隶制社会里，白人奴隶主自视为高黑奴一等的人。黑人通常被视为低白人一等的"次人类"或"牲口"。基督教允许黑人入教后，黑人在上帝面前就成为与白人平等的人。实际上，黑人成为基督徒的事件使奴隶制社会的白人意识形态陷入困境，形成了一个难以回避的宗教悖论。

---

① Robert J. Allison, "Introduction," in Olaudah Equiano (Ed.), *The Interesting Narrative of the Life of Olaudah Equiano, Written by Himself*, Boston: Bedford, 1995, p.15.

在《生平趣叙》中，1759年2月厄奎阿娄在威斯敏斯特的圣玛格丽特教堂接受洗礼，正式成为基督教荀道宗信徒，白人朋友葛琳太太成为他的教母。厄奎阿娄提及了洗礼时的一个有趣事件：在他洗礼完之后，牧师给了他一部由主教托马斯·威尔逊（Thomas Wilson）写的书《印第安人基督教指南》(The Guide to Native American Christianity)。这是一部指导印第安人学习基督教教义的书。厄奎阿娄是有文字记载以来最早的黑人基督徒之一。因此，他受洗礼的时候，专门为非裔美国人撰写的教会书籍还未编写出来。白人牧师把印第安教徒使用的教义拿来指导美国黑人的宗教信仰，其矛盾性构成了黑人最初接受基督教信仰时所产生的又一个宗教悖论。

其次，白人利用政治和经济优势把黑奴逼向道德和伦理崩溃的边缘，然后又抱怨、指责黑人素质低下。在《生平趣叙》里，厄奎阿娄控诉了奴隶制的罪恶，认为当奴隶制把非洲人变成奴隶的时候，白人就毁灭了自己的人品。白人把黑奴视为欺诈、淫荡和懒惰的社会垃圾，这导致黑人和白人处于长期的敌对状态，然后白人又抱怨黑奴不诚实、不忠诚。白人用皮鞭驱使黑奴像牲口一样干活，剥夺黑人受教育的权利，使黑奴处于愚昧状态。[①]同时，白人又宣称黑奴没有学习能力，智力低下，只适合干粗活。然而，这部奴隶叙事著作是由非洲黑奴厄奎阿娄亲自执笔写下来的，戳穿了白人关于"黑人学不会读写因而不能算作人类"的谎言。这与白人关于"黑人蠢得学不会文化"的论调形成一个鲜明的教育悖论，揭露了美国种族主义思想的荒谬性。

再次，白人按欧洲人的习俗给黑奴取名，但又不按欧洲人的礼仪对待他们。在白人心目中，非洲黑奴不是已经进化完全的人类。更确切地说，白人仅把非洲黑奴当作会劳动的牲口。他们采用各种方法来把非洲黑奴驯服成听话的奴隶。早期的白人奴隶主都贪婪且残暴，他们破坏了非洲人的文化和生活习俗，禁止黑人使用非洲语言，摧毁他们的人格，把他们当牛马一样对待。为了消除黑奴的非洲文化记忆，奴隶主通常给黑奴取一些英国人常用的名字。例如，在1727年，奴隶主罗伯特·卡特（Robert Carter）驯服新奴隶时，为了将他们与非洲文化传统隔离开来，便使用英国小孩的昵称来给他们取名，比如"汤姆"（Tom）、"杰米"（Jamie）、"莫尔"（More）、"兰特"（Rant）等，似乎这些奴隶永远都处于孩提时代。有时，他还用牲口的名字来称谓黑奴，如"跳马"，似乎表明这些奴隶与人类有天壤之别。

---

① Howard McGary & Bill E. Lawson, *Between Slavery and Freedom: Philosophy and American Slavery*, Bloomington: Indiana University Press, 1992, p.87.

除此之外，他心血来潮时，会开玩笑似的给奴隶取一些像古希腊神话中的"赫拉克勒斯"（Heracles）或古罗马政治家"加图"（Cato）之类的名字，用那些伟大人物的名字来嘲弄这些在白人眼里愚蠢无比的奴隶。美国学者爱德华·康特里曼（Edward Countryman）认为，"卡特的奴隶都没有姓，这是他故意抹掉奴隶的家族意识，使奴隶永远只有小名，没有大名，也就永远长不大"[①]。在《生平趣叙》里，厄奎阿娄讲述了自己的名字曾多次被更改的经历。第一个白人奴隶主给他取名为"雅各布"（Jacob），可是没过多久，他被卖给另一个奴隶主，新奴隶主给他取名为"迈克尔"（Michael）。厄奎阿娄拒绝新名字，后来在奴隶主的皮鞭下才被迫接受。再后来，他被转卖给新的奴隶主，名字被另取为"古斯塔夫斯·瓦萨"（Gustavus Vassa）。这种带有欧洲文化特色的命名方式对黑奴产生了极坏的影响，不利于来自非洲的黑奴传承或记住其原来的文化传统。最后，厄奎阿娄表面上采用美洲奴隶主取的名字，但在心中却牢记非洲父母取的名字。在美国黑人历史上，能像厄奎阿娄那样长期记住自己非洲名字的人是个例，大多数黑人都渐渐遗忘了自己的非洲名字而采用了白人奴隶主的姓氏。黑奴采用白人姓名但又不被白人接纳为同类的取名悖论导致黑人成为美国主流文化的局外人和"多余人"。

最后，厄奎阿娄在《生平趣叙》中批驳了白人的肤色悖论，指出白人立法限制黑人和白人通婚的非理性和荒谬性。他认为，社会应该鼓励人们不受种族限制地按自然法则自由地选择婚姻；黑人和白人普遍通婚后，肤色方面的种族特征会相应减少，有助于种族融合，消除种族主义。厄奎阿娄在英国发表演讲时说："黑白之间的通婚会消除种族界限，使英国民族更加强大。"[②]因此，以法律的形式来限制黑人和白人之间的自由婚恋是反人类的，也是不文明的。厄奎阿娄的话语揭露了白人的肤色悖论：白人强调白肤色的美感，但又不允许黑人以通婚的方式改变后代的肤色；白人强调人与人之间的平等，但又不把黑人视为与自己平等的人。

厄奎阿娄在《生平趣叙》里指出了奴隶制社会里的各种文化悖论，提供了反对奴隶制的第一手证词。同时，他还以亲身经历讲述了在奴隶制社会里的各种遭遇以及在这个社会寻求生路的艰辛之旅。厄奎阿娄以通俗易懂的语言表达了对奴隶制文化及其悖论的谴责和痛斥。

[①] Edward Countryman, *How Did American Slavery Begin?*, New York: St. Martin's, 1999, p.20.

[②] Olaudah Equiano, *The Interesting Narrative of the Life of Olaudah Equiano, Written by Himself*. Ed. Robert J. Allison, Boston: Bedford, 1995, p.13.

由此可见，在《生平趣叙》里，厄奎阿娄从身心两个方面讲述了自己在非洲、美洲和欧洲的奴隶制社会里如何幸存下来的故事。表面上厄奎阿娄讲述的是一名幸存者的故事，但实质上是无数没能幸存下来的人的故事。这部奴隶叙事著作的真正魅力在于厄奎阿娄的独特视角能使读者观察到奴隶制问题的各种罪恶。在当时的社会环境里，厄奎阿娄是一名普通的非裔黑人；正如他自己所说："我不是圣人，不是英雄，也不是暴君，只是一名被迫过不寻常生活的普通人。"[①]厄奎阿娄在与当时主流政治意识形态的抗衡过程中创作出自己的奴隶叙事，讲述自由理念与奴隶制之间的冲突和黑奴在文化移入中的各种悖论。作为废奴主义者，厄奎阿娄旗帜鲜明地主张在全世界废除奴隶制，特别是美洲大陆。黑人的历史是黑人种族无法割舍的纽带，厄奎阿娄认为作家的首要责任就是要致力于重构被主流文化否认的黑人历史，并帮助修复过去几百年来黑人心灵所遭受的创伤。如亚瑟·叔本华（Arthur Schopenhauer）所言："只有通过历史，一个民族才能意识到自己。"[②]厄奎阿娄记载下来的早期奴隶制的实况，不仅揭露了人性的邪恶和人类文明发展过程中的阴暗面，还成为非裔美国文学发展的源头之一。这部叙事所提及的种族关系问题、社会伦理问题、司法正义问题、女权问题等都仍然是现当代非裔美国小说的重要主题。因此，从某种程度上来讲，《生平趣叙》成为非裔美国叙事文学的滥觞。严肃的主题和精彩的自我剖析极大地提升了这部奴隶叙事的文学价值和历史价值，使其成为非裔美国文学发展史上的重要里程碑之一。

第二节　奴隶制下伦理的异化与救赎：
《北方黑奴索杰纳·特鲁斯叙事》

索杰纳·特鲁斯（1797—1883）是19世纪中叶美国废奴运动的杰出领导人、传教士、改革家和女权主义的早期倡导者。她热衷于社会改革，先是投身于废奴运动，随后又积极从事狱政改革，以及财产权和公民普选权等方面的立法宣传工作。她出身于一个黑奴家庭：父亲詹姆斯·鲍姆福里（James Baumfree）是被奴隶贩子从非洲加纳地区掳来的黑人，母亲伊丽莎白（Elizabeth）是出生在美国的第二代黑奴。他们全家人都是纽约乌尔斯

---

① Robert J. Allison, ed., "Introduction," in Olaudah Equiano, *The Interesting Narrative of the Life of Olaudah Equiano, Written by Himself*, Boston: Bedford, 1995, p.2.
② 转引自吴迎春：《身体的伤痕：〈宠儿〉中奴隶叙事的话语分析》，载《辽宁行政学院学报》2010年第10期，第129页。

特县的荷兰裔奴隶主哈顿伯格上校（Colonel Hardenberg）的奴隶。特鲁斯的原名是伊莎贝拉·鲍姆福里（Isabella Baumfree），她从1843年起改名为索杰纳·特鲁斯。1826年，她带着小女儿逃离了美国南方的奴隶庄园。1851年她在俄亥俄州阿克伦市召开的女权主义者大会上作了著名的即席演讲《难道我不是女人？》（"Ain't I a Woman?"），抨击美国社会的性别歧视，提出了黑人妇女的人权问题。特鲁斯的儿子曾遭到白人拐卖，她通过打官司成功找回儿子，成为美国历史上第一位胜诉白人的非裔美国人。在美国内战期间，她帮助联邦政府招募黑人士兵；战后，她呼吁联邦政府为获得解放的奴隶提供土地。她的建议虽未被联邦政府采纳，但引起了美国社会对这个问题的广泛关注。特鲁斯于1883年11月26日去世，终年86岁，有数千人参加了她的葬礼。《纽约环球报》（New York Globe）当时发表了一篇讣告，称她是美国内战前拥有全国声誉的唯一一位黑人妇女。[1]特鲁斯没接受过任何学校教育，没有读写能力，但她擅长演讲，能把复杂的道理讲得通俗易懂；这样，她不但化解了反对者的刁难，还使不少反对者转而成为她的崇拜者和支持者。特鲁斯在文学方面的最大贡献就是《北方黑奴索杰纳·特鲁斯叙事》（Narrative of Sojourner Truth: A Northern Slave，后文简称《叙事》）。这部作品由特鲁斯口述，由其白人朋友奥利弗·吉尔伯特（Olive Gilbert）记录而成。[2]1850年白人废奴主义者威廉·劳埃德·加里森（William Lloyd Garrison）出资5万元，赞助该书出版。该书还于1878年、1881年和1884年多次再版，每次再版都添加了一些新内容。1864年10月林肯总统曾在白宫会见特鲁斯，称赞她为美国杰出的"自由斗士"[3]。1995年，鉴于她为美国历史发展所做出的重大贡献，美国国家航空航天局把一颗火星探测器命名为"索杰纳"。

《叙事》是在美国文学史上掀开北方黑奴问题冰山一角的第一部作品。布里敦·哈蒙（Briton Hammon）、旺蒂尔·史密斯（Venture Smith）和奥洛达·厄奎阿娄（Olaudah Equiano）的奴隶叙事讲述的是黑奴在白人文化的影响下追求个人成功的故事，弗雷德里克·道格拉斯、哈丽雅特·A. 雅各布斯等的奴隶叙事讲述的是南方黑奴无法忍受奴隶制的苦难而向北方逃亡的故事。与他们不同，特鲁斯讲述的是1827年纽约州即将废除奴隶制之

---

[1] John Blundell, *Ladies for Liberty: Women Who Made a Difference in American History*, New York: Algora, 2011, p.131.

[2] William Kaufman, "Introduction," in Sojourner Truth(Ed.), *Narrative of Sojourner Truth*, New York: Dover, 1997, p.vi.

[3] Barbara A. White, *Visits with Lincoln: Abolitionists Meet the President at the White House*, Lanham, Md.: Lexington, 2011, p.34.

际所发生的各类事件，披露了当时美国北方社会的伦理异化，讴歌了美国内战前北方黑奴的觉醒和奋斗。

斯德哥尔摩效应与扭曲的人性

斯德哥尔摩效应（Stockholm syndrome）[①]，也称人质情结或人质效应，指的是受害者对罪犯产生了好感和依赖，甚至反过来帮助罪犯的一种现象。从社会心理学来看，斯德哥尔摩效应不是某个刑事案件的个例，而是人类发展过程中一种较为普遍的社会心理现象。[②] 也就是说，在一定社会条件下，特别是当人们的生存权被一个国家、群体或个体等权威体所攫取时，他们通过合法途径维护自身权利的道路就会被堵塞；如果反对权威体，他们就会直接受到无情的打击、报复和迫害，甚至会被剥夺生存权。因此，出于对生存权的留恋，他们不得不以牺牲个体人格的方式去规避权威体的锋芒，以此谋求生存权或自身利益的最大化。在与权威体的周旋过程中，不少人失去了自我和人格，从权威体的受害者发展到权威体利益的狂热维护者，陷入斯德哥尔摩效应的泥潭之中。在其《叙事》中，特鲁斯揭示了斯德哥尔摩综合效应的四种情形：迷信型、感恩型、愚忠型和自卫型。

首先，迷信型斯德哥尔摩效应是人在绝境中的心理反应之一。一般来讲，人在现实生活中找不到解决问题的方式时，就可能把希望寄托于神，并把自己的一切境况和决定都看作是受神左右的。特鲁斯在《叙事》中揭露了黑奴中盛行的迷信现象。贝蒂（Betty）是一名经历过各种磨难的女奴，在现实生活中看不到自己的未来，她生下的十多个子女都被奴隶主卖得不知去向，因此她总是向上帝祷告，希望来世远离苦难。她不但自己迷信上帝，还促使女儿特鲁斯也信奉上帝，渐渐地宗教信仰也成为特鲁斯生活中的重要组成部分。后来，因听不懂英语被杜蒙特太太（Mrs. Dumont）毒打的时候，特鲁斯没有哀求，而是内心默默祈祷，请求上帝使她产生抗击毒打的毅力。"当我挨打时，事先并没有足够的时间去祈祷。我总是想，要是

[①] 1973 年 8 月 23 日，两名罪犯奥尔森（Olsson）和奥罗福森（Olofsson）在瑞典首都斯德哥尔摩市抢劫一家银行失败后，挟持了四名银行职员，与警方对峙了六天之后才缴械投降。然而，这四名被挟持的银行职员获救后却对那两名罪犯显露出怜悯的情感，拒绝在法庭上指控他们，甚至还筹钱为他们请辩护律师。这四名受害者都表示并不痛恨那两名罪犯，并对罪犯没有伤害和虐待他们的行为表示感激。曾被挟持的一名女职员克里斯汀（Christian）竟然还爱上了挟持过她的罪犯奥罗福森，并与他在监狱里订了婚。这四名受害者感恩罪犯，敌视前来营救的警察的行为引起社会各界的震动和迷惘，社会学家把这种现象称为"斯德哥尔摩效应"。

[②] Peter Brian Barry, *Evil and Moral Psychology*, New York: Routledge, 2013, p. 167.

我有时间用祷告来向上帝求救的话，我就一定会逃脱那顿毒打。"①在斯德哥尔摩效应下，她把苦难归咎于自己没能及时向上帝求救。特鲁斯总是乞求上帝让自己遇到一个善良的奴隶主，从而过上幸福的生活。在其人生道路上，每当特鲁斯遇到什么困境或难以决策的时候，她都会在心中向上帝祷告。每当她想到解决危机的好方法或有人出现来帮助她的时候，她都会认为这一切是来自上帝的恩惠。迷信型斯德哥尔摩效应导致受害者失去自我，盲目地把上帝视为自己的主宰，把一切不幸都归咎于自己不够虔诚。

其次，感恩型斯德哥尔摩效应是指受害者把从加害者那里得到的一点好处视为加害者对自己的恩泽，从而感恩戴德，在生活中不遗余力地予以回报，不然就会觉得自己有愧于加害者。在《叙事》中，伊莎贝拉感激奴隶主约翰·J.杜蒙特（John J. Dumont）在处理凯特（Kate）诬陷案中的公正，因此，她带着感恩之心拼命干活，为奴隶主干越重的活、越多的活，她心里就觉得越快乐。奴隶主杜蒙特常向朋友们炫耀："对我来讲，那家伙（伊莎贝拉——笔者注）比男人还行，她晚上洗全家人的衣服洗到深夜，第二天一早又去地里干活，她在地里耙杂物或捆绑庄稼都是一把好手。"②奴隶主的赞扬激起她更大的报恩之心。她晚上不愿休息，怕一休息就睡着了，耽误了给奴隶主干活的时间。其实，在奴隶主眼里，她只是一个会干活的牲口。但是，在斯德哥尔摩效应下，她把自己和奴隶主的利益捆绑在一起。"如果有人对她提及她当奴隶的不公正性，她就会带着蔑视的表情回应他们，并把此事马上告诉主人。她坚信奴隶制是正确而光荣的。"③她对奴隶主的盲目感恩必然会使她迷失人生的方向，成为奴隶主牟取最大经济利益的牺牲品。

再次，愚忠型斯德哥尔摩效应是指受害者以损害自己利益的方式来表达对加害者的忠诚。在《叙事》中，特鲁斯养了五个孩子。由于孩子们太小，不能去地里干活，所以，白人奴隶主时常不给孩子们足够的食物，认为小孩吃多也是浪费。特鲁斯是奴隶主家的厨师，负责整个庄园的膳食。但是，尽管自己的孩子饿得号啕大哭，她也不会把厨房的食物拿给小孩吃。她认为，未经奴隶主允许就把食物给自己的小孩吃，就是对奴隶主的不忠诚。特鲁斯的生育观也显示出其斯德哥尔摩效应的严重性。一般来讲，生育小孩的女性会为自己成为母亲而高兴。但是，特鲁斯把自己生的小孩看作奴隶主的财产，自己生得越多，对奴隶主家的贡献就越大。她把自己移

---

① Sojourner Truth, *Narrative of Sojourner Truth*, New York: Dover, 1997, p.10.
② Sojourner Truth, *Narrative of Sojourner Truth*, New York: Dover, 1997, p.14.
③ Sojourner Truth, *Narrative of Sojourner Truth*, New York: Dover, 1997, p.14.

情于奴隶主,为奴隶主的财产增多而高兴,把奴隶主的高兴视为自己高兴的前提。特鲁斯在《叙事》中指出,"亲爱的读者,想一想,别脸红,你就想一下,一个母亲如此自愿地、充满骄傲感地在奴隶制的祭坛上生下自己的孩子,'自己身上掉下来的肉',献祭给血腥的摩洛神[1]!但是你必须记住,能成为这样牺牲品的人没有'母亲'的资格;她们仅是'东西'、'动产'和'财产'"[2]。在愚忠型斯德哥尔摩效应中,受害者失去了自我,把自己视为加害者发财的工具,并把加害者的贪婪追求作为自己快乐的源泉。

最后,自卫型斯德哥尔摩效应是指受害者为了最大限度地保护自己的生存权而故意迎合加害者的意愿,产生喜欢或热爱加害者的假象。特鲁斯在《叙事》里专门描写了一个典型的自卫型斯德哥尔摩效应事件。特鲁斯五岁的儿子彼得(Peter)被白人奴隶主福勒(Fowler)拐卖到南方的亚拉巴马州。为了营救儿子,特鲁斯勇敢地向贵格会和律师求援。在一些白人正义之士的帮助下,法庭受理并审理了彼得被拐卖一案。根据纽约州当时的法律,把黑人卖出纽约州为奴是违法行为。可是,在法庭上,彼得坚决不认妈妈特鲁斯,紧紧抓住白人奴隶主福勒的手,声称自己愿意和福勒在一起。事后,特鲁斯掀开彼得的衣服一看才发现:彼得的后背被鞭子抽得体无完肤,身上其他地方也伤痕累累。原来,彼得在法庭上不认妈妈的行为是斯德哥尔摩效应的表现形式。在开庭前,彼得受到福勒的暴力恐吓和毒打,不敢当庭与妈妈相认。他拒绝与妈妈相认的行为是其自我保护的一种方式,也是受害者在高压下的一种无奈举动。这可以看作是人在困境中表现出的一种斯德哥尔摩效应。

总之,人和社会是分不开的,人性的扭曲和社会的扭曲往往是相互作用的结果。人性本是善恶俱存,所谓"人性的扭曲"就是外界与自身互相作用下的"失衡"。在奴隶制社会环境下,黑奴未被白人看作平等的人,而是会劳动的牲口。[3]黑奴为了在恶劣的社会环境中生存下来,不可避免地会采用一切可能的方式来维护自己的权益,顽强地生存下去。特鲁斯在其《叙事》中展示了人格扭曲的斯德哥尔摩效应,揭露了恶劣社会环境对人性的扭曲和践踏。

---

[1] 摩洛神出现在基督教《圣经·旧约》中,是古代腓尼基等地所崇奉的神灵,信徒以焚化儿童的方式向其献祭。

[2] Sojourner Truth, *Narrative of Sojourner Truth*, New York: Dover, 1997, p.17.

[3] Kathy L. Glass, *Courting Communities: Black Female Nationalism and "Syncre-nationalism" in the Nineteenth-Century North*, New York: Routledge, 2006, p.208.

社会伦理的颠覆与人性的沦丧

在美国废除奴隶制之前，美国北方和南方都存在奴隶制。在美国北方的奴隶制中，黑奴的生存环境与南方奴隶没有本质上的差异，他们都是奴隶主的私人财产，没有人身自由。特鲁斯在其《叙事》中从贪婪、冷酷和伪善等方面讲述了美国北方奴隶制中的社会伦理问题，揭露了北方奴隶主人性的沦丧。

首先，贪婪是人性中以自我为中心，为满足自我对物质追求的最大化所形成的一种排他性心理。特鲁斯在其《叙事》中揭露了政府法令背后的贪婪、剥夺黑奴人权的贪婪和私吞教堂财物的贪婪。随着美国北方废奴运动的发展，北方的大多数州都颁布了各种废除奴隶制的法令。特鲁斯所生活的纽约州规定：从1827年起，40岁及以上的奴隶获得自由，取得公民身份；不满40岁的，须再服役10年，才能获得解放。这个法令有其进步性，但也暴露出奴隶主的贪婪，他们还想在法令生效前榨干黑奴的最后一点剩余价值。一般来讲，当时的黑奴超过40岁就基本丧失了劳动能力。奴隶主的贪婪还表现在对待奴隶生育问题的动机方面。在《叙事》中，奴隶主让奴隶结婚生子的目的不是要给予奴隶幸福的家庭生活，而是要通过奴隶生育子女来使自己的财产增值。为了让黑奴多生孩子，奴隶主查尔斯·奥丁伯格（Charles Ardinburgh）把男性黑奴和女性黑奴集中安排在一个房间居住，导致黑奴的乱伦事件和乱交事件不断发生，同一个女奴生下的多个孩子可能有不同的父亲。奴隶主关心的只是女奴是否给他生下了小黑奴，就像农户关心母鸡是否生了蛋一样。女奴每生一个小黑奴，就意味着他多获得一笔财产。由此可见，奴隶主的财富是建立在对女权的践踏之上的，其贪婪是乱伦和乱交的直接致因。

其次，冷酷也是白人奴隶主的本质特征之一。他们把黑人视为会劳动的牲口；为了化解自己的经济困境或使自己的经济利益最大化，他们时常会转卖奴隶，无视奴隶的母子之情或父子之情。在特鲁斯的《叙事》里，黑奴鲍姆福里和伊丽莎白生的12个孩子都被奴隶主一个接一个地卖掉了。在奴隶制里，黑奴孩子的所有权不是父母的，而是奴隶主的。最后，鲍姆福里和伊丽莎白因年老生病而死，死时身边没有一个孩子。老黑奴鲍姆福里在临死前用血泪控诉了奴隶制的暴行："我的孩子一个接一个地被奴隶主卖掉！现在，我动不了了，身边却没有一个孩子，连递杯水的人也没有。我活着干什么呀？为什么不死呀？"[1]另外，奴隶主无视黑奴的情爱关系。

---

[1] Sojourner Truth, *Narrative of Sojourner Truth*, New York: Dover, 1997, p.7.

黑奴罗伯特（Robert）爱上了另一个奴隶主的女奴特鲁斯，尽管两人真心相爱，但是罗伯特的主人不愿自己的男奴和其他人的女奴同居，就像不愿让自己的种猪为他人的母猪义务配种一样。于是，那个奴隶主严厉禁止罗伯特与特鲁斯见面，罗伯特因去和特鲁斯幽会而被奴隶主打得死去活来。最后，特鲁斯被迫嫁给了她并不爱的黑奴托马斯（Thomas）。奴隶主的冷酷还表现为蛮横不讲理。由于特鲁斯从小就生活在荷兰裔奴隶主家里，只会说荷兰语，而不懂英语。当她被卖到约翰·内勒（John Naylor）家为奴时，因听不懂英语时常遭受奴隶主的责骂和毒打。白人奴隶主是不会教黑奴学习英语的。一旦黑奴听不懂他们的话语，他们就诉诸暴力。在奴隶制里，奴隶主打死、摔死黑奴及其子女的事件屡有发生，但没有奴隶主因此而受到法律的惩罚。

最后，伪善是白人奴隶主欺诈黑奴的手段之一。纽约州在1799年立法废除奴隶制，但是解放纽约州内所有奴隶的工作直到1827年7月4日才正式结束。在《叙事》里，奴隶主杜蒙特许诺：如果特鲁斯的活干得好且忠诚的话，她可以在纽约州全部奴隶释放日的前一年就提前获得自由。可是，自私的杜蒙特总是找借口延长特鲁斯的服役期。由于特鲁斯的手在劳动时受了伤，杜蒙特就认为她的劳动量达不到提前释放的条件。特鲁斯悲愤不已，但也不得不继续为奴隶主劳动。为了达到奴隶主的要求，她日夜不休地为奴隶主纺了100磅（约45.36千克）羊毛。其实，奴隶主杜蒙特的许诺只是一种欺骗。一年后，杜蒙特也根本没有兑现诺言。特鲁斯最后醒悟过来："奴隶主给你这样那样的许诺是十分卑鄙的。他们时常许诺：如果你卖力地干了这件事或那件事，就给予你这样那样的好处。一到兑现的时候，你什么也得不到，还会被指责为撒谎，或责备你没有完成该履行的义务。"① 总而言之，奴隶主是不会兑现自己的承诺的。如果黑奴胆敢强烈要求奴隶主兑现承诺，那么就可能发生可怕的悲剧。特鲁斯在《叙事》中举了一个典型的例子：奴隶主查尔斯·布罗得赫德（Charles Brodhead）许诺黑奴尼德（Ned）：只要尼德拼命干活，就让他获得自由。可是，时间过去了很久，布罗得赫德根本不提此事。当尼德提醒奴隶主兑现承诺时，奴隶主恼羞成怒，抓起一根雪橇棒，敲碎了尼德的脑袋。由此可见，"人的生存环境不足以满足人的需要时，善被恶绑架。恶并不通过善来表现，伪善那是恶的表演"②。在奴隶制社会环境里，奴隶根本无法维护自己的合法权益。

---

① Sojourner Truth, *Narrative of Sojourner Truth*, New York: Dover, 1997, p.18.
② 王振杰、魏小红：《非正常危机境遇下人性善恶的反思》，载《甘肃理论学刊》2012年第3期，第88页。

正如王钦峰所言,"人性的沦丧即人之本质的异化,它表现为主体与物同时从它们的本源状态中疏离出来,表现为它们之间的相互疏离(这是认识论能够产生的基础)和其现象学的(尚未被抽象思维粗暴干涉的)和谐园地的丢失,主体和物同时处于无家可归状态"[1]。特鲁斯在其《叙事》中用触目惊心的笔调勾画出社会伦理在奴隶制社会形态下的异化。奴隶主的贪婪、冷酷和伪善给黑奴生活带来了毁灭性的灾难。表面上,这些行为是白人奴隶主个人品质卑劣和残酷的外在表现形式;实质上,白人奴隶主的所作所为都是社会伦理被颠覆后的各种表现形式,都是反人类和反文明的具体事例。特鲁斯在其《叙事》中指出,"这个令人痛苦不堪的社会制度竭尽全力地碾碎黑人心中最后一点人的意识。当人的最后一点意识也被碾碎后,通常和以前一样,他也就被剥夺了生存的基本权利。白人会声称,黑奴既不知道生活中需要什么,也不知道怎样使用生活中所需要的东西;黑奴被看作是和牲口差不多的东西"[2]。由此可见,白人奴隶主一方面剥夺黑人的基本人权,另一方面又把失去了基本人权的黑人视为牲口。

性善与伦理救赎

与荀子的性恶论相反,中国古代哲学家孟子认为人的本性是善。性善表明人性中有善性,至少具有向善的一面。正如孟子所言:"恻隐之心,人皆有之;羞恶之心,人皆有之;恭敬之心,人皆有之;是非之心,人皆有之。恻隐之心,仁也;羞恶之心,义也;恭敬之心,礼也;是非之心,智也。仁义礼智,非由外铄我也,我固有之也,弗思耳矣。"[3]从孟子的观点来看,性善是人的本性。因此,在物质文明发展过程中被玷污的人性并不是不可救药的。特鲁斯在其《叙事》中所描写的人性善现象在一定程度上呼应了孟子的观点。在美国奴隶制社会里,尽管从总体上来讲,白人奴隶主对奴隶非常残忍和冷酷,不把黑奴当作平等的人看待,但是也有一些白人具有人性中的善良品质,倡导善的社会伦理,能站在正义的角度看待黑奴和黑人问题。特鲁斯在《叙事》中从正义之善、怜悯之善和恶中之善等方面揭示了性善与伦理救赎的内在关联。

首先,正义之善是指在不合理的社会环境中的正义之士不畏恶势力,捍卫社会公平的善良举措。这样的善是人性向善的发扬,也是人类文明发展的希望。在《叙事》中,特鲁斯五岁的儿子彼得在纽约州废除奴隶制的

---

[1] 王钦峰:《古希腊人性的异化及其现代反响》,载《外国文学评论》1994年第1期,第81页。
[2] Sojourner Truth, *Narrative of Sojourner Truth*, New York: Dover, 1997, p.2.
[3] 杨伯峻(注译):《孟子译注》,北京:中华书局,2008年版,第167页。

法令生效后被奴隶主卖给格德尼医生（Dr. Gedney）当仆人。由于彼得太小，格德尼就把他送回到原来的奴隶主所罗门（Solomon）家，但不久所罗门又把彼得卖给其妹夫福勒（Fowler）。福勒是南方奴隶主，于是他把彼得带回了老家亚拉巴马州。彼得被从一个将逐渐废除奴隶制的州带到一个奴隶制合法的地区。特鲁斯得到消息后，先是向彼得的原主人求情，无果；然后她去向贵格会求救，在有正义感的白人教徒的支持下，她向法院提交了诉讼请求。特鲁斯得到了法官和陪审团成员的同情和支持，最后法官把孩子判还给特鲁斯，并使特鲁斯获得了一笔赔偿金。正是这些白人心中对人性善的坚守才使正义得到维护，使特鲁斯的公民权得到真正的捍卫。特鲁斯还举了另外一个事例：杜蒙特同时拥有黑奴家仆和白人家仆。白人家仆凯特嫉妒黑奴特鲁斯的厨艺，于是故意在特鲁斯做的土豆泥上撒上煤灰，致使特鲁斯做的菜看上去不卫生，口感极差，遭到杜蒙特一家的责备。杜蒙特十岁的大女儿格特鲁德（Gertrude）为了调查这个事件的真相，专门藏在暗处，偷窥到凯特的恶行，并当着父母的面揭穿了此事，还了特鲁斯一个清白。白人小女孩维护正义的举措也是其人性中"善"的一种表现形式。

其次，怜悯之善是指人在怜悯心理和同情心理的作用下所做出的善举。在《叙事》里，特鲁斯从杜蒙特家逃离之后，来到艾萨克·S. 范·维吉尼尔（Isaac S. van Wagener）的家寻求帮助。这对白人夫妇收留了她和她的孩子。奴隶主杜蒙特上门讨要特鲁斯。艾萨克只好掏了 20 美元付给他，购买了特鲁斯余下的奴隶服务期，帮助特鲁斯摆脱了被追捕的命运。维吉尼尔夫妇同情黑奴特鲁斯的不幸遭遇，用钱为素昧平生的黑奴及其孩子买了余下的服务期。此外，奴隶主福勒时常毒打小黑奴彼得，福勒太太是本性善良之人，虽然她无法阻止丈夫殴打彼得，但她总是给挨打后的彼得涂抹油脂，使其伤口不被感染。她的善行是女性对弱者或伤者的怜悯性善良之举，也是人性善的表现形式之一。特鲁斯到东部去传教的途中，因没钱住宿，到路边人家投宿被拒，陷入了可能露宿街头的困境。后来，一名白人男子主动给她钱，让她去镇上的旅店住宿。这也可以看作是善良男士对旅途弱者的有益帮助，也是其人性中善的显现。

最后，恶中之善是指在行恶的时候没做得太绝，对弱势人物和群体还有一丝善的保留，但这样的善在很多情况下有伪善之嫌。在特鲁斯的《叙事》中，奴隶主查尔斯·奥丁伯格死后，其家族成员在继承其遗产时，谁也不愿要年老体弱的老奴詹姆斯（James），尽管詹姆斯曾在奥丁伯格家辛勤劳动了几十年。最后，白人奴隶主家人商议的结果是，给予詹姆斯的妻子贝蒂（Betty）和贝蒂的哥哥凯撒（Caesar）自由，责成他们负责照顾年老的詹姆斯。当时，贝蒂和凯撒都四五十岁了，从当时奴隶的平均寿命来看，他们余下的时光也不多了。白人奴隶主的这个举措虽然是出于卸磨杀驴的动机，但客观上有助于让生命垂危的詹姆斯得到亲人的照顾，因此这也不失为白人奴隶主在贪婪自私的环境中所表现出的一点善行。在詹姆斯的有生之年，奴隶主家族的人对他的关心甚少，但是当他死了的时候，奴隶主家族的家庭成员却为他举行了隆重的葬礼。这是奴隶主对一个老奴的最高礼遇，也不失为他们人性中"善"的一点表现。特鲁斯在《叙事》中还提到，奴隶主杜蒙特给奴隶们的感觉是他是一个善良之人，每天给奴隶足够的饭，平时也不无故打骂黑奴。但实际上，杜蒙特仅是一个自私的奴隶主而已，他不打骂奴隶，是怕损坏了自己的财产；他给奴隶足够的饭吃，是想让奴隶吃饱饭后更有力气干活。但无论他的动机如何，他对待奴隶的方式会使奴隶在苦难中生活得更好一些。因此，他对待奴隶的这种方式也可看作是其人性中"善"的表现。他的"善"并不完美，但要远远好于那些既要奴隶干重活又不给奴隶吃饱饭的"恶魔"式奴隶主。

  白人通常被视为黑人的压迫者和剥削者，但不能把所有的白人都视为人性"恶"的恶魔。特鲁斯在《叙事》中也提到了一些有正义感的白人和善恶相间的白人。这类白人是最难刻画得让人信服的人物。善恶相间的白人是性格最复杂、心灵最隐晦、情绪前后反差最大的人物。白人对黑人从伤害到忏悔再到拥有正义感的心路历程，充分地展示了白人人物情感的多变性和复杂性。这类形象的性善感染力主要来源于作者细腻的社会观察力和犀利的人性洞察力。作者没有把有善性的白人当作纯粹的剥削者、侮辱者和施暴者来进行片面的刻画，而是把他们描写成一个个有血有肉的"人"。人性的善良是人与魔鬼的区别性特征之一。人性中"善"的一面能给他人带来温暖和希望。特鲁斯通过她本人在奴隶制社会中的各种经历表明：白人总体上是歧视黑人的，对黑人有这样或那样的偏见，但白人并不是一个"恶"的统一体；白人中也有一些善良之士，他们会站在正义和博爱的一边给予黑人无私的帮助。①人性善是人类社会发展和文明进步的总趋势。白人的善举和黑人的自身奋斗是黑奴改变命运的两大基础，也是推动人类文明发展的两大动力。

  特鲁斯在《叙事》中揭示了社会伦理的各种异化及其恶劣后果，但她披露这些异化现象的目的不是单纯地诅咒白人奴隶主的暴行，而是为了引

---

① Kathy L. Glass, *Courting Communities: Black Female Nationalism and "Syncre-nationalism" in the Nineteenth-Century North*, New York: Routledge, 2006, p. 67.

起美国社会对黑奴问题的重新认识。白人奴隶主虐待黑奴的暴行不仅给黑奴带来了毁灭性的灾难，而且使白人的基本人性退化，同时也阻碍了美国社会文明的进步。全社会人性的救赎和善行的回归是美国社会发展和文明进步的基石，也是美国民主和法治社会得以建立和持续发展的必要条件。

第三节 "潘多拉魔盒"开启之后：
《弗雷德里克·道格拉斯：一个美国奴隶的生平叙事》

弗雷德里克·道格拉斯不仅是19世纪四五十年代美国废奴运动中崛起的著名黑人领袖，还是非裔美国人中极具雄辩之才的演说家和知名作家。他积极支持妇女参政运动，坚定不移地倡导所有人类的自由和平等，不管是非裔美国人、妇女、土著印第安人，还是新来的移民。他声称："我将和一切干正确事情的人团结起来，不和任何干坏事的人走到一起。"① 由于其在美国政坛和民众中的重大影响力，他于1872年被推举为美国副总统候选人，成为美国历史上第一位获此殊荣的黑人。

道格拉斯非凡的演讲能力和敏捷的思辨能力使他本人成为反击"黑人低下论"的鲜活事例，有力地驳斥了"黑奴智商不够，不配做美国公民"的谬论。通过他的身影，美国北方许多被"黑人低下论"蒙蔽的白人也开始意识到种族偏见的荒谬性。道格拉斯在从事废奴工作的同时也创作了一些文学作品，其主要文学成就是三个版本的自传，每个版本都是前一个版本的扩展。这三个版本分别是《弗雷德里克·道格拉斯：一个美国奴隶的生平叙事》（下文简称《生平叙事》）、《我的枷锁与我的自由》和《弗雷德里克·道格拉斯的生平和时代》（Life and Times of Frederick Douglass, 1892）。在这三个版本的自传中，最受美国学界和读者青睐的是其第一部自传《生平叙事》。该书于1845年出版，当时不少人质疑这么优秀的一部作品是否真的由黑人撰写。该书文体明畅、用词精确、描写生动、情节震撼，一出版就受到美国读者的喜爱，很快成为畅销书，3年内重印了9次，仅在美国就销售了11 000多册。这部书还被翻译成法语和荷兰语，在欧洲出版。在美国黑奴制下，黑人的启蒙教育、自尊养成和资本欲望等都被白人视为应该装在"潘多拉魔盒"里的东西。在这部奴隶叙事中，白人把教黑奴学文化的行为视为对"潘多拉魔盒"的开启，害怕黑人有了知识后会认

---

① Gregory Stephens, *The Anti-Slavery Movement, a Lecture by Frederick Douglass before the Rochester Ladies' Anti-Slavery Society in 1855*, New York: Cambridge University Press, 1999, p.67.

识到奴隶制的本质，从此不愿再当奴隶。然而，在黑人看来，知识的获得有助于消除自身的愚昧和摆脱白人的欺骗和控制。由此可见，在奴隶制社会环境里"潘多拉魔盒"的开启具有"善"和"恶"的二元性：对于白人来讲是"恶"的东西，在黑人看来却是不可缺少的"善"。本节拟从三个方面来探究道格拉斯在《生平叙事》里所揭示的"潘多拉魔盒"的开启与黑人生存状态的改变的内在关联：黑奴人性的激活、黑人主观能动性的形成和第三种意识的生成与捍卫人权的抗争。

黑奴人性的激活

在《生平叙事》里，道格拉斯学会识字和写字的事件与希腊神话中的"潘多拉魔盒"传说具有寓意深刻的互文性。"潘多拉魔盒"的传说来源于一个古希腊的经典神话：普罗米修斯（Prometheus）把火种带回人间的行为惹恼了希腊主神宙斯（Zeus）。宙斯为了报复人类，就命令众神造出美女潘多拉（Pandora），并把她送给了普罗米修斯的弟弟厄毗米修斯（Epimetheus）为妻。婚后，好奇心重的潘多拉不顾丈夫的禁忌，趁他不在家之际，打开了宙斯在婚礼上送给他们的一个礼盒，结果一团浓烟冲了出来，里面包含了贪婪、诽谤、嫉妒、痛苦、瘟疫、忧伤、灾祸等等。[1]当她在慌乱中关上盖子时，盒子里面只剩下了"希望"。自那以后，人类社会进入了一个充满各种灾难和不幸的世界。其实，在美国奴隶制社会环境里，每个奴隶的头脑都是奴隶制送给白人奴隶主的"潘多拉魔盒"，装在里面的有被白人视为灾难和祸水的东西，如黑奴的政治觉悟、种族观、智慧、能动性、个性、创造性、家庭观、价值观等。只有文化教育才能够开启这些魔盒的盖子。为了使黑奴永远处于愚昧状态，白人严禁黑人学文化。教奴隶学文化的行为无异于开启"潘多拉魔盒"，因此被白人视为不能容忍的一大忌讳。《生平叙事》从两个方面阐释了"潘多拉魔盒"之开启对黑奴人性激活的重要作用：智慧之光的开启和种族觉悟的触发。

首先，从生物学来讲，"智慧是高等生物所具有的基于神经器官的一种高级综合能力，包含有认知、感知、联想、思辨、推理、记忆、理解、爱恨、决策、求知、审时度势等多种能力"[2]。从社会学来看，智慧能让人在所处的社会环境里能动地理解和处理涉及人、事、物、社会和宇宙等方面

---

[1] Anne Goodwyn Jones & Susan V. Donaldson, eds, *Haunted Bodies: Gender and Southern Texts*, Charlottesville: University of Virginia Press, 1997, p.256.

[2] Susan Pease Banitt, *Wisdom, Attachment, and Love in Trauma Therapy: Beyond Evidence-based Practice*, New York: Routledge, 2019, p.87.

的各种问题，还会使人产生以自我为中心的自我保护本能和拥有根据客观规律探求真理的能力。在美国奴隶制社会里，黑奴虽然是人，但却被白人和当时的法律视为"非人类"。黑奴被剥夺了正常的受教育权利和机会，处于一个人为的"无智慧"生存状态。[1]在《生平叙事》里，道格拉斯讲述了女奴隶主教他学文化的事件，这类事件在美国奴隶制社会环境里是极为罕见的。道格拉斯把原本心地善良的白人妇女索菲亚·奥尔德（Sophia Auld）塑造成潘多拉式的人物。索菲亚家本来没有奴隶，丈夫休·奥尔德（Hugh Auld）的哥哥托马斯·奥尔德（Thomas Auld）给她家送了一个名叫"道格拉斯"的黑奴。道格拉斯出现在索菲亚家的情景非常类似于古希腊神话中宙斯等众神送给厄毗米修斯婚礼礼盒的场景。就像潘多拉对礼盒内的东西具有好奇心一样，索菲亚也对道格拉斯充满了好奇心。白人之间都传言黑人很笨，笨得学不会读书和写字。但是，索菲亚不太相信，于是就私下教道格拉斯学习英语字母和单词。不久，休·奥尔德发现了此事，坚决阻止她的教学活动。白人奴隶主通常把黑人追求自由和人权的欲望视为邪恶之物，强行压制黑奴的聪明才智，企图使黑奴永远处于愚昧状态。正如美国学者莫里斯·S. 李（Maurice S. Lee）所说，"整个奴隶制无异于压制黑奴人性的'潘多拉魔盒'"[2]。在这部奴隶叙事里，索菲亚的行为开启了道格拉斯的智慧阀门，犹如潘多拉打开了魔盒的盖子，使道格拉斯从愚昧状态进入智慧阶段，激活了他作为人的"人性"。

其次，从人类学来看，种族指的是在体质形态上具有某些共同遗传特征的人群。由于非裔黑人在外貌上具有典型的非洲人特征，特别是黑肤色，所以奴隶制时期被白人视为"动物"或"野蛮人"，白人直接否定了黑人作为"人"的权利。但是，黑奴一旦接触和掌握了文化，就会产生自己是"人"的意识。正如古希腊神话所示，"潘多拉魔盒"一旦开启，人的本能欲望就随之而呼出，即使重新捂上盖子，跑出去的东西也不会重新返回盒子里。在《生平叙事》里，像道格拉斯那样的奴隶一旦学习了文化，明白了奴隶制的罪恶和自由的重要性，就不可能重新回到以前的愚昧状态。由此可见，读书能触发黑奴的种族觉悟，能给奴隶提供追求人权和种族平等的内驱力。道格拉斯觉得读书是黑奴获得解放的重要出路之一。他始终认为，"知识是

---

[1] John D. Cox, *Traveling South: Travel Narratives and the Construction of American Identity*, Athens: University of Georgia Press, 2005, p.145.

[2] Maurice S. Lee, *The Cambridge Companion to Frederick Douglass*, New York: Cambridge University Press, 2009, p.132.

从奴隶制到自由的必经之路"[①]。通过对报纸、宣传资料和各种书籍的学习，道格拉斯进入一个新的思想境界，开始质疑和痛斥奴隶制，提出自己关于自由和奴隶制的观点，并开始意识到黑人种族的愚昧与他们没有文化有关系。道格拉斯说："书读得越多，我就越憎恨和讨厌我的奴隶主。我把那些奴隶主看成是一帮成功了的抢劫犯，他们离开自己的家园到非洲，把我们从我们的家里偷出来，强迫我们在一块陌生的土地上当奴隶。"[②]知识有助于黑奴形成种族意识，提高他们的种族觉悟，促使他们为争取人身自由而奋斗。

因此，教黑奴学文化的行为开启了奴隶制的"潘多拉魔盒"，使黑奴认识到奴隶制的非法性和反文明性，激活了黑奴关于"人"的自我意识，有助于黑奴形成实现自我的价值观。黑奴的觉醒带给白人的是灾难和财产损失，但带给黑奴的却是智慧和胆识。白人奴隶制越压抑黑奴，黑奴就越想学文化，其反抗力度也越大。黑奴学文化后产生的冲击力所摧毁的是腐朽没落的奴隶制社会制度，他们的英勇抗争有利于人类文明的发展和进步。因此，奴隶制中"潘多拉魔盒"的开启在本质上完全不同于希腊神话中"潘多拉魔盒"的开启。希腊神话中"潘多拉魔盒"开启后所产生的是负能量，给人类造成的是灾难，而奴隶制中"潘多拉魔盒"开启后所产生的是正能量，给人类社会带来福音，不但有助于解放黑奴，还有助于白人反思和改正自己在奴隶制社会里所犯下的反人类罪行。

黑人主观能动性的形成

奴隶制"潘多拉魔盒"的开启有助于美国黑奴主观能动性的形成。马克思主义哲学认为，主观能动性是人类所独有的行为特征，是人与动物的重要区别之一。但在美国历史上，从1619年起黑人被源源不断地卖到北美大陆，在白人的奴役下当了200多年的奴隶。在美国奴隶制社会环境里，黑奴被当作白人的动产，被迫世代为奴。在当时的法律授权下，白人奴隶主剥夺了黑奴的公民权和人身自由，把黑奴当成会说话、会劳动的牲口。因此，黑人在恶劣的社会环境里失去了人的主观能动性，靠无条件为白人干苦工来谋取生存机会。在《生平叙事》里，道格拉斯通过学习文化知识，强化主观能动性，维护了自己和其他黑奴的最大利益。这部叙事从自主学

[①] Frederick Douglass, *Narrative of the Life of Frederick Douglass, an American Slave, Written by Himself*, New York: Penguin American Library, 1982, p.79.

[②] Frederick Douglass, *Narrative of the Life of Frederick Douglass, an American Slave, Written by Himself*, New York: Penguin American Library, 1982, p.84.

习、开办黑奴学堂和提议黑奴外租承包制等方面展现了"潘多拉魔盒"的开启与黑奴主观能动性形成的内在关联。

首先,自主学习是主观能动性的重要表现形式。索菲亚开启道格拉斯头脑里的"潘多拉魔盒"后,道格拉斯形成了寻求自主学习机会的主观能动性,对学习文化产生了强烈的欲望。在《生平叙事》里,道格拉斯的自主学习与现代社会的自主学习观有异曲同工之妙,但所处的时代背景却有天壤之别。现代的学生是在老师的鼓励和引导下进行自主学习,而道格拉斯是在被剥夺了受教育权利的背景下偷偷地寻找学习机会。在丈夫休·奥尔德的坚决反对下,女奴隶主索菲亚不但放弃了对道格拉斯的一切教学活动,而且逐渐变得比丈夫更反感黑奴学文化。然而,道格拉斯说:"一切都太迟了。第一步已经迈出。女主人,您在教我字母的时候,给了我一寸;任何人也没有办法阻止我去获得一米。"[①] 道格拉斯的诙谐说法非常类似于中国的成语"得寸进尺"。为了寻找学习机会,道格拉斯主动与在街上遇到的白人孩子交朋友,不择时机、不择地点地向白人孩子请教。他对文化和知识的强烈渴望冲破了白人奴隶主和奴隶制的各种制约和束缚,他终于学会了识字,能看懂书报;后来,出于逃亡的需要,他继续学习英语,提高自己的写作能力。他在学习上所表现出的"贪婪"都是其主观能动性得到发挥的必然结果。

其次,道格拉斯开办黑奴学堂是其主观能动性形成后的显性表现形式。道格拉斯形成了自己的种族价值观后,通过办学的方式来传播知识,开启其他黑奴头脑中的"潘多拉魔盒"。道格拉斯不但大胆追求自己的自由,还竭力传播关于正义和民主的进步思想,旨在使更多的黑奴明白自由和人权的重要性,同时激励他们勇敢地去追求自由。在《生平叙事》里,当道格拉斯被出租给奴隶主威廉·弗里兰德(William Freeland)时,道格拉斯每个周日都在主日学校开办黑奴学堂,免费为奴隶开设课程,教弗里兰德庄园的奴隶学习文化,其他庄园的奴隶也偷偷跑来学习。奴隶们学习的兴趣很大,每周都有40多个奴隶去上课。学堂开办了半年多后,许多黑奴提高了思想觉悟和种族意识。弗里兰德对黑奴学文化很赞赏,但其他庄园的奴隶主发现自己的奴隶去道格拉斯那里学文化后,非常愤怒,他们无法容忍黑奴学文化这种事。黑奴学习文化的高昂热忱使那帮白人奴隶主恼羞成怒,他们带着木棒和石头,冲进黑奴学文化的地方,强行把他们驱散,不准黑

---

① Frederick Douglass, *Narrative of the Life of Frederick Douglass, an American Slave, Written by Himself*, New York: Penguin American Library, 1982, p.82.

奴聚在一起学文化。这些白人的暴行无异于捂上"潘多拉魔盒"的盖子，但是他们的行为只会激起黑奴更大的不满，也可以说激发起黑人追求知识的更强烈愿望。

最后，黑奴外租承包制的提出是道格拉斯主观能动性的又一表现形式。在奴隶制社会环境里，奴隶的一切都是白人奴隶主的私有财产。道格拉斯长期当奴隶，身上没有一分钱，但是他知道要逃亡，没有钱是不行的。为了筹集逃亡所需的费用，道格拉斯主动向奴隶主休·奥尔德提出实施"黑奴外租承包制"的建议。传统的黑奴外租制是把黑奴租给其他的白人干活，主人收取一定的费用。但道格拉斯的建议是把带有资本主义生产方式性质的黑奴管理制度引入奴隶制社会体系，这也可看作是奴隶租赁制度的延伸。黑奴外租承包制指的是黑奴和奴隶主之间达成契约，通常适用于具有一定生产技术或技能的黑奴。在承包制里，奴隶必须在以周为结算单位的规定时间里，缴纳约定好的承包金；如果再有结余，可以归奴隶所有，但是如果出现什么意外，黑奴没有挣到钱的话，就要用以前结余的钱缴纳承包金，或者被解除承包契约。[①]在《生平叙事》里，道格拉斯把奥尔德描写成贪婪的奴隶主。奥尔德把道格拉斯租出去当工人，每天为他挣三美元的日工资；他把道格拉斯视为可以使其财产增值的机器。他与道格拉斯签订黑奴外租承包制协议后，不论出现什么情况，道格拉斯都必须按时缴纳承包金。一旦道格拉斯未能履行合同，承包制立即终止。因此，道格拉斯说："不论晴天下雨，有工作做还是没工作做，在周末之前我都必须把钱挣到，不然我的一点点自由支配权就会丧失。"[②]这样的管理方式给奴隶主带来了更大的经济效益，但也可以激发奴隶的劳动积极性，奴隶也可以从中挣到一点辛苦钱。然而，道格拉斯提出这个建议的初衷是打着让奴隶主旱涝保收的旗号，使自己能有机会积攒一点钱，为以后的逃亡做准备。由此可见，"潘多拉魔盒"的开启促使道格拉斯的主观能动性得到不断发展，使他成为足智多谋的自由追求者。

总之，随着知识的积累，黑奴生成和发展了自己的各种智慧，产生了越来越强的主观能动性。道格拉斯在追求知识、传播知识和策划未来等方面充分发挥自己的主观能动性，将在文化移入中获得的人权思想与追求正义和自由的行动结合起来，克服和消解奴隶制的不利社会环境，谋求有利于黑人生存和发展的物质空间和精神空间。黑人主观能动性的形成和发展

---

① Peter C. Myers, *Frederick Douglass: Race and the Rebirth of American Liberalism*, Lawrence: University Press of Kansas, 2008, p.243.

② Frederick Douglass, *Narrative of the Life of Frederick Douglass, an American Slave, Written by Himself*, New York: Penguin American Library, 1982, p.140.

是奴隶制"潘多拉魔盒"开启后必然出现的正常社会现象,也是黑人维护人权、反对种族压迫和种族偏见的有力武器。白人种族主义者把黑人看作"牲口"、"次人类"或"半人类",但世界上除人类外,没有任何动物具有和黑人一样的主观能动性。

第三种意识的生成与捍卫人权的抗争

道格拉斯在《生平叙事》中把自己塑造成勇敢无畏、机敏果断、具有反叛精神的新黑奴。他通过学习文化开启了奴隶制的"潘多拉魔盒",随着知识的积累和思辨能力的提高,其头脑里渐渐形成了一种新意识,激励他为种族平等和社会正义事业做不懈的斗争。这种新意识被学界称为"第三种意识"①。第三种意识是黑人在与自己的双重意识的搏击过程中产生的,是黑人的精神力量中不可缺少的一部分。第三种意识的构成要素包括:黑人的求生意志、对自我的追求、对男子气概的追求、对主观能动性的运用,以及对表达自我、完善自我和暴力自我维权的渴望。第三种意识形成于黑人在奴隶制社会里对自由和人权的追求过程中。第三种意识促使黑奴挑战缺乏正义的法律和缺乏良知的社会道德准则,以逃亡或暴力反抗的方式向白人社会发起反击,捍卫自己的人身自由和生存权。黑人的第三种意识会在文化移入中不断加强,成为黑奴追求解放和人权的巨大驱动力。然而,具有第三种意识的这类黑奴既不是滥杀无辜的歹徒或疯子,也不是安心于现状的温顺黑奴。以道格拉斯为代表的这类黑人在遇到生存危机时才会显现其叛逆性。道格拉斯第三种意识的形成与捍卫人权的内在关联表现在三个方面,即决斗、逃亡和废奴。

首先,决斗是欧洲旧时的一种习俗。当两人在争执中各不退让时,就约定时间、地点,请证人到场,然后用武器来决出最后的胜负。在《生平叙事》中,道格拉斯与奴隶主爱德华·卡维(Edward Covey)的决斗不是为了个人荣誉或解决某个争执,而是为了生存,捍卫自己的生命权。农场主卡维以虐待奴隶而出名,当地的奴隶主只要觉得某个奴隶不好管教,就把他送到卡维那里去"修理"。作为回报,卡维可以免费驱使那些奴隶干活。卡维并不富裕,因此总想多压榨奴隶以达到早日致富的目的。他对黑奴的

---

① 黑人的第三种意识是美国黑人在反抗种族压迫和维护人权斗争中形成的一种精神力量,主要含有以下元素:不满美国种族社会,不信奉宗教,不屈从父母的内化种族偏见,挑战法律,自愿与黑人社区分离,渐渐形成以自我为中心的存在主义思想。由黑人的第三种意识引起的暴力事件会对社会造成一定的危害,但这种意识却有助于黑人克服自卑心理,形成主观能动性,积极投入争取种族平等和社会正义的斗争中去。第三种意识的产生可以看作是黑人在长期的双重意识生活中遭受各种屈辱后所产生的愤怒和仇恨的总爆发。

残酷奴役为他挣得了"黑奴驯服师"（negro breaker）的名声。他给奴隶大量的食物，但不给奴隶足够的吃饭时间，总是催促奴隶去干活，以各种方式监督黑奴的劳作，并时常毒打稍有懈怠的奴隶。道格拉斯16岁那年由于与主人奥尔德发生冲突，被送给卡维管教一年。在前6个月里，道格拉斯过着炼狱一般的生活。由于道格拉斯以前没干过种植园的活，不熟悉农具使用和相关劳动技巧，所以几乎每天都会挨鞭打。道格拉斯逃到奥尔德那里去申诉，但申诉无效；奥尔德又强迫道格拉斯回到卡维处。卡维不满道格拉斯到其主人处申诉，于是事后借故又把道格拉斯绑起来毒打。在这种忍无可忍的情形下，身体单薄的道格拉斯猛地扑上去，和卡维拼死搏斗了两个多小时，最后奇迹般地打败了身材高大、蛮力十足的卡维。在此后的6个月里，道格拉斯再也没有挨过打。卡维挨了道格拉斯的打，但没有去报警，其原因是他害怕自己被奴隶打败的消息传播出去，毁了自己"黑奴驯服师"的声誉。如果他的名声被毁了，其他奴隶主就不会把奴隶送给他管教了，他也就会失去驱使奴隶免费为自己干活的机会。道格拉斯说："与卡维先生之战是我黑奴生涯的转折点。"[①]"潘多拉魔盒"的开启使道格拉斯产生了不惧奴隶主、勇敢捍卫生存权的第三种意识。

其次，通过读书，道格拉斯明白了自由和人权的真正含义，并产生了越来越强烈的逃亡欲望。逃亡是奴隶摆脱奴隶制的有效途径之一，但却充满了危险。道格拉斯为了自由，策划过多次逃亡：1835年他通过开办黑奴学堂，联络了一批奴隶，打算从弗里兰德手上逃走，但因被人泄密而失败；第二次他想从卡维手上逃走，但仍然没有成功。1838年道格拉斯策划了第三次逃亡，先后乘坐火车和轮船来到了宾夕法尼亚州的费城，终于成功地逃离了奴隶制。之后，道格拉斯与自由黑人安娜·默里（Anna Murray）结婚，并定居在马萨诸塞州新贝德福德。如果道格拉斯不逃亡，就不可能获得自由，也不可能和心爱的女人结婚。道格拉斯逃亡是为了摆脱奴隶制的压迫，寻求自己的幸福生活。他对自由的追求是"潘多拉魔盒"打开后形成的正常心态，也是其头脑中第三种意识所生成的内驱力所致。

最后，废奴是道格拉斯逃到北方后最想做的一件事。他把帮助其他黑奴获得解放的工作视为自己的神圣使命和最大的人生快乐。[②]道格拉斯加入了好几个进步组织，包括一个黑人教会组织，他也经常参加废奴会议。他

[①] Frederick Douglass, *Narrative of the Life of Frederick Douglass, an American Slave, Written by Himself*, New York: Penguin American Library, 1982, p.113.

[②] Robert S. Levine, *Dislocating Race & Nation: Episodes in Nineteenth-Century American Literary Nationalism*, Chapel Hill: University of North Carolina Press, 2008, p.78.

专门订了一份威廉·劳埃德·加里森主办的周刊《解放者》(The Liberator),进一步学习废奴理论知识,了解国内外的废奴动态。1841 年他第一次聆听到加里森在布里斯托尔废奴协会上的演讲,深受启发和鼓舞。加里森的精彩演讲开阔了道格拉斯的视野,激活了他的演讲天赋。之后,道格拉斯也像加里森那样登台演讲,其抑扬顿挫的语调、超凡绝俗的手势、飘逸脱俗的外表、震撼人心的事例,一下子就打动了人心,使不少对废奴问题持观望态度的白人也改变了态度,并义无反顾地投入废奴的正义事业。道格拉斯的演讲才能受到白人废奴主义者的欣赏,因此他时常应邀到全国各地的废奴协会,甚至到国外去发表废奴演讲。在这些废奴聚会上,道格拉斯指出,"对我而言,我宁愿死,也不愿活在毫无前途可言的奴隶制里"[①]。其话语戳穿了白人所谓"黑奴喜欢过奴隶制生活"的谎言。"潘多拉魔盒"的开启使道格拉斯产生了强烈的废奴欲望,他不但要摆脱自己的奴隶生活,还竭力帮助其他黑奴争取解放。

由此可见,道格拉斯反抗奴隶制的坚定信念和巨大勇气得益于奴隶制"潘多拉魔盒"的开启,其第三种意识的形成和逐渐成熟有助于消除其双重意识中的奴性和胆怯心理。他认为废奴的终极目标就是打开全国所有黑奴头脑中的"潘多拉魔盒",提高他们的政治觉悟和种族意识,使他们获得解放,成为与白人平等的美国公民。道格拉斯以自己为模式塑造出敢于追求自由和人权的新黑人形象,使广大黑人相信肤色并不能永远阻止黑人去追求和实现自己的理想。道格拉斯在这部奴隶叙事中所传达的政治主张和种族意识给美国废奴事业带来一阵春风,同时也有助于美国社会了解奴隶制里黑奴的精神状态和反抗意识。

在《生平叙事》里,奴隶制"潘多拉魔盒"开启之后,以道格拉斯为代表的黑奴如饥似渴地学习各种文化知识,提高自己的种族觉悟和思想觉悟。奴隶掌握了文化知识后,越来越不满既定的奴隶身份和被剥削状态。在白人进步文化的不断移入下,黑奴对自己身份和奴隶制社会的认识越来越清晰,采取了各种各样的反抗方式,产生了许多捍卫黑人权益的思想,把获得自由和解放作为人生的奋斗目标。道格拉斯的黑奴经历不是他个人的特殊遭遇,而是整个黑人民族在奴隶制社会环境里的生存困境的逼真再现。道格拉斯的这部奴隶叙事一方面为揭露美国南方奴隶制的残忍提供了证词,另一方面道格拉斯以自己学习文化和写成这部奴隶叙事的事实表明

[①] Robert S. Levine, *Dislocating Race & Nation: Episodes in Nineteenth-Century American Literary Nationalism*, Chapel Hill: University of North Carolina Press, 2008, p124.

了黑人和白人一样具有读写能力和思想观念的表达能力，驳斥了黑人智力低下论，戳穿了"黑人不是人"的谎言。道格拉斯的奴隶叙事印证了美国牧师西奥多·帕克（Theodore Parker）的论断："我们没有经久不衰的美国文学。我们的学术书籍仅是外国模式的模仿品……我们有一系列只有美国人才能写得出来的作品，我指的是逃亡奴隶的传记。……美国原汁原味的浪漫故事在黑奴叙事中出现，而在白人小说中难寻踪迹。"①因此，以道格拉斯《生平叙事》为代表的奴隶叙事采用的是百分之百的美国题材，在美国白人文学和其他族裔文学里并无类似主题，在世界文学中也是首屈一指；奴隶叙事不愧为美国本土特征最为明显的文学作品之一。

第四节　从《一个奴隶女孩的生活事件》看雅各布斯笔下非裔美国人的双重意识

《一个奴隶女孩的生活事件》（1861）是非裔美国作家哈丽雅特·A. 雅各布斯以自己的亲身经历写成的自传体奴隶叙事。她向美国北方自由州的人们揭露了南部奴隶制的本来面目，激起美国北方妇女对南方 200 万黑奴妇女的悲惨遭遇和非人生活的极大同情，她"创作了 19 世纪美国具有开拓意义的女性奴隶叙事文本"②。雅各布斯"以一个违反了女性道德准则的女性为叙事人，大胆触及奴隶制对于女奴肉体的蹂躏和摧残的主题，从而打破了女性文学创作的禁区，开创了女性形象的新视角"③。她塑造的黑奴女性形象比当时美国男作家撰写的众多奴隶叙事中所描写的黑奴妇女形象更为真实、更加深刻。这部作品的文学价值在 19 世纪未能引起人们的重视，但在 20 世纪末，该书越来越受到人们的喜爱。美国评论家拉菲亚·扎法（Rafia Zafar）介绍说："在这些日子里，看起来每位研究生的阅读书单上都出现了《一个奴隶女孩的生活事件》这本书，上我的'非裔美国人作家'课的六名学生都已经读了经常在'妇女研究'课上才学的雅各布斯。"④雅各布斯复兴的时代已经到来。她的书已被列入经典美国文学的教学大纲。当

---

① Qtd from Houston A. Baker, "Introduction," in Frederick Douglass, *Narrative of the Life of Fredrick Douglass, an American Slave, Written by Himself*, New York: Penguin American Library, 1982, pp.12-13.
② 金莉：《文学女性与女性文学：19 世纪美国女性小说家及作品》，北京：外语教学与研究出版社，2004 年版，第 65 页。
③ 金莉：《文学女性与女性文学：19 世纪美国女性小说家及作品》，北京：外语教学与研究出版社，2004 年版，第 86 页。
④ Deborah M. Garfield & Rafia Zafar, eds., *Harriet Jacobs and Incidents in the Life of a Slave Girl*, New York: Cambridge University Press, 1996, p. 2.

代学者写了许多书和论文从不同的角度探讨《一个奴隶女孩的生活事件》的诸多方面，包括作品的文体表达、性别歧视、奴隶反抗和宗教信仰等方面的问题。可是，他们几乎没有人提及该书中所反映出来的双重意识问题。因此，本节拟采用非裔美国文论的基本理论，探讨双重意识在小说主角琳达·布伦特（Linda Brent）反对南方奴隶制、北方种族歧视和追求自由平等的斗争中所起的重要作用。

非洲根文化与白人文化移入在黑人双重意识中的相互作用

在大西洋奴隶贸易开始之前，非洲大陆上生活着不同的黑人部族。非洲黑人勤劳、善良、单纯、勇敢、聪明，他们创造了自己的音乐、神话、舞蹈和社会结构。15世纪末，哥伦布探索新大陆时，船员中就有一些非洲黑人。因此，黑人与白人一样也是最早到达和发现美洲的人。1619年，20名黑人俘虏被欧洲白人卖到北美弗吉尼亚州的詹姆斯敦镇为奴仆，这标志着非裔美国人奴隶生涯的开始。此后，越来越多的非洲黑人被卖到美洲为奴。和白人移民不一样，这些黑人被白人用锁链套着，从西非海岸押上船，通过"中间通道"运送到美洲。那时，非洲黑人一旦落入奴隶贩子之手，就失去了人身自由；黑人来到美洲后，就被强迫为奴，开始接触以欧洲文化为中心的美国白人文化。小亨利·路易斯·盖茨（Henry Louis Gates, Jr.）说："新世界是一个的的确确看得见的跨文化交流的大熔炉，然而，其中的奴隶制的确有助于为以前处于分离状态的众多非洲黑人文化创建一个动态的文化交流和修正的平台，这在非洲历史上是史无前例的。"[1]非洲黑奴与白人文化的接触和联系渐渐促成非裔美国人文化的形成。这种文化的形成表明双重意识的存在对他们的意识形态、行为举止，以及他们对美国社会的生活态度等都产生了巨大的影响。

非裔美国文化体现了美国黑人与自然界、黑人社会和白人社会的联系。为了生存，他们竭力适应新的社会环境。"美国最南部的这种文化的根处于非洲文化的残留部分与欧洲文化、美洲本土文化的调和之中，处于性别差异、阶级差异和种族差异的发展变化之中。这样的文化就表明了社会的构建过程。人们在适应环境条件和历史境况的过程中创建了独特的、不同的生活方式。"[2]在文化移入过程中，美国黑人经历了漫长的历史发展阶段，

---

[1] Henry Louis Gates, Jr., *The Signifying Monkey: A Theory of African-American Literary Criticism*, New York: Oxford University Press, 1988, p.4.

[2] Bernard W. Bell, "The African-American Literary Tradition," in M. Kelsall (Ed.), *Literature and Criticism: A New Century Guide*, London: Routledge, 1990, p.1138.

涉及大西洋奴隶贸易、北美奴隶制、南方种植园、美国内战、战后南部重建、美国大迁移（Great Migration）、两次世界大战、民权运动和城市化等重要历史事件。"这些历史经历的独特性促成了黑人的双重意识、既爱又恨的矛盾化社会心理和双重视角，生成了美国黑人种族文化中具有创造性的原动力。"①

此外，针对充满种族歧视的文化模式在美国社会占支配地位的社会现实，杜波依斯在《黑灵魂》（*The Souls of Black Folk*，1903）中提出了关于双重意识的论述："它（双重意识——笔者注）是一种奇特的感觉，这种意识总是通过别人的眼睛来看自己，用蔑视和怜悯并存的世界里的卷尺来测量自己的灵魂。人们总会感受到这种二元性——一方面是美国人，另一方面是黑人；两个灵魂、两种思想、两个不可调和的追求和两个冲突的理想同时存在于一个黑色的躯体之中，这个身躯的顽强毅力使其免于被扯为两半。"②非裔美国人是有非洲血统的美国人，但在大多数白人眼里，他们又不被看成是人。他们是这个社会的一部分，为社会的发展贡献了自己的血和汗，但又不被当作平等的公民来接纳。杜波依斯把非裔美国人的双重意识定义为具有非洲血统的美国人的复杂的社会文化和社会心理的双重性；这些非洲血统的美国人被有欧洲传统的美国人习惯性地贬低和边缘化。③黑奴的双重意识包括两种不可分割的成分：一个是他们的非洲文化，另一个是在美国白人文化奴役下产生的移入文化。非裔美国人的根文化就是他们从非洲大陆带来的本族文化。在美国奴隶制环境下，这种文化备受摧残，几乎灭绝，但文化对人的依附性不是外界压力和环境能根除的，因此，美洲大陆的恶劣社会环境并没能铲除美国黑人的根文化。相反，这种本源文化在美洲大陆获得了新的发展。黑奴们刚到美国时，曾梦想靠双腿走回非洲，后来发现浩瀚的大西洋把他们与非洲大陆无情地隔离开来。在残酷的奴隶制下，他们孤独无助，自创忧伤的民歌和灵歌来抒发他们的思乡情怀，宣泄心中的悲愤。非洲根文化是黑人生活的精神支柱，但白人文化的渐渐移入对他们的根文化造成了巨大冲击，这对黑奴产生了两方面的重要影响：一方面，黑奴慑服于白人社会强大的国家机器和奴隶主的残暴镇压手段；另一方面，白人良好的生活环境和政治权利也引起黑奴的羡慕和渴望。黑奴希望获得像白人一样的生活权利，消除每天都有可能被皮鞭抽打的恐惧。

---

① Bernard W. Bell, "The African-American Literary Tradition," in M. Kelsall (Ed.), *Literature and Criticism: A New Century Guide,* London: Routledge, 1990, p.1138.
② W. E. B. Du Bois, *The Souls of Black Folk*, New York: Bantam, 1989, p.173.
③ W. E. B. Du Bois, *The Souls of Black Folk*, New York: Bantam, 1989, pp.16-17.

非裔美国人根文化的意识形态使他们确信自己是人。白人文化的移入引起他们对白人文化的恐惧、模仿和渴望。他们对白人文化的恐惧和模仿可以被视为消极的文化移入，而他们对白人先进文化的渴望、感悟及想争取与白人的平等地位而产生的反叛思想和行为等可被视为积极的文化移入。黑奴的双重意识按文化移入所产生的功能可分为消极的双重意识和积极的双重意识。消极的双重意识包括非洲根文化和消极的白人文化移入，其中消极的白人文化移入占主导地位；黑人通常会丧失主观能动性，吸收白人文化中的消极文化成分，漠视或违反法制和社会规则。积极的双重意识包括非洲根文化和积极的白人文化移入，其中积极的白人文化移入占主导地位；这时，黑人吸收白人文化中的积极文化成分，遵守法制和社会规则。

奴隶制和种族歧视与美国黑人的双重意识

"黑奴贸易开端于1640年，其后的迅猛发展是奴隶经济与种族歧视相互作用的结果，对廉价劳动力不断增长的需求导致了17世纪末美国的政治举措和19世纪末的社会意识形态变化，以至于美国政府出台了更为严酷的措施来限制黑人的民权，否认他们的人权。"[1]在当时的美国南方，法律把黑人贬为"非人类"。在《一个奴隶女孩的生活事件》中，琳达意识到奴隶制度是美国这个国家集体犯罪的根源，她列举了南方奴隶制的主要滔天罪行，如贩卖人口、践踏黑人人权、残酷奴役黑人、血腥镇压逃亡奴隶、剥夺黑人公民权、推行愚民政策、用宗教手段愚弄和控制黑人等等。所有的这些罪行残害了黑人的身心健康，导致了其双重意识中的消极文化移入。

在雅各布斯的这部奴隶叙事中，黑奴的家人、亲戚、朋友等一切社会关系都遭到无情的践踏和漠视，随时都可能因奴隶主的买卖而中断，很少有黑奴能摆脱被白人像牲口一样买卖的命运。根据法律，黑奴不允许读书写字，因此几乎所有黑奴都是文盲。在奴隶制下，黑人过着牛马不如的生活。如果逃亡，他们会被奴隶主疯狂追捕；一旦被抓住，就会遭受鞭打、监禁、挑脚筋、砍断手脚等酷刑。为了防止奴隶逃到北方，奴隶主还造谣说北方是一个十分恐怖的地方，那里的奴隶生活比南方更为悲惨。许多黑奴听信了奴隶主的谎言，也以为"不值得用奴隶制去交换如此艰难的自由"[2]。如

---

[1] Bernard W. Bell, *The Afro-American Novel and Its Tradition*, Amherst: University of Massachusetts Press, 1987, p.7.
[2] Harriet Brent Jacobs, *Linda Brent: Incidents in the Life of a Slave Girl*, Dan Diego: HBJ, 1973, p.43.

此愚民政策的结果是许多奴隶甚至"用南方原则蔑视北方人"①。由此可见，奴隶主企图从意识形态方面控制黑奴。为了维护奴隶制的稳定，使黑奴更加愚昧无知，奴隶主还篡改基督教教义，布道欺骗、愚弄奴隶。在《一个奴隶女孩的生活事件》第八章里，牧师帕克（Parker）说："忠心效劳于你的主人吧，上帝看到会高兴的。如果你偷懒，躲避干活，上帝看得到的；如果你撒谎，上帝能听到；如果你不去教堂做礼拜，躲藏起来偷吃主人的东西……上帝会看到你……上帝会看到你……上帝会看到你……"②这个牧师充当奴隶主的喉舌，披上宗教的外衣，歪曲基督教教义，用上帝的全知全能从精神上控制、威胁黑奴，在黑奴头上高悬达摩克利斯之剑。"上帝会看到你"③是从精神和心理上剥夺黑人的人身自由的可怕咒语。白人的暴力、冷酷、残忍和欺骗以消极文化移入的方式进入黑奴的双重意识，使黑人产生了对白人惧怕、胆怯而又轻信白人的心理，导致了恶劣的消极影响。

在奴隶制里，黑人妇女终日无偿劳作，而且是奴隶主发泄兽欲的工具。奴隶女孩最易受到奴隶主的性侵犯，整日生活在奴隶主的骄奢淫逸和性恐怖之中。奴隶主可以任意诱奸和强奸她们，如遇反抗，奴隶主就鞭打她们或不给她们饭吃，直到她们屈服为止。雅各布斯说，在这样的非人社会里，"抵抗是没有希望的"④。弗林特医生（Dr. Flint）就是这样一个奴隶主，他表面上是一名道貌岸然的基督教徒，但实际上是贪婪、自私、下流、道德败坏的无耻之徒。他任意奸淫家中的女奴，导致女奴生下了十多个孩子。他对女奴生下的子女不但没有情感，反而把他们当作牲口变卖以此赚钱。雅各布斯在这部奴隶叙事中揭示的白人奴隶主对女性黑奴实施性压迫的主题在美国文学史上还是第一次。"女性黑奴不仅同其他黑奴一样被剥夺了做人的权利，受奴役、遭迫害、被买卖，更可悲的是在那个没人道、没道德可言的奴隶制下，她们成为奴隶主泄欲的工具，非但生命没有保障，连为人妻、为人母的权利也没有。女性黑奴是这个罪恶制度下最大的受害者。"⑤正如美国评论家小休斯敦·A. 贝克（Houston A. Baker, Jr.）所言，"奴隶制的经济学不仅使非洲男人成为干活的动产，而且还使非洲妇女成为泄欲的

---

① Harriet Brent Jacobs, *Linda Brent: Incidents in the Life of a Slave Girl*, Dan Diego: HBJ, 1973, p. 44.
② Harriet Brent Jacobs, *Linda Brent: Incidents in the Life of a Slave Girl*, Dan Diego: HBJ, 1973, pp.70-71.
③ Harriet Brent Jacobs, *Linda Brent: Incidents in the Life of a Slave Girl*, Dan Diego: HBJ, 1973, p. 70.
④ Harriet Brent Jacobs, *Linda Brent: Incidents in the Life of a Slave Girl*, Dan Diego: HBJ, 1973, p. 79.
⑤ 金莉：《文学女性与女性文学：19世纪美国女性小说家及作品》，北京：外语教学与研究出版社，2004年版，第74页。

工具"①。曾为女奴的雅各布斯在其叙事中控诉道:"在奴隶制下,做男人恐怖,做女人更恐怖。"②琳达是奴隶制的受害者,她痛恨奴隶制。她说:"甚至那些恶毒的巨蛇都比不上那个被称为'文明'社会里的白人。"③琳达认为,南方奴隶制社会是美国黑奴的人间地狱。她的双重意识里的非洲文化成分与移入的白人文化成分产生猛烈冲突,促使她走上反抗奴隶制、种族歧视和性侵犯的道路,促使她去追求一个美好而有归属感的社会。

美国北方同样也充满了社会偏见和种族歧视。"种族歧视指的是不平等的权利关系,衍生于一个种族对另一个种族的政治压迫,导致制度化歧视行为(如种族隔离、种族统治和种族迫害)。"④在美国北方,虽然法律禁止奴隶制,但是白人因为黑人的肤色而歧视他们。白人对黑色感到恶心,把黑人看成是未开化的野蛮人。在北方出现的种族歧视可分为两类:制度化种族歧视和内化种族歧视。

首先,制度化种族歧视指的是"社会运行机构,如教育机构、各级政府等,采用种族歧视政策并付诸实践的行为。……内化种族歧视的种族偏见经常反映为一个社会的种族歧视和这个社会狭隘的盎格鲁·撒克逊审美观。"⑤琳达逃到北方后,首先遭受到的就是制度化种族歧视。当时,因为劳累,她想买一张到纽约的头等车厢的火车票,却被拒绝,其原因是法律规定有色人种不允许坐头等车厢。这给她追求自由的理想泼了一盆冷水。北方的种族歧视得到了法律的认可,因此,种族歧视不是个体的,而是制度上的。只有国家的法律改变了,种族歧视的状况才有可能改变。

其次,琳达在美国北方遭遇的第二类种族歧视是内化种族歧视。内化种族歧视又可分为"白人至上论"思想的内化歧视和种族内肤色歧视。

"白人至上论"思想的内化歧视起源于有色人种在种族社会向他们灌输"白人优越论"或"白人至上论"思想后所产生的心理。有一天,琳达陪布鲁斯夫人(Mrs. Bruce)去茶室喝茶时,刚一落座,就有一名黑人服务员对琳达大声斥责,叫她马上离开,因为茶室不接待黑人。琳达愤怒万分,拒绝离开,仍坐在那里不走,但那名黑人服务员始终没有给她上茶。这次遭遇的歧视是由她的黑人同胞实施的。这名服务员自己就是黑人,也是种族

---

① Houston A. Baker, Jr. *Blues, Ideology, and Afro-American Literature: A Vernacular Theory*, Chicago: The University of Chicago Press, 1984, p.37.
② Harriet Brent Jacobs, *Linda Brent: Incidents in the Life of a Slave Girl*, Dan Diego: HBJ, 1973, p. 79.
③ Harriet Brent Jacobs, *Linda Brent: Incidents in the Life of a Slave Girl*, Dan Diego: HBJ, 1973, p.116.
④ Lois Tyson, *Critical Theory Today: A User-Friendly Guide*, New York: Garland, 1999, p.381.
⑤ Harriet Brent Jacobs, *Linda Brent: Incidents in the Life of a Slave Girl,* Dan Diego: HBJ, 1973, p.381.

歧视的受害者。他为什么充当白人的帮凶来实施种族歧视行为呢？除了经济原因之外，另一个重要原因是消极的白人文化移入在其双重意识中占了主导地位，"白人至上论"思想占据了这名服务员的心灵，使他对白人言听计从，帮着白人实施种族隔离，歧视有色人种。黑人同胞给予琳达的心灵伤害远远大于制度化种族歧视。这也是消极的白人文化移入毒害黑人的又一典型例子。琳达拒绝离开是为了捍卫自己的公民权，也是对北方种族歧视的自发抵制。[1]对种族隔离的抗争行为使琳达成为 20 世纪 60 年代马丁·路德·金（Martin Luther King）倡导的美国民权运动的先驱。

"白人至上论"思想的内化歧视还经常导致种族内肤色歧视。种族内肤色歧视指的是"在黑人社团内部出现的对那些肤色更黑、非洲特征更明显的黑人的歧视"[2]。在内化的种族歧视里，相当一部分有色人种的人认为自己比白人低下，处处不如白人，并且总是梦想哪一天自己会突然变成白人，或者看上去更白一点。这些人一旦自己的肤色比他人要白一点，就沾沾自喜，自以为比别人要高等得多，瞧不起那些肤色比自己黑的人。这种现象在《一个奴隶女孩的生活事件》中也有出现。有一天，琳达随布鲁斯夫人去了一家海滨宾馆，那里有来自不同国家的三四十个保姆。在吃茶点时，琳达坐着给布鲁斯夫人的孩子小玛丽喂东西吃，却遭到宾馆服务员的干涉，要求她站着给小孩喂食，因为保姆这样坐着干活是对白种人的无礼。那时，琳达不自在地往四周一瞧，发现旁边一名肤色比自己浅的保姆正以瞧不起的目光看着她，似乎琳达的出现是对她的玷污。因肤色而受到自己黑人同胞姐妹的歧视使琳达痛心无比。种族内肤色歧视使黑人的审美观顺应白人的审美观，黑人的双重意识中产生了"贬黑崇白"的有害心理。这种心理的严重后果是使受害黑人逐渐丧失对非洲根文化的自信心，成为既不被白人社会接纳又游离于黑人社会之外的可悲的漂泊者。

美国南方奴隶制残酷，北方种族歧视冷酷，从南方奴隶制中逃到北方的琳达处于彷徨之中。琳达偶然的英国之行使她有机会接触到另一个世界，拓宽了她的视野。她在英国待了十个月，去过一些城镇。在此期间，她有三大发现。第一，她发现在英国没有奴隶制和种族歧视。她生平第一次来到这个不以肤色而以教养来评判人的地方，第一次有了被人看作是人的感觉。第二，她发现英国也有穷人，但穷人通过劳动会得到报酬，穷人的权

---

[1] A. Goldman, "Harriet Jacobs, Henry Thoreau, and the Character of Disobedience," in Deborah M. Garfield & Rafia Zafar (Eds.), *Harriet Jacobs and Incidents in the Life of a Slave Girl*, New York: Cambridge University Press, 1996, p. 237.

[2] Lois Tyson, *Critical Theory Today: A User-Friendly Guide*, New York: Garland, 1999, p.382.

利也受法律保护。英国的劳动者不会在工作时受到监工的鞭打。虽然穷人的居住环境一般,但每个家庭都受法律的保护,没有奴隶贩子及其帮凶闯入他们家里抢走他们的妻子或女儿。穷人的孩子也有受教育权。琳达归纳说:"他们(英国工人——笔者注)中甚至最平庸、最没文化的人的生活状况都远远胜过美国最得宠的奴隶的生活状况。"[1]而且,"最无知、最贫穷的农民也比美国最得宠的奴隶的生活好上千百倍"[2]。在这里,琳达目睹了人类社会基本生活的本来面目。第三,她发现英国的基督教与美国的基督教不同,还目睹了英国牧师的良好品行,这与在美国南方专骗黑人的基督教构成鲜明的对比。在美国南方,牧师一边高谈福音,一边大干买卖奴隶的勾当;像弗林特医生之类的信教者更是撕掉自己的伪善面具,残酷地剥削、压榨、虐待黑奴。通过对比,琳达才真正明白了美国圣公会的伪善。美国南方基督教的基本教义和宗旨已被歪曲和篡改,上帝的权威被南方奴隶主用来作为控制和威慑黑奴的精神工具。由此可见,"清教和圣公会教士们教化黑奴的目的主要是使他们成为顺从、不撒谎、有用的奴仆"[3]。

通过对英国的人权状况、生活条件和宗教信仰等方面情况的了解,琳达进一步认识到美国奴隶制的无理性和非人道。英国之行使其头脑里积极的双重意识更为成熟,并得到升华。这种升华强化了她的反叛性格和捍卫自己做人尊严的决心,并促使她向南方非人的奴隶制和北方的邪恶种族歧视发起挑战。英国社会无奴隶制、无种族歧视的社会现实映衬出美国社会种族问题的触目惊心。积极、健康的白人文化移入提高了琳达双重意识中的政治觉悟,使她认识到美国奴隶制和种族歧视的存在是来自欧洲的白种人对来自非洲的黑种人所犯下的不可饶恕的反人类罪行。英国的文明社会状况为美国今后的社会变革提供了一个可参照的模式。

双重意识的形成、发展和成熟

在男权制社会里,妇女仅有两个可能的身份:一是接受传统女性角色、服从男权制社会道德规则的"好女孩";二是违背男权制社会道德准则的"坏女孩"。"当然,'好女孩'和'坏女孩'的定义取决于她们生活的时代和地点。但是,只有男权制社会的意识形态才能下这样的定义,因为这两个角

---

[1] Harriet Brent Jacobs, *Linda Brent: Incidents in the Life of a Slave Girl*, Dan Diego: HBJ, 1973, p.188.

[2] Harriet Brent Jacobs, *Linda Brent: Incidents in the Life of a Slave Girl*, Dan Diego: HBJ, 1973, p.189.

[3] Bernard W. Bell, *The Afro-American Novel and Its Tradition*, Amherst: University of Massachusetts Press, 1987, p.7.

色都是由男人的欲望所定的。在奴隶制社会，奴隶主具有强烈的欲望想要把所谓'有价值'的妇女纳入其性享乐的范畴。他们企图控制妇女的性活动，以保障他们的性特权不受到威胁。"[1]根据奴隶制下的男权社会道德规范，如果女黑奴不把初夜权交给奴隶主，或不经奴隶主同意就与他人发生性关系，她们就是"坏女孩"。但是，如果女黑奴屈从奴隶主的性剥削，生下小孩后，她们也会从"好女孩"变成"坏女孩"。奴隶主会把生了小孩的女奴以及她的孩子立即卖掉，因为这样的女奴和孩子继续生活在奴隶主家里会妨碍奴隶主夫妇的关系。由此可见奴隶制男权社会习俗对女黑奴的残酷压榨和野蛮侵犯。琳达为了捍卫自己作为女性的权利，不惜铤而走险，采用主动与另一名白人桑得斯（Sands）发生性关系的方式来逃避奴隶主对她的性侵犯。[2]她的这种大胆举动触犯了美国奴隶制男权社会的伦理道德准则，因为女奴没有选择性伴侣的自由权。因此，琳达就被视为一个典型的"坏女孩"。琳达拒绝屈从于弗林特医生的性剥削的另一个重要原因是琳达不愿自己的子女被他当奴隶卖掉。其他女奴的遭遇使琳达意识到：她面临的不仅有性剥削，还有子女被卖掉的悲剧。琳达认为，弗林特医生会卖掉女奴为他生下的子女，但如果孩子的父亲是桑得斯，弗林特医生就没理由卖掉她的孩子了。雅各布斯在这里推翻了奴隶制法律的最基本原则，她授予女黑奴选择孩子父亲的权利。[3]"雅各布斯从母亲身份的角度把琳达·布伦特描写成南北战争前最有价值的'女性角色'，用一个可能招致许多人恼怒的故事赢得白人的同情。"[4]琳达的反叛动力之一是她不想使自己的子女又成为任人买卖的奴隶。她的母爱猛烈冲击了北方白人妇女的伦理道德观，琳达的婚前性行为和未婚生子是南方非人的奴隶制的恶劣社会环境所造成的。[5]

---

[1] Lois Tyson, *Critical Theory Today: A User-Friendly Guide*, New York: Garland, 1999, p.80.

[2] John Ernest, "Motherhood beyond the Gate: Jacobs's Epistemic Challenge in *Incidents in the Life of a Slave Girl*," in Deborah M. Garfield & Rafia Zafar (Eds.), *Harriet Jacobs and Incidents in the Life of a Slave Girl*, New York: Cambridge University Press, 1996, p. 194.

[3] P. G. Foreman, "Manifest in Signs: The Politics of Sex and Representation in *Incidents in the Life of a Slave Girl*," in Deborah M. Garfield & Rafia Zafar (Eds.), *Harriet Jacobs and Incidents in the Life of a Slave Girl*, New York: Cambridge University Press, 1996, p.84.

[4] S. Gunning, "Reading and Redemption in *Incidents in the Life of a Slave Girl*," in Deborah M. Garfield & Rafia Zafar (Eds.), *Harriet Jacobs and Incidents in the Life of a Slave Girl*, New York: Cambridge University Press, 1996, p. 134.

[5] M. Titus, "This Poisonous System: Social Ills, Bodily Ills, and *Incidents in the Life of a Slave Girl*," in Deborah M. Garfield & Rafia Zafar (Eds.), *Harriet Jacobs and Incidents in the Life of a Slave Girl*, New York: Cambridge University Press, 1996, p. 210.

在南方奴隶制下，黑人妇女经常遭受男权制社会的双重迫害：一是因为她们是奴隶；二是因为她们是黑人女性。黑人妇女被认为比白人妇女低贱得多。奴隶制使女奴成为性牺牲品和道德牺牲品。"黑人女性受到双重束缚，她们既不能指望白人妇女的性别团结，也不能指望黑人男性的种族团结，她们指望不上男性黑人和女性白人的帮助。"[①]男性黑奴没有人身权利，黑人妇女不可能指望他们保护自己的妻子或女儿不受白人奴隶主的性骚扰、性虐待和强奸。在南方男权制社会里，白人妇女虽然被称为"女主人"，但因其低下的性别地位，她们也没办法阻止丈夫对女黑奴的性剥削。[②]弗林特太太知道丈夫对琳达有性企图，但也没有办法管住自己的丈夫。令人可悲的是，她把对丈夫的不满迁怒到琳达身上，反而怀疑琳达勾引其丈夫，对琳达产生性嫉妒，并把她看成是他们家庭生活失调的罪恶根源。此后，她千方百计地迫害琳达。丈夫的行为伤害了弗林特太太作为妻子的人格尊严，亵渎了他们的婚姻誓言。处于奴隶主阶层的弗林特太太漠视女奴的人格尊严，不可能对同为女性的琳达产生将心比心式的换位思考或移情怜悯。

琳达与弗林特夫妇的冲突表明南方奴隶制下的男权制社会准则剥夺了黑人女性做女人的权利，并揭示出黑人妇女在白人男性与白人女性的性冲突中永远是牺牲品的悲剧。琳达的不幸加剧了其双重意识中对南方奴隶制的强烈反抗心理。受的压迫越大，琳达反抗的爆发力就越大，同时这也激发了她与奴隶主斗智斗勇的大无畏抗争精神。深知奴隶制残酷的琳达情愿牺牲生命也要追求自由。为了躲避追捕，她在祖母玛莎（Martha）的小阁楼上藏了整整七年。小阁楼的空间太小，站不能站，坐不能坐，连翻身都困难。由于长期缺乏运动，琳达几乎瘫痪，但在其心目中，这自由的小阁楼不知比弗林特医生恐怖的家好上多少倍。为了转移弗林特医生的注意力，琳达还多次写信给他谎称自己已逃到北方。琳达在阁楼上的小孔里多次窥视到弗林特医生从小阁楼前经过，赶往北方去追捕她的蠢样。由此可见，黑奴在智力上并不逊色于白人，反而在艰难处境中一次又一次地智胜奴隶主。在与奴隶主的斗争中，积极的双重意识在琳达头脑里渐渐成熟，她的思想觉悟渐渐提高。琳达曾说："我的主人拥有权利和法律，我有坚强的意

[①] Lois Tyson, *Critical Theory Today: A User-Friendly Guide*, New York: Garland, 1999, p.96.
[②] D. M. Garfield, "Earwitness: Female Abolitionism, Sexuality, and *Incidents in the Life of a Slave Girl*," in Deborah M. Garfield & Rafia Zafar (Eds.), *Harriet Jacobs and Incidents in the Life of a Slave Girl*, New York: Cambridge University Press, 1996, p. 116.

志。双方都有力量。"①琳达的各种机智和胆识显示了美国黑人文化中不可战胜的一种民族精神。

此外,与女雇主布鲁斯夫人(Mrs. Bruce)的冲突揭示了琳达的双重意识的悖论窘境。1850年美国颁布的《逃亡奴隶法》使南方奴隶主有权到北方抓回逃亡的奴隶。这样,已逃到北方的琳达又有被抓回南方的危险。弗林特医生的女婿仍想把琳达抓回去当奴隶卖掉,布鲁斯夫人不愿看到悲剧出现,于是自己出钱把琳达从奴隶身份中赎了出来。琳达感激布鲁斯夫人的好意,但认为这不是她自己所期望的。随着其双重意识中积极的白人文化的移入,琳达对奴隶制的非理性和非法性有了更加深刻的认识,觉得自己不是可以随便买卖的物件。她认为,"付钱给那些曾经惨无人道地压榨她的人,就像是从我的苦难中拿走了获取胜利的荣誉"②。在其双重意识中,琳达坚持非洲根文化的基本信条:自己天生是人。琳达渴望自由但又不愿以赎买的方式获得自由的矛盾心理使她陷入了双重意识的悖论窘境。其双重意识中积极的白人文化移入使她坚信自己应该拥有与白人平等的公民权,像白人一样生活在美国。既然白种人不能在市场上像牲口一样被买卖,琳达就觉得买卖黑人也是不公平的、不人道的。白人文化中种族尊严思想的文化移入激励了琳达为捍卫黑人种族的尊严而斗争,以及为争取种族承认和种族平等而斗争的决心。

琳达获得自由后不久,在沃尔特·特勒(Walter Teller)和L. 玛利亚·蔡尔德(L. Maria Child)等朋友的鼓励和帮助下,把自己的奴隶生活真实地写下来,揭露了美国南方奴隶制的罪恶和奴隶的悲惨生活,以激励更多有正义感的善良的北方人为废除奴隶制、拯救生活在南方奴隶制中的黑奴妇女做出自己的贡献。雅各布斯知道"她的奴隶叙事直率地揭露了不显眼的黑人性层面,这是白人未认知到(或不想去认知)的黑人性在整个人类发展经历中的又一方面"③。在这部叙事的末尾部分,雅各布斯的代言人琳达的双重意识已达到了政治上的成熟,她坚强地履行了一名刚摆脱奴隶制的妇女应履行的职责。她不仅是一位充满母爱的、具有不屈反叛精神的非裔美国妇女,还是早期女权运动的先驱之一。她不但为种族平等而斗争,还为捍卫妇女权益而斗争。

---

① Harriet Brent Jacobs, *Linda Brent: Incidents in the Life of a Slave Girl*, Dan Diego: HBJ, 1973, p. 87.
② Harriet Brent Jacobs, *Linda Brent: Incidents in the Life of a Slave Girl*, Dan Diego: HBJ, 1973, p. 205.
③ John Ernest, "Motherhood beyond the Gate: Jacobs's Epistemic Challenge in *Incidents in the Life of a Slave Girl*," in Deborah M. Garfield & Rafia Zafar (Eds.), *Harriet Jacobs and Incidents in the Life of a Slave Girl*, New York: Cambridge University Press, 1996, p. 186.

琳达是非裔美国黑奴中的一个典型代表。随着其双重意识中积极的白人文化移入的不断增加，她由一名不谙世事的奴隶女孩成长为一名敢于反抗奴隶制、与奴隶主斗智斗勇的女性尊严捍卫者，从一名为自己和子女谋解放的自发反抗者成长为一名为废奴事业不懈奋斗的自觉战士。积极的双重意识的形成、发展和成熟使琳达渐渐明白了南方奴隶制的罪恶和北方种族歧视的反人性，这坚定了她奋起反抗的决心。琳达的个人生活经历表明积极的文化移入不会摧毁非裔美国人的非洲根文化，反而有利于他们借助白人文化的先进思想来展开捍卫人权、种族平等和性别平等的斗争，也有利于黑人以非裔美国人的身份嵌入美国的多元化社会。

小　　结

美国的奴隶叙事具有写实的特色，较为真实地记载和反映了美国奴隶制时期黑奴的生存状况和各种社会问题，揭露了美国历史发展过程中最为黑暗的一页。本章研究了四部奴隶叙事，从四个角度来解析奴隶制问题。《生平趣叙》是美国文学史上第一部由黑奴亲自执笔撰写的奴隶叙事，为早期美国黑奴问题的相关研究提供了可靠的第一手资料。厄奎阿娄从政治、经济和文化方面揭示了美国黑奴制度的悖论及其寓意。《叙事》披露了纽约州即将废除奴隶制之际人性善恶的各种表现形式，讴歌了美国内战前北方黑奴的觉醒。索杰纳·特鲁斯还从迷信型、感恩型、愚忠型和自卫型斯德哥尔摩综合效应的心理视角，抨击了奴隶制的非理性，认为人性扭曲是社会扭曲的必然结果。《生平叙事》揭露了美国南方黑奴的生存危机，有力地抨击了奴隶制的非理性和荒谬性。在这部奴隶叙事里，教黑奴学文化的行为在白人奴隶主看来犹如开启了"潘多拉魔盒"，但对于黑奴来讲却是开启了智慧之门，有助于提高黑人的政治思想觉悟，动摇奴隶制的思想基础。《一个奴隶女孩的生活事件》讲述了女奴为人权而奋斗的故事。女奴琳达·布伦特从一名受尽凌辱的奴隶女孩成长为敢于反抗奴隶制、与奴隶主斗智斗勇的妇女尊严捍卫者，从一名为自己和子女谋解放的自发反抗者成长为为废奴事业不懈奋斗的自觉战士。琳达追求自由的艰难历程表明积极的白人文化移入不仅不会摧毁非裔美国人的非洲根文化，反而还有助于他们用白人文化的先进思想来展开捍卫人权、种族平等和性别平等的斗争。这四部奴隶叙事讲述了关于从非洲本土掠来的北方黑奴和南方黑奴以及女性黑奴等的诸多骇人听闻的事件，详细地陈述了美国奴隶制剥夺人权和毁灭人性的各种罪行。

这四部奴隶叙事都是以作者曾经为奴的亲身经历为基础而写成的，虚构成分较少，虽然不是严格意义上的小说，但可以视为非裔美国小说生成的重要源头之一。这些奴隶叙事对非裔美国文学的发展有着积极的推动作用，同时也有助于美国废奴事业的发展。

第二章　废奴小说与新奴隶叙事

　　以写实性奴隶经历为主题的小说为虚构性奴隶经历类作品的诞生做了重要的铺垫。从写作风格来看，早期非裔美国小说的叙事结构几乎都是仿奴隶叙事的。随后，出现了非裔美国中篇小说、短篇小说和新奴隶叙事。废奴小说和新奴隶叙事不是写实性的，而是带有显著的文学虚构性特征，其主题仍然是揭露奴隶制和种族主义社会对非裔美国人的人权的践踏和对其公民权的非法剥夺。美国学者帕特里夏·里根斯·希尔（Patricia Liggins Hill）指出，"所有的这些创新形式和传统形式继续表达非裔美国人追求自由的政治主张，南北战争前的动荡岁月既是压抑、抗议和冲突的年代，也是改革、暴动和抗争的年代"[①]。

　　19 世纪初在美国爆发的废奴运动是致力于终止美国奴隶制的伟大运动，参与者呼吁取缔大西洋奴隶贸易，解放被奴役的黑人。美国废奴运动以北方为基地，向南方发展。在美国内战结束之前，废奴运动在南方是违法的。随着美国黑人的不懈抗争和白人开明人士的大力支持，废奴思想在美国社会渐渐发展成为一种社会共识，为奴隶制的最后废除奠定了坚实的思想基础和社会基础。北方的白人废奴运动在新英格兰反奴隶制协会创始人威廉·劳埃德·加里森等有识之士的领导下为美国废奴事业做出了不可磨灭的贡献。白人废奴运动中的主要白人作家有约翰·格林里夫·惠蒂埃（John Greenleaf Whittier）和哈丽雅特·比彻·斯托（Harriet Beecher Stowe）。黑人废奴运动的代表性人物是弗雷德里克·道格拉斯、查尔斯·亨利·兰斯顿（Charles Henry Langston）和约翰·默瑟·兰斯顿（John Mercer Langston）等。黑人废奴主义者把美国的奴隶制视为一项国家犯罪和十恶不赦的罪孽，同时还猛烈地抨击了白人奴隶主对女黑奴的政治压迫和性剥削。

　　19 世纪 30 年代之后，美国北部的进步人士率先发起了声势浩大的废奴运动。许多白人作家参加了这个运动，强烈谴责奴隶制的各种暴行。"美国的废奴文学是随着废奴运动的开展而逐渐兴起的。经历了半个多世纪的发展，废奴文学逐渐形成了自身的文学流派，从诗作到小说都在一定程度

[①] Patricia Liggins Hill, ed., *Call and Response: The Riverside Anthology of the African American Literary Tradition*, Boston: Houghton Mufflin, 1998, p.213.

上对奴隶制度进行了鞭笞,有力地推动了废奴运动。"[1]废奴小说产生于19世纪30年代,于50年代达到鼎盛,成为当时影响力最大的文学种类之一。白人和黑人废奴小说家都以废除奴隶制、揭露和控诉奴隶主罪行为创作目的,其经过艺术加工的作品更具感染力,在白人读者中引起了比奴隶叙事更大的反响。白人作家理查德·希尔德烈斯(Richard Hildreth,1807—1865)的作品《白奴》(The White Slave,1852)是美国第一部反蓄奴制的现实主义小说。当时黑奴的生存处境引起了不少白人作家的同情,拉尔夫·瓦尔多·爱默生(Ralph Waldo Emerson)、亨利·沃兹沃斯·朗费罗(Henry Wadsworth Longfellow)、沃尔特·惠特曼(Walt Whitman)等著名作家都写过反对和抨击奴隶制的诗篇。影响最大的废奴小说是斯托夫人的长篇小说《汤姆叔叔的小屋》(Uncle Tom's Cabin,1952)。废奴小说虽限于道义上的谴责,却推动了废奴斗争的蓬勃发展。

与废奴小说在主题构思和写作风格上有着密切关系的是新奴隶叙事。20世纪,一些非裔美国小说家没有当过奴隶或目睹过奴隶制,但是他们通过查阅历史文献,或采访奴隶后代的方式,撰写了一些奴隶叙事。这类奴隶叙事被称为"新奴隶叙事"(neo-slave narrative)。这些作品一方面系统地描写了美国奴隶制的各种情况,另一方面加入了现代作家的想象和现代人对历史问题的新见解。新奴隶叙事通常植入了现代作家的文学想象和艺术加工,因此具有小说的基本特征。新奴隶叙事传承了非裔美国人反对种族歧视和追求社会公平的文学传统,进一步拓展了捍卫人权和种族平等的文学主题。"20世纪下半叶奴隶叙事的复兴是对奴隶制的再现和回溯,是对历史事实的虚构描绘,也是对黑人身份与地位的重新审视以及对自由的重新阐释,展示了历史和关于奴隶制的文化记忆在个人、种族、性别、文化和民族身份形成中的重要意义。"[2]在新奴隶叙事里,不少非裔美国作家明确提出了自己的政治主张,力求在文学作品里重建非裔美国人的身份。他们的辛勤创作和开拓性思维为非裔美国文学在20世纪七八十年代的大发展打下了良好的基础。

"新奴隶叙事"这个术语是当代非裔美国作家伊什梅尔·里德在创作1976年出版的小说《飞往加拿大》(Flight to Canada)时提出的,并于1984年在谈论大卫·布拉德利(David Bradley)的小说《昌奈斯维尔事件》(The Chaneysville Incident)时再次谈及这个术语。他认为新奴隶叙事是一种以

---

[1] 邓黎娟:《浅析19世纪美国废奴文学》,载《考试周刊》2009年第36期,第34-35页。
[2] 金莉:《西方文论关键词:奴隶叙事》,载《外国文学》2019年第4期,第74页。

奴隶制岁月为背景的现代小说形式，主要描写美国奴隶制中黑奴的人生经历和奴役留下的各种后果，并且还指出新奴隶叙事以回忆和反思的方式描写奴隶制的状况，以第一人称视角用虚构的方式叙述历史史实。美国学者伯纳德·W. 贝尔（Bernard W. Bell）在《非裔美国小说及其传统》（*The Afro-American Novel and Its Tradition*，1987）中也提及这个术语，把它描述成一种关于摆脱奴役和追求自由的逃亡之旅的叙事，认为它带有奴隶叙事的元素，并与寓言和传说掺杂在一起，通常用来表述种族主义、迁移和文化精神等主题。

新奴隶叙事采用了南北战争前的奴隶叙事主题，阐明种族概念的界定和奴隶制史料甄别的重要性。非裔美国文学史中的不少小说都可以归入这个文学类别，如欧内斯特·J. 盖恩斯的《简·皮特曼小姐的自传》（*The Autobiography of Miss Jane Pittman*）、托尼·莫里森的《至爱》（*Beloved*）、奥克塔维亚·巴特勒（Octavia Butler）的《亲缘》（*Kindred*）、查尔斯·约翰逊的《中间通道》等。

新奴隶叙事是现代美国作家描写奴隶制问题的叙事类文学作品，里面含有大量虚构的小说成分，与奴隶叙事是完全不同的文学体裁。换言之，新奴隶叙事就是以奴隶制题材为主题的小说。新奴隶叙事采用奴隶制的历史题材，涉及种族、性别、性、区域等话题，探究过去的问题对现实社会的影响。在后民权运动和黑人权利运动时期，黑人作家开始反思奴隶制给现代人留下的精神烙印和后遗症。在19世纪和20世纪前半叶，奴隶制已经通过文学作品、电影和雕塑艺术的形式生动地表现出来，通俗文化把这个精神遗产广泛运用于音乐、戏剧和广告里，有利于黑人克服在现代社会生活中的自卑感。新奴隶叙事采取了别具一格的艺术表达形式，超越奴隶与奴隶主、受害者和加害者等的局限性，展现了社会发展的复杂性和历史性，同时也表达了非裔美国作家对历史问题与时俱进的新认知。

总的来讲，废奴小说的作者既有白人也有黑人，他们中有的有奴隶经历，有的目睹过奴隶制，但新奴隶叙事的作者一般都是黑人，没有曾经为奴的经历。与奴隶叙事不一样，废奴小说和新奴隶叙事所讲述的事件不能与历史史实等同，其故事情节以虚构为主。20世纪的新奴隶叙事是以美国内战前黑奴的生存状况为主题而撰写的现代小说，但在叙事策略和主题拓展等方面都超越了19世纪的废奴小说，在文学艺术上促进了非裔美国小说的发展。因此，本章将重点探讨两部废奴小说（即威廉·威尔斯·布朗的《克洛泰尔》和哈丽雅特·E. 威尔逊的《我们的尼格》）和两部新奴隶叙事（即欧内斯特·J. 盖恩斯的《简·皮特曼小姐自传》和伊什梅尔·里德的

《飞往加拿大》),探究废奴小说和新奴隶叙事在主题方面的共同点和不同点,揭示奴隶制主题在小说领域的拓展。

第一节　早期黑人废奴小说的"物化"景观:《克洛泰尔》

　　威廉·威尔斯·布朗(1814?～1884)是美国19世纪下半叶的著名非裔废奴主义者、小说家、剧作家和历史学家,也是非裔美国文学的重要开拓者之一。他在非裔美国文学史上创造了五个"第一",即创作了第一部黑人小说《克洛泰尔》(1853)、第一部黑人戏剧《经历;或,怎么给予北方男子脊梁?》(Experience; or, How to Give a Northern Man a Backbone,1856)、第一部黑人游记《欧洲三年见闻:或,我所看到的地方和我所见到的人》(Three Years in Europe: Or, Places I Have Seen and People I Have Met,1852)、第一部叙述黑人参加美国内战的历史著作《在美国叛乱中的黑人》(The Negro in the American Rebellion,1867)和第一部黑人社会学专著《黑人:他的先辈、他的天才和他的成就》(The Black Man: His Antecedents, His Genius, and His Achievements,1863)。在废奴工作中,他倡导道德的力量,强调非暴力斗争的重要性,猛烈抨击美国民主理想的虚伪性,驳斥"黑人低下论",指出"白人至上论"思想的荒谬性,用基督教的平等思想来激发人们的人权平等意识。

　　布朗是非裔美国文学史上的第一位黑人职业作家。"19世纪40年代,布朗作品的销售量大大超过纳撒尼尔·霍桑和赫尔曼·麦尔维尔等同时代的著名作家。"[1]他的代表作《克洛泰尔》曾有四个版本,第一个版本于1853年在英国伦敦出版,直到1869年才获准在美国出版,其原因是该小说涉及美国第三任总统托马斯·杰斐逊(Thomas Jefferson)与其黑奴情妇萨莉·海明斯(Sally Hemings)的传说。[2]在小说中,萨莉化名为"柯勒"(Currer),她为杰斐逊生下了两个女儿,但杰斐逊却把柯勒和这些孩子当作奴隶卖掉了。之后,柯勒和其两个女儿在南方被多次转卖,受尽凌辱。由于这个问题的敏感性,《克洛泰尔》的其他三个版本都没有再提及杰斐逊是被卖黑奴之生父的问题。本节所研究的文本是1853年版的《克洛泰尔》。该小说讲述了美国南方奴隶制中黑奴的生存危机,展现了奴隶制对美国黑人家庭的毁灭性影响、美国混血儿的艰难人生,以及白人奴隶主对黑奴的

---

[1] Henry Louis Gates, Jr., "Introduction," in his *Three Classics of African American Novels*, New York: Vintage, 1990, p.x.

[2] Dabney Virginius, *The Jefferson Scandals: A Rebuttal*, New York: Dodd, Mead, 1981, p.98.

欺凌与压榨。这部作品是典型的"废奴小说",以揭露奴隶制的真相和控诉奴隶主的暴行为写作目的,猛烈抨击南方奴隶制的罪恶、北方的种族偏见和美国社会的政治虚伪性和宗教欺骗性。本节拟采用格奥尔格·卢卡奇[①]物化理论的基本原则,从奴隶制社会的制度性物化角度出发,分析物化与异化的各种表现形式,揭示美国奴隶制社会的物化本质与人性伦理的内在关联。

社会物化与国家的堕落

社会物化是指一个国家通过法律和行政手段使意识形态和社会习俗走上人性异化道路的社会现象。"商品生产发展到资本主义社会以后,物化作为一种高居于整个社会之上的统治力量,已经渗透到社会和个人生活的深层次结构之中。"[②]商品生产者的物化不仅表现在经济领域,还表现在政治和意识形态领域。"资本主义商品经济所具有的拜物教本质导致物化产生,而资本主义商品经济的进一步发展导致物化加剧。"[③]在美国南部的蓄奴州,整个种植园经济都是建立在黑奴劳作的基础上。黑奴是从非洲贩运来的黑人,在奴隶主的种植园里从事田间劳动,既没有人身自由,也没有人权保障。奴隶主把他们视为会劳动的牲口,从他们身上榨取巨额利润。正如卢卡奇所言,"社会制度(物性化)使人失去了其人的本质,人越是占有文化和文明(即资本主义和物性化),人就越发不能作为人来存在。随着从来不明的意义的颠倒,自然越来越包容一切反对机械化、丧失人性和物性化的发展的思想倾向"[④]。1619~1865年,来自欧洲的北美殖民者采用奴隶制的社会制度专门对来自非洲大陆的黑人进行物化,导致美国黑人生活在"人被当作动物"的残酷社会里。北美殖民地白人采取市场机制和资本主义生产模式,对黑人的物化采取了商品化的形式。黑奴商品化的形式大大便利了物化的深度、速度与强度。这部小说从主体的客体化、人的数字化和人的原子化等方面展现了社会物化与国家堕落的相互关系。

首先,主体的客体化,即人由生产过程和社会历史运动的自主自觉的

---

① 格奥尔格·卢卡奇(1885—1971),匈牙利著名的哲学家和文学批评家。他在20世纪马克思主义的演进中占据十分重要的地位,被学界誉为西方马克思主义的创始人和奠基人。他在《历史和阶级意识》(Geschichte und Klassenbewusstsein)中提出并阐释了物化理论、物化意识和总体性原则。

② Kevin Floyd, *The Reification of Desire: Toward a Queer Marxism*, Minneapolis: University of Minnesota Press, 2009, p.145.

③ Timothy Bewes, *Reification, or the Anxiety of Late Capitalism*, New York: Verso, 2002, p.78.

④ 卢卡奇:《历史和阶级意识》,王伟光、张峰译,北京:华夏出版社,1989年版,第143页。

主体沦为被动的、消极的客体。在美国奴隶制社会里，"黑奴与劳动对象在所有权上发生分离，劳动对象不属于黑奴，黑奴只有在皮鞭的强迫下参与生产活动，与劳动对象发生直接的关系"[1]。因此，黑奴在劳动过程中被"物化"成生产工具，丧失了劳动的积极性和主观能动性。在这种情形下，劳动不会给黑奴带来快乐，它将黑奴退化为物。在北美殖民地时期，法律规定："奴隶的主人依法对奴隶拥有买卖、驱使、裁决、惩罚等权利，奴隶必须无条件服从其主人或所有者的一切指令。奴隶是其主人的动产，主人对他的身体、技艺和劳动力具有绝对的处理权。奴隶不得拥有财产、行动自由，也不能有所要求。"[2]由此可见，奴隶主对黑奴拥有绝对的权利，能够任意处置甚至杀死奴隶。在这样的社会制度里，奴隶失去了人身自由权、财产权、婚姻权和子女所有权，在劳动过程中从主体沦为客体。美国独立战争之后，美国白人获得了政治自由和经济发展的各种契机，但黑人的政治地位并没有得到改变。美国第一任总统乔治·华盛顿（George Washington）、第二任总统约翰·亚当斯（John Adams）、第三任总统托马斯·杰斐逊和当时的大多数社会名流一样都是奴隶主，拥有从几十名到几百名数量不等的奴隶。在这样的社会环境里，美国联邦政府不得不维护奴隶主的利益，肆意剥夺黑人的人身自由权。布朗在小说里写道："华盛顿哥伦比亚特区是美国的首都。在那里出现的任何自由黑人，如果不能当场提供文件证实其身份，就可能被逮捕，并被关进监狱。如果他们出示的文件表明他们不是奴隶，在支付了逮捕和拘押他们的所有费用后可以获得释放，但如果他们没钱支付，则会被当局当成奴隶出售。"[3]由此可见，自由黑人并不自由，随时都面临着重新被卖为奴隶的危险。本来黑人和白人一样都是美国社会的公民，但奴隶制社会总是想方设法地把一切黑肤色的和带有黑人血统的美国人物化成白人的私有财产。这也可以看作是黑奴制度物化状态的显性表现形式。

其次，人的数字化，即人的符号化或者抽象化。也就是说，人被整合到机械体系中，失去了主体性和能动性，导致抽象数字化。[4]在奴隶制社会环境里，黑奴成为白人财物的活体形式，即有生命的动产。奴隶主把黑人视为其财物的计数器和财产的增值器。奴隶主拥有奴隶的数量与奴隶主财

---

[1] Timothy Bewes, *Reification, or the Anxiety of Late Capitalism*, New York: Verso, 2002, p.126.
[2] William Wells Brown, "Clotel; or, The President's Daughter," in Henry Louis Gates (Ed.), *Three Classic African-American Novels*, New York: Vintage, 1990, pp.45-46.
[3] William Wells Brown, "Clotel; or, The President's Daughter," in Henry Louis Gates (Ed.), *Three Classic African-American Novels*, New York: Vintage, 1990, p.194.
[4] Timothy Bewes, *Reification, or the Anxiety of Late Capitalism*, New York: Verso, 2002, p.126.

富的多少成正比。奴隶贩子买卖奴隶的目的是赚取其中的差价。奴隶在其眼里不是人，而是一件件可以计价的物品；年龄、劳力强弱和性别不同的奴隶会给主人带来不同的经济回报。布朗在小说里专门描写了一则拍卖奴隶的广告："通知：38 名奴隶将于 11 月 10 日（周一）中午 12 点开始拍卖。他们是刚过世的约翰·格雷夫斯的全部奴隶。这些黑人的身体状况良好，其中一些身强力壮，还有几名工厂的技工、正值壮年的庄稼汉、好的犁田把式和带着婴儿的母亲；他们中的一些人还有多种其他才华。如果你想有一批体魄健壮的奴隶为你干活的话，这就是一个难得的机会。还有两名姿色超绝的混血女孩。如果哪位先生或太太想买的话，可把上述奴隶带回去试用一周，再做决定。"[①]在这则奴隶拍卖广告中，黑奴作为人的价值被奴隶制社会物化成具体的物品，作价出售，居然还可以先试用再购买；黑奴的物化通过商业化而发展到极致。最后，小说主人公克洛泰尔（Clotel）以 1500 美元的价格被卖给奴隶主霍雷肖·格林（Horatio Green）；她的妈妈柯勒和妹妹阿西莎（Althesa）分别以 1000 美元的价格被卖给奴隶贩子迪克·沃克（Dick Walker）。布朗还在小说中揭露了南方奴隶制的特大丑闻：南方有奴隶主把黑奴当牲口饲养，待他们成年后就送到奴隶拍卖市场。"奴隶的饲养数量非常惊人，每年从弗吉尼亚带走或出售的奴隶超过四万名。"[②]黑奴在白人奴隶主和奴隶贩子眼里不是人，而是能明码标价的具体物件。

最后，人的原子化，即人与人之间丧失了和谐的、有机的联系后所形成的隔阂、疏离和冷漠的状态。也就是说，"由于人的数字化和客体化，人变为被动的存在，人和人之间的有机联系被割裂成孤立的、被动的原子"[③]。人际关系被物的关系吞没和掩盖，人与人的联系就像原子一样被孤立、被动地隔离开来。在奴隶制社会里，黑奴是奴隶主的私人财产，可以根据奴隶主的个人意愿而被任意买卖。黑奴被剥夺了夫妻关系、母子关系或父子关系，也被剥夺了兄弟姐妹等一切亲情关系。每一个黑奴从降生到美国奴隶制社会的第一天起就是一个孤立的原子，随时都可能被奴隶主卖掉。黑奴在亲人分离中的哀号声、痛哭声和伤心断肠之声并不能改变他们物化后的原子化身份。奴隶制社会以军队、警察、法院等国家暴力机器为后盾，如豺狼般残酷地镇压敢于反抗的黑奴，建立起一个种族关系高度失衡的黑

[①] William Wells Brown, "Clotel; or, The President's Daughter," in Henry Louis Gates (Ed.), *Three Classic African-American Novels*, New York: Vintage, 1990, p.49.

[②] William Wells Brown, "Clotel; or, The President's Daughter," in Henry Louis Gates (Ed.), *Three Classic African-American Novels*, New York: Vintage, 1990, p.74.

[③] Timothy Bewes, *Reification, or the Anxiety of Late Capitalism*, New York: Verso, 2002, p.234.

白两极社会，并运用"白人至上论"思想和宗教奴化教育等方式实现对黑奴意识的固化，形成一个物化社会的精神奴役世界。布朗说："在反对欧洲暴政方面，我们说了许多话；看看我们自己吧。统治者只按自己的意愿，通过他们不受约束的意愿所制定的法令和法律来统治臣民。在这些法令的制定过程中，被统治者没有话语权，除了服从统治者的意愿外，他们没有任何权利。"[1]他的话语表明：白人对黑奴的奴役践踏了美国的民主和法制，违背了《独立宣言》的基本准则。

北美奴隶制和奴隶贸易活动构成了一个完全物化的非人世界，这个世界消解了黑奴在社会生活中本该具有的否定能力：一个是单个黑奴对物化世界的否定能力，另一个是黑奴群体对奴隶制社会的否定能力。"人变成了受他者规定的'他者'。在这个过程中，个体自由实践的变异是因为实践的主体不再是自由的个体，而是他者或者物，正是人的行动自由造成了对总体化意义上的自由的限制，这种限制在物的中介作用下才能完成。"[2]简而言之，白人奴隶主、白人利益集团和依附于奴隶主的黑人构成了奴隶制社会的物化集团，在精神上和肉体上控制着黑奴的人身自由，并直接或间接地主导或决定黑奴的命运，彰显奴隶主的物化意志。布朗用其犀利的笔锋揭露了美国黑奴制度的社会物化现象，把杰斐逊塑造成美国国家道德虚伪的历史象征，抨击了那些背离"一切人生而平等"和"天赋人权，皆不可违"原则的美国建国之父[3]。美国黑奴社会的社会物化状况把以追求民主和自由为宗旨的美国拖入了法制、理想和社会伦理难以自圆其说的尴尬局面，使美国陷入了政治堕落、难以自拔的泥坑。

人际关系物化与人性的堕落

人际关系的物化是资本主义社会中的一个普遍现象，也是一种"物化意识"。物化意识随着资本主义制度的不断发展而不断深化，物化结构越来

---

[1] William Wells Brown, "Clotel; or, The President's Daughter," in Henry Louis Gates (Ed.), *Three Classic African-American Novels*, New York: Vintage, 1990, p.161.
[2] 转引自仰海峰：《惰性实践、物的指令与物化的社会场域——萨特〈辩证理性批判〉研究》，载《马克思主义与现实》2009年第3期，第119页。
[3] 美国建国之父（founding fathers）是在美国建国过程中做出巨大贡献的人，包括《独立宣言》的起草人、大陆会议的代表和制宪会议的代表。因此，美国的建国之父达到了56人之多。比较著名的有自由之父托马斯·杰斐逊（Thomas Jefferson）、宪法之父詹姆斯·麦迪逊（James Madison）、革命之父约翰·亚当斯（John Adams）、独立之父托马斯·潘恩（Thomas Paine）、金融之父亚历山大·汉密尔顿（Alexander Hamilton）等，其中本杰明·富兰克林（Benjamin Franklin）最为出名。富兰克林在美国人心中的地位非常高，是美国人心中的"圣贤"。他拥有政治家、科学家、哲学家、文学家、发明家、外交家、慈善家等众多头衔。

越深入地进入人的意识里，与人的生活紧密结合。人在被动地接受或认同外界施加的物化现象后通常会丧失自己的主观能动性，变得越来越逆来顺受。因此，一个人的物化意识也同样决定和支配着他在社会生活中的心理活动和精神世界。人与人之间的关系隐藏在物之下，带有以劳动力的商品特性为基础的拜物教性质，使人际关系日益世俗化和利益化。布朗在这部小说里从三个方面揭示了奴隶制社会的人际关系物化：亲情关系物化、黑人同胞关系物化和主仆关系物化。

首先，亲情关系物化是指在奴隶制社会里白人奴隶主对自己与黑奴的事实婚姻的背叛和亵渎所引起的人际关系的物化。白人奴隶主通常在黑奴生下自己的孩子后，借故把黑奴及其子女卖掉。在《克洛泰尔》中，杰斐逊卖掉的黑奴妻女们之后被多次转卖。白人霍雷肖花 1500 美元的高价买下克洛泰尔，并和她生下了女儿玛丽（Mary），但后来霍雷肖热衷于政治活动，与当地一位政治家的女儿结了婚，便抛弃了克洛泰尔，并把她转卖给了奴隶贩子。杰斐逊的小女儿阿西莎被白人亨利·莫顿（Henry Morton）买走，但是由于没有及时为她办理解除奴隶身份的法律手续，莫顿死后，阿西莎和她的两个女儿也被卖给了奴隶贩子。一般来讲，奴隶主将黑奴妻子视如草芥，对黑奴妻子生下的亲生子女或置若罔闻，或直接卖掉获利。杰斐逊和霍雷肖都在买卖妻子或亲生儿女的事件中获得了丰厚的经济利益。布朗在小说中还提及了一名美国国会议员，他在宾馆里和女奴服务员发生了性关系后，后者生下了一个儿子，但这位国会议员并没有为儿子赎买自由。最后，他的儿子经过一系列不幸事件后流落到加拿大。由此可见，在奴隶制社会环境里，黑人的亲情遭受到无情的践踏。

其次，黑人同胞关系物化是指黑人种族内部在奴隶制社会环境里的分化，一小部分黑人成为白人奴役黑人的帮凶。布朗在《克洛泰尔》中塑造了两个这样的人物：一个是庞培（Pompey）。他是奴隶贩子沃克的奴仆，具有纯正的非洲血统，其工作就是协助沃克贩卖奴隶。他成为白人奴隶贩子的凶恶走狗，经常帮助奴隶主从事奴隶的关押、看管、监督等具体工作，对黑人同胞在骨肉分离时发出的撕心裂肺的恸哭无动于衷，武力要挟黑奴在拍卖台上虚报年龄，还把年老的奴隶化装成年轻的奴隶出售。之后，买主误把化装过的年老的奴隶当成年轻的奴隶，驱使他们在田间干重活，导致不少年老的奴隶累死在地头。另一个人物是尼德·哈克比（Ned Huckleby）。他是约翰·佩克农场的监工，也是一名黑人，负责监督农场里所有黑奴的劳动，皮鞭是他驱使奴隶干活的主要工具。他并不会因为自己是黑人而对黑人同胞施加特别的关照。在种族关系物化中，黑人监工已经堕落成奴隶主的帮凶，把压榨黑奴当成向奴隶主邀功请赏的本钱。

最后，主仆关系物化是指在奴隶制社会里，充当佣人的奴隶无论对奴隶主多么忠心、多么顺从，永远都是奴隶主可以任意处置的私人物件。一旦奴隶主在生活中遇到了经济困难，首先想到的就是抛售自己手中的奴隶，以此消除自己的危机。在《克洛泰尔》里，几个白人在船上打牌赌博。白人史密斯（Smith）在钱输光后，就把服侍自己多年的黑奴杰里（Jerry）押上赌桌，结果把杰里也输掉了。此外，布朗还描写了一种特殊的主仆关系。玛丽是奴隶主霍雷肖和女奴克洛泰尔的亲生女儿。当克洛泰尔被卖掉后，玛丽就成了父亲霍雷肖家的奴婢，负责照顾霍雷肖的新婚妻子格林夫人（Mrs. Green）的生活。格林夫人把对其母亲的怨恨都发泄在她身上。霍雷肖对玛丽受虐待的事置若罔闻，在其心目中，玛丽只不过就是一个物化了的动产。布朗在小说中做了一个旁白性的反讽："这个孩子（玛丽——笔者注）不仅是白肤色的，还是托马斯·杰斐逊的外孙女。杰斐逊当时正在弗吉尼亚议会上慷慨激昂地反对奴隶制呢。"[①]由此可见，奴隶制社会的主仆关系就是主人与财产之间的去人性化联系。

奴隶制的物化进程实际上就是一个以疯狂敛取暴利为目的的人性异化过程。如果放任物化的发展，危及的还不只是黑人，连白人也难以幸免。布朗在小说里还描写了纯欧洲血统的白人姑娘被卖为奴隶的故事。莫顿家的女奴萨洛米（Salome）出生在德国的多瑙河畔，十年前随父母到美国谋生，父亲去世后她就为一名白人打工。在她跟随白人雇主夫妇到美国南方旅游期间，她被白人雇主夫妇偷偷卖给了奴隶贩子。事后，她的反抗只能招来暴打和虐待。在白人的眼里，她只是一名有着白皮肤的"黑人"而已。被卖为奴隶后，她无法凭借自己的力量纠正自己的身份，因为奴隶是没有发言权和政治权利的。布朗通过萨洛米的悲剧表明，奴隶制不但是迫害黑人的罪恶制度，其物化的自私性和疯狂性对人类的伤害大大超越了种族问题。这样，种族物化性就必然会发展成为种族无区别物化性，造成更大的人际关系的异化灾难。

在奴隶制社会环境里人际关系遭到人为的破坏，亲人、朋友和主仆之间的关系等都被物化成冰冷的金钱关系。在这些关系的物化中，黑奴成为最大的受害者和牺牲者。在金钱、利益、权势和情色的诱惑下，一些白人和黑人把包括自己的人格在内的一切神圣的、崇高的东西也当作商品来出

[①] William Wells Brown, "Clotel; or, The President's Daughter," in Henry Louis Gates (Ed.), *Three Classic African-American Novels*, New York: Vintage, 1990, p.138.

售或当作追逐财富和权力的铺路石，导致其人性的扭曲。正如马克思所言，"有产阶级和无产阶级同是人的自我异化。但有产阶级在这种自我异化中感到自己是被满足的和被巩固的，它把这种异化看作自身强大的证明，并在这种异化中获得人的生存和外观。而无产阶级在这种异化中则感到自己是被毁灭的，并在其中看到自己的无力和非人的生存的现实"[1]。其实，人际关系的物化具有两面性，当物化行使者利用世俗优势对物化受害者实施物化时，受害者鲜活的生命和生活便会受到漠视和侵害，他们自身被物化成似乎没有生命的物件；然而，物化行使者在这样做的同时，也使自己的心灵和人性被物化。由此可见，"这既在道义上得不偿失，更在经济上得不偿失"[2]。在剥夺他人人权的同时，物化行使者自己也丧失了人性，堕落成没有人性的物件。

物化消解与人性回归

在美国黑奴制时期，人的物化现象愈演愈烈。怎样才能克服物化，从物化中解放出来呢？卢卡奇认为，"克服物化意识，并不是一种简单的思想运动，而是要通过实践，在对社会生活形式的实际改造中经过长期艰苦的斗争才能达到。当然实践又不能脱离认识"[3]。在奴隶制社会里，以追求民主和自由而自称的白人利用自己的种族优势残酷地剥削和压迫黑奴，在其财富的增长过程中，黑人的物化程度不断加深。来自非洲的黑人虽然被白人视为"贱民"或"次人类"，但他们的民族精神并没有消亡，他们的人性不时焕发出耀眼的光芒。处于奴隶制中的白人也开始分化，一些白人废奴主义者对黑人产生了深切的同情，并提供力所能及的帮助。他们的勇敢和善良构成了黑奴抗击物化的重要力量。这部小说从三个方面讲述了物化的克星：黑奴的抗物化智慧、白人的废奴举措和黑奴的革命思想。

首先，黑奴的抗物化智慧呈现在黑奴在奴隶制社会环境里抗击白人奴化的各种策略和方法中。布朗在《克洛泰尔》中描写了不少彰显黑人智慧的情节。在小说的第16章，布朗以诙谐的笔调描写了四个关于黑人用智慧逃脱奴隶制的故事。在第一个故事里，一个黑奴赶着一头大肥猪走在路上，人们以为他是为奴隶主赶猪的，结果他把猪一直赶到安全地带，摆脱了奴

---

[1] 转引自卢卡奇：《历史和阶级意识》，王伟光、张峰译，北京：华夏出版社，1989年版，第159页。
[2] 谢晖：《法（律）人类学的视野与困境》，载《暨南学报（哲学社会科学版）》2013年第2期，第15页。
[3] 转引自粟莉：《卢卡奇物化理论及其对中国的启示——基于〈历史与阶级意识〉一书的分析》，载《人民论坛》2012年第17期，第198页。

隶主的追捕。第二个故事更为有趣,有两个逃跑的黑奴,一个扮成逃奴抓捕者骑着马,另一个扮成被抓住的逃奴,两人约定谁走累了谁就骑马。他们以这样的方式消除了路人的怀疑,从而奔向了自由之地。第三个故事是克洛泰尔女扮男装后成功逃到了北方的故事。在这个故事里,克洛泰尔装扮成白人绅士,黑奴威廉扮成她的奴仆,两人成功逃到了北方。最后一个故事是玛丽智救黑奴死囚犯乔治的事件。在探监时,玛丽和乔治互换服装;玛丽留在牢房里,而乔治则穿上玛丽的衣服成功地逃出了监狱。这些黑奴所采用的策略正是黑人智慧在反抗物化过程中的精彩表现。

其次,白人的废奴举措是指在美国内战前白人废奴主义者为解放黑人和恢复黑人自由所采用的方法。在《克洛泰尔》中,霍雷肖、莫顿等白人奴隶主都有过要解放自己手下奴隶的想法,但最后均以失败告终;克洛泰尔和阿西莎等黑奴都未能逃过被贩卖的悲惨命运。在小说中,布朗塑造了一名令人敬佩的白人废奴主义者——奴隶主佩克(Peck)的独生女儿乔治安娜(Georgiana)。她认为《圣经》不是拥护奴隶制,而是反对奴隶制的。她说:"上帝让所有民族的人拥有一样的血,居住在地球的各个地方。把人看作是财物并持有的行为是亵渎上帝和人类的重罪。基督教在其精神和原则上都是反对蓄奴的,它把人贩子和谋杀犯列为一类。"[1]在其父亲去世后,乔治安娜就致力于改善奴隶的生活,按奴隶的劳动情况付工资,工资暂时保存在庄园里。当奴隶的工资达到一定的数额后,她就允许奴隶用存款购买自己的自由。乔治安娜允许黑奴拥有财产的行为挑战了美国的黑奴制度和白人种族主义者的既得利益。因为按奴隶制的法律,黑奴的一切都属于奴隶主。乔治安娜的另一个伟大之处在于,作为白人,她却能站在黑人的角度来思考黑人问题。她认为,在北美大陆,黑人和白人一样都是外来的移民,黑人也为北美殖民地的发展和繁荣做出了重大贡献。小说中的黑人几乎都是出生在美国并在美国长大的,应该和来自欧洲大陆的白人拥有同等的权利。因此,她不赞成把黑奴移居到非洲的利比里亚。她把黑人和白人都视为北美大陆的主人,认为黑人有权在这块土地上安居乐业。后来,乔治安娜患了重病,但在临死前,她兑现了自己的承诺:解放了她庄园里的所有奴隶。她解放奴隶和尊重人权的举措也是布朗反对物化的思想在文学创作领域的反映。

最后,在美国革命和《独立宣言》的影响下,黑奴也渐渐产生了革命思

---

[1] William Wells Brown, "Clotel; or, The President's Daughter," in Henry Louis Gates (Ed.), *Three Classic African-American Novels*, New York: Vintage, 1990, p.101.

想，力图改变自己被物化的命运。在《克洛泰尔》里，布朗把黑奴乔治·格林（George Green）塑造成一名反对物化的英雄。乔治因参加纳特·特纳（Nat Turner）的黑奴起义而被捕。在法庭上，乔治说："我告诉你我参加奴隶暴动的原因。我曾听我的主人在朗读《独立宣言》时提到：所有的人都是生而平等的。这就引起了我的质疑，我为什么是奴隶呢？"[①]乔治认为，黑奴的反抗是正义的，就像当年北美殖民地的白人反对英国统治一样。区别在于，反对英国政府的白人暴徒获得了成功，被称为"革命者"，而黑奴反对白人统治的斗争失败了，所以才被白人当作"暴徒"或"叛逆者"。乔治的话语表明：通过美国革命的洗礼，黑人的政治思想觉悟得到了很大的提高，他们从白人那里学来的革命意识也是反对物化不可缺少的重要精神武器。

布朗在这部小说里以其独到的见解对资本主义社会中的物化消除和人性回归做了创造性的描写，展现了其非凡的社会观察力和政治思辨力。通过对美国奴隶制社会关系及其本质的深刻批判，他颂扬了黑人的主观能动性，强调了人权意识的社会价值和政治意义，揭示了人性回归在消除社会物化和人际关系物化中的重大作用。

在美国奴隶制社会里，白人奴隶主的贪婪性直接导致了黑奴的物化。白人借助国家机器维护其物化机制的运行，这不但践踏了黑人的人权，而且也颠覆了美国的民主和法制，把美国政府推入国家犯罪的泥坑。在《克洛泰尔》里，布朗弘扬了人性的高尚和正义的光辉，指出人性是不以人的主观意志而转移的。不把黑人当作人看待的行为既有悖于人性，也有悖于"人在"的实现。"物性化就是生活在资本主义社会中一切人的必然的、直接的现实。只有通过坚定不移的和不断重复的努力来破坏跟整个发展中具体地暴露出来的矛盾具体相关的物性化的存在结构，通过意识到这些矛盾对整个发展的内在意义，才能克服这种物性化。"[②]克服物化是人类进步和发展过程中的永恒课题，其解决有助于人类文明的进步。因此，布朗在这部小说里从物化关系的角度，描写了美国政治理想与社会现实的反差和悖论，揭露了美国民主和自由的虚伪性和局限性。该小说关于种族越界、种族内性别歧视和平等人权等方面的主题传承了非裔美国文学传统，成为19世纪和20世纪黑人文学的重要话题，对弗兰克·J.韦伯、马丁·R.德莱尼、哈丽雅特·E.威尔逊、理查德·赖特、伊什梅尔·里德等作家产生了很大的影响。

---

① William Wells Brown, "Clotel; or, The President's Daughter," in Henry Louis Gates (Ed.), *Three Classic African-American Novels*, New York: Vintage, 1990, pp.202-203.
② 卢卡奇：《历史和阶级意识》，王伟光、张峰译，北京：华夏出版社，1989年版，第213页。

第二节　人伦三维：《我们的尼格》之伦理学视域研究

哈丽雅特·E.威尔逊（1828？—1863？）是非裔美国文学史上的第一位非裔女性作家，也是第一位在北美大陆出版小说的黑人作家。她的小说《我们的尼格》于1859年9月5日在马萨诸塞州波士顿匿名出版。由于出版量不大，当时读过该书的人并不多。美国学者小亨利·路易斯·盖茨于1982年重新发现了此书，确认这是第一部在美国出版的黑人小说。[①]盖茨的发现引起美国学界和读者对这部书的关注。这部小说揭露了南北战争前美国北方契约奴的非正义性和种族主义的暴行。该书一出版就被打入冷宫，因为该书不属于当时流行的奴隶叙事之列，当时的废奴主义者对该书没有任何评论。废奴主义者不欢迎这部书的主要原因是该书叙述了北方的"奴隶制阴影"，即自由黑人在北方的苦难生活和北方种族主义对黑人的伤害。废奴主义者通常把美国北方描述成黑人的天堂，但是这部小说揭露了美国北方黑人的地狱般生活，反映了18世纪上半叶美国北方社会的伦理道德和社会价值取向，直接挑战了废奴主义者的废奴理论体系。因此，本节拟从社会伦理学的角度来探讨《我们的尼格》所揭示的人伦三维：家庭、社会和自我。

家庭伦理的背离

婚姻是由一定社会制度或风俗所确认的男女两性的结合以及由此而产生的夫妻关系。婚姻和家庭是密切联系的，婚姻是产生家庭的前提，家庭是缔结婚姻的结果。家庭是以婚姻关系、血缘关系或收养关系为基础的社会生活组织，涉及父母与子女的关系、夫妻关系和子女之间的关系。家庭关系是人际关系最为重要的一个方面，是人生存于社会的基础。家庭成员之间的责任和义务都得遵循特定社会形态所形成的基本道德原则，顺应社会伦理。反之，家庭伦理准则的违背或放弃将给家庭成员带来毁灭性的打击。在《我们的尼格》中，威尔逊聚焦于北方白种女人玛格·史密斯（Mag Smith）和其女儿弗拉多（Frado）所遭遇的家庭伦理危机，包括丈夫的遗弃、母亲的遗弃和养父的冷漠。

首先，丈夫的遗弃。丈夫遗弃妻子的事件可能出现在合法婚姻或事实婚姻中，其行为在当时的社会环境里会毁灭妻子一生的幸福。在《我们的

[①] Julia Stern, "Excavating Genre in *Our Nig*," *American Literature* 67.3 (1995): 43.

尼格》中，玛格·史密斯是一名爱尔兰裔的白人妇女，她与人同居，并育有一子，后遭遗弃。玛格作为女人的名声被毁了，只好带着非婚生育的孩子到处漂泊，受到人们的歧视。在父权制社会环境里，玛格尽管是两性关系的受害者，但也得不到人们的同情。人们视她为"破鞋""道德堕落者""骚货"等。不少人因嫌弃她的名声而拒绝给她提供工作机会，导致她挣扎在死亡的边缘，其孩子也在饥饿中夭折了。随后几年，玛格靠给人缝补或制作衣服为生，但她入不敷出，健康状况也越来越差。最后，镇上的白人对她越来越疏远，这加剧了她的孤独感。在她走投无路之际，一名黑人闯进了她的生活。出于对白种女人的性向往和对玛格的同情，"好心肠"的吉姆（Jim）向玛格求婚。他说："无论如何，你已经试过白人了。他们跑走了，把你扔下来。现在，他们没有一个人来到你身边来关心你是死了还是活着。我的肤色是黑的，我知道。但是，我的内心是白色的。你喜欢哪一种，白皮黑心还是黑皮白心？"[①]吉姆认为，自己虽然是黑人，但有一颗爱她的心，因此远远比那些皮肤是白色但心肠很黑的白人高尚。吉姆实际上要表达的婚恋伦理是：人品比外表更重要。威尔逊关于黑人吉姆和白人妇女玛格的婚姻描写挑战了美国的"白人至上论"，开创了非裔美国文学史上白人妇女嫁给黑人男性的小说主题。

其次，母亲的遗弃。玛格在困境中与同情她的黑人吉姆结了婚，生下了两个孩子。婚后不久，吉姆病逝。为了生存，玛格嫁给了吉姆的生意伙伴白人塞斯·希普利（Seth Shipley）。塞斯不愿承担养育玛格所生的两个孩子的义务。最后，玛格同意把6岁的亲生女儿弗拉多送人。根据当时的法律，被遗弃的孩子应在收养的家庭里充当契约奴，年满18岁才有可能解除契约奴关系。玛格同意把女儿送人，实际上就是把女儿送入契约奴的黑暗生活。玛格在离开家乡外出谋生之前，把弗拉多带到附近的贝尔蒙特家，请他们暂时照看一下孩子，承诺当天下班后就来接走。可是，玛格和丈夫一走了之，从此杳无音讯。原来，玛格采用欺骗的方式把女儿遗弃在一户白人家。尽管她知道贝尔蒙特太太（Mrs. Bellmont）是个心肠歹毒、为人刻薄的人，但是玛格仍然不顾一切地把女儿弗拉多推入火坑。

最后，养父的冷漠。塞斯是一名心胸狭窄、责任心弱的男人。他和玛格建立家庭后，只愿养活玛格，而不愿养活与他没有血缘关系的玛格的子女，这直接导致了玛格家庭成员的分离和这个再婚家庭的破裂。而且他还

---

① Harriet E. Wilson, "*Our Nig*: Sketches from the Life of a Free Black," in his *Three Great African-American Novels*, New York: Dover, 2008, p.215.

有重男轻女思想，他逼迫玛格把没有挣钱潜力的养女弗拉多送给贝尔蒙特家。他不愿承担一名养父应该承担的责任和义务。

家庭暴力通常指家庭成员之间发生的暴力行为，涉及夫妻之间、父母与子女之间，以及子女之间发生的暴力虐待事件，通常是在体力、地位和性格占优势的一方欺凌各方面处于弱势的一方。在小说里，前同居男友抛弃了玛格，其不顾玛格生死的行为就是一种家庭暴力；后来，玛格因不满自己带有黑人血统的孩子，再加上再婚后的生活困境，她把亲生女儿送给他人做契约奴的行为也是家庭暴力的一种表现形式。玛格是美国社会的受害者，她把自己的不幸转嫁给其子女。为了自己的白人名声，她希望黑人丈夫吉姆早死；为了自己过好一点的生活，她把女儿送进契约奴的火坑。她的行为严重违背了家庭关系的基本伦理。她遭受过被人遗弃的痛苦，然而，绝望的求生本能和自私本能把她推向了伦理崩溃的深渊。遗弃子女是严重违背家庭伦理禁忌的，这个禁忌由来已久。"在人类文明之初，维护伦理秩序的核心因素是禁忌。禁忌是古代人类伦理秩序形成的基础，也是伦理秩序的保障。在古代社会，人类通过禁忌对有违公认道德规范的行为加以约束，因此禁忌也是道德的起源。"① 遗弃亲人的行为是人类社会最大的禁忌之一，也是家庭伦理关系毁灭的表现形式之一。

社会伦理的异化

在人类社会初期，伦理和宗教的思想内容难以区分。但是，从人类进化和社会发展史来看，伦理现象的出现要早于宗教现象。实际上，从古到今，社会伦理是一个社会行为规范准则或一系列指导行为的观念，它不仅包含着人在处理自己与他人、社会、自然之间的关系时所展现的行为方式，也蕴含着人依照一定的社会准则来规范自我行为的约束性要求。也就是说，社会伦理是人们心目中认可的社会行为规范。社会伦理的异化是社会行为规范在受到社会不良行为或思想挑战或破坏后出现的不道德行为和现象。在《我们的尼格》中，我们可以从三个方面来分析社会伦理的异化危机：主仆伦理、同情伦理和宗教伦理。

首先，主仆伦理是阶级社会里认可的关于主人和仆人之间相互关系的行为规范。18世纪的美国北方是废奴运动的中心和废奴思想的发源地。资本主义制度下的主人和仆人之间的关系是接受劳动服务者和劳动给予者之间的关系，实际上就是一种雇佣关系，而绝非奴隶制语境下的人身依附关

---

① 聂珍钊：《文学伦理学批评：基本理论与术语》，载《外国文学研究》2010年第1期，第18页。

系或其他关系。[①]在《我们的尼格》里，弗拉多被亲生母亲遗弃在白人奴隶主贝尔蒙特家，从6岁起她就开始了契约奴生涯，一直到18岁才得以解脱。在贝尔蒙特家的12年契约奴服务期里，她干着主人家里的一切重活和杂活，不仅没有工资和其他任何报酬，还时常遭受贝尔蒙特太太和其女儿玛丽（Mary）的羞辱、谩骂、毒打。贝尔蒙特太太还禁止弗拉多上学和读《圣经》，以扼杀她的求知欲望和信仰追求。到18岁时，弗拉多就像一块被榨干了油水的油渣，全身伤痛，体无完肤，几乎丧失了劳动能力。威尔逊以弗拉多的人生遭遇为事例揭露了美国北方黑人的生存状况与南方奴隶制中的黑人相差无几的事实。

其次，同情伦理是指在一个社会里，一个人成为受害者后，人们出于正义或怜悯之心对其施予的同情类言行规范。如果人们只同情而没有采取实质性的或根本性的措施，只是不断地对一直受难的人施加口头同情，这样的同情伦理就会发生异化，对受害者造成一种欺骗性心理伤害。在贝尔蒙特家里，同情弗拉多的人有贝尔蒙特先生（Mr. Bellmont）、詹姆斯（James）、杰克（Jack）和朱恩（June）。这些人虽然一直同情弗拉多，但是他们也惧怕贝尔蒙特太太；他们的同情有时能为弗拉多减少挨打的机会和增加生活下去的勇气，但是，这些同情也只是局限在口头层面，他们并没有采取具体的措施来真正解救受害者。所以，弗拉多在他们"深切"怜悯的同情氛围下度过了被毒打、被斥骂的牛马一样的奴仆生活；在他们的同情中，她的身体状况每况愈下，在契约期满时，她几乎成了一个废人。他们不作为的"同情"虽然在表面上减轻了弗拉多的精神痛苦，但实际上与贝尔蒙特太太的残酷虐待形成一软一硬的呼应，其虚伪性在于："软"的同情诱使弗拉多继续活下去，继续遭受残忍的虐待，这不过是为了榨干她的最后一滴血汗。因此，弗拉多在白人的软硬兼施下过着"社会性死亡"般的生活。

最后，宗教伦理是指人们在社会生活中不带功利思想地去信奉上帝的一种伦理。宗教通常为道德披上了一件神圣的外衣，并将世俗的社会规则通过神的启示变为信徒必须自觉遵守的道德义务。"宗教为道德提供了社会正义理想及其意识形态的根据，并且通过信仰的方式向信徒传播高尚道德的标准，为道德提供人格理想与成人之道。"[②]宗教伦理的异化是指人们把

---

① Barbara A. White, "'Our Nig' and the She-Devil: New Information about Harriet Wilson and the 'Bellmont' Family," *American Literature* 65.1 (1993): 192.

② Immanuel Kant, *Religion within the Boundaries of Mere Reason and Other Writings*. Trans. Allen Wood & George Di Giovanni, Cambridge: Cambridge University Press, 1998, p.132.

宗教当作为私人利益服务的工具。在《我们的尼格》中,威尔逊描写了三名狂热的信教者。詹姆斯是贝尔蒙特家的大儿子,在小说中是耶稣的化身,不时地教导和引导弗拉多步入宗教的殿堂。安迪大妈(Aunt Andy)是贝尔蒙特先生的妹妹,在小说中与詹姆斯一唱一和地促使弗拉多信奉基督教。他们两人对弗拉多进行的基督教教义的教诲消解了她的反抗意志。安迪大妈不赞成弗拉多想用毒药谋杀贝尔蒙特太太的计划,也不赞成她对贝尔蒙特太太的女儿玛丽的暴死事件的幸灾乐祸。他们两人引导弗拉多信教的目的就是要使她在契约奴服务期里逆来顺受。贝尔蒙特太太的宗教伦理也被其功利思想所左右。她害怕弗拉多信教后产生平等意识,进而使她家丧失一个好劳力。由此可见,工具性的宗教伦理对人的主观能动性和自然性进行野蛮改造,成为奴役黑人的精神工具。

因此,社会伦理混乱与家庭伦理混乱有着密切的关系。种族主义社会从体力奴役、虚伪同情和精神麻痹等三个方面摧毁了一个黑人少女自然成长的健康之路,使其成为北方种族压迫和资本压迫的受害者。不合理的社会制度导致社会伦理从个体到精神的沦丧,使受害者成为社会的牺牲品。正如伯纳德·W. 贝尔所言,弗拉多所遭遇的社会伦理危机深刻揭露了新英格兰基督徒的虚伪、白人中产阶级妇女的种族压迫和经济剥削,以及白人践踏黑人人权和剥夺黑人公民权的恶劣行径。[1]

自我涅槃伦理的超然

涅槃而生的凤凰不是生命的简单复活,而是象征脱离了世俗的束缚,获得更高生存意义的新生。《我们的尼格》中的主人公弗拉多就是一只在火中涅槃后新生的凤凰。她的新生显示了美国黑人民族精神的复活。勇敢、倔强和向上是非裔美国人伦理的精华。威尔逊借小说主人公弗拉多之口说:"为什么把我降生到这个世界?为什么我不死呢?哎,我人生的目的是什么呢?除了干活外,没人喜欢我。……没有母亲、父亲、兄弟姐妹关心我。你,懒黑鬼,懒黑鬼——都是因为我是黑人!哎,要是我能死掉就好了!"[2]生活的苦难和磨难把弗拉多推向了凤凰涅槃的火焰之中。

对于弗拉多来讲,摆脱奴隶制的控制是人生的新起点;未知的前途吉凶未卜,如果不敢冒风险又会与更好的前途失之交臂。弗拉多在贝尔蒙特

---

[1] 伯纳德·W. 贝尔:《非洲裔美国黑人小说及其传统》,刘捷等译,2000 年版,成都:四川人民出版社,第 67 页。

[2] Harriet E. Wilson, "*Our Nig*: Sketches from the Life of a Free Black," in his *Three Great African-American Novels*, New York: Dover, 2008, p.250.

家的契约奴服务期满后，不顾贝尔蒙特太太的挽留和威胁，毅然脱离贝尔蒙特家，开始自己的新生活。她回到了故乡辛里屯，与黑人塞缪尔（Samuel）结婚。弗拉多通过12年的契约奴生活，认识到白人主人的贪婪和自私，继续待在主人家就意味着奴隶生活的延续。

  弗拉多凤凰涅槃似的绝处逢生取决于她对生命的珍惜、对生活的热爱，以及对人世间邪恶的痛恨。她的人生经历是抨击北方契约奴制度的有力武器。在绝境中，弗拉多意识到了自力更生的重要性。离开贝尔蒙特家后，她在好几个白人家当家佣，经历过大病的磨难，她依然坚持自食其力的生存伦理，病稍好一点就开始干针线活，想挣钱维持生计；后来她还跟马萨诸塞州的一个黑人妇女学习编织草帽的技术。她结婚后，丈夫并没有承担起抚养家人的责任。因此，为了谋生和养活孩子，她在新英格兰的几个州都寻找过工作，经历了被骗、被抢的悲惨命运。弗拉多愤怒地控诉道："北方。呸！为了住的，为了吃的，让一个人穿过大门，而另一个人则坐着喝西北风。多可怕啊！"①她的话语表明：在北方白人就业很容易，而黑人则时常难以找到工作。弗拉多的"呸！"表达了北方黑人渴望生存机会的心声。不合理的社会制度和种族偏见使黑人的生活举步维艰。但她没有被困难吓倒，而是勇敢地挑战人生，自谋生路，建立自我，在天地间寻找自己的生存之地。威尔逊的这种描写手法增加了小说人物的立体感、画面感、逼真感和审美效果。

  总的来讲，自强不息和自力更生是弗拉多在绝处逢生时的坚强信念。契约奴时期的过度劳动使弗拉多的健康状况每况愈下，她失去了从事体力劳动挣钱的能力。但是她在生存危机面前没有屈服，而是选择了一项自己能胜任的工作——文学创作。她不但用笔来养活自己和孩子，而且还用笔把她自己经历的苦难写下来，披露当时家庭伦理、社会伦理和生存伦理的多层次景观，把社会伦理发展中出现的异化和毁灭作为后人可以引以为戒的教训。因此，威尔逊通过混血儿弗拉多的涅槃伦理鼓励一切在社会生活中遇到困难和艰辛的人们不要放弃，因为新的谋生之路可能就出现在困境快要摧毁你的时候。人们应该像凤凰那样在苦难中获得新生。弗拉多的新生不是她个人的新生，而是非裔美国人民族精神的新生。她在困境中的煎熬、在逆境中的拼搏、在伦理上的向善，升华了其人格魅力，彰显了黑人民族伦理道德的可贵之处。

---

① Harriet E. Wilson, "*Our Nig*: Sketches from the Life of a Free Black," in his *Three Great African-American Novels*, New York: Dover, 2008, p.279.

威尔逊在《我们的尼格》里以现实主义的笔调揭示了美国南北战争爆发前北方自由黑人的生存状况。自由黑人只是法律意义上的自由人，在经济意义上仍然是富有的北方白人的奴仆或"没戴枷锁的奴隶"。混血儿是美国社会中的一个特殊社会现象，他们既不是白人，也不是黑人，受到黑白两个种族的排斥。威尔逊通过其小说表明，北方自由黑人实际并不"自由"。美国 18 世纪上半叶无法适应社会发展的旧有伦理到了非改变不可的地步了。社会伦理危机、政治经济危机和种族危机导致美国的各种社会矛盾激化，致使美国爆发内战，这为美国黑人问题的最后解决提供了契机。奴隶制的彻底废除和社会伦理的改变有助于美国良好社会道德规范的形成和发展，这也正是威尔逊在创作这部作品时所希冀的社会伦理取向。

第三节　底层叙事的历史重构：《简·皮特曼小姐自传》

欧内斯特·J. 盖恩斯（1933—2019）是 20 世纪著名的非裔美国小说家。盖恩斯不愿被贴上黑人作家或南方作家的标签，但他的小说却主要从非洲中心论的视角讲述了美国南方历史的发展历程。其小说的一个共同主题是黑人在种族主义社会环境里如何保持自己的自尊和形成不屈的男性气概（manhood）。尽管不少评论家批评盖恩斯的作品没能真实地描写出美国黑人的生存实况，但是他在美国文坛和学界的声誉却越来越高，其作品被列入不少大学的"非裔美国文学"课程必读书单。盖恩斯曾获得小说类美国国家书评界小说奖（National Book Critics Circle Award for Fiction）、麦克阿瑟基金会基金、国家人文奖章（National Humanities Medal）和法国艺术与文学勋章（Ordre des Arts et des Lettres）。尤为引人瞩目的是，因其对美国文学发展的杰出贡献，他于 2013 年被时任总统奥巴马授予美国国家艺术奖章（National Medal of Arts）。

盖恩斯的代表作是《简·皮特曼小姐自传》。该小说以百岁老人简·皮特曼为叙事人，讲述了她从美国内战时期至 20 世纪 60 年代的民权运动时期所经历和目击的一些重要事件。全书共分四卷，前两卷《战争岁月》（The War Years）和《重建时期》（Reconstruction）主要描写了南北战争后黑人对自由的勇敢追求和南方白人的疯狂反扑；后两卷《种植园》（The Plantation）和《居住区》（The Quarters）主要描写南方重建失败后种植园黑人"奴隶般"的生活与英勇抗争。近十年来中国学界开始关注这部小说。刘晓燕认为，"在这部小说中，盖恩斯试图重构历史，颠覆主流意识形态，填补官方历史中的空白和缝隙，挖掘被忽略或遗忘的历史，改写被扭曲或被误读的历史"[1]。张小丽探究了盖恩斯的小说创作思想，认为他"致力于填补美国主流文学中对于黑人历史的空缺和纠正历史书中关于黑人历史的误载"[2]。叶雅观从"召唤—回应模式"的视角分析了这部小说的叙事特色，揭示了盖恩斯对黑人文化传统的再现以及小说的独特艺术魅力。[3]总的来讲，该小说是对美国黑人历史加以脚注性释义，并以种族政治为主线的文化诗学，从政治权力、意识形态、文化霸权等角度对黑人的生存状况进行综合性描写，将被形式主义和旧历史主义所颠倒的社会事实拨乱反正。本节拟采用新历史主义的基本理论，从黑人人格的重建、白人人性的沦丧和黑人追求的递进三个方面来探索从美国内战至民权主义期间美国黑人历史在底层叙事中的重构，把文学与人生、文学与历史、文学与权力话语的关系作为分析的中心，以此消解传统文本建构策略的局限性。

黑人人格的重建

黑人人格是黑人在美国社会中的地位和作用的统一，是黑人做人的尊严、价值和品格的总和。"黑人人格是黑人具有自我意识和自我控制能力的内在表现，也是黑人所具有的与白人相区别的独特而稳定的思维方式和行为风格。"[4]黑人自《美国宪法第十三条修正案》实施后成为美国社会的合法公民，开始重建在奴隶制时期被摧毁的人格和尊严。《简·皮特曼小姐自传》是盖恩斯模仿奴隶纪实小说而撰写的一部奴隶自传体小说。它具有20世纪七八十年代出版的新奴隶叙事的基本特点：用黑人众口相传的民间历史来纠正和补充有关奴隶制的不当或不准确的历史记载。书中的男女主人公已不同于旧奴隶叙事中的男女主人公，他们有更高的政治觉悟，能主宰自己的命运。盖恩斯从以下三个方面讲述了黑人人格的自我重建：到北方去、改名和自主择业。

首先，饱受奴隶制残害的黑奴以"到北方去"的行为来实现自身的解放与理想追求。在奴隶制时期，主人和监工可以随意鞭打或虐杀黑奴，可

---

[1] 刘晓燕：《新历史主义视角中的〈简·皮特曼小姐的自传〉》，载郑建青、罗良功编，《在全球语境下美国非裔文学国际研讨会论文集》，武汉：华中师范大学出版社，2009年版，第248页。

[2] 张小丽：《美国黑人缺失历史的再现：〈简·皮特曼小姐的自传〉》，载《文学界（理论版）》2010年第5期，第28页。

[3] 叶雅观：《"召唤—回应模式"——〈简·皮特曼小姐自传〉的叙事特色》，载《牡丹江大学学报》2014年第3期，第68页。

[4] Angela Hornsby-Gutting, *Black Manhood and Community Building in North Carolina, 1900-1930*, Gainesville: University Press of Florida, 2009, p.82.

以任意蹂躏黑人女奴。盖恩斯在《简·皮特曼小姐自传》的起始部分展示了小黑奴简（Jane）惨遭奴隶主鞭打的场景。"到北方去"是奴隶制时期黑奴们的最大梦想。南北战争结束后，奴隶主布莱恩特（Byrant）被迫宣布美国联邦政府的法令：所有的黑奴获得解放，成为与白人一样的公民。庄园里以别格·劳拉（Big Laura）和简为代表的一大群黑人在不知行程路线和身无分文的情况下，带上几个红薯，便迫不及待地踏上了"到北方去"的旅程。结果他们在沼泽地里转了好几天，不但没有找到去北方的道路，反而遭到跟踪而来的白人暴徒的突然袭击，除了劳拉的儿子内德（Ned）和简之外，其他所有的黑人都被白人用木棒活活打死。这些黑人"到北方去"的追梦行动是其黑人人格建构的显性表现形式，他们情愿以生命为代价去追求自己的自由之梦。当所有的同伴都被打死后，简和内德没有放弃自己的北方之旅。他们在寻找逃亡北方之路时，仅以夜晚的北斗星为指示，其方法过于笨拙；虽然他们历尽艰辛，忍冻挨饿，但最后仍然没能走出南方的地界。他们"到北方去"之旅虽然失败了，但是他们的黑人人格在旅程中得以建立、发展和完善。"到北方去"的坚定信念是黑人人格的外化形态，有力地斥责和颠覆了南方种植园文学关于"黑人喜欢奴隶制"的旧历史主义写作传统。

其次，盖恩斯还描写了黑人人格建构的另一个方面——改名。按照西方社会习俗，牧师在婴儿接受洗礼的时候会为他们取教名。然后，父母给婴儿取第二个名字，放在其教名之后。在美国奴隶制时期，奴隶主强迫家里的奴隶都采用其姓氏，并给奴隶取各种各样带有奴隶制色彩的名字，如"汤姆""杰米""莫尔"等，似乎想要这些奴隶永远处于没有思想的孩提时代。[1]小黑奴简在奴隶庄园里被奴隶主取名为"泰西"（Ticey）。北方士兵布朗（Brown）在行军途中路过该庄园时结识了"泰西"，十分同情她的不幸遭遇。他的女儿叫"简"，因此他给黑人女孩"泰西"也取名为"简·布朗"。"泰西"第一次拥有了自己喜欢的名字"简"。此后，她公开告诉奴隶主和其他人，她的名字是"简"，而不是"泰西"。即使在奴隶主为此毒打她时，她也坚持使用自己的新名字。在简看来，新名字就是其人格建立的标志。简是庄园里第一个敢于改名的奴隶。当奴隶解放的法令在南方正式宣布后，几乎所有的奴隶都按自己的意愿改了名，如艾斯·弗里曼（Ace Freeman）、艾贝·谢尔曼（Abe Sherman）、乔布·林肯（Job Lincoln）等。此后，黑人拥有了按自己意愿取的名和姓。这些黑人的自我改名表明其人

---

[1] Edward Countryman, *How Did American Slavery Begin?*, New York: St. Martin's, 1999, p.20.

格得以自我建构。在小说的后半部分，一些青年黑人根据其人生经历的发展，再次改名或多次改名，以健全自己的人格。内德在母亲劳拉死后，采用母亲的朋友简的姓氏"布朗"，改名为"内德·布朗"（Ned Brown）；他逃到北方后受到黑人政治家弗雷德里克·道格拉斯之政治主张的影响，给自己改名为"内德·道格拉斯"（Ned Douglass），后又改名为"内德·斯蒂芬·道格拉斯"（Ned Stephen Douglass）和"爱德华·斯蒂芬·道格拉斯"（Edward Stephen Douglass）。其姓名的变化与其人格的形成和发展相一致，他最后的姓名里既没采用母亲给他取的"内德"，也没有采用简的姓氏"布朗"。这表明他的人格发展已经突破了黑人家庭对他的束缚，他已经成为一名有主见的、志在为所有黑人谋求公民权和平等人权的新黑人。在改名事件中，黑人彰显了自己的人格、意愿和运用语言的能力。改名这一事件表面上是黑人对自己过去的否定，实质上表达了黑人对重新开始人生的强烈愿望。

最后，自主择业是人的基本权利，也是人格显现的基本形式之一。在奴隶制社会里，黑人没有自主择业的自由；奴隶解放后，由于美国南方重建的不彻底性，黑人在自主择业时常常遭到白人庄园主的阻挠或破坏。在《简·皮特曼小姐的自传》里，乔·皮特曼（Joe Pittman）在戴伊上校（Colonel Dye）的庄园里劳动了一辈子；妻子死后，他艰辛地抚养着两个女儿，过着暗无天日的生活。与简再婚后，他准备离开种植园，到路易斯安那州和得克萨斯州交界处的养马场去当驯马师。戴伊上校在乔面前的口头禅是他把乔从"三K党徒"[①]手里救下来花费了 150 美元的高价。他的话语成为围绕在乔头上的紧箍咒，其言下之意是要乔像奴隶一样对他永远感恩戴德。为了摆脱戴伊上校的控制，乔向养马场老板借了 150 美元。当他把钱交给戴伊上校时，戴伊上校又向他索要 30 美元的利息。乔没有屈服于戴伊上校的勒索，而是卖掉所有家产，凑足了 30 美元交给戴伊上校。乔以欠下巨款和变卖家产为代价换来了自主择业的自由。这个自由的获得是乔的自我人格的真正形成。乔自主择业不仅是为了挣到更多的钱，改善家人的生活，而且还是为了维护自己的民族尊严和黑人男性的人格尊严。

因此，盖恩斯在《简·皮特曼小姐自传》里通过黑人执着地寻觅北方之路、黑人改名和黑人自主择业的事件揭示了黑人人格的生成、发展和完

---

① 三K党（Ku Klux Klan，缩写为 K.K.K.）成立于 1866 年，是美国一个奉行白人至上和歧视有色族裔主义运动的党派，也是美国种族主义的代表性组织。三K党是美国最悠久、最庞大的种族主义组织。三K党于 1866 年由南北战争中被击败的前南方邦联军队的退伍老兵组成。这个组织经常通过暴力来达成目的，被视为欺凌和迫害有色人种的极端组织。

善。虽然他们的人格发展之路充满了艰辛和危险，但是他们的人格追求彰显了黑人民族整体上的精神面貌，表明黑人传统文化和民族精神的韧性和刚性。黑人人格是黑人在社会层面上做人的资格，他们的抗争是追求人权和社会正义的合法之举，也是推动人类文明发展的重大举措之一。盖恩斯通过回顾历史事件和回忆个人往事描写了南方黑人的抗争之路，建构起黑人早期的人权捍卫史。他把文学与话语权结合起来，打破了文学自治的传统领域，使历史意识与小说文本有机地结合起来。

白人人性的沦丧

人性是人在一定社会场景里表现出来的人的本性，带有本能的欲望性。也可说，"人性是指人的本质属性。人的本质属性是人的自然欲求性，具体表现为人有生命安全的需求、食物的需求、适宜环境的需求、休息和睡眠的需求、性的需求、财产安全的需求等"[1]。人的自然欲求性是人类谋求生存的第一需求，是推动个人发展和人类社会发展的重要基石，也是检验人类社会里一切是非、善恶和美丑的试金石。一般来讲，人的属性含有三大元素：精神性、社会性和生物性。在美国奴隶制社会里，白人把黑人视为"非人类""次人类""牲口"，在满足自己贪婪的自然属性的同时，丧失了自己作为"人"的基本社会属性。当美国黑人依法成为美国公民后，白人种族主义者仍然把黑人当作"奴隶"看待，继续剥夺黑人的人权和公民权，这样的暴行也会导致白人种族主义者人性的沦丧。《简·皮特曼小姐自传》从政治道德沦丧、伦理道德沦丧和文化道德沦丧等三方面揭露了白人种族主义者人性的沦丧。

首先，从政治伦理学来看，政治道德是调节或调整人们的政治关系及政治行为的道德规范和行为准则。"在阶级社会里，统治阶级除了用政治、经济和法律等手段约束和控制人们的言行外，还采用伦理道德之类的说教从精神上消磨和瓦解人们的斗志，以辅助其政治主张和法律规范的实施。"[2]在美国种族主义社会，政治道德不但具有阶级性，还具有种族性。白人种族主义者把黑人视为"非人类"后，其政治道德已经突破人性的底线。南方白人庄园主在南方重建失败后企图继续推行变种的"奴隶制"——收益分成佃农制。在这种体制下，黑人为庄园主干活，购买日常生活用品必

---

[1] Stephen Downes & Edouard Machery, eds., *Arguing about Human Nature: Contemporary Debates*, New York: Routledge, 2016, p.89.

[2] John M. Parrish, *Paradoxes of Political Ethics: From Dirty Hands to the Invisible Hands*, New York: Cambridge University Press, 2017, p.87.

须从庄园主开设的商店里赊账，等年底结算。这样的用工结算方式无异于对黑人的二次盘剥，导致广大南方黑人一贫如洗，其生存状态甚至比奴隶制时期还要糟糕。为了防止黑人逃亡，庄园主限制黑人的人身自由，指使或雇用"三K党徒"来毒打或屠杀那些试图逃离南方的黑人，用很低廉的工资强迫黑人留在庄园里干活，使得黑人的生活与奴隶制时期相比并没有根本性的改变。在小说第二卷《重建时期》的第一小节里，盖恩斯通过简的视角描写了南方重建失败后白人奴隶主卷土重来的惨状，发出了令人震撼的哀叹："又回到奴隶制了，不折不扣的。"①

其次，盖恩斯在小说里从伦理道德异化的角度揭露了美国白人人性的沦丧。从社会学来看，"道德作为社会意识形态的一种表现形式，指的是调节人与人、人与自然之间关系的行为规范的总和；而伦理是关于人性、人伦关系及结构等问题的基本原则的概括"②。美国内战后，白人为了维护其种族统治地位，不惜倒行逆施，继续把黑人视为"非人类"，奉行"一滴血法则"（One Drop Rule）陋习，剥夺黑人拥有爱情和抚养后代的自然属性。盖恩斯在小说里主要叙述了两个事例来图解白人伦理道德的沦丧。一个事例是白人庄园主罗伯特·萨姆森（Robert Samson）在对待亲生儿子蒂米（Timmy）时的伦理异化。罗伯特是"白人至上论"思想和种族歧视世界观的捍卫者，但是他没能抑制住自己的"本我"③，诱奸了黑人姑娘维达（Verda），后者生下了儿子蒂米。尽管蒂米是罗伯特的亲生儿子，长相也与他非常像，当地的人也都知道蒂米是罗伯特的儿子，但是，罗伯特怕丢面子，因此不但拒绝公开承认自己的父亲身份，还把蒂米当作苦力，强迫他终日在种植园里劳作。当监工无故毒打蒂米时，罗伯特既没劝阻，也没责备，而是借机把蒂米赶出了种植园，企图使他生活无着，暴尸荒野。由此可见，种植园主罗伯特的伦理被其种族主义思想击得粉碎，他丧失了为人之父的基本道德底线。另一个事例是关于白人青年蒂·鲍勃（Tee Bob）自杀的故事。鲍勃是庄园主罗伯特与白人妻子安玛·迪恩（Amma Dean）的儿子。鲍勃不顾南方不准白人与黑人结婚的社会习俗和法律规定，爱上了

---

① Ernest J. Gaines, *The Autobiography of Miss Jane Pittman*, New York: Bantam, 1972, p.72.
② J. C. Charles, *Abandoning the Black Hero: Sympathy and Privacy in the Postwar African American White-Life Novel*, New Brunswick, N.J.: Rutgers University Press, 2013, p.26.
③ "本我"（id）是奥地利精神分析学家西格蒙德·弗洛伊德（Sigmund Freud，1856—1939）于1923年在《自我与本我》（*The Ego and the Id*）中提出的一个心理学名词。它与"自我"（ego）和"超我"（superego）共同组成了人格。"本我"是生物性冲动和欲望的贮存库，具有反社会、反法制、反伦理等特征，以"唯乐原则"为个人的行为准则，激励个人不顾一切去寻求物质满足和性快感。"本我"完全处于无意识状态。

有黑人血统的乡村女教师玛丽·艾格尼丝·拉法勃尔（Mary Agnes LaFarbre）。玛丽知道自己的混血身份和克里奥尔人血统不会被白人社会接纳，觉得自己与鲍勃的爱情不可能有未来，于是，她断然拒绝了他的求爱。鲍勃在求爱失败后走上了自杀之路。在鲍勃打算去求爱的时候，他的同学吉米·卡雅（Jimmy Caya）、父亲罗伯特和母亲安玛都站在南方"白人至上论"的立场上予以坚决反对。在谈及鲍勃的悲剧时，鲍勃的教父朱尔斯·瑞纳德（Jules Reynard）说："我们杀死了他，我们竭力让他遵循我们祖先很久以前给我们定下的一套规则。这些规则还没有老掉牙，简。"[①]他的言下之意是不合理的种族主义制度扼杀了青年一代的真爱，毁灭了白人的人性，直接导致基本社会伦理原则的丧失。

最后，文化教育是一种社会现象，同时又是一种历史现象和社会历史的积淀物。文化教育是培养人的社会实践活动，泛指一切有目的地影响人的身心发展的社会实践活动。[②]美国白人不仅在奴隶制时期剥夺了黑人受教育的权利，美国内战后他们仍然倒行逆施，企图继续推行奴隶制时期的愚民思想，剥夺黑人受教育的权利，禁止黑人参加一切政治活动，这体现了白人文化道德的沦丧。在《简·皮特曼小姐自传》里，南方白人种族主义者阻止黑人办学，限制黑人的学习内容，企图把黑人儿童培养成为新一代的奴隶。内德从北方归来后，自己花钱买地建校舍。作为教师，内德不赞成华盛顿向白人妥协的观点，而是奉行道格拉斯的政治主张，宣传黑人是与白人平等的美国公民，号召黑人挺起胸脯，堂堂正正地做"人"。内德想通过自己的努力培养出黑人律师、黑人牧师和黑人政府官员。他的教学思想颠覆了"白人至上论"，挑战了南方的种族主义社会，最后他在运输建筑材料回校的路上，被白人种族主义者艾伯特·克鲁吾（Albert Cluveau）枪杀。白人普遍受过较高的文化教育，也明白学校教育对儿童的教育启蒙作用。出于维护"白人至上论"的私利，白人种族主义者不惜践踏法律，残酷地谋杀了有正义感的黑人教师内德。其杀戮行为暴露了其文化道德的沦丧，白人种族主义者企图让黑人永远处于愚昧无知的状态。

由此可见，在这部小说里，南方白人种族主义者为了维护"白人至上论"思想和白人对黑人的绝对统治权，不择手段地从政治、伦理和文化教育等方面对黑人进行灭绝人性的压抑和打击，企图长期剥夺黑人的公民权和基本人权。在剥夺黑人的人权的同时，白人也丧失了自己的人性，犯下

[①] Ernest J. Gaines, *The Autobiography of Miss Jane Pittman*, New York: Bantam, 1972, p.204.
[②] Adrian Armstrong, *Ethics and Justice for the Environment*, New York: Routledge, 2012, p.163.

了反人类和阻碍人类文明进步的罪行。盖恩斯关于南方白人种族主义暴行的描写把文学与人生结合起来，再现了下层黑人在美国内战前后的生存窘境和人权危机，使文学作品的艺术性与黑人历史的真实性能动地交织在一起，实现了任何文学作品或历史书籍都无法单方面取得的史实再现效果。

黑人追求的递进

人生追求的目标不是物质财富就是精神财富，但是人一生中的追求是无限的。追求就是渴望得到、希望实现、期盼达到的某个目的。有了追求就有了动力，动力是追求的加速器，让人的追求在人的不懈努力下得以实现。美国黑人从非洲来到美洲后，在历史发展的过程中出现了一个又一个追求目标，也就是说，黑人在不同历史时期有不同的追求。随着历史的发展，他们的追求目标也与时俱进。然而，他们的许多追求是以鲜血为代价，经过无数挫折后才得以实现的。盖恩斯在《简·皮特曼小姐自传》里描写了美国内战结束后黑人的追求目标递进式发展的三个阶段：自由、启蒙和民权。

第一个阶段是指黑人在美国内战结束后追求自由的勇敢之举。黑人所追求的自由是一种免于恐惧、免于奴役、能够实现自我价值并且充满幸福感的生存状态。黑人希望通过人身自由空间的获得来实现和发展个人的理想空间，追求与白人平等的公民权。在小说里，以简为代表的"前奴隶"一获得自己被解放的消息后，就马上不顾一切地离开奴隶庄园，勇敢地去寻找通往北方的道路。北方仍然是"前奴隶"心中的自由圣地。这些"前奴隶"冒着被杀戮、饿死和冻死的危险奔波在寻求自由的路上，情愿以自己一时的苦难换取未来的幸福和子孙后代的安康。他们渴求实现人生价值，提高生活质量，进而获得没有苦难的生存权。由于内战后美国联邦政府和南方社会各个方面的局限性，"前奴隶"追求自由的北方之旅具有盲目性和非理性，但是他们追求自由的不懈努力和无畏精神是黑人伟大民族性的体现。

第二个阶段是指黑人知识分子对黑人进行的反种族主义启蒙之举。这个时期的启蒙工作旨在启发黑人反对"白人至上论"思想和刻板宗教教义的束缚，提倡民主政治、思想自由、个性发展等，用理性之光驱散黑暗，把黑人引向光明。盖恩斯在其小说里描写了黑人教师内德的启蒙之举。内德通过集会演讲和课堂教学，积极地批判"白人至上论"、白人专制主义和白人的愚民政策，宣传人身自由、种族平等和社会正义等方面的思想。他回到家乡一年后，因宣传种族平等思想，被白人种族主义者谋杀。内德从事教育的地方位于美国南方的落后地区，虽说奴隶制被废除了，但奴隶时代的大部分生活方式和社会习俗仍然存在。因此，在那些地区，种植园里的监工仍然像奴隶制时代那样随意打骂黑人雇工。种植园主有至高无上的权力，连当时的州长休伊·P. 朗（Huey P. Long）也因同情穷苦白人和黑人被当地的白人暴徒暗杀。内德的启蒙工作因其被暗杀而中止，但是其播下的民主思想的种子在黑人大众心里扎下了根，为将来民权运动的出现和蓬勃发展打下了良好的思想基础。

  第三个阶段以吉米·亚伦（Jimmy Aaron）倡导的民权思想为代表。吉米是黑人妇女雪莱·亚伦（Shirley Aaron）的儿子，由其姑婆莉娜·华盛顿（Lena Washington）抚养成人。吉米是由简接生到这个世界来的，13岁时皈依了基督教，在新奥尔良上学，积极参加过民权运动，曾因维护黑人的权利和著名黑人领袖马丁·路德·金一起蹲过监狱。为了发动家乡的民权运动，吉米回到了莉娜和简的身边，经常在教堂里发表演讲，揭露白人种族主义者在田纳西州和阿肯色州迫害黑人的暴行，抨击白人在新奥尔良拆毁黑人天主教堂的野蛮行径，号召黑人勇敢地参加民权运动。吉米去亚拉巴马州、密西西比州和佐治亚州等地做过宣传工作，把自己的见闻告知家乡的黑人同胞：马丁·路德·金和自由行示威者在亚拉巴马州和密西西比州的斗争中已经获得胜利，但是路易斯安那州的黑人还没有行动起来。吉米号召说："我们必须进行下去……我们中的一些人会被杀害，会坐牢，甚至会被打伤，甚至在残疾中度过余生，但是死亡和坐牢吓不倒我们。"[①]吉米奉行马丁·路德·金的非暴力反抗方针，以和平方式抗议白人的暴行。在小说的结尾部分，贝永城（Bayonne）继续实施制度化种族隔离政策，禁止黑人通过直饮水龙头喷出的水柱来饮水。为了挑战南方政治制度的不合理性，吉米故意让一名黑人姑娘去喷水龙头处喝水，结果那个姑娘被捕。吉米立刻组织了一次大规模示威抗议活动。由于吉米宣传的民权思想启蒙了许多黑人的民主和民权意识，因此，得到消息后，简带上一大群黑人准备到贝永城去声援。庄园主罗伯特赶来阻拦，并警告说吉米已在贝永城里被人开枪打死了。在白人暴行的恐吓下，有些人害怕了，有些人放弃了，相当一部分人犹豫不决。在这关键时刻，简说："死去的仅是吉米的一小部分，他的大部分仍在贝永城里等我们。"[②]简认为，白人能打死的仅是吉米的躯体，而吉米的伟大灵魂和伟大思想是任何枪弹都消灭不了的。于是，

---

 ① Ernest J. Gaines, *The Autobiography of Miss Jane Pittman*, New York: Bantam, 1972, p.239.
 ② Ernest J. Gaines, *The Autobiography of Miss Jane Pittman*, New York: Bantam, 1972, p.259.

她不顾自己110岁的高龄，带领不畏白人暴行的黑人赶往贝永城，抗议白人种族主义者的暴行和种族隔离政策。由此可见，吉米播下的民权思想的种子不会因他的牺牲而灭亡，而是犹如星星之火，形成可以燎原之势。虽然黑人在民权运动中付出了惨重的代价，但美国的种族形势在民权运动之后大为好转。民权运动促使美国政府在全国范围内废除了种族隔离制度，使种族歧视成为美国大众公认的违法行为和反文明行径。

《简·皮特曼小姐自传》从寻求自由、启蒙尝试和人权抗争三个阶段反映了美国黑人自美国内战结束至20世纪60年代民权运动时期的种族觉悟和政治意识不断提升的发展过程。这部小说反映了美国黑人种族地位和生存状态的变迁，可以视为黑人成为美国公民后的生活缩影或动态回转画。盖恩斯既写黑人的物质生活状况，也写黑人的精神困惑；既写黑人生存的痛苦和悲哀，也写黑人追求种族平等和社会正义的勇敢和无畏。尤为可贵的是，他在创作时把文学与历史结合起来，面对处于社会底层的黑人，不是居高临下的俯视，也不是站在边缘隔岸观火式的观赏，而是站在社会正义的立场上，把自己融入底层黑人民众之中，描写他们的情感、困惑和追求，同时还从人道主义关怀出发，对白人迫害和压抑黑人的合法性发出质疑和批判，在揭示底层黑人悲欢离合的人生时，挖掘向善、向上的人性之光。

盖恩斯在《简·皮特曼小姐自传》里从人格、人性和追求三个方面建构了美国内战时期至20世纪60年代的社会发展史，其中不仅有黑人的苦难叙事、白人人性的沦丧叙事，还有关于黑人追求自我、实现自我的阶段性递进叙事。这部小说突出描写了白人种族主义者人性的异化，把白人写成不是"虫"就是"丧失人性的另类"，然后通过多侧面描写黑人对立统一的心灵世界，突出展示了黑人人性中的光彩。盖恩斯在这部小说里倡导人的尊严，肯定人的价值。尽管人类历史是在迂回曲折的道路上前行的，黑人的人生旅途充满了艰难困苦，但是，那些黑人理想的追求者们不是畏惧苦难、屈服于苦难，而是积极发动黑人大众，启蒙黑人的种族觉悟和政治觉悟，激励他们为实现黑人的民权理想而英勇奋斗。该小说运用意象式、心理式、散文式等新的叙事方式，以黑人民族化的磁石予以磁化，表现出丰富的文学性和艺术性，从新历史主义的角度建构了一部长达百余年的美国黑人断代史。该小说讲述的历史充满断层，历史事件主要由个体论述构成，多层次、多维度地阐释了美国黑人的艰难岁月和光明前景。该小说是底层叙事的佳作，拓展了新历史主义世界观，可以视为对传统的历史主义和形式主义的双重反拨。盖恩斯使文学创作和史实描写有机地结合起来，演绎出多维的叙事空间，对21世纪黑人历史小说的发展有着巨大的影响。

第四节　悖论中的黑奴智慧：《飞往加拿大》

伊什梅尔·里德（1938— ）是美国当代杰出的小说家。他和托尼·莫里森、阿米里·巴拉卡（Amiri Baraka，1934—2014）一起跻身于 21 世纪最知名的非裔美国作家行列。里德的作品经常讽刺美国的政治文化，曝光美国的家庭问题，揭露社会的伦理道德问题。他是美国社会多元化理论和实践的先驱者，坚决反对美国社会的单一文化主义。20 世纪 70 年代以来，里德一直自称为黑人艺术运动的反对者，但人们却时常发现其作品中内含强烈的文化民族主义思想。他的美学思想与黑人文化艺术运动的许多主张在本质上是一致的，非常有助于读者解读美国社会的多元文化现象。2022 年 4 月，里德被宣布为"安妮斯菲尔德·沃尔夫终身成就图书奖"（Lifetime-Achievement Anisfield-Wolf Book Award）的获得者，以表彰他对文学的卓越贡献。2023 年 10 月，他还获得了"赫斯特/赖特基金会终身成就奖"（Hurston/Wright Foundation's Lifetime Achievement Award）。近年来，80 多岁高龄的里德仍然保持着旺盛的创作热忱，出版了两部长篇小说《同根变形的印地语》（*Conjugating Hindi*，2018）、《可怖的四者组合》（*The Terrible Fours*，2021）和一部诗集《为什么黑洞唱布鲁斯歌曲》（*Why the Black Hole Sings the Blues*，2020）等。里德的作品被译成法语、西班牙语、意大利语和汉语等几十种语言，深受世界各国读者的喜爱。

在里德的文学作品中，《飞往加拿大》（1976）是最受学界和读者欢迎的小说之一。小亨利·路易斯·盖茨把这部作品视为 20 世纪美国小说的经典之作。不少学者也认为这部小说是自拉尔夫·埃里森的《隐身人》（1952）之后写得最好的黑人小说之一。这部作品的突出特色之一就是悖论的妙用和戏说语境的建构。因此，本节拟从时代戏说、历史戏说和人生戏说三个方面来探究《飞往加拿大》所含有的主要悖论，以此来揭示美国社会的荒诞和黑人追求自由与解放的艰辛之路，同时展现黑奴在逆境中的智慧。

时代戏说与时间悖论

时间悖论的必要前提是人类可以随心所欲地控制三维空间之外的"第四维"——时间，能够按照意念回到过去或者进入将来。文学意义上的时间悖论是作家为了某种艺术效果而故意错误移植作品所涉及的时间或时代。里德的小说《飞往加拿大》发表于 20 世纪 70 年代，但小说的故事背景却是 19 世纪 60 年代美国南北战争时期。创作时间和作品背景时间相距一个多世纪,但作者故意穿越时空,把 20 世纪才发明出来的飞机、火箭、收音机、静电复印机、步话机等物件引入 19 世纪中期的社会生活,导致了许多时间悖论的出现。为此,里德在《飞往加拿大》的版权页专门标明:"本作品是小说。人名、人物、地点和事件或者是作家想象的产物,或者是虚构而成。如与现实的事件、现实的人物或历史上的人物有近似或相似之处,皆是偶然或巧合所致。"[①]这类声明出现在版权页上的情况在美国文学史里极为罕见,但该声明为作品戏说中悖论的出现埋下了伏笔,同时也拓展了作家的想象和思维空间,起到了免责的作用。

里德巧妙地采用了"飞"的戏说。在中国古代传说或西方神话里,都有许多关于人类飞翔的传说,但是人类真正发明飞机还是 20 世纪初的事。里德在《飞往加拿大》的文本中提到了飞机和直升机,但 19 世纪中叶根本不可能出现这类飞行器。这部小说以黑人青年瑞温(Raven)写给奴隶主的一首名为《飞往加拿大》的告别诗为开始,将"飞"(flight)作为一个自由的意象呈现给读者:"亲爱的斯维尔(Swille)主人,怎么样了?我已经迈出了关键的一步,安全地飞入加拿大的怀抱。因此,你派人到火车上抓捕我,已经没用了,我不会出现在那里。"[②]非常有趣的是,瑞温把自己撰写的告别诗转交给奴隶主的时候,其实他仍躲藏在美国南部某地,给奴隶主造成一个他已经逃到北方的错觉。也就是说,小说开始时瑞温尚未逃离南方,这首告别诗所叙述的空间(加拿大)与瑞温本人实际所处的空间(美国)构成了叙事结构上的时空错位现象,显示出了黑奴逃避白人奴隶主追捕的胆识和智慧。这"表明飞往加拿大对于瑞温而言仅仅是尚未实现的一个想象,象征着自由与解放的加拿大与其说是一个地理空间,倒不如说是他心中的一个乌托邦"[③]。瑞温在密西西比州的一家报纸上发表了这首诗歌,以达到两个目的:一是通过在正式刊物上发表诗歌来挣飞往加拿大的路费;二是故意暴露行踪,引起奴隶主斯维尔对他的注意,给斯维尔造成一个错觉,那就是他已经离开美国,逃到了加拿大。这个时间悖论是瑞温的故意所为,也是瑞温的计谋。这样的安排有助于麻痹奴隶主斯维尔,并且给瑞温提供逃亡加拿大的机会。因此,里德在诗歌里用飞机这种超时代的东西把逃亡奴隶瑞温送到加拿大,凸显了这个时间悖论的深刻含义。黑奴坐上超时代的飞机逃离南方,而不是当时已存在的火车。里德通过这个

[①] Ishmael Reed, *Flight to Canada*, New York: Macmillan, 1976, Copyright page.
[②] Ishmael Reed, *Flight to Canada*, New York: Macmillan, 1976, p.2.
[③] Ishmael Reed, *Flight to Canada*, New York: Macmillan, 1976, p.211.

悖论的设置来表明黑奴对自由和解放的追求在美国奴隶制社会里成功的概率极低。

在小说里出现的另一个超时代之物是收音机。从人类科技发展史来看，直到1906年，美国人里·德·福雷斯特（Lee de Forest）才发明了真空管收音机。在《飞往加拿大》中，黑奴罗宾（Robin）和朱迪（Judy）在奴隶居住地的房间里用收音机偷听林肯总统的讲话。这个时间悖论的寓意在于，在当时，黑奴与白人总统林肯是没有可能进行人际交流的。如果没有收音机，黑奴就没有有效的途径知道美国政府对黑奴问题的观点和立场，因为奴隶主是不会在奴隶面前谈论奴隶解放之事的。然而，当时收音机还没有发明出来，这表明林肯解放黑奴并不是出于解救黑奴的目的，而且黑奴通过收音机听到他声音的可能性也是不存在的。这一时间悖论表明，林肯的政治主张和黑奴的意愿之间有着不少于半个世纪的隔离。在对待黑奴问题上，林肯本人的思想具有二元性：一方面，他同情黑人的遭遇，认为虐待黑人有悖于人权；另一方面，受当时种族主义思想的影响，林肯也在关于黑人是否是人类的问题上犯过迷糊，他曾说这个问题取决于将来科学家的研究结果。他的这个态度显露出其本人内心深处的种族主义思想。这个悖论的反思表明：林肯是在没有黑奴参战就无法打败南方分裂集团的时候才做出解放奴隶的决定的；而普通黑奴追求的是自己的自由和解放。因此，林肯和黑奴的追求目标是有差异的。

里德把19世纪中期的黑奴生活进行了夸张性美化，使黑奴生活方式带有20世纪美国中产阶级的色彩。在《飞往加拿大》的第一部分里，大奴隶主斯维尔歪曲事实真相，竭力维护美国的奴隶制，劝说林肯放弃《解放黑人奴隶宣言》（The Emancipation Proclamation）。他说："在你签署那个宣言前要三思而后行，总统先生。奴隶喜欢这里的生活。看看这个孩童般的民族。罗宾叔叔，难道你不喜欢这里的生活吗？"[①]斯维尔家的黑人家奴罗宾回答道："嗨，当然，斯维尔先生！我喜欢这里的生活。想吃东西的时候，就可吃到可口的东西，还可以看到彩色电视机，今天也喝了满满的一桶牛奶。不时可以喝威士忌，玩玩女人。连抽打我们的鞭子都是用天鹅绒包裹起来的，而且还有免费的牙科保健，我们经常晃着双腿欣赏小提琴。"[②]黑奴罗宾把自己在奴隶主家的生活质量描述成不亚于100年后美国中产阶级的生活。实际上，罗宾的话语中所提到的电视机就是一个时间悖论。从电

---

① Ishmael Reed, *Flight to Canada*, New York: Macmillan, 1976, p.37.
② Ishmael Reed, *Flight to Canada*, New York: Macmillan, 1976, p.37.

视机的发展史来看，黑白电视机出现于 1925 年，彩色电视机诞生于 1954 年。里德在戏说奴隶生活时，让 19 世纪 50 年代的奴隶用上了 100 年后才出现的彩色电视机。这个悖论表明，在奴隶主斯维尔的高压下，罗宾说的话是违心的、不现实的和没有依据的。里德用这个巧妙的时间悖论揭穿了"南方奴隶喜欢奴隶生活"的谎言。奴隶主可以自诩很有善心，让奴隶吃得好、穿得好，但他不可能让奴隶用上还未发明出来的东西。

由此可见，里德在这部小说的写作中采用了戏说中的时代悖论或时间悖论，提及了许多超越时代的物件，挑战了传统奴隶叙事的线性排列，建立起现在读者与过去历史事件之间的桥梁，把过去带回到现在，以拉近读者与历史的距离。"在叙述历史事件过程中，作品在 19 世纪故事中植入电话、电视等 20 世纪技术产品，模糊了过去与现在的时间界限，以此表述重述历史所具有的当代政治寓意。"[①]因此，里德的戏说手法是对历史史实和黑人小说写作传统的一种颠覆，使故事情节在悖论的反复迭起中更接近实际生活，更能揭示历史和事件的本质。

历史戏说与社会悖论

社会悖论是指人们在政治、经济和道德方面出现的悖论。里德在《飞往加拿大》里所提及的社会悖论为读者了解南北战争时期的美国社会状况提供了视角，并引起人们对美国黑人问题的深思。里德通过美国总统林肯与大奴隶主亚瑟·斯维尔的政商交易、《解放黑人奴隶宣言》颁布的内幕和奴隶逃亡的枉然性来揭露美国奴隶制度的实质——国家犯罪。

亚伯拉罕·林肯和亚瑟·斯维尔都是美国历史上的真实人物。林肯是美国第 16 任总统，领导了美国南北战争，颁布了《解放黑人奴隶宣言》，被称为"伟大的解放者"；而斯维尔是美国南北战争时期的金融寡头和大奴隶主。在《飞往加拿大》的第一部分"顽皮的哈丽特"里，里德描写了林肯到大奴隶主斯维尔家的拜访。斯维尔是美国国会议员，拥有大量奴隶，控制着美国的能源、船队、种植园、金融业和铁路等。为了尽快结束南北战争，林肯向斯维尔借巨款用于赎买南方奴隶的自由，以加快南方奴隶制的废除进程。里德把斯维尔刻画成一个粗俗、自负、贪婪、自私和狂妄的大奴隶主，同时也把林肯描写成一个不计后果的政治商人。斯维尔不满林肯的废奴主张，便大肆污蔑林肯的人品，甚至侮辱林肯的夫人。为了北方

---

① 王丽亚：《伊什梅尔·里德的历史叙述及其政治隐喻——评〈逃往加拿大〉》，载《外国文学评论》2010 年第 3 期，第 212 页。

的胜利，林肯忍辱负重地借了斯维尔的两袋黄金。在斯维尔家，南部联盟的叛乱士兵前来抓捕林肯，斯维尔直接给南部联盟的军事统帅李将军（General Lee）打电话，说他已经告知南部联盟政府总统杰夫·戴维斯（Jeff Davis），任何人都不得干预他的事务。他威胁李将军说："注意，李，如果你不让那些士兵撤离我的地盘，我将制造能源危机，取消你们的铁路使用权，并且将使你们失去外国政府的支持。如果那还不够的话，我将收回我的金子。别忘了！我控制着银行利率……"[1]之后，李将军不仅把士兵从斯维尔家附近撤走，还派人把林肯护送回开往北方的船只"女王号"。在南北双方交战期间，斯维尔大发战争横财，借钱给南北双方，控制着南北双方的经济命脉。在这个事件的戏说中，林肯用国家的名义向大奴隶主借钱去购买南方奴隶的自由，但斯维尔的借款条件除了高额利息外，还要求林肯协助他抓回已经逃到北方的三名黑奴。最后，林肯借助大奴隶主势力的保护从南方敌占区全身而退。里德在这部小说中所描写的关于林肯与大奴隶主斯维尔之间的交往在历史上无据可查，纯属戏说。但是，这个历史戏说引起了一个有趣的悖论：主张废除奴隶制的总统向大奴隶主借钱去购买南方奴隶的自由，而大奴隶主借钱的条件之一就是要求林肯协助他抓回以前从他的庄园逃走的三名奴隶。这个悖论给读者留下了一个值得反思的问题：以国家购买的方式解决奴隶制问题所需要的巨额资金该由谁出？从逻辑上来讲，应该由奴隶制的受益者买单，但是如果奴隶主愿意买单的话，就不会爆发美国南北战争了；如果让不是奴隶制受益者的所有美国国民买单，难道这不是对奴隶主的纵容而且有悖于公理吗？

　　林肯签署的《解放黑人奴隶宣言》也充满了悖论。如果林肯宣布美国全境奴隶得到解放，就会使未参与叛乱的蓄奴州投入南部邦联的怀抱；但是，如果不宣布解放美国所有的奴隶，那么这个宣言就不是真正意义上的"解放黑人奴隶宣言"。所以，这个宣言是功利性的和不彻底的。实际上，林肯在这个宣言里并没有解放全美国的奴隶，只是宣布1863年仍处于割据状态的南方联盟十个州的奴隶制废除，但是在北方和其他没参与叛乱的南方各州奴隶制仍然存在。在《飞往加拿大》中，里德借罗宾之口抨击这个宣言："对我们没有好处。他解放了脱离美国政府控制的那部分地区的黑奴；在其势力范围内的地区，奴隶还是奴隶。我从来不懂政治。"[2]罗宾指出了《解放黑人奴隶宣言》在废奴问题上的局限性和不彻底性。美国完全废除奴

---

[1] Ishmael Reed, *Flight to Canada*, New York: Macmillan, 1976, p.31.
[2] Ishmael Reed, *Flight to Canada*, New York: Macmillan, 1976, p.59.

隶制的法律是 1865 年通过并实施的《美国宪法第十三条修正案》。自那以后，美国才真正从法律意义上废除了奴隶制。林肯在美国历史上以主张废奴而著称，但实际上，林肯的废奴立场和废奴法令只是维护其政治主张的策略。"1862 年 8 月 26 日，林肯曾在《纽约论坛报》上发表宣言：'我在对待奴隶制和有色种族方面的所作所为，全部出于挽救联邦的考虑。'"[①]在废奴问题上，林肯想的是如何维护南方和北方的统一，而黑奴想的是如何获得自由，过上人的生活。假如南部联盟愿意放弃分裂行为，林肯很可能默许或承认奴隶制存留下去；而黑人关心的则是自己的自由，至于美国是分裂还是统一，并不是他们最关心的事情。对这个悖论的反思是，美国内战达到了最完美的结局，林肯既阻止了国家分裂，又使黑奴获得了自由。

  在这部小说里，里德还戏说了奴隶逃亡无用的悖论。自 1641 年黑奴制度在北美殖民地建立以来，非洲黑奴的逃亡就没有停歇过。数百年来，逃亡的奴隶一直遭到奴隶主的鞭打、绞杀或其他形式的迫害。美国黑奴制不是美国白人的个人行为，而是有国家法律庇护的一项社会制度。这项法令的血腥和反人类之举使奴隶成为这个制度里任人宰割的羔羊。1832 年加里森创建新英格兰反奴隶制协会后，越来越多的美国白人和自由黑人参与到帮助黑奴逃亡的工作中。特别是后来成立的"地下铁路"组织，帮助了 9000 多名南方黑奴从纽约州的水牛城逃到北方和加拿大。事实上，从这个途径逃亡的黑奴总人数还不够多，并不至于动摇南方奴隶制的基础，但是这些黑人的逃亡事件可以戳穿南方白人关于黑奴喜欢奴隶制的谎言。1850 年美国国会为了迁就南方种植园主，通过了《逃亡奴隶法》，规定南方奴隶主有权到北方去抓回已经逃亡的奴隶。这样逃到北方的奴隶也无法保证人身安全。美国黑人领袖弗雷德里克·道格拉斯逃到北方多年后，也曾面临被抓回南方的危险。另一名黑人作家哈丽雅特·A. 雅各布斯逃到北方后，仍然遭到原奴隶主的追捕。这两名已逃到北方并获得极高社会声誉的作家，最后不得不靠朋友出钱购买了人身自由。由此可见，奴隶制是得到美国国家法律保护的一项罪恶制度。因此，奴隶制是美国的一项国家犯罪。在《飞往加拿大》里，瑞温逃到北方的"解放城"后，有两个人受奴隶主斯维尔的指派，带着相关法律文件前来拘捕瑞温，企图把他抓回奴隶制。与瑞温一起逃亡的还有两个奴隶，一个是斯特雷·利奇菲尔德（Stray Leechfield），另一个是绰号为"四十几岁"（40s）的黑人。利奇菲尔德靠演戏谋生，生

[①] 转引自王丽亚：《伊什梅尔·里德的历史叙述及其政治隐喻——评〈逃往加拿大〉》，载《外国文学评论》2010 年第 3 期，第 217 页。

活极为贫困;"四十几岁"与俄国人里尔(Lil)从事人口贩卖,他随身携带枪支,随时准备与奴隶抓捕者拼命,生活在极度的恐惧中。这个悖论揭示了当时黑奴逃亡的窘境:黑奴千辛万苦地逃到北方,仍然没有获得自由;如果继续逃亡,进入加拿大后,就可以摆脱奴隶主的追捕,但却成了外国人。里德还在小说里指出,黑奴即使逃到加拿大后,也仍然会遭受到种族偏见和种族歧视。瑞温的朋友"木匠"(Carpenter)劝说道:"别往前走了,特别是带着她[瑞温的女友桂桂(Quaw Quaw)——笔者注]。他们在街上毒打中国人和巴基斯坦人,还开枪打了西印度群岛人。"[①]自由黑人"木匠"也在加拿大的街头被打成重伤,打算回美国了。这个悖论的反思是:黑人已经成为美国人,一个在自己国家都遭到歧视、不被当作"人"看的人,在其他国家也难以获得平等的公民权。奴隶制是以美国政府为主导形式而犯下的一项严重罪行。只有废除了奴隶制,黑人在美国和其他国家才能获得真正意义上的人的地位。

里德通过林肯在废奴问题上的态度和决策揭示出美国政府始终都是把统治阶级的利益和所谓的国家统一放在维护人权和解放黑奴的问题之上。在美国内战期间,当黑奴成为林肯无法回避的一个问题的时候,出于战争策略的需要,林肯才颁布了让南方联盟叛乱各州的奴隶获得自由的法令。如果不是因为没有黑奴的参与,北方就无法打胜美国内战的话,林肯在解放奴隶问题上恐怕还会拖延得更久。此外,里德笔下大奴隶主的贪婪、狡诈、残忍和自负与黑奴的善良、互助、谋略和智慧形成鲜明的对比,揭示出南北战争时期各种社会悖论中的人性窘境和智慧光芒。

在这部小说里,里德采用历史戏说的手法,使历史事件的讲述和历史的史实记载之间产生了关联,但没有形成等同性和真实性。他的写作风格增强了小说叙事表达的悖论性和趣味性,使读者在对这些社会悖论的反思中获得新的感悟。总的来看,这些悖论的使用表达了里德独特的心理感受和主题思想,呈现了他追求语言效果的艺术风格。

人生戏说与命运悖论

人的"命"与"运"紧密相连。"命"是既定的现实,而"运"是可因个体的选择而发生变化的。人在生活中经常会遇到各种机会,不同的选择就会导致不同的结局。一般来讲,待在原地,面临的风险较小,获得的发展的机遇也少;如果离开原地,外出拼搏,机遇会增多,但遭遇的风险和

[①] Ishmael Reed, *Flight to Canada*, New York: Macmillan, 1976, p.160.

困难也会更大。"去"还是"留",两条道路的不同选择会给人们带来不同的人生。里德在《飞往加拿大》里戏说了黑奴们的人生抉择。以瑞温为首的年轻奴隶主张并实施了逃亡,但是以罗宾为首的老一代奴隶选择了留下。

里德以瑞温的人生经历戏说了逃亡奴隶的命运。瑞温原是斯维尔庄园里第一个学会读书和写字的奴隶,代表血气方刚的年轻一代奴隶。瑞温为斯维尔家业的发展做出了贡献,但因为他是奴隶,即使劳动了多年,仍然身无分文。瑞温通过一首诗歌的发表赚得了旅费,然后和女友桂桂一起登上了一艘开往加拿大的轮船。他们在船上遇到了著名废奴主义者和作家威廉·威尔斯·布朗。布朗告诉他们,美国内战已经结束了,他们不必再逃到加拿大了。但是,斯维尔的爪牙仍然在追捕他们。后来,他们在船上又遇到了桂桂的前夫——海盗扬基·杰克(Yankee Jack)。杰克用高附加值的工业品打败了桂桂父亲的手工业制品,并残忍地杀害了她的父亲,用她父亲的头盖骨制成烟灰缸,同时还把她的弟弟杀死,做成人体标本,存放在国家自然博物馆。杰克是一个双手沾满了印第安人鲜血的刽子手,但经过南北战争的洗礼,他对自己以前的暴行深感后悔。因此,他不赞成斯维尔的观点,认为黑奴制应该废除。最后,为了帮助瑞温摆脱追捕,杰克用自己的船把瑞温直接送到了加拿大。这个事件的悖论在于,瑞温被他的仇人送到了没有奴隶制的加拿大,获得了人身自由。如果杰克不救他,他就会被重新抓回奴隶制;杰克救了他,他又觉得亏欠杰克。瑞温心里充满了矛盾。瑞温在加拿大下船时对杰克说:"你用船送我,我感谢你。但是,如果我们在自由之土重逢,我仍然会杀了你。"[①]杰克回答说:"那你就杀吧。"对这个悖论的反思在于:恶人经过历史的血腥洗礼后,有可能改过自新;恶人的减少或洗心革面可以看作是他们人性中"善"的一面的最后回归。

瑞温逃到北方后,发现加拿大并不像传说的那么美好。在小说结尾时,他还是回到了种植园。这部小说以逃奴瑞温为主人公,以其逃亡之旅为情节主线之一,表明里德继承了道格拉斯开创的奴隶叙事传统;然而,这部小说以主人公重返旧地为故事结尾,取代了奴隶通过逃亡来获得自由的大团圆结局,表明这部作品与传统奴隶叙事的结构完全不同。[②]此外,这个事件的寓意在于,自由是我们必须创造的东西,而不是去寻找的东西。小说中,里德用直接的方式展示人物的观点,让读者进入叙事行为,辨识人物性格特征。里德从逃亡奴隶和他人的人际交往中寻求人性的外向性展示,

---

[①] Ishmael Reed, *Flight to Canada*, New York: Macmillan, 1976, p.154.
[②] 王丽亚:《伊什梅尔·里德的历史叙述及其政治隐喻——评〈逃往加拿大〉》,载《外国文学评论》2010年第3期,第212页。

这完全不同于传统奴隶叙事对奴隶的描写。里德在《飞往加拿大》里采用"开放性作品"的视角,利用历史事实创建了对历史的全新解读。

另外,在《飞往加拿大》中,里德塑造了一个与瑞温相对应的黑奴罗宾。罗宾像斯托夫人笔下的汤姆叔叔一样,没有主动逃离奴隶制,他在奴隶主面前永远都是奴颜婢膝的样子,似乎总是按奴隶主的意愿办事。但是,他又不同于汤姆叔叔。在奴隶主面前,他顺从但不盲从,恭敬但心灵深处拥有自尊。为了追求更好的生活,他采取了三项措施,充分发挥自己的黑人智慧,挑战美国奴隶制。

首先,购买自由。罗宾靠自己的辛勤劳动,额外挣钱,购买了儿女们的自由,却没有购买自己的自由。这个悖论显示了黑人父亲伟大的父爱。罗宾把人生幸福优先给了自己的子女,让他们获得自由,摆脱奴隶制,过上真正意义上"人"的生活。罗宾的购买行为表明,黑人的奴隶身份通过个人的努力是可以改变的。

其次,篡改遗嘱。通过篡改斯维尔的遗嘱,罗宾成功继承了斯维尔的庞大家业,拥有了庄园、种植园、森林和其他一切不动产。这个遗嘱的悖论在于:遗嘱的内容不是斯维尔的本意,而是黑奴罗宾伪造的一份有利于自己的遗嘱。如果不伪造遗嘱,罗宾的道德品行几乎可以与斯托夫人笔下的汤姆叔叔相"媲美",但他永远都会是身无分文的黑奴。通过伪造遗嘱,罗宾获得了巨额财富,完全颠覆了白人心目中的黑人形象。罗宾由此变为与汤姆叔叔完全不同的新一代黑奴。罗宾的伪造遗嘱事件颠覆了黑人智力低下论。就在白人法官宣布遗嘱时,他对罗宾的智力和能力的质疑也显示了其种族主义者的心态。这名法官说:"科学上来说……嗯,根据科学,罗宾,黑鬼没有……嗯,你的脑浆——只有老鼠那么多。偌大的一份家业,你确信自己有能力管理好吗?惊人的数字啊!填表吧!"[①]在白人的伪科学里,黑人的脑浆没有白人那么多,因此智力比白人低下得多。这个事件表明,黑人也可能和白人一样狡诈,哪怕是在犯罪方面。对这个悖论的反思是,判断一个人聪明与否,不能以其种族归属为标准。同时这个事件也揭示了种族偏见的非理性和荒谬性。

最后,兴办学堂。罗宾还在伪造的遗嘱中专门加了一条:"我(斯维尔——笔者注)已在华盛顿特区留出了一块地,用于为新解放的黑奴建立一所基督教培训学校。这些黑奴,如果没有道德教化的话,可能会重新

---

① Ishmael Reed, *Flight to Canada*, New York: Macmillan, 1976, p.167.

回到非洲的生活方式，重拾野蛮的生活习俗，不为文明社会所容。"①罗宾长期生活在奴隶主家里，深知知识和文化的重要性。他想通过办一所黑人学校来解决黑人的教育问题。这条遗嘱的悖论在于，在罗宾的篡改下，斯维尔的遗嘱把斯维尔美化成维护黑人利益和关心黑人前程的圣徒，但是实际上斯维尔在其有生之年是残酷压榨黑奴血汗的贪婪之徒。对这条遗嘱悖论的反思在于，教育给罗宾、瑞温等奴隶带来了智慧；随着黑人智慧的增加，黑人对政治、经济和文化方面的要求将不断提高，为以后黑人追求种族平等和社会正义打下了不可缺少的坚实基础。

罗宾的悖论是对斯托夫人笔下的汤姆叔叔形象的彻底颠覆。罗宾、瑞温等人的命运悖论揭露了在黑暗的奴隶制下黑奴被扭曲的人格。人生之路在不同的选择中显示出不同的结果，但是在奴隶制里黑奴的选择是有局限性的。罗宾的反叛虽然成功了，但是却把人性中"善"的东西消亡殆尽。这样就形成了奴隶制下黑奴生活的一个怪圈：不做坏事，就无法弘扬正义，无法摆脱自己的困境；做了坏事，却违反了社会的道德和法律，陷入深深的精神困惑。

里德在小说里通过黑奴逃亡与否的悖论彰显了黑人与白人奴隶主斗智斗勇的智慧，达到了语言狂欢的艺术效果，嘲弄了自以为比奴隶聪明的奴隶主，使奴隶主高贵、睿智和庄重的传统形象轰然倒塌。这部小说的人物命运戏说在博得读者开怀大笑的同时，也传递了作家个人的忧患意识和种族责任感。正如王胜所说，"有时候狂欢并不一定是终极目的，而是作家们表达终极关怀的一种手段，并不缺少庄重意味"②。人生戏说的语言幽默和情感快乐强化了小说中人物的命运悖论，折射出里德超常的人生智慧和精妙的社会洞察力。

总之，在《飞往加拿大》的情节发展过程中，各种戏说和悖论随着小说主题的深化而不断演绎，成为引导或产生新寓意的显性标志。里德对历史事件的戏说虽然导致文本在内容方面背离史料记载，颠覆了历史真实不可违背的事实正义原则，但揭示了美国南北战争时期的政治生态和社会现状，揭露了黑人不戴人格面具就无法生存下去的生存窘境，使奴隶制社会的暴行一目了然。通过戏说语境悖论的设置，里德还表明黑奴制度扭曲了人们的心灵。黑奴在与奴隶主的抗争中增长了智慧，在传统道德的沦丧中获得了新生，这也是对不合理的社会制度强有力的讽刺。里德并不是一个

---

① Ishmael Reed, *Flight to Canada*, New York: Macmillan, 1976, p.168.
② 王胜：《戏谑·调侃·戏仿——论新时期小说中的反常规叙事手法》，载《潍坊学院学报》2008年第5期，第48页。

虚无主义者，他对美国历史和文学传统的颠覆与拆解，并非纯然是为了破坏或遁入虚无。相反，他的目的是要以自己的方式去揭示悖论，反思过去、修正谬误。里德对美国历史事件的颠覆性描写不是为了制造某种哗众取宠的轰动效应，而是要以一种崭新的方式披露美国内战时期的政治局势和种族生存状态。里德的戏说策略有助于驳斥黑人文学作品精神价值含量稀少的谬论，从而在艺术审美形态良性融合的基础上全面提升黑人作品的文学价值，为20世纪和21世纪非裔美国小说主题的发展开辟新的路径。

小　　结

废奴小说和新奴隶叙事都是以美国奴隶制问题为题材的非裔美国小说。废奴小说以揭露奴隶制的黑暗、激发读者的正义感为目的，旨在推动美国废奴运动的发展；新奴隶叙事仍以奴隶问题为题材，但采用的写作方法带有极大的虚构成分，旨在以小说的形式生动再现过去的奴隶制，引起读者对奴隶制问题的反思。

《克洛泰尔》是一部典型的"废奴小说"，以揭露奴隶制和控诉奴隶主暴行为写作目的。布朗对种族越界和政治悖论等问题的探索对21世纪黑人小说的发展有着不可低估的重要影响。威尔逊在废奴小说《我们的尼格》里聚焦于人伦三维——家庭、社会和自我，揭示了美国南北战争爆发前北方自由黑人的生存状况和北方社会的伦理道德和社会价值取向。在这部小说里，非裔美国人在磨难中获得新生，具有凤凰涅槃似的精神象征，显示了黑人民族坚毅、勇敢、倔强和向上的精神特质。

盖恩斯在新奴隶叙事《简·皮特曼小姐自传》里从人格、人性和自我实现三个方面建构了处于美国社会底层的黑人社会发展史，描写了黑人人格的重建和白人人性的沦丧。虽然该小说建构的历史多由叙述者个人的叙述构成，断层较多，但从新历史主义的角度来看，这种写作手法可以视为对传统历史主义和形式主义的双重反拨。里德在《飞往加拿大》里通过悖论制造小说情节发展中的反复迭起，以此揭示黑奴在逆境中的生存智慧，折射出人生哲理的深邃和作家洞察力的精妙。

由此可见，这四部作品，不论是废奴小说，还是新奴隶叙事，都是以奴隶制为主题的非写实性小说，揭示了美国奴隶制对非裔美国人人权的践踏和对民主自由追求的否定，表明奴隶制是对人类文明的亵渎，具有极大的社会危害性。

第三章 黑人都市叙事

20世纪初,美国社会迈入工业化时代。随着城市化的发展,人们的生活方式发生了翻天覆地的变化,富裕程度也大为提高,城市对农村人口的需求和吸引越来越大。大约在1915年,美国的大迁移浪潮出现。成千上万的非裔美国人从南方农村移居到南方城镇或北方大都市,渴望在城市里找到工作。在第一次和第二次世界大战期间,更多的黑人涌入北部和西部的城市。在20世纪70年代初,黑人城市人口渐渐超过黑人农村人口。从南方农村来到城市的黑人,把工业化的城市视为上帝恩赐的"应许之地"(promised land),到各种各样的工厂和商店去工作。在融入城市生活的过程中,他们没有在种族歧视和种族偏见中沉沦,而是积极争取和白人一样的公民权,追求各项政治权利和经济权利。来到北方的黑人接受了较好的学校教育,眼界得到了开阔,对生活有了不断更新的追求。然而,他们的到来不但没有得到白人的友好接纳,反而引起不少白人对非裔美国人的厌恶和仇恨。这是因为从南方来的非裔美国人吃苦耐劳,工作勤勤恳恳,给普通白人带来了不小的工作竞争和生存压力。于是,种族主义思想像瘟疫一样扩散,不断恶化白人和黑人的种族关系。尽管如此,非裔美国人进入城市后,生活还是发生了很大的变化:他们有机会上设施较好的学校,挣到能维持基本生计的工资,获得了选举权;一些有天赋的非裔美国人开始创作音乐和其他艺术作品。虽然黑人移民的城市新生活不是太如意,但比起他们过去的南方农村生活还是得到了很大的改善。他们摆脱了南方白人的种族排斥和种族压迫,获得了相对的人身自由、受教育机会和较大的个人发展空间。从这些黑人民众中涌现出一批优秀的黑人小说家,体验和观察黑人社区的都市生活问题。他们继承和拓展了非裔美国文学关于种族平等和社会正义的主题,以生动的笔触描写了美国黑人在纽约、芝加哥和洛杉矶等城市的生活和工作,揭示了黑人文化与白人文化的碰撞,显示了新一代都市黑人的善良、乐观、幽默、坚韧和对美好生活的向往,从而促使了非裔美国文学中都市主题的诞生和发展。

住宅隔离问题在美国北方城市最为突出。美国学者马克·纽曼(Mark Newman)说:"贫民区的居民住在破旧的房子里,还被迫缴纳高额房租。

美国北方尽管没有种族歧视的立法，但是黑人儿童还是只得在教学质量低劣的学校接受种族隔离的教育。"[1]住宅隔离把白人住宅区和黑人社区清楚地划分开来，阻断了黑人与白人的正常人际交往。如果黑人无意中走进白人生活区域，通常会遭到白人的责骂、驱离或殴打。非裔美国人怀着对未来生活的美好向往，背井离乡，来到城市，进入主要由白人经营的工厂、商店、仓库、餐馆等地方，从事各种各样的劳动，为美国社会的繁荣发展做出了巨大的贡献。然而，他们由于是黑人，又生活在社会底层，因此不可避免地遭受了各种各样的种族歧视和种族偏见。他们在城市生活中遭遇的各种社会问题成为非裔美国小说的都市生活主题，促进了黑人都市叙事的生成和发展。

黑人都市叙事是以黑人城市生活为主题的文学作品。这类主题的聚焦点通常是城市下层黑人和中产阶级黑人的生活。非裔美国小说家大多都是利用自己的城市生活经验或对现实黑人社区的多方位观察来建构自己的故事情节。由于受城市环境和黑人社会经济现实以及文化的制约，其基调通常是暗淡和抑郁的。

早期的黑人都市小说多以硬汉性格的非裔美国人为主人公，以在困境中抗争和实现自我为主题，同时会涉及毒品、性和暴力犯罪等社会问题。在《黑灵魂》里，杜波依斯论及了一块"面纱"是如何把非裔美国社区与外部世界隔离开来的社会问题，揭示了黑、白种族在现实生活和精神世界里被隔离的状态。那些生活在"面纱"之外的白人作家不了解都市黑人文化的实质，难以撰写出根植于城市中心地区和非裔美国人生活之中的都市小说。黑人都市生活主题不仅是非裔美国人城市生活和工作的真实写照，而且还是美国社会文明发展艰辛历程的一个重要缩影。

在20世纪30—60年代，非裔美国小说家大多着眼于黑人社区的生存窘境，较为详细地描写了黑人与白人在各个层面的种族冲突。理查德·赖特、詹姆斯·鲍德温、拉尔夫·埃里森、波莱·马歇尔等作家描写了发生在芝加哥、纽约等城市的黑人青年在城市中寻求生存空间而屡遭挫折的故事。

在20世纪70年代，黑人权利运动（Black Power Movement）达到高潮。像切斯特·海姆斯一样，罗伯特·贝克（Robert Beck）在坐牢期间采用笔名"艾斯伯格·斯林姆"（Iceberg Slim），撰写了小说《男妓》（*Pimp: The Story of My Life*），讲述了发生在某地市中心贫民区底层社会的恶性事

---

[1] Mark Newman, *The Civil Rights Movement*, Westport, Conn.: Praeger, 2004, p.11.

件。这部作品的主题思想与黑人权利运动的政治追求有着密切关系，其对都市街道生活的细节性描写最负盛名。此后，贝克仍以"艾斯伯格·斯林姆"为笔名，出版了不少深受读者欢迎的小说，在美国文坛和国际文坛赢得了不少关注。一些黑人作家模仿他的写作手法，进一步拓展了黑人小说的都市生活主题。在美国文坛上引人注目的此类作品有克劳德·布朗（Claude Brown）的《应许之地的男孩》（*Manchild in the Promised Land*，1965）和亚历克斯·哈利（Alex Haley）的《马尔科姆·艾克斯自传》（*The Autobiography of Malcolm X*，1965）。由于他们的作品抓住了黑人城市生活的现实本质，在即将成年的黑人男性群体里引起了强烈的心理共鸣。

在 20 世纪 80 年代和 90 年代中期，最有名的黑人小说家是格洛里亚·内勒，她以纽约城即将拆迁的布鲁斯特街区为背景撰写了两部以黑人都市生活为主题的小说，即《布鲁斯特街的女人们》（*The Women of Brewster Place*，1982）和《布鲁斯特街的男人们》（*The Men of Brewster Place*，1999）。内勒通过对黑人社区生活的描写呈现了种族歧视、种族隔离、道德沦丧、暴力犯罪等社会问题，揭示了都市黑人生活的阴暗面。此外，在这个时期，纸质版都市主题类黑人小说的吸引力开始减弱。黑人青年和青少年对文学作品的关注力从故事转移到嘻哈流行音乐。黑人小说的都市生活话题开始以说唱式抒情诗的形式出现。这个时期最知名的作家兼嘻哈音乐家是图派克·夏库尔（Tupac Shakur，1971—1996），其代表作是《从水泥地开出的玫瑰花》（*The Rose That Grew from Concrete*，1999），把年轻一代黑人的都市生活的悲欢离合与嘻哈街头音乐融为一体。

20 世纪 90 年代末，都市小说开始复兴，涌现出了一批描写都市生活情趣的青年作家。代表性作品有奥马尔·泰利（Omar Tyree）的小说《活泼女孩》（*Flyy Girl*，1996）、修女索尔佳（Sister Souljah）的《有史以来最冷的冬天》（*The Coldest Winter Ever*，1999）和泰利·伍兹（Teri Woods）的《真实面对比赛》（*True to the Game*，1999）。这些作品描写青年一代的都市生活及其对个性的追求，意外地获得大量黑人青年的青睐和欣赏。

进入 21 世纪后，黑人小说的都市主题继续发展。在 21 世纪的第二个十年之后出现了嘻哈都市小说、街景小说和都市暴力小说的文学浪潮，代表性作家有索尔·威廉姆斯（Saul Williams）、凯莉·雷德（Kiley Reid）、阿比奥拉·艾布拉姆斯（Abiola Abrams）和费利西亚·普莱德（Felicia Pride）、科尔森·怀特黑德等。他们的文学作品中加入了嘻哈文化元素、都市街景描写和城市暴力书写，采用了比喻、象征和讽刺等叙事手法，展现了嘻哈音乐和嘻哈文学的有机结合，揭示了新一代美国黑人对爱情、幸福、个性和自我实现的多元化追求。

本章将以四部黑人都市小说为探究对象，揭示非裔美国人在种族歧视和种族偏见的都市环境里不畏强权、捍卫自我和追求美好生活的不懈努力。这四部小说分别是：波莱·马歇尔的《褐色女孩，褐色砂石房》（*Brown Girl, Brownstones*）、格洛里亚·内勒的《布鲁斯特街的男人们》、凯莉·雷德的《如此有趣的年代》（*Such a Fun Age*）和沃尔特·埃利斯·莫斯利（Walter Ellis Mosley）的《麻烦是我惹的》（*Trouble Is What I Do*）。

第一节　从《褐色女孩，褐色砂石房》看都市移民的焦虑

波莱·马歇尔（1929—2019）是美国 20 世纪的著名小说家，也是美国文学史上描写西印度群岛移民问题的第一位黑人女作家。她是美国巴巴多斯裔的第二代移民，出生在纽约城的布鲁克林地区。父辈的西印度群岛文化对她的文学创作有着巨大的影响，其小说里时常会出现一些巴巴多斯人的英语变体、民间传说和社会风俗。她的代表作是《褐色女孩，褐色砂石房》。该小说于 1959 年出版，但当时正值詹姆斯·鲍德温和拉尔夫·埃里森等黑人男性作家主导美国黑人文坛时期，黑人女性作家的作品普遍得不到美国文坛和学界的重视，因此这部小说的销售量很少，初版印刷后就停印了。直到 20 世纪 80 年代初，随着托尼·莫里森和艾丽斯·沃克等女作家的崛起，美国文坛才开始重视黑人女作家的文学作品。《褐色女孩，褐色砂石房》于 1981 年得以再版，这部被性别偏见屏蔽了多年的文学佳作终于受到美国读者的欢迎，得到了学界的高度评价。从 21 世纪起，我国学界的芮渝萍、刘喜波和汪凡凡等学者，从文化冲突、主题、女权主义等角度研究该小说，取得了一些成果。该小说以 20 世纪初大批巴巴多斯人移民到美国纽约的历史为背景，描写了在大萧条时期和第二次世界大战时期巴巴多斯裔下层都市移民遭受种族歧视和经济压迫的各种情形，揭示了美国移民难以消解的生存窘况、自卑感和精神焦虑。本节拟采用社会心理学的基本原理，从生存焦虑、自卑焦虑和成长焦虑三个方面探究巴巴多斯裔都市移民及其后裔在美国的生存危机。

生存焦虑

从社会学来讲，职业指的是人们在一定社会形态里所从事的作为谋生手段的工作，包含不同性质、不同内容、不同形式、不同操作的专门劳动岗位。人们可以在工作中运用自己的技能、体能和知识来创造物质财富或

精神财富，从而获取合理的报酬，保障或提供自己的社会物质生活或精神生活。[①]马歇尔在《褐色女孩，褐色砂石房》里生动地描写了巴巴多斯裔都市移民求职受到挫折后所陷入的各种生存危机和精神焦虑。

在《褐色女孩，褐色砂石房》里，小说主人公博伊斯（Boyce）于20世纪初随着巴巴多斯裔移民潮涌入美国纽约城的布鲁克林地区。和其他移民一样，博伊斯在纽约城中几乎没有任何可以利用的社会资源，也缺乏城市所需的技能与职业培训，因此，他只能在城市里干苦力活。为了摆脱困境，他自学了会计知识，但学成后却没有白人老板愿意雇用他。后来，他又自学了吹小号，但仍然无法以此为生。经历了求职的几番挫折后，他终于在轧钢厂找到了一份工作。由于急于证明自己的才干，他在轧钢技术尚未学会之际，不听劝阻，违反操作规程，导致一只手臂被机器截断。他急于求成的焦虑心理是导致其残疾的主要原因。丧失劳动能力后，他更加焦虑，最后迷信上"平安教父"的荒诞教义，丧失了家庭观念，处于极度迷惘状态。在被移民局遣返回巴巴多斯的途中，其焦虑心理达到极致，在船快到巴巴多斯海岸的时候他跳海自杀。博伊斯是巴巴多斯裔移民融入美国社会失败的一个典型事例。

与黑人男性和白人女性相比，黑人女性在都市里的求职之路更加艰辛，时常会受到种族歧视和性别歧视的双重伤害，很难找到一份理想的工作。一些妇女在求职无门的生存压力之下被迫走上了卖身的歧途。在《褐色女孩，褐色砂石房》里，马歇尔塑造了黑人妓女苏吉（Suggie）的形象。在谋职焦虑无法消解的情况下，苏吉被迫走上了卖淫之路。为了节省开支，她经常把嫖客带回家过夜，对外宣称来客是她的男朋友。由于"男友"更换得太频繁，她的妓女身份成了公开的秘密。邻居和房东希拉（Silla）看她的异样眼光不断加重其焦虑感。为了化解内心的焦虑，她还曾跟房东女儿塞琳娜（Selina）聊自己的情色经历，并引诱塞琳娜酗酒，差点把塞琳娜引向色情之路。最后，苏吉在希拉的驱逐下，离开了巴巴多斯裔都市移民社区。这无疑加剧了苏吉的精神焦虑，使她陷入了走投无路的绝境。

消沉是年轻人有志难成的重要心理表征，或是在人生奋斗遭遇挫折后而形成的一种精神痛苦，表现为意志消沉、精神萎靡。按常理，一个人失去理想后，会不断沉沦，一天天颓废下去。从精神病学来看，消沉是人追求理想或既定目标失败后产生的焦虑心理演绎而成的精神状态。[②]马歇尔在

[①] Barbara Christian, "Paule Marshall," *DLB* 33.2 (1984): 104.

[②] D. Dance, "An Interview with Paule Marshall," *Southern Review*, 1992-01-28.

《褐色女孩，褐色砂石房》里专门描写了黑人青年退伍军人克莱夫（Clive）的人生经历。克莱夫是在第二次世界大战期间参加过太平洋逐岛争夺战的退伍老兵。战后，他仍然遭受战争后遗症的折磨，战场上尸横遍野的场景成为其生活中难以消除的噩梦。由于这个因素的影响，他无法找到一条谋生之路，于是陷入难以自拔的生存焦虑之中。他住在父母提供的一个小房间里，依靠父母的资助得以勉强度日，不得不靠画画来排解内心的焦虑。女友塞琳娜的父母见他没有固定职业，坚决不同意女儿和他交往。女方父母的强烈反对加重了他的焦虑感，使他难以和塞琳娜保持正常的恋爱关系。他和女友分手后更加消沉，成为巴巴多斯裔都市移民社区的边缘人。

由此可见，生存焦虑是人因谋职失败而产生的精神张力，导致当事人难以与家人、友人和社会群体建立或保持正常的人际关系。迷信、自弃、消沉、颓废不但不会消解人的焦虑，反而会加剧人的精神张力，或者使人走上歧途，甚至使人精神崩溃。马歇尔以自己的人生体会描写出了巴巴多斯裔移民在美国谋生时遭受到种族歧视和种族偏见后所产生的各种精神焦虑，他们既不能坚守传统的巴巴多斯文化，也不能积极地融入美国主流社会，在生存焦虑的张力之下沦为在美国社会到处漂泊的文化无根人。

自卑焦虑

自卑感指的是一个人因自认能力或运气不如他人而产生的一种自贬式心理。马歇尔在《褐色女孩，褐色砂石房》里从地位焦虑、住房焦虑和种族焦虑等方面描写了巴巴多斯裔移民消解自卑感时所产生的焦虑，揭示了他们的生存困境。

首先，地位焦虑是指人在某个社会环境里获得了一定社会地位后因惧怕失去地位而产生的一种焦虑心理。马歇尔在《褐色女孩，褐色砂石房》里描写了巴巴多斯裔暴发户查林诺斯（Challenors）夫妇的势利心态。查林诺斯原来是博伊斯的工友，两人曾在同一家床垫厂工作。查林诺斯没有在自卑感中沉沦，而是通过白天在工厂上班，晚上到市场上做小生意的方式积攒钱财，其妻子格尔特（Gert）也不顾同乡的蔑视，坚持在外打工。通过两年的努力，他们成功地买下了福尔顿街上欧洲建筑风格的褐色砂石房，最后发展成为巴巴多斯裔移民眼中的"成功人士"。布鲁克林地区的褐色砂石房原是荷兰裔和爱尔兰裔美国白人的住宅区。1939年后，白人渐渐搬走，从巴巴多斯岛来的黑人开始租住在这个地区。拥有这个地区的一套褐色砂石房成为巴巴多斯裔都市移民地位是否得到提升的标志。为了维护自己的地位优越感，查林诺斯采取了不少措施，但仍然时常产生地位不稳的焦虑感,害怕因与下层人交往而受到同阶层人士的蔑视或轻视。因此,查林诺斯采用两种方式来排解自己的地位焦虑感:一是断绝了与普通工人博伊斯的私人交往;二是限制女儿贝丽尔(Beryl)与穷人家的孩子塞琳娜来往。查林诺斯夫妇的势利行为是中产阶级巴巴多斯裔都市移民的普遍心理,他们时常担心自己的地位得不到主流社会的承认,从而形成难以消解的地位焦虑。

其次,住房焦虑不是指缺少租住房屋的焦虑,而是因缺少有产权的自有住宅的自卑感所引起的一种焦虑心理。传统的置业观念使城市居民对住房这一不动产形成了特殊的情感,房产往往成为自我价值观念的个性化表达。在《褐色女孩,褐色砂石房》里,希拉是巴巴多斯裔的第一代移民。由于丈夫博伊斯挣钱能力不强,她家没有自有住房,家人也被邻里视为漂浮的游民,从而使她产生了难以自抑的焦虑感。在希拉的心中,褐色砂石房不仅是一个居住的场所,更是一种身份地位的象征。在住房焦虑感的驱使下,她卖掉了丈夫从病逝的姐姐那里继承来的一块巴巴多斯地产,打算用此款买下现在租住的房子,圆自己的住房梦。但是,丈夫不理解她的苦心,反而擅自挥霍掉卖房款,希拉恨铁不成钢,毅然决定与丈夫分居。为了实现自己的产权房梦,她在兵工厂干着男人干的活,利用休息时间四处兼职,试图靠自己个人的努力偿还褐色砂石房的银行贷款。正如芮渝萍所言,"母亲西拉(即希拉——笔者注)的梦想,代表了巴巴多斯移民的集体梦想:买下一幢棕色砖房。这是美国梦在这些来自西印度群岛第一代移民身上的具体体现"[①]。

最后,种族焦虑时常出现在不同文化背景的人的社会交往过程中,是弱势种族个人身份焦虑的外化和延伸,也是由种族自卑感所导致的一种心理张力。在美国社会,种族歧视和种族偏见违背社会伦理和相关法律,隐含着种族歧视的白人话语时常会引起黑人的反感,同时也引起交际双方的焦虑。在《褐色女孩,褐色砂石房》里,希拉的女儿塞琳娜在读大学时和白人同学蕾切尔(Rachel)和玛格丽特(Margaret)成为好朋友。有一天,塞琳娜应邀到玛格丽特家做客。玛格丽特的母亲是一名对黑人持有偏见的白人妇女。一见到黑肤色的塞琳娜,她就以为塞琳娜是来自南方的黑奴后代。于是,她就笑里藏刀地问女儿:"她们是来自南方吗?"[②]隐含在其话语中的种族优越感和种族蔑视感被对种族问题敏感的

[①] 芮渝萍:《文化冲突视野中的成长与困惑——评波·马歇尔的〈棕色姑娘,棕色砖房〉》,载《当代外国文学》2003年第2期,第103页。
[②] Marshall Paule, *Brown Girl, Brownstones*, New York: Dover, 2009, p.248.

塞琳娜感受到了，引起了塞琳娜的不安和焦虑。随后，塞琳娜和玛格丽特一家吃饭时，其母亲又对塞琳娜说："嘿，请用你的西印度群岛口音说几句话给我听听。"①玛格丽特母亲的种族挑衅性话语进一步加剧了塞琳娜的种族自卑感。自卑激发的焦虑感使塞琳娜难以忍受，最后她愤而离席。褐色肤色是巴巴多斯裔都市移民无法改变的生理事实，由此而引起的种族焦虑犹如达摩克利斯之剑悬在他们的头顶，使他们生存在难以言状的恐惧和焦虑之中。

在《褐色女孩，褐色砂石房》里，马歇尔笔下的人物没有在自卑感中沉沦，而是通过自己坚持不懈的努力在自卑感中奋起，把自卑感演绎成一种难得的激励因素。强烈的民族自豪感和自尊心促使巴巴多斯裔的黑人移民消解自卑心理，捍卫自己作为非裔美国人的合法权益和人格尊严。然而，作为外来移民的他们，在充满种族歧视和种族偏见的美国社会中奋斗的失败使自卑焦虑愈演愈烈，过着没有前途的"社会性死亡"般的生活。

成长焦虑

成长焦虑是人们在初入社会时对外界所产生的一种惶恐和忐忑不安心理。马歇尔在《褐色女孩，褐色砂石房》里还描写了巴巴多斯裔第二代移民的成长历程。他们出生在美国，接受了高等教育，但在成长过程中却比其父辈们更焦虑，面临的社会竞争和生存压力更大。因此，他们对人生的追求具有更大的自主性和盲目性。该小说聚焦于女主人公塞琳娜的成长历程，从恋父焦虑、情感焦虑和求真焦虑三个方面讲述了其成长过程中出现的焦虑及其后果。

首先，恋父焦虑类似于希腊神话中的恋父情结。恋父情结最初是由弗洛伊德提出来的，他认为在孩子性心理的发展过程中，女儿会对父亲产生爱恋，表现为"爱父嫌母"。在《褐色女孩，褐色砂石房》里，塞琳娜在成长过程中的孤独感所引起的恋父焦虑主要表现在三个方面：其一，亲父。她对父亲言听计从，甚至违心地讨好父亲。当父亲打她的时候，她会产生心理快感，喜欢看父亲在愤怒中起伏的肌肉，觉得自己的心和父亲的心是连在一起。当得知母亲要背着父亲偷偷卖掉父亲不准卖的地产时，她焦虑万分，千方百计地阻止，甚至不顾个人安危，深夜跑到母亲上班的郊外工厂去劝说。其二，反母。尽管父亲脾气火爆，但塞琳娜为了维护父亲的

---

① Marshall Paule, *Brown Girl, Brownstones*, New York: Dover, 2009, p.250.

利益，总觉得母亲是父亲最大的敌人，她讨厌母亲的任何言行。其三，幸灾乐祸。父亲趁着帮母亲兑现卖地的汇票之机，把从银行取出来的900美元一下子全花光了。母亲气得快发疯了，而塞琳娜却没有半点责备父亲的意思，反而为父亲的反叛行为而高兴。恋父焦虑的心理源于害怕失去父亲。当其父亲在遣返回巴巴多斯的途中死于溺水时，塞琳娜的焦虑达到顶峰。为了寄托自己的哀思，她穿了整整一年的黑色丧服，并且杜绝了与一切友人的来往。恋父情结的失败加剧了其心理焦虑，似乎她的肉体和灵魂已经分离，这预示了其未来生活的苦难。

其次，情感焦虑是指人们在与他人的交往过程中因遭受或目睹情感伤害而形成的一种心理张力。目睹他人的情感失败也会对自己欲建立的情感关系产生忧虑和不安，形成自己的焦虑心理。马歇尔在《褐色女孩，褐色砂石房》里描写了塞琳娜与克莱夫恋爱的情感焦虑。塞琳娜从小就目睹了父母之间不和谐的关系，在吵吵闹闹的家庭生活中成长起来。母亲希拉一直禁止塞琳娜与任何男孩子交往，塞琳娜对建立男女朋友关系带有潜意识的焦虑，直到18岁时才第一次建立恋爱关系。男友克莱夫在日常生活中表现出来的恋母情结与塞琳娜的婚恋追求格格不入，因此，她不得不担心未来的婚姻生活。克莱夫母亲经常性的骚扰电话触发了塞琳娜的恋父情结，认为其母亲在和她争夺男人。同时，克莱夫的冷漠也加剧了塞琳娜的情感焦虑。最后，塞琳娜毅然决定断绝与克莱夫的恋爱关系，去寻求自己的新生活，这也使其孤独的灵魂陷入更深的情感焦虑之中。

最后，求真焦虑指的是人们在追求真理的过程中所表现出的焦虑和不安。在《褐色女孩，褐色砂石房》里，塞琳娜本来对巴巴多斯裔移民社区的公共事务不感兴趣，从来不听从母亲的安排，拒绝参加巴巴多斯裔移民协会举办的一切活动。可是，当巴巴多斯裔移民协会决定给热爱巴巴多斯裔移民社团活动并且品学兼优的大学生发放600美元的奖学金时，塞琳娜的"本我"骤然出现，她想以假装积极的方式参加巴巴多斯裔移民协会的活动和工作。她表面上宣称断绝了与克莱夫的关系，其真实目的在于骗得这笔奖学金，把它作为她和克莱夫私奔的经费。一年后，该移民协会决定把这笔奖学金授予塞琳娜。然而，塞琳娜在这一年里也不断反思自己的虚伪行为，良心谴责无时无刻不给她带来巨大的心理焦虑。最后，在移民协会会长把奖学金颁发给她的那一刻，她勇敢地当众承认了自己的不良动机，放弃了那笔奖学金，并向协会和在场的人表示深深的歉意。"这种敢于自我批评的做法象征着赛丽娜（即塞琳娜——笔者注）又一次人生的蜕变，道德境界的又一次升华。"[1]塞琳娜的求真焦虑最后在求真得以实现的时刻得以消解。

因此，塞琳娜在成长过程中经历了恋父焦虑、情感焦虑和求真焦虑，其人格和心理经过了各种焦虑的洗礼，焕发出新的活力。她的心路历程是20世纪中期黑人女孩成长经历的写实性再现，揭示了巴巴多斯裔第二代移民的人生挫折和心理健全之路。"父母所代表的两种不同文化心理取向都不是理想之选，作为新一代的巴巴多斯移民，塞丽娜（即塞琳娜——笔者注）作出了不同的选择，那就是反对物质至上，抵制美国梦，接纳自己的民族独特性，重建'棕色'梦想，建构一个允许个体自由，跨越种族、性别和阶级限制的主体同一性。"[2]在小说的结尾部分，塞琳娜放弃了美国纽约的都市移民生活，毅然返回故乡巴巴多斯岛，去寻求适合自我发展的新生活。

《褐色女孩，褐色砂石房》彰显了巴巴多斯裔美国移民的顽强生命力和与种族歧视做不懈斗争的伟大精神。巴巴多斯裔都市移民经过了众多的生存考验和生活磨难之后对自我和社会有了新的见解。在小说的结尾处，马歇尔并没有去详细地描写塞琳娜今后的生活和经历，而是让读者自己去想象她的未来之路。这部小说的焦虑心理描写揭露了社会现实，拷问了现代社会的伦理道德观，引发人们对巴巴多斯裔都市移民和整个美国移民群体的移民问题的反思。焦虑、忧伤、抑郁、迷茫和无奈等心理症候成为社会潜在的不和谐因素。巴巴多斯裔都市移民在美国纽约所经历的各种焦虑不仅是他们的个体经历，还是所有美国移民都曾经历过的艰难窘境和心路历程。如何消解移民心理的异化和如何建构移民的精神家园等问题仍然是美国当代社会难以回避的重大问题。马歇尔在20世纪50年代末揭示的移民焦虑问题在美国文学史上具有一定的前瞻性和启发性，其小说人物的心理描写手法也具有相当的独创性，对21世纪美国黑人文学创作艺术的发展具有不可低估的影响。

第二节　荒原中的人性与人性中的荒原：《布鲁斯特街的男人们》

格洛里亚·内勒（1950—2016）是当代著名的非裔美国妇女小说家，

---

[1] 刘喜波：《〈棕色姑娘，棕色砖房〉中的黑人女性形象》，载《学术交流》2010年第1期，第186页。
[2] 汪凡凡：《在文化冲突中构建成长——论波·马歇尔小说〈棕色姑娘，棕色砖房〉》，载《郑州航空工业管理学院学报（社会科学版）》2012年第5期，第65页。

长期致力于非洲根文化与欧洲传统文化相互关系的研究，热衷于探讨非裔美国妇女问题，认为性欲是女性痛苦之源。基思·E.贝尔曼（Keith E. Byerman）说："她（内勒——笔者注）在小说里大肆描写压抑女性欲望的好处。"[1]内勒的第一部小说《布鲁斯特街的女人们》在1982年一出版，就立即引起轰动，成为当年的畅销书，并获得美国文坛和学界的好评，但是这部小说的题目很快引起读者追问：这条街的另外半边天——男人们的故事是什么？读者的要求引起了内勒的重视，但16年后内勒才积累起足够的素材去描写布鲁斯特街的男人世界，并把以此为基础写成的小说取名为《布鲁斯特街的男人们》（1998）。内勒写这部小说的灵感还得益于1995年在华盛顿特区举行的百万人大游行。这次游行的宗旨不是抗议政府，而是黑人自省的一次集会，倡导黑人建立家庭责任感，杜绝毒品，远离暴力，努力就业，促进黑人社区的良性发展。这次集会号召黑人男性回家，做好市民、好兄弟和好父亲，消解黑人男性给社会留下的不良印象。在当时的社会环境里，内勒也意识到在文学作品里树立优秀黑人男性形象的重要性。因此她在《布鲁斯特街的男人们》里没有把女性人物作为描写的主要对象。尽管仍有一些女性人物出现，但她们的地位已降为次要人物或陪衬性人物，黑人男性人物成为小说的真正中心视点。该小说是一部寓意深邃的作品，探索了黑人社区的男性问题。不少评论家把这部小说视为《布鲁斯特街的女人们》的姊妹篇或续集。本节拟从亲情荒原、理想荒原和生存荒原三个方面探究内勒笔下人性与荒原的相互关系，揭示都市黑人在黑人社区的生存困境。

亲情荒原

人性是在一定社会制度和历史条件下形成的人的本性。因此，人的本性并非是一直停留在西方"人之初，性本恶"或东方"人之初，性本善"的传统观念上的，而是与人所处的社会环境密切相关的。从本质上来讲，人性是决定或支配人类行为举止的自然天性。[2]父爱和母爱是人性的重要表现形式。父爱是父亲从男性的角度给予自己孩子在坚韧、自信、自立、勇敢等方面的信念，并做出相应的示范，在男孩的人格形成和发展中起着母亲难以替代的重要作用。"与细腻的母爱相比，父爱显得严肃、刚强、博大

---

[1] Keith E. Byerman, "Walker's Blues," in Harold Bloom (Ed.), *Modern Critical Review: Alice Walker*, New York: Chelsea House, 1989, p.93.

[2] Kirk W. Brown, et al., eds., *Hazardous Waste Land Treatment*, Boston: Butterworth, 1983, p.36.

精深。父爱同母爱一样伟大，只是父亲表达爱的方式不同而已。"①在奴隶制社会环境里，黑人被剥夺了结婚和组成家庭的权利；男性黑奴无力保护妻子免遭白人奴隶主的奸淫，无法阻止自己的子女被奴隶主卖掉。1865年美国颁布《美国宪法第十三条修正案》，废除了奴隶制，黑人成为法律意义上的美国公民。由于黑人长期遭受压迫，没有受教育的机会，再加上美国主流社会对黑人的种族偏见和种族歧视，黑人男性在就业、升学和升职等方面的机会都明显少于同等条件下的白人男性，他们在美国社会中谋生十分艰难。黑人男性无法找到收入丰厚、体面的工作来养家糊口，自卑心理压碎了男性起码的自尊，因此，他们时常遗弃妻儿离家出走。布鲁斯特街像美国社会绝大多数黑人社区一样出现了众多的单亲家庭，至少有三分之二的黑人小孩生活在没有父爱的单亲家庭里，黑人聚居区沦为可悲的亲情荒原，引发了不少社会问题。赫斯顿的《他们的眼睛望着上帝》(*Their Eyes Were Watching God*, 1937)、赖特的《黑小子》(*Black Boy*, 1945)、沃克的《梅里迪亚》(*Meridian*, 1976)等作品都涉及黑人社区父爱缺失的主题。针对黑人家庭父爱缺失的窘境，内勒在《布鲁斯特街的男人们》里专门塑造了三名黑人男性——本杰明(Benjamin)、贝斯尔(Basil)和尤金(Eugene)，以揭示黑人家庭亲情荒原形成的三种原因，即种族压迫、不合理的社会制度和经济压迫。

首先，种族压迫是导致黑人家庭亲情荒原形成的直接原因。内勒把《布鲁斯特街的女人们》中的男性次要人物本杰明作为《布鲁斯特街的男人们》的小说主要叙述人。虽然本杰明在前一部小说里已经去世了，但在这部小说的"作者注释"里，内勒专门声明："采用诗的破格，复活了（本杰明的）灵魂和声音，使之叙述了这部小说的主要部分。"②本杰明在南方的孟菲斯城工作时结识了黑人女工埃尔维拉（Elvira）。为了给她营造一个有利于健康的生活环境，本杰明舍去大城市的工作，同她一起返回南方农村，组建了一个小家庭。他们向白人地主克莱德（Clyde）租种了几亩土地，开始了田园式的小日子。不久，他们的女儿诞生，但由于农村医疗技术水平落后，女儿出生时落下了终身残疾，一条腿跛了。女儿还未成年，就被地主克莱德叫去当佣人，并经常强迫她留宿。几个月后，本杰明和妻子才发现，女儿被克莱德奸污了。得知实情后，由于家庭经济困难，妻子埃尔维拉不愿女儿放弃在地主家的工作；本杰明虽然非常愤怒，但也怕得罪地主克莱德，

---

① Timothy H. Brubaker, ed., *Family Relations: Challenges for the Future*, Newbury Park, CA: Sage, 1993, p.56.
② Gloria Naylor, *The Men of Brewster Place*, New York: Penguin, 1998.

失去租地机会。父母两人听任了白人地主对女儿的性剥削和性摧残。父亲在生存问题上选择了牺牲女儿的行为，这不仅是自私的极端表现形式，而且也是人性的丧失。父亲的怯弱和自私导致了父爱的沦丧，直接促使家庭亲情荒原的形成。"亲情荒原是人性中的孤独、苦闷、凄凉等抽象物的集合，亲情荒原的泥泽是人性中丑恶的终结之地，所有丑恶的最终指向便是父爱的死亡。"[1]最后，本杰明的女儿和妻子都在这片荒原上难以生存下去。为了摆脱白人地主的性剥削和逃离亲情丧失的家庭，本杰明的女儿离家出走，到大城市孟菲斯当了妓女；妻子因不满丈夫的贫穷和无能，也与人私奔了。亲情荒原的形成导致本杰明一家妻离子散，本杰明随之也失去了自信心和人生的理想，最后舍弃了家，来到小说的背景地——布鲁斯特街，整日借酒消愁。由此可见，种族压迫和不良的社会环境是黑人家庭亲情荒原形成和恶化的重要致因。

其次，不合理的社会制度使黑人男性的家庭责任感难以实现。白人对黑人的偏见之一就是黑人男性没有家庭责任感，缺乏爱心和同情心。内勒通过黑人青年贝斯尔的故事表明：黑人男性不是没有家庭责任感，而是不合理的社会制度剥夺了黑人男性履行家庭责任的机会。贝斯尔是玛蒂·迈克尔（Mattie Michael）的私生子，从小没有得到过父爱，可以看作是在亲情荒原上成长起来的一朵奇葩。他成年后沉溺于赌博，后因过失杀人而畏罪潜逃，遭到警方通缉。内勒把贝斯尔人生的苦难归咎于童年缺失父爱的亲情荒原生活。由于贝斯尔从小没有得到过父爱，因此，他对父爱特别向往，希望那些失去了父亲的孩子得到关爱，避免像他那样因父爱缺失而走上犯罪道路。贝斯尔决心做一个与其生父完全不同的、有家庭责任感的男人。但是，贝斯尔的父亲患有少精症。这种病具有家族遗传性，他本人的出生就已经是个生理奇迹了。从生理方面来讲，贝斯尔本人几乎没有生育小孩的可能性。因没有生育能力，他当父亲的欲望极为强烈，渴望得到一个机会来施展自己的父爱。他想以自己为事例来消解黑人男性不负责任的负面传闻，希望带动更多的黑人成年男性担负起自己的家庭责任，把黑人家庭建立成一个幸福的乐园。有一次，在陪女友海伦（Helen）去教堂做礼拜的时候，贝斯尔见到了海伦的表妹凯萨（Keisha）带着两个小孩。后来他得知，凯萨和她的两个儿子——6岁的詹森（Jason）和4岁的艾迪（Eddie）——都被其丈夫遗弃了。詹森和艾迪非常渴望父爱，一见到成年

---

[1] Roger Trigg, *Ideas of Human Nature: An Historical Introduction*, Malden, Mass.: Blackwell, 1999, p.75.

男子就激动地大喊"爸爸"。他们的心理渴求正好与贝斯尔渴望施展父爱的心理需求吻合。于是每逢节假日,贝斯尔都会带着这两个孩子去马戏团等娱乐场所游玩。他对孩子的过度喜爱,引起女朋友海伦对他的误解不断加深,最后他们的恋爱关系破裂。此后,贝斯尔一如既往地经常去凯萨家看望那两个小孩。为了更好地照顾孩子们,他主动提出与凯萨结婚。然而,不是以真爱为基础的结婚动机给他们的婚姻埋下了破裂的种子。不久,凯萨移情别恋,贝斯尔对无爱的婚姻并不留恋,然而他提出自己是孩子的养父,要求离婚后带走她的两个孩子。凯萨坚决不同意。为了阻止贝斯尔带走孩子,凯萨向警方告发了贝斯尔。贝斯尔因以前犯下的过失杀人逃亡罪,被法院判处了6年徒刑。他出狱后,一切都变了。凯萨已经改嫁,她的大儿子詹森因偷车坐过一次牢,小儿子艾迪患上了孤独症,已认不出贝斯尔了。这时,贝斯尔觉得自己又回到了亲情缺失的荒原。在小说里,贝斯尔不顾一切地去建立家庭,对没有血缘关系的孩子施予父爱,想做一个有责任感的居家男人,改变社会对黑人男性的偏见。然而,他犯了一个与其母亲相似的错误。他的母亲建立了一个只有母爱而忽略了父爱的家庭荒原,而他努力建立起来的不过是一个只有父爱而缺乏母爱的家庭荒原。由此可见,只有父爱和母爱都健全的家庭才可能是真正幸福而完整的家庭。贝斯尔想通过给两个男孩当继父的方式,来重新获得生活中已然失去的父爱。可是,他所追求的生活还是离他而去。他喜欢的两个孩子可以看作是贝斯尔在家庭亲情荒原上栽种的两棵小树,由于不合理的社会环境和贝斯尔入狱的突发事件,这两棵小树无助地枯萎了。贝斯尔不遗余力地经营的家园最后还是沦为一块容不得任何草木的荒原。

最后,经济压迫是损伤黑人人性、毁灭黑人家庭的致命性因素。内勒塑造了一名被生活压垮,最后被逼走上同性恋道路的码头工人形象——尤金。尤金在读中学时就与女同学赛尔(Ceil)相恋,结婚后生下女儿塞丽娜(Serena)。为了让妻子和女儿过上更好的生活,尤金在码头上拼命干活,想攒钱买新房子和新家具。码头上的总工头布鲁斯(Bruce)是一名同性恋者,他利用尤金害怕被解雇的心理,引诱尤金到色情场所,介绍他认识了同性恋者奇诺(Chino)。之后,尤金沦为奇诺和布鲁斯的同性恋玩物。奇诺不满足于对尤金的性剥削,于是不择手段地威逼利诱尤金与妻子离婚。慑于奇诺的淫威,尤金逼迫妻子去医院做了流产手术,并寻机杀害了自己的亲生女儿。尤金的生活形成了一个悖论:为了让妻子和女儿生活得更好,他在码头上拼命工作,多挣钱;因怕被解雇,在上司的诱骗下他身不由己地陷入了同性恋魔窟,疏远家人。最后,他保住了工作,却毁灭了家庭,同时也颠覆了为了家庭而甘受一切磨难的初衷。"内勒以现实主义笔调描写了黑人家庭的遗弃事件，认为黑人男性不是不愿对自己的家庭和家人负责，而是不合理的社会制度和社会环境剥夺了他们成为有责任感男人的权利和机会。"[①]在种族社会的巨大生活压力之下，尤金迷失了方向，亵渎了自己作为"父亲"和"丈夫"的神圣角色，把美满的家庭变成了一个亲情荒原。

因此，这部小说讲述了这三名黑人男性的生活和命运，探索了父爱的艰难建立和瞬间毁灭之悲。没有父爱的黑人家庭导致了黑人社区道德、伦理、法律、信仰等方面的堕落，使之成为人性的荒原。为了更好地表现这个人性的荒原，内勒对父爱的死亡进行了细致入微的描写。父爱的死亡对于内勒而言不仅是展示人性荒原的一种符号，还是人性毁灭的根源。

理想荒原

事业是男人生活追求的目标。黑人男性在事业追求的道路上遇到的困难和挫折会远远超过白人男性。他们追求个人成功的理想难以与白人崇尚的美国梦相媲美。一些黑人中产阶级在追求美国梦的过程中，迎合白人的利益，剥夺下层黑人的合法权益，导致自己越来越脱离黑人社区，其为黑人谋求合法权益的政治理想追求也丧失了立足之本，使黑人社区成为理想难以实现的荒原。内勒在《布鲁斯特街的男人们》中刻画了黑人知识分子在事业追求上的自私和贪婪，揭露了黑人理想荒原形成的原因和恶果。

内勒在这部小说里特意塑造了黑人牧师莫尔兰·T.伍兹（Moreland T. Woods）。他出生在牙买加，祖母省吃俭用，供他到美国读大学；大学毕业后，他便在西奈浸礼派教会工作。他学识渊博，善于布道，很受教徒们的爱戴。他在事业成功的同时，物质生活条件也大为改善，很快拥有了豪宅、豪车，穿着打扮时髦，于是引起了教会其他人员的嫉妒和不满。他利用女教徒对他的敬仰和崇拜，开始玩弄女性。他的行为激起了教会执事贝尼特（Bennett）的强烈不满，贝尼特是该教会的发起人和重要负责人，他的理想是通过教会来帮助有困难的穷人，而伍兹的理想则是通过教会来追求个人享乐和达到自己的政治目的。因此，两人的矛盾日益激化。

伍兹不顾贝尼特的反对，想另建一座能容纳不少于2000人的教堂。他的目的是通过扩建教堂来吸纳更多的黑人教徒，扩大自己的影响力，为自己进入政坛打下基础。他利用自己在黑人教众中享有的崇高声望，以全体教众投票公决的方式通过了扩建教堂的议案。后来，他又通过教会

[①] Tom Raworth, *Survival*, Cambridge: Equipage, 1994, p.197.

的势力，成功当选为市政会委员。为了彰显自己的才干和进一步扩大自己的政治影响，他在市政规划中率先提出了"拆迁布鲁斯特街，修建中产阶级住宅区"的议案。这个议案得到白人官员的赞同，但遭到当地居民的强烈反对。当地居民不愿撤离祖祖辈辈长期居住的地方。伍兹也因此受到黑人社区居民的唾骂，他们认为伍兹背叛了黑人的利益，是黑人社区的"叛徒"。

伍兹的倒行逆施引起了当地居民阿布苏（Abshu）的强烈不满。他甘冒坐牢的风险也要去刺杀伍兹。但是，阿布苏的好朋友 B. B. 雷（B. B. Rey）不赞成刺杀方案，认为以牺牲一个好人为代价来杀掉一个坏人，很不值得。雷是民权运动的律师，他建议找到伍兹的弱点，然后对症下药，以智胜为上策。因此，针对伍兹在个人生活方面的不检点行为，雷招募了50多位妇女，包括白人、黑人、棕色人和褐色人，鼓动她们或抱着婴儿，或挺着大肚子，高举抗议牌子，走向市政府，向正在召开市政会议的政府官员们喊话：

> 莫尔兰，莫尔兰
> 你的无耻表现在哪里？
> 你走了，但你还没有
> 给孩子取好名字。[①]

在市政府官员面前，伍兹否认自己认识这些妇女。但这些妇女都声称是伍兹的情人，愿意用检验 DNA 的方式来确定自己孩子与伍兹的血缘关系。伍兹与太多的女人有过关系。这时，他明知是一个圈套，但也没有办法逃避，因为他自己也没有把握这群妇女中有没有一两个真的与他有染过。因此，他不愿也不敢去验血。最后，市政会只好要求伍兹辞职。伍兹在追求权、钱、色的道路上迷失了自我。为了追逐权力，他背叛了黑人社区的利益和黑人教堂的宗旨；为了钱财和享乐，他不惜以自己的威望作赌注；为了美色，他背弃了基督教的基本精神和从政者的基本素质。最后，他毁灭在自己构筑的理想荒原上。贪婪和自私把伍兹推向了黑人理想的荒原，使他走向背离黑人利益的深渊，难以回头。

因此，黑人从政者如果背离广大黑人群众的基本利益，和白人站在一起压榨黑人同胞，就会丧失自己的原则立场，同时也等于把自己的政治抱

[①] Gloria Naylor, *The Men of Brewster Place*, New York: Penguin, 1998, p.150.

负建筑在违背黑人人权的理想荒原之上,必然会失去黑人同胞的支持,遭到黑人社区的抛弃。

生存荒原

生存是人生的第一需求,不同的生存状况导致不同的人生境遇。"黑人男性在美国社会的生存状态不容乐观,仍有三分之一的黑人被巨大的社会压力压得喘不过气来,看不到人生的意义和希望。这三分之一的黑人总是沦为罪犯、失业者或无法就业者。"[①]黑人生存在无法正常谋生的社会环境里,犹如苟且于杂草不生的生存荒原,过着无法改变现状的生活,煎熬在没有前途的苦难之中。内勒在《布鲁斯特街的男人们》里描写了黑人弱势群体的生存状况,并且通过白痴天才钢琴家杰罗姆兄弟(Brother Jerome)、求职无门的小毒贩C.C.贝克(C. C. Baker)和忠厚敬业的黑人理发师马科斯(Max)的人生经历揭露了美国黑人社区的生存荒原。

在《布鲁斯特街的男人们》里,内勒以讽刺的笔调描写了一个黑人音乐天才的故事。黑人杰罗姆兄弟年满17岁,但其心智却只有3岁,不会写自己的名字,不会数钱,连基本的生活自理能力都没有。后来在一次家庭聚会上,酒鬼鲍勃(Bob)偶然发现与人打斗时用的灯光激发了杰罗姆的音乐潜能,杰罗姆的钢琴演奏一下子达到了连当时最优秀的钢琴家都无法企及的水平。之后,鲍勃进一步发现:灯光、阳光和其他一切光线都是杰罗姆音乐创作的灵感之源泉。天才钢琴家杰罗姆兄弟通过演奏布鲁士乐曲,在自己的无意识状态中揭示了布鲁斯特街所有黑人男性的困境和心声。他虽然被贴上了"弱智小孩"的标签,但是他能够通过音乐把黑人的苦难和心声表达出来。他对音乐并没有理性的感知,却给听众带来无限的遐想和巨大的共鸣。杰罗姆兄弟一举成名,他获得个人成功的事例具有极强的讽刺意味:黑人在正常或理性的状态下是不可能获得成功的,而在异常或非理性的状态下反而有成功的天赋,这是对美国不合理社会制度的有力抨击。

内勒在这部小说里还讲述了黑人青年依靠犯罪行径来发财的故事,揭示了种族主义社会环境对黑人成长的扼杀。贝克是一名没有受过良好教育的黑人青年,从来没有走出过他所生长的城市。在贝克12岁时,父母失去了管教他的耐性,任由他在社会上鬼混。他父亲是从越南战场归来的伤残军人,家里有六个孩子,生活非常困苦。金钱、权力和自尊是贝克父亲欠缺的三样东西。在种族歧视和种族偏见严重的美国社会,黑人通过个人奋

[①] John Dewey, *Human Nature and Conduct*, Mineola, N.Y.: Dover, 2002, p.231.

斗获得成功的可能性极小，因此，贝克极为沮丧。在黑人社区的求生荒原上，黑人走正路，谋生艰难；走歪路，虽谋生有望，但好景不会长。为了谋生，贝克被迫走上贩毒道路，堕落为贩毒集团的马仔。贝克的犯罪活动是黑人青年在求生荒原上的无奈挣扎。通过贩毒来发家致富的方法无异于饮鸩止渴，自取灭亡。

内勒通过描写黑人理发师马科斯的人生经历表达了黑人在求生荒原上的艰辛和无奈。马科斯心地善良，充满正义感，但却成为布鲁斯特街拆除事件中的最大受害者之一。在其心目中，理发店不只是他的私有财产，还是黑人文化交流的重要场所。这个地方是黑人自由聚会、聊天、争论和交往的重要场所。其实，黑人喜欢在理发店聚集聊天的描写片段也曾出现在理查德·赖特的《今日的主》（*Lawd Today*，1963）、玛丽琳·泰纳（Marilyn Tyner）的《缺爱》（*Love Is Not Enough*）等黑人小说里。理发店是黑人小说中的一个中心比喻，带有避难所的象征意义。理发店的拆除不仅断绝了马科斯的生存之道，还把他推上了求生的荒原。在这片荒原上，没有政治权力和社会地位的黑人是难以有效保障自己的经济权益的。

内勒通过黑人在生存荒原上的种种困境，揭露了黑人被压抑的悲剧人生、被歧视的心灵窘境和被扭曲的物质欲望。她的小说写出了黑人由于人性层面内在的不和谐而引起的痛苦体验，表达了对种族平等和社会公平的强烈渴望，同时把荒原上的人性挣扎作为人生进取的前奏，显示出作家生活视野的宽阔性，从而反映出其文学作品所揭示的生命哲学原理。

在《布鲁斯特街的男人们》里，内勒用苍凉的基调、荒诞的笔触和动态的视角描绘了一幅黑人社区回转画。她成功地突破了非裔美国小说传统叙事手法的限制，创造性地借鉴了舍伍德·安德森（Sherwood Anderson）的《小镇畸人》（*Winesburg, Ohio*，1919）的写作技巧，运用简朴的语言刻画出一个个栩栩如生的黑人男性形象，将种族压迫社会环境下黑人男性的个性和人性描写得淋漓尽致。内勒把这部小说所描写的黑人社区视为美国黑人都市生活的缩影，抨击了美国的种族主义。整个黑人社区都处于人性缺失的状态，没有真情，黑人们都不知道自己的生存价值和人生意义，心灵也被社会环境所扭曲和异化。然而，正是由于这种人性的扭曲和缺失，内勒的这部小说能够在21世纪的今天展现出一种别样的风采，人生的荒原意识使她的作品具有了现实的意义。的确，种族压迫和种族歧视把黑人带到人性荒原的沼泽。她以上帝之眼俯视美国种族主义社会的芸芸众生，不遗余力地对人性荒原进行抨击和控诉，看似冷漠无情，然而正是这种自然主义笔调流淌着内勒对人类、对黑人种族的热切而深沉的爱。内勒在这部小说里从女性作家的角度观察男性世界,虽然没有写出男性的阳刚之气,但却揭示出美国种族问题对黑人社区的重大影响,指出黑人社区人性的缺失或扭曲是黑人亲情荒原、理想荒原和生存荒原形成和恶化的直接致因。因此,黑人社区人性荒原的消解是黑人追求自身解放的必要条件,同时也是衡量美国社会文明程度的重要尺度之一。

第三节 《如此有趣的年代》:都市伦理中"利他"与"利己"

凯莉·雷德(1987—)是21世纪美国文坛崭露头角的非裔女青年作家。她的处女作《如此有趣的年代》于2019年12月31日由G. P. 普特南子孙出版公司(G. P. Putnam's Sons)出版;英国布鲁姆斯伯里出版公司(Bloomsbury Publishing PLC)于2020年1月7日也出版了该书,扩大了该书的读者群和学界研究群。2020年7月该小说入选布克奖长名单,雷德也是历年进入该文学奖提名的最年轻作家。这部小说讲述了2015～2019年发生在美国费城的一个情感故事,展现了一名黑人女青年与其白人雇主和白人恋人之间的恩爱情仇,揭示了当代美国社会的种族问题和女权问题。该小说出版后受到学界和读者的青睐,获得了《纽约时报》(*The New York Times*)、《华盛顿邮报》(*The Washington Post*)、《娱乐周刊》(*Entertainment Weekly*)、《大西洋月刊》(*The Atlantic*)等主流媒体的赞誉。劳伦·布福尔德(Lauren Bufferd)说:"雷德通过这部小说展现了非暴力形式的种族偏见,这类偏见在新闻报道中见不到,但确确实实地存在于我们每一天的生活之中。"[①]约翰娜·尤班克(Johanna Eubank)把这部小说视为一部以幽默的笔调描写美国中产阶级社会种族问题的佳作,揭露了欲望对人性的扭曲。[②]大卫·坎菲尔德(David Canfield)认为这部小说呈现了现代美国社会生活中隐形的种族偏见和阶级歧视,抨击了特权阶级对弱势群体的欺凌和压迫。[③]国内不少学者开始关注这部小说,相关科研成果尚在形成过程中。对社会伦理问题的揭示是该小说的主题亮点之一。因此,本节采用社会伦理学的基本原理,从"利己"和"利他"的正、负向伦理迁移角度来探究

[①] Lauren Bufferd, "Kiley Reid: A Debut with a Social Conscience," *BookPage*, 2020-1-10.

[②] Johanna Eubank, "Kiley Reid, Author of 'Such a Fun Age,' Grew Up in Tucson and Is Returning for the Book Festival," *Arizona Daily Star*, 2020-2-11.

[③] David Canfield, "Kiley Reid Has Written the Most Provocative Page-turner of the Year," *Entertainment Weekly*, 2019-12-17.

雷德在《如此有趣的年代》里所描写的价值取向与行为举止的内在关联，揭示人性在伦理迁移中的演绎。

从"利他"到"利己"的正向伦理迁移

"利他"指的是在社会生活中当事人为了使他人获得方便与利益所做出的尊重和保护他人权益的自觉自愿行为，这种行为带有不求回报的"利他"主义特征，但在实施之后可能会给当事人带来好的结果或回报，从而形成了从"利他"到"利己"的双赢局面，实现了社会伦理的正向迁移。[1]"利他"是一种价值取向，而不是方法论层面上的工具。"利他"行为有时会给帮助他人的人带来一些荣誉或好处，但这些东西并不是他们帮助别人解决困难的目的或动因。[2]"利他"是一种以人为对象的友善类社会行为。从人性本质上来讲，"利他"才能真正"利己"，帮助自己克服自私的人性弱点。"利他"行为是一种大公无私的举措；"利他"行为的实施者在做好事时没有谋求私利的个人目的，以完全有利于他人的行为为自己的社交准则。雷德在《如此有趣的年代》里从正义、心理移情和善良三个方面描写了当下美国中青年"利他"行为的正向伦理迁移，展现了"他"和"己"的双赢。

首先，最常见的"利他"行为是助人者出于对正义的捍卫而采取的行动。在这部小说里，雷德描写了白人青年凯利（Kelley）反对种族偏见的事件。他在狄博特商场目睹了黑人青年艾米拉（Emira）被白人警察以莫须有的罪名扣押的事件。艾米拉是费城市一户白人家的临时保姆，负责照看小孩。周末深夜11点左右，她受雇主之托，带着雇主的女儿布莱恩（Brian）到狄博特商场。由于艾米拉是黑人，在深夜带着一名3岁的白人女孩闲逛。商场的警察认为艾米拉可能绑架了那名小女孩，便严厉盘查艾米拉，不相信她是保姆，于是就把她扣留下来。如果艾米拉是白人，白人警察就不会如此盘查她。这表明白人警察头脑里有潜意识的种族偏见，先入为主地把艾米拉视为犯罪嫌疑人。白人青年凯利是整个事件的目击者，他用手机拍摄了全过程。他并不认识艾米拉，他这样做的动机是为她将来维权提供证据。事后，他没有向艾米拉讨要报酬。当艾米拉表示不去起诉那名警察时，他把录下的视频发到了她的邮箱，供她将来想去维权的时候用，并应她的

---

[1] Daniel C. Batson, *A Scientific Search for Altruism: Do We Care Only about Ourselves?* New York, NY: Oxford University Press, 2019, p.67.
[2] 程立涛：《"自私"的德性与利他主义伦理》，载《河北师范大学学报（哲学社会科学版）》2017年第4期，第120-121页。

要求在自己的手机里删除了视频。凯利"利他"的正义感表明他是种族偏见的反对者和平等人权的捍卫者。他所摄制的视频虽然没有被艾米拉采用，但给她留下了好印象，为他们以后恋爱关系的建立埋下了良好的伏笔。

其次，雷德在这部小说里还描写了心理移情所引起的"利他"行为以及由此而产生的正向伦理迁移。小说主人公艾丽克斯（Alix）在青年时代冲破父母的阻挠，只身一人到纽约大学求学。由于没有家庭的资助，尽管她每个假期都去酒吧打工，但仍然攒不够学费和生活费，还欠下了数万美元的债务。出身于穷苦家庭的新闻记者彼得·张伯伦（Peter Chamberlain）在酒吧喝酒时目睹了她的生活困境，主动帮她清偿了所有债务，并资助她读完了大学。他帮助艾丽克斯时并没有想得到回报，而是出于对她困境的心理移情。之后，艾丽克斯对他的感情从感恩发展到了挚爱，最后与彼得结婚，成为张伯伦夫人（Mrs. Chamberlain）。彼得出于心理移情的"利他"善举，在一定程度上消解或减轻了受助者的生存压力和精神困境，他在帮助他人的同时也收获受助人的善意和助人为乐行为对自我灵魂的净化。

最后，"利他"行为时常与施助者的道德情操和善良的人品有着密切的关联。塔姆拉（Tamra）第一天上大学在学校大厅排队报到时穿着漂亮的白色短裤，但突然来了例假，鲜血染红了裤子，使她极为难堪。就在此时，一个女同学脱下自己的外套，围在塔姆拉的腰间，为她消除了窘境。那个女同学的"利他"行为虽然使自己暂时失去了上衣，但保住了塔姆拉的颜面和女性的尊严。施助的女生没有留下自己的姓名，但其热心相助的行为感动了受助者和周围的目击者，这是一种"利他"的正向伦理迁移。此外，雷德在这部小说里还讲述了另外一个好人有好报的正向伦理迁移故事。在小说的最后一章，艾米拉在为公司做募捐公益活动时，发现一个小孩用手捧着一条金鱼，欲把鱼放在一个纸碟子上。她见状马上给了他一个杯子，让他把鱼放在有水的杯子里。艾米拉的"利他"行为不但保住了金鱼的性命，而且潜移默化中还培养了小孩对生命的爱惜之心。小孩的母亲波拉（Paula）目睹此事后，觉得艾米拉是有善心、人品好的人。波拉是联邦费城人口普查局局长，于是她雇用艾米拉为自己的行政助理。从此，艾米拉获得了一份体面的公务员工作，改变了自己的命运。出于善意的"利他"行为在帮助他人的同时也会给自己带来了意想不到的益处，使自我在心灵净化中更加纯洁。

在这部小说里，正义、心理移情和善良成为社会生活中"利他"行为的发动机，在"利他"事件中生成"他"和"己"都获益的"双赢类"正向伦理迁移。正如姚大志所言，"以他人的利益为重，替他人着想，用实际行动来帮助他人,这是道德高尚的表现"①。在雷德的笔下,"利他者"表面上只有付出没有收益,但实际上其收益是获得了内在的奖赏,即自我肯定和心理满足。

从"利他"到"利己"的负向伦理迁移

从社会伦理学来看,从"利他"到"利己"的负向伦理迁移指的是施助者在"利他"行为中偏离了利他主义原则,呈现出表面上为他人,实际上为自己谋取利益或好处的负向伦理变化。②其实,"利他"伦理是人类社会提倡人性向善的一个社会规则,强调"自我"与"伦理"的高度契合性,把"自我"提升到一个前所未有的历史高度,其内在本质是强调人们对现代社会人生意义的反思。人们在社会生活中会产生利己的欲望,以期获得更好的自我生存空间,在与他人的交往中也会产生表面上"利他"而实际上"利己"的想法,以追求自我利益的最大化。③因此,雷德在《如此有趣的年代》里从虚情假意、病态性嫉妒和借人表己三个方面描写了"利他"与"利己"间的负向伦理迁移,揭示人际交往中的伦理堕落。

首先,雷德笔下的虚情假意指的是对人假装热情,实际上带有不可告人的目的。在这部小说里,在2015年11月感恩节来临之际,张伯伦夫人邀请其小孩的保姆艾米拉带上男朋友一起来过节。雇主以"平等"的姿态邀请艾米拉来做客,而不是拿她当佣人,这显示了张伯伦夫人的"利他"善意,但这个善意是虚伪的。张伯伦夫人的三个好友,即公司老板蕾切尔(Rachel)、医生乔迪(Jodi)和私立学校校长塔姆拉,将从纽约城赶到费城过感恩节。张伯伦夫人平时主要从事写作工作,不擅长家务或烹饪类事务。三个好友及其家人的到来大大超过了她作为家庭主妇的接待能力。于是,她就邀请艾米拉和其男友来做客,目的是让他们无偿地为她做相关接待事务。由此可见,张伯伦夫人的邀请不是真诚的,而是带有虚伪的利用特征,导致了人际交往中的单赢后果,使其伦理迁移发展到一种消极局面。

其次,这部小说还描写了病态性嫉妒所引起的从"利他"发展到"利己"的负向伦理迁移。张伯伦夫人在感恩节那天发现保姆艾米拉带来的男友竟然是自己中学时代的初恋情人凯利。15年前,她写给凯利的情书落入

---

① 姚大志:《利他主义与道德义务》,载《社会科学战线》2015年第5期,第24页。
② David Sloan Wilson, *Does Altruism Exist?: Culture, Genes, and the Welfare of Others*, New Haven: Yale University Press, 2015, p.124.
③ 刘清平:《利他主义"无人性有德性"的悖论解析》,载《浙江大学学报(人文社会科学版)》2019年第1期,第144页。

罗比（Robbie）之手，她觉得凯利把情书交给其好友罗比的行为侵犯了她的隐私权，于是对凯利产生了巨大的怨恨，最后两人分道扬镳。张伯伦夫人把自己的遭遇告诉了艾米拉，表面上是希望她不要重蹈自己的覆辙，带有"利他"的表象，但实际上张伯伦夫人是一个极度自私的人，她认为前男友和自己的保姆相爱的事件无疑是把自己置于下等人的地位。事后，她不遗余力地阻挠和破坏他们的关系。最后，张伯伦夫人居然从网上搜索到凯利的工作地址，专程到其公司，企图让他终止与艾米拉的恋爱关系。张伯伦夫人表面上是以"利他"的名义保护艾米拉不受到伤害，实际上她是以此来达到自己的虚荣目的，从而引起"利己"的道德沦丧。张伯伦夫人还偷偷进入艾米拉的邮箱，窃取了凯利拍摄的狄博特商场中艾米拉受辱的视频，并把视频传到网上，引起舆论的轩然大波，褒贬舆论泛滥，给艾米拉造成了极大的心理压力。视频被传到网上引起艾米拉对视频拍摄者凯利的怀疑，最后导致两人关系的破裂。张伯伦夫人以卑劣的手段达到了自己不可告人的目的。

最后，在这部小说里，张伯伦夫人采用借人表己的策略来提高社会知名度。借人表己指的是通过对他人的褒奖来展现自己优秀品质的一种虚伪的人际交往策略。张伯伦夫人利用自己丈夫彼得是费城电视台新闻评论员的便利，邀请彼得的播音搭档兰妮（Laney）亲自到自己家客厅主持了"狄博特商场事件"的电视专访直播节目，采访了事件的主要当事人——彼得、张伯伦夫人和艾米拉。张伯伦夫人主导这个电视直播节目，表面上是为艾米拉证明她不是白人小孩的"绑架者"，具有"利他"的表象，但实际上她想通过这个节目向社会表明：她是种族主义的反对者和高薪雇用黑人保姆的慈善家，从而提高自己的社会影响力，为自己明年即将出版的新书打广告。张伯伦夫人的真实目的与其虚假表象的冲突表明了其伦理观从"利他"堕落到"利己"的负向伦理变化。

雷德在《如此有趣的年代》里从虚情假意、病态性嫉妒和借人表己等方面展现了从"利他"到"利己"方向发展所引起的负向伦理迁移，揭示了施助者的虚伪和道德沦丧。在社会生活中，由于客观环境、个人学识、道德品行和价值观的差异，一个人的认知能力可能在一定语境里脱离常理，于是失去是非判断力，把错误的、非理性的和非正义的东西视为"利他"，并且有意无意地捍卫自以为是的"利他"思维，达到偏执的程度，从而做出违背人性和良心的"利己"行为。在伦理的负向迁移中，"利他"施助者成为功利主义的实践者，以牺牲他人利益来满足自我利益的最大化。

从"利己"到"利他"的正向伦理迁移

在"利己"行为中产生的"利他"的功效或后果可以视为从"利己"到"利他"的正向伦理迁移。雷德在《如此有趣的年代》里从自为与自在、为我与为他的关系角度讲述了"利己"中的"利他"问题,揭示了人性向善的正向伦理变化。作为主体的自我是通向他人的"桥梁",与他人发生各个层面的关联。[①]正如庞学铨和冯芳所言,"他人与我打交道,是证明我的存在的一种力量、一种独立存在:他人的目光使我成为被注视的'靶心',我的身体被这种目光所牵涉,我也由此认识到他者作为陌生主体的存在"[②]。在哲学视野中,"利己"观念表达了人们的一种生活态度,即个人如何自我实现和自我完善。社会"必须允许个人的自我理解和自我表达,而不是一厢情愿地视'自私'为洪水猛兽"[③]。利己是个人主义的主要表现形式,其基本特点是以个人权益的获得和保护为中心,但安·兰德(Ayn Rand)认为人的"利己"行为在一定的语境里也可能产生"利他"的功效。[④]因此,笔者拟从三个方面探究《如此有趣的年代》中所描述的"利己"之正向伦理迁移:共生关系、相互尊重和意外生惠。

首先,共生(symbiosis)关系是指两种不同生物之间所形成的紧密互利关系。人类社会中存在着各种各样的共生关系。在人类社会的共生关系中,一方为另一方提供必要的帮助,同时也获得另一方的支持,从而实现互利互惠、互为依存、和谐生活的局面。雷德在这部小说里描写了中产阶级与下层从业者的共生关系。张伯伦夫人是一名作家,其丈夫是费城电视台的著名评论员。张伯伦夫人生了二胎后,仍想继续从事自己的写作事业。出于"利己"的事业考虑,她雇用了黑人青年艾米拉照顾3岁的大女儿。为了让艾米拉安心为自己工作,张伯伦夫人不断提高她的报酬,带有"利他"的表征。她们两人在这种共生关系中,相互依赖,各取所需,彼此有利。倘若彼此分开,则双方或其中一方便难以实现自己的人生目标。她们的共生关系以"利己"而发起,带有"利他"的实际功效,达到了双赢的社会伦理目的。

---

① Vincent Jeffries, *The Palgrave Handbook of Altruism, Morality, and Social Solidarity: Formulating a Field of Study*, New York: Palgrave Macmillan, 2014, p.98.
② 庞学铨、冯芳:《唯我与共生——新现象学对主体间关系问题的新探索》,载《哲学分析》2011年第6期,第32页。
③ 程立涛:《"自私"的德性与利他主义伦理》,载《河北师范大学学报(哲学社会科学版)》2017年第4期,第118页。
④ Ayn Rand, *The Unconquered: With Another, Earlier Adaptation of We the Living*, New York: Palgrave Macmillan, 2014, p.56.

其次，相互尊重也是"利己"关系向"利他"方向发展的重要因素之一，同时也是人际交往中的伦理边界。[①]因为"利己"的经济需要，艾米拉打算在张伯伦夫人家继续工作下去，但其男友凯利发现她的雇主就是他中学时代的情人，因此不断要求她辞职。艾米拉在狄博特商场受辱后就不再去那里购物了，但她不反对凯利去。艾米拉对凯利说："其他商店都非常远，但你得过自己的生活。举个例子来讲，我不想因为我而让你改变自己的生活。你要去那家酒吧，你可以一个人去，只要不带上我就行。"[②]艾米拉表明，每个人都有自己的生活，因为自己的"利己"需求而要求他人改变生活和行为方式的做法都是不可取的。在"利己"的情况下同时尊重他人的意愿才是正向的伦理迁移，艾米拉在捍卫"利己"权益的同时，也给了凯利更多的自由，带有"利他"的积极意义，从而体现了相互尊重在情爱关系中的伦理基础。

最后，意外生惠指的是在人际交往中"利己者"在追求个人利益的过程中出乎意料地给他人带来恩惠或好处，含有命运反讽的意味。在2015年11月的感恩节家庭聚会上，张伯伦夫人发现自己的初恋情人凯利就是保姆艾米拉的男友，顿觉强烈的心理不平衡。为了嫁祸给凯利，她就把凯利拍摄的"狄博特商场艾米拉受辱"的视频偷偷传到互联网上，导致艾米拉以为是凯利干的，从而与凯利断绝了情人关系。张伯伦夫人的行为带有"利己"的报复心理，但却给艾米拉带来意想不到的好处。那个视频在网上传播不到两天的时间就引起了不少人的关注，大多数人把艾米拉视为受害者，给予了深深的同情。艾米拉收到了三条语音短信：在第一条短信里，一名黑人富翁提出要高薪聘请艾米拉当保姆，照顾他的三个小孩；在第二条短信里，一家网络刊物打算聘请她担任维护费城保姆权益的专题评论员；第三条来自绿党公司，该公司打算聘用她为全职雇员。艾米拉大学毕业后，一直没有找到稳定而体面的工作，张伯伦夫人的"利己"行为意想不到地给艾米拉带来了新的机遇，使艾米拉可以从三份职位中选择一个自己最喜爱的工作。这一结果具有冷幽默的意味。

《如此有趣的年代》从共生关系、相互尊重和意外生惠三方面呈现了现代人际交往中"利己"行为中的正向伦理迁移。雷德表明"利己者"在满足自己利益的需要的同时也帮助了他人，从而实现"利他"的正向社会伦理效果。

---

① Christian Maurer, *Self-love, Egoism and the Selfish Hypothesis: Eighteenth-Century British Moral Philosophy*, Edinburgh: Edinburgh University Press, 2019, p.65.

② Kiley Reid, *Such a Fun Age*, London: Bloomsbury Publishing, 2020, p.194.

从"利己"到"利他"的负向伦理迁移

从"利己"到"利他"的负向伦理迁移指的是社会人际交往中的"利己"行为所引起的损害他人权益的后果。这时的"利他"带有"损他"的性质。在负向的伦理迁移中,"利己者"把个人利益置于一切社会利益或他人权益之上,以牺牲社会和他人利益来谋求私利或实现私欲。[①]极端的"利己者"其实就是唯我论者,把整个世界及他人都视为自己的感觉和意识,形成以自我为中心的排他性思想。雷德在《如此有趣的年代》里从忽略他人和赚钱为上两个方面描写了现代人"利己"行为的非理性和荒谬性。

首先,忽略他人是"利己"行为中经常出现的一种社会现象。张伯伦夫人的家在一个周末的深夜遭到一帮激进分子的鸡蛋袭击,这使她顿时惊慌失措。为了保护大女儿布莱恩的安全,张伯伦夫人用手机和艾米拉取得了联系,要求艾米拉马上赶到她家,把布莱恩带到狄博特商场躲避。狄博特商场是白人经常购物的地方,几乎没有黑人光顾。张伯伦夫人认为白人多的地方就是安全的地方,于是出于"利己"的动机,派保姆艾米拉带小孩去那里。但是,张伯伦夫人忽略了一个严重的问题:艾米拉是黑人,在深夜 11 点带着一个 3 岁的白人女孩在白人经常光顾的商场里长时间逗留,可能会因误解而被警察扣留或逮捕。在带有种族偏见的警察眼里,所有的黑人都是潜在的犯罪分子。他们是不会听取黑人的情况说明或辩解的。因此,张伯伦夫人的"利己"行为把艾米拉置于一个危险的境地,使艾米拉遭到了难以言状的屈辱。

其次,雷德在这部小说里还描写了赚钱为上的"利己"行为对他人情感的伤害。小说主人公艾米拉和扎拉(Zara)、约瑟法(Josefa)在公寓里为好朋友项妮(Shaunie)庆祝其 26 岁生日,大家欢聚一堂,兴致正浓。艾米拉突然收到雇主张伯伦夫人的电话,要她马上去照顾小孩。张伯伦夫人给出了一个小时 32 美元的高价,艾米拉出于"利己"的考虑,马上与项妮和好朋友们告别,导致这场生日庆祝活动不欢而散。为了不让朋友们太失望,她还说:"我忙完了就回来。"[②]其实,当时已经很晚了,她回来继续参加聚会的话语无异于撒谎。艾米拉此时的"利己"决定就是一种典型的见利忘义行为,严重伤害了朋友之间的纯真之情。其"利己"行为导致了损害友谊的负向伦理变化。

[①] John F. Welsh, *Max Stirner's Dialectical Egoism: A New Interpretation*, Lanham, Md.: Lexington, 2010, p.39.

[②] Kiley Reid, *Such a Fun Age*, London: Bloomsbury Publishing, 2020, p.5.

由此可见，"利己"行为是一种伤害情感和友谊的不良行为，会给他人带来不良的后果和影响。"利己"的非理性会严重伤害社会生活中的正常人际关系，使受损者产生对他人的顾忌和不信任感。

雷德在《如此有趣的年代》里描写了"利己"和"利他"在社会人际交往中的正、负向伦理迁移，揭示了现代人的价值取向和道德问题的多维性。"利己"和"利他"的社会伦理是基于自我完善和自我塑造的内在诉求。雷德对"利己"和"利他"相互关系的关注不是仅仅停留在自己的外在条件——财富、权力、成功、快乐等世俗的东西上，还展现了人的灵魂深处"人之为人"的基本社会准则。在其笔下，"利他"和"利己"的动机既有和谐统一的一面，也有矛盾冲突的一面。"利己"和"利他"之间既微妙有别又密切相关的内在联系表明，任何脱离生活实际的价值观和伦理观都是荒谬的。人们基于利他动机做出的利他主义行为完全符合趋善避恶、取主舍次的人性逻辑，因而是无可否认的实然性现实存在。因此，雷德关于"利他"和"利己"的相互交织问题的描写揭示了现代社会伦理演绎的多元性和复杂性，展现了她对现代人的人文关怀。

第四节 《麻烦是我惹的》：都市人际交往中的"不得已"

沃尔特·埃利斯·莫斯利（1952— ）是当代美国著名的小说家、剧作家和散文家，具有非裔美国人和犹太人的双重血统。他擅长撰写各类侦探小说或推理小说，被美国学界誉为"犯罪小说大师"，并于 2013 年入选"纽约作家名人堂"。截至 2023 年 2 月，他已经出版了 51 部小说，包括侦探小说、科幻小说和推理小说。其作品曾获得"埃德加最佳小说奖"（2019）、"美国推理小说大师奖"（2016）和"全国有色人种协进会杰出文学作品奖提名"（2014）等。他主要撰写了两个系列的小说："伊塞·罗林斯（Easy Rawlins）系列"侦探小说和"利奥尼德·麦克吉尔（Leonid McGill）系列"侦探小说。这些小说均以洛杉矶、纽约等大城市为背景，塑造了不同类型的硬汉式黑人私家侦探形象，体现了黑人的睿智、勇敢、正义和社会责任感，弘扬了黑人民族文化和抗争精神。[①]他撰写侦探小说的灵感来自达希尔·哈米特（Dashiell Hammett）、格雷厄姆·格林（Graham Greene）和雷蒙德·钱德勒（Raymond Chandler）等作家的侦探小说。美国前总统比

---

① Roger A. Berger, "'The Black Dick': Race, Sexuality, and Discourse in the L. A. Novels of Walter Mosley," *African American Review* 31 (Summer 1997): 281-294.

尔·克林顿（Bill Clinton）特别喜欢谋杀类侦探小说，曾在1992年把莫斯利列为自己最喜爱的作家之一。①进入21世纪后，莫斯利的文学声誉持续上升，威斯康星大学、芝加哥大学等美国高校把他的作品列入非裔美国文学和文化类课程的必读书单。

《麻烦是我惹的》是莫斯利的优秀作品之一，于2020年2月25日由利特尔&布朗出版社（Little, Brown and Company）出版。该作品讲述了纽约黑人侦探利奥尼德·麦克吉尔在美国充满种族歧视的社会里匡扶正义、帮助下层黑人民众、打击邪恶势力的故事，揭露了后种族主义时代里诈骗、贩毒和谋杀等恶行的反社会性和反人类性。②同时，莫斯利揭示了小说中的人物对种族身份的坦诚与隐瞒的博弈给黑白混血儿造成的心理困惑、精神煎熬和人生灾难。这部小说中的人物普遍使用手机，并用手机发送短信，具有很强的时代感。在21世纪的今天，公开的种族歧视和种族偏见在美国是违法行为，会受到执法机构的依法处理，但是，隐匿的种族思想和种族歧视却无时不在。这部小说描写了现代人遭遇的种族偏见和生存窘境，特别是"不得已"状态里的人性扭曲和人格演绎。人在一定社会环境里的"不得已"而为之，既可能是伸张正义，也可能违背社会规则，造成各种悖逆初心的事件。因此，本节拟从三个方面来探析莫斯利在这部小说里所描写的"不得已"情境与初心悖逆的内在关联——"情"不得已、"迫"不得已和"欲"不得已，以揭示情境力量场对人性和人格的扭曲，展现生存法则对"不得已"决定的重要影响。

"情"不得已

从社会伦理学来看，"情"是反映人之感觉、视觉、价值观、审美观和伦理观的一种综合性心理，也是人对外界刺激所产生的一种心理反应。③人类社会最普遍、最通俗、最难以割舍的"情"有亲情、爱情、友情、同僚情、同胞情等等。这些"情"并非孤立存在的，而是相互联系、互相作用的，同时也受到荷尔蒙和神经递质的影响。无论是正面还是负面的"情"，都会引发人们的行为动机。为了生存和生活，人们致力于探索环境，建立各种社会关系，促进互信，避免相互伤害，以便寻求自我发展

---

① Maya Jaggi, "Socrates of the Streets," *The Guardian*, 2003-9-6.
② Beth Kanell, "*Trouble Is What I Do* (Leonid Mcgill)," https://www.nyjournalofbooks.com/book-review/trouble-what-i-do[2020-06-01].
③ Nicholas Hookway, *Everyday Moralities: Doing It Ourselves in an Age of Uncertainty*, New York: Routledge, Taylor & Francis Group, 2019, p.56.

机会。①简言之，人们通过人际之"情"的建立和发展，趋利避害，做出更利于个体生存的选择。在社会生活中，"情"在大多数情况下就是一种"债"。其实，"情"本身不是"债"，而是一种承诺和信任。只有违背了两人交好的初衷，"情"才会变成"债"。在那种情况下，两人之间的"情"越深，欠下的"债"就越多。为了消解"情债"，人们通常会违背初心或原则干出一些不得已的事件。欠"情债"的记恩心理和偿还"情债"的责无旁贷心理在社会生活中牵涉对一个人的人品评价和对社会声誉的维护。因此，笔者拟从三个方面来探讨莫斯利在《麻烦是我惹的》里所揭示的"情"与"不得已"心理状态之间的内在关联：亲情、友情和恩情。

首先，莫斯利在这部小说里描写了人们因担心失去亲情而做出的违背意愿的事情。亲情是有血缘关系的人之间形成的一种天然性的亲密情感，包括父子之情、母女之情、兄弟姐妹之情、祖孙之情等。人们本能地具有为亲人付出一些甚至所有的冲动。在亲情中，父母对子女及其后代的感情是最持久、最强烈的，也是最纯粹的。小说主人公瓦瑞（Worry）是一名很有天赋的黑人流浪歌手，擅长弹吉他。他在白人富豪诺福德·斯特恩曼（Norferd Sternman）家当花匠，闲暇时间里教诺福德的女儿露辛达（Lucinda）弹吉他，不知不觉与她坠入爱河。由于遭到女方父母的强烈反对，瓦瑞带领露辛达私奔到英国，生下了儿子查尔斯（Charles）。就在此时，瓦瑞得知自己的黑人结发妻子欧内斯婷（Ernestine）和四个孩子在美国密西西比州的生活陷入了困境。对结发妻子和亲生子女无限牵挂的他陷入了"情"的两难境地。最后，原配妻女的生存危机和自己的负疚之心形成了一股巨大的力量，使他在"不得已"中离开了热恋中的露辛达和私生子查尔斯，返回美国。瓦瑞的选择挽救了原配妻子和儿女的生命，但却舍弃了情人和私生子。瓦瑞"不得已"的选择看似悲壮，实际上揭露了情感泛滥造成的心理困境和对亲人的伤害。对露辛达所生的儿子查尔斯的抛弃直接导致日后他们父子反目成仇，酿成无法弥补的家庭悲剧。

其次，在社会生活中，与亲情密切相关的是友情。友情是朋友之间的感情，是付出和关爱衍生出的一种持续性关系。友情的最高境界就是知己，彼此惺惺相惜，即使多年不见，也能再见如故。它和亲情一样，时常令人捉摸不透，却能使我们刻骨铭心。②在这部小说里，莫斯利描写了纽约的私

---

① Owen E. Brady & Derek C. Maus, eds., *Finding a Way Home: A Critical Assessment of Walter Mosley's Fiction*, Jackson: University Press of Mississippi, 2008, p.57.

② Jennifer E. Larson, *Understanding Walter Mosley*, Columbia: University of South Carolina Press, 2020, p.87.

家侦探麦克吉尔和好朋友厄尼·埃克里斯（Ernie Eckles）之间的深厚情谊。94岁高龄的瓦瑞为了躲避儿子查尔斯的追杀，带着重孙莱蒙特（Lemont）来向麦克吉尔求救，希望麦克吉尔帮他转交一封写给查尔斯的女儿贾斯汀（Justine）的信。瓦瑞很穷，无法支付聘请私人侦探的高额费用，但他是厄尼母亲的朋友，而厄尼正是麦克吉尔的莫逆之交。友情是无价的，因此麦克吉尔甘愿冒着生命危险为其提供最好的保护，并克服一切困难完成了瓦瑞的重托。麦克吉尔免费帮瓦瑞办事的行为实际上也是出于友情考虑的"不得已"而为之。此外，莫斯利还讲述了麦克吉尔与另一职业杀手胡希（Hush）的友情故事。胡希是闻名美国南方的超级杀手，以凶狠狡诈著称。他结婚后金盆洗手，从事正当营生，打算平平安安地度过余生。但是，当好朋友麦克吉尔被纽约富豪查尔斯派出的杀手不停追杀的时候，胡希在"不得已"中告别妻子和儿女，重新踏入纽约黑社会，以武力手段保护麦克吉尔的人身安全。为了友情重出江湖的胡希也是在危急情况下违背了初衷。由此可见，友情也是一种"情债"，朋友有难，割舍不下；如不施救，可能会终生自责。

最后，恩情是施惠人给受惠人的好处，因此施惠人也被称为"恩人"。知恩图报是人性的本能和社会伦理的倡导。在现实生活中，恩人的求助有时会使当年的受惠人陷入两难窘境：不答应恩人的要求，显得忘恩负义；答应恩人的请求，又可能违反自己的工作原则或人生准则，甚至触犯法律。在这部小说里，瓦瑞委托麦克吉尔把妻子的信件交给其孙女贾斯汀，但贾斯汀是纽约大富豪查尔斯的独生女。她在日常生活中保镖成群，外人无法接近。贾斯汀一周后将举行婚礼，安保公司老板沃夫曼（Wolfman）负责婚礼的安保工作。麦克吉尔想以假冒安保人员的方式混进婚礼大厅，把信件转交给贾斯汀。但让非安保人员的麦克吉尔化装成安保人员的方式违背了沃夫曼的职业准则，起初他不肯答应。于是，麦克吉尔重提往事：他曾是沃夫曼的救命恩人。几年前，一个叫马克斯曼（Marksman）的富商因个人恩怨花了7500美元想买沃夫曼的人头。麦克吉尔知道后，派自己的好朋友"超级杀手"胡希去警告马克斯曼，迫使他放弃了谋杀计划。事后，沃夫曼对麦克吉尔感激不已。救命之恩是一种难以报答的"情债"，最后沃夫曼不得不放弃自己的职业原则，允许麦克吉尔接近贾斯汀。沃夫曼深知自己行为的危害性和违法性，但因为受困于"恩情"，才不得已而为之。此外，莫斯利还描写了警官普利茅斯（Plymouth）因"恩情"不得已而为之的故事。普利茅斯在警局值班时接到医院夜班值班主任希曼（Sheman）的举报：值班医生拉娜（Lana）在办公室里偷偷吸食海洛因。按照当地的法律，拉娜应该立即遭到拘捕，后果是失去医院的工作并坐牢。但是，拉娜医术高明，曾救过普利茅斯母亲的生命。于是，普利茅斯没有把这个举报立案。他的行为严重违背了警察的职责。他为什么要这么做呢？那是因为"恩情"在其心目中超过了职业的分量。在本能上，他是不愿意违法的，但因困于"恩情"，从而在"不得已"中犯下了渎职之罪。由此可见，知恩图报本是一个正面的社会伦理原则，但当报恩行为与法制和工作准则相违背时，当事人的内心就会陷入"恩情"与"原则"的激烈冲突中，这也显示了在社会交往中处理好人情世故的艰难。

因此，《麻烦是我惹的》展现了亲情、友情和恩情在人际交往中的错综复杂关系，表明这些情感有积极向善的一面，但如果这些情感成为打破社会规则的借口的话，美好的情感就变成了"情债"，通常会给当事人造成严重的心理负担，使他们在"不得已"中做出违背社会公理或法制的行为，有时还会造成身败名裂的严重后果。

"迫"不得已

与"情"不得已密切相关的是"迫"不得已。"迫"不得已的情形指的是人在一定情境力量场里受到某种外界因素的压力，被迫服从他人指令，做出一些违背初心或本意的事情。[①]莫斯利在《麻烦是我惹的》里从三个方面描写了人在"迫"不得已情境中的表现，即权势之下的"迫"不得已、威逼之下的"迫"不得已和履职中的"迫"不得已，揭示了外界压力颠覆人之本性或本真的破坏性作用。

首先，权势之下的"迫"不得已指的是在一定社会场景里当事人收到上级的指令，被迫放弃自己认为正确或有道理的工作。这种情形通常会给当事人造成工作受阻但又无奈的心理，有时会造成当事人抑郁或反社会行为的出现。[②]在这部小说里，警察局上尉基特里奇（Kittridge）在侦破霍尔顿旅店门口发生的枪击案时，怀疑麦克吉尔的儿子特里尔（Twill）涉案，但没有找到确切证据。在麦克吉尔的侦探社调查无果后，他开始监视麦克吉尔父子的行踪。这给麦克吉尔一家的生活和工作造成了极大的影响。实际上，旅馆门前的枪击案就是查尔斯雇用的杀手希福理（Shefly）开枪打伤瓦瑞，然后特里尔开枪反击，射伤希福理的事件。为了避免警察抓走特里尔，麦克吉尔向好朋友纽约市警察局局长加里蒂（Garrity）求助。加里

[①] Ronnie Lessem, *Awakening Integral Consciousness: A Developmental Perspective*, New York: Routledge, 2017, p.87.

[②] Milton Fisk, *Ethics and Social Survival*, New York: Routledge, 2016, p.98.

蒂当即给基特里奇上尉下达了停止调查霍尔顿旅店枪击案的指令。基特里奇觉得这样的命令非常荒唐，因为就在他快要接近真相的时候，调查被突然叫停了。但军令如山，下级警官基特里奇在"不得已"的情况下服从了局长的指令，终止了调查。此外，莫斯利还讲述了保安队的女队长克拉丽丝（Clarice）在权势碾压之下"迫"不得已的故事。麦克吉尔化装成安保人员进入帆赛敦大饭店，把瓦瑞委托的信函交给了正在那里宴请宾客的贾斯汀。麦克吉尔谎称：送信人在一楼无法上来，于是他就把信带上楼转交。贾斯汀命令麦克吉尔把送信人叫上楼。为了圆自己的谎言，麦克吉尔叫克拉丽丝去告诉贾斯汀送信人已经下班回家了。克拉丽丝不愿撒谎，于是就说："我不是为你工作的，利奥尼德·麦克吉尔。我不想趟你的浑水。"①麦克吉尔借机称这是克拉丽丝的顶头上司安东尼奥（Antonio）的命令。迫于上司的压力，克拉丽丝在"不得已"中放弃了自己的原则，答应哄骗自己的雇主。由此可见，在等级森严的社会体制中，下级必须无条件地服从上级的指令，无论指令正确与否。这样的"迫"不得已揭示了下级人员的尴尬境地。这表明一个人的工作并不是自己行为正确和努力就可以做好的，上梁不正的高压会导致下梁歪曲。

其次，莫斯利在这部小说里还描写了威逼之下的"迫"不得已。在一定的社会情境里，当事人遭到他人的武力要挟，会被迫做出违背自己意愿的事情。小说主人公麦克吉尔获悉霍尔顿枪击案杀手逃走时乘坐的车是毒品贩子佩雷蒂（Peretti）的，于是马上把佩雷蒂抓到一幢废弃办公大楼的地下室审问。在死亡威胁之下，佩雷蒂在"不得已"中说出实情：是他开车把杀手希福理送到霍尔顿旅店门口前实施暗杀的，然后和希福理一起逃走。为了活命，他还招供说："他（希福理——笔者注）每天下午在妈咪娑餐馆就餐。"②第二天，麦克吉尔赶到妈咪娑餐馆，找到了希福理。在麦克吉尔的武力胁迫下，希福理被迫供认派他去行刺的人是黑社会头子希尔顿（Hilton）。在纽约城里，能雇得起希尔顿搞谋杀的人只有查尔斯这样的大富豪。因此，在麦克吉尔的武力威逼之下，佩雷蒂和希福理为了保命，"不得已"招供了实情，使麦克吉尔了解了霍尔顿谋杀案的来龙去脉和刺杀瓦瑞的幕后真凶。此外，这部小说还讲述了艾伯塔（Alberta）遭到死亡威胁后"不得已"说出实情的故事。厄尼从南方的孟菲斯城坐长途汽车到纽约，刚一上车他就发现售票员的神色不对，立即意识到了危险，于是换乘其他

---

① Walter Mosley, *Trouble Is What I Do*, New York: Little, Brown and Company, 2020, p.198.
② Walter Mosley, *Trouble Is What I Do*, New York: Little, Brown and Company, 2020, p.131.

班车提前来到纽约一个名叫"艺术权威"的长途汽车站。当他原来乘坐的那辆长途汽车进站时，厄尼发现其弟媳艾伯塔带着三个人准备在他下车时抓他。为了搞清楚事件的真相，厄尼和麦克吉尔突袭了艾伯塔的家。在厄尼的死亡威胁下，艾伯塔被迫招供：悬赏1.5万美元要买厄尼人头的人是一个左手臂吊着绷带的白人，厄尼在车站见到的三个人是来协助她抓捕的。这时，厄尼恍然大悟，能够出得起这么多钱来谋杀他的一定是查尔斯，手臂吊着绷带的人十有八九就是希尔顿手下的杀手希福理。由此可见，如果一个人的生命安全受到威胁，他就极有可能违背意愿和承诺，说出他本不愿说出的秘密。外界的威逼在一定的情境力量场里会动摇人的意志，使其在"不得已"中出卖朋友或吐露实情。

最后，除权势和威逼等强势外界因素之外，个人的履职意志也会形成一种外界压力，迫使当事人失去主观能动性和是非判断力，从而干出违背社会伦理的事，即履职中的"迫"不得已。[1]在这部小说里，毒品种植和加工商昂德曼（Underman）的六吨大麻被其手下的二号头目雷克斯福德（Rexford）勾结惯匪肖蒂（Shorty）抢走了，然后雷克斯福德把这事栽赃给毒品贩子帕特利斯（Patrice）。之后，昂德曼雇用了著名的"密西西比杀手"厄尼去谋杀帕特利斯。麦克吉尔受朋友之托介入此事，把抢劫案的真凶告诉了厄尼，希望他别滥杀无辜。但是，厄尼说："我不在乎，我干的就是这份工作。"[2]厄尼执行这项暗杀任务收了雇主7748美元的佣金，放弃谋杀就等于放弃了一大笔钱。因此，他在知道真相后仍想去执行这项任务，至于所杀的人是否冤枉，这不是他所关心的事。厄尼故意放弃是非判断力的行为是一种坚决要履行自己职责的外在表现形式，给当事人的内心造成一种压力，促使他在"不得已"中去履行职业杀手的职责——任务的天职性。不然，他就不是一名合格的职业杀手。

"迫"不得已情境在《麻烦是我惹的》里的频频再现表明权势、威胁和忠于职守等因素都会使人在社会生活和职业生涯中失去自我，故意放弃自己的是非判断本能，在"迫"不得已中做出虽然对职责和人品有害但对个人利益有好处的事件。其实，个人在情境力量场里"不得已"而为之的行为是自我利益最大化的唯我论思想在危急时刻的延伸。

---

[1] Karen Stohr, *Minding the Gap: Moral Ideals and Moral Improvement,* Oxford: Oxford University Press, 2019, p.121.
[2] Walter Mosley, *Trouble Is What I Do*, New York: Little, Brown and Company, 2020, p.36.

"欲"不得已

"欲"不得已的"欲"指的是人的欲望。欲望是人性的重要组成部分，是人追求、维护和捍卫自我权益的一种心理驱动力。它是人之本能的一种释放形式，反映了人之行为举止的价值取向。欲望是为了追求更好的生存空间或生活水平所产生的，带有强烈的目的性；欲望本无善恶之分，关键在于人如何在具体环境中给予适宜的控制。[①]在《麻烦是我惹的》里，莫斯利发展了"欲望"这个概念，认为如果一个人的欲望成了其人生追求的目标，欲望就会控制他的灵魂，用精神诱惑的方式迫使其脱离初心，做出违背社会伦理和法制的事情。因此，笔者拟从财欲、色欲和地位欲三个方面来探究欲望与社会伦理或法制的关系，揭示"欲"不得已的反伦理性。

首先，财欲指的是人对财物、金钱等非同寻常的欲望，也就是一种强烈的贪财之心。在财欲的控制下，人通常会采用违背法律和社会伦理的方式去觊觎不属于自己的财物，由此而产生强大的驱动力，使人欲罢不能，从而做出危害他人和社会的事情。在这部小说里，莫斯利塑造了两名贪财之徒：雷克斯福德和艾伯塔。雷克斯福德是以昂德曼为首的毒品种植和加工集团里的二号头目。当他获悉昂德曼运输6吨大麻的消息后，难以抑制自己的贪欲。于是，他主动与黑社会头子里夫斯（Reeves）勾结，策划和实施了针对这批毒品的抢劫案。这个抢劫案是由"贪婪"引起的"以下犯上"事件，带有"黑吃黑"的反黑社会伦理的性质。为了满足自己的私欲，雷克斯福德背叛了昂德曼，这也给他引来了杀身之祸。此外，莫斯利还讲述了另一个贪财所引起的反伦理事件。在这部小说里，艾伯塔本是纽约的一位良家妇女，因为丈夫伊斯雷尔（Israel）离家出走，只好自己担负起两个孩子的抚养任务。其丈夫同父异母的哥哥厄尼是密西西比地区著名的杀手，有人出1.5万美元的价格买他的人头。金钱的诱惑使她抛弃了亲情，带领三名暗探到纽约长途汽车站去抓捕厄尼，结果反被厄尼抓住。雷克斯福德和艾伯塔都有自己的道德原则和做人准则，但是在金钱的诱惑下，他们抛弃了做人的底线，在表面的"不得已"下干出了违背伦理和亲情的事情。

其次，莫斯利还描写了人们因色欲而犯下的"不得已"之事。男女之淫欲谓之色欲。当人们不能遵从社会伦理而放任色欲泛滥时，色欲就构成一股强大的力量，占据人的心灵，驱使人们把当前的色欲满足视为自

[①] Barry McCarthy & Emily McCarthy, *Rethinking Desire*, London: Routledge, 2019, p.143.

己生活的第一需求，从而在"不得已"中违背社会伦理，践踏自己的婚姻誓言。[1]在这部小说里，莫斯利塑造了两名被色欲控制了心灵的人物：瓦瑞和卡特里娜（Katrina）。瓦瑞是一名有家室的黑人流浪歌手，后在纽约白人大富豪诺福德家当花匠，经常在花园里弹吉他。他利用诺福德的女儿露辛达对吉他的爱好，一步一步地使她陷入对自己的迷恋。诺福德对黑人仆人勾引其女儿的行为非常生气，用拐杖把瓦瑞打得遍体鳞伤，还把他的眼睛戳爆了。在这种情形下，瓦瑞本应以此为戒。但是，他对白种女人的欲望使他欲罢不能，导致他不顾危险，继续纠缠露辛达。他带领怀孕的露辛达离家出走，逃到英国，最后又抛弃了露辛达和私生子查尔斯。他对露辛达的追求从一开始就是一场以爱情为幌子的骗局，一场为满足色欲和好奇感的不道德行为，而他对露辛达始乱终弃的行为也是极为不负责任的。此外，莫斯利还描写了麦克吉尔的妻子卡特里娜的故事。卡特里娜生活作风放荡不羁，丈夫麦克吉尔对她的宽容没有使她醒悟，反而使她越来越肆无忌惮。她和麦克吉尔结婚后生下了三个孩子，其中有两个与麦克吉尔没有血缘关系。小说里时常出现的小儿子特里尔是她与一名马里外交官偷情后生下的。在小说的结尾部分，当麦克吉尔为工作忙得不可开交的时候，她打电话说："我爱上你的父亲了。"[2]她声称自己爱上麦克吉尔的父亲已经很久了，并已经向他父亲表白了。对色欲的追求使她失去了为人之妻的婚姻承诺和社会伦理观，不但在外与其他男性有不正当关系，而且在家里还想和丈夫的父亲行乱伦之事。由此可见，色欲左右了当事人的心灵后，会使她在无法自控的"不得已"中干出背离伦理和道德的行为。

最后，莫斯利笔下的地位欲指的是当事人对永远保持上流社会地位的强烈欲望。小说主人公查尔斯是黑人瓦瑞和白人姑娘露辛达非婚生下的孩子。他出生时，皮肤是白色的，与白人无异。1969年母亲露辛达在车祸中死亡，未成年的查尔斯就由外公诺福德带回美国抚养。之后，查尔斯从哈佛大学毕业，经营家族银行产业，成为美国最大的银行家之一。几十年后，瓦瑞返回纽约，到查尔斯的办公大楼，要求与儿子恢复父子关系。作为纽约银行界的领军人物和上流社会的翘楚，如果查尔斯公开承认自己的黑人血统，他就极有可能会失去现有的社会地位和如日中天的社会声誉。因此，他当即赶走瓦瑞，并在事后不断派出杀手，企图谋杀生父。保住地位的强烈欲望占据了查尔斯的心灵，形成了一股强大的唯我驱动力，使他否认自

---

[1] Charles E. Wilson, Jr., *Walter Mosley: A Critical Companion*, London: Greenwood Press, 2003, p.67.

[2] Walter Mosley, *Trouble Is What I Do*, New York: Little, Brown and Company, 2020, p.255.

己与黑人瓦瑞的父子关系。美国社会的种族歧视和种族偏见形成了一个强大的情境力量场,查尔斯在"不得已"中放弃了父子之情,并认为这样的父子关系是他不能接受的耻辱。莫斯利以此讽刺了混血儿在种族越界后捍卫现有地位的强烈欲望,抨击了亲情不如面子和地位的社会伦理问题。

由此可见,财欲、色欲和地位欲在物欲横流的社会环境里形成了一股强大的唯我驱动力,迫使当事人违背初心或社会伦理来捍卫自我利益的最大化。莫斯利通过对欲望与法制和社会伦理的相互关系,表明对欲望的非理性追求可能会扭曲人性,给他人造成无法弥补的伤害,使本就趋于紧张的种族关系和人际关系雪上加霜。

莫斯利在《麻烦是我惹的》里从"情""迫""欲"三个方面描写了在一定社会语境里身不由己的心理窘境,阐释了"不得已"情境与初心悖逆的内在关联,揭示了各种情境力量场对人品形成和人性演绎的重要影响,表明个人意志是受环境、暴力和唯我等因素左右的。在社会生活中,人们所谓的"不得已"都是捍卫自我利益最大化的借口,都是对社会伦理、社会规则和法制的践踏。莫斯利对"不得已"这种社会伦理现象的描写和揭露拓展了非裔美国推理小说的主题空间,使读者在充满张力的情节发展中认知人性的本真,从而在文学作品欣赏中净化自己的灵魂。这部小说表面上是一部犯罪小说或侦探小说,实际上是一部社会伦理小说,既指出了人在社会中身不由己的窘境,又释放出一种捍卫社会正义和批判种族歧视的正能量。

小　　结

都市是非裔美国人进入城市工作后的生存空间。由于历史、种族、阶级和经济等诸多原因,非裔美国人和外来移民在美国的生活遭到了形形色色的种族偏见和社会压迫,这使他们成为美国社会的局外人和"他者"。马歇尔在《褐色女孩,褐色砂石房》里描写了大萧条时期和第二次世界大战时期巴巴多斯裔下层移民在纽约所遭受的种族歧视和经济压迫,巴巴多斯人及其后裔在美国的生存危机揭示了美国移民的自卑感、精神焦虑及其心态变异,生存需求所导致的焦虑驱使他们为身份重构而奋斗。她笔下的人物没有在自卑中沉沦,而是在自卑中崛起,勇敢地捍卫自己的合法权益和人格尊严。内勒在《布鲁斯特街的男人们》中以女性的独特视角观察男性世界,虽然没有写出男性的阳刚之气,却揭示出美国种族问题对黑人社区的重大影响,指出人性的缺失是黑人社区亲情荒原、理想荒原和生存荒原形成的直接致因。她认为黑人社区人性荒原的消解是黑人追求自身解放的必要条件,同时也是衡量美国社会文明进步的重要尺度。凯莉·雷德在《如此有趣的年代》里从"利己"和"利他"的正、负向伦理迁移的角度描写了人的世界观与行为举止的内在关联,揭示了人性在伦理迁移中的各种表现形式,呈现了都市伦理的种族人际关系。莫斯利在《麻烦是我惹的》里从"情"不得已、"迫"不得已和"欲"不得已等方面展现了情境力量场对人性和人格的扭曲,揭示了生存法则和"不得已"而为之的内在关联;其对都市空间里人际交往中"不得已"现象的描写拓展了非裔美国推理小说社会伦理的表述空间,有助于读者在充满张力的情节发展中认知人性的本真。

总之,这四部都市小说从非裔美国人的生存窘境、巴巴多斯移民的心理焦虑、黑人社区的男性危机、黑白种族的交际伦理和都市黑人社区的情境力量等方面展现了黑人在美国社会各个层面的生活张力,揭示了非裔美国人争取人权和实现自我的重要性和必要性。

第四章　种族心理与种族越界

种族心理是非裔美国小说的常见主题之一，也是非裔美国文学传统的重要组成部分。以种族心理为主题的小说通常描写非裔美国人在各种社会环境里的心理反应和思想动态，揭示其心理特征的表现形式及其独特性。种族心理是在长期的自然环境和社会环境的制约与历史文化的积淀过程中渐渐形成的，是其生活观、道德观、劳动观、价值观、艺术观和审美观的集中体现，渗透在他们独特的生产和生活方式中。相同的文化背景和历史意识，以及在社会生活中体验过相同或近似的种族歧视和种族偏见，都会对非裔美国人的种族心理产生巨大影响。黑人种族心理表现在黑人的思想、行为、情感、信仰、生活态度、人际交往和理想追求等方面。约瑟夫·A. 鲍德温（Joseph A. Baldwin）说："黑人种族心理可以从非洲宇宙哲学的角度定义为一个关于社会宇宙本质的知识体系（哲学、定义、概念、模型、程序和实践）……这个定义的意思是黑人种族心理只不过是对与心理现象有关的非洲现实结构之原则的揭示、阐释、实施和运用。"[1]黑人种族心理对每个种族成员的影响一般通过两个途径来实现：一是黑人在美国社会的个人生活体验；二是黑人社区内部的人际交往。黑人种族心理特征通过黑人种族的特殊社会化过程而世代相传，并随着时代的变迁而不断发展变化。

黑人种族心理，也可称为"非裔美国人心理"，指的是具有非洲文化背景的美国人认知和感受世界的心理活动和价值取向。从历史来看，黑人种族心理的发展可大致分为六个时期：奴隶制时期、黑人公民权获得时期、两次世界大战时期、民权运动时期、20 世纪七八十年代和 21 世纪初期。在奴隶制时期，黑人没有人权和公民权，被认为是奴隶主的私人财产，当时的黑奴把奴隶主及其家人视为自己的主人，没有个人尊严和人格，过着"社会性死亡"的生活。胆怯、懦弱、顺从、惶恐、绝望等是这个阶段黑人种族心理的主要表征。1865 年美国内战结束后，特别是《美国宪法第十三条修正案》颁布后，黑人摆脱了奴隶身份，成为美国公民。这时，黑人种

---

[1] Joseph A. Baldwin, "African (Black) Psychology: Issues and Synthesis," *Journal of Black Studies* 16.3 (March 1986): 235-249.

族心理也发生了巨大的变化。他们渐渐摆脱了对前奴隶主的人身依附关系，开始为自己更美好、更幸福的生活而努力，但白人的种族偏见和种族歧视依然给他们的生活造成了严重的心理压抑和生存威胁。在布克·T. 华盛顿思想的影响下，他们把解决生存问题作为人生的第一要务。忧伤、自卑、倔强、胆怯等是这个阶段的主要黑人种族心理特征。第一次世界大战爆发前后，南方黑人开始迁移到北方城市工作。第二次世界大战结束后，黑人城市人口与农村人口各占一半左右。大量黑人生活在美国东部、西部和中西部的大城市里，获得了比以前更好的工作机会，越来越多的黑人中产阶级开始出现，黑人对文化教育和人生前途有了更多的追求。憧憬未来、吃苦耐劳、开拓进取等是这个阶段黑人种族心理的主要表征。20 世纪五六十年代，美国民权运动爆发，黑人的民主和民权意识空前高涨，不少黑人进入政界，成功竞选上州长、市长等重要行政职务，还有一些黑人成为美国国会议员。抗争、维权、平等意识、勇敢、不屈不挠等是这个阶段黑人种族心理的主要特点。在 20 世纪末和 21 世纪初，一些黑人政治家出任美国国务卿、参谋长联席会议主席、国防部部长等要职，特别是 2008 年贝拉克·奥巴马担任美国总统。黑人政治、经济和社会地位的提高必然给他们的种族心理带来重要影响。自信、坚韧、明智等是这个阶段黑人种族心理的主要表征。黑人争取种族政治权利和经济权利的维权觉悟越来越高，对白人歧视和压迫黑人的行为予以深刻的揭露和坚决的抗议。美国公开的种族偏见和种族歧视越来越少，但隐匿的种族问题还是没有完全消除。总的来看，黑人种族心理的发展过程也是黑人面对不合理社会制度进行抗争的过程。黑人种族心理已经从逆来顺受的奴隶心理发展到为人权和公民权不懈抗争的公民心理。

在非裔美国文学史上，不少作家撰写了描写黑人种族心理的文学作品。一般来讲，以种族心理为主题的小说致力于描写非裔美国人在种族主义社会里的内心世界和心理冲突。这类小说不满足于描写发生的事件，而是进一步去探究相关事件发生的原因；小说人物直接剖析自己的心理意识和对社会环境的感受，从而使读者了解其内心世界，并产生一定程度的心理共鸣。黑人作家通过小说主人公情感的多维度呈现来抒发自己对美国社会和种族关系的独到见解，揭示种族歧视和种族偏见对黑人实现自我的压制和打击。理查德·赖特是美国文学史上第一位揭开黑人种族心理面纱的非裔美国小说家。他的《土生子》第一次让白人洞悉了种族歧视和种族压迫下黑人种族心理的真实状况，为白人认知黑人问题开启了一扇重要的窗户。

在非裔美国文学中,种族心理主题不是一个千篇一律的文学议题,也没有公认的术语界定。与白人心理小说类似,黑人种族心理小说打破了传统小说单一的线性结构,故事叙述随着小说人物的心理活动发展变化,自由联想、种族记忆、心理迁移、梦境、意识流等心理描写贯穿于小说情节的始终。这类小说故事情节的设置通常不受时间、空间、逻辑顺序、因果关系等因素的制约;时间和空间的设置灵活多变,有时候两个场景之间缺乏清晰的逻辑关系;作家常常把过去、现在和将来的场景或事件交织在一起来表现小说人物的自然心理流变,揭示意识的原生态状态。黑人小说的种族心理主题依存于一定时间段内的情节框架,心理描写依附于一定的情节,不具独立性,因此,种族心理描写是与一定时间和一定场景的种族问题有机地结合起来的。描写种族心理的黑人小说通常用黑人内心世界的变化来展现其思想动态,并把人物心理描写的片段串联起来,构成一个跨时空的有机统一体,展现黑人在各种社会场景里的精神表征和心理冲突。

与种族心理密切相关的是种族越界。种族越界也是非裔美国小说的重要主题之一。种族越界是具有双重种族身份的非裔美国人在遭遇生存危机和发展障碍时所采用的一种变通方式,旨在通过掩盖黑人血统和家庭出身的策略,改变种族身份和社会地位,以求最大限度地保护自我、发展自我和实现自我。黑人种族越界者在种族越界过程中也会遭受各种种族心理的折磨。此外,在社会生活中,也有白人种族越界的情况。白人通过地域越界、情感越界和认知越界来了解黑人文化,其猎奇心理有助于促进白人和黑人民族的文化交流,同时也有助于改善美国社会的种族关系。种族抗议隐含于心理描写之中,展示了种族心理在种族越界中的流变。双重意识的迷惘、孤独性焦虑感和失去自我的失重感是非裔美国人抛弃根文化后难以消解的心理反应。

种族越界通常发生在一个种族的成员被接纳或视为另一个种族的成员的时候。在历史上,这个术语在美国主要用来描述有色人种,特别是黑人,通过同化成为白人种族的一员的情形。种族越界者的目的是逃避法律规定或社会习俗允许的种族隔离和种族歧视。

美国早在 1664 年就有禁止种族通婚的法律,但没有制定阻止白人男性强奸女黑奴的法律。经过几代人的演绎,黑奴母亲和白人男性生育的孩子根据其"黑人血统"所占的比例而被称为"二分之一混血儿"(mulattos)、"四分之一混血儿"(quadroons)、"八分之一混血儿"(octoroons),

甚至"十六分之一混血儿"（hexadecaroons）。[①]

虽然混血儿经常有一半或更多的白人血统，但美国南方的许多州根据"一滴血法则"依然把混血儿归类为黑人，视其为"低等人"或"非人类"。奴隶制被废除后，这些混血儿成为一种独特的种族等级。保罗·海尼格（Paul Heinegg）在《在北卡罗来纳、弗吉尼亚和南卡罗来纳的自由非裔美国人：从殖民地时期至大约 1820 年》（*Free African Americans of North Carolina, Virginia and South Carolina from the Colonial Period to about 1820*，2007）一书中写道：在美国建国初期，自由白人妇女与男性自由黑人、契约黑奴或终身黑奴发生性关系后如果生育了混血子女，混血儿是不是奴隶，这是由其母亲的身份决定的，白种女人生下的混血儿根据当时的法律不是奴隶。混血非裔美国人有时利用肤色近似白人的外貌而越界进入白人种族，摆脱针对黑人的种族限制，从而寻求更美好的生活。那些越界成功的黑人离开了黑人社区，获得了良好的教育机会；他们中的一些人会返回黑人社区，促进黑人种族地位的提升。种族越界的原因一般是个人行为，但是非裔美国人通过种族越界成为白人的历史主要可以分为三个时期：美国内战之前、美国内战之后和充满种族偏见的南方重建时期。

首先，美国内战之前，黑人通过种族越界成为白人的行为是逃避奴隶制的一个重要方式。一旦他们离开种植园，就能在白人区域过上安全而有前途的生活。越界成为白人就等同于越界成为自由人，可是，大多数逃亡的黑奴一旦获得自由，他们就倾向于回归黑人群体。他们把"越界成为白人"的行为视为追求自由的临时性伪装。一旦黑奴逃亡成功，他们近似白人的皮肤和容貌就成为他们享有自由的保障。如果黑奴能够成功地越界成为白人，那么他们被抓住和遣返回种植园的可能性就小得多了。如果"越界成为白人"的奴隶被抓住，他们就可以向法庭申诉，把他们白肤色的外表作为要求获得解放的正当理由。

其次，美国内战之后，黑人摆脱了奴隶制，"越界成为白人"就不再是他们谋求自由的手段了。种族越界从生存必需变化为一种选择，在黑人社区里不再受到赞赏。非裔美国作家查尔斯·W. 切斯纳特出生在俄亥俄州，虽然他是黑人，但他一出生就是自由民。他探究奴隶解放后南方黑人的生存状况，讲述了一个前女黑奴在美国内战结束后不久就与一个越界成为白人的黑人结婚的故事。在一些讲述混血儿悲剧的小说中，主人公能否摆脱

[①] Destiny Peerey & Galen, V. Bodenhausen, "Black + White = Black Hypodescent in Reflexive Categorization of Racially Ambiguous Faces," *Psychological Science* 19.10 (2008): 973-977.

生存困境取决于其后来的种族越界行为是否获得成功。

最后，在充满种族偏见的南方重建时期，黑人渐渐地获得了一些在奴隶制时期被剥夺了的宪法权利。南方重建第一次给予了美国黑人法律意义上的平等权。废除奴隶制并没有废除种族主义。在重建时期，白人竭力通过"三K党"等极端组织推行白人至上的社会秩序。一些黑人通过越界获得白人身份的方式来逃避种族隔离。一些黑人越界成为白人的目的是找一份好工作、上一所好学校或去一个好地方旅游。詹姆斯·韦尔登·约翰逊的小说《一个前有色人的自传》(The Autobiography of an Ex-Colored Man, 1912) 阐释了人生不同时期的种族越界问题。在小说的末尾处，小说叙述人说："为了一碗稀粥，我卖掉了自己的出身权。"①他的话语表达了自己对用黑人本质交换白人外表的深深懊悔。越界成为白人就是拒绝黑人本质的思想在当时是黑人大众的共识，至今也是。②在对黑人实施种族歧视和种族隔离时期，一些黑人选择了越界成为白人的生存方式，以规避白人的种族迫害和种族欺凌。

种族越界小说的代表性作品有查尔斯·W. 切斯纳特的小说《一脉相承》(The Marrow of Tradition)、托尼·莫里森的《最蓝的眼睛》(The Bluest Eye, 1970)、詹姆斯·韦尔登·约翰逊的小说《一个前有色人的自传》和内勒·拉森的《越界》(Passing, 1929) 等。

种族越界小说的作者们通过对黑白混血儿悲剧人生的描写，揭示了非裔美国人在种族越界中的双重意识和文化认同窘境。黑白混血儿看似反抗的越界行为实际上加强和巩固了黑白二分的种族界限，屈从了种族主义在双重意识里所设置的无形监狱。他们的种族意识和伦理缺陷加剧了其双重人格的分裂，使其在社会生活中既不能漂白自己的"黑色"，也不能染黑自己的"白色"，成为被两个种族都排斥的"他者"。

本章将主要讨论两部以种族心理为主题的小说（切斯纳特的《一脉相承》和莫里森的《最蓝的眼睛》）和两部以种族越界为主题的小说（约翰逊的《一个前有色人的自传》和拉森的《越界》），探究黑人在种族主义社会的生存危机和在种族越界中所经历的各种磨难，揭示黑人内心深处的自我冲突和人性本真。这些作家从不同的角度描写了美国黑人独特的种族心理，丰富和发展了"种族心理"和"种族越界"类主题，拓展了非裔美国文学的叙事空间。

---

① James Weldon Johnson, *The Autobiography of an Ex-Colored Man*, Boston: Sherman, French & Company, 1912, p.207.

② Allyson Hobbs, *A Chosen Exile: A History of Racial Passing in American Life*, London: Harvard University Press, 2014, p.30.

第一节 斯德哥尔摩效应：
《一脉相承》中美国南方黑人的心理分析

查尔斯·W. 切斯纳特（1858—1932）是19世纪末20世纪初著名的非裔美国小说家，其小说结构严谨，情节生动，人物形象鲜明，以现实主义笔调描述黑人种族的生存状态，揭露美国南方重建失败后出现的各种社会问题。切斯纳特被美国学界誉为黑人现实主义文学的开路人。他的代表作是《一脉相承》（1901）。该小说以1898年威尔明顿城大屠杀的历史事件为蓝本，讲述了南北战争后白人种族主义者采用暴力手段，推翻了由黑人和贫苦白人联合组成的民选政府，重新对黑人实施恐怖统治的故事。不少评论家认为该小说是当时言辞最辛辣、最犀利、最有胆识的政治历史小说，所讲述的种族越界、私刑迫害和跨种族性关系等方面的事件揭露了白人种族主义者的伪善性和残暴性。切斯纳特创作这部小说的目的是要引起美国社会对南方重建失败问题的关注，但他的讽刺力度过大，伤及了白人的颜面和虚荣心。因此，该小说不但没有得到白人的青睐，反而还被戴上了过度渲染政治的帽子，致使该书的销售量一直不高。20世纪50年代中期，民权运动的兴起重新唤起了人们对美国黑人文艺的关注，一些评论家开始注意到切斯纳特作品的写作特色；还有一些评论家认为切斯纳特关于种族身份的创新性描写、对黑人土语与民间故事的采用以及对种族歧视荒谬性的揭露开辟了美国文学创作的新领域。

《一脉相承》最有创意的是种族心理描写，然而这一点却一直被国内外学界忽略。切斯纳特在这部小说里所描写的黑人生存心理状态与斯德哥尔摩效应非常吻合。斯德哥尔摩效应这一概念源于一个典型的人质劫持案，也可称为斯德哥尔摩综合征、人质情结或人质效应等。该效应指的是在一些刑事案件里被害者对罪犯产生了好感和依赖感，甚至反过来帮助罪犯的现象。其实，斯德哥尔摩效应不是刑事案件中的个案，而是人类社会发展过程中一种较为普遍的社会现象或精神病态。也就是说，在一定的社会条件下，特别是当人们的生存权被某个国家、群体或个体等权威体所攫取时，他们通过合法途径维护自身权利的道路就会被堵塞；如果反对权威体，他们就会直接受到无情的打击、报复和迫害，甚至会被剥夺生存权。[①]因此，

[①] Thomas Strentz, *Psychological Aspects of Crisis Negotiation*, Boca Raton, FL: Taylor & Francis, 2006, p.67.

出于对生存权的留恋,他们不得不以牺牲个体人格的方式去规避权威体的锋芒,谋求生存权或自身利益的最大化。在与权威体的周旋过程中,不少人失去了自我和人格,从权威体的受害者渐渐转变为权威体的维护者,陷入斯德哥尔摩效应的泥潭之中。古往今来的历史长河中,我们在社会生活中可以发现诸多类似现象。斯德哥尔摩人质事件不但引起了马里恩·勒德维格(Marion Ledwig)[①]等心理学家对这类社会现象越来越多的关注,而且也引起了大卫·库皮里恩(David Kupelian)[②]、里奥·帕尼奇(Leo Panitch)[③]等社会学家的浓厚兴趣。国内学者也纷纷撰文讨论斯德哥尔摩效应,在这个社会现象的研究上取得了一些成果。但在文学批评方面,仅有寒冰在《大众心理学》上发表了一篇关于张爱玲小说《色戒》之斯德哥尔摩效应的论文,认为年轻人在爱的狂热中可能会走向歧途,但该文的探讨仍然属于实证性的,缺乏相应的理论深度。[④]因此,本节拟把斯德哥尔摩效应的基本理论进一步引入文学作品分析中,从"体制化"斯德哥尔摩效应、黑人中产阶级的斯德哥尔摩效应和斯德哥尔摩效应的消解尝试三个方面来探析切斯纳特在《一脉相承》里所揭示的黑人在种族主义社会里的生存危机和心理窘境。

"体制化"斯德哥尔摩效应

"体制化"斯德哥尔摩效应是黑人在种族主义社会里内化"白人至上论"思想后所产生的一种心理疾病,也是斯德哥尔摩效应的一种重要表现形式。在这种斯德哥尔摩效应里,受害者对加害者产生了心理移情,把加害者视为自己人,对其充满了感激或爱慕之情。其实,这种情感是受害者受到巨大的恐吓后产生的一种自我保护心理。在高压之下,这种心理在潜意识层里从"假性"发展成为表象上的"真性",从而使受害者陷入难以自拔的心理病态。美国社会学家蒂莫西·R. 巴克纳(Timothy R. Buckner)对种族

[①] 马里恩·勒德维格在专著《情感:理性与一致性》(*Emotions: Their Rationality & Consistency*,2007)中认为情感和信仰的理性在斯德哥尔摩效应中起着重要的作用,但生存欲望冲破理性的底线后会导致是非混淆的心理焦虑和价值取向失误。

[②] 大卫·库皮里恩在《恶的表现:理解和消解正在改变美国的毁灭性力量》(*How Evil Works: Understanding and Overcoming the Destructive Forces That Are Transforming America*,2010)一书中阐释了恐怖事件出现的社会背景和心理背景,认为宗教、政府和法制的虚无性导致了斯德哥尔摩效应的盛行和社会病态心理的肆虐。

[③] 里奥·帕尼奇在《病态综合症:资本主义制度下的健康》(*Morbid Symptoms: Health Under Capitalism*,2009)中指出社会不公、贫富差距和健康问题与斯德哥尔摩综合效应的形成和恶化有着密切的关联。

[④] 寒冰:《从〈色戒〉看斯德哥尔摩效应》,载《大众心理学》2008年第7期,第20-21页。

主义"体制化"斯德哥尔摩效应的看法是:"起初你(黑人——笔者注)讨厌它(种族主义社会——笔者注),然后你逐渐习惯它,一定时间后你就开始依赖它,这就是体制化。"①在《一脉相承》里,黑人把白人主人视为自己生存的保障,潜意识地受困于对白人的恐惧心理。

  在"体制化"斯德哥尔摩效应里,受害者真切感受到自己的生命受到种族主义社会制度的威胁。虽然威胁的出现具有不确定性,但是受害者深信种族主义者随时会那么做。因此,受害者在这种恐惧中为求自保,不敢公开揭露事件的真相,时常有甘背黑锅、保护白人加害者的心理表征。在《一脉相承》里,黑人仆人山迪·坎贝尔(Sandy Campbell)在生活中仍像奴隶一样伺候白人主人德拉米尔(Delamere),对波莉(Polly)和奥莉维亚(Olivia)等白人也是毕恭毕敬,但他也很势利,对地位低的黑人则不屑一顾,例如他对奥莉维亚的黑人车夫连招呼也不愿打。山迪不但对老主人德拉米尔先生唯唯诺诺,而且对小主人汤姆(Tom)也是奴颜婢膝,言听计从。在这部小说里,山迪被白人小主人汤姆栽赃陷害过两次:一次是汤姆扮成山迪的模样在广场上跳黑人步态舞,取悦于北方白人,但这引起了黑人团体对山迪的强烈愤慨,之后,黑人教会把山迪视为种族叛徒,并将其永久性地驱逐出黑人教堂;另一次是汤姆为还赌债,穿上山迪的衣服,谋杀了白人波莉太太,并把偷来的金币交给山迪,抵充以前的借款。金币的暴露导致山迪被当成杀人凶手抓起来,差点被白人用私刑处死。然而,山迪把自己的命运与欺凌压榨自己的白人的命运捆绑在一起,他始终不愿说出真凶是汤姆,怕白人老主人失去独苗孙子。就像斯德哥尔摩效应中的人质拼命保护绑架者一样,山迪也拼命掩护和包庇多次伤害他的汤姆,甚至不惜牺牲自己的生命。表面上来看,山迪这么做是出于对白人主人一家的愚忠,但实质上,其行为是受到种族主义社会威慑后产生的一种自保性本能反应,在外界形成的表征就是"体制化"斯德哥尔摩效应。

  在种族主义社会里,黑人对白人的心理恐惧的承受能力有一条很脆弱的底线。一旦这条底线被突破,黑人的反应可能先是担心自己的性命随时都会失去,然后是把生命权托付给剥削和压榨自己的白人,把白人给他们提供的基本生存条件视为白人对自己的恩典。于是,黑人就把对白人的巨大恐惧感渐渐地转化成对白人的盲目感激或过度崇拜,甚至下意识地把白人的处境移情为自己的处境,促成"体制化"斯德哥尔摩效应的形成。切

---

① Timothy R. Buckner, *Fathers, Preachers, Rebels, Men: Black Masculinity in U.S. History and Literature, 1820-1945*, Jackson: University Press of Mississippi, 2010, p.123.

斯纳特在《一脉相承》里描写了黑人在这种效应中的生存状态。黑人珍妮（Jane）在白人家长大，先后伺候过白人主人家的祖孙三代。珍妮是奥莉维亚的女佣，也是其母亲的女佣，后来又成为奥莉维亚之子的女佣。珍妮把自己当成奥莉维亚家族的一员，认为白人主人家的事情比自己的一切都重要。实际上，她的忠诚是"体制化"斯德哥尔摩效应的表现形式之一。她犹如被歹徒绑架了的受害者，为了争取生存权，不惜移情于压迫和剥削她的白人主子。[1]由于长期生活在白人家里，她内化了白人的价值观，渐渐失去了自我，把伺候主人视为自己的最大职责和快乐。她得到白人主人的一点恩惠后，就对白人主人死心塌地。不但如此，她还帮助白人主人训练新一代黑人女佣。她训斥新来的黑人女佣说："我要你明白，你必须细心照料这个孩子……我要你记住，在这里进进出出，我都会看着你，我会监督你是否把自己的工作做好了。"[2]她在斯德哥尔摩效应中把自己的"人质"身份移情于"绑架者"，并代表白人主人对其他黑人"人质"实施管理，效忠于自己的"绑架者"，沦为"绑架者"的帮凶。后来，珍妮被白人暴徒打成重伤。她在弥留之际的话语是，希望自己死后回到白人老主子那里去，在另一个世界里继续侍候他们。她至死都没明白：她在白人眼里永远是佣人。在斯德哥尔摩效应的作用下，珍妮已经失去了自己做自己主人的能力和愿望，就像"人质"把自己的生死都托付给了"绑架者"一样。

加害者控制受害者的思想活动和对外界信息的获得途径，使受害者处于一个被完全隔离的状态。在这样的生存状态里，受害者感到绝望，除了依赖于加害者之外无路可逃。朱丽娅（Julia）本是奥莉维亚母亲的女佣，奥莉维亚母亲去世后，其父亲默克尔（Merkell）娶了女佣朱丽娅，并生下了女儿珍妮特（Janet）。在南方重建时期，白人和黑人结婚是合法的，但是南方重建失败后，跨种族通婚被白人禁止。默克尔担心与黑人姑娘结婚之事被公之于众之后，他会遭到亲朋好友的鄙视。因此，对于结婚之事他一直没有公开。默克尔向妻子隐匿了已经办理好的已婚法律文件，也没让她获悉所立遗嘱的具体内容。朱丽娅一直以为自己是在非婚状态中养育女儿的。这为以后波莉偷走朱丽娅与默克尔的结婚文件和遗嘱文件提供了契机，直接导致朱丽娅和其女儿失去了财产继承权。其实，朱丽娅也是"体制化"斯德哥尔摩效应的受害者，她不敢公开争取自己的合法权益，而总是企图以自己的善良和温顺来乞求丈夫的施舍。像被"绑架者"控制的"人

---

[1] David Garrett Izzo & Maria Orban, *Charles Chesnutt Reappraised*, Jefferson, N.C.: McFarland, 2009, p.76.

[2] Charles W. Chesnutt, *The Marrow of Tradition*, New York: Vintage, 1990, p.500.

质"一样，朱丽娅对自己合法权利的放弃也是自我保护的一种措施。当其继承权被剥夺后，她没有到法院去上诉，担心司法起诉会有损于丈夫死后的名节，然而她根本没有意识到丈夫向外界隐瞒婚姻事实的行为是对其婚姻权的严重侵犯。

由此可见，不少黑人长期遭受白人的文化移入和"白人至上论"的毒害后，完完全全被洗了脑，丧失了基本的人权意识和主观能动性。种族主义社会制度成为禁锢黑人思想的一道无形枷锁，黑人因对白人种族主义者的潜意识恐惧而总是压抑自己，把白人种族主义者的允诺视为自己生存的前提和条件，从而陷入斯德哥尔摩效应之中。"体制化"斯德哥尔摩效应也是黑人在白人高压之下寻求自我保护的一种表现形式。遗憾的是，这种自保的追求方式是在恐惧中形成的扭曲心态，表面上心甘情愿，实际上是以自损的方式来谋求生存的一种精神病态，所产生的后果无异于饮鸩止渴。

黑人中产阶级的斯德哥尔摩效应

黑人中产阶级的斯德哥尔摩效应是指在种族主义社会环境里黑人中产阶级遭受种族压迫和种族迫害时所产生的一种心理特点和表现形式。"被视为'黑人精英'的黑人中产阶级在白人眼里仍然是低贱的黑人；黑人中产阶级把财富积累和家人安危视为人生追求的唯一目标。"[1]因此，黑人中产阶级在种族隔离的社会环境里主要靠剥削和压迫黑人同胞发家致富，在种族政治关系上对白人步步退让，不敢也没有勇气承担起领导黑人反抗白人的斗争。[2]其实，他们虽然在物质方面过着比穷苦黑人富裕得多的生活，但是在精神方面仍然是斯德哥尔摩效应的受害者。白人种族主义者对黑人中产阶级充满敌意和不信任感，总是担心他们会领导黑人大众来反抗白人的种族压迫。因此，白人种族主义者处处提防和打压黑人中产阶级。白人对黑人中产阶级的迫害方式类似于希腊神话中的妖怪普罗克汝斯特斯[3]对住店客商的残害。切斯纳特在《一脉相承》中所描写的美国中产阶级黑人就

---

[1] Stanley Schatt, "You Must Go Home Again: Today's Afro-American Expatriate Writers," *Negro American Literature Forum* 7.3 (Fall 1973): 80.
[2] 石庆环：《20 世纪美国黑人中产阶级的构成及其社会地位》，载《求是学刊》2012 年第 4 期，第 139 页。
[3] 普罗克汝斯特斯（Procrustes）是希腊神话中的人物。据说，他是利用床来杀死过往客商的恶魔。他先是邀请过往的客商去他的旅店里免费住宿。可是，当客商们入睡后，普罗克汝斯特斯就按自己的标准修整客商身体的长度。他要求客商与他的床的长短正好相等。如果客商的身体长度超过了床，他就会把其超过床的那部分腿或脚砍掉；如果客商的身体长度没有床长，他就把其身体强行拉长到与床的长度一致。最后，到其旅店住宿的客商无一幸免地被残害致死。

遭受到"普罗克汝斯特斯之床"式的迫害。他主要从"截短"和"拉长"两个方面来揭示黑人中产阶级所遭受的"普罗克汝斯特斯之床"式迫害，以及由此而产生的斯德哥尔摩效应。

一方面，切斯纳特在《一脉相承》里塑造了一个被白人"截短"的黑人中产阶级知识分子形象——米勒医生（Dr. Miller）。从社会学来看，一个人在社会生活中所享受的各种物质待遇皆是由其经济地位或个人财力所决定的。切斯纳特笔下的"截短"指的是白人在交通工具乘坐待遇方面实施的制度化种族隔离，即规定黑人中产阶级即使有钱，也不能购买一等车厢的车票或乘坐一等车厢，也就是把黑人中产阶级超过普通黑人经济能力的那部分待遇"截短"，迫使有钱的黑人只能和普通黑人乘坐同一等级车厢。黑人米勒医生在欧洲留学后回到家乡威尔明顿，建立了一家黑人医院和一所黑人医学院。米勒医生的社会地位和个人财富已经远远超越了普通黑人，可是白人还是像普罗克汝斯特斯一样，无视米勒的经济和文化优势，无视其在社会地位和经济财力上超出普通黑人的部分，把他等同于普通黑人。由此可见，在种族主义社会氛围里，白人种族主义者并没有把富裕黑人和贫穷黑人区分开来，而是把一切带有黑人血统的人统统归入黑人的范畴。切斯纳特用米勒在火车上遭遇种族隔离的事例图解了白人种族主义者的"普罗克汝斯特斯之床"。米勒在回威尔明顿城的列车上遇到了以前的白人恩师阿尔文·伯恩斯（Alvin Burns）教授，伯恩斯盛情邀请他待在白人的一等车厢里聊天。不久，白人列车员出面干涉，声称黑人如果不是白人乘客的随身仆从，就不能坐在白人车厢里。米勒尽管是受过高等教育的黑人，也毫不例外地被赶到黑人车厢，与贫穷的黑人坐在一起。米勒医生在火车上遭受种族侮辱时，他首先不满的不是白人种族歧视的反人权性，而是白人对自己社会地位和经济地位的蔑视。在米勒心中，他是受过高等教育的博士、医术高明的医生、拥有殷实家产的富裕黑人，怎能和贫穷的黑人一起坐在那又破又旧的车厢里呢？中产阶级黑人在社会生活中即使遭到白人的排斥也不愿降低身份与下层黑人为伍，因此饱受斯德哥尔摩效应的精神折磨。米勒医生在火车上遭受了种族偏见和种族歧视，但是当他下火车时发现一名黑人从火车车窗跳车逃票，愤怒之情油然而生，他指责那个黑人的逃票行为违反了车站的管理规定。作为列车种族歧视的受害者，他没有站在挑战列车管理规定的那个黑人一边，而是站在保护列车老板利益的一边，该情形无异于"人质"把自己与"绑架者"视为一伙的"斯德哥尔摩效应"。

另一方面，切斯纳特还塑造了一个被白人"拉长"的黑人中产阶级形象——黑人律师华生（Watson）。切斯纳特笔下的"拉长"指的是白人种族主义者把"志向短浅"的、没有反抗精神的黑人中产阶级在人格上高估性地"拉长"为"志向远大"的、具有强大反抗精神的"敌人"，然后予以驱逐。在这部小说里，白人把华生律师视为危险的叛逆者。当黑人山迪被白人诬陷为杀人犯时，华生出于律师的工作本能，积极奔走，想方设法地营救山迪。华生去找过市长，但市长闭门不见；他接着去找法官埃弗顿（Everton），仍遭到冷遇，该法官声称，私刑虽然不合法，但任何规定都有例外。白人法官嘲笑华生的幼稚，把其为山迪所做的无罪辩护视为无稽之谈。威尔明顿城的法制在种族主义思想的扭曲下已经失去了公平和正义，华生只是从法律的公平性和正义性的角度为黑人无辜者辩护，却没有使用暴力反抗白人种族主义者的胆识和勇气。然而，城里的白人却像普罗克汝斯特斯一样，把没有暴力反抗胆识的华生视为潜在的暴力反抗者。因此，威尔明顿城发生种族暴动后，白人勒令华生在48小时内离开，否则格杀勿论。由于时间很仓促，他的个人财产只能减价出售，从而蒙受了巨大经济损失。尽管如此，华生也没有产生武力反抗白人暴行的意念或行为。当乔希·格林（Josh Green）带领一群不愿被白人任意宰割的下层黑人来恳求华生给他们当领导人时，华生说："我有妻子和孩子。为他们而活着是我的职责。如果我死了，我得不到好的名声，也得不到任何荣誉，我的家人就会沦为乞丐。……这个事件很快就会过去，明天白人会为自己的行为感到羞辱的。……别盲动，孩子们，相信上帝。如果反抗，你们没有好结果的。"[1]在白人藐视法制、发动暴乱之际，华生像米勒医生一样，不愿成为黑人反抗组织的领导人，导致黑人武装群龙无首，很快被白人镇压下去。白人把华生的胆怯心理"拉长"成暴力反抗白人的潜在威胁，把他视为与格林等下层黑人一样的反抗者。华生在遭受白人的普罗克汝斯特斯式迫害的同时也遭受到斯德哥尔摩效应的折磨。不管白人种族主义社会如何无法无天，如何践踏人类文明，他不但本人不敢去抗击白人的暴行，还极力地劝说拿起武器的黑人放弃抵抗，企图使所有的黑人都生活在斯德哥尔摩效应的阴影下。

因此，切斯纳特在《一脉相承》里描写了美国南方重建失败后黑人中产阶级的精神状态和生存之道。他们的斯德哥尔摩效应表现在对白人和白人社会有一种心理上的依赖感，把自己的生死权让渡给白人；白人让他们生存下来，他们便不胜感激。他们对于压迫和残害黑人同胞的白人不但不

---

[1] Charles W. Chesnutt, *The Marrow of Tradition*, New York: Vintage, 1990, p.707.

抗拒，反而担心自己的反抗会给白人带来伤害，并竭力阻止其他黑人的反抗行为。正如洛伊丝·塔克（Lois Tucker）所言，"黑人中产阶级最依恋和最难割舍的白人社会环境往往是他们身心受损、饱受蹂躏的地方"[①]。这不能说是黑人中产阶级缺乏智慧，而是他们为了自保而陷入斯德哥尔摩效应，受困于"普罗克汝斯特斯之床"的心理恐惧，任由白人种族主义者宰割，并希求在白人的"仁慈"或"怜悯"中寻求生路，但这最终还是使他们沦落到"人为刀俎，我为鱼肉"的下场。

斯德哥尔摩效应的消解尝试

在种族主义社会里，白人禁止黑人追求人权和实现自我，要求黑人把"白人至上论"思想当作自己的行为准则。种族主义者旨在把黑人规训成听话、顺从的牲口，让黑人无怨无悔地为白人和白人社会创造财富。他们企图把美国内战后的黑人生存状态变成黑奴制的另一种变体，使黑人永远生活在斯德哥尔摩效应的精神病态之中。一旦黑人试图争取社会公正和种族平等，白人种族主义者就会恼羞成怒，无情镇压。在《一脉相承》里，威尔明顿城的白人种族主义者就是这样。当城里的民主党人和黑人联手选举获胜组成政府后，以梅杰·卡特里特（Major Carteret）为代表的白人种族主义者不惜发动种族暴乱，推翻政府，屠杀黑人，践踏法制，组建以种族主义者为成员的政府。针对白人种族主义者的暴行，黑人小资产阶级和下层黑人团结起来，从舆论营造、武装反抗和种族自尊三个方面消解白人强加给黑人的斯德哥尔摩效应。

首先，不愿被奴役的黑人通过媒体上的舆论营造，揭露白人种族主义者的阴谋，从意识形态上反对白人散布的种族主义思想。编辑巴伯（Barber）是威尔明顿城黑人小资产阶级的代表人物，他在黑人报纸上刊登了关于私刑问题的社论，指出私刑是白人对美国黑人进行残酷统治的非法手段；他还指出，不论是宗教还是法律都不该禁止跨种族通婚，因为这样的规定践踏了公民的基本人权。这份社论揭露了种族歧视的实质，使种族主义的非理性和非正义性暴露无遗。以梅杰、乔治·麦克拜恩（George McBane）和贝尔蒙特为代表的白人种族主义者恼羞成怒，宣称该报的编辑巴伯应该"被鞭打，并逐出城"[②]。梅杰认为这篇文章违反了南方的不成文法，于是号召白人起来打倒黑人，剥夺黑人的参政权和选举权。白人的反应越强烈，

---

① Lois Tucker, *Dismantling the Hierarchies: Redefining Family in Charles W. Chesnutt*, Saarbrücken: VDM Verlag, 2009, p.132.

② Charles W. Chesnutt, *The Marrow of Tradition*, New York: Vintage, 1990, p.538.

就越说明巴伯的这篇社论消解黑人的斯德哥尔摩效应的效果越好。巴伯的文章为黑人争取合法权益提供了理论工具和精神武器。

其次，白人对黑人的压迫越大，黑人的武装反抗就会越激烈。白人在种族暴动中的暴行必然会激起黑人的正义感和反抗精神。下层黑人在种族压迫中受害最深，因此他们的斗争精神在黑人各阶层中表现得最猛烈、最直接、最震撼人心。码头工人格林对白人有着刻骨铭心的仇恨。他在10岁时目睹了前奴隶监工麦克拜恩带领"三K党徒"枪杀其父、逼疯其母的情景。因此，他对白人的暴行深恶痛绝。当白人在威尔明顿发动种族暴动时，全城的黑人遭到白人的无辜毒打，许多黑人被杀害，连妇女儿童也难以幸免。为了阻止白人的暴行，格林组织了一支由下层黑人组成的武装力量，并恳求黑人律师华生和黑人医生米勒出来带领他们与白人抗争。由于黑人中产阶级为了自身利益不愿出来领导黑人反抗，格林便毅然带领黑人武装人员进驻医院，阻止白人暴徒焚烧黑人医院和学校。当白人暴徒丧心病狂地在医院纵火时，格林带领武装起来的黑人勇敢地冲向白人暴徒，与之展开殊死搏斗，最后用刀杀死了白人暴徒首领麦克拜恩。然而，由于寡不敌众，所有的黑人反抗者还是全部遇难。虽然他们的抗争失败了，但是他们的勇敢和无畏是消解黑人的斯德哥尔摩效应的重要尝试。

最后，种族自尊也是消解斯德哥尔摩效应的一剂良药。珍妮特是黑人朱丽娅和白人默克尔的女儿。由于默克尔死后留下的遗嘱被白人波莉偷走，因此朱丽娅没能从丈夫那里继承到应得的财产，只好在贫穷的生活环境里把珍妮特抚养成人。尽管珍妮特的肤色和外貌与白人相差无几，但她没有采用种族越界的方式嫁给白人，而是嫁给了一名黑人医生。不论是在贫穷还是富有的时候，珍妮特都特别注意维护自己的种族尊严，从来不以奴颜婢膝的方式出现在白人面前，她始终把自己视为与白人平等的美国公民。她经常乘坐马车出行，引起当地的白人和患有斯德哥尔摩效应的黑人的强烈不满和嫉妒，因为美国内战前，街上只有为白人赶马车的黑人车夫，而没有坐马车的黑人。[①]此外，当同父异母的白人姐姐——奥莉维亚采用欺诈手段霸占自己财产的时候，珍妮特没有颓废沉沦，而是始终保持一种高傲的种族自尊心，努力工作，发展自己的事业，最后过上了令白人姐姐既羡慕又嫉妒的幸福生活，从而有效地消解了斯德哥尔摩效应对自己的侵扰。

由此可见，具有反抗精神的黑人，虽然在政治谋略或社会组织方面能

---

① Matthew Wilson, *Whiteness in the Novels of Charles W. Chesnutt*, Jackson: University Press of Mississippi, 2004, p.231.

力还很薄弱，但是他们的行为表达了黑人对自由和民主精神的捍卫。他们不惜一切代价地冲破斯德哥尔摩效应的束缚，唤醒白人和黑人对民权和民主问题的重视。格林等人的死犹如耶稣赴难一样，为世人的觉醒和黑人的生存而献身，谱写了一首壮丽的英雄史诗。

　　总的来看，切斯纳特在《一脉相承》里从"体制化"斯德哥尔摩效应、黑人中产阶级的斯德哥尔摩效应、斯德哥尔摩效应的消解尝试等方面描写了19世纪末南方重建失败后美国社会的种族冲突，揭露了白人种族主义者的残忍性、黑人中产阶级的软弱性，颂扬了黑人小资产阶级和下层黑人捍卫种族平等和社会正义的不屈精神。种族隔离、种族歧视和种族偏见使不少黑人在社会生活中生成了自卑感、无助感和绝望感，把欺压黑人的白人种族主义者视为自己的拯救者和托付者，陷入了难以自拔的斯德哥尔摩效应式种族心理；勇敢抗争和追求种族平等是黑人消解斯德哥尔摩效应的唯一良方。切斯纳特在该小说中所揭示的斯德哥尔摩效应，不是黑人的畸形心理问题，也不是白人的偏执人格问题，而是种族关系失衡的严重社会问题。从社会学来看，美国的种族主义制度就是一种专制制度或暴政制度，迫使黑人生存于斯德哥尔摩效应的病态之中，求生本能和自保意识使他们难以认识到自己的斯德哥尔摩病症。斯德哥尔摩效应内含的反人类性在于"人是可以被驯养的"这一观点，这也是美国种族主义社会奴役黑人的理论基础之一。总之，切斯纳特在这部小说里关于黑人斯德哥尔摩效应的描写开创了黑人种族心理小说的先河，拓展了现代黑人小说的主题空间。

第二节　种族离心力与种族向心力：《最蓝的眼睛》

　　托尼·莫里森（1931—2019）是美国文坛的诺贝尔文学奖获得者之一，其文学成就主要表现在小说方面。虽然她的小说无一例外都是关于美国黑人妇女问题，但是她并不认为自己是一名女权主义者。实际上，她既不支持父权制，也不认同母权制。她倡导的是社会公平和人权平等。[①]她非常关注美国种族关系的现状和发展。2008年当白人参议员希拉里·克林顿（Hillary Clinton）和黑人参议员贝拉克·奥巴马在民主党内争夺总统候选人资格时，尽管莫里森个人非常欣赏和喜欢希拉里，但她最后还是转而支持了奥巴马。在其心目中，奥巴马的当选可能改变黑人近400年来在美国社会被扭曲了的形象，有助于建构起全新的美国种族关系，促进多元化社

---

① J. Lucy Crystal, "A Journal of Ideas," *Proteus* 21.2 (2004): 21.

会的形成和发展。"当贝拉克·奥巴马的总统大选获胜之时,"莫里森说,"我第一次真正感觉到自己是一名美国公民。当我去参加奥巴马的总统就职仪式时,觉得自己的爱国热忱空前高涨,觉得自己真的像个孩子一样。海军陆战队和国旗——我以前从来不正眼看一下的东西——突然之间看起来……棒极了。"[1]从她的话语中,读者能够感受到种族话题在美国黑人心目中的真正分量。莫里森不但热爱黑人种族,还热爱黑人文学创作。在文学生涯里,莫里森发表了11部小说。其第一部小说《最蓝的眼睛》虽然没有获得文学大奖,但对其此后出版的10部小说[2]不论是在主题思想上还是在叙事策略方面都有着重大的影响。该小说以莫里森的家乡——俄亥俄州洛雷恩城为背景,以作家的见闻为素材,讲述了一名黑人女孩渴望拥有蓝色眼睛的故事,以此揭露美国社会的种族主义问题和黑人社区的道德沦丧。

《最蓝的眼睛》从1988年进入中国学界相关研究者的视野。王黎云率先评论了这部小说,认为莫里森把现实主义和荒诞的奇思异想巧妙地结合起来,构成了独特而新奇的社会透镜,揭露了种族歧视的反人类性。[3]杨仁敬认为莫里森采用了大量的修辞格,把四季的变化与小说主题有机结合起来,构成了独特的艺术结构。[4]王晋平探究了该小说的象征手法,揭示了小说情节发展的脉络结构。[5]陈许和陈倩茜解析了黑人女性在家庭生活中的精神危机,强调了黑人文化的民族凝聚功能。[6]赵文书从对比的角度探究了《隐身人》(又译《看不见的人》)和《最蓝的眼睛》里的乱伦问题,认为后者在性别、种族和阶级等方面的见解是对前者的继承、修正和发展。[7]王俊霞把《至爱》(又译《宠儿》)和《最蓝的眼睛》中的黑人问题结合起来研究,

---

[1] Carmen R. Gillespie, *Toni Morrison: Forty Years in the Clearing*, Plymouth: Bucknell University Press, 2012, p.271.
[2] 莫里森的后10部小说如下:《秀拉》(*Sula*, 1973)、《所罗门之歌》(*Song of Solomon*, 1977)、《柏油娃娃》(*Tar Baby*, 1981)、《至爱》(*Beloved*, 1987)、《爵士乐》(*Jazz*, 1992)、《天堂》(*Paradise*, 1997)、《爱》(*Love*, 2003)、《恩惠》(*A Mercy*, 2008)、《家》(*Home*, 2012)和《上帝会救助那孩子》(*God Help the Child*, 2015)。
[3] 王黎云:《评托妮·莫里森的〈最蓝的眼睛〉》,载《杭州大学学报(哲学社会科学版)》1988年第4期,第143页。
[4] 杨仁敬:《读者是文本整体的一部分——评〈最蓝的眼睛〉的结构艺术》,载《外国文学研究》1988年第2期,第75页。
[5] 王晋平:《心狱中的藩篱——〈最蓝的眼睛〉中的象征意象》,载《外国文学研究》2000年第3期,第104页。
[6] 陈许、陈倩茜:《女性、家庭与文化——托妮·莫里森〈最蓝的眼睛〉主题解读》,载《当代外国文学》2014年第4期,第127页。
[7] 赵文书:《重复与修正:性别、种族、阶级主题在〈看不见的人〉和〈最蓝的眼睛〉中的变奏》,载《当代外国文学》2015年第3期,第5页。

揭示了黑人遭受种族歧视的心路历程。[①]马艺红进一步扩大了该小说的研究路径,把《最蓝的眼睛》里的边缘人问题与西班牙文学和日本文学中的边缘人问题结合起来研究,揭示了不同国家的人们在身份、精神和权益等方面的多元化追求及其内在关联。[②]总的来讲,在莫里森的笔下,我们能真切地感受到黑人社区内部存在着两股力量的博弈:离心力与向心力。从力学来看,为使物体做圆周运动,物体需要受到一个指向圆心的力,即向心力。"若以此物体为原点建立坐标,看起来就好像有一股与向心力大小相同但方向相反的力,使物体向远离圆周运动圆心的方向运动。当物体受力不足以提供圆周运动所需的向心力时,看起来就好像离心力大于向心力了,物体会做远离圆心的运动。"[③]如果离心力存在,那么它必须与向心力相平衡;但如果物体受力平衡,其运动速度的方向就不会改变,也就不可能做圆周运动。[④]本节拟采用力学的基本原理,从生存离心力与生存向心力、情感离心力与情感向心力、文化离心力与文化向心力等方面来探讨《最蓝的眼睛》中黑人社区里种族离心力与种族向心力的博弈,揭示美国社会黑人的生存困境和精神危机。

生存离心力与生存向心力

美国黑人社区的成员具有不同的文化程度、经济地位,甚至不同的宗教和历史文化背景。黑人的家庭经济和个人经济状态在种族主义社会环境中的困境和窘境决定了他们各自的追求目标,进而在社区和家庭层面上发生摩擦和冲突。[⑤]黑人社区普遍存在着因生存问题而引发的一对矛盾体,即生存离心力和生存向心力。生存离心力指的是黑人为了生存而背离或远离黑人根文化的一种驱动力;生存向心力指的是黑人为了更好的生活强调自身团结并捍卫黑人根文化的一种驱动力。两种驱动力在现实生活中时常发生冲突,表现为黑人对人生追求的不同方式。莫里森在这部小说里从疏离、遗弃和离开故土三个方面描写了黑人社区的生存离心力对生存向心力的阻

---

① 王俊霞:《黑人命运的枷锁——解读〈宠儿〉与〈最蓝的眼睛〉中 3 代黑人的心理历程》,载《外语学刊》2016 年第 6 期,第 148 页。

② 马艺红:《西班牙、美国、日本文学作品中的边缘人物分析——以〈帕斯库亚尔·杜阿尔特一家〉〈最蓝的眼睛〉〈个人的体验〉为例》,载《现代交际》2018 年第 15 期,第 95 页。

③ Stanley Irwin Weiss, *Natural Modes of Vibration of Twisted Unsymmetrical Cantilever Beams Including Centrifugal Force Effects*, Ann Arbor, Mich.: UMI, 2015, p.134.

④ M. W. McCall, *Classical Mechanics: From Newton to Einstein: A Modern Introduction*, Hoboken, NJ: Wiley, 2019, p.78.

⑤ H. L. Gates, *Life upon These Shores: Looking at African American History, 1513-2008*, New York: Alfred A. Knopf, 2011, p.68.

碍和破坏,揭示了不良社会环境给黑人造成的生存危机。

首先,疏离是一种很陌生、冷漠、孤独、疏远的感觉,常用来形容彼此熟识但又保持较远距离的一种人际关系——即使两人在街上碰面,彼此也面无表情,形同陌路。在《最蓝的眼睛》里,莫里森揭示了黑人社区的疏离现象。在美国大萧条后期,经济衰退仍很严重,黑人的生存压力已经被逼迫到极限。黑人社区内部的种族离心力不断加大,引发了各类社会矛盾和家庭问题。[1]在小说主人公佩克拉(Pecola)所处的社区环境里,黑人阶层已经发生分化,出现了以乔利(Cholly)为代表的下层黑人和以杰拉尔丁(Geraldine)为代表的中产阶级黑人。中产阶级黑人并不关心下层黑人的生活问题,下层黑人对中产阶级黑人也没有好感。由于生存危机的缘故,下层黑人之间的关系不是友好、团结和互助的,而是自私、麻木和冷漠的;他们彼此故意疏远,有时还相互倾轧,在社区内部形成了一个个沉沦堕落的家庭或小群体。他们从事着社会底层的工作,或在白人家里当保姆,或在钢厂当工人,或在出租屋里从事妓女行当,相似的生活环境并没有使他们彼此之间产生同病相怜的理解与同情,他们反而冷漠地追寻着自己的生存之道。"底层黑人民众麻木不仁的生活态度,映射出黑人文化在白人文化侵蚀下的迷茫与徘徊及自我的丧失。这恰恰是托妮·莫里森对美国社会自诩的平等、自由最大的嘲讽和控诉。"[2]黑人之间的疏离状态促成了严重的种族离心力,妨碍了其种族向心力的形成,使黑人成为一盘散沙。

其次,莫里森的这部小说还涉及了遗弃问题。遗弃指的是不履行赡养或扶养亲属的义务。在现代社会,成年人对于长辈、子女、患病的或者其他没有独立生活能力的家庭成员,负有扶养义务。拒绝扶养就是一种严重的遗弃行为。在这部小说里,萨姆森·富勒(Samson Fuller)与吉米(Jimmy)的侄女同居后生下了乔利,但是在当时的社会环境里,黑人男性难以找到一份能养家糊口的工作。为了逃避自己做父亲的责任,萨姆森在乔利出生之前就离家出走了。孤独无助的乔利母亲生活无着落,对自己的母亲责任也产生了离心力,于是她在乔利出生后的第四天就把他遗弃在铁路边的一个垃圾堆上。乔利的舅婆吉米察觉到了其遗弃行为,跟踪她到了铁路边,最后救下了幼小的乔利。随后吉米把乔利的生母痛打了一顿,严禁她再靠近孩子。此后,吉米把乔利抚养成人。吉米不但把乔利看作自己

---

[1] Baillie Justine Jenn, *Toni Morrison and Literary Tradition*, New York: A&C Black, 2017, p.87.
[2] 包威:《〈最蓝的眼睛〉:强势文化侵袭下弱势文化的异化》,载《外语学刊》2014年第2期,第140-141页。

的孙子，还把他视为黑人种族不可缺少的一员。她救助乔利的行为也是黑人种族向心力的表现方式之一。

最后，离开故土是美国文学的重要主题之一。莫里森在这部小说里描写了离开故土话题的两种情形：主动离开和被动离开。乔利和波琳（Pauline）在美国南方的肯塔基建立了恋爱关系，为了寻求更好的生存环境，乔利在婚后把波琳带到了北方俄亥俄州的钢城洛雷恩。他们离开故土的行为带有很强的主动性和目的性。为了改善自己的生存环境，他们远离了家乡和亲人，显示出较大的离心力。然而，城市的生存状况并没有他们想象得那么乐观。随着美国经济形势的恶化，乔利和波琳的工资入不敷出，家庭矛盾日益尖锐；他们所建构的家庭向心力日益疲软。他们的儿子萨米（Sammy）非常不满父母整日在家为了钱和家庭琐事所产生的争吵或打架，于是在14岁那年冲破家庭向心力的束缚，一个人离家出走了，没有给家人留下任何联系方式。萨米的出走也是生存离心力的表现形式之一。他离开故土的行为是其头脑中家庭向心力和家庭离心力博弈后的结果，即他相信离开这个不和睦的家庭能使他获得一个更好的生存空间。

因此，生存是自然界一切事物保持其存在及发展变化的最基本要求和追求。当人们面对危险和困难时，通常会采用一切可能的手段来保护自己，冲破向心力的束缚，寻求最大的生存机会。求生欲望和对改善生存环境的渴望都是人的正常需求和正常诉求。在莫里森的笔下，黑人社区成员为了保障自己的生存权和拓展自己的生存空间，形成了各种各样的生存离心力形式，在与生存向心力的搏击中追求自己的理想。

情感离心力与情感向心力

情感是人对客观事物是否满足自己的需要所产生的态度体验。人是社会动物，每个人都有其独特的个性、家庭背景、教育背景、世界观和价值观。情感与个人对他人的思想、态度、情绪、生活和工作等有着重大关系。[1]黑人社区的情感倾向有两类：情感离心力和情感向心力。情感离心力是人们在社会生活中在情感方面相互排斥所引起的一种离心力，导致双方关系的负向发展；情感向心力指的是交际双方因情感相容或相通所形成的向心力，促进双方关系的正向发展。[2]人们在心理上的距离趋近时，便形成情感向心力，通常会使交际双方都感到心情舒畅；如若双方有矛盾和

---

[1] José Manuel Rodriguez Delgado, *Physical Control of the Mind: Toward a Psychocivilized Society*, New York: Harper and Row, 2018, p.23.

[2] W. Marvin Dulaney, *Black Police in America*, Indiana: Bloomington, 2016, p.45.

冲突时，心里则会感到孤立和抑郁，形成情感离心力。莫里森在《最蓝的眼睛》里讲述了黑人社区内部夫妻之间、父母与子女之间，以及朋友之间的人际关系，揭示了情感离心力和情感向心力之间发生激烈冲突的社会原因。

　　首先，夫妻关系是家庭关系中最重要的关系。从法律上讲，男女结婚后即成夫妻，夫妻是一个紧密的关系体，在经济、生活和对外关系方面构成一个有机的社会单位。莫里森在这部小说里描写得最精彩的是乔利和波琳的夫妻关系。乔利是一个被父母抛弃后在舅婆家长大的黑人，亲情观念淡薄，对妻子波琳的爱也是出于某种心理需要或生理激情；结婚后他对妻子和儿女缺乏应有的亲和力和责任感，其内心深处隐匿着一种天然的情感离心力。当他求职遇到挫折时，经常到妻子工作的白人家去要钱，白人女主人的蔑视态度严重伤害了其男性尊严。波琳刚结婚时在家当全职家庭妇女，后来丈夫乔利带回家的钱不够养家糊口，两人经常为钱的事发生争吵，甚至打架，儿子总是站在母亲一边，曾协助母亲把乔利打倒在地，并高喊："杀了他！杀了他！"[①]但波琳没有走上杀死亲夫的道路，因其不想毁了自己的家。她把与丈夫争吵视为获得丈夫和邻居关注的一种手段，认为丈夫越没有能力，就越显得她重要；其内心深处存在着一股情感向心力，即竭力保住一个完整的家。由此可见，丈夫的情感离心力和妻子的情感向心力产生了激烈的冲突，但令人叹息的是，这场冲突没有赢家。最后的结局是丈夫和儿子离家出走，女儿佩克拉患上了精神分裂症。

　　其次，莫里森在这部小说里还描写了父母与子女之间的情感离心力和情感向心力的冲突，揭示了两代人之间的代沟现象。克罗迪亚（Claudia）不但对父母的关爱视而不见，还时常误解母亲。一天，克罗迪亚外出去捡煤炭时，因出汗过多而受了凉，回家后咳嗽不已。母亲说："我的老天！上床去。我告诉你多少次了，出门时头部要包上头巾。你一定是全镇最傻的傻瓜。弗里达！？拿些破布片去把窗户漏风的地方塞上。"[②]其抱怨的话语内含有母亲对女儿的深切关爱，但母亲的话语却引起克罗迪亚的极度反感，加剧了克罗迪亚心中的情感离心力，于是她指责其母亲："大人做事从来不和我们商量，而是直接命令我们。"[③]克罗迪亚对母亲话语的误解直接导致她在家庭生活中的局外感和边缘感。另外，父母按照当地的习俗在圣诞节的时候给克罗迪亚送了一个白人女孩模样的玩具娃娃，但是克罗迪亚喜欢

---

① Toni Morrison, *The Bluest Eye*, New York: Alfred A. Knopf, 1993, p.44.
② Toni Morrison, *The Bluest Eye*, New York: Alfred A. Knopf, 1993, p.10.
③ Toni Morrison, *The Bluest Eye*, New York: Alfred A. Knopf, 1993, p.10.

的不是这类玩具娃娃,而是同龄的小伙伴。克罗迪亚对父母的情感离心力主要表现在两个方面:一是抱怨父母送圣诞礼物时不征求她的意见;二是把这个玩具娃娃的眼睛抠出来,把其衣服撕破,把玩具娃娃扯得惨不忍睹。这种情感离心力加剧了其叛逆之心,只要是父母喜欢的,她都强烈反对。父母对她的耐心劝导实际上是要协助她建立起对家庭的情感向心力。然而,她在与家庭情感向心力的搏击中产生了越来越强的情感离心力,认为父母对她所做的一切都是不利于她的,于是产生了强烈的逆反心理。

最后,在《最蓝的眼睛》里,朋友之间的情感离心力和情感向心力也是莫里森关注的要点之一。莫里森在这部小说里描写了两种情感离心力:爱恨错位和爱恨迁移。爱恨错位指的是爱和恨的对象发生错位,该爱的没有得到爱,该恨的没有遭到恨。乔利在舅婆葬礼的那天晚上,与黑人姑娘达琳(Darlene)在树林里幽会。当他们正在树林里发生性关系时被两名过路的白人猎人撞见,白人猎人把手电筒的光射向他们,侮辱性地威逼他们继续做爱,并在边上边观赏边嘲讽。白人把黑人的性爱视为动物交配的行为,这深深地刺伤了乔利的自尊心。乔利的脑海里出现了捍卫黑人尊严的情感向心力和放弃黑人尊严的情感离心力,这两股力量发生了激烈的博弈,但是最后出于对白人种族霸权的畏惧,乔利不敢反击白人的侮辱性言行,而是把自己对白人的愤怒转嫁给同是受害者的达琳。在这种情形下,乔利的爱恨错位导致其朋友间的情感离心力出现。他怨恨自己是黑人,怨恨达琳同意和他在树林里做爱。此外,爱恨迁移指的是黑人把对白人的恨迁移到有白人血统的混血儿身上。在黑人少女克罗迪亚和弗里达(Frieda)就读的班上来了一名漂亮的黑白混血儿莫琳(Maureen),起初她们不满所有的同学和老师都喜欢莫琳,于是总想找机会出出她的洋相,但后来,莫琳对她们两人的友好态度逐渐融化了她们心中的敌意。但是,当她们在一起嬉闹时,莫琳说弗里达一定见过自己父亲的裸体,弗里达竭力否认。莫琳自视混血儿比普通黑人高一等,于是站在白人的立场,总认为黑人的生活不文明。她说:"我关心你的黑鬼父亲干什么呢?"[1]弗里达非常愤怒,大声吼叫道:"黑鬼?你说谁是黑鬼?"[2]在弗里达和克罗迪亚眼里,莫琳有黑人血统,因此也应该是黑人。黑人最不能容忍的是被黑人同胞称为"黑鬼"。于是,两人扭打成一团。莫琳的内化种族歧视话语是其朋友间的情感离心力的显性表现。弗里达和克罗迪亚的抗争反映出的是种族类的情感向

---

[1] Toni Morrison, *The Bluest Eye*, New York: Alfred A. Knopf, 1993, p.73.
[2] Toni Morrison, *The Bluest Eye*, New York: Alfred A. Knopf, 1993, p.73.

心力，因为在她们眼里有黑人血统的人都是黑人，黑人彼此之间应该团结和互相尊重，而不应该相互贬低和诋毁。

因此，莫里森在这部小说里所揭示的情感离心力和情感向心力问题是种族歧视社会环境里的两大表现形式。以佩克拉为代表的黑人群体在文化冲突与认同中迷失自我、否定自我和毁灭自我。莫里森对黑人问题的如此描写源于对黑人生存状况的深切体会。她不仅继承和发扬了黑人文学传统，而且还对种族偏见与种族歧视进行了深刻的批判，特别是从黑人女性的角度对性别压迫、阶层歧视、价值观沦丧及心理变态等问题做了生动而细腻的描写。

文化离心力与文化向心力

文化离心力指的是黑人内化了白人文化和"白人至上论"思想后疏远或摒弃黑人文化的一种价值取向。白人种族主义者所宣扬的"白人至上论"思想在把白人的一切视为完美无瑕的同时对黑人的一切进行全盘否定。社会上的一切审美标准都是以白人为中心，认为白色的皮肤最美，白人的长相最美，白人的行为举止最美，白人的生活习俗最美，白人的价值观最美。在这样的文化氛围里，黑人在有意识或无意识中内化了"白人至上论"思想，以白人的审美观和价值观作为自己的生活和行为准则。与文化离心力截然不同，文化向心力指的是黑人为捍卫黑人文化和维护黑人种族权益而团结起来的一种驱动力。内化了白人种族主义思想的黑人与恪守黑人文化传统的黑人之间必然会产生激烈的冲突。黑人对"白人至上论"思想的内化必然会引起黑人对黑人根文化的文化离心力，导致黑人群体的文化危机和精神窘境。莫里森在《最蓝的眼睛》里从白人审美观的内化、白人价值观的内化和白人交际观的内化等方面描写了文化离心力与文化向心力的博弈，揭示了黑人在文化移入中的精神窘境。

首先，白人审美观的内化必然导致黑人疏远自己的根文化，把白人的审美观作为美丑善恶的判断标准，同时还会削弱甚至摧毁黑人的文化向心力。审美观是从审美的角度看世界，是世界观的重要组成部分。美国黑人社区的审美观是黑人在社会实践中形成的，和种族、政治、道德等其他意识形态有着密切的关系。黑人内化了白人审美观后形成的新审美观与传统的美国黑人文化发生碰撞后通常会产生巨大的离心力。莫里森在这部小说里以黑人女孩佩克拉为主人公，描写了黑人内化白人审美观后可能造成的恶果。乔利的妻子波琳内化了白人审美观后，长期以来不但认为自己丑，而且还认为丈夫、儿子和女儿都是丑类的典型。佩克拉也深受母亲波琳的审美观影响，渐渐地内化了白人的审美理念，认为自己在生活中的一切不顺都是因为自己的眼睛是黑色的。她梦想自己能一觉醒来就拥有和白人一样的蓝眼睛。为此，她还专门去找牧师索普赫德（Soaphead），请求牧师用上帝的神力把她的眼睛变成蓝色。佩克拉想拥有蓝眼睛的欲望实际上是其文化离心力的外在表现形式之一。佩克拉羡慕白人小童星秀兰·邓波儿（Shirley Temple）的金发碧眼，梦想自己也能变得像她那样美。这一点充分说明她已经内化了白人的文化意识，习惯于从白人的视角来审视和观察世界。强势的白人文化所表现出的种族主义色彩极大地扭曲了佩克拉幼小的心灵，导致她形成了一种自我厌恶和自我鄙视的心态。她想把自己的眼睛变成蓝色的愿望越迫切，她对黑人传统文化的离心力也就越大。"佩科拉（即佩克拉——笔者注）以蓝眼睛（白人文化）来界定美丑、观察和评判世界并确定自身的价值，最后只得在幻觉中掩盖生命的枯竭。"[1]莫里森以此表明，黑人的文化离心力对文化向心力的削弱或毁灭不利于黑人种族的发展和种族自尊心的建立。

其次，莫里森还描写了黑人内化白人价值观的现象。价值观指的是"人们在认识各种具体事物价值的基础上形成的对事物价值的总的看法和根本观点。它一方面表现为价值取向、价值追求，凝结为一定的价值目标；另一方面表现为价值尺度和准则，成为人们判断事物有无价值及价值大小的评价标准"[2]。美国黑人内化"白人至上论"思想后形成的价值观在社会生活中影响甚至决定着黑人对世界万物的看法和评价。"……美国黑人在白人强势文化的侵袭下被迫放弃自己民族的价值观念，接受白人的审美观和价值观，同时美国黑人潜意识中并不希望自己的黑人灵魂在美国社会中被漂白，仍渴望保持具有自我意识的人的地位，在这种文化异化和自我的矛盾冲突中，导致黑人群体出现不完整的人格和扭曲的心灵，使黑人在精神上陷入异化状态。"[3]《最蓝的眼睛》里莫里森通过佩克拉的不幸遭遇揭示了美国黑人价值观的异化，认为美国种族主义社会体制和环境是导致黑人种族离心力产生的重要原因。佩克拉内化"白人至上论"后，其生活追求和饮食习惯也发生了一定的变化。她特别喜欢吃印有"玛丽·珍妮"商标的糖果，其原因不是这种糖特别适合她的胃口，而是因为这种糖的包装纸上

---

[1] 袁彬、黄驰：《文化冲突中的抗争与生存：论托妮·莫里森〈最蓝的眼睛〉》，载《英美文学研究论丛》2004年第1期，第180页。

[2] Roger Trigg, *Ideas of Human Nature: An Historical Introduction*, Malden, Mass.: Blackwell, 1999, p.56.

[3] 包威：《〈最蓝的眼睛〉：强势文化侵袭下弱势文化的异化》，载《外语学刊》2014年第2期，第140页。

印有白人女孩玛丽·珍妮的图像,她梦想吃了这种糖后就会变成像玛丽·珍妮那样的白皮肤、蓝眼睛的女孩。佩克拉的动机是"吃这种糖就是吃(商标上的白人女孩的)眼睛,吃玛丽·珍妮。自己就有可能成为玛丽·珍妮"①。但是,佩克拉的朋友克罗迪亚从小就坚守非裔美国文化传统,不喜欢白人及与白人有关的物件,连"秀兰·邓波儿"牌的饮料也不喜欢。克罗迪亚只喜欢以黑人女孩珍妮·威特斯(Jane Withers)的图像为商标的饮料或食品。克罗迪亚时常抱怨道:"大人、大姐姐、商店、杂志、报纸、窗户标牌——似乎全世界都赞同:蓝眼睛、黄头发、白肤色的玩具娃娃是每一个女孩的最爱。"②在其内心深处,她并不认为以白人女孩为造型的玩具娃娃有什么值得爱和珍惜的地方。由此可见,克罗迪亚的态度表明其心中的文化离心力在与文化向心力的博弈中占了上风。

最后,莫里森笔下的交际观指的是人们在结交朋友或进行人际沟通时所持有的观点、看法和信念。内化了"白人至上论"思想的黑人在与他人交往时考虑的第一要素就是对方的种族身份。莫里森在这部小说里描写了黑人中产阶级的代表人物杰拉尔丁。杰拉尔丁完全内化了白人的交际观,在社交活动中只愿意和白人或有白人血统的人交往。同时,她还不准丈夫和儿子与黑人交往,导致儿子在家抑郁不已。有一次,她发现儿子朱尼尔(Junior)把黑人女孩佩克拉带回家做游戏,于是她非常生气。她向儿子灌输"白人至上论"观念,声称自己属于有色人种,但与皮肤纯黑的黑人是截然不同的。她提出的区分方法是:有色人种穿戴干净,温文尔雅,性情平和;而黑人衣服肮脏,举止粗俗,说话嗓门大。杰拉尔丁本人在白人眼里其实也是黑人,但她站在白人的立场看问题,这也是其文化离心力的表现形式之一。但是,朱尼尔不听其母亲的劝告和禁止,总希望有同学来和他玩。母亲实施劝阻的目的是想建立起朱尼尔与黑人社区的文化离心力。朱尼尔的叛逆行为是其心中的黑人文化向心力的表现形式之一。这对母子的冲突在实质上就是种族主义社会里交际向心力与交际离心力的博弈。

美国种族主义者对黑人社区的审美观、价值观和交际观的否定及对"白人至上论"的宣传,使黑人社区里出现了白人文化的内化现象,导致黑人否认自我的黑人性,丧失了自我的文化意识。莫里森对黑人内化白人文化现象的描写反映了她以探索黑人的精神世界为己任的文学创作观,呼唤黑人文化的自我回归。黑人内化了白人的审美观、价值观和交际观后会产生

---

① Toni Morrison, *The Bluest Eye*, New York: Alfred A. Knopf, 1993, p.50.
② Toni Morrison, *The Bluest Eye*, New York: Alfred A. Knopf, 1993, p.20.

强烈的文化离心力，不断减弱黑人的文化向心力，不利于美国多元化社会的建立和发展。

莫里森在《最蓝的眼睛》里以辛辣的笔调描写了美国社会的黑人问题，揭示了黑人社区内部和家庭成员之间在经济、情感和文化等方面存在的难以消解的分歧和冲突。在莫里森的笔下，黑人社区内部的各种向心力已大大减弱，而各种离心力却在增强，不利于黑人以与白人平等的身份融入美国主流社会。黑人社区内部的各种离心力和向心力相互博弈，使黑人在捍卫黑人根文化和吸收白人文化的过程中砥砺前行；黑人社区内部的协调机制则促进黑人利益的融合以及种族向心力的生成。莫里森关于种族离心力和种族向心力的描写拓展了20世纪美国黑人小说的主题空间，对美国黑人文学在21世纪的发展有着重大的影响。

第三节　种族越界与心理流变：《一个前有色人的自传》

詹姆斯·韦尔登·约翰逊（1871—1938）是20世纪初的非裔美国小说家、诗人和歌词作家，被美国学界誉为哈莱姆文艺复兴的先驱之一。约翰逊的文学作品从不同的角度倡导美国黑人的人权平等和种族平等，为黑人文学在哈莱姆文艺复兴时期的成熟铺平了道路。为了纪念他对美国历史和文化发展的巨大贡献，美国邮政管理局于1988年以他的肖像为图案发行了一套面值为22美分的邮票。他撰写的抒情诗《每个人都放大音量唱》（"Lift Ev'ry Voice and Sing"，1899）被美国全国有色人种协进会（National Association for the Advancement of Colored People，NAACP）采纳为黑人民族的"族歌"，广为流行。他出版了大量诗集，其中主要有《五十年和其他诗歌》（*Fifty Years and Other Poems*，1917）、《美国黑人诗集》（*The Book of American Negro Poetry*，1922）、《上帝的长号：七首布道诗》（*God's Trombones: Seven Negro Sermons in Verse*，1927）、《美国黑人，现在身份如何？》（*Negro Americans, What Now?*，1934）等。但是，约翰逊的代表作不是诗歌，而是小说《一个前有色人的自传》。因为他担心自己署名发表该小说一旦引起争议就会毁了其做外交官的前程，因此该小说于1912年在一家小出版社匿名出版。直到1927年，该书才被全国闻名的阿尔弗雷德·A.克诺普夫出版社（Alfred A. Knopf）出版。这时，他才公开承认自己是该书的作者，并解释说该书不是自传，其中很多成分都是虚构的。这部小说讲述了一个黑白混血儿"前有色人"的故事。他肤色白皙，但有黑人血统；他经历过贫穷和富有的生活，有时认同黑人传统，有时又排斥黑人文化，最后通过种族越界成为白人。约翰逊通过"前有色人"的眼睛,介绍美国南方和北方以及欧洲诸国的风土人情、种族关系和社会心理。当时的学界把这部书看作是社会学文献资料,而非文学作品;还有不少读者认为该书是约翰逊的自传。为此,约翰逊专门写了一部自传《沿着这条路而来:詹姆斯·韦尔登·约翰逊自传》(Along This Way: The Autobiography of James Weldon Johnson, 1933)来澄清误会。

早期评论家认为该小说对黑人社会和种族关系的描写真实可信,但在写作技巧方面没有突出特色。卡尔·范·韦克滕(Carl Van Vechten)觉得该小说可以作为研究黑人心理的原始资料,社会价值很高。埃德蒙·威尔逊(Edmund Wilson)也认为该书是研究人类学和社会学的重要文献,但在艺术方面瑕疵太多。直到20世纪五六十年代,该作品的文学价值才得到学界的承认。在《美国黑人小说》(The Negro Novel in America)一书里,美国著名学者罗伯特·A. 波恩(Robert A. Bone)高度评价了约翰逊,认为他是早期黑人小说家中唯一一位真正的艺术家。[1]约翰逊在写作中成功把种族抗议隐含于艺术表现中,完全有别于当时的政治宣传品。罗伯特·E. 弗莱明(Robert E. Fleming)指出,该小说不仅是描写全美种族关系的回转画,而且还是美国社会问题的讽刺画。[2]本节拟从三个方面来研究美国种族越界的心理流变:白人种族越界与猎奇心理、黑人种族越界与美国梦、种族越界与文化无根性。

白人种族越界与猎奇心理

猎奇心理是大多数人都拥有的一种心理活动,只是程度强弱不同而已。猎奇心理就是别人越不允许做的事,自己就越有兴趣去做;别人越不准看的东西,自己就越想去看。简言之,猎奇心理就是我们平时常说的好奇心。从美国历史来看,美国白人对黑人的好奇心从非洲人于1619年踏上北美大陆的第一天就产生了。非洲人肤色漆黑,头发自然卷曲,嘴唇宽厚,其外貌、身体特征和生活习俗都与白人迥然不同。起初,白人把黑人视为"牲口"或"半人半兽"[3]。后来,黑人学会了白人的语言,模仿白人的生活习俗,最后连行为举止都有点像白人。随着社会的发展,特别是1865年废除

---

[1] Qtd from Ernest Cater Tate, *The Social Implications of the Writings and the Career of James Weldon Johnson*, Ann Arbor, Mich.: UMI, 1959, p.87.

[2] James Weldon Johnson, *The Autobiography of an Ex-Colored Man*, Stilwell, KS: Digireads.com Publishing, 2005, p. 39.

[3] Sacha Bem & Huib Looren de Jong, *Theoretical Issues in Psychology: An Introduction*, New York: Sage, 2013, p.109.

奴隶制后,越来越多的黑人学会了英语,还有一些黑人开始用英语创作诗歌或小说。在 20 世纪初种族歧视是得到法律认可的,整个社会上种族偏见盛行。由于种族隔离,白人和黑人之间的真正了解也并不多;黑人进入白人的家、店铺或工厂去工作的比较多,但鲜有白人进入黑人居住区域生活或工作。然而,黑人在文学和艺术方面取得的成就引起了白人的注意。不少白人带着猎奇心理来到黑人社区或黑人生活的地方。这些白人进入黑人社区的行为可以看作是种族越界的表现形式之一。这部小说从三个方面揭示了美国白人的种族越界:视觉猎奇型种族越界、叛逆型种族越界和文化认知型种族越界。

首先,约翰逊笔下的视觉猎奇型种族越界指的是长期居住在白人社区的白人出于对黑人文化的好奇感,怀着体验异族文化的心理,专门到黑人居住区域游览观光或感受非裔美国文化的魅力,以满足自己的求知欲或好奇心。在《一个前有色人的自传》里,小说主人公"前有色人"以第一人称的视角向读者证实:"每天晚上,一波接一波的白人到黑人社区或黑人聚集的街道游览观光或去黑人贫民窟体验生活,有的停留几分钟就走,也有的一直要玩到天亮。"[①]还有一些在滑稽说唱团中扮演"黑人"角色的白人演员为了采风,专门到黑人社区观看黑人演员的表演,以获得模仿黑人生活的第一手资料。这些白人进入黑人社区的唯一目的就是猎奇和模仿,有的带着蔑视心理,有的带着嘲弄心理,但更多的是带着感知异族文化的好奇心。

其次,在这部小说里,约翰逊还描写了叛逆型种族越界。这类越界指的是白人违背种族主义社会的社会伦理和道德规范,突破禁忌,公开地或秘密地与黑人发生或保持性关系,颠覆了"白人至上论"和"黑人牲口论"。约翰逊在这部小说里从三个方面描写了白人在种族越界方面的叛逆性:一是贫穷的白人妇女为了生计在黑人居住区卖淫,直接挑战资本主义社会的种族禁忌;二是富裕的白人妇女不满白人男性的花心,报复性地在黑人社区找黑人男性做情人;三是有教养的白人男青年无视种族禁忌,与漂亮的黑人女性同居,并生下混血儿。小说主人公"前有色人"就是在南方读书的一名白人大学生和当地的一名黑人少女相爱后生下的孩子。在童年记忆中,他依稀记得有一个身材矮小、蓄有胡子的白人男子每周要来他家两三次,他还为那个人拿过鞋子;直到 12 岁时,母亲才告诉他,那个人就是他

---

① James Weldon Johnson, *The Autobiography of an Ex-Colored Man*, Stilwell, KS: Digireads.com Publishing, 2005, p.59.

的父亲。他父亲虽然未能娶他母亲为妻，但经常给予他们母子经济援助。其父亲的行为是对美国种族社会的叛逆，他和黑人生下儿子的行为更是在生理方面挑战了白人的种族制度。在小说的末尾部分，"前有色人"和白人妇女结了婚。当那个白人妇女得知了"前有色人"有"低贱"的黑人血统后，情绪低落，逃避了几个月。后来在爱的感召下，她接受了他的爱，并和他正式结婚。她与"前有色人"结婚的行为也是一个典型的种族越界行为，直接颠覆了种族至上论。在奴隶制时期和奴隶制废除后的五六十年时间里，在美国南方，白种女人是黑人的"性禁忌"，如果黑人男性敢与白种女人发生性关系，不管是否征得白种女人的同意，他们都会被一律按强奸罪论处，时常会被处以私刑，浇上柏油，活活烧死。美国南方的私刑对逃到北方生活的黑人男性仍然具有心理威慑力，导致他们难以与白人女性建立起正常的人际交往关系。

最后，文化认知型种族越界指的是白人漠视黑人的种族隔阂现状，出于善意，采取各种手段去接近黑人，旨在深入了解和认识黑人文化。在《一个前有色人的自传》里，约翰逊讲述了一名白人绅士自愿资助黑人艺术家的故事：在纽约的一家夜总会，一名白人富翁发现正在演奏雷格泰姆乐曲（ragtime）的"前有色人"是一个人才，于是打算把他培养成优秀的音乐人才。为了不让"前有色人"感受到被"施舍"，他就故意聘请"前有色人"为仆人，按时付给其丰厚的工资，并以喜欢听他唱歌的名义，不断资助他外出演出，甚至带他到欧洲各国巡回演出。这位白人绅士的目的不是想通过"前有色人"的文艺表演挣钱，而是要通过对他的音乐潜能的开发来了解黑人的文艺观、价值观和种族性。他与"前有色人"在欧洲朝夕相处了一年多时间，想通过了解他来了解整个黑人种族，认知黑人文化的真谛。

白人长期以来在政治、经济、文化教育等方面处于比黑人优越得多的地位，但是黑人通过自身的努力消解了处于社会底层的不利因素，自强不息，创造出越来越多、越来越优秀、越来越引人注目的黑人文化。尽管种族主义社会有各种各样的禁忌，但是白人和黑人并不是处于完全没有联系的分离状态。实际上，黑人与白人在美国社会处于一种共生状态。白人通过地域越界、情感越界和认知越界来了解生活在他们身边的黑人，其猎奇心理在总体上有助于促进白人和黑人民族的相互了解和文化交流，同时也有助于改善美国社会的种族关系。

黑人种族越界与美国梦

美国梦是美国人在社会生活中所持有理想的一种象征，是大多数美国人追求的心理目标。广义的美国梦指的是美国社会所倡导的平等、自由和民主的梦想；狭义的美国梦指的是一种民间信仰，即一个人只要具有勤奋、胆识、智慧和恒心，就有在美国实现自己的理想的机会。[1]美国梦强调的是个人的不懈努力，而不是依赖于家族或他人的帮助。美国梦一直激励着美国人追求个人成功，把拥有财富的多少作为衡量个人成功与否的标准。在美国人的心目中，《独立宣言》是美国梦的思想根基；自由女神像是美国梦的精神象征。"人人生而平等，造物主赋予他们若干不可剥夺的权利，其中包括生命权、自由权和追求幸福的权利。"[2]美国黑人从1865年起摆脱奴隶制，成为美国法律意义上的公民后，深受美国梦的影响，也想通过自己的奋斗成为和白人成功人士一样的美国公民。约翰逊在《一个前有色人的自传》里描写了黑人在美国社会的生存困境和奋进精神，从生存美国梦、身份美国梦和情感美国梦三个方面来揭示非裔美国人通过种族越界来追求美国梦的心理动因。

首先，生存美国梦是指美国黑人在种族主义社会环境中渴望拥有基本生存条件和基本人权保障的梦想。黑人在生存美国梦中希望得到的人权不仅指黑人的生命在生理意义上得到延续的权利，而且指黑人在社会意义上的生存得到保障的权利。具体来说，它不仅包含黑人的生命安全和基本自由不受侵犯，人格尊严不受凌辱，还包括黑人赖以生存的财产不遭掠夺，人们的基本生活水平和健康水平得到保障和不断提高。在《一个前有色人的自传》里，约翰逊通过杰克逊维尔烟厂的工人的生活揭露了黑人的生存窘境。由于工资低，黑人工人的生活水平在温饱线以下，黑人的政治权利被白人和上层黑人操控，无法维护自己的合法权利。烟厂倒闭后，黑人得不到任何补偿，只得四处逃亡。"前有色人"在烟厂关闭后和一帮工人来到纽约城。由于是黑人，他们都无法找到能较好维持生计的工作。另外，黑人居住区的环境肮脏，治安不好，盗窃案、凶杀案频发。"前有色人"带着变卖家产获得的300美元去亚特兰大大学求学，但他的钱在旅店里被同住的一名黑人工人盗走，因此他失去了上大学的机会。警察局是不会全力侦办黑人社区发生的各类案件的。于是黑人的生存陷入了一个难堪的窘境：在外遭到白人的欺压，在内遭到品行不端的黑人的伤害。因此，"前有色人"想利用自己皮肤白皙的优势，通过种族越界的方式冒充白人，进入一个生存条件更好的社会环境。

---

[1] Flavia de Lima Osorio, ed., *Social Anxiety Disorder: From Research to Practice*, New York: Nova Biomedical, 2013, p.97.

[2] *The Declaration of Independence and The Constitution of the United States: With an Introduction by Pauline Maier*, New York: Bantam Classic, 1998, p.53.

其次，身份美国梦是指处于社会底层的美国黑人想通过种族越界的方式改变自己的身份和社会地位，从而获得与白人平等的政治、经济和文化权利。在《一个前有色人的自传》里，"前有色人"利用自己的蓝眼睛和白皮肤，成功地越界成为白人。"前有色人"知道美国社会是一个种族歧视极为严重的国家。"在婚配方面极为明显，黑人男性总是喜欢娶肤色比他们浅的黑人妇女；同样地，文化程度高、较富有但肤色黑的妇女时常喜欢嫁给肤色较浅的黑人男子。"[①]连当时的招工报纸上也打出这样的广告："拥有白皙的肤色，拥有一切的好处。"[②]不少招聘餐厅服务员、宾馆门童或电梯工的广告上也写道："专聘浅肤色男性。"[③]在美国种族主义社会，黑人即使通过读书有了体面的职业，也会受到种族歧视。"前有色人"在回波士顿的轮船甲板上，结识了一位黑人医生。那位黑人医生身材魁梧，长相英俊，举止文雅，但是船上的白人仍然拒绝在他身边的位子上就座。由此可见，在美国，只要你的肤色是黑色，不论你受过多高等的教育，从事多么体面的职业，在白人眼里，你还是下等人。因此，"前有色人"经历了美国社会的风风雨雨后，不惜一切代价地混入白人社会，旨在提高自己的身份，实现自己的身份美国梦，成为与白人平等的美国公民。《一个前有色人的自传》开了身份美国梦描绘的先河，对后来的非裔美国作家产生了巨大的影响。例如，莫里森在《最蓝的眼睛》里描写了女主人公佩克拉渴望自己的眼睛变成和白人一样的蓝色的故事，揭示了内化种族主义思想对黑人少女的不良影响。在《他们的眼睛望着上帝》中，赫斯特也描写了珍妮（Janie）童年时渴望自己一觉醒来变成白人的故事，揭示了黑人少女对改变种族身份的强烈欲望。

最后，情感美国梦指的是美国黑人在种族主义社会环境里希望能按照人类性爱情感的自然发展找到自己心仪伴侣的梦想。这个梦想在美国历史上，特别是在美国民权运动之前的南方，时常会遭到白人的毁灭性打击。在约翰逊的笔下，"前有色人"曾目睹黑人男性因追求白人女性而被处以私刑的场景。这个场景改变了"前有色人"的人生之路。以前，他一心创作和演奏黑人音乐，希望能早日弘扬黑人文化。目睹黑人遭受私刑后，他不愿被人当作动物对待，也不愿再继续做被人当作动物的民族中的一员。于

---

① James Weldon Johnson, *The Autobiography of an Ex-Colored Man*, Stilwell, KS: Digireads.com Publishing, 2005, p. 76.

② James Weldon Johnson, *The Autobiography of an Ex-Colored Man*, Stilwell, KS: Digireads.com Publishing, 2005, p. 76.

③ James Weldon Johnson, *The Autobiography of an Ex-Colored Man*, Stilwell, KS: Digireads.com Publishing, 2005, p. 76.

是，他产生了强烈的种族越界欲望。在小说末尾部分，"前有色人"爱上了一名白人女歌手，为她的美丽所倾倒；由于他有黑人血统，那个女孩拒绝了他的求爱，但是他坚持追求，不弃不舍，终于在几个月后以真爱感动了她，两人一起步入了婚姻的殿堂。与那名白人女子的婚姻使他成功地越界进入白人社会，成为白人社会的一员。另外，"前有色人"的母亲也是情感美国梦的坚定追求者。她与一名白人男子同居，不是为了金钱，而是为了爱。虽然那个白人后来娶了另一名白人姑娘，但是"前有色人"的母亲从来没有抱怨或怨恨过，甚至至死都确信自己是"前有色人"的父亲最爱的女人。约翰逊特意指出："她爱他，更崇拜他。"[1] "前有色人"的母亲不求回报的爱虽然凄凉，但闪烁着真爱的光芒，那是她对自己情感美国梦的纯真追求。在其心目中，真爱是奉献，而不是索取。

由此可见，美国梦也是一个被美国黑人普遍认同的信念。只要拥有非凡的勇气与意志力，通过不懈的努力和对个人才能的充分发掘，每个人都可以成功实现自己的梦想。在种族越界中，黑白混血儿利用自己的生理优势，掩盖自己的黑人血统，从而进入白人社会。从某种意义上来讲，种族越界也是黑人追求美国梦的一种大胆尝试，也是他们改变社会地位和实现自我奋斗的方式之一。

种族越界与文化无根性

从社会学来看，文化根性"源于生活文化，是社会的、群体的、类型化的文化基础和永恒动力，凝聚了民族生存与发展所拥有的自然条件、经济条件、政治条件等，涵盖物质生活、精神生活和社会生活三大类"[2]。美国黑人的文化根性可以追溯到古老的非洲文化。尽管由于历史上的奴隶制和现实生活中的文化移入，非洲文化元素在黑人文化中存留不多，但黑人坚信非洲文化就是黑人文化的根，并把这个根视为黑人民族生存和发展的必要前提和重要基础。在美国种族主义社会里，黑白混血儿通过种族越界进入白人社会后，失去了坚守黑人根文化的条件和基础，使自己生活在一个没有根的文化环境中，导致了越界黑人的心理问题。在这部小说里，约翰逊从三个方面描述了种族越界与文化取舍的冲突问题：双重意识的迷惘、孤独性焦虑感和失去自我的失重感。

首先，双重意识的迷惘是指黑人在奴隶制和种族主义社会时期形成的

---

[1] James Weldon Johnson, *The Autobiography of an Ex-Colored Man*, Stilwell, KS: Digireads.com Publishing, 2005, p. 23.
[2] 刘贲：《标志设计文化根性的超越》，载《装饰》2004年第12期，第66页。

一种矛盾心理。杜波依斯把美国黑人既是美国人又不被美国社会接纳的难堪身份归纳为美国黑人身份的双重性,他把这种双重性形象地比喻为"双重意识"。在《一个前有色人的自传》里,"前有色人"从小无忧无虑地生活在母亲身边,接触的人都是中产阶级黑人和善良的白人邻居,一直都没有种族概念。直到读小学第二学期的一天,校长来教室点名,叫白人学生站起来。"前有色人"一直以为自己是白人,于是就站了起来,但老师叫他坐下去,等轮到黑人学生的时候,才叫他站起来。从那以后,"前有色人"才意识到自己是黑人,身份不同于白人。"当他发现自己是黑人并被社会强制性归类后,他的理想开始闪烁不定了。"[1]在以后的生活中,特别是当他的种族越界成功后,其头脑中的白人意识和黑人意识始终处于激烈冲突之中。一方面,他觉得自己是白人,应该享有白人的社会特权,获得更好的事业发展机会;另一方面,他无法完全消除自己的黑人意识。越界混入白人社会后,他始终觉得自己在创作和演奏黑人音乐方面具有独到的天赋。然而,继续发展自己的音乐天赋就会暴露自己的种族身份,这样做不但会使他失去白人身份,而且还会使他的两个子女生活在充满种族歧视和种族偏见的社会环境里。双重意识的搏击使越界后的黑人处于一种文化无根性的生存状态。"白人在当时那个社会中就是身份与地位的象征,黑人或者前有色人都是没有地位可言的,无论是让自己还是自己的孩子不被白人所歧视,主人公都毅然决然地让自己站到了白人的阵营中,这也是他在讲述自己的经历过程中所表露出来的心声。虽然他依旧怀念自己的那段黑人生活,但是迫于现实的压力,他还是选择了像其他白人一样地歧视黑人。"[2] "前有色人"的双重意识使其陷入难以自拔的精神痛苦之中。

其次,孤独性焦虑感是指黑人在种族越界后与亲人、朋友和一切黑人社区的社会关系切断联系后产生的焦虑感。这种焦虑感在现实生活中时常表现为一种缺乏明显客观原因的内心不安或无根据的恐惧。在《一个前有色人的自传》里,"陈述者(前有色人——笔者注)选择冒充白人,拒绝黑人种族和文化遗产,是为了在经济和社会上获得成功而进行的从附属文化向主流文化的'位移'"[3]。"前有色人"在种族越界后不得不断绝与亲戚朋友的关系,时时掩饰自己的身份,处于高度紧张的状态。有一次,当"前

---

[1] Catherine Rottenberg, "Race and Ethnicity in *The Autobiography of an Ex-Colored Man* and *The Rise of David Levinsky*," Melus, 29.3 (Fall/Winter 2004): 315.

[2] 钟敏、张雪:《试论〈一个前有色人的自传〉的混血儿新范式》,载《作家杂志》2013年第6期,第72页。

[3] 张德文:《论〈一个前有色人的自传〉的滑稽模仿技巧》,载《英美文学研究论丛》2011年第2期,第228页。

有色人"与其白人女朋友在路上碰到一位几十年未谋面的小学好友时,"前有色人"非常心虚,只好在寒暄中敷衍,害怕因一句话不慎而暴露身份。"前有色人"在街上最担心的就是碰到以前的黑人朋友。后来,与白人女朋友结婚后,他也不敢把自己有黑人血统的事告诉其父母。当他妻子怀孕生子时,他也非常紧张,担心生出的孩子是黑肤色。他在巴黎的电影院里碰巧和自己失散十多年的父亲和同父异母的妹妹坐在一起,但他也不敢贸然相认。血统问题是他心中难以消除的"结"。由此可见,种族越界后,"前有色人"自己也没有有效方式来排解心理上受到的外界压力,于是陷入了深深的情感焦虑之中。

最后,失去自我的失重感指的是黑人在种族越界后抛弃自己的黑人根文化所导致的一种心理失衡。在种族越界后,黑人的失重感是失去黑人根文化的引力后所产生的一种文化无根心理。在《一个前有色人的自传》里,"陈述者(前有色人——笔者注)声称对身份保密是为了保护已经被当成白人的孩子,但事实上也是为了保护他自己在白人中产阶级社会的地位。因此,他继续冒充白人,生活在封闭的白人世界里,对已经被他摒弃的美国黑人生活带着鄙视、怀念和遗憾"[1]。但是,当他立志追求白人式的成功时,实际上已经背离了黑人的根文化,彻底抛弃了黑人身份。为了追求金钱的成功,他抛弃了自己喜爱的黑人音乐;为了稳定地生活在白人社区中,他抛弃了黑人社区的一切朋友和知道他底细的所有白人熟人。在小说末尾部分的倒数第三段,约翰逊深刻揭示了"前有色人"失去自我的失重感:"就我目前的社会位置来讲,我很难分析我的情感。有时候,我似乎觉得我从来就没有真的是黑人,而只是在黑人内心世界里得到特许的一名旁观者。在其他时候,我又觉得自己是个胆小鬼、叛徒,内心里有一股想和妈妈的族人站在一起的奇怪渴望。"[2]他的失重感显示了黑人种族越界后的根文化困惑。

"文化根性是人类智慧的结晶,是人类精神的启迪,更是民族本质全面、自由发展的驱动力。"[3]因此,从"前有色人"的文化失重感来看,美国黑人抛弃自己的根文化后,虽然有助于自己种族越界后的生活,但却使自己的精神世界失去了文化内涵,成为白人世界的文化无根人。"前有色人"为

---

[1] 张德文:《论〈一个前有色人的自传〉的滑稽模仿技巧》,载《英美文学研究论丛》2011年第2期,第228页。
[2] James Weldon Johnson, *The Autobiography of an Ex-Colored Man*, Stilwell, KS: Digireads.com Publishing, 2005, p. 103.
[3] 刘贲:《标志设计文化根性的超越》,载《装饰》2004年第12期,第66页。

了种族越界失去了自己的理想,失去了自己的天赋才能,失去了黑人朋友。他在小说的最后一句话里哀叹道:"我为了一份菜肉浓汤,出卖了我所有的天赋才能。"[①]"前有色人"的哀叹不是他个人的悲鸣,而是所有种族越界成功的黑人的共同感慨和人生省悟。

约翰逊在《一个前有色人的自传》里描写了美国白人和黑人的种族越界问题,指出种族越界是人们在遭遇生存危机和发展障碍时所采用一种变通行为,旨在改变自己的种族身份和社会地位,以利于最大限度地保护自我、发展自我和实现自我。白人的种族越界多半是出于猎奇,以感知异族文化和满足自己的情欲需求;黑人的种族越界是为了脱离苦海,重建自我,寻求更好的生存环境。白人的种族越界依托的是白人的种族优势,而黑人的种族越界局限于肤色白皙的混血儿,他们期盼的是成功掩饰自己的黑人血统。白人的种族越界是为了俯视人生、寻欢作乐,而黑人的种族越界是为了过上更好的生活。白人是冒着被白人社会鄙视的风险去越界,而黑人是冒着被白人社会驱逐和被黑人社会排斥的风险去越界。约翰逊在这部小说里以细腻的笔触描写了白人和黑人在越界中的各种心态和心理反应,展现了焦虑、惶恐、侥幸、迷惘、彷徨、忐忑等各种种族心理的流变。该小说在心理描写方面所取得的成就丰富和发展了切斯纳特等小说家所开拓的黑人小说传统,对哈莱姆文学运动时期黑人文学的成熟有着重大的影响。

第四节 种族越界的三类心理:《越界》

内勒·拉森(1891—1964)是美国文学史上描写中产阶级黑白混血儿的心路历程的第一位黑人作家。她的作品展现了与种族问题纠结在一起的性别问题和其他社会问题,披露了种族越界中的善良与邪恶、真诚与奸诈、执着与背叛。在美国种族歧视合法化时期,欧洲裔以外的一切种族都被白人种族主义者视为应该被隔离或歧视的"劣等民族"。尽管非裔黑人和欧美白人结合所生育的一部分后代在肤色或外表上非常接近于白人,甚至与白人无异,但是按照美国"一滴血法则"的法律和习俗,这些黑白混血儿仍然属于黑人,难以逃避种族歧视和社会偏见。于是,出于对白人生活环境的向往,这些黑白混血儿利用自己的肤色和体貌特征接近白人的优势,故意隐瞒自己的血统或家世,冒充白人,生活在白人社会中。黑白混血儿种

[①] James Weldon Johnson, *The Autobiography of an Ex-Colored Man*, Stilwell, KS: Digireads.com Publishing, 2005, p. 104.

族越界的目的是逃避种族主义的歧视和迫害，以获得更高的社会地位、经济地位、种族地位，以及满足自己被法律或习俗压抑的虚荣心。20 世纪 20 年代以来，"种族越界"一直是文学界和社会学界的热门话题之一。拉森一生只出版了两部小说《流沙》（*Quicksand and Passing*）和《越界》。这两部小说都是描写美国社会里女性黑白混血儿的种族越界问题。《流沙》描写的是黑皮肤混血儿通过种族越界进入白人世界的生存危机，而《越界》主要描写的是白皮肤混血儿通过种族越界进入白人世界后的各种精神磨难。在种族越界的种族心理描写方面，《越界》描写得比《流沙》更具有代表性。拉森在《越界》里揭示了黑白混血儿在种族越界中常见的三类心理，即终身性种族越界的焦虑、临时性种族越界的虚荣心和知情类种族越界的忧郁。

终身性种族越界的焦虑

从心理学来看，焦虑是人们面对潜在的或真实的危险时所产生的一种心理反应。适度的焦虑属于正常的心理反应，但过度的焦虑就会妨碍人的正常生活，甚至引发精神疾病。由于美国社会的种族偏见根深蒂固，黑白混血儿在种族越界之后总会产生极度的焦虑，甚至患上精神疾病。黑白混血儿通常被视为白人男子道德堕落或黑人女性淫荡的产物，时常遭到白人社会的漠视和欺凌。一些黑白混血儿不甘心在黑人社会里受苦受难，于是就隐瞒自己的身世，掩盖自己的黑人血统，在白人配偶不知情的情况下进入婚姻，并在白人群体里生活。拉森在《越界》里讲述了白肤色混血儿越界到白人社会后所经历的各种文化冲突和精神磨难，从地位越界焦虑、生育焦虑和越界逆反焦虑等方面描写了终身性种族越界所引起的心理焦虑。

首先，地位越界是指人们从较低地位向较高地位的跨越。在种族主义美国，黑人的社会地位远远低于白人。因此，一些黑人会隐匿自己的黑人身份，通过越界提高自己的社会地位。[①]《越界》的主人公克莱尔·肯特里（Clare Kendry）的母亲是黑人，父亲是白人。她 15 岁那年，父亲在一次酒吧斗殴中被人打死。之后，两个白人婶婶收养了她，并在白人社区把她抚养成人。她的婶婶是基督教的狂热信徒，在白人社区具有较高的社会声誉，但在经济方面并不很富裕。克莱尔在白人学校读书时与白人同学约翰·贝洛（John Bellow）建立了深厚的友谊。约翰毕业后去南美洲发了大财，带回了大量的金子，后来又出任银行业的国际金融经纪人。为了提高社会地位，克莱尔利用自己的美貌和曾经的同学关系，很快和约翰建立了恋人关

[①] George Hutchinson, *In Search of Nella Larsen*, Cambridge, Mass.: Belknap, 2006, p.87.

系，不久就闪电般地结了婚。但是，克莱尔没有主动把自己的真实身世告诉他，而他所知道的仅限于克莱尔是白人教徒格蕾丝（Grace）和艾德娜（Edna）的侄女。克莱尔通过和约翰的婚姻改变了自己的地位，从孤儿一下子上升到贵妇人，顺利"越界"进入白人上流社会。克莱尔的选择切断了她与以前的成长环境的所有联系。然而，约翰却是一名种族主义思想极为严重的白人，他从骨子里瞧不起黑人。克莱尔对自己身份的隐瞒犹如在生活中埋下了一枚定时炸弹，时常威胁着她的家庭和婚姻，使她生活在难以消解的焦虑之中。

其次，生育焦虑主要指黑人越界后在生育子女时担心子女肤色的心理恐慌状态。在《越界》里，克莱尔害怕怀孕和生育。一旦生下来的孩子是黑肤色，她的越界行为就会彻底暴露。因此，在生育孩子时，她没有即将成为母亲的喜悦，而是非常担心自己生出的孩子不是白肤色。如果生出黑肤色的孩子，她的婚姻和家庭马上就会解体。在这样的心理焦虑和社会压力之下，克莱尔在自己的家里感受不到家庭温暖。提心吊胆的现实生活必然会加剧其心理上的焦虑感，阻止母爱的自然表露，摧毁了人间最纯朴的母亲盼望孩子出生之情。

最后，越界逆反焦虑是指黑白混血儿越界成功后返回黑人社区重温以前的生活时所出现的一种精神紧张状态。越界逆反也可称为"反越界"[1]。在《越界》里，拉森描写了克莱尔的"反越界"行为，以此表明黑白混血儿越界后的生活并没有他们以前想象得那么幸福、那么如意。实际上，克莱尔越界后，不得不面对白人丈夫约翰的精神折磨。约翰对黑人并没有多少实际的了解，仅是根据从报刊上获悉的那些关于黑人的负面报道，就把黑人视为品行邪恶、烧杀掠抢、无恶不作的恶魔。在日常生活中，约翰时常把黑人的言行当作笑料，以贬低和诽谤黑人为乐。他的恶劣话语深深刺伤了有黑人血统的妻子克莱尔的心。约翰自视"血统"纯正，从来不和任何黑人交往，但现实给他开了一个大"玩笑"：他宠爱的娇妻就是一名黑白混血儿，他疼爱的亲生儿子也具有黑人血统。在白人社交圈里，他总爱调侃性地把自己的妻子取名为"黑鬼"。按照黑人文化习俗，黑人彼此之间戏称一下"黑鬼"是可以接受的，但黑人却非常反感被白人当面称为"黑鬼"。越界后的克莱尔没有勇气向丈夫坦承自己的黑人身份，只好故作欢颜地接受丈夫给她起的"黑鬼"昵称。对丈夫种族歧视话语的反感导致克莱尔在家里找不到归属感，因此，她总想到哈莱姆的黑人朋友那里去散散心，缓

---

[1] Dorothy Stringer, *Not Even Past*, New York: Fordham University Press, 2010, p.121.

释自己的心理张力。只有在黑人社区里，她才听不到歧视或贬低黑人的话语。克莱尔把艾琳（Irene）一家视为自己与黑人文化相联系的桥梁和躲避白人种族主义伤害的避风港。

由此可见，黑白混血儿越界后，犹如进入了一所无形的监狱，行动和思维都失去了自由。黑白混血儿原以为越界进入白人社会后，以前所面临的一切种族问题都会迎刃而解，但拉森通过克莱尔的越界经历表明，种族越界虽然能使某个皮肤白的黑人混入白人社会生活，但种族主义氛围使黑白混血儿的生存状况在越界后得不到根本性的好转，他们在越界后时常会陷入各种难以言状的精神焦虑之中，消解不了"羊入狼群"的心理恐惧和文化失根的自卑感。

临时性种族越界的虚荣心

虚荣心是一种被扭曲的自尊心或自尊心的过度表现形式，"可以看作是追求虚荣的性格缺陷或为了取得荣誉和引起普遍的注意而表现出来的一种不正常的社会情感"[①]。临时性种族越界的虚荣心理是指黑白混血儿在种族越界中短时间地到访白人的生活场所，以虚假的种族身份来满足自尊的心理状态。这类越界者持有比一般黑人更强的自尊心。然而，因为临时持有身份的不真实性，他们的自信心没有依托，对外表现为自尊心过强，对某些事物过于敏感，在意白人对黑人的评价；对内表现为自卑，不相信自己通过努力能够获得像白人那样的成就，希望通过快捷的方式来满足自己的短暂心理需求。临时性种族越界的黑白混血儿没有终身越界进入白人社会的想法，但是出于对白人社会的向往，为了满足尝试一下白人生活的虚荣心，他们利用自己的肤色与白人差不多的优势，出入白人的娱乐场所或休闲场所。"除了彻底冒充白人而生活的黑白混血儿外，还有更多的黑白混血儿出于职业或娱乐方面的原因（如为了做生意，或为了外出吃饭和上剧院看戏不受歧视等），而偶尔短暂地冒充白人。著名黑人社会活动家沃尔特·怀特为了调查私刑情况，也曾冒充白人。"[②]临时性种族越界的黑人只想在白人场所待一段时间，体验白人辨别不出自己黑人身份的刺激感，满足自己的虚荣心。但是，临时性越界的黑白混血儿有时也会有怕被白人当场认出的焦虑心理，因此，当他们实施越界时，并不希望其他越界者和自己出现在同一地点。《越界》从虚荣焦虑、虚荣创伤和虚荣相斥等方面展现

---

① Mary Esteve, *Nella Larsen's "Moving Mosaic": Harlem, Crowds, and Anonymity*, Oxford: Oxford University Press, 1997, p.95.
② 黄卫峰：《美国历史上的黑白混血儿问题》，载《世界民族》2006年第5期，第51页。

了临时性种族越界与黑白混血儿的虚荣心的相互关系。

首先，虚荣焦虑是在白人文化占主导地位的美国种族主义社会里黑人内化"白人至上论"思想后所产生的心理反应，这种心理表现为对白人文化和白人生活方式的崇尚，旨在以游戏人生的心理出入白人的生活场所，以满足自己在现实中不可能实现的生活方式。拉森在《越界》里塑造了一名临时性越界的黑白混血儿艾琳。她嫁给了黑人医生布赖恩·雷德菲尔德（Brian Redfield），过上了富裕的黑人中产阶级的生活，生育了两个儿子。大儿子朱尼尔（Junior）是黑肤色的，小儿子特德（Ted）是白肤色的。大儿子虽然是黑肤色的，但对她来说没有太大的精神负担，因为她们一家都生活在黑人社区。然而，艾琳其实非常羡慕白人的生活方式，喜欢不时地到白人生活的区域去溜达一下，临时性"越界"进入白人的生活区，体验白人的生活方式。她喜欢在德利敦宾馆的屋顶餐厅喝茶，但有时也害怕被白人认出自己的黑人身份。有一天，当一名金发碧眼的白人妇女盯着她看的时候，她心里非常惶恐。

其次，虚荣创伤是指黑人在白人社区生活时耳闻目睹的种族歧视话语和种族歧视事件对其种族心理和黑人意识的重大冲击，导致黑人的心理受到打击，形成心理创伤。在《越界》里，当格特鲁德（Gertrude）和艾琳应邀到克莱尔家喝茶时，见到了其丈夫约翰·贝洛。约翰以为格特鲁德和艾琳都是白人，因此，在聊天时，约翰就大谈自己如何恨黑人，不喜欢黑人，又用报纸上的歪曲性报道来印证自己的观点，叫嚷着黑人是"抢劫犯""杀人犯""强奸犯"等等。格特鲁德真想冲上前去对他说："你坐在这里喝茶，身边的三个女人都是黑鬼。"[①]艾琳和格特鲁德都压制着自己的怒火，因为她们知道，一旦她们为黑人辩护就意味着她们有黑人血统，而克莱尔与她们又是交往密切的朋友。如果艾琳两人暴露了身份，也就意味着克莱尔也是黑人，这样就可能破坏克莱尔的家庭。所以，格特鲁德和艾琳只好压抑自己的怒火，忍受约翰的种族歧视话语。之后，格特鲁德和艾琳都不愿再与克莱尔交往，怕再次遭到约翰的种族歧视话语的伤害。即使是两年后，艾琳一回想起约翰的那些话语时仍然觉得不寒而栗。由此可见，与约翰朝夕相处的克莱尔要忍受多么大的精神压力呀！这一切都是维护虚荣心所必须付出的代价。

最后，虚荣相斥是指黑白混血儿在种族越界过程中因虚荣心而形成的相互排斥心理。在种族主义社会里，种族越界被视为黑白混血儿的个人最

---

① Nella Larsen, *Passing*, New York: Dover, 2004, p.30.

大隐私。不论是终身性越界还是临时性越界,黑白混血儿都不希望其他人,特别黑人同胞,知道自己的越界事实。[1]因此,在《越界》里,艾琳在屋顶餐厅喝茶的时候并不想见到任何熟悉自己的人。在 20 世纪 20 年代的美国都市里,因为美国的种族隔离政策,黑人和白人的就餐和娱乐等公开场所是隔离开来的。一旦艾琳被周围的白人认出是黑人,她就会被马上赶走,甚至还有被警察逮捕的危险。因此,在现实生活中艾琳并不想和克莱尔结成好朋友,总是千方百计地疏远她、躲避她。

总的来讲,黑白混血儿临时性种族越界后会遭受虚荣心的心理折磨。隐瞒身份的不诚实时常挑战黑白混血儿诚实的天性,会使他们总觉得自己干了亏心事。黑白混血儿在临时性种族越界问题上的态度形成了引人注目的悖论:他们不赞成临时性种族越界,但又对这类越界事件持宽容态度;他们蔑视黑白混血儿的临时性种族越界行为,但对成功尝试白人生活方式的越界者又充满羡慕之情;他们反感临时性越界的黑白混血儿,但一旦这些临时性越界者遇到什么危险,他们又会施予同情或必要的帮助。因此,黑白混血儿也许能从临时性越界中得到暂时性的虚荣心满足,但种族主义社会环境会给他们带来一些令其不安的心理焦虑,使其虚荣心备受折腾。

知情类种族越界的忧郁

忧郁指的是人在一定的社会语境里因某种外界因素的作用所产生的忧虑、烦闷和抑郁。这种心理状态是内心忧伤的表现形式,有时还可能导致严重的精神疾病。知情类种族越界是指黑人在种族越界前提前把自己的黑人身份告知对方,对方一般是白人。当事的黑人和白人达成的和解或认同只是个人行为,社会的种族形势使他们不得不对自己的行为产生担忧,这种担忧经过长期积累就会形成忧郁,如果得不到有效的排解就可能发展成为忧郁症。在美国社会里,种族主义思想根深蒂固,尽管一些黑白混血儿的肤色与白人相差无几,但他们仍然被视为黑人,成为种族歧视的对象。"生理特征和美国社会种族歧视的观念促使他们不能完全认同于黑人。"[2]知情类种族越界所遇到的问题看起来表面上没有隐瞒性种族越界那么严重。但实际上,在种族主义社会里,黑人被视为二等公民,处于被排斥、被边缘化的地位。因此,她们的黑人身份虽然得到了丈夫及其亲属的理解和容

---

[1] Michael Lackey, *African American Atheists and Political Liberation*, Gainesville: University Press of Florida, 2007, p.74.
[2] 黄卫峰:《美国历史上的黑白混血儿问题》,载《世界民族》2006 年第 5 期,第 51 页。

忍,但这并不意味着能得到整个社会的接纳。因此,越界过去的这类黑人所产生的各种忧郁是难以消解的。

拉森在《越界》里描写了格特鲁德所遭受的精神忧郁。她是在芝加哥城南黑人社区长大的混血儿女性,皮肤呈白色,成年后嫁给她的白人同学弗雷德·马丁(Fred Martin)。弗雷德的家人和大多数朋友都知道格特鲁德有黑人血统。结婚后,她一直生活在白人的社会环境里,但也时常保持与其他黑人的联系,参与一些黑人社区的聚会活动。她的血统问题虽然得到丈夫的谅解,但是当她怀孕时她也非常担心,害怕自己生出一个黑肤色的孩子。丈夫虽然协助她掩饰黑人血统,但黑肤色儿子的出生会彻底暴露她的越界问题,甚至会导致她的家庭在白人社区被视为异类。当得知她生出的儿子是白肤色时,她才大松了一口气。因此,知情类种族越界的黑人妇女也遭受着无形的心理折磨。由于对自己生育的忧郁,她生下一个孩子后就不敢再生孩子了,因为生一次孩子就是冒一次险。当时没有人能准确地预测出混血母亲即将生出的孩子是黑肤色还是白肤色,怀孕和生育都会给混血儿带来无尽的忧郁。

在《越界》里,克莱尔的两个姊姊以欺骗邻居的方式掩护克莱尔越界进入白人社会。在她们眼里,家族里的人有黑人血统是一个不宜公开的家族耻辱,掩饰身份能保住她们家族的面子。白人姊姊的知情和容忍并不代表整个社会的容忍和接纳。因此,克莱尔越界进入姊姊家后,担心身份泄露的心理忧郁一刻也没有消除过。

克劳德·琼斯(Claude Jones)是克莱尔、格特鲁德和艾琳童年时代的朋友,也是一名黑白混血儿。为了寻求更好的生活,他皈依了犹太教,越界成为一名非裔美国犹太人。为了完全越界进入犹太社会,他与一名犹太姑娘结了婚,并且与曾经的黑人朋友,甚至整个黑人社区都断绝了联系。他的生活习俗和宗教信仰都产生了根本性的变化。他对以前黑人生活的摈弃和对黑人朋友的遗弃表明他想避免让犹太社区的人联想到他的黑人血统,同时也表明他内心深处对自己的黑人身份有一种难言的忧郁心理,形成了阻止他与黑人社区交往的内驱力。

知情类种族越界消除了越界后怕被家人发现的窘境,但混血儿在生活中还是尽可能地掩饰自己的身份,以减少在白人社区生活中可能遇到的种族歧视和种族排斥。拉森通过这部小说揭示了黑白混血儿在知情类种族越界中所遇到的文化认同困惑,并对建立在肤色基础上的美国种族制度进行猛烈的抨击,揭露种族歧视和肤色歧视的荒谬性。其实,真正愿意和黑人结婚的白人并不多,在现实生活中与黑人女性发生关系的白人男性倒不少,这就导致了美国社会混血儿和单亲家庭越来越多。白人社会实施双重标准，黑白混血儿越界进入白人社会后，即使得到配偶的谅解，也仍然承受不起黑人血统被公开后可能产生的严重后果。

拉森是把心理描写引入种族越界类小说的第一位黑人女作家，对哈莱姆文艺复兴的黑人小说发展产生了重大的影响。通过心理描写，拉森刻画了人物内心世界的惶恐、惊慌、痛苦、多疑和绝望，淋漓尽致地展现了黑人女性在种族越界中所经历的艰难和磨难。种族越界反映了美国黑白混血儿要求融入美国主流社会的一种强烈愿望，黑白混血儿要越界去的是富裕的白人社会，而不是贫穷的白人社会。"拉森通过越界主题描述了当时黑人与黑人冒充白人的生活，表达了种族隔离制度对黑人生活带来的痛苦生活，同时对冒充白人现象表示理解。"[①]黑白混血儿在种族越界中所遭遇的各种磨难表明：种族之间的隔阂和界限破坏了两个种族的正常交往和自然融合，导致种族政治关系的失衡，把美国的民主和政治学说推到难以自圆其说的窘境。正如黄卫峰所言，"美国黑白混血儿的独特历史命运，生动地说明了美国建立在肤色基础上的等级制度的荒谬和可笑。透过这一现象，我们将会对美国'民主'社会的悖论有更深刻的认识"[②]。总而言之，拉森从艺术手法和文学主题两个方面把种族越界类黑人小说推向成熟，拓展了现代美国黑人小说主题的叙述空间，为黑人文学在20世纪90年代的大繁荣做了很好的铺垫。

小　　结

种族心理主题小说通过对非裔美国人心理动态的描写，展现他们在种族主义社会的异样反应，揭示美国文明社会的不文明之处。本章通过解析《一脉相承》和《最蓝的眼睛》，探究了黑人在美国社会生活中所遭遇的种族矛盾以及由此而产生的种族心理问题。切斯纳特在《一脉相承》中所描写的黑人求生心理状态与斯德哥尔摩效应的心理特征非常吻合，黑人中的斯德哥尔摩效应可以视为黑人寻求自我保护所采用的一种手段。莫里森在《最蓝的眼睛》里从生存、情感和文化三个方面描写了黑人种族心理中离心力与向心力的博弈，认为黑人在内化白人审美观、价值观和交际观后会产生巨大的离心力，时常背离美国黑人文化传统，与传统黑人文化的向心力

---

① 梁媛：《评内拉·拉森〈冒充白人〉中的越界主题》，载《吉林省教育学院学报》2010年第12期，第126页。
② 黄卫峰：《美国历史上的黑白混血儿问题》，载《世界民族》2006年第5期，第52页。

发生激烈冲突。这两部以种族心理为主题的小说不仅揭示了非裔美国人在种族偏见社会环境里的心理张力,还表达了作家对其命运深深担忧的人文主义情怀。

本章还研究了两部以种族越界为主题的小说,进一步探究了黑人和白人在种族越界中所遭遇的社会问题和种族心理问题。约翰逊在《一个前有色人的自传》里把种族抗议隐含于心理描写之中,揭示了种族心理在种族越界中的流变,认为双重意识的迷惘、孤独性焦虑感和失去自我的失重感是美国黑人抛弃根文化后难以消解的心理反应。拉森在《越界》里讲述了黑白混血儿越界后的恐惧、绝望和忐忑不安,揭露了内化种族主义思想对越界者的精神打击和心理摧残。

总之,这四部以种族心理和种族越界为主题的小说主要描写了美国黑人在生活和工作中所遇到的各种社会问题和心理问题,揭示了不合理的社会制度对人性的压抑和毁灭。

第五章 人性之恶书写

　　人性之恶书写是非裔美国小说主题的一个标志性表征，也是非裔美国文学的重要传统之一。从奴隶叙事到当代黑人小说的发展历程中，非裔美国小说家牢记自己的历史使命，在发展非裔美国文学艺术的同时，弘扬黑人种族的民族文化和民族精神，为消除种族偏见和实现社会公平而不懈奋斗。在以人性之恶为主题的小说中，大多数非裔美国小说家都带有一种强烈的使命感，旨在通过如实反映黑人在美国从奴隶制社会发展到现代发达工业社会的进程中所遭遇的种族危机和文明危机，揭露美国种族关系中的各种人性之恶，促使美国社会发生变革，改善和改变美国的种族形势。即使是像詹姆斯·鲍德温那样明确反对小说主题政治化的作家，其文学作品也仍然含有不少揭露种族主义之恶和人性之恶的元素。

　　非裔美国小说家以人性之恶书写的方式展示人性和社会的负面问题，旨在激发和开拓人的正能量，让人得到心灵的净化、精神的陶冶，从而促使美国文明和社会正义的不断进步。非裔美国小说的人性之恶书写带有自然主义文学和存在主义思想的基本特质，其对人性之恶的揭露之细、刻画之深、批判之严堪称经典，引导读者直视自己不愿面对的"恶"，击毁了人的自恋情结。非裔美国小说家的人性之恶书写颠覆了性善论的"善"本位价值取向，认为"恶"具有最高的伦理价值。他们关于人性之恶的描写并不是要营造或渲染灰暗阴冷之文感，而是要超越种族问题，客观揭示人性演绎与美国社会变迁的内在关联。

　　20世纪中期，人性之恶书写在理查德·赖特开创的非裔美国城市自然主义文学发展中达到高潮。威廉·阿塔威、切斯特·海姆斯、安·佩特里、威拉特·莫特利等作家从各个方面拓展了人性之恶书写。这些小说家在美国南方和北方的生活经历见证了种族主义之恶的各种表现形式，其"本我"和"真我"与社会政治的各种因素纠结交织，促使他们从"实我"的角度，以写"恶"来排泄其"理想我"建构失败后淤积于心的"恶"，从而触发了其小说中的性恶话语。让-保罗·萨特（Jean-Paul Sartre）和西蒙娜·德·波伏娃（Simone de Beauvoir）等人的学说深化了非裔美国城市自然主义小说家对社会之恶在哲学层面上的认知，有助于他们在小说写作中突破"恶"

的种族局限性，揭露人性中的共性之恶。在其以人性之恶为主题的小说里，他们不遗余力地对人性之恶进行猛烈的抨击和控诉，确实给人一种冷漠无情的感觉，然而正是这种"极端、狂暴、愤恨"的自然主义笔调蕴藏着他们对人类、对黑人种族的一种深沉而厚重的挚爱；对社会和人类冷中带热的杂糅辩证情感正是他们与福楼拜、斯蒂芬·克莱恩（Stephen Crane）等自然主义作家的貌同心异之处。白人文化与黑人文化的冲突加剧了美国种族关系在社会、司法、伦理和道德等方面的张力，衍生出各个层面的性恶表现形式。赖特和海姆斯等笔下的各类人物都被衍化成社会各阶层的丑类和庸众，他们或奸诈，或愚昧，或顽劣，涌动着无尽的欲望，尽情地进行"恶"的表演，共同组成了藏污纳垢的美国种族主义社会。非裔美国城市自然主义小说家的救赎本质不是为了写"恶"而写"恶"，而是为了揭示人类社会中存在的共性之恶，引导人们对系统之恶、人性之恶和个性之恶进行反省，在惊愕中产生怜悯和恐惧，从而起到净化灵魂和救赎自我的作用。通过人性之恶书写，他们把美国历史作为一面批判现实的明镜，揭示非裔美国城市自然主义小说性恶描写的寓言性内涵与外延。

非裔美国小说的人性之恶书写所揭示的人性问题超越了时空、种族和国家的局限性，对人类社会的文明进程具有重要的警示作用。对非裔美国城市自然主义小说人性之恶书写的深入探究与积极反思，对于治疗社会弊病和消解人性之恶能起到"针砭"之功效，从而有助于灵魂的净化、道德素质的提升和正能量的养成。

当代非裔美国小说创作一直或明或暗地延续着赖特开创的城市自然主义文学传统。人性之恶书写是非裔美国小说的一个宏大命题。人性之恶书写呈现了人性的黑暗深渊，所展现的世界是一个以"疯狂"为轴心，由暴力、死亡、种族压迫旋转而成的令人困惑的神秘世界，使人感受到种族主义社会和父权制社会的冷酷性和反人类性。他们的作品展现了形态万千的"恶"与文学激情千丝万缕的勾连，揭示了美国种族主义社会的根本之恶、平庸之恶、伪善之恶。他们认为最高意义上的"恶"绝不等同于受私利驱动的"丑恶"的犯罪，在种族主义社会和不合理社会里求助于"恶"是为了独立自主地生存。他们以文学描写的形式阐释了"恶具有最高价值"的哲学理念。

以人性之恶为主题的小说家所奉行的文学创作观是一种人生价值论，更是一种直面人生而又超越人生的精神追求。它的意义和全部奥妙在于为生活在种族偏见中的不幸的人们提供一种审美的人生方式。这些作家的存在主义思想来源于萨特的存在主义哲学思想和非裔美国人在南方遭受种族偏见和白人欺凌的社会现实。从这个意义上说，他们的作品是对传统人生价值观的一种"颠覆"，挑战了美国社会的传统价值观、上帝的终极关怀和历史的未来许诺，确立了不屈服于恶势力的种族价值观和人生态度，以个体的抗争来展示人之为人的伟大使命，体现了非裔美国作家捍卫真理和社会正义的种族价值观。

本章主要探讨现当代非裔美国文学中人性之恶书写的四位代表性作家：柯蒂斯·卢卡斯（Curtis Lukas）、查尔斯·约翰逊、艾丽斯·沃克和科尔森·怀特黑德。卢卡斯在《纽瓦克第三选区》（*Third Ward, Newark*）里揭露了美国社会系统力量和情境力量对人性的压抑，抨击了不合理的社会制度对黑人生存空间的限制和毁损。约翰逊在《牧牛传说》（*Oxherding Tale*）里从与"善"绝缘的"恶"、与"恶"绝缘的"善"、"善"与"恶"的交织等方面描写了美国奴隶制时期的社会状况，展现了作家的善恶观及其对人性的新感悟。约翰逊关于人性善恶的描写丰富和发展了理查德·赖特开创的非裔美国城市自然主义性恶书写传统。沃克在《拥有快乐的秘密》（*Possessing the Secret of Joy*）里描写和抨击了非洲社会的"割礼"之恶，认为"煤气灯效应"中的文化操纵是一种公开的霸凌行为：操纵者一边打着"为你好"的幌子，一边强迫被操纵者做一些危害身心健康和违反道德伦理的事。此外，沃克还展现了文化陋习的内化与个体性精神控制之间的密切关系，揭示了社会陋习和唯我生存原则在精神控制方面的反社会性。怀特黑德在《地下铁道》里通过善恶交织现象的描写，再现了美国种族极权主义社会环境中恶的各种表现形式，凸显了人性的复杂性，抨击了奴隶制对人性的扭曲和对人类文明的颠覆。需要指出的是，约翰逊的《牧牛传说》和怀特黑德的《地下铁道》在体裁上属于新奴隶叙事，但由于这两部小说所揭示的人性之恶主题独具特色，因此笔者就把这两部小说放在这一章来讨论。总的来讲，这四部小说有助于读者领略非裔美国小说中的人性之恶书写，认知美国种族主义体制和社会环境所生成的各类人性之恶。这四位作家分别从美国奴隶制、民主选举和非洲陋习等方面描写了人性之恶在美国各个历史时期和非洲社会的各种表现形式，揭示了不合理社会制度对人权的践踏和对人性的摧残。

第一节 《纽瓦克第三选区》：张力与人性之恶的演绎

柯蒂斯·卢卡斯（1914—1977）是 20 世纪四五十年代活跃在非裔美国文坛的知名城市自然主义作家，被美国学界视为"赖特部落"的重要成员之一。他把抨击种族歧视和倡导种族平等作为自己文学创作的当然使命，他对社会不公的敏锐观察和对工业社会里种族冲突的真知灼见使其文学作品内涵丰富、寓意深刻、耐人寻味。[①]卢卡斯的文学成就主要表现在小说方面，其主要作品有《面粉含有尘土》(*Flour Is Dusty*，1943)、《纽瓦克第三选区》(1946)、《地位太低微，生活太孤单：一个黑人在异域寻觅爱》(*So Low, So Lonely: A Negro Searches for Love in an Alien Land*，1952)、《禁果》(*Forbidden Fruit*，1953)、《天使》(*Angel*，1953)和《丽娜》(*Lila*，1955)。《纽瓦克第三选区》是卢卡斯的代表作。该小说以第二次世界大战时期为背景，讲述了美国新泽西州纽瓦克市的一名黑人少女被白人男子劫持、强奸和杀害的故事，揭露了美国社会系统力量和情境力量对人性的压抑和扭曲，抨击了不合理的社会制度对黑人生存空间的挤压和毁灭。卢卡斯在《纽瓦克第三选区》里从系统力量与人性扭曲之恶、情境力量与人性之恶、恶的轮回与人性的回归三个方面描写了张力和人性之恶的内在关联，揭示了美国黑人的生存危机。

系统力量与人性扭曲之恶

在美国20世纪四五十年代的种族主义社会环境里，白人种族主义者采用公开的法律压迫和粗暴野蛮的非经济强制手段打压和限制黑人的生存空间。白人统治阶级在司法方面实施双重标准，对白人罪犯执法不严，但对黑人的反抗却残酷镇压，把黑人视为社会规训的主要对象。[②]黑人与白人处于不平等的共生关系之中，无法维护自己的合法权益。因此，当黑人的人格受到侵害或威胁时，头脑中已经形成了第三种意识的黑人会不惜采用暴力手段来以暴制暴，不顾一切地进行自我维权。"一个被有系统地施以暴力的人，如果不采取相应的暴力，就不可能维护自身的尊严。"[③]在种族主义社会环境里，美国黑人只有两种选择：要么丧失自尊，要么进行不屈不挠的斗争。通过对黑人的堕落、白人的堕落和种族仇恨的描写，卢卡斯在《纽瓦克第三选区》里揭示了种族主义社会的系统力量对人性的扭曲。

首先，黑人的堕落指的是黑人在种族主义社会系统力量的规训下，被剥夺了美国公民的平等就业机会，或者一辈子从事没有前途的体力劳动，

---

① Carlo Rotella, *October Cities: The Redevelopment of Urban Literature*, Berkeley, Calif.: University of California Press, 1998, p.89.
② Noel Schraufnagel, *From Apology to Protest: The Black American Novel*, DeLand, Fla.: Everett-Edwards, 1973, p.124.
③ 斯克里普尼克：《论个人道德堕落的若干特点》，鲁军译，载《现代外国哲学社会科学文摘》1986年第6期，第15页。

或者干一些违反法律的事情，成为警察追捕和打击的对象，最后"堕落"成美国社会的违法者和白人眼中的"社会垃圾"。卢卡斯把《纽瓦克第三选区》故事情节的发生地点设置在新泽西州纽瓦克市的第三选区。该地区是纽瓦克城最破烂、最肮脏、社会治安最差的贫民窟，这个地区人员复杂、娼妓遍地、骗子和抢匪横行。许多白人在这里开设商店、餐馆和酒吧，肆意盘剥黑人居民，使其的生活雪上加霜。生活在这个地区的黑人男性的生存之路只有两条：一条是干白人不愿干的体力活，既辛苦又卑贱，挣扎在饥寒交迫的贫困线上；另一条是干偷、扒、窃、抢等违法行为，或干强迫、引诱、介绍黑人妇女卖淫的勾当，还不时做出破坏社会治安或伤害黑人同胞的事件，因此在违法犯罪道路上越陷越深。黑人妇女在这个地区的生存之道也只有两条：一是在白人家里当佣人或在洗衣房干活，工作很辛苦，工资也很低；二是牺牲人格尊严，从事妓女营生，遭受白人男子的蹂躏。卢卡斯在这部小说里控诉了种族主义社会的系统力量对黑人妇女人格的毁灭。"黑人女孩因为皮肤太黑，没有机会在白人的事务所或市中心商场工作。但是她们在周六晚上陪白人睡觉时，白人不会嫌她们皮肤太黑。"[1]黑人只有靠出卖自己的人格尊严才能谋得较好的生存机会，这样的社会环境必然会扼杀黑人的精神追求。卢卡斯的话语揭露了白人种族主义者意识形态的反人类性，抨击他们对黑人的压榨和剥削。由此可见，社会系统力量使黑人生存无路，最后导致黑人群体的"堕落"或"社会性死亡"。

其次，白人的堕落指的是种族主义社会的系统力量维护和助长美国社会的"白人至上论"，加剧美国社会的种族歧视和种族偏见，致使美国行政和司法方双重标准的实施，变相"鼓励"了白人种族主义者的违法心理和行为，导致了白人在道德和法律意识方面的堕落。卢卡斯在这部小说里指出，政府当局在保护白人女孩的人身安全和性尊严方面竭尽全力，如果有人杀害或性侵犯了白人女性，警察局即使挖地三尺也要把罪犯绳之以法；但是如果是黑人女性遭到杀害或性侵犯，警察局不但不会全力缉拿罪犯，还时常会制造借口不予立案。政府和警方的种族歧视思想导致白人男性在玩弄、性侵或杀害黑人女孩方面肆无忌惮。在这部小说里，白人男子厄尼（Ernie）和沃尔特（Walter）晚上在大街上开着车骚扰黑人女性，并大耍流氓，最后居然冒充警察把黑人少女米尔德里德（Mildred）和旺妮（Wonnie）强行抓上车，开到郊外施暴。当米尔德里德拼死反抗时，厄尼把她活活打死；之后，为了杀人灭口，他和沃尔特还在犯罪现场追杀旺妮。杀害米尔

---

[1] Curtis Lukas, *Third Ward, Newark*, New York: Lion Books, 1946, p.29.

德里德后，凶手厄尼心里感到害怕，其同伙沃尔特以自己的经验安慰他道："你瞧，厄尼。别担心。纽瓦克的警察不会关注黑人女孩被杀事件的。这又不是白人第一次杀掉黑人女孩。记得在内克街被白人杀掉的那名女孩吗？他们没有抓到凶手，也没尽力去抓。还记得金尼街上被杀死在家的那名黑人妇女吗？嗨，厄尼，你知道警察在纽瓦克的行事原则。如果你保持镇静，该干什么就干什么，警察不会多看你一眼的。"①沃尔特的话语表明美国社会系统力量下的种族偏见已经成为白人违法犯罪的保护伞。这两个白人的强奸杀人暴行标志着白人在司法双重标准下人性的堕落，同时也是系统力量维护种族偏见的必然后果。

最后，在系统力量的规训下，种族主义思想成为白人歧视黑人的精神武器，同时也导致了与黑人的种族冲突，在白人和黑人之间埋下了种族仇恨的种子。在白人的眼里，黑人是愚蠢、下流和无耻的贱人；在黑人眼里，白人是压榨、骚扰和性侵黑人女性的野兽。②在这部小说里，卢卡斯描写了黑人妇女海蒂（Hattie）和堂妹旺妮的姐妹情深。堂姐海蒂为了让妹妹吃饱饭、有钱上学，不得不出卖自己的肉体。她因卖淫被警察逮捕后，当局采取的措施是把海蒂送到"迷途少女教管所"，把旺妮送去孤儿院。这样，这对相依为命的姐妹俩就被活生生地拆散了。白人当局的偏见是，如果让她们居住在一起，旺妮会被姐姐带坏。白人当局的"善行"践踏了旺妮和海蒂的骨肉亲情，引起旺妮对白人的仇恨和不满，因此她情愿饿死也要逃离孤儿院。此外，卢卡斯还在小说里描写了第二次世界大战结束之日人们在金米尔酒吧狂欢的场景，第二次世界大战的结束给黑人带来的不是好日子，而是失业和生活更加困苦的局面。③因此，黑人并不希望战争这么快就结束。当时，有个白人海军士兵不顾黑人的感受，在酒吧里大声喧哗，强迫黑人姑娘陪他饮酒，结果遭到酒吧里黑人顾客的群殴。白人士兵被打得遍体鳞伤。之后，他向警察控诉道："他们就是一群不良的黑人杂种。他们恨我。他们联合起来打我，仅因为我是白人。"④他的话语表明他已经意识到两个种族之间的仇恨，这个仇恨在一定的时间或场合里会意想不到地爆发，产生巨大的冲击力和杀伤力。此外，卢卡斯还描写了米尔德里德被杀害案件激起了当地黑人民众的强烈不满。"那天晚上，黑人开始在希尔地区（也称

---

① Curtis Lukas, *Third Ward, Newark*, New York: Lion Books, 1946, p.26.
② Susana Nuccetelli, *Ethical Urban Naturalism*, New York: Cambridge University Press, 2012, p.78.
③ Amritjit Singh, *Fifty Black Writers: 1963-1993*, New York: Pennsylvania State University Press, 2014, p.89.
④ Curtis Lukas, *Third Ward, Newark*, New York: Lion Books, 1946, p.148.

'纽瓦克第三选区'——笔者注）打砸商店的橱窗。斯布鲁斯街上有两家商铺被打砸抢。普林斯街上有个白人店主被殴打和抢劫。他们把打昏了的店主扔在店里，用粉笔在其橱窗上写着：'别碰黑人姑娘。'"[1]纽瓦克城的公共安全局局长没有找到真正的解决措施，而是简单粗暴地派遣大量的警察去希尔地区，并下达了对参与打砸抢的黑人格杀勿论的命令。黑人的反抗和白人当局的高压激起两个种族更为尖锐的冲突和矛盾。

因此，美国种族主义社会的系统力量破坏了美国白人和黑人之间正常的人际关系，导致了种族双方人性的扭曲，引发了惨不忍睹的种种悲剧。系统力量引发的社会张力必然会导致种族关系的张力，进而在冲突中导致人性的扭曲。"人性就是由自然性与社会性、向善性与向恶性、理性与非理性、能动性与受动性、竞争性与合作性、利己性与利他性、世俗性与超越性等多维两极要素构成的整体。"[2]系统力量破坏善恶两极的平衡后必然会导致恶的蔓延和猖獗，从而引发各类社会问题。

情境力量与人性之恶

情境力量指的是在一定场合和一定时间里社会场景和人物所处情境给当事人所造成的心理压力。当这个压力超过当事人的预期和承受能力时，当事人就会采取一些手段或措施来规避这个压力可能带来的危险或风险。但是，如果规避失败，当事人的内心善恶平衡点就会失衡，进而从一个普通人堕落成一个以自我为中心的"恶人"[3]。卢卡斯在《纽瓦克第三选区》里从求生情境场、求色情境场和求财情境场等方面描写了求生、求色和求财心理在情境力量作用下的趋恶演绎过程。

首先，求生情境场指的是在社会生活中以生存为第一目标所形成的情境场。处于这个情境场中的人通常徘徊在生存与死亡之间。"当情境力量加诸于人时，好人会突然变身成像狱卒般邪恶的加害者，或囚犯般病态的消极被害者。"[4]这个情境因与人的生存相关而演绎出路西法效应[5]之类的邪恶

---

[1] Curtis Lukas, *Third Ward, Newark*, New York: Lion Books, 1946, p.30.
[2] 郑玉兰、张辉：《论人性的两极张力结构》，载《湖湘论坛》2010年第2期，第126页。
[3] Hartmut Rosa, *Social Acceleration: A New Theory of Modernity*, Trans. Jonathan Trejo-Mathys, New York: Columbia University Press, 2013, p. 67.
[4] 菲利普·津巴多：《路西法效应：好人是如何变成恶魔的》，孙佩妏、陈雅馨译，北京：生活·读书·新知三联书店，2010年版，第249页。
[5] 路西法效应指的是恶劣的社会环境或家庭环境会使好人变成恶魔的一种社会现象。当津巴多说"好人"变成了"坏人"时，那些"坏人"并不认为自己成了坏人，他们要么认为受害者罪有应得，要么认为自己只是采用了恶的手段来实现其正当的目的，用目的的合理性为自己采取的手段做辩护。

情境。在生存情境场中产生的情境力量左右着人们的行为方式，其当量远远超过人们的自控力和想象力。生存情境场可以生成让"好人"行"恶"的巨大动力系统，使情境力量超过任何个体力量。[①]卢卡斯在这部小说里把黑人女性卖淫描写成她们谋生的重要手段之一。黑人少女米尔德里德从孤儿院逃跑出来后，为了谋生，她利用白人男子对黑人女性的好色心理，屡次色诱，成功地让他们为自己的吃饭、喝酒和跳舞等买单。米尔德里德虽然和旺妮的年纪一样大，但她的个子要高些，显得更成熟、更性感。她多次到一家白人餐馆吃饭，每次都赊账，白人老板用手触碰她的身体，但米尔德里德没有声张，然后借机向白人老板提出借 5 美元的要求。色迷心窍的白人老板先借了 2 美元给她，叫她晚上去他家再取另外的 3 美元，这就设下了一个性侵的圈套，但米尔德里德借到 2 美元后就逃之夭夭了，根本没打算晚上再去见那个白人老板。米尔德里德反复利用这个手段，仅一个晚上就从三个白人男子那里骗到了 6 美元。她只是骗钱，从来没有打算真的卖身。米尔德里德的骗钱行为是"恶"的一种表现，但这种"恶"是其生存下去的前提。生活无着的求生情境场迫使她走上了诈骗的道路，而那些好色的白人男子在黑人少女陷入生活危机的时候，不是伸出援助之手，而是想趁机对她们实施性剥削。白人男子的好色和伪善与黑人少女求生的艰难和悲哀形成鲜明的对照。在美国种族主义社会里，贫穷和生存危机是使黑人女性走向堕落的重要原因之一。因为贫穷，她们感受不到生活的快乐，对前途也没有期望，处于"社会性死亡"状态。在通常情况下，她们的法治观念淡薄，对法律的惩罚没有敬畏之心。正如马克思所言："他们为什么一定要克制自己的欲望，为什么一定要让富人去享受他们的财富，而自己不从里面去拿一份呢？"[②]不能满足的需要会控制人的整个心理及其有意识的和无意识的所有欲望。在这种重压之下，即使是最根深蒂固的戒律、禁令或法治观念也会失去任何约束力。由此可见，生存危机极有可能导致人的道德品质和法治观念的丧失，从而演绎出人性之恶的各种表现形式。

其次，在这部小说里，求色情境场指的是白人男子为了满足自己的好色欲望而形成的一种情境场。[③]沃尔特是一个单身男子，其朋友厄尼结了婚，但妻子生病卧床，与他长期没有性生活。一天晚上，他们两人各自约了一

---

① 张晶：《人性密码的深度破译——〈路西法效应〉评析》，载《南京大学法律评论》2013 年第 2 期，第 362 页。

② 马克思：《马克思恩格斯全集》（第二卷），中共中央马克思恩格斯列宁斯大林著作编译局编译，北京：人民文学出版社，2005 年版，第 400 页。

③ Franklin, Sirmans, ed., *NeoHooDoo, Art for a Forgotten Faith*, New Haven: Yale University Press, 2008, p.89.

位白人姑娘，但是她们因故没有如约而至。性饥渴构成了一个求色情境场。回家路上的米尔德里德和旺妮在偶然中成了他们的猎物。沃尔特和厄尼冒充警察，粗暴地把她们两人抓上车。不顾她们的反抗，厄尼把车开到纽瓦克远郊的一个僻静处，把米尔德里德拖下车，企图对她实施强奸。她明确地告诉厄尼："我们只有 16 岁。如果对我们不轨，法律会惩罚你们的。"[①]根据当时的美国法律，性侵 16 岁及以下的女性是重罪。[②]但厄尼见她是黑人，犯罪侥幸心理陡升，继续施暴。她被迫奋起反抗，用刀自卫，声称认识厄尼，但色胆包天的厄尼不但不收敛，反而妄图用暴力制服她，结果把她活活打死。旺妮借机逃进了路边的芦苇荡里。沃尔特和厄尼毫不顾及米尔德里德的死亡，冲进芦苇丛继续追捕旺妮，企图杀人灭口。这两个白人男子的暴行从性骚扰发展到强奸，从杀人发展到杀证人灭口，这表明了在求色情境场的作用下，他们的人性中"恶"的一面已被激发出来，为了掩盖自己的罪行不惜犯下更大的"恶"。

最后，求财情境场指的是在追求钱财时人们不顾外在的环境或处境所形成的一种情境场。在这种情境场里，当事人通常成为金钱的奴仆，奉行拜金主义思想。在追求金钱的过程中，不顾伦理道理，不顾亲情和友情，一切皆以金钱的获得为终极目的。卢卡斯在这部小说里把金米尔酒吧的老板厄尼就描写成了这样一个守财奴。当米尔德里德案件平息下来后，同案犯沃尔特劝厄尼和他一起到外地去谋生，但厄尼舍不得自己的酒吧。离开金米尔酒吧就意味着放弃了一个聚宝盆，因此，他就冒险留了下来。当得知沃尔特在纽约被黑社会的人杀死的消息时，厄尼感到的不是失去朋友的悲哀，而是解除了自己杀人案唯一目击证人的危险，心里充满了放松的喜悦。此外，卢卡斯还揭露了厄尼利用黑人妓女敛财的事件。厄尼规定，如果黑人妓女要在他的酒吧附近揽客，就必须带嫖客来酒吧消费，否则他就会向警方举报。"这样，他就达到了一石二鸟的目的。一方面他与警方保持了良好的关系；另一方面，又方便来酒吧消费的客人招妓"[③]。在求财情境场里，厄尼的敛财行为扭曲了其人格，导致其在获得金钱的同时失去了自己的道德底线，其人性在挣钱过程中退化，并与所挣钱财的数量形成反比。

因此，在情境力量与人性的博弈过程中，情境力量场产生了巨大的影响力和强制力。"人性的内部结构充满了矛盾和张力……因为这种矛盾和张力其实就是两种相反的力量即善与恶的斗争……事实上自从有了人，它们

---

① Curtis Lukas, *Third Ward, Newark*, New York: Lion Books, 1946, p.18.
② John Braithwaite, *Inequality, Crime and Public Policy*, New York: Routledge, 2013, p.124.
③ Curtis Lukas, *Third Ward, Newark*, New York: Lion Books, 1946, p.86.

就如此不可分割地交织在人身上，苦恼着人，并由此演绎出人生的众多道德悲喜剧。"[1]人在社会生活中会产生各种欲望，情境力量在一定场景里会加强这些欲望，致使当事人以自我为中心，毁灭社会伦理和社会规则，上演出一曲曲利己主义的悲歌。[2]求生、求色和求财是人们在社会生活中追求的重要内容，但是不顾社会伦理和道德的追求必然会消解他们的人性，使其成为道德的堕落者和人性的毁损者。

恶的轮回与人性的回归

恶的轮回指的是某人在一定情境下所犯下的恶行，若干年后在其身上戏剧性地再现，从而体现出恶有恶报的因果效应。《纽瓦克第三选区》从手段轮回、场景轮回和死法轮回等方面展现了恶的轮回与人性的回归之间的内在关联。

首先，手段轮回指的是罪犯的犯罪手段最后被复制性地报应在自己身上的一种情形。在这部小说里，白人男子沃尔特协助厄尼在纽瓦克远郊把黑人少女米尔德里德杀死后，主动提出转移犯罪现场的建议，并用毯子把米尔德里德的尸体裹起来，搬上汽车，然后开车到帕沙依克河边，把她的尸体扔进河里。他们当时看似躲过了法律的惩罚，但是似乎冥冥中自有定数。沃尔特逃到纽约后，继续从事非法勾当，不久就被黑社会的人打死，其头颅被砍下来后扔进了纽约布鲁克林的一间废弃房屋里，而其尸体的躯干却被扔进哈德逊河里。沃尔特所遭受的抛尸河里的情境与他把米尔德里德的尸体扔进河里的情形如出一辙，印证了恶有恶报的社会伦理。

其次，卢卡斯笔下的场景轮回指的是罪犯曾经施恶或干坏事的场景在罪犯以后的生活中再现的情景。卢卡斯在这部小说里描写了白人厄尼的残酷和无情。当厄尼把黑人少女米尔德里德劫持到郊外企图强暴时，米尔德里德曾百般哀求，掏出仅有的6美元，苦苦哀求厄尼放过她，但是厄尼不为所动，继续施暴，最终导致了米尔德里德的惨死。五年后，旺妮回忆起了米尔德里德的遇害场景。于是，她回到纽瓦克，找到厄尼的酒吧，当面控诉厄尼的暴行。厄尼一边竭力否认，一边企图收买旺妮。他说："如果你不提这件事，我给你钱，把我所有的钱都给你。"[3]厄尼害怕罪行被揭穿的

---

[1] 余卫东、戴茂堂：《伦理学何以可能？——一个人性论视角》，载《湖北大学学报（哲学社会科学版）》2004年第6期，第649页。

[2] James Edward Smethurst, *The Black Arts Movement: Literary Nationalism in the 1960s and 1970s*, Chapel Hill: University of North Carolina Press, 2005, p.76.

[3] Curtis Lukas, *Third Ward, Newark*, New York: Lion Books, 1946, p.39.

恐惧占据了其心灵，他企图用金钱来解决这个难题。他的恐惧心理其实是米尔德里德死前所经历的恐惧心理的复制，也可看作是一场心理恐惧轮回的报应。[①]旺妮不要厄尼的钱，她唯一的目的就是要他体验临死前哀求无效的恐惧滋味。卢卡斯通过这个场景轮回的描写表现了表面上衣冠楚楚的白人老板在恶的报应面前的惶恐丑态。

最后，死法轮回指的是罪犯杀害他人的方法最后也会重现在自己的身上。卢卡斯在这部小说里描写了白人老板厄尼的死法轮回。旺妮每晚出现在厄尼的酒吧，时常盯着他看，导致这个杀害米尔德里德的凶手几乎精神崩溃。为了摆脱自己的噩梦，厄尼采用的方法不是去向警方自首，而是在酒吧里故意制造混乱，并且在混乱中趁人不备用啤酒瓶砸死了旺妮。厄尼成功地转移了警方的侦破视线，使警方得出了旺妮死于酒吧群殴中乱飞的啤酒瓶的结论。然而，旺妮的死并没有减轻厄尼的心理负担，因为旺妮愤怒的眼睛总是浮现在他的脑海里。后来，旺妮的丈夫乔·安德森（Joe Anderson）对厄尼的毒打，以及旺妮的朋友奥蒂斯·埃文斯（Otis Evans）律师对当地政府的施压，导致厄尼的酒吧不得不停止营业。厄尼在内外的各种压力之下，失去了苟且偷生的最后勇气，"他把枪对准其脑袋，扣动了扳机"[②]。厄尼用手枪打爆自己脑袋的场景与他用啤酒瓶砸破旺妮脑袋的场景非常类似，形同一种死法的轮回。卢卡斯的如此描写彰显了因果报应的伦理取向。

由此可见，卢卡斯在这部小说里描写了恶的轮回，揭露了白人种族主义者违背人伦的暴行虽然能够逃脱法律的惩罚，但最终难逃天理的定数。[③]其情节描写带有唯心主义的笔调，但对恶的实施者提出了一种无声的警告，从而有助于净化读者的心灵，助长社会伦理中的正能量。

在《纽瓦克第三选区》里，卢卡斯将人性深处的矛盾内容作为描写人物性格的基点，一方面描写出人性深处形而上和形而下双重欲求的矛盾冲突；另一方面则描写出人性世界中潜意识层面的情感内容。卢卡斯描写的人性两极张力结构为读者认识人性提供了一种新的思维和一个新的视角。正如郑玉兰和张辉所言，"人性是由多维两极要素构成的丰富复杂的矛盾统一体，其内部充满了张力。现实的具体人性绝非存在于对立两极的任何一个端点上，而是存在于对立两极之间某个与社会条件相对

---

① Tyler Stovall, *Paris Noir: African Americans in the City of Light*, New York: Mariner, 1998, p.26.
② Curtis Lukas, *Third Ward, Newark*, New York: Lion Books, 1946, p.157.
③ Paul Gilroy, *Against Race: Imagining Political Culture beyond the Color Line*, Cambridge, Mass.: Harvard University Press, 2001, p.132.

应的'X'点上"①。人性众多的两极既矛盾又统一,既互相依存也互相利用。卢卡斯通过系统力量和情境力量作用于人性的描写,揭示了种族主义社会环境里黑人和白人的人格可能遭到扭曲或毁损;同时他还指出,人性向善是人类文明发展的总趋势,违背人伦的因果报应给白人种族主义者敲响了警钟。卢卡斯关于系统力量、情境力量与人性演绎相互关系的描写拓展了20世纪四五十年代黑人小说的主题空间,有助于继承和发展赖特所开创的非裔美国城市自然主义小说传统。

第二节 《牧牛传说》:约翰逊笔下的"恶"与"善"

《牧牛传说》是查尔斯·约翰逊的第二部小说。约翰逊受中国佛教禅宗的影响,研习12世纪中国佛教廓庵禅师绘制的《十牛图》,探究人从修行到证悟的体悟过程。之后,他把人身自由和幸福生活作为美国黑人追求的"心牛"②,通过小说主人公安德鲁·霍金斯(Andrew Hawkins)因种族原因遭亲生母亲遗弃后寻找"心牛"的心路历程,洞察人间善恶,展现了美国南北战争前的种族关系和种族问题。我国学界近十年开始关注这部小说。陈后亮和贾彦艳认为,约翰逊打破了传统奴隶叙事对"自由"的狭隘界定,有意借鉴道家尤其是庄子有关绝对精神自由的思想来深化人们对自由的认识。③魏永丽探究了黑人在多重文化冲击下所面临的身份危机,揭示小说主人公安德鲁消解文化二元冲突、实现自我的艰难历程。④这部小说的亮点之一就是关于人性善恶的描写和展现。众所周知,人性有善恶两个方面,二者既对立又相辅相成,对人格和人的价值取向具有决定性影响。约翰逊在《牧牛传说》里描写了美国黑奴探寻自由之路的艰难历程,显示了人性的善和恶的内在关联。本节拟从与"善"绝缘的"恶"、与"恶"绝缘的"善"、"善"与"恶"的交织等方面探析约翰逊在这部小说里所表现的善恶观。

与"善"绝缘的"恶"

公元5世纪,古罗马时期的天主教思想家圣·奥勒留·奥古斯丁(Saint Aurelius Augustinus, 354—430)认为只有"善"才是人性的本质和实体,

---

① 郑玉兰、张辉:《论人性的两极张力结构》,载《湖湘论坛》2010年第2期,第127页。
② "心牛"在禅门牧牛图中一般被理解为真实的自我,自我是人之生命的本体。
③ 陈后亮、贾彦艳:《美国非裔文学中的"新鲜事物"——论〈牧牛传说〉里的道家思想》,载《外语教学》2015年第1期,第89页。
④ 魏永丽:《解构"二元对立"——〈牧牛传说〉中安德鲁的混杂身份认同》,载《世界文学研究》2020年第3期,第79页。

它的根源就是上帝，而"恶"只不过是"善"的缺乏或"本体的缺乏"。罪恶的原因在于人滥用了上帝赋予人的自由意志，自愿地背离了"善"之本体。①人性之"恶"就其本义而言，是指人类作为一种生物，具有与生俱来的生存本能。这种本能的泛化性和极端性发展必然会强化当事人自我实现的动机，引起唯我思想的泛滥，导致求生本能发展成一种极度自私的欲望和行为，进而生成一种反社会、反文明、反法制和反伦理的"恶"。这种"恶"在发展过程中与人性之"善"背道而驰，与弗洛伊德提出的"本我"如出一辙。约翰逊在《牧牛传说》里描写了人性之"恶"的极端表现形式，显示了"恶"脱离"善"后的情形。笔者拟从唯我之"恶"、以"恶"报"恶"和物化之"恶"等方面探讨这个问题，揭示"恶"的社会危害性及其对人性的扭曲。

首先，唯我之"恶"指的是当事人在社会生活中以个人享乐和物质占有作为人生奋斗目标的一种人性之恶，通常把自私自利的思想和行为发展到违背社会伦理和道德的极端状态。②约翰逊在这部小说里通过描写换妻事件和性霸凌事件，展现了唯我之"恶"对人性的践踏。南卡罗来纳州"跛子门"棉花种植园的奴隶主乔纳森（Jonathan）为了满足自己的色欲，与庄园的黑人管家乔治（George）换妻共寝。他的换妻行为以满足个人淫欲为动机，践踏了女性的尊严。乔纳森的妻子安娜（Anna）夜里醒来，发现和自己发生性关系的不是丈夫而是黑奴乔治，顿时万分愤怒，从此与丈夫分居，而且拒绝承认自己与乔治生下的孩子安德鲁（Andrew），视其为人生耻辱。乔纳森的换妻行为不但破坏了自己的家庭关系，而且还给下一代造成了难以弥补的心灵创伤。此外，约翰逊还描写了利维坦农场女奴隶主弗洛·海特菲尔德（Flo Hatfield）的唯我之"恶"。弗洛的唯我之"恶"主要表现在三个方面：第一，贪色。弗洛40多岁，结过11次婚，其丈夫们总是因各种原因去世，她至今仍是个寡妇。她拥有农场和矿山，周期性地安排健壮和面貌较好的男性奴隶来伺候，为其提供性服务。当小说主人公安德鲁到其农场打工时，被她招为性奴。为了获得更大的性快感，她还引诱安德鲁抽鸦片，完全不顾及鸦片对他人身体的严重危害。她要求男性与她发生性关系时要有牺牲精神和服务意识，不然就会遭到她的遗弃和迫害。第二，贪财。安德鲁为弗洛当了一年性奴，竭力满足她的一切要求。但是

---

① Richard James Severson, *The Confessions of Saint Augustine: An Annotated Bibliography of Modern Criticism, 1888-1995*, Westport, Conn.: Greenwood Press, 1996, p.45.

② Şafak Ural, *Solipsism Physical Things and Personal Perceptual Space: Solipsist Ontology, Epistemology and Communication*, Wilmington, Delaware: Vernon Press, 2019, p.87.

当安德鲁向她讨要工钱时,她却说:"安德鲁,我从来不支付工钱。"①她对男性只有索取,没有付出。第三,占有癖。弗洛从来不善待与她发生过性关系的男性。为她提供性服务的奴隶被她遗弃后,通常会不明不白地失踪或失去性命,如男性黑奴穆恩(Moon)、帕特里克(Patrick)等。在其心目中,与她发生过性关系的男人都是她的私有财产,不能再和其他女性亲密接触。由此可见,唯我之"恶"是自私自利的极端表现形式,当事人对其他人没有同情之感,更谈不上趋善的共情关系。

其次,以"恶"报"恶"指的是用恶行去回报别人的恶行,也可称为"以暴制暴"。这种行为也是与"善"绝缘的一种"恶",通常会造成恶性循环,给社会和他人造成严重的伤害或危害。约翰逊在这部小说里描写了一个以"恶"报"恶"的事件。洛克海尔(Rakhal)的土地被村长阿克巴尔(Akbar)骗走一半,无法索回,他的内心充满了仇恨。因此,洛克海尔威胁阿克巴尔道:"我将在一周之内带来一场雨,这雨会引起疯病。"②但阿克巴尔不以为意,拒绝归还骗到手的土地。不久,大雨降临,被雨水淋湿的村民们纷纷精神失常。全村人包括洛克海尔都变成了疯子,只有阿克巴尔一人神志清醒。由于村里所有的人都处于疯癫的幻觉之中,按疯子的思维行事,因此阿克巴尔规劝村民的话反而被村民认为是疯话。作为正常人的阿克巴尔生活在全是疯子的环境中,最后为了便于与村民相处,他也喝下了致病的水,变成了疯子。洛克海尔招来导致疯病的雨水带有神话色彩,但其报复是以自己和无辜村民的性命为代价的行为,是"恶"的一种极端表现形式。他这种不惜一切代价报复仇人的行为,是其内心之"恶"的外在表现,丝毫没有"善"的成分。因此,他的报复是一种可悲、可怜、可恨的自我毁灭和殃及无辜的行为。

最后,物化之"恶"就是当事人出于私利或个人目的把他人视为物,无视他人的人权和情感的一种人性之恶。当事人物化他人的过程也是一个"去人性化"的过程,让"恶"占据心灵,使自己进入共情腐蚀的状态。约翰逊在这部小说里描写了非洲人利博(Reb)在奴隶制时期被物化的故事。利博在非洲老家被捕奴者抓获,被当作物品卖到一艘贩奴船上,后又遭受到多次转卖。最后,他被弗洛的丈夫厄尔(Earl)买来,取名为"利博"。此后,利博就在弗洛的农场终身为奴,成为弗洛的私有财产。此外,约翰逊还以犀利的笔触描写了美国南北战争前的奴隶拍卖会。在19世纪四五十

---

① Charles Johnson, *Oxherding Tale*, New York: Scribner, 1982, p.72.
② Charles Johnson, *Oxherding Tale*, New York: Scribner, 1982, p.49.

年代，公开的奴隶贸易已被政府禁止，但在南方的某些地方仍然有奴隶拍卖会非法举行。沙利文酒吧就举办了一场奴隶拍卖会。奴隶被当成有价商品，被当众拍卖，出价最高者获得其所有权。在拍卖会上，先是一对黑人中年夫妇被拍卖，后是安德鲁的前女友明蒂（Minty）被推上拍卖台，售价为200美元。安德鲁是当地学校的一名教师，并不富裕，身上仅有20美元。为了把前女友救出火坑，他毫不犹豫地用20美元交了定金，并答应在一个月之内付清余款，就这样，他成功把前女友救出了火坑。把人当成物的行为是对人权的践踏和蔑视，而安德鲁赎买明蒂的行为是把物当成人和尊重人权的高尚举动。

约翰逊在《牧牛传说》里描写了唯我之"恶"、以"恶"制"恶"和物化之"恶"所引发的各种道德问题和社会问题，揭示了"恶"的反社会性及其对人格的扭曲和对心灵的毒害。与"善"绝缘的"恶"是对道德伦理和社会规则的颠覆，很难从人的本性中去除，具有极大的社会破坏性和危害性，同时还会扭曲人格，为种种恶行提供滋生的温床。

与"恶"绝缘的"善"

"善"与"恶"并存于世，两者会产生激烈的斗争和冲突。如果"恶"的一方占上风，"恶"就会支配人的心灵，从而使当事人做出一些违背伦理和社会规则的事情，但如果"善"的一方占了上风，"恶"就会失去对人的支配权和统治权，从而促使当事人做出一些以"善"为特征的好事。约翰逊在《牧牛传说》里表明人的行善过程也是在内心里消解"恶"之干扰和影响的过程。笔者拟从母性之"善"、博爱之"善"和真爱之"善"三个方面来探究约翰逊笔下"恶"消解后形成的"善"，以揭示人性的向善光芒。

首先，这部小说最重要的人性光辉之一就是关于母性之"善"的描写。众所周知，母性是母亲对子女的天然性关心和爱护，例如母亲对孩子从婴儿期、儿童期、青少年期，直至成年，都给予无微不至的关怀和爱护等。约翰逊描写的母性之"善"不是指母亲对亲生子女的爱，而是女性对没有血缘关系的子女的关爱，显现了母性之"善"的无私和伟大。在换妻事件中，白人女奴隶主安娜在不知情的情况下与黑奴乔治发生了性关系，生下混血儿子安德鲁，但她拒绝承认和抚养亲生儿子。乔治只好把安德鲁带回家抚养。对于乔治的妻子玛蒂来讲，安德鲁是丈夫和他人生下的"野种"。通常，妻子对丈夫的私生子都是持排斥和否认态度的。玛蒂虽然是一名黑人妇女，但仍然具有母性之"善"的普遍性特征，即同情弱小。母性之"善"的伟大使她战胜了内心的嫉妒和怨恨之"恶"，释放出母爱的光辉，从安德鲁降生的第一天就担任了他的养母,把他视为己出,给予了安德鲁无微不至的关爱,最终把他抚养成人。玛蒂母性之爱的给予与安娜母性之爱的缺乏构成鲜明的对比,从而表明黑人在人性向善方面的淳朴和担当远远超过那些瞧不起黑人妇女而自以为"高人一等"的白人女性。

其次,博爱之"善"表现为人与人之间互相关心和互相帮助的一种关系。博爱最基本的条件是坚信人人平等的伦理原则和持有一颗热忱助人之心,去帮助一切需要关心和救助的人。博爱既是无私的,也是高尚的。博爱之"善"表明,博爱既能把这种爱给予亲人和朋友,也能把这种爱给予不认识的人,甚至是在不喜欢的人或敌人遇到困难的时候也能伸出援助之手。约翰逊在这部小说里塑造了一些博爱之人的形象,如杰拉尔德·昂德克里夫(Gerald Undercliff)和约翰(John)。昂德克里夫是斯帕坦堡镇上的著名医生。他克服了内心深处对金钱的本能性贪婪之"恶",时常救治身无分文的患者,把医生的博爱医德传播给弱者。昂德克里夫给骑马摔伤的安德鲁治伤,当时安德鲁是一个逃亡奴隶,身上根本没钱,但昂德克里夫医生仍然给予他精心的治疗,并安排自己的女儿佩姬(Peggy)来护理,早晚用香皂清洗其伤口,安德鲁因此得以快速康复。之后,当安德鲁把患重病的女奴明蒂送到诊所时,昂德克里夫在明知收不到医疗费的情况下仍然积极抢救。虽然抢救几个小时后仍未能救活明蒂,但他高尚无私的医德极好地诠释了医者的博爱之"善"。约翰逊还描写了农夫约翰的博爱之"善"。当安德鲁和利博逃到约翰家附近时,捕奴队在威尔·麦克莱肯(Will McCraken)的率领下骑马来到约翰家门前询问他是否看到逃奴。威尔跟他说:"逃奴偷了两匹马,如果抓到那个混血儿逃奴,奖金是100美元;如果抓到那个大个子黑奴,奖金是50美元。"约翰明知那两名逃奴就躲在他家附近的树林里,但他回答道:"我没看见逃奴。"150美元在当时是很大一笔钱,对约翰有不小的吸引力,但逃奴被抓回后的悲惨遭遇引起了他的共情想象,因此他用博爱之心和心理移情的方式消解了内心的贪念,做出了"不告发逃奴"的决定。他失去的是不义之财,获得的是博爱之"善"和做人的良知。博爱之"善"就是把爱给予一切受苦受难之人,使他们免于在不幸中受到更大的伤害或失去生命。

最后,约翰逊在这部小说中描写得最为感人的是真爱之"善"。安德鲁到昂德克里夫医生的诊所里看病,医生的独生女儿佩姬对他一见钟情,之后就深深地爱上了他。佩姬年轻貌美,而且有文化,追求者甚多,但在当地她没有一个心仪的对象。她对安德鲁的真爱主要表现在两个方面:第一,她不计较安德鲁的身份。她知道安德鲁是混血儿逃奴,与她的社会地位有天壤之别。但是,她克服了白人惯有的种族歧视和种族偏见,义无反顾地爱上了安德鲁,不但从不去追查安德鲁的过去,还介绍他到镇上的学校当教师,使安德鲁的种族越界获得了客观上的成功。第二,她尊重安德鲁的隐私和情感。安德鲁从奴隶拍卖会上把前女友明蒂带回家,向妻子佩姬提出了三项请求:一是请求妻子允许明蒂住在家里;二是请妻子向其父亲借钱来支付安德鲁购买前女友的大笔尾款;三是恳求妻子去请其父亲昂德克里夫医生给明蒂治病。从社会伦理学来看,安德鲁的三项请求无疑触碰了家庭夫妻关系的底线。安德鲁在没有征得妻子同意的情况下,擅自做主购买了前女友明蒂的自由,其个人的钱又不够,还要妻子筹钱去支付,并且还要妻子的父亲无偿地救治其前女友。一般来讲,任何女性都不希望自己的丈夫那么关爱其前女友,但是,佩姬用真爱消解了自己的嫉妒之"恶",对安德鲁说:"你在乎的,我也在乎。"佩姬的话语表达了夫妻恩爱和信任的最高境界,言下之意是,安德鲁要救助前女友,佩姬也会全力相助;丈夫想做的事,她都会赞成。佩姬对丈夫安德鲁的真爱表现出令读者欣慰和感动的善意,由此可见,真爱可以消除内心的嫉妒、仇恨或狭隘之"恶",使善良的人性之花得以绽放。

《牧牛传说》从母性之"善"、博爱之"善"和真爱之"善"的角度揭示了美国奴隶制社会里的人性向善之光。约翰逊展现了女奴玛蒂母爱的伟大、昂德克里夫医生救死扶伤的精神和佩姬的真爱,体现了人性之"善"。这些行善者都是站在弱者的角度考虑问题,体谅他们的不幸和难处,克服自己内心中"恶"的干扰,为他们提供自己的最大帮助。这部小说表明:内心真正善良的人,从不计较帮助别人所产生的得失,也不会衡量需要帮助之人的身份地位;他们的崇高之处在于从帮助他人的善行中获得快乐和自我满足。

"善"与"恶"的交织

"善"与"恶"的交织指的是在一定社会环境里发生在同一个人身上的善良与邪恶的交织,表明这个人的行为和思想上的"善"与"恶"纠缠在一起,形成"恶中有善"和"善中有恶"的情形。在"恶"与"善"的搏击中,当一个人头脑里的"恶"战胜"善"的时候,当事人就从善良之人转变成邪恶之人。其最初表现出来的"善"就转化成为一种伪善。[1]然而,

---

[1] Blaine J. Fowers, et al., *Frailty, Suffering, and Vice: Flourishing in the Face of Human Limitations*, Washington, DC: American Psychological Association, 2017, p.49.

当一个人的人格中的"善"战胜"恶"的时候，当事人就从邪恶之人转变成善良之人。这时，"善"就是良心未泯之"善"。此外，在一定的社会场景里，"善"和"恶"相互影响、相互转化、相互制约，导致善恶难以辨别的场景，展现了人性的社会复杂性。一般来讲，利他的、符合道德和法律规范的行为即为"善"，反之即为"恶"。约翰逊在《牧牛传说》里描写了善恶交织的社会现象和人物心理，呈现了美国奴隶制社会对人性的扭曲。笔者拟从三个方面来探究这部小说所涉及的善恶交织问题："善"中有"恶"、"恶"中有"善"和善恶难辨。

首先，"善"中有"恶"指的是当事人做的事表面上是好事，但实际上其行为暗含谋求个人利益的私心，目的是追求个人利益的最大化，无视可能给他人带来的损失。这样的行为者通常以伪善者的面目出现，对他人具有一定的欺骗性。伪善之人，往往是具有心机之人。约翰逊在这部小说里描写得最好的两个伪善者形象是男性奴隶主乔纳森和女性奴隶主弗洛。安德鲁是黑人乔治和白人妇女安娜生下的混血儿，肤色呈白色。安娜的丈夫乔纳森见安德鲁达到了入学年龄，于是他就高薪聘请伊齐基尔（Ezekiel）为家庭教师。伊齐基尔向安德鲁传授哲学、社会学等方面的知识，并且还讲授希腊语，旨在把奴隶安德鲁培养成一名绅士。允许奴隶学习文化知识在美国南方奴隶制时期是一个禁忌，乔纳森的行为对于安德森来讲无疑是一种"善"，但他培养安德鲁的目的不是让安德森拥有渊博的知识并为社会服务，而是把安德鲁视为自己的私有财产，他把安德鲁培养成有知识、有教养、有文化的人是为了将来卖一个好价钱。此外，安德鲁向乔纳森提出自己想外出打工，挣钱回来赎买女友、父亲及养母的自由。安德鲁对乔纳森说："一年之内，我将回来从您那里购买明蒂、乔治和玛蒂（Mattie，乔治的妻子——笔者注）的自由。"[①]乔纳森帮他写了一封推荐信，介绍他到农场主弗洛那里做工。乔纳森的行为表面上带有善意，为安德鲁找工作提供了方便，然而，其伪善之后暗藏其心灵的黑暗面。当安德鲁提出不想再给他当奴隶的时候，他的报复之心油然而生。他帮安德鲁推荐的不是一份正常的工作，而是让安德鲁去给弗洛当性奴。他明知安德鲁到弗洛家之后的命运是什么，但仍然把他推入火坑。由此可见，其善良行为的背后包藏祸心，具有不可告人的害人之心。伪善比无"善"更可怕。无"善"给人的感觉是直观的，容易被人们发现，而伪善的人却是非常可怕的。如果没有长时间的观察和体验，当事人很难认清伪善者的真面目，从而给

---

① Charles Johnson, *Oxherding Tale*, New York: Scribner, 1982, p.18.

正常的人际交往埋下隐患或祸根。

其次,"恶"中有"善"指的是当事人的行为举止表面上充满"恶",但实际上"恶"是其外在表现形式,而"善"才是其行为举止的本意。在这部小说里,奴隶安德鲁和利博离开弗洛的矿山后,拼命往北方逃亡。但是在途中,安德鲁从马上摔下来受了重伤,在歇息时遇到了绰号为"灵魂捕捉器"[①](Soulcatcher)的逃奴捕捉者班农(Bannon)。安德鲁觉得不妙,想以要赶夜路到斯帕坦堡(Spartanburg)为名离开班农。但班农觉察出他的动机,掏出手枪,不准其离开,厉声说道:"你知道我是如何捕捉到第一个冒充白人的黑鬼的吗?"[②]班农阻止他们赶夜路的原因不是要抓他们,而是因为安德鲁摔伤严重。第二天,班农用胁迫的方式把安德鲁送到镇上医生杰拉尔德·昂德克里夫处就医。胁迫和限制他人的人身自由是一种"恶",但其目的是防止安德鲁在惊慌中逃走而耽误治疗。因此,班农的"恶"带有"善"的元素。班农虽然是臭名昭著的猎奴者,但在对待安德鲁的伤情方面显示了其善良的一面。

最后,善恶难辨是善恶交织中最为复杂的一种情况,指的是当事人做某事的动机和后果同时带有善良和邪恶的因素,难以清晰辨别出其后果,留给读者的是难以消解的迷惘。在《牧牛传说》里,阿西娅(Althea)年仅15岁,因生病而导致高位瘫痪,失去了基本的生活自理能力。其父摩西(Moses)终日在酒吧酗酒,把阿西娅视为其生活中最大的负担。当伊齐基尔获悉这个情况后,非常同情阿西娅的遭遇,于是把一个月的工资捐给她。摩西把伊齐基尔的同情和帮助视为自己拜托父亲责任的契机,于是平时就打着为阿西娅治病的旗号不断向伊齐基尔索要钱财。摩西不知感恩的索取是"恶"的一种表现形式,但有助于为阿西娅提供基本的生活需要。为了让阿西娅有更好的生活保障,摩西以400美元的价格把阿西娅卖了伊齐基尔。父亲把生病的女儿卖给比他富裕的伊齐基尔。在这个事件中,摩西"善"的一面是解决了阿西娅的生活和治疗费用问题,"恶"的一面是他把女儿当货物出售的行为践踏了人类社会的伦理底线,难以被文明社会接受。摩西是个酒鬼,如果不把阿西娅卖给有钱人,阿西娅的生活就难以延续;如果把她卖给他人,她就有了一条新的生路,这似乎是"善"的表现。因此,从摩西卖女儿的初衷来看,这个事件所呈现的"善"和"恶"交织在一起,难以做出明

---

① 灵魂捕捉器是指北美印第安人巫医用于盛患者灵魂的空骨管。
② Charles Johnson, *Oxherding Tale*, New York: Scribner, 1982, p.116.

确的界定，从而形成了善恶难辨的情形。

《牧牛传说》展现了在奴隶制社会里善恶交织的个人心理和社会反响，揭示了美国奴隶制社会对人权和个人尊严的践踏。个人行为的"善"中有"恶"揭示了伪善的社会本质，"恶"中有"善"显示了不当行为中的善意，而善恶难辨的社会现象体现了人性在不同社会场景里的复杂性。因此，在约翰逊的笔下，善恶交织的行为揭示了"善"和"恶"的社会复杂性和演绎性，在一定社会场景和历史时刻，"善"和"恶"可以互相转化、互相制约。

总之，约翰逊在《牧牛传说》里从与"善"绝缘的"恶"、与"恶"绝缘的"善"、"善"与"恶"的交织三个方面呈现了自己的人性观和善恶观，表明泯灭人性的"恶"、洋溢欣慰之情的人性至善和善恶难辨的复杂人性构成了美国奴隶制社会在人性演绎中的多维动态图，揭示了奴隶和奴隶主、白人和黑人、男性和女性的本性，以及他们受环境影响所产生的人格变化及其价值取向和社会伦理观。作家通过这部小说表明：知"善"辨"恶"是人性本能，为"善"去"恶"符合人类社会的价值自觉或价值判断。约翰逊关于人性善恶的描写丰富和发展了理查德·赖特开创的美国黑人城市自然主义性恶书写传统，拓展了黑人文学的主题空间，对当代黑人小说的发展做出了积极的贡献。

第三节 《拥有快乐的秘密》："煤气灯效应"中的社会陋习之恶

艾丽斯·沃克（1944— ）是当代美国著名的非裔小说家。截至 2023 年，她发表了七部长篇小说，即《格兰奇·科普兰的第三次生命》(*The Third Life of Grange Copeland*，1970)、《子午线》(*Meridian*，1976)、《紫色》(*The Color Purple*，1982)、《我家族的庙宇》(*The Temple of My Familiar*，1989)、《拥有快乐的秘密》(1992)、《父亲的微笑之光》(*By the Light of My Father's Smile*，1998)和《现在可以敞开你的心扉了》(*Now Is the Time to Open Your Heart*，2004)。她获得的主要文学奖项有美国"国家图书奖"（1983）、"普利策小说奖"（1983）、"欧·亨利奖"（1983）等。沃克在文学作品中既描写白人中心社会的黑人意识，又关注男性中心社会的女性意识。她站在一个超越种族意识形态的高度，通过对黑人男女之间矛盾冲突的描写，展现黑人种族的文化特质和心理状态，塑造出的黑人形象既有普遍共性又有独特个性。她在倡导"妇女主义"①的学说中鼓励非裔美国女性为寻求独立自主的女性人格而不懈奋斗。《拥有快乐的秘密》是沃克发表的第五部长篇小说,也是世界文学中揭露非洲女性割礼问题的重要文学作品之一。其第三部长篇小说《紫色》中的次要人物塔希(Tashi)和亚当(Adam)成为这部小说的主人公。该小说讲述了非洲部落割礼陋习给女童和成年女性造成的巨大生理伤害和心理创伤,揭露了社会系统力量和情境力量扭曲人性所造成的社会悲剧。该小说发表后受到国内外学界的关注。伊芙琳·C. 怀特(Evelyn C. White)高度赞扬了《拥有快乐的秘密》,认为割礼是厌女症的直接表现形式,严重伤害了女性的身体健康和人格尊严。[2]詹姆斯·M. 霍尼卡特(James M. Honeycutt)指出:"这部小说的每一页都充满了对女性的同情,抨击了非洲原始部落父权制思想的反人类性。"[3]斯蒂芬妮·罗森布鲁姆(Stephanie Rosenbloom)说:"该小说的多个叙述人对同一事件的叙述,增添了作品主题表达的立体感和客观性。"[4]

我国学界从 21 世纪初开始关注这部小说。黄晖采用拉康的镜子阶段理论,对小说女主人公塔希的自我身份认证历程进行分析,审视了塔希的自我意识,揭示出后现代语境中黑人文学作品的文化内涵和人物形象的文化原型意义。[5]张燕说:"该书不但体现了沃克对非洲女性生存状态的真切关怀,而且也反映了她对非洲社会从传统走向现代的深入思考。"[6]水彩琴认为,该小说叙述者的身份和心理变化映射了塔希心灵成长的不同阶段,与卡尔·古斯塔夫·荣格(Carl Gustav Jung)的人格结构理论中所界定的人格面具、阿尼玛/阿尼姆斯、阴影和自性等原型形成一定的对应关系,演绎

---

① "妇女主义"(womanism)这个术语最早是由当代非裔美国女性作家艾丽斯·沃克在其论文集《寻找我们母亲的花园》(*In Search of Our Mother's Gardens*,1983)中提出的。她倡导美国黑人妇女成为"妇女主义者",在遭到种族和性别的双重压迫时不要失去自我,而要去除女性的怯弱,积极争取自己的应有权利。同时,她鼓励黑人妇女在困境中和所有人团结起来,而不是像女权主义者那样单方面地排斥男性,以此开创热爱生活和热爱自我的新生活,消解有色人种妇女在社会里可能面临的各种偏见和歧视,从而开拓有意义和有价值的女性人生之路。

② Evelyn C. White, *Alice Walker: A Life*, New York: W. W. Norton & Company, 2005, p.29.

③ James M. Honeycutt, *Promoting Mental Health through Imagery and Imagined Interactions*, New York: Peter Lang, 2019, p.43.

④ Stephanie Rosenbloom, "Alice Walker-Rebecca Walker-Feminist-Feminist Movement-Children," *The New York Times*, 2007-3-18.

⑤ 黄晖:《镜子阶段与自我认证——阐释艾丽斯·沃克的小说〈拥有快乐的秘密〉》,载《英语研究》2003 年第 3/4 期,第 42 页。

⑥ 张燕:《一部大胆揭露女性割礼的小说——读爱丽丝·沃克的小说〈拥有快乐的秘密〉》,载《英美文学研究论丛》2017 年 2 期,第 170 页。

了塔希的人格从分裂到整合的过程。[①]郭建飞和许德金以这部小说中的类文本及其叙事功能为主要研究对象，聚焦作为类文本的献词、题记、致读者、致谢等要素，通过具体的例证分析，指出它们在文本叙事中主要存在引导、评论及深化文本主题的功能。[②]总的来看，国内外学界都给予该小说以高度评价，其探究了人权、道德、心理和种族等方面问题，但对精神控制问题的研究还不够深入。该小说所描写的精神控制现象非常近似于美国心理学家罗宾·斯特恩（Robin Stern）于 2007 年提出的"煤气灯效应"（gaslight effect）。"煤气灯效应"又叫"认知否定"，实际上是一种通过"扭曲"受害者眼中的真实情况或真相而进行的心理操纵，为受害者洗脑，否定其以前对事物的看法。也就是说，心理操纵者把虚假或欺骗性的话语不断地告知受害者，使受害者从不信转变到相信，导致受害者开始怀疑自己本来的想法，质疑自己的智力、记忆、经验和意识，最后在思想和行为等方面达到操纵受害者的目的。因此，本节拟采用罗宾·斯特恩关于"煤气灯效应"的基本理论，从"煤气灯效应"的文化操纵与社会化精神控制、"煤气灯效应"的内化与个体性精神控制和"煤气灯效应"的基本焦虑与反精神控制三个方面来探究《拥有快乐的秘密》中"煤气灯效应"与精神控制的内在关联，揭示传统文化中的陋习之恶对非洲妇女的巨大危害。

"煤气灯效应"的文化操纵与社会化精神控制

人是社会性动物，总是生活在一定的社会环境里。社会环境里许多约定俗成的规则构成了具有民族生活特征的文化。这种文化与人的生活密切相关，难以分割。文化对人的思维方式、价值观、世界观和审美观都具有巨大的约束力和影响力。文化的精神控制具有积极和消极两个层面。[③]一般来讲，积极的文化精神控制有助于形成民族凝聚力，推动社会的不断进步和发展；而消极的文化精神控制则会迫使民众接受不合理的社会习俗或恶俗，扭曲人们的价值取向，给人类进步和社会发展带来反作用。[④]因此，消极的文化精神控制在一定的社会环境里就可能形成一种"煤气灯效应"，操纵者不是具体的人，而是看不见、摸不着但又时时出现在人们生活中的某

---

① 水彩琴：《分裂与整合——〈拥有快乐的秘密〉中塔希的多重人格》，载《兰州大学学报（社会科学版）》2013 年第 4 期，第 144 页。
② 郭建飞、许德金：《引导、评论、深化文本主题——〈拥有快乐的秘密〉中的类文本及其叙事功能分析》，载《当代外国文学》2020 年第 1 期，第 27 页。
③ Ronald T. Kellogg, *Fundamentals of Cognitive Psychology*, Thousand Oaks: Sage, 2016, p.76.
④ Orit Badouk Epstein, et al., eds. *Ritual Abuse and Mind Control: The Manipulation of Attachment Needs*, London: Karnac, 2011, p. 231.

种文化陋习，文化依附感强的人更易遭受危害。沃克在小说《拥有快乐的秘密》里描写了奥林卡部落对女性实施"割礼"之陋习形成和延续的文化因素，揭示了部落文化成为"煤气灯"操纵者的精神控制社会化问题。正如斯特恩所言，"煤气灯操纵是一种隐秘的霸凌行为，操纵者大多是伴侣、朋友或家人。他们一边口口声声说爱你，一边暗中搞破坏。你能感受到哪里不对劲，但又说不出来"[1]。因此，本部分拟从社会禁忌和打击异己两个方面探讨这部小说里文化陋习与社会化精神控制的内在关联，揭示"煤气灯效应"形成的社会环境和相关社会危害性。

一方面，社会禁忌指的是在一定社会形态里人们对神圣的、不雅的、危险的事物所持的反对态度以及随之而形成的社会禁忌。社会禁忌也可视为人们为自身的功利目的而从心理和言行上采取的自卫措施。社会禁忌逐渐演变成大家都必须遵守的社会习俗和规则，在社会系统力量的支持下通常对民众具有强烈的精神控制作用。禁止性和惩罚性是社会禁忌的两个主要特征。在《拥有快乐的秘密》里，沃克描写了非洲奥林卡部落的诸多社会禁忌，比如禁止部落男女在庄稼地里发生性关系。按照当地长老的忠告，如果发生了这样的事，当事人会遭到神的惩罚，整个村子的粮食收成会因此而歉收。这个部落还规定，没有接受过割礼的女人不能结婚，随之形成了"不做割礼手术的女人就是下贱女人"的部落认知和社会氛围。在这样的社会环境里，没有被割礼的女人或者是被剥夺了基本人权的奴隶，或者是没有接受教化的丛林野人。那些拒绝接受割礼的女人不是被部落长老卖给奴隶主为奴，就是被强行施行割礼。此外，部落的成年男子和妇女都必须在脸上刻上部落的标记，不然就会被赶出部落。社会习俗具有巨大的约束力和威慑力，对所有社会成员形成了一股强大的精神控制力，导致他们从小就接受了割礼和脸上刺字的部落陋习。奥林卡部落的年轻女子塔希即便已经离开了部落，将要和美国青年亚当结婚，临行前仍不忘重返部落，在自己的脸上刻上部落标记。她在西方文化和非洲土著文化之间坚持选择了非洲的文化陋习，这使好朋友奥莉维亚（Olivia）和未婚夫亚当都觉得难以理解。由此可见，社会陋习对部落成员的精神控制力有多么的巨大。部落长老是文化陋习的坚守者和倡导者，是"煤气灯效应"的幕后黑手，不时为部落民众洗脑，使其不自觉中屈服于传统文化的控制。处于被操纵地位的奥林卡妇女在遵守部落一切成规的同时，也使自己处于部落长老的精

---

[1] 罗宾·斯特恩：《煤气灯效应：如何认清并摆脱别人对你生活的隐性控制》，刘彦译，北京：中信出版集团，2020年版，第 viii 页。

神控制中。"哪怕是伤害自己身体的割礼或在脸上刻标记,她们也得无条件地接受。"[1]部落妇女所遭受的一切不幸显示了非洲部落传统陋习的巨大社会影响力和精神控制力。

另一方面,打击异己指的是采用合法或非法手段攻击、排斥和迫害那些与自己政见不同的人士的行为。在非民主社会体制里,打击异己是一种社会常态,目的是要消除不同的观点,维护统治者个人的主张或权威。[2]沃克在这部小说里讲述了奥林卡共和国总统打击异己的故事。小说主人公塔希因涉嫌杀害奥林卡最有名望的割礼师穆丽萨(M'Lissa)而遭到法庭审判。塔希是非洲割礼的受害者,她几十年后回到家乡杀死了给她施行过割礼的穆丽萨。这个事件引起了当地媒体的广泛关注。奥林卡地区已经发展成为了奥林卡共和国,其总统是割礼习俗的坚决捍卫者。他除了来自罗马尼亚的一位妻子外,其他妻子都接受了割礼。他认为塔希的谋杀行为是对国家传统的挑战,因此强烈主张法庭判处她死刑。为了达到对媒体记者的精神控制,他残酷镇压敢于发表相反意见的记者。沃克借用亚当之口揭露了当时的实情:"媒体都在撒谎,正直的记者或者被杀害,或者被赶走,还有不少记者被收买,留下来的记者都是讨好总统的。"[3]总统成了"煤气灯效应"的操纵者,采用高压手段,控制当地记者的思想自由和行动自由。敢于抗争的记者消失后,剩下来的记者就沦为了被操纵者。这些记者在"煤气灯效应"的作用下,失去了是非观和主观能动性,渐渐顺从总统的主张,竭力争取得到总统的信任或赞赏,从而陷入一种社会化的精神控制状态。

"煤气灯效应"中的文化操纵是一种公开的霸凌行为,操纵者大多是部落长老或政府首脑等。被操纵者被禁锢在文化陋习的精神控制之中,难以自我解脱。奥林卡部落的长老们在小说里没有直接出面,但是他们对割礼的规定是通过部落的割礼师、部落男性和部落成年女性来实施的,形成了一种部落文化习俗不容违反的精神控制氛围。违背者将遭受到部落族人和家人的长期情感虐待和审美歧视,从而面临巨大的文化压力和生存压力。因此,"煤气灯效应"的文化操纵是对受害者的一种社会化情感操纵,使被操纵者逐渐接受一些被扭曲的现象和对自己有危害的社会习俗。

---

[1] Geneva Cobb Moore & Andrew Billingsley, *Maternal Metaphors of Power in African American Women's Literature: From Phillis Wheatley to Toni Morrison*, Columbia: University of South Carolina Press, 2017, p.89.

[2] Wendy Hoffman & Alison Miller, *From the Trenches: A Victim and Therapist Talk about Mind Control and Ritual Abuse*, London: Routledge, 2019, p.98.

[3] Alice Walker, *Possessing the Secret of Joy*, New York: The New Press, 1992, p.194.

"煤气灯效应"的内化与个体性精神控制

"煤气灯效应"的内化指的是一些人在一定社会语境里的文化中内化了不利于生存和发展的文化陋习，把给他人带来各种伤害的东西视为理所当然、天经地义、不容置疑。这种内化效应具有极大的误导性和蛊惑性，会使人形成从众心理，并把人引向歧途，造成不良后果。[1]一些人本身可能是受害者，但他们内化了部落陋习，转变为陋习的坚定维护者和"煤气灯"的狂热操纵者，对其他被操纵者实施精神控制。正如斯特恩所言，"通过煤气灯操纵来实现政治目的已经是很可怕的现象，但问题不止于此——它已经渗透到我们生活的方方面面。有些方面看起来似乎是个人的事，但实际上已经被社会的总体文化深深影响。正是这种文化不断地鼓励我们去相信那些明显不是事实的想法"[2]。内化了部落陋习的"煤气灯"操纵者不断贬低被操纵者，或是用道德绑架的方式摧毁被操纵者的自信心和自尊心，使被操纵者相信自己的抵制或反抗是错误的，从而自觉接受控制。文化陋习的内化实际上就是一种成功的洗脑，"煤气灯"操纵者鼓励或诱导妇女去相信那些说割礼好的话语，从而从精神上控制她们。[3]笔者拟从母亲偏执和男权至上两个方面来探讨沃克在《拥有快乐的秘密》里所描写的文化陋习之内化问题与个体性精神控制之间的内在关联，揭示洗脑给部落妇女造成的巨大伤害。

首先，沃克笔下的母亲偏执指的是母亲内化了非洲部落关于割礼的文化陋习后表现出来的一种执拗的、刚愎自用的心理，从"煤气灯"的被操纵者变成了"煤气灯"的操纵者，使自己的女儿成为陋习的牺牲品。她们在文化陋习的内化中失去了自我和是非判断力，把伤害女儿的行为视为女儿获得幸福的敲门砖，因此，她们强迫女儿服从自己的意志，漠视割礼对女儿可能造成的身心伤害。在小说里，穆丽萨是奥林卡最出名的割礼师，但她也是割礼文化的受害者。穆丽萨的母亲内化了部落关于割礼的传统习俗，在其他部落妇女的协助下，对穆丽萨实施了割礼手术。由于割除的部分过多，穆丽萨大腿内侧留下了很长的伤口，部分神经组织严重受损，留下了终身残疾，她只能拖着一条腿走路。部落妇女凯瑟琳（Catherine）也

---

[1] Tony Ward & Arnaud Plagnol, *Cognitive Science as an Integrative Framework in Counselling Psychology and Psychotherapy*, Cham, Switzerland: Palgrave Macmillan, 2019, p.35.

[2] 罗宾·斯特恩：《煤气灯效应：如何认清并摆脱别人对你生活的隐性控制》，刘彦译，北京：中信出版集团，2020年版，第34页。

[3] Fred W. Sanborn & Richard Jackson Harris, *A Cognitive Psychology of Mass Communication*, New York: Routledge, 2019, p.35.

内化了割礼文化,认为女儿不接受割礼就无法嫁人。在这个割礼文化的精神控制之中,凯瑟琳和其他部落妇女按住其大女儿杜拉(Dura)的四肢,让割礼师用锋利的石头片割掉了杜拉的阴蒂和阴唇,结果引起大出血。由于没有基本的消毒措施和止血药物,杜拉惨死在割礼棚里。穆丽萨的母亲和杜拉的母亲在本质上都是疼爱自己女儿的,但由于从精神上认同并内化了部落割礼文化,她们无法判断自己的决定和行为正确与否。她们带着"为女儿前途着想"或"为女儿好"的动机,不自觉地接受了割礼文化的精神控制,做出了伤害女儿、毁掉女儿人生幸福的行为。

其次,男权至上是父权制社会的基本伦理准则。沃克所描写的奥林卡部落处于社会结构从母权制向父权制过渡的时期。当时的社会形态虽然是母系社会,但人们奉行的却是父权制思想,把割礼作为捍卫丈夫对妻子之性专权的特殊手段。割礼使女人普遍丧失了性爱激情,成为满足男性性霸凌和性征服的工具。奥林卡的妇女内化了父权制社会里男性的性特权,以满足男性的性需求为自己的生存意义。作为"煤气灯"的被操纵者,她们接受了割礼,并且在婚后把阴道口缝合变小的手术变成常规化。为了让男性在婚后的性爱中获得更大的满足感,奥林卡的已婚妇女会再次进入割礼棚,让割礼师采用缝合手法,把因生育变大的阴道口缝合变小,以此让丈夫在性爱中获得更大的满足。她们通常希望把自己的阴道修复成第一次割礼时的样子。在这部小说里,塔希向穆丽萨抱怨道:"您缝合得太紧,我和亚当很难做一次爱。"[1]穆丽萨对她说:"你的不算太紧。今天有好多已婚妇女来找我,专门付费,要求缝合阴道口,缝得比你的小得多。她们每次生下孩子后都会来缝合一次,一次比一次更紧。"[2]穆丽萨对塔希提出的问题没有给予同情和理解,而是变相地指责她娇气。穆丽萨的话语表明:当地的很多妇女内化了男权至上的伦理规则,不惜花重金找割礼师缝合阴道口,把性交中撕裂般的疼痛感作为自己爱丈夫的表达方式。那些主动找割礼师缝合自己阴道口的妇女在现实生活中丧失了自我,陷入了被父权制思想绑架后形成的精神控制状态。她们把满足男性的性快感作为自己的神圣使命,似乎在性交中越疼痛,自己得到的快乐就越多,作为妻子的优秀品质就越能得到体现。

《拥有快乐的秘密》从母亲偏执和男权至上等方面展现了文化陋习的内化与个体化精神控制之间的密切关系,揭示了社会习俗和生存原则在精神

---

[1] Alice Walker, *Possessing the Secret of Joy*, New York: The New Press, 1992, p.217.
[2] Alice Walker, *Possessing the Secret of Joy*, New York: The New Press, 1992, p.239.

控制方面的反社会性。个体化精神控制极易使人陷入文化共情陷阱——所有女人都得无条件地接受割礼。"共情是把自己放到另一个人的处境里,想象他的感受能力。"[①]内化了部落陋习的"煤气灯"操纵者不会反省自己的行为是否残忍,是否伤害到妇女的健康,而是一定要坚持既定成规。如果妇女不接受割礼,她们就会遭到打击和排斥,甚至被迫丧失自己的生存空间,面临社会性死亡的悲惨境地。

"煤气灯效应"的基本焦虑与反精神控制

割礼陋习在非洲部落各种社会力量的操纵下形成了巨大的情境力量场,使非洲妇女儿童深陷其中,无法摆脱,产生了深深的基本焦虑,即对未来潜在危机的深度担忧。部落长老和割礼师们在"煤气灯"的操纵中占据绝对的主导地位,获得了对妇女儿童的意识形态控制权。[②]在《拥有快乐的秘密》里,沃克以小说主人公塔希的人生经历,讲述了非洲妇女在割礼中所经受的苦难和觉醒,展现了其在精神控制中寻求摆脱的胆识和勇气。因此,笔者拟从以下三个方面来探讨这个问题:割礼前的美好愿景、割礼后的巨大痛苦和绝望中的反省与抗争。

首先是割礼前的美好愿景。塔希在即将嫁给美国人亚当之际,毅然返回部落,到黑人游击队驻扎的穆波利斯(Mbeles)山区军营去,主动要求接受割礼。她接受割礼是出于两个方面的基本焦虑:社会排斥焦虑和身份认证焦虑。一方面,因没有接受割礼,她遭到奥林卡社会的普遍排斥,被视为"他者"和"异类"。她的朋友以没有阴蒂和阴唇为荣,并且把没有接受割礼的塔希视为怪物,这给她造成了巨大的精神压力;另一方面,按照奥林卡的文化传统,没有接受割礼的女人不能被视为真正的女人。塔希嫁给美国人亚当后,将进入一个完全不同的西方文化环境。塔希说:"割礼是我成为女人的礼仪。"[③]她在结婚前对割礼充满了向往,认为割礼手术会使她与奥林卡的部落妇女重新联系起来,憧憬自己在"割礼后就可以成为十足的女人、十足的非洲人、十足的奥林卡人"[④]。塔希想通过割礼来认证自己的奥林卡女性身份,然后融入西方社会,更好地赢得西方社会的认同和

---

① 罗宾·斯特恩:《煤气灯效应:如何认清并摆脱别人对你生活的隐性控制》,刘彦译,北京:中信出版集团,2020年版,第56页。
② Alexander D. Stajković & Kayla Sergent, *Cognitive Automation and Organizational Psychology: Priming Goals as a New Source of Competitive Advantage*, London: Taylor & Francis Group, 2019, p.27.
③ Alice Walker, *Possessing the Secret of Joy*, New York: The New Press, 1992, p.117.
④ Alice Walker, *Possessing the Secret of Joy*, New York: The New Press, 1992, p.64.

尊重。此时，塔希仍处于对割礼的美好期盼之中，在不自觉中成为"煤气灯"的被操纵者，自觉配合穆利萨等"煤气灯"操纵者对自己实施割礼手术。从社会伦理原则来讲，"煤气灯"操纵者对其恶行具有不可推卸的责任，但被操纵者对自己的不幸遭遇也负有不可忽略的责任。被操纵者是受害者，她的人格缺陷在于总想得到部落的身份认同，或者为了维持与部落的传统关系不惜付出一切代价的心理需求。

其次是割礼后的巨大痛苦。割礼的残酷和血腥超过了塔希的想象。穆丽萨主持了她的割礼手术，用锋利的石头作为工具，在不打麻药的情况下割除了她的阴蒂和内外阴唇，并把一根稻草插进她的阴道，以防止阴道口两边的肉黏合在一起。手术后，塔希在割礼棚里躺了半个多月。这次手术给她留下了许多生理方面的后遗症。由于阴道口留得太小，月经无法正常排出；流出的经血因淤积太久而发出浓浓的酸臭味。与亚当结婚后，每次性爱对她来讲都是一次酷刑，阴道口撕裂般的疼痛使她根本体会不到新婚的快乐。当她在医院生儿子本尼（Benny）时，由于阴道口在割礼时遭到破坏，本尼的头部在出产道口时受到较为严重的损伤，致使本尼的智力存在缺陷。由于塔希无法与丈夫保持正常的性爱关系，亚当与到非洲支教的法国女教师里丝特（Lisette）建立了情人关系，并生下了私生子皮埃尔（Pierre）。割礼给塔希造成了严重的生理和心理伤害，破坏了她作为女人和妻子的正常生活。"最严重的煤气灯操纵会导致抑郁症，使曾经坚强、充满活力的女性陷于极端的痛苦和自我憎恨之中。"[1]塔希在割礼后很快患上了抑郁症，被送入精神病院接受长期治疗。不幸的遭遇使她在自我指责中对"煤气灯"的操纵者也产生了深深的怨恨，进而认为给她实施割礼手术的穆丽萨是导致她一生悲惨命运的罪魁祸首，产生了有朝一日要找穆丽萨复仇的偏执心理。

最后是绝望中的反省与抗争。随着岁月的流逝，塔希对割礼之个人危害性和社会危害性的认知越来越深刻。出于对宗教信仰或父权制思想的维护，一些人不但在非洲继续推行割礼制度，还企图在欧美等国家和地区美化割礼行为。她的家乡奥林卡共和国的总统表面上倡导人权和民主，暗地里仍然推行割礼制度。为塔希施行过割礼手术的割礼师穆丽萨尽管自己也是割礼的受害者，但出于性嫉妒或性变态，她仍然在奥林卡给大量的妇女和女童进行割礼手术。她的行为不但没有受到法律的惩罚，反而使她被奥

---

[1] 罗宾·斯特恩：《煤气灯效应：如何认清并摆脱别人对你生活的隐性控制》，刘彦译，北京：中信出版集团，2020年版，第 x 页。

林卡共和国的总统树立为"国家功臣"。为了引起社会对割礼问题的关注，以及让更多的女性免遭割礼之苦，已经步入老年的塔希毅然决定返回奥林卡，杀死了她的割礼师——穆丽萨。她以一个美国公民的身份在非洲奥林卡谋杀了当地最有名望的割礼师，这个事件引起了极大的社会轰动。塔希在绝望中的抗争是想通过法庭审判把自己遭受割礼之害的实情公之于世，让全世界都知道割礼之恶。她希望像耶稣那样以自己的苦难和死亡来唤醒沉睡的非洲文明，拯救那些时刻都可能遭受割礼的非洲妇女，消除割礼所造成的反人类灾难。塔希的朋友们在其临刑之际展示的条幅上写着："反抗是快乐的秘密。"[1]这与小说的题目《拥有快乐的秘密》相呼应，不但点了题，而且升华了小说的主题意义和作家的写作目的——揭露割礼陋习，废除割礼，捍卫女性的基本人权，从而使女性获得幸福和快乐。塔希的觉醒和反抗表明她已经摆脱了"煤气灯"对她的精神控制。她的理想是不但要摆脱操纵者对她个人的精神操纵，而且要关掉部落陋习操纵广大非洲女性的"煤气灯"，消除"煤气灯"操纵者对她们的精神操纵，使她们能改变自己的命运，享受现代文明带来的自由权利和健康的福祉。

沃克在这部小说里通过塔希的个人遭遇，显示了"煤气灯"操纵者对被操纵者的欺骗性和愚弄性，揭露了非洲部落的割礼陋习对妇女的巨大伤害。以塔希为代表的非洲妇女为了争取被社会认同而接受了割礼，从而陷入万劫不复的深渊，最后塔希以自己的生命为代价，让全世界知晓了割礼的反文明性和反人类性。

《拥有快乐的秘密》从"煤气灯效应"中操纵者与被操纵者的相互关系出发，描写了文化操纵、陋习内化和基本焦虑在精神控制的形成和发展中的巨大作用，探究了不良传统文化和社会规则对非洲妇女儿童的巨大伤害。沃克笔下的"煤气灯效应"让被操纵者怀疑自己的是非观、认知力和价值取向，引起被操纵者对现实的认知迷惘，失去对自我判断的自信，最后只能被迫地相信操纵者，从而让操纵者实现对被操纵者情感和行为的操纵，使被操纵者受到难以弥补的身心创伤，造成她们无法改变的人生灾难。沃克对割礼陋习中"煤气灯效应"的描写揭开了非洲大陆割礼陋习的冰山一角，表明给人们带来伤害和折磨的传统习俗就是侵犯人权、应当摒弃的陋习。这部小说有助于引起全世界对割礼问题的广泛关注，从而争取更多的人去帮助那些经历过割礼灾难的非洲女性。沃克是美国著名的女权主义者之一，把妇女的解放和自由作为自己终生的奋斗目标。她在这部小说里对

---

[1] Alice Walker, *Possessing the Secret of Joy*, New York: The New Press, 1992, p.279.

非洲割礼的关注表明其文学关注点已经从美国黑人妇女问题转移到非洲黑人妇女问题，拓展了美国黑人小说的主题空间。

第四节 《地下铁道》：恶的内核与演绎

科尔森·怀特黑德（1969— ）是美国21世纪知名的小说家。至2023年，他出版了六部小说：《直觉主义者》（*The Intuitionist*，1999）、《约翰·亨利日》（*John Henry Days*，2001）、《艾佩克斯止痛贴》（*Apex Hides the Hurt*，2006）、《萨格港》（*Sag Harbor*，2009）、《第一区》（*Zone One*，2011）和《地下铁道》（2016）。怀特黑德因其创作题材广泛、风格各异而被《哈佛杂志》（*Harvard Magazine*）称为"文学变色龙"。他最为出色的小说是《地下铁道》。该小说于2016年8月出版后迅速风靡美国和欧洲，读者皆渴望一睹为快。《纽约时报》、《卫报》（*The Guardian*）、《泰晤士报》（*The Times*）、《今日美国报》（*USA Today*）等主流媒体也大力推介，其版权很快被荷兰、德国、法国、瑞典、中国等国家购买，并被译成多国文字。该书于2016年获得美国国家图书奖和亚瑟·C. 克拉克奖（Arthur C. Clarke Award）；2017年获得美国普利策小说奖，同年还入选英国布克奖长名单。这部小说被美国前总统贝拉克·奥巴马选为2017年暑假五本必读书之一。[1]此外，美国图书馆协会（American Library Association，ALA）于2017年1月在亚特兰大举行的冬季中期会议上向怀特黑德颁发了卡耐基奖章。[2]

在《地下铁道》里，怀特黑德在故事情节中巧妙地糅合了大量的历史史实，运用丰富的想象力，赋予作品以完美的血肉，向读者展示了一段独特的"美国历史"。"妄想"是小说主人公科拉（Cora）开启冒险的钥匙，也是怀特黑德创作的原动力。这部非传统历史小说以内战前的美国东南部地区为背景，讲述了南方黑奴通过地下铁道逃到北方的故事。小说中所提及的地下铁道不是美国历史书上记载的"地下铁道"，而是一条实体的地下铁道，可以把南方的黑人用火车运送到北方。在废奴主义者和黑奴同情者的帮助下，逃亡黑奴在寻找地下铁道的路途中与捕奴队和夜骑队展开了殊死搏斗，付出了惨重的代价。废奴主义者和逃奴都遭受到残酷的迫害和无

---

[1] Allie Malloy, "Obama Summer Reading List: 'The Girl on the Train'," *CNN*,. https://edition.cnn.com/2016/08/12/politics/obama-summer-reading-list/[2016-08-12].

[2] Andrew Albanese, "ALA Midwinter 2017: Colson Whitehead, Matthew Desmond Win ALA Carnegie Medals," *Publishers Weekly*. https://www.publishersweekly.com/pw/by-topic/industry-news/libraryes/article/72578-ala-midwinter-2017-colson-whitehead-matthew-desmond-win-ala-carnegie-medals.html[2017-01-23].

情的屠杀，这些暴行显示出美国奴隶制的血腥和冷酷。这部小说的出版受到中外学界的广泛赞誉和关注。德里克·C. 茅斯（Derek C. Maus）说："这本书对于在公办学校系统接受过教育的人来讲是一个难得的开阔眼界之读物，使读者洞察了在我们美国历史课堂上从来没有搞明白的历史问题和正义是非问题。"①达利尔·迪克森-卡尔（Darryl Dickeson-Carr）评论道："对科尔森·怀特黑德的解读为认知当代美国文学上最复杂的作家提供了一个全面的移入式学术指导……他是一名真正的原创性重要作家。"②我国媒体和学界也非常关注这部小说，《中华读书报》《文汇报》《中国出版传媒商报》等报刊高度评价怀特黑德的小说《地下铁道》，报道了该小说获得各类大奖的消息。总的来讲，《地下铁道》是怀特黑德拨正错误历史的一次文学尝试，他借助小说的力量阐释了美国建立伊始便存在的恶和美国文明的创伤。目前，国内外学界从历史学或政治学角度研究该小说的成果较多，但从恶的角度探究该小说主题的成果还不多见。因此，本节拟采用汉娜·阿伦特（Hannah Arendt，1906—1975）关于恶的基本理论，探究怀特黑德在《地下铁道》所揭示的恶之三大内核：根本恶、平庸之恶和善恶交织。

种族极权主义与根本恶

根本恶是极权主义发展到极端状态所产生的一种政治之恶。根本恶的基本特征是"过于膨胀的国家暴力机器支配着社会秩序，个人的自我空间被挤压到为零的状态，人的自由主体性被压榨到人之外，国家机器实现了对人的绝对统治，也实现了政治对人的本质的吞噬"③。美国历史上的南方奴隶制社会是一个典型的极权主义社会体制，把黑奴视为维护南方社会政治机器和经济机器运转不可缺少的重要原材料，从而灭绝人性地践踏黑奴的肉体和灵魂。这种极权主义摧毁了黑奴生存权的现实载体，导致黑奴的生存空间被挤压到难以求生的程度。奴隶制的极权主义统治实现了对奴隶制社会的严密控制，捕奴队、夜骑队等镇压逃奴的组织如影随形，恐惧无处不在。正如阿伦特所言，"在极权主义统治之下，没有社会，没有人，只有国家，这是最为可怖的国家组织形式，人成了不必要的存在，即'极权

---

① Qtd from Sarah Begley, "Here's What President Obama Is Reading This Summer," *Time Magazine*, https://en.wikipedia.org/wiki/The_Underground_Railroad_(novel) [2017-08-12].
② Qtd from Andrew Purcell, "Western Advocate," *The Washington Post*, 2017-5-20.
③ 洪晓楠、蔡后奇：《"根本恶"到"平庸的恶"的逻辑演进》，载《哲学研究》2014年第11期，第93页。

主义尝试将人变成多余'"①。在美国南方，种族极权主义意识形态的目标既不是要维护奴隶制，也不是要发展经济，而是要颠覆黑奴的人性。其实，在白人颠覆黑奴人性的过程中，他们自己的人性也发生了异化，种族性成了虚无的存在。因此，本节拟从取缔黑奴的法律地位、摧毁黑奴的道德人格和剥夺黑奴的生存权等方面探究怀特黑德在《地下铁道》里所描写的种族极权主义与根本恶的内在关联，揭示美国黑奴在奴隶制里的生存困境。

首先是取缔黑奴的法律地位。众所周知，人的法律地位决定了其在社会里的地位。没有法律地位的人是没有适宜的社会活动空间和生存权的。怀特黑德在这部小说里描写了黑人丧失法律地位后的状况。大西洋奴隶贸易把非洲黑奴变成物件和白人的动产。当时的白人普遍不把黑奴当作人，经常把黑奴与动物做比较。他描写道："迈克尔的前奴隶主对南美鹦鹉的说话能力着迷，想到教鸟读五行打油诗，也许也能把一个奴隶教会。只要瞧一瞧头盖骨的大小，就知道黑鬼的脑袋比鸟大。"②因为没有人权，黑人也就丧失了政治权、婚姻权和受教育权。种植园奴隶主兰德尔（Randall）家的黑奴迈克尔（Michael）因朗诵《独立宣言》而被活活打死，白人认为迈克尔的行为是对《独立宣言》的玷污。同时，白人还认为黑奴学文化是对南方奴隶制的一种威胁和颠覆。在当时的社会环境里，似乎带书的黑人比带枪的歹徒更为危险。在极权主义社会环境里，黑人丧失了作为人的法律地位，这同时也显露了白人种族极权主义者的根本恶。

其次是摧毁黑奴的道德人格。白人种族极权主义者不仅剥夺了黑奴作为人的法律地位，同时也从尊严和人格方面扭曲黑人的人性。白人种植园主一方面无视黑奴作为人的地位，另一方面又霸占、强奸和性剥削女奴。奴隶主兰德尔在买下女奴阿雅丽（Ajarry）的当晚就实施了强奸。之后，其儿子特伦斯（Terrance）和种植园的监工柯尼利（Connelly）也奸污了阿雅丽。白人对女奴的性侵行为不仅是颠覆社会伦理的乱伦现象，而且还是颠覆主仆身份的错位现象，例如奴隶主和仆人共同"享用"同一个女奴。白人奴隶主还把女奴视为赚钱的生育机器。他们奸污完女奴后，还唆使其他男性黑奴奸污女黑奴，目的是想女奴生下更多的孩子。女奴每生下一个孩子就意味着奴隶主又赚了一笔钱。阿雅丽生了五个孩子，五个孩子的父亲身份都难以确定。黑奴的孩子在奴隶制的恶劣生存环境里很难存活。阿雅丽生下的五个孩子中，先后死掉了四个，仅有科拉（Cora）的母亲梅布

---

① 汉娜·阿伦特：《极权主义的起源》，林骧华译，北京：生活·读书·新知三联书店，2008年版，第570页。
② Colson Whitehead, *The Underground Railroad*, New York: Doubleday, 2016, p.831.

尔（Mabel）得以存活。梅布尔长大成人后的命运与其母亲一样，成为种植园中的性玩具和生育工具，遭受到白人男性和黑人男性的蹂躏。由于种植园里的淫乱和乱交现象普遍存在，黑奴长大后很难形成家庭观念和道德观念。在奴隶主的高压下，他们也很难形成自己的独立人格。白人奴隶主的迫害恶化了黑奴的生存空间，导致种植园里黑奴之间不但没有种族团结意识，而且为了生存彼此之间还奉行弱肉强食的自然法则。母亲失踪时，科拉仅11岁；种植园的其他黑奴不但不给予帮助，而且还抢占她家的菜地，时常殴打她。科拉还未成年时，一些男性黑奴便闯进其家，企图奸污她。由于科拉的奋起反抗，他们的暴行未能得逞。但事后，一些女黑奴造谣说："她们在一个月光很亮的夜晚亲眼看到她从家里出来溜到树林与猴子和山羊通奸。"[①]由此可见，根本恶还具有繁衍性或传染性，白人的根本恶毒害了一些黑奴，引起黑奴对同胞的攻击或伤害，使种植园内的种族关系和人际关系退化到了原始状态。

最后是剥夺黑奴的生存权。在种族极权主义社会环境里，黑人逃奴和白人废奴主义者都被剥夺了基本的生存权。尤其在1850年美国《逃亡奴隶法》颁布后，黑人的生存空间更为狭小。黑奴即使逃到北方，南方奴隶主还是有权把自己的奴隶抓回来。逃奴被抓回后，通常会遭受毒打或非人的折磨。在这部小说里，为了阻止黑奴逃亡，特伦斯采用了灭绝人伦的残酷手段。他把逃奴比格·安东尼（Big Anthony）抓回后，在其身上涂满柏油，把他放在一堆柴火上慢慢烘烤，同时还强迫种植园的其他奴隶观看。安东尼痛苦的嚎叫声和皮肤的烤焦味极大地折磨了目睹这一惨景的黑奴的心灵。此外，怀特黑德还描写了科拉到马丁·威尔斯（Martin Wells）家所经过的那条"自由之路"，路两边的树上挂满了逃奴的干尸。白人种族主义者借助种族极权主义的社会系统力量，不但屠杀逃亡的黑奴，而且还残害废奴主义者和一切同情黑奴的人。

由此可见，怀特黑德在这部小说里从法律地位、道德伦理和生存权等方面描写了美国南方黑人的生存窘境，揭示了种族极权主义在南方奴隶制社会里的根本恶及其表现形式。奴隶主对人权的践踏、对人性的扭曲和对人类文明的颠覆都达到了丧心病狂的地步。白人种族主义者在扭曲黑奴人性和打击白人废奴主义正义感的同时，也使自己堕落到人性灭绝的"非人"状态。怀特黑德把种族极权主义社会系统视为白人种族主义者犯罪和道德沦丧的主要根源，把白人的暴行视为一种社会现象而非孤立的个

---

① Colson Whitehead, *The Underground Railroad*, New York: Doubleday, 2016, pp.20-21.

人行为；这样的描写有助于读者追根溯源地找到美国种族主义之恶的相应制度性成因。

种族极权主义与平庸之恶

阿伦特在《极权主义的起源》(*The Origins of Totalitarianism*)中创新性地提出了"根本恶"和"平庸之恶"的概念，在《耶路撒冷的艾希曼》(*Eichmann in Jerusalem*)中专门用平庸之恶的理论解析了纳粹德国军官艾希曼参与屠杀犹太人的心理和动机。她认为人被异化为无思想的生物，根本恶是人性动机的起源，根本恶与平庸之恶是源和流的关系。正如徐贲所言，平庸之恶是在追问"专制制度下的个人负有怎样的道德责任"[①]。平庸之恶是极权主义运转的大众机制。平庸之恶就是行为者因无思辨、无判断，盲目服从权威而犯下的罪恶。平庸是现代人的生活常态。但是，平庸并不就是恶，平庸之所以会导致恶，是因为平庸者做出的事情是违背良心和社会正义的。怀特黑德在《地下铁道》里描写了美国南方奴隶制社会的平庸之恶，展现了法律意义上的犯罪和道德责任，揭示了平庸之恶在系统力量和情境力量之下的内在逻辑发展。因此，这部小说从环境熏陶下的平庸之恶、盲目服从下的平庸之恶和私欲诱发的平庸之恶等方面展现了平庸之恶的基本特征和社会危害性。

首先，怀特黑德在《地下铁道》展现了环境熏陶下的平庸之恶。在美国奴隶环境里，奴隶被视为白人奴隶主的私有财产，"白人至上论"占据了大多数白人的心灵；按照当时的法制和社会习俗，任何白人遇到逃亡的黑奴，都有缉拿或报告给警察的权利和义务，白人帮助黑奴逃亡不但违背法制，而且也破坏了当时的社会习俗。怀特黑德描写了恶劣社会环境对人性的扭曲。黑奴凯撒（Caesar）、科拉和拉维（Lovey）在逃亡途中，偶遇一群上山打猎的白人。这些白人发现他们是逃奴后，马上冲上去抓捕，最后导致流血事件的发生。其实，这些白人猎人既不是凯撒等黑奴的主人，他们彼此也从来没有任何恩怨，甚至之前连面都没有见过，那么他们为什么会做出这样的举动呢？原来在南方，几乎所有的白人都受到了种族极权主义思想的毒害，抓捕或举报逃奴成了一种基本的社会共识和伦理规范。他们把逃奴视为整个社会的敌人；如果谁遇到逃奴不予抓捕，就会觉得自己违背了社会规则。他们在抓捕逃奴的过程中没有思考过自己行为的正义性，错把专制社会的"非正义性"视为"正义性"，从而犯下平庸之恶。此外，

[①] 徐贲：《平庸的邪恶》，载《读书》2002年第8期，第89页。

当时的奴隶制社会禁止黑人读书。白人一旦看到黑人读书，通常就会采用暴力手段予以惩罚。兰德尔庄园的奴隶监工柯尼利看见一个黑奴在看书，顿时勃然大怒，居然用手指将黑奴的眼珠挖了出来。柯尼利的暴行不是因为他与读书的奴隶有什么个人恩怨，而是因为根据当时的法令，奴隶没有读书和写作的权利；如有违反，必遭严惩。柯尼利的暴行是为了捍卫种族主义社会环境所犯下的平庸之恶。

其次，盲目服从也是平庸之恶的一种重要表现形式。在当时的社会环境里，白人种族主义者对同情和帮助逃奴的白人也会痛下杀手。捕奴队头目理吉维（Ridgeway）获悉一对白人夫妇藏匿了逃奴，于是带人先包围其房子，后点火焚烧了他们的房子，使那对夫妇和黑人逃奴都葬身于火海。理吉维的行为是服从上级的指令，但没有考虑自己行为的合法性和正义性，头脑处于机械性的盲目服从状态。当理吉维获悉大量逃奴在瓦伦泰恩（Valentine）的农场聚会时，马上带领捕奴队和一帮白人暴徒袭击了会场，开枪打死了废奴主义者兰德尔（Lander）和罗伊尔（Royal），并朝会场上其他人开枪射击，当场血流成河。这些作恶者表面上没有思辨能力、主观能动性和独立价值观，但实质上他们都是利己主义的奴仆。此外，怀特黑德还描写了盲目服从权威所导致的家庭悲剧。有一对白人夫妇的女儿深受"白人至上论"的毒害，对逃奴充满敌意想象。在学校里，她从小接受的教育就是：见到逃奴要报告，不然就不是好孩子。于是，当她发现自己的父母收留并藏匿了两名黑人逃奴时，义愤填膺，大义灭亲。她主动向政府告发，导致父母被逮捕，家里藏匿的黑奴也被处死。这个小女孩盲目遵从种族极权主义的世界观，颠覆自己的童真，从而犯下平庸之恶。盲目服从的平庸之恶的施行者表面上是服从上级或权威组织的指令或教诲，实际上丧失了应有的是非判断力。即使这种恶的施行者没有捞取私利的动机，但犯下的罪恶仍具有平庸性，所造成的社会危害性不容忽视。

最后，私欲诱发的平庸之恶指的是施为者打着"伸张正义"的旗号捞取个人利益的恶行。在行为过程中，贪欲使施为者丧失了是非判断力和道德伦理原则，从而做出损人利己的行为。怀特黑德在这部小说里专门塑造了两个为满足私欲而犯下平庸之恶的人：菲奥娜（Fiona）和明戈（Mingo）。菲奥娜是马丁家的女佣。她虽然是佣人，但时常得到马丁夫妇的关心和帮助。马丁把逃奴科拉藏匿在家里的阁楼上，菲奥娜就偷偷去查看。当她确认家里藏有逃奴时，马上向政府告发，并引领捕奴队包围了马丁的家，当场抓获了逃奴科拉，导致善良的马丁夫妇也被当地白人用乱石砸死。菲奥娜举报的动机就是获取赏金。她对自己的行为造成的严重后果丝毫没有悔意，反而得意扬扬地说:"你们大家看——这就是我的奖金。吃进嘴的，能不要吗？"[①]事实上，菲奥娜在举报马丁家藏匿逃奴时，没有考虑过举报逃奴问题的合理性，也没有考虑过马丁夫妇因此会遭遇什么样的命运，她所关心的就是举报后可能获得的奖金。因为贪欲的诱惑，她背叛了善待自己的主人，犯下平庸之恶。此外，明戈也是一个因私利而犯下平庸之恶的典型人物。明戈以前是个黑奴，通过干苦工挣钱，买下了自己、妻子和子女的自由身份。他带着一家人住在瓦伦泰恩的农场，瓦伦泰恩是一个开明的农场主，为前来投奔的自由黑人和黑人逃奴提供食宿和工作机会。在当时，收留逃奴是违法行为，但明戈无力阻止农场主收留逃奴。为了能在瓦伦泰恩的农场平安地生活下去，他主动向政府告发，导致住在农场的逃奴遭到屠杀和抓捕。明戈自己是黑人，也曾当过奴隶，但为了保全自己和家人的平安，不惜出卖处于危难关头的黑奴同胞。他在举报时没有考虑自己行为的正义性，也没有考虑奴隶制的罪恶和对他人的迫害，而是把自我利益的维护视为犯下平庸之恶的"合法借口"。

因此，怀特黑德通过小说情节的描写揭示了人在特定环境、盲从心理和私欲的作用下所犯下的平庸之恶。平庸之恶的施为者为了追求自我利益的最大化，执行系统力量的反人类指令，漠视他人的人格和人权，丧失了善恶判断和是非辨别的基本能力，犯下了与社会文明和道德原则背道而驰的恶行。作者通过这样的描写表明：平庸之恶是恶的一种重要表现形式，即使作恶者全无作恶动机，是在上级或权威机构的指令下被迫作恶或无意识作恶，也难逃个人应负的道德责任和历史责任。总之，种族极权主义下的平庸之恶产生于对美国南方社会空间的抽离。种族专制意识形态的根本目的就是要掩盖当时法律、政治和社会公德的非理性，蛊惑普通白人和黑人民众犯下平庸之恶，践踏黑奴的基本人权，维护南方奴隶主的经济利益和政治利益。

恶的复杂性与善恶交织

善与恶是人性的两种表现形式，这两者不是分离的、孤立的、静止的。在一定的社会环境里，善和恶是相互联系、相互依存、相互渗透、相互转化和相互促变的，这体现出善的多样性和恶的复杂性。因此，在大千世界里，没有纯粹的善，也没有纯粹的恶；善中有恶的元素，恶中有善的成分。"善恶所涉及的是人与人之间的关系，行为的道德向度一般体现并展开于人

---

① Colson Whitehead, *The Underground Railroad*, New York: Doubleday, 2016, p.186

我之间或群己之间。尽管不同的伦理派别评价善恶的标准不尽相同,但都以利己和利他作为行为善恶的分野。"[1]一般来讲,符合道德和法律规范的利他行为即为"善",反之即为"恶"。善中有恶指的是在善的行为中,恶的元素可能发生作用而导致善的行为不再是纯粹的善。因此,怀特黑德在《地下铁道》里从恶中有善和善中有恶两个方面描写了人性中的善恶交织现象,揭示了种族极权主义社会里恶的复杂性。

首先,恶中有善指的是人性中恶的表现中含有善的成分,体现出人格的多元性和多维性。在一定社会环境里,人性总是不断地在顺从权威与反叛传统之间漂游。怀特黑德在这部小说里所揭示的践踏传统和遗弃子女等违法行为可能含有善的动机和成分。在正常的社会语境里,母亲都是把女儿视为掌上明珠,给予无微不至的关怀,但在怀特黑德的笔下,纳格(Nag)的母亲却向女儿传授淫荡之术,教唆她去勾引白人,以让女儿通过与奴隶主保持性关系的方式来获得更好的生活。最后,纳格成了种植园监工柯尼利的情妇之一。纳格之母威逼利诱女儿成为白人情人的行为是反道德和反伦理的,但其恶的行为中含有爱护女儿的初衷。这个初衷违背人伦,也揭露了奴隶制下人性的扭曲。此外,怀特黑德还描写了废奴主义者采用"恶"的手段解救逃奴的故事。为了解救贩奴船上的黑奴,罗伊尔伪造法官的释放令,贿赂船长和警察,把贩奴船上的黑奴孕妇们一一救走。伪造公文和行贿在法治社会里是"恶"的表现形式,但这个"恶"具有"救人于水火"的善的含义。在这部小说里,怀特黑德还描写了废奴主义者扮成捕奴者救人的情节。山姆(Sam)是南卡罗来纳州的废奴主义者,他时常扮成捕奴者,到监狱中去提审逃奴,声称要把逃奴送还给原主人。他以这样的方式救出了不少逃奴。其扮演国家公职人员的行为是"恶"的表现形式,但作恶的动机不是利己,而是利他,所以带有明显的善。在描写母子关系时,怀特黑德还以悖论的方式描写了遗弃之善。在小说的第二节里,梅布尔是科拉的母亲,在黑暗的奴隶制里受尽屈辱。在忍无可忍的情况下,她逃离了兰德尔种植园,但遭到捕奴队的大肆搜捕。她出逃时没有带上女儿科拉,引起科拉对母亲的怨恨。其实,梅布尔深知逃亡的巨大风险,不想把女儿卷入其中。她出逃时遗弃女儿是一种"恶",但这种"恶"的动机是保护女儿,因此就具有了善的含义。事实证明,梅布尔的担心不是多余的。梅布尔虽然逃出了兰德尔种植园,但并没能逃到北方,最后在丛林中逃亡时被

---

[1] 吴先伍:《超越善恶对立的两极——科学价值中立论申论》,载《自然辩证法通讯》2005年第1期,第16页。

毒蛇咬伤而亡。如果当时她带着科拉出逃,科拉也难逃厄运。

其次,除了恶中有善,人性中还有善中有恶的现象。带有恶的"善"不是真善,而是伪善,其表征是以善的形式来掩盖或达成自己恶的目的。在这部小说里,怀特黑德把加纳夫人(Mr. Garner)塑造成了善良的奴隶主。加纳夫人同情黑奴,但不赞成马上释放所有奴隶,担心奴隶适应不了自主的生活,其实她的真实动机是不想失去私人财产;她教黑奴学文化,不是为了让黑奴明辨事理,而是想让黑奴具有读懂《圣经》的能力,然后用宗教的力量规训自己的黑奴;她口头上总是说要废除奴隶制,要给予自己的奴隶人身自由,但她从未立下"死后释放奴隶"的遗嘱。她口头倡导释放奴隶的话语是一种伪善,旨在让奴隶在快乐的幻想中为她创造更多的剩余价值。罗伊尔等三人在半途中遭遇以理吉维为首的捕奴队,双方爆发了激烈的枪战。罗伊尔等人打败了理吉维,并把他和他的两个同伙捆绑起来扔到草丛里,而没有立即杀死。表面上看,罗伊尔的行为是"善"的一种表现,但实际上,罗伊尔这样做的目的是要让他们饿死或被荒野的野狼吃掉,这是比直接杀死他们更为毒辣的恶。最后,怀特黑德还描写了理吉维救人的善中有恶现象。科拉在马丁家被捕后,按照当地的法律,她应该被马上处死,尸体还会被挂在"自由之路"两边的树上示众。就在夜骑队队长贾梅森(Jamason)正要处决她时,理吉维凭借美国政府刚颁布的《逃亡奴隶法》从贾梅森手中救出了科拉。他救出科拉的动机不是让她获得自由,而是要把她押送回佐治亚,交还给其原主人,以此获得巨额赏金。由此可见,理吉维表面上的"善"含有更为深层的恶,在本质上是一种无耻的伪善。

因此,怀特黑德通过善恶交织现象的描写,揭露了美国种族极权主义社会环境里恶的各种表现形式,展现了作者对历史与人性的微妙把握,表明恶具有复杂的多维性,片面定性人的善恶行为是不可取的。在不合理的社会制度里,善有伪善的可能,恶中也许含有善的成分。作者的如此描写有助于认知奴隶制社会里恶之复杂性和人性的多元性。

在种族极权主义的社会环境里,根本恶、平庸之恶和善恶交织想象构成了恶的基本内核,展现了人性之恶的多维演绎。在《地下铁道》里,怀特黑德以睿智精练的笔触勾画出美国文学史上又一个恶扭曲人性的人间炼狱。他描写了黑人逃奴的坚强人格和悲惨命运,揭露了种族极权主义支撑下的奴隶制对人性的践踏和对人类文明的颠覆。同时,这部带有幻想色彩的小说让读者从生动的行文中认知到了美国蓄奴制给人类造成的巨大创伤。怀特黑德通过对种族神话及种族历史的质询,展现了黑人种族不屈不挠的反抗精神，弘扬了美国黑人文化。这部小说是怀特黑德拨正错误历史的一次大胆尝试，展现了美国文明进步的艰难历程。他通过对黑奴逃亡问题的叙述阐释了美国人权和民主的核心理念，表明了理想的憧憬与血腥的史实之间的巨大鸿沟。他的冷酷叙事风格既保留了小说的文学性，也增强了情节的悬念，而读者也在阅读科拉逃亡的旅程中感受到了作者的唯物史观与丰富情感。这部小说的伟大之处在于：作者还原了历史语境，诉说了人性善恶的多维性，同时也展现了作家敢于揭示真理的胆识。

小　　结

卢卡斯、约翰逊、沃克和怀特黑德从系统力量、情境力量和特质取向等角度描写了人在不合理社会环境里所遭遇的人性之恶。本章探究了他们的四部作品。卢卡斯在《纽瓦克第三选区》里从黑人的堕落、白人的堕落和种族仇恨等方面探索了种族主义社会系统力量对人性的扭曲，表明系统力量引发的社会张力必然会导致种族关系的张力，进而在冲突中导致人性的扭曲和恶的蔓延。他认为情境力量致使当事人以自我为中心，毁灭社会伦理和社会规则；求生、求色和求财的行为如果超过道德和社会伦理的底线，必然会引起人性的消解和道德的沦丧。卢卡斯笔下恶的轮回揭露了白人种族主义者违背人伦的暴行虽然能够逃脱法律的惩罚，但最终难逃良心的折磨。卢卡斯所描写的人性两极张力结构为人性之恶的认知提供了一种新思维和一个新视角。他关于人性之恶的描写和主题阐释极大地提升了美国黑人城市自然主义作品的文学价值，其主题寓意与20世纪20年代哈莱姆文艺复兴时期的黑人作品相比，的确前进了一大步。沃克的《拥有快乐的秘密》是揭露非洲女性割礼问题的重要作品，从"煤气灯效应"的文化操纵与社会化精神控制、"煤气灯效应"的内化与个体性精神控制、"煤气灯效应"的基本焦虑与反精神控制等方面展现了"煤气灯效应"与精神控制的内在关联，揭示了传统文化的陋习之恶对非洲妇女的巨大危害，抨击了割礼的反文明性和反人类性。由此可见，这些作家笔下的根本恶、平庸之恶和个性之恶是人类社会发展过程中难以避免的社会现象，是偶然性和必然性的有机统一体。这个统一体是社会阴暗面的代名词，揭示了人性之恶的各种表现形式和对人类心灵的多维伤害和毁灭性摧残。

在这四部关于人性之恶书写的小说里，《牧牛传说》和《地下铁道》在体裁上属于新奴隶叙事。约翰逊和怀特黑德都是没有经历过美国奴隶制的现代黑人作家，但其作品的一个重要主题就是奴隶制时期的各种人性之恶，因此，本书就把他们两人的作品安排在这一章里进行讨论。总的来看，约翰逊在《牧牛传说》里揭示了一个重要的社会现象，即与"善"绝缘的"恶"是对道德伦理和社会规则的颠覆，很难从人的本性中去除，具有极大的破坏性和危害性，同时还会扭曲人格，为各种"恶"提供滋生的土壤。他还通过个人行为的"善"中有"恶"的事件揭示了伪善的伦理本质，同时还指出"恶"中有"善"显示了不当行为中也存在善意的可能。善恶难辨和善恶交织的社会现象体现了人性在不同社会场景里的多变性和复杂性。此外，这部小说从母性之"善"、博爱之"善"和真爱之"善"的角度揭示美国奴隶社会里的人性之光。《地下铁道》是怀特黑德拨正错误历史的一次文学尝试，揭露了美国建立伊始便存在的恶和美国文明的创伤。这部小说从法律地位、道德人格和生存权等方面描写了美国南方黑人的生存窘境，揭示了种族极权主义在南方奴隶制社会里的根本恶及其表现形式，认为平庸之恶的作恶者也难逃个人应负的道德责任和历史责任。

  人性之恶书写是非裔美国小说不可忽略的重要主题，不仅揭露了美国社会的系统力量之恶，而且还揭示了白人的种族偏见之恶。非裔美国作家对人性之恶的揭露有助于社会各界更好地认知种族问题和消除种族偏见，也有助于改善美国的种族关系。值得关注的是，沃克对非洲割礼问题的描写拓展了非裔美国小说人性之恶主题的叙事空间，表明黑人作家对人性问题的关注已经跨越了自身种族和国度的局限性，显现了非裔美国作家越来越宽阔的国际胸怀。

第六章 身份危机

身份危机是非裔美国小说中的重要主题之一，贯穿于非裔美国小说发展和演绎的全过程。非裔美国人的身份危机指的是非裔美国人不认同自己在美国社会所处阶层的定位所引起的认知迷惘和生存危机。身份认同失调会导致黑人和白人、黑人与黑人、白人与白人在人际交往中的矛盾和冲突，有时还会激起不利于社会安定和秩序维护的暴力事件。在社会生活中，非裔美国人的身份定位可以分为三大类：社会身份定位、家庭身份定位和种族身份定位。在看重身份地位的社会里，身份成为确定个人地位高低、权力大小和义务多少的重要标准。非裔美国人身份危机的本质体现在对地位差别、影响力差别、人际关系亲疏差别、地位的尊卑和贵贱差异等方面的认同中所出现的苦难和危机上。在美国社会里，种族身份成了黑人与白人之间的分水岭，是两者之间一切差别的总根源。种族身份社会是一个背离法治的"人治"社会，处处讲究因种族而确定的身份，其目的在于拔高白人的社会地位，贬低黑人的社会地位。种族身份就是黑人与白人之间不平等的社会化表现形式，也是维护种族不平等关系的理论依据。

杜波依斯在《黑灵魂》中把黑人的身份特征归纳为双重意识，认为黑人困惑于自己身份的"二元性——一方面是美国人，另一方面是黑人"[1]。他们有时认为自己是与白人无异的美国公民，有时认为自己是有别于白人的黑人。在种族偏见和种族歧视盛行的国度里，黑人发现自己不能享有与白人一样的人权和公民权，沦为美国社会的"他者"。虽然肤色是黑色的，但他们的意识形态在文化移入的进程中越来越白人化。白人社会对黑人的排斥，引起了黑人的愤慨，激起了黑人对社会公正和民主自由更强烈的追求。黑人的双重意识在社会发展和文化移入的冲击下渐渐派生出第三种意识，促使黑人更主动、更积极地追求平等的公民身份，消解自己的社会边缘性。

美国黑人长期以来生活在身份危机之中，难以消解自己的身份困惑和生存困境。他们不知道该如何定义自己。这个迷惘导致他们在追求自我实现的过程中没有统一的种族认同。有的黑人想以非洲文化作为自己文化的

---

[1] W.E.B. Du Bois, *The Souls of Black Folk*, New York: Bantam, 1989, p.3.

根,有的黑人否认非洲文化,有的黑人内化白人文化但又被白人文化所排斥。精神困惑和身份认同困惑造成他们在社会生活中难以消解的身份危机,使其举步维艰。非裔美国小说家从不同的角度描写了非裔美国人面临的身份危机,展现了黑人民众在困境和迷惘中的自强不息精神,颂扬了非裔美国人捍卫自己的公民权和社会正义的英勇行为。

非裔美国人在美国社会处于一种非常尴尬的地位。他们是非洲人的后代,但在美洲大陆上难以坚守自己的非洲根文化;他们是美国人,在文化移入的过程中,追逐白人倡导的世界观和美国梦,但又遭到白人社会的排斥,被白人视为美国社会的隐身人、局外人和"他者",难以成为与白人平等的美国公民。随着美国社会的发展,特别是20世纪七八十年代以后,公开的种族歧视因遭法律明文禁止而渐渐转入地下,但隐形的种族偏见和歧视无处不在。为了谋求生存,实现自己的理想抱负,非裔美国人在很多情况下不得不接受白人社会的规训。非裔美国作家撰写的关于身份与规训之相互关系的作品揭露了非裔美国人的身份危机,指出白人种族主义者对黑人种族的歧视和对黑人个性的抹杀通常会导致非裔美国人在现代社会中的隐形性。这类隐形性成为种族关系中的一个普遍现象,导致了黑人与白人之间的"盲目"和黑人内部的"盲目"。隐形性导致或促使了局外性的形成和加剧,使不少黑人在美国过着"社会性死亡"般的生活。

随着美国社会的发展,非裔美国人在反对白人种族歧视的斗争中渐渐形成了自己的种族认知,把黑人的独特身份视为独立于白人身份之外的平等社会身份,并把这种新型身份视为黑人种族文化精神的主要部分和道德行为规范准则的重要基础,从而在黑人种族内部形成了自己的是非观、价值观和审美观。过去的种族融入是黑人融入白人社会,这种融入事实上还是以维护白人群体的优越感和至上感为前提的。例如,学校融合就是把黑人学生融入白人学校,而不是把白人学生融入黑人学校;黑人只能学习白人指定的内容,接受白人的价值观和审美观。今天,黑人想要实现的社会理想不是简单地融入白人主导的单一社会,而是要建立一个种族平等的多元化社会。在多元化社会里,黑人可以保留自己的种族身份和自己作为美国公民的基本尊严,真正地消除种族身份危机的存在土壤。

目前,不少美国黑人倾向于摆脱"非裔美国人"的身份标签。美国黑人中只有一部分是非洲黑奴的后代,还有相当一部分是20世纪下半叶从非洲、拉丁美洲、西印度群岛等地来到美国的移民,他们的祖先没有在北美为奴的生活经历。因此,这些美国黑人认为把自己称为"非裔美国人"的说法有些不合实情。用"非裔美国人"来统称"在北美生活了400多年的美国黑人"和"从世界各地来美国仅有几年或几十年的美国黑人"的说法现在引起了不小的争议,这也表明来到美国的黑人对自己的身份认同产生了不同的见解。柯蒂斯·A. 凯姆(Curtis A. Keim)说:"非洲意象已经被严重诋毁,许多美国黑人不愿把自己与非洲联系起来,因为在他们心目中非洲就是一个贫穷、愚昧和野蛮之地。"[1] 在拉尔夫·埃里森的小说《隐身人》里,有不少黑人不愿意把自己与非洲文化联系起来,还有的黑人拒绝非洲文化。实际上,非洲黑人也不愿意把美国黑人视为自己的同胞。在小说《紫色》里,艾丽斯·沃克就提到了这种现象:不少非洲黑人根本不认同美国黑人,认为美国黑人虽然皮肤和他们一样是黑色的,但他们使用的语言、穿着的衣服、生活习惯和宗教信仰等方面完全"白人化",与土著非洲人没有任何文化共同点。非洲黑人对美国黑人的态度和看法给一些美国黑人火热的"非洲情结"泼了一盆冷水,也使这些美国黑人产生了对非洲根文化的认同危机。

美国黑人和白人同是美国人,但把黑人长期排斥在美国主流社会之外的做法是与美国所谓的民主精神和国家法律背道而驰的,由此所引起的种族冲突和种族怨恨会影响美国的社会安全和国家稳定。如果种族关系长期得不到改善,种族问题就会成为困扰美国社会发展的可怕危机。进入21世纪后,美国仍然面临着诸多的种族矛盾和移民危机,因此,学界普遍认为种族问题仍然是目前美国最大的社会问题之一。非裔美国小说家从20世纪中期就开始特别重视种族身份问题以及黑人和白人的关系问题;他们把自己关于非裔美国人身份危机的文化记忆植入其种族价值观,表达了非裔美国人对种族平等和社会正义的不懈追求。在以身份危机为主题的非裔美国小说中,较有代表性的作家有切斯特·海姆斯、拉尔夫·埃里森、艾丽斯·沃克和欧内斯特·J. 盖恩斯等。他们的作品描写了非裔美国人在美国社会遭遇的各种身份危机,揭示了种族偏见和种族歧视的社会危害性。

第一节 《如果他大叫,就放开他》:被规训后的黑人身份

切斯特·海姆斯(1909—1989)是非裔美国文学史上最著名的推理小说家和犯罪小说家之一。他在行文措辞方面比理查德·赖特更为审慎,很少在小说里夹杂自己的观点或发表道德说教类观点。他的小说人物刻画得

---

[1] Curtis A. Keim, *Mistaking Africa: Curiosities and Inventions of the American Mind*, Boulder: Westview Press, 1999, p.35.

很清晰，小说主题也很明确。海姆斯在小说里关于非裔美国人的苦难、愤怒和挫折等的描写可与赖特媲美。海姆斯的小说中充斥着暴力、血腥与色情，但探索的是令美国社会头疼不已的种族问题，其艺术风格对美国冷硬派推理小说的发展有着巨大的影响。为了纪念他的文学成就，"切斯特·海姆斯侦探小说奖"（Chester Himes Mystery Awards）于 1990 年在美国设立，专门奖励和资助优秀的黑人侦探小说作家。[①]海姆斯的处女作《如果他大叫，就放开他》（*If He Hollers Let Him Go*，1945）是其代表作。该小说以第二次世界大战期间海姆斯在洛杉矶海军船厂工作时的亲身经历为素材，描写了美国黑人工人所遭遇的种族身份危机，抨击了美国民主与社会正义的虚伪性。美国种族主义者以社会规训和全景敞视监狱为手段来驯化黑人，激化了种族矛盾，恶化了种族关系。

公民权与"全景监狱"

公民权指的是一个国家的公民在法律上所享有的一种权益或拥有的一种资格，是国家规定的本国公民在国家事务和社会生活中所处的法律地位，也是法律赋予公民的一种基本权利和基本义务。公民权的核心是政治权利，政治权利的实质是使公民有权通过参与政治对国家意志的形成产生影响。诺埃尔·施劳夫纳格尔（Noel Schraufnagel）说："我们所谓的政治权，指的是公民参与政府、参与形成国家意志的能力。换言之，这是指公民参与法律秩序创立的权利和机会。"[②]公民权是公民依法享有的政治、经济、文化、言论自由等方面的权利，但是社会系统力量无视法制，对公民正当权利进行制约和剥夺的行为被法国哲学家米歇尔·福柯（Michel Foucault）归纳为"全景监狱"或"全景敞视监狱"的外化形态。海姆斯在《如果他大叫，就放开他》里从全景监视、等级规训和司法不公等方面描写了"全景敞视监狱"对公民权的践踏和亵渎，揭示了美国种族主义社会的非理性。

首先是全景监视，海姆斯在《如果他大叫，就放开他》里所描写的洛杉矶阿特拉斯海军船厂就是福柯笔下全景敞视监狱的现实翻版。船厂的白人都扮演着狱卒和看守的功能，而所有黑人似乎都是处于白人监视之下的囚徒。主人公鲍勃（Bob）进出船厂时常会受到门口警卫的严格盘问，其人身自由权受到限制。他把自己的感受告诉了邻居埃拉（Ella）："我甚至

[①] Stanley Schatt, "You Must Go Home Again: Today's Afro-American Expatriate Writers," *Negro American Literature Forum* 56.6 (1993): 80.

[②] Noel Schraufnagel, *From Apology to Protest: The Black American Novel*, DeLand: Everett-Edwards, 1973, p.46.

都怕告诉别人。如果我到精神病医生那里去，他会早把我收治入院的。每天都生活在恐惧之中，四周都是高墙，被关闭于其中。"[1]鲍勃把自己的工作环境视为种族主义社会的"全景敞视监狱"，抨击种族主义者对黑人工人人性的压抑和扼杀。黑人工人在工厂的工作和离开工厂后的私人生活空间都遭到白人的监视。此外，全景监视的内容还包括监督种族隔离状态。海姆斯设置了如下的场景来图解这种情况：鲍勃兴致勃勃地邀请女友艾丽斯（Alice）到一家高档餐馆就餐。他提前打电话订了餐位，但是当他带着艾丽斯来到餐馆时，却发现餐馆服务员只顾着把白人顾客引领到大厅或包间就餐，却把他们冷落在一边。原来这家餐厅按常规是不接待黑人顾客的，但由于电话预订时餐馆前台不知他的黑人身份，误接了他的预订。最后，领班把他们安排在食品贮藏室边的小餐桌上就餐。当他们表示抗议时，领班冷漠地耸耸肩说："这是我们唯一的空位了，先生。"[2]就餐完毕后，当鲍勃买单时，发现账单下有一行字："这次我们为你提供了服务，以后请勿再次光顾。"[3]当他们离开餐馆时，发现周围的白人顾客都用异样的眼神看着他们。由此可见，白人的全景监视让越界进入白人生活区域的黑人产生了深深的自卑感和羞耻感。艾丽斯对于受到的屈辱悲愤万分，很生气地对鲍勃说："你别再这样伤害我了，鲍勃。我以后再也不想见到你了。"[4]由于在白人的全景监视之下黑人难以得到美国公民应该享受的平等权利，因此原本浪漫的晚餐约会变成了不堪回首的种族屈辱。

其次是等级规训，黑人处于种族主义社会的最底层。虽然第二次世界大战期间的黑人已经不是美国内战前的黑奴，但种族歧视和种族偏见仍然盛行于美国各地，处于美国西海岸的洛杉矶也不例外。美国白人之间彼此问候时，通常称呼个人的名，而不是姓。美国黑人也受此习俗的影响，彼此之间也多用名来互相称呼。可是，在小说里，主人公鲍勃到白人车间主任麦克杜格尔（MacDougal）的办公室去谈工作时，主动上前去问候道："你好，麦克！"[5]麦克杜格尔讨厌黑人称他为"麦克"，但他不会当场纠正，而是让秘书玛格丽特（Marguerite）告诉黑人工人要称呼他为"麦克杜格尔先生"。麦克杜格尔这样做的目的是要继续维持白人高人一等的地位，按照种族主义的习俗规训黑人对白人的称谓。这是"白人至上论"在20世纪的翻

---

[1] Chester Himes, *If He Hollers Let Him Go*, Cambridge, MA: Da Capo, 1945, p.4.
[2] Chester Himes, *If He Hollers Let Him Go*, Cambridge, MA: Da Capo, 1945, p.58.
[3] Chester Himes, *If He Hollers Let Him Go*, Cambridge, MA: Da Capo, 1945, p.60.
[4] Chester Himes, *If He Hollers Let Him Go*, Cambridge, MA: Da Capo, 1945, p.61.
[5] Chester Himes, *If He Hollers Let Him Go*, Cambridge, MA: Da Capo, 1945, p.28.

版。鲍勃是船厂唯一的一名黑人组长，由于船厂工作需要，上级给他的工作小组派来了白人女工玛琪·帕金斯（Madge Perkins）。当鲍勃给她分派任务时，她不但不屑一顾，而且还骂鲍勃为"黑鬼"，鲍勃一怒之下反骂她为"娼妇"。鲍勃因骂玛琪一事被白人主任麦克杜格尔撤销了组长职务。麦克杜格尔指责道："对你的所作所为，我很震惊，鲍勃。我想，你那样骂人是聪明过头了。我以为你举止彬彬有礼，对妇女尊重有加。……不得不让你看看，谩骂白人女性是个什么下场。"①麦克杜格尔当面训斥鲍勃，不听鲍勃的任何解释，声称自己的部门不会容忍任何对白人不敬重的黑人。在白人眼里，鲍勃谩骂玛琪的行为无异于囚犯违反了监规，必须受到惩处。

最后，司法不公是挑战人类文明底线的政府类职能犯罪之一。在这部小说里，鲍勃和女朋友艾丽斯驱车回家途中被两名骑摩托车的警察无故拦截下来。当警察看到鲍勃是黑人时，"黑熊"②之类的种族歧视话语脱口而出。随后，见艾丽斯也在车上，警察蔑视地咕哝道："两头黑熊。"③然后，警察以无证驾驶为由把鲍勃和艾丽斯强行带到警局。尽管鲍勃出示了驾驶证，警察还是不顾事实，迫使鲍勃和艾丽斯交了保证金后才得以获释。艾丽斯觉得自尊心受到严重伤害，悲愤地说："从来没有人这样无礼地和我说话。人们总是很尊重我，我父亲是弗吉尼亚的名人。"④尽管艾丽斯是洛杉矶市社会福利部的总监，但由于带有黑人血统，她仍然会遭受白人警察的种族歧视，饱尝种族压迫的苦果。在小说的末尾部分，鲍勃进入船上的一个房间查看，发现白人女工玛琪在里面睡觉。玛琪虽然歧视黑人，但由于带有黑人是"公牛"或"下流胚"的种族偏见，她总想尝尝种族禁果的味道，于是主动勾引鲍勃。当海军检察官带人要进屋查看时，玛琪为了保住自己的名声，故意大声呼救。冲进屋的白人不但把鲍勃打成重伤，而且还把鲍勃当成强奸犯拘押起来。当警方调查清楚鲍勃是无辜的之后，法官不但没有还给鲍勃一个清白，反而威胁鲍勃说："虽然玛琪已经撤诉了，但你的出路还是二选一：或者继续留在监狱里，或者当兵上战场。"在司法不公的种族主义氛围里，鲍勃被无辜地抓起来；尽管司法调查证明他无罪，但官方仍然不愿承认自己的过失，反而将错就错，把鲍勃送上战场当炮灰。这个事件揭露了司法不公对黑人的身心迫害。

海姆斯在这部小说里揭露了黑人在"全景敞视监狱"式种族主义社会

---

① Chester Himes, *If He Hollers Let Him Go*, Cambridge, MA: Da Capo, 1945, p.29.
② Chester Himes, *If He Hollers Let Him Go*, Cambridge, MA: Da Capo, 1945, p.63.
③ Chester Himes, *If He Hollers Let Him Go*, Cambridge, MA: Da Capo, 1945, p.63.
④ Chester Himes, *If He Hollers Let Him Go*, Cambridge, MA: Da Capo, 1945, p.64.

里的生存窘境。在封闭的、被割裂的种族主义生存空间里，黑人处处受到白人的监视。在黑人的生存空间里，每一个人都被镶嵌在一个固定的位置，任何微小的活动都会受到监视。如果有一点违反种族习俗和社会规则的事情，黑人马上就会受到规训或惩处。白人对黑人实施种族歧视和种族监视时，把社会规训从一个封闭的种族隔离区扩展到一个无限的"全景敞视监狱"机制的种族环境。所有的黑人无时无刻不在这个全景敞视机制中受到白人种族主义者的监视、规训与改造。海姆斯笔下的种族主义社会是现代规训社会的典型缩影。

玻璃天花板效应与社会规训

玻璃天花板效应是一个比喻，指的是黑人在美国种族主义社会里没办法晋升到企业或组织的高层，并非是因为他们的能力或经验不够，或是他们不愿晋升到更高职位，而是因为种族主义者故意设下的各种障碍，这些障碍并没有写入规章制度，但却存在于黑人职业生涯的升迁过程中，可视为一种妨碍黑人升迁的隐形阻力。[①]在社会规训中，驯化权力可谓无所不在，社会生活中的每一个场所都成为监视个人的规训区域，人们不仅会受到规训权力的区分、监视、裁决和检查，而且最终会成为被规训改造过的现代人。美国种族主义社会并不单单是国家权力和法律的产物，而且还是规训之下必然产生的极端后果和规训社会中的典型代表。海姆斯在《如果他大叫，就放开他》里从层级关系、理想空间和分工歧视三个方面描写了玻璃天花板效应与社会规训的内在关联，揭示了那个时代美国黑人毫无前途可言的人生之路。

首先，层级关系指的是职场中客观存在的各个管理等级之间的关系，其中包括与老板的关系、与高管的关系、与本部门经理及相关部门经理的关系等。海姆斯在这部小说里专门建构了阿特拉斯船厂的金字塔式层级关系——从黑人工人、白人工人、组长、主管、车间主任到公司总裁。鲍勃是来自俄亥俄州克利夫兰的黑人青年，上过两年大学，但没有毕业。在20世纪30年代的洛杉矶，大学肄业生已算受过很高的文化教育了。因此，鲍勃进入船厂后不久就得到重用，被车间主任提拔为组长。从整个船厂来看，鲍勃是唯一的一名黑人组长。在当时的社会环境里，组长基本已是黑人职场升迁的最高点了，黑人升为主管或车间主任的可能性几乎为零。当了组

[①] 卢璟、磨玉峰：《"玻璃天花板"效应研究综述》，载《商业时代》2008年第34期，第58页。

长后，鲍勃认真履行自己的工作职责，但他的工作遭到一名白人女工的刁难。在遭到那名女工的无理谩骂之后，他便回骂了一句。白人上司以他不尊重白人妇女为由撤销了他的组长职务。由此可见，在种族主义社会的层级关系中，黑人如果违反社会规训的要求，刚刚获得的一点上升空间也会瞬间失去。

其次，海姆斯在小说里还描写黑人群体的理想空间。以艾丽斯一家为代表的中产阶级黑人认为黑人应该在社会规训的范围内寻求个人成功。艾丽斯的父亲哈里森（Harrison）是一名黑人医生，娶了白人女子，成为弗吉尼亚州闻名的黑人富豪，但在白人种族主义者眼里他仍然是黑人，不可能达到同级别白人富豪的社会地位。其女儿艾丽斯受过良好的高等教育，在洛杉矶一家政府机构担任高管，但在种族主义社会的层级结构中，她仍然处于底层。由于带有黑人血统，她无权进入和享用仅为白人提供服务的娱乐场所或公共设施。在路上遇到白人警察时，她仍然被称呼为"黑熊"。艾丽斯鼓励自己的男友鲍勃勤奋学习，希望他在第二次世界大战结束后去大学攻读法律专业，以便将来维护黑人的合法权益。但鲍勃的律师梦被种族主义社会击得粉碎，因为被一个白人妇女性骚扰，鲍勃不但失去了组长职位，而且还被诬陷入狱，最后被送上战场。鲍勃当律师的理想被可望而不可即的"玻璃天花板"彻底阻断了，进入了社会性死亡状态。由此可见，艾丽斯、哈里森和鲍勃等人的理想在种族主义社会遭到了玻璃天花板式的种族歧视，他们难以实现自己的人生追求，无法获得与白人平等的社会地位。

最后，按常理，职场分工应该根据员工的体力、智力、技能和能动性等因素来给予合理的安排，让每个人的才能都得到最大限度的发挥和施展。然而，海姆斯笔下的阿特拉斯船厂白人老板总是把黑人分配去干最脏、最苦和最累的活。鲍勃的工友斯米迪（Smitty）说："我们总是接最难干的活，那又有什么好下场呢？如果有人在甲板上发现了一点点垃圾，凯利（Kelly）马上就叫我们这帮人把甲板清洁再做一遍。"[1]另一名工友康威（Conway）说："我在这家船厂干了两年，所干的工作都是没人愿干的。只要另有活路，我就从这家船厂辞职。"[2]还有一名工友霍默（Homer）指出，厂方不关心黑人工人的培训和学业进修。白人工人进厂几个月后就会得到读书和进修的机会，而黑人工作了几年也得不到这样的机会。白人管理层的规训思路

---

[1] Chester Himes, *If He Hollers Let Him Go*, Cambridge, MA: Da Capo, 1945, p.12.
[2] Chester Himes, *If He Hollers Let Him Go*, Cambridge, MA: Da Capo, 1945, p.12.

就是让黑人永远处于工厂的底层,减少其业务进修或职位提升的机会。

种族主义社会的社会规训其实就是美国奴隶制时期的种族偏见在现代社会的变种,仍然把黑人视为美国社会的局外人和"他者"。这样的社会规训没有把黑人视为与白人平等的美国公民,而是在职场上任意剥夺和缩小黑人的生存空间,致使黑人的理想空间被置于"玻璃天花板"之上,可望而不可即,导致黑人沉沦于社会性死亡的生存空间里。因此,在美国种族主义社会里,黑人的升迁过程中的"玻璃天花板"现象不仅会阻碍黑人事业的发展,引起他们对生活和工作的抱怨,还会打击黑人的进取心和自尊心,有时甚至会导致黑人的"社会性死亡"。

人权沦丧与规范化控制

人权是指人在人类社会里应该享有的基本权利,具有普适性和道义性。从社会学的基本原理来看,每个人在社会生活中都应该拥有人的尊严,得到合乎人权规则的对待。根据权利拥有的主体特点,人权可以分为个人人权和集体人权。"个人人权指的是个人依法享有的生命、人身、经济、文化等方面的自由平等权利;集体人权指的是一个国家或地区的居住者都应该享有的权利,如种族平等权、民族自决权、发展权、环境权和和平权等。"[1]种族主义社会的规范化控制就是从"白人至上论"出发,针对社会生活和工作的各项要素、交际过程、人际关系和跨性别关系等方面拟定一些不成文的规范,并在全社会范围内推行这些规范,以使种族主义者的行为协调统一地运转起来,使处于"局外"的黑人看不见但能感受到,并不时受到难以预料的伤害。"按照种族歧视和种族偏见统一的规范对黑人的人际关系和行为准则进行严格监视和管理,黑人和白人之间缺乏公正比较、平等的竞争,这必然导致美国种族关系的恶化,甚至种族仇恨。"[2]因此,《如果他大叫,就放开他》从种族仇恨、性禁忌和伦理退化等方面描写了非裔美国人的人权沦丧与规范化控制之间的相互关系,揭露了种族主义对非裔美国人种族价值的践踏。

首先,种族主义者的社会规训和种族歧视的蔓延必然会导致黑人和白人之间的种族仇恨。海姆斯在小说里从梦境、种族疏远、迫害三个方面展现了种族仇恨。小说主人公鲍勃在小说里经常做梦。在其梦境里,黑人总

---

[1] Michael Fabre, *From Harlem to Paris: Black American Writers in France, 1840–1980*, Urbana: University of Illinois Press, 1991, p.98.

[2] Paul Gilroy, *Against Race: Imagining Political Culture beyond the Color Line*, Cambridge, Mass.: Harvard University Press, 2001, p.54.

是和白人发生冲突,冲突的结果无一例外都是黑人被白人杀死。在种族关系紧张的社会环境里,黑人工人一般不会和白人工人待在一起,白人工人也不愿到黑人的工作小组去工作。船厂当局每时每刻都在维护白人的利益。一旦黑人和白人发生冲突,厂方的裁决总是把错误归咎于黑人一方。鲍勃和白人女工玛琪彼此都谩骂了对方,但车间主任只追究鲍勃的责任。白人上级在处理黑人员工和白人员工的冲突时的偏袒不但无助于问题的解决,反而加深了双方的矛盾,导致彼此之间的种族仇恨。

其次,在种族主义社会里,白种女人是黑人寻找伴侣时的性禁忌。种族主义者站在"白人至上论"的立场上,非常反感黑人和白人的跨种族性关系,尤其不能容忍黑人男性和白人女性的伴侣行为。海姆斯在这部小说里描写的社会背景是第二次世界大战前后的美国西部,种族偏见的社会环境依然存在。种族问题阻碍了黑人和白人之间的正常交往,造成了一些匪夷所思的社会现象。白人女性想和黑人男性建立恋爱关系或性爱关系,但不能公开进行,于是一些白人女性就对黑人男性进行性挑逗,而黑人男性对白人女性的性挑逗是既爱又恨,爱是出自人际交往的本能,恨是因为黑人男性与白人女性的关系一旦曝光,白人女性为了撇清关系,通常会声称自己遭到黑人男性的性骚扰或性侵犯,事后,黑人男性必然会遭到社会的规训或惩罚。白人女性和黑人男性的矛盾关系必然会引起彼此的种族仇恨,导致黑人和白人双方的不信任感和误解进一步加深。

最后,种族关系恶化和男女信任感的沦丧必然导致黑人和白人的伦理退化,使他们丧失社会正义感和基本道德感。由于黑人在社会规训下的生存空间越来越狭窄,个人幸福感和成就感渐渐消失,对美国社会的陌生感和局外人感也随之产生。鲍勃说:"我从来没有关心过这场战争,只是想把自己置身于事外。我起初想日本人打赢,现在我也这样想。"[①]鲍勃的言下之意在于:他希望日本法西斯打败美国,认为美国的兴亡荣辱与黑人无关。正如元代文学家张养浩的名句:"兴,百姓苦;亡,百姓苦。"鲍勃也认为,美国打胜仗,黑人苦;美国打败仗,黑人也苦。鲍勃希望日本法西斯获胜的心态是一种社会伦理的退化,虽然有悖于社会正义,但揭露了"国家不爱人民"的不良社会状态可能造成的伦理危机。此外,鲍勃还认为解决美国种族问题的唯一途径就是发动暴民叛乱,通过暴力的手段迫使白人尊重黑人,维护黑人应得的权益。他臆想的暴力行为旨在威胁美国的法律精神和法制体系,可视为其在追求自我中的伦理丧失。

---

① Chester Himes, *If He Hollers Let Him Go*, Cambridge, MA: Da Capo, 1945, p.38

通过这部小说，海姆斯揭示出人权不仅涉及个人的生命、财产、人身自由的权利，以及个人作为国家成员自由、平等地参与政治生活方面的权利，而且还涉及个人作为社会劳动者参与社会、经济、文化生活方面的权利。如果种族主义社会剥夺了黑人应该享有的基本人权，黑人和白人的种族关系就必然会遭到破坏，严重的社会冲突也就难以避免。海姆斯的如此描写预示了20世纪60年代中期美国黑人权利运动的必然到来。

《如果他大叫，就放开他》小说题目中的"他"指的是以鲍勃为代表的黑人。该题目的寓意是：如果黑人不满现实的生活，就应该给予他们自由。这个题目表达了作者对黑人生活前景的良好祝愿。该小说所描写的社会规训展现了美国第二次世界大战期间的社会关系和种族关系，揭示了美国黑人的身份危机。正如福柯所言，"所有这一切都是为了制造出受规训的个人。这种处于中心位置的并被统一起来的人性是复杂的权力关系的效果和工具，是受制于多种'监禁'机制的肉体和力量，是本身就包含着这种战略的诸种因素的话语的对象"①。从这部小说里，读者能够看到人权正义与社会规训的厮杀声和搏击声。海姆斯在这部小说里关于人权和社会规训的描写，揭露了美国种族主义社会对黑人人权的践踏和对美国文明发展的阻碍，小说的写实性叙述表明小说主人公的悲剧不是他的个人悲剧，而是在美国社会遭到"玻璃天花板"阻碍和"全景敞视监狱"迫害的所有黑人生活的真实缩影。该小说关于洛杉矶的城市自然主义描写与赖特笔下的芝加哥城市自然主义描写相映生辉，丰富和发展了20世纪四五十年代主导美国黑人文坛的城市自然主义文学传统。

第二节　《隐身人》："面纱"后非裔美国人的黑人性

美国小说家拉尔夫·埃里森（1914—1994）的小说《隐身人》采用自然主义、表现主义和超现实主义等写作手法，综合欧洲文学和非裔美国文学的传统，揭示了非裔美国人在充满种族歧视和种族压迫的社会氛围里追求自我的悲哀和无奈。该小说自1952年出版以来，受到读者和评论家的广泛关注。欧文·豪（Irving Howe）在《更精彩的世界》（*A World More Attractive*）一书中说："仅用20世纪50年代评论家提倡的美学距离来描写'黑人经历'在道德和心理方面是不可能的，因为窘境和抗议与那个经历

---

① 米歇尔·福柯：《规训与惩罚》，刘北成、杨远婴译，北京：生活·读书·新知三联书店，2019年版，第354页。

不可分割。"①小艾迪生·盖尔（Addison Gayle, Jr.）在《新世界之路：美国的黑人小说》(*The Way of the New World: The Black Novel in America*)一书中指出，"隐形人选择了死亡，而不是生存；选择了保守性，而不是创造性；选择了个人主义，而不是种族团结"②。兹比格涅夫·勒威克（Zbigniew Lewicki）还说："隐形的概念已进入美国英语的词汇，就像'巴比特'和'二十二条军规'一样。"③此外，克里·麦克斯威尼（Kerry McSweeney）认为，《隐身人》的主题是"经典小说的主题：认识现实、实现自我和寻求社会承认"④。这本小说对后来美国小说的发展有创造性的贡献；半个世纪以来，专家学者做了大量的研究工作，但是，几乎没有人从杜波依斯的"面纱"理论的角度来研究这部小说所反映出来的非裔美国人之黑人性问题。

"面纱"与非裔美国人的黑人性致因

非裔美国人的历史不同于移居至美国的任何外来民族。黑人从1619年被欧洲白人用暴力从非洲运到美国以后，便开始了长达200多年的奴隶生涯。这些黑人主要来自非洲各地的不同部落，有各自的文化背景，但被抓到美洲为奴之后，与本民族的语言文化联系被截断。当时的美国白人只把黑人当作会干活的牲口，剥夺了他们做人的权利。"从第一代奴隶起，黑人就只剩下了美国经历。对于大多数黑人而言，这个经历的冲击力太大，以至于现在仍被用来解释黑人缺乏对过去的了解的原因。"⑤奴隶制废除后，奴隶制文化的残余和积淀并没有从美国社会消失。正如威廉·H. 格里尔（William H. Grier）和普莱斯·M. 科布斯（Price M. Cobbs）在《黑色的愤怒》(*Black Rage*)中指出，"容忍奴隶制的那个文化已脱下蓄奴的外衣，但内在的情感还在。'特殊的制度'仍在对这个国家施加恶劣的影响。奴隶制已于100多年前废除了，但是我们国民的头脑从来就没有摆脱过"⑥。美国内战后，非裔美国人经过南方重建、第一次世界大战、第二次世界大战、民权运动等一系列历史事件的洗礼，种族意识和政治觉悟日益提高，为消除种族歧视和争取种族平等的斗争一天也没有停止过。不少白人仍对

---

① Irving Howe, *A World More Attractive*, New York: Horizon, 1963, p.114.
② Addison Gayle, Jr., *The Way of the New World: The Black Novel in America*, Garden City, N.Y.: Doubleday Anchor, 1976, p.257.
③ Zbigniew Lewicki, *The Bang and the Whimper: Apocalypse and Entropy in American Literature*, Westport, Conn.: Greenwood Press, 1984, p.46.
④ Kerry McSweeney, *Invisible Man: Race and Identity*, Boston: Twayne, 1988, p.17.
⑤ William H. Grier & Price M. Cobbs, *Black Rage*, New York: Basic, 1968, p.22.
⑥ William H. Grier & Price M. Cobbs, *Black Rage*, New York: Basic, 1968, p.20.

黑人持有严重的种族偏见，不时表露在其行为和思想上。随着社会的发展和机械化时代的到来，黑人劳动力在19世纪末20世纪初不再是美国经济的支柱。黑人普遍缺少文化知识、教育背景和劳动技能，长期生活在美国主流社会的边缘。

　　杜波依斯对非裔美国人的社会生存状态做了深入的调查研究后，在《黑灵魂》中以比喻的方式提出了"面纱"理论，揭示了美国黑人的黑人性。杜波依斯在书中提出的"面纱"理论有两层含义：一层含义是"面纱"犹如一个巨大的无形帘子，把美国社会隔离成白人社会和黑人社会。黑人只能生活在种族隔离的社会环境里，无论是在列车、旅馆、候车室、医院，还是在住宅区、教堂、墓地，黑人和白人的活动区域都是严格划分开的。"黑人已被预先严格注定只能在其面纱的范围内行走。"[①]超越"面纱"范围的黑人会遭到白人的无情打击和残酷迫害。白人简单地把黑皮肤的人和沾有一点黑人血统的人统归为黑人。因种族歧视，生活在"面纱"之下的黑人就业率低、生活贫困、子女受教育情况差，如此恶性循环，导致了一系列社会问题的产生。另一层含义是每一个非裔美国人从出生之日起就注定戴上了黑色的"面纱"。"黑人是上帝的第七个儿子，生下来就戴有面纱，成为美国社会的第二个景观——这个世界没有给予他们真正的自我意识，仅是让他们从其他世界的显现中来看自己。"[②]这就表明黑人意识不同于白人意识，但又与白人意识密切联系。非裔美国人在美国过着一种双重生活，即过着美国人和黑人的生活，犹如"生活在19世纪的大流中，却又挣扎在15世纪的漩涡里"[③]。这样的生活必然使美国黑人产生一种痛苦的自我意识，几乎陷入难以消解的病态心理，给黑人的自信心以致命的打击[④]。非裔美国人的独特生活环境迫使其调和于黑、白两个世界之间。由于在政治、经济、文化等方面的弱势，他们不得不依附于白人世界。白人对黑人既爱又恨，爱的是他们能从经济上剥削黑人，获得黑人的廉价劳动力；恨的是他们需要克服自己的厌恶心理，与丑陋的黑人打交道。

　　"面纱里面和外面的世界不断变化，变化得很快，但是变化的速度不一致；这必然会导致灵魂的扭曲，产生一种特殊的怀疑感和迷惑感。这种双重生活、双重思想、双重职责和双重社会阶级，必然会引起双重话语、双

---

① W.E.B. Du Bois, *The Souls of Black Folk*, New York: Bantam, 1989, p.3.
② Henry Louis Gates, Jr., "Introduction," in W.E.B. Du Bois, *The Souls of Black Folk*, New York: Bantam, 1989, p.xx.
③ W.E.B. Du Bois, *The Souls of Black Folk*, New York: Bantam, 1989, p.142.
④ W.E.B. Du Bois, *The Souls of Black Folk*, New York: Bantam, 1989, p.142.

重理想，进而必然诱使头脑去说假话或去反抗，去扮虚伪或搞激进。"[1]为了在美国社会中生存，大多数黑人尽自己的最大努力，不断提高自己的文化知识水平和劳动技能，争取融入美国社会主流，但由于奴隶制残存文化的影响，白人处处排斥、歧视、迫害黑人，使努力争取融入白人社会的黑人发生分化：一些人戴上面具与白人继续周旋，保护自己，寻求生机；另一些人从悲观失望发展到愤世嫉俗，他们不想再与白人为伍，期望从白人社会中分离出来，返回非洲，建立一个没有种族偏见和种族歧视的黑人国家。

"面纱"后三类非裔美国人的黑人性

非裔美国人的黑人性主要包括以下几个方面：黑人为美国社会的发展做出了卓越贡献，但又不被美国社会完全接纳；黑人以融入白人社会为自己的生存之道；黑人在白人社会的高压之下，产生了心理畸形，为了生存和发展，他们被迫戴上面具；黑人性格中有温顺、善良、忠诚的一面，但也有胆大妄为、狡诈、自私的一面；在恶劣的社会环境中，他们也有追求自我、追求幸福、追求自尊和种族平等的进取心；黑人为了生存与种族压迫做斗争时，也会使用暴力，导致社会动荡。埃里森在《隐身人》中从三个方面描写了挣扎在美国社会"面纱"后非裔美国人的黑人性：后奴隶时代型的黑人、面具型黑人和激进型黑人。

第一，后奴隶时代型的黑人是指已不是奴隶的现代非裔美国人，但其思想仍未摆脱奴隶制文化的毒害和束缚，在心目中仍把白人当作主人，对白人毕恭毕敬，以对白人的愚忠来换取白人的残羹冷炙。他们自以为只要顺从白人，白人就会对他们好。因此，他们看不穿白人种族主义者的本质，总是不知不觉地被白人愚弄。《隐身人》中处于幼稚期的小说叙事人就属于这一类型。由于在小说里他的个性和自我得不到社会承认，因此，拉尔夫·埃里森就没有给这个小说人物取名，使其成为一个不为世人所见的"我"。由于对白人的温顺，叙事人"我"获得了上大学的机会，又因同样的原因，他丧失了大学毕业的机会；之后，由于对兄弟会白人的顺从，他最终丧失了自我。

小说叙事人上大学和获得奖学金的机会是经历了一系列侮辱后才得到的。白人先是命令他与其他黑人男孩戴上眼罩斗殴，把他当作斗狗赛中的狗以供白人观赏取乐；后又让他与其他黑人孩子在通了电的地毯上抢金币，

---

[1] W.E.B. Du Bois, *The Souls of Black Folk*, New York: Bantam, 1989, p.142.

白人以他被电击的痛苦取乐；接着，白人让金发碧眼的裸体白种女人上场，使有"私刑创伤"的黑人孩子遭受心理折磨，白人以对黑人孩子进行心理阉割来取乐；当他面对镇上的白人发表毕业演讲时，潜意识地把黑人的"社会责任"说成了"社会平等"，立即遭到了白人的训斥，他被迫改口，顺从白人。在那时，由于叙事人太年轻、太幼稚，白人的故意侮辱没能激发起他的羞耻感和自尊心，由此可见，奴隶制文化沉淀对黑人青少年有着很大的毒害。大学奖学金的获得在某种程度上鼓励了他的奴性表现。那天晚上的粗鲁场面使他确信：如果按白人的话做，就会得到奖赏。[①]这种天真的假想引起了他以后的身份危机和心理危机。

叙事人上大学后的一天，校长布勒德索（Bledsoe）叫他驾车陪白人校董诺顿先生（Mr. Norton）游览校园。这次，他也对白人百依百顺，为了满足诺顿的好奇心，他带诺顿去看了校园边上的奴隶旧居、黑人吉姆（Jim）的小屋和名叫"金色的日子"的妓院，使诺顿听到了吉姆与女儿的乱伦故事。叙事人对白人的顺从激怒了布勒德索校长，导致他被开除学籍。"叙事人违反了南方制度不成文的规定……带北方校董诺顿去看了黑人社区的贫困和伦理低下。"[②]面对失学的危机，他去央求诺顿先生，但也没有效果。出乎他意料的是，顺从白人也会给他带来不幸和灾难。叙事人失学后，来到纽约谋生，生活无着。一个偶然的机会，兄弟会领导人杰克（Jack）发现了他的演讲才能，聘他为兄弟会的主要演讲人。兄弟会是一个有少数黑人参加的白人组织。这个组织主要从事反对社会压迫的宣传工作，但反对使用暴力，与叙事人的想法并不相符。迫于生计，他需要兄弟会提供的生活福利，因此他不得不改名换姓，遵照兄弟会的纲领进行演讲。他对兄弟会的顺从使他再次沦为白人的木偶。

第二，面具型黑人是指经历了生活的磨炼，学会了自我保护而又有目标追求的黑人。他们在白人面前表现温顺，服从白人的指令，以期从白人那里获得好处，而在其内心中又对白人仇恨无比。黑人脸上的媚笑或咧嘴而笑，都是掩饰其真实情感的面具。显示给白人世界的黑人面具是黑人的社会人格，这种人格总是不同于他们的真实自我。下面将从三个方面来讨论面具型黑人的黑人性：祖父的临终遗训、进入成熟期的小说叙事人和黑人大学校长布勒德索。

[①] D. G. Marowski & R. Matuz, eds., *Contemporary Literary Criticism*, Vol. 54, Detroit: Gale, 1989, p.104.

[②] Graig Werner, "Ralph Ellison," in Frank N. Magill (Ed.), *Critical Survey of Long Fiction*, Pasadena, California: Salem, 1991, p.1057.

首先是祖父的临终遗训。叙事人的祖父是一个曾当过奴隶的黑人。内战后，虽然摆脱了奴隶身份，但他仍遭到来自社会、经济和种族方面的压迫；在种族偏见严重的南方，他从来没有获得过与白人平等的权利。由于在奴隶时代为奴，解放后的他仍清贫如洗、一无所有，只有依附白人谋生。在这种生活里，他受尽了凌辱、压迫和迫害。因此，叙事人的祖父临死前把自己的生活经验当作遗训传给了叙事人的父亲。祖父痛苦地说，如果把美国黑人的生存斗争看作战争的话，他觉得自己就像一个叛徒。他忠告叙事人的父亲用"唯唯诺诺"和"咧开嘴笑"来麻痹白人，建议家人"顺从他们，一直到其死亡和毁灭"[①]。祖父还建议父亲保留双重人格，即在行为举止上，仿效旧时代的好奴隶，假装忠诚欺骗白人；在内心里，可保留自己的痛苦和对这个伪装的怨恨。萨琳娜·沃德（Selena Ward）和布莱恩·菲利普斯（Brian Phillips）说："沿用这样的模式，祖父的后代能够在内心拒绝接受二等公民的身份，保护自己的尊严，避免暴露自己的真实思想。"[②]祖父的临终遗训是对黑人处世哲学的精妙总结。的确，在充满敌意的美国社会里，白人统治着社会的政治、经济等各个领域。势单力薄的黑人对白人的公开反抗不利于生存斗争的需要，但是他们可以戴上面具，假装顺从和忠诚，而在内心诅咒他们、痛恨他们，以获得某种心理平衡。祖父的策略与鲁迅先生笔下的阿Q所采用的精神胜利法有异曲同工之妙。

其次是进入成熟期的小说叙事人。叙事人在白人社会经过一系列屈辱和挫折后，逐渐明白了祖父遗训的精妙，变得成熟起来，学会了戴上面具与兄弟会的白人打交道，在冲突中保全自己。他代表兄弟会所作的演讲大受听众欢迎，极具感染力，但他的讲话时常偏离兄弟会的纲领，这就导致了他与兄弟会的矛盾。兄弟会是一个反对阶级压迫的白人组织，为受压迫的黑人和白人发声；后来为了响应国际反法西斯斗争的形势，该组织把黑人问题搁在了一边。身为黑人的叙事人只对伸张黑人正义的事感兴趣，这使他与兄弟会的宗旨格格不入。兄弟会要求个人绝对服从组织，个人不得做超越纲领之事，这限制和扼杀了叙事人发挥自己才干的机会。兄弟会哈莱姆分会的负责人黑人克里夫顿（Clifton）在大街上被警察枪杀，而兄弟会却对此事不闻不问。这使叙事人心寒不已，导致了他对兄弟会态度的大转变。尽管叙事人对兄弟会的冷漠异常愤怒，但为了生计，他还不愿因脱离兄弟会而失去现有的地位和收入。因此，为了保住自己在兄弟会的饭碗，

---

① Ralph Ellison, *Invisible Man*, Beijing: Foreign Language Teaching and Research Press, 2000, p.16.
② Selena Ward & Brian Phillips, *Today's Most Popular Study Guides: Invisible Man*, Tianjin: Tianjin Science and Technology Translation Publishing Company, 2003, p.71.

他不断向兄弟会报告虚假情况，通常是报喜不报忧。这时，他的面具已演变为了谋生的工具。

最后，小说中的另一个面具型黑人是大学校长布勒德索博士。他表面上对黑人慈善，对白人谦恭，但实际上，他是一个典型的马基雅维利式的人物，把世界看成是一个"权利机械装置……但是我已把自己置身其中。如果有必要维护我的地位，我会在今天早上把全国的黑人一个一个地都吊死在树上"[1]。他对白人的欺骗主要表现在接待来访的白人校董诺顿先生一事上。为了让白人老板满意和高兴，布勒德索校长只让白人参观他预先安排好的地方，让白人听他事先安排好的内容。他对黑人的欺骗主要表现在给叙事人开具推荐信的事件上。他给叙事人开的推荐信不但无助于叙事人找工作，反而在信中写了不少贬低叙事人的人品的话语，使他在任何地方都难以找到工作。布勒德索是一个利用面具的大师，为了自己的私欲，对白人和黑人都欺骗。布勒德索惯戴假面具，自私、贪婪，玩两面派手法，欺上瞒下，对有权有势者极力巴结、奉承讨好，毫无道德底线地追求个人利益的最大化。

大学校长布勒德索博士、小说叙事人及其祖父靠面具才能苟且于白人社会，这主要是由美国社会的种族主义所导致的。种族主义在美国根深蒂固，尽管1776年的《独立宣言》提出了"人生而平等"的神圣信条，但美国黑人却被排斥在外。正如格里尔所讽刺的那样，"所有的人生而平等，但白人比任何人更平等"[2]。黑人把平等原则同样视为国家的基本原则之一，为争取平等不懈奋斗。格里尔提醒白人注意自己宣言的神圣性，别对同为人类的黑人进行制度化的贬低，贬低黑人就是贬低《独立宣言》和美国倡导的民主精神。

第三，种族主义的猖獗不可避免地会导致激进型黑人的产生。激进型黑人是指那些深受白人社会之害，对融入美国主流社会失望的黑人。他们不愿再忍受种族压迫和种族歧视，不想再与白人共同生存在一个社会里，于是高唱"走吧，摩西！"的口号，想与白人社会分离，返回非洲，建立黑人自己的国家。在小说里，这些黑人的典型代表就是劝说者拉斯（Ras）及其追随者。

小说中拉斯被描述为西印度群岛人，使许多评论家联想起出生于牙买加的黑人民族主义者马库斯·加维（Marcus Garvey）。像加维一样，拉斯

---

[1] Ralph Ellison, *Invisible Man*, Beijing: Foreign Language Teaching and Research Press, 2000, p.142.
[2] Ralph Ellison, *Invisible Man*, Beijing: Foreign Language Teaching and Research Press, 2000, p.121.

也很有领袖魅力，鼓吹种族分离，热爱鲜艳的非洲民族服装，弘扬黑人自强不息的价值观，反对与白人社会融合。但是，"埃里森一直否认有意按加维的原型塑造拉斯。如果有任何联系存在，可能就是加维激发了拉斯的思想，而不是埃里森企图通过拉斯重塑加维"①。拉斯的名字在埃塞俄比亚语里的字面意义是"王子"，而其音听起来又有点像英语的 race（种族）和埃及语的 Ra（太阳神）。这些意义体现了这个人物的主要本质：作为一个狂热的黑人民族主义者，拉斯满脑子充满了黑人种族思想；作为一个有领袖魅力的领导人，他自以为有上帝一样的权力。拉斯的哲学思想是：黑人和白人不是兄弟，黑人应该通过摧毁白人的控制，摆脱种族压迫和偏见。这个想法的实施必然会导致暴力事件的发生。但在小说里，埃里森和叙事人都害怕暴力事件，因此极力反对这种观点。然而，埃里森虽然不赞成拉斯的学说，但却没有把他描写成一个地地道道的恶棍。在整部小说里，拉斯对哈莱姆地区的黑人有磁铁般的吸引力，他给黑人带来了希望和勇气。

拉斯及其追随者在狂热鼓吹种族分离时，走上了极端的道路，对不愿搞种族分离的黑人采取了打击、谋杀甚至屠杀的政策，企图强迫他人接受他们的政治主张。他们偏执而狂热的思想被兄弟会的白人利用，最后导致了哈莱姆地区的流血骚乱。M. 克莱茵（M. Klein）说："这场暴乱，一方面是狂欢……另一方面是自我毁灭。这场暴乱的主要特点是黑人攻击黑人。叙事人被迫与拉斯对阵。在这个场面里，拉斯手持长矛，骑着一匹黑马，穿着阿比西尼亚酋长的服饰，成为毁灭者拉斯，敦促人们去干无异于毁灭的事。"②拉斯的狂热和偏执酿成了这场惨剧。在这里，我们也可以觉察到白人的险恶用心，那就是利用黑人削弱黑人。

黑人民族主义者的分离言行是对白人社会排斥黑人行径的一种自然反应。白人拒绝黑人融入美国社会；作为反击，黑人民族主义者也拒绝与白人社会融合，走上了分离的道路。"在白人的压迫和粗暴对待下，劝说者拉斯一下子变成了毁灭者拉斯，这样，拉斯也一下子从赫尔曼·麦尔维尔的小说《白鲸》（Moby Dick）中的船长亚哈变成了凶残的白鲸'莫比·迪克'。"③拉斯与白人社会势不两立的激进思想，给白人社会敲响了警钟：长期遭受排斥的黑人不会永远忍耐下去，黑人是会反抗的。由此可见，种族偏见和种

---

① Selena Ward & Brian Phillips, *Today's Most Popular Study Guides: Invisible Man*, Tianjin: Tianjin Science and Technology Translation Publishing Company, 2003, p.37.

② Marcus Klein, "Ralph Ellison," in his *After Alienation: American Novels in Mid-Century, 1964*, Philadelphia: World Publishing Company, 1964, p. 77.

③ Harold Bloom, ed., *Modern Critical Review: Ralph Ellison*, New York: Chelsea House Publishers, 1986, p.3.

族压迫可能会导致黑人和白人的种族大战，有损美国联邦宪法的神圣性，使美国陷入民族暴动的危险。拉斯的言行会导致社会动荡，但它可能从另一方面促使美国社会改进种族政策，加快美国主流社会接纳黑人的步伐。

总之，杜波依斯比喻性地提出的"面纱"犹如一面无形的帘子把美国社会分隔成了两个世界：一边是白人世界，另一边是黑人世界。长期蒙受种族歧视和种族迫害的非裔美国人视美国为自己的家，而这个家又被人数和力量占优势的白人所把持，黑人忍辱负重近300年，希望融入美国主流社会，但白人却总是把他们排斥在外。"面纱"下的非裔美国人理想各异，但他们都是美利坚合众国的一员。种族歧视是违反美国宪法精神的，而且也是不道德的。小说叙事人从不戴面具发展到要戴面具才能苟且于美国社会，这是非裔美国人的悲哀，同时也是自称倡导人权和民主的美国社会的悲哀。美国黑人能否融入美国社会，成为与白人平等的美国公民，可以看作衡量美国文明程度和人权状况的一个重要尺度。种族歧视在美国社会中根深蒂固，还有待白人和黑人共同努力，增进了解，真心交融，互相谅解，才可能最后逐渐消除。黑人应该逐渐走出奴隶制文化沉淀的阴影，白人也应该消除"白人至上论"观念，最后白人和黑人共同携手才能实现美国民权运动领袖马丁·路德·金提出的梦想，让黑人和白人融合成一个和谐的美国社会，真正赋予黑人神圣不可剥夺的"生而平等"的权利，让黑人去追求自己的生活、自由和幸福，使美利坚合众国成为和谐的民族多元化社会。

第三节 《紫色》：非裔美国妇女茜莉的隐形性

艾丽斯·沃克（1944— ）是美国当代最著名的非裔美国女作家之一，其代表作是书信体小说《紫色》。在这部小说里，她描写了20世纪上半叶非裔妇女在黑人社区所遭遇的种族压迫和性摧残。该小说自1982年出版以来一直受到读者的极大关注。菲利普·M. 罗伊斯特（Phillip M. Royster）评论说："《紫色》不仅对性别歧视、种族歧视和男性恐怖等社会问题提出了抗议，而且揭示了同性恋者在茜莉（Celie）追求自由平等的斗争中的关键作用。"[①]大多数当代黑人作家主要是揭露黑人沦为二等公民后的苦难生活或抨击美国社会的种族主义，而沃克突破了美国黑人小说的传统主题，

---

① Phillip M. Royster, "In Search of Our Fathers' Arms: Alice Walker's Persona of the Alienated Darling," *Black American Literature Forum* 20. 4 (1986): 347.

揭示了美国男权制社会里黑人男性对黑人女性的残害和压迫问题。沃克的披露受到许多黑人读者的抨击,认为她偏离了黑人文学的使命,揭露了黑人社区的阴暗面,让白人读者看到了黑人社区的丑陋。但是,这本小说成功地把当代读者的注意力转向了一个被忽略已久的严重社会问题,即非裔美国妇女同时遭受到白人种族歧视和黑人性别歧视的问题。

奉行"白人至上论"的种族主义长期压抑黑人男性,使他们在政治、经济、文化等方面难以有所作为。黑人在总体上被白人视为隐形人,他们的身份、权利和追求不为美国主流社会所重视。20世纪60年代的美国作家拉尔夫·埃里森对非裔美国人的隐形性做了一个总结,在其小说《隐身人》中提出了"隐形理论",认为黑人的隐形性是指黑人遭到白人漠视所导致的社会现实,而不是指黑人具有隐形遁影的神奇功夫。[①]身份的隐形使黑人过着没有前途的悲哀生活。本节拟从埃里森的隐形理论的视角来分析《紫色》中茜莉的隐形性,揭示黑人男性在黑人社区欺凌和压榨黑人妇女的丑行。

茜莉在父母家的隐形性

茜莉生活在美国南方黑人社区的一个中产阶级商人家庭里,亲生父亲死于白人的种族迫害;母亲经受不了丈夫突然惨死的打击,精神受到了严重刺激。此后,她时而清醒,时而发病。想霸占她家产业的不良之徒阿方索(Alphonso)乘虚而入,娶了她母亲为妻。生活在这样一个畸形的家庭里,茜莉根本得不到父爱和母爱。她的隐形性主要表现在两个方面:父女关系和母女关系。阿方索和茜莉的父女关系可以从以下三个层面来研究:父女乱伦、限女自由和逼女退学。

首先,父女乱伦使茜莉终身蒙辱,茜莉悲愤自己在家里连做女儿的资格也被剥夺。阿方索虽然不是茜莉的亲生父亲,但在法律意义上,他仍是茜莉的继父。阿方索是一个典型的性虐待狂和色情狂,他在茜莉14岁时就凶残地强暴了她。为了使未成年的妹妹内蒂(Nettie)免遭继父的强奸,茜莉只好主动满足他的兽欲。阿方索蔑视法制和社会伦理,以奸淫少女为乐;他的乱伦和淫乱表明他是男权制社会邪恶势力的代表。

其次,为了维护对继女茜莉的性专权,阿方索漠视她在青春期性心理的正常发展,不允许她接触男孩,甚至不允许她在公众场合看男人一眼。

[①] Ralph Ellison, *Invisible Man*, Beijing: Foreign Language Teaching and Research Press, 2000, pp.3-5.

茜莉哭诉道："今天他打了我，他说我在教堂对一个男孩眨了眼，我也许看到了一些人，但我并没有眨眼。我根本没有去瞧男人，那是实话。我看的是女人，因为我不害怕女人。"①这次毒打不仅使她更加畏惧男人，而且还导致了她以后的性选择转向。在阿方索的不断蹂躏下，茜莉怀孕了。为了推卸责任，阿方索在茜莉的母亲面前诬告说：茜莉有了一个男朋友，他看见一个男孩从后门溜走。这里，我们可以发现阿方索的卑鄙和无耻。

最后，茜莉怀孕后，阿方索为了掩盖自己的罪孽，强迫继女退了学。阿方索剥夺了茜莉的受教育权。也许在他看来，女孩子上不上学都无关紧要，不上学的女孩会更无知，更有利于他的长期霸占。他对茜莉的强暴和迫害像阴影一样笼罩着她的一生，以至于以后她对男人丧失了性反应，走上了同性恋的道路。

在母女关系上，茜莉的女儿身份不仅被其继父践踏，同时也被其亲生母亲忽略。母亲虽有精神病，但她在清醒时也没有给予女儿应有的关心和爱护。可悲的是，她总是把自己摆在一个受害女人的位置上来处理自己与女儿的关系。一方面，母亲把茜莉视为"性"竞争对手。她容忍不了女儿与自己第二任丈夫的性关系。茜莉回忆道："我妈死了，她死时大声叫嚷，大声诅咒。她对我大声叫嚷，对我诅咒。"②母亲阻止不了丈夫的兽行，反而把愤怒转嫁到受害的女儿身上。另一方面，她又希望女儿填补她的空白，充当丈夫的性玩具，因为丈夫从女儿那里得到性满足后对她的态度比以前大有好转。母亲用女儿的屈辱换来丈夫对她的短暂善待。可见，在黑人男权制社会里，女人社会经济地位低下，依靠男人生存，妻子无法阻止丈夫的好色甚至淫乱。茜莉的母亲明知丈夫强奸、霸占女儿一事，但为了家庭和平，以及为了保住自己的主妇地位，她只好佯装不知。性嫉妒使她怨恨了女儿一生。她的愤怒起源于受伤的自尊，她感到当初的婚姻誓言被亵渎了，她作为母亲和妻子的身份受到了侮辱，但她对被丈夫兽行伤害的女儿缺乏应有的同情。她自怜为受害者，却感受不到女儿的耻辱和苦难。茜莉的母亲是男权制社会的受害者，她看不到茜莉作为其女儿的身份，同时也表明女儿在她面前是一个隐形人。

茜莉在婚后生活中的隐形性

茜莉成年后，其继父阿方索已玩腻了她，然后把她当作家中的一件废

---

① Alice Walker, *The Color Purple*, New York: Harcourt Brace Jovanovich, 1982, p.5.
② Alice Walker, *The Color Purple*, New York: Harcourt Brace Jovanovich, 1982, p.2.

物处理给了他的朋友阿尔伯特（Albert）。阿尔伯特是一个有一大群子女的老鳏夫。他并不想娶被阿方索蹂躏多年的茜莉，但后来因贪图一头奶牛的陪嫁才勉强答应娶她为妻。这样的包办婚姻不可避免地会导致茜莉在婚后生活中的隐形性。茜莉与阿尔伯特的婚姻无爱情基础。在茜莉看来，"阿尔伯特娶我，是为了让我去照顾他的小孩。我嫁给他是因为我爸玷污了我的身子。我不爱阿尔伯特，他也不爱我"[1]。显而易见，他们的婚姻不是出于爱，而是出于功利性的需要。茜莉在婚后生活中的隐形性可以从两个方面来探讨：妻子身份的隐形性和继母身份的隐形性。

首先是妻子身份的隐形性。结婚后，茜莉成了阿尔伯特发泄性欲的工具和干家务的奴隶。茜莉没有其他谋生技能，为了生活，她只得忍受丈夫的野蛮和性别歧视。正如美国女权主义者夏洛特·帕金斯·吉尔曼（Charlotte Perkins Gilman）所说，"所有的妇女为了生存，都退到了卖淫这一步：妇女的经济利益来源于性吸引的力量"[2]。从女性主义的视角看，婚姻是卖淫的一种形式："在这两种情况（卖淫和婚姻——笔者注）里，女性都是利用与男性的性关系从男性那里获得食物。"[3]作为一个无退路的女人，茜莉只得靠维持与阿尔伯特的婚姻关系来生存。由于阿尔伯特对茜莉的妻子身份视而不见，因此，婚姻并没有给茜莉的生活带来多大的转机，她仍然生活在隐形之中。

阿尔伯特与阿方索是一丘之貉，满脑子男权思想，时常打骂茜莉。家庭暴力强化了茜莉的妻子身份的隐形性。家庭暴力可分为两类：家庭硬暴力和家庭软暴力。家庭硬暴力是指在家庭内部出现的家庭成员被毒打、体罚甚至伤残致死的各种情况。阿尔伯特在家时就经常毒打茜莉。"他像打小孩一样打我。差别是他打小孩时没有打我时那么狠毒。他说，茜莉，把鞭子拿来。屋外的小孩从门缝偷窥。我能做的就是不哭出声来。我把自己变成木头。我对自己说，茜莉，你是一棵树。那就是我为什么知道树也怕男人呀。"[4]阿尔伯特根本不把茜莉看作家里的女主人，茜莉在家的地位还比不上他的孩子。茜莉作为家庭主妇的尊严和地位在他的毒打下，在孩子们的目击下，荡然无存。家庭软暴力是指在家庭内部发生的没有亲情可言的心理折磨，如谩骂、诅咒、婚外恋、婚内强奸等，茜莉也是家庭软暴力的

---

[1] Alice Walker, *The Color Purple*, New York: Harcourt Brace Jovanovich, 1982, p.63.

[2] Charlotte Perkins Gilman, *Women and Economics: A Study in the Economic Relation between Men and Women as a Factor in Social Evolution (1898)*, New York: Harper, 1966, p.63.

[3] Charlotte Perkins Gilman, *Women and Economics: A Study in the Economic Relation between Men and Women as a Factor in Social Evolution (1898)*, New York: Harper, 1966, p.64.

[4] Alice Walker, *The Color Purple*, New York: Harcourt Brace Jovanovich, 1982, p.22.

受害者。娶了茜莉后，阿尔伯特的好色之心仍未改变。淫荡的阿尔伯特竟想强奸来他家避难的妻妹内蒂，迫使内蒂流落他乡。此外，阿尔伯特仍与老情人莎格（Shug）保持性爱关系，茜莉对他的婚外恋敢怒不敢言。阿尔伯特得寸进尺地伤害茜莉，他不仅把莎格带回家治病疗养，而且还要茜莉伺候莎格的起居。这时，茜莉的女性尊严被挫伤，加剧了她对家的无归属感。阿尔伯特的无理要求使茜莉更加疏远了她的家庭主妇地位，使她在家庭生活里更加隐形。更让茜莉难以忍受的是，阿尔伯特竟在家里与情人莎格公开做爱。他们做爱的呻吟声给茜莉造成了难以忍受的心理折磨。那时，茜莉真想挥刀杀死丈夫以维护自己的女性尊严。茜莉同时还是婚内强奸的受害者。她控诉道："他爬到我身上，掀起我的睡袍至腰上，进入。大多数时候，我装着不知。他从不知道有什么差异，从来不问我的心理感受，就干他的事，然后就下来，入睡。"①在做爱方面，阿尔伯特从不尊重茜莉，只知自私、粗鲁地发泄兽欲。这两种家庭暴力不仅漠视了茜莉的妻子身份，而且还摧毁了她作为女性的人格和尊严。

其次是继母身份的隐形性。不为丈夫所尊重的妻子也很难得到子女的尊重，更难得到继子女的尊重。在家时常挨丈夫毒打的妻子必然不会被丈夫前妻所生的孩子看作"母亲"。因此，茜莉的继母身份也被阿尔伯特的子女视而不见。一次，茜莉叫阿尔伯特的大儿子哈普（Harpo）干点家务，但他却说："女人才是干活的，我是男人。"②哈普学着其父亲的样子也把茜莉当作干家务的奴仆。在这样的男权制家庭环境中长大的孩子是不可能尊重妇女的。即使她对孩子们尽了继母的职责，他们也仍然不会把她当作母亲。茜莉感叹道："不论如何，他们也不会爱我，不管我对他们多好。"③由此可见，给人当继母难，给深受男权思想毒害的孩子们当继母更是难上加难。

茜莉在家庭生活中的隐形性是在其家庭成员拒绝把她当成妻子或继母的过程中逐渐形成的。她在家中的地位被人忽略，被人视而不见。这种外界强加给她的隐形性激发起她的反叛精神。走投无路的茜莉毅然与丈夫的情人莎格建立了同性恋关系，逃出了阿尔伯特的家门。在莎格的帮助下，茜莉开设了一个裤子作坊，后来生意兴隆，作坊规模扩大，从而使她获得了经济上的自立和富足。这时，事业有成的茜莉不再仰男人的鼻息生活，形成了自己的女性气质，树立了自己的理想和人生追求。在小说的结尾，

---

① Alice Walker, *The Color Purple*, New York: Harcourt Brace Jovanovich, 1982, p.76.
② Alice Walker, *The Color Purple*, New York: Harcourt Brace Jovanovich, 1982, p.21.
③ Alice Walker, *The Color Purple*, New York: Harcourt Brace Jovanovich, 1982, p.22.

阿尔伯特想与茜莉重归于好，提出复婚，但是她断然拒绝了，因为她对男性已没有心理和生理上的需求了。她爱异性的能力早已被阿方索和阿尔伯特扼杀。在男权制社会里，茜莉作为一个曾备受欺压的黑人妇女，到最后敢于对男权思想严重的前夫说"不"，这是女性在如此恶劣的生存环境中的一个难得的进步。茜莉的反叛捍卫了自我，使自己从一个隐形的女人变成了一个能掌握自己命运的有形女人。

茜莉对上帝的隐形性

茜莉从小就对上帝充满虔诚，但是她的苦难却没有因此而减少。未婚时，茜莉遭受继父的长期霸占；结婚后，她不仅得不到丈夫的尊重，反而时常被毒打。无助的茜莉只好给上帝写信，向上帝诉苦。她当时觉得上帝才是最可信赖的，希望上帝能听取她的哀诉，拯救她的不幸。对上帝的厚望使她陷入了对宗教的盲信。然而，无所不能、无所不知的上帝对茜莉的深重苦难视而不见，对伤害她的恶棍熟视无睹。根据黑人民间宗教的传道，上帝不但对人是友好而慈善的，而且能公正地赏罚人间的善恶。但是他在茜莉面前却显得软弱无能，从来没有惩罚过任何一个曾经残害过茜莉的恶徒。上帝的无所作为使茜莉从对上帝的无限信仰发展到对上帝的绝望和反叛。

茜莉反叛上帝的第一个行为就是停止给上帝写信。她发现上帝根本不会听取非裔美国妇女的诉说，因此她说："如果他曾听过穷苦非裔美国妇女的诉说，世界就会是一个不同的地方了。"[①]她对上帝失去信心后，放弃了给上帝写信的习惯，转而给妹妹内蒂写信诉说自己的不幸。上帝对茜莉这个信徒长期视而不见，使她处于隐形而无助的地位。茜莉对上帝的第二个反叛是赶走占据自己心灵的上帝，把自己立为自己的上帝。沃克评述道："她（茜莉——笔者注）真的找到了一个方法，这个方法是行之有效的。因为，正如她所发现的那样，上帝就是她自己。"[②]取代上帝后的茜莉对自己的生活更加有了信心，可以更自由地追求自己的事业。茜莉对上帝的第三个反叛是把上帝拉下神坛，把上帝变成普通人。茜莉对上帝的讽刺和亵渎在下面这段对话里达到顶峰。

"你吸了很多烟，茜莉小姐？"哈普问道。

[①] Alice Walker, *The Color Purple*, New York: Harcourt Brace Jovanovich, 1982, p.187.
[②] Alice Walker, *The Color Purple*, New York: Harcourt Brace Jovanovich, 1982, p.205.

"我看起来像个傻瓜吗?"我问道。"当我和上帝说话的时候,我抽烟。当我想做爱的时候,我就抽烟。目前,不管怎的,我感受到我和上帝做爱的感觉真好,不论吸的是不是大麻卷烟。"①

这段对话从两个方面显示了茜莉的叛逆:一是茜莉自称喜欢在与上帝聊天时抽烟,表明她把上帝当成了一个与她平等的伙伴;二是她宣称自己喜欢与上帝做爱,这样上帝在其心目中就降为了一个普通人。

茜莉对上帝的三个反叛捍卫了自我,寻求到了精神上的自立,使茜莉的认识境界突破了黑人男权制思想的压抑而达到了一个崭新的高度。茜莉的个人经历表明:非裔美国妇女的社会地位仅靠祈祷或顺从男人是难以改变的;妇女只有把命运掌握在自己的手中,努力进取,实现经济独立,才有可能获得真正意义上的解放。

茜莉的隐形性是非裔美国妇女生活经历的一个具体体现。非裔美国妇女是美国社会中最隐形的人,她们的隐形性表明了男权制社会中黑人男性的"女权"盲。一个不尊重本族女性的种族是很难得到其他种族的尊重和信赖的。正如伊丽莎白·斯坦敦(Elizabeth Stanton)所说,"我们认为这些真理是显而易见的,那就是所有的男人和女人生而平等,他们都被造物主赋予了某些不可分割的神圣权利,其中包括生命、自由和对幸福的追求。"②这句话仿写美国《独立宣言》中的话语,用在非裔美国妇女身上,就产生了新的意义。在美国社会,黑人处于社会的下层,而非裔美国妇女又处于比黑人男性更低下的底层。长期以来,非裔美国妇女遭受着种族歧视和性别歧视的双重压迫。非裔美国妇女捍卫女权、追求自我、追求幸福生活的权利是天赋人权的一部分。约瑟芬·多诺万(Josephine Donovan)指出:"让一个民族半数的人处于被漠视的状态会阻滞整个社会的发展。"③因此,让隐形的非裔美国妇女成为有形的人是美国社会发展的重要趋势之一。在社会上消除非裔美国妇女的社会隐形性是寻求非裔美国妇女真正解放的重要任务之一,也是衡量黑人社区文明程度和美国社会进步的一个重要尺度。

---

① Alice Walker, *The Color Purple*, New York: Harcourt Brace Jovanovich, 1982, p.201.
② Qtd from Josephine Donovan, *Feminist Theory: The Intellectual Traditions of American Feminism*, New York: Continuum, 1992, p.236.
③ Josephine Donovan, *Feminist Theory: The Intellectual Traditions of American Feminism*, New York: Continuum, 1992, p.13.

第四节 《布雷迪·西姆斯的悲剧》："正确"的偏执与身份危机

美国著名非裔小说家欧内斯特·J. 盖恩斯于2017年出版了其最后一部小说《布雷迪·西姆斯的悲剧》(The Tragedy of Brady Sims)。该小说以路易斯安那州贝昂镇为背景，讲述了一名黑人父亲在法庭上枪杀亲生儿子的故事，展现了父子关系、种族关系和邻里关系的张力，揭示了黑人在种族主义社会里的心理危机和生存窘境。该小说一出版就引起了美国学界的关注。约翰·M. 洛克哈特（John M. Lockhart）高度赞扬了该小说的艺术手法，认为其伏笔和悬念的运用使故事情节的发展跌宕起伏，引人入胜。[1]凯瑟琳·Q. 希里（Katharine Q. Seelye）非常推崇这部小说，认为该小说虽篇幅不长，但内涵丰富，值得发掘。[2]韦恩·德拉西（Wayne Drash）认为该小说介绍了20世纪大迁移时期南方小镇的社会风貌和黑人的文化困境，揭露了隐匿性种族歧视的社会危害性和反文明性。[3]迈克尔·比布利尔（Michael Bibler）认为该小说描写了生存危机与黑人犯罪的内在关联，抨击了内化种族歧视对黑人青年身心健康的巨大毒害。[4]

目前，不少学者研究了该小说的艺术特色和种族关系问题，但对"正确"之偏执性的探讨还不多见。从社会学来看，"正确"的内涵非常丰富，但与"真理"的区别在于："真理是事实与客观规律相符合的标志。真理偏重事实的客观存在，而正确偏重目标性明确的具体实践活动。"[5]"正确"与"错误"是相对的，在一定的语境里还可能发生转化，导致"正确"演绎成"错误"或"错误"演绎成"正确"。在社会生活中，由于客观环境、个人学识、道德品行和价值观的差异，一个人的认知能力可能在一定语境里脱离常规，使人失去是非判断力，把错误的、非理性的和非正义的东西视为正确的、理性的和正义的，并且有意无意地捍卫自以为是的"正确"，甚至达到偏执的程度，从而导致各种恶的滋生或爆发，做出违背人性和良心的行为。"正确"的非正确性所导致的悲剧的危害程度远远大于"错误"

---

[1] John M. Lockhart, "The Art of *The Tragedy of Brady Sims*," *The Riverside Reader*, 2018-02-04.
[2] Katharine Q. Seelye, "Ernest J. Gaines and His Latest Fiction," *New York Times*, 2017-11-12.
[3] Wayne Drash, "Ernest Gaines and His Literary Career," *CNN*, 2017-11-09.
[4] Michael Bibler, "Southern Plantations and Ernest J. Gaines' *The Tragedy of Brady Sims*," *Southern Spaces*, 2017-12-21.
[5] J. Lea, *Political Correctness and Higher Education: British and American Perspectives*, London: Routledge, 2010, p.79.

所导致的悲剧，因为前者所导致的悲剧难以纠正。因此，盖恩斯在《布雷迪·西姆斯的悲剧》里描写了"规训正确""利己正确""避险正确"所引发的各种身份危机，揭示了人性在谋生和求生环境中的演绎。

"规训正确"引起的身份危机

规训的本意是规诫教训，是一种"精心计算的、持久的运作机制"[①]。在任何社会里，人们都会受到权力的规训，不得不面对因此而产生的各种压力、限制或义务。[②]人们受到的规训可以分为两类：一是外部规训，即政府和法制的规训；二是内部规训，即一定社会或社团里有威望的人士，内化了统治者或主流社会的价值观，自视站在伦理和道德的制高点，义务性地代表统治阶级对弱势群体或个人进行规训，甚至采取暴力措施。他们打着保护弱势群体或消除个人不良品行的旗帜，通过暴力手段来压制或驯服弱势群体，促使弱势群体放弃自己的是非观而顺应统治阶级的意图，但实际上他们是想借此求宠于当局，充当主流社会的编外执法者，践行"规训正确"的唯我伦理观。其实，"规训正确"是近代社会伦理学中的一个专业名词，指的是利用主流社会政治、宗教、道德伦理观上公认"正确"的价值观和社会规则，规训与此不相符合的个人或群体的行为，不惜侵犯他人的合法权益，伤害弱势群体的利益或尊严。"规训正确"这一概念含有两层语义：支持者倾向于采用"中立语言"（inclusive language）或"文明语言"来形容"规训正确"的词句；反对者认为"规训正确"属贬义词，与假道学、伪规则、强权等的意义近似。在《布雷迪·西姆斯的悲剧》里，盖恩斯塑造的一些人物打着"规训正确"的旗帜，迎合主流社会和媒体的伦理观和价值观，不惜诉诸暴力或极端手段来捍卫和维护自己过度臆想的"规训正确"。其暴力行为必然会导致"规训正确"实施者的非理性行为，诱使其内心"恶"的爆发，从而做出伤害受害者、践踏法制和人权的行为。盖恩斯描写了"规训正确"的社会危害性和反文明性。这部小说从虐待青少年、践踏法制和孤注一掷等方面描写了"规训正确"与恶之骤生的内在关联，揭示了受害者被剥夺社会身份后的无助感。

首先是虐待青少年。在这部小说里，盖恩斯把布雷迪·西姆斯（Brady Sims）塑造成贝昂镇"规训正确"的权威和代表性人物。他内化了白人

[①] 米歇尔·福柯：《规训与惩罚》，刘北成、杨远婴译，北京：生活·读书·新知三联书店，2019年版，第193页。

[②] 胡颖峰：《规训权力与规训社会——福柯权力理论新探》，载《浙江社会科学》2013年第1期，第114页。

的价值观和种族偏见学说，成为布克·T. 华盛顿学说①的忠实执行者，认为黑人青少年应该继续过后奴隶制的生活，放弃不受白人社会认同和欢迎的理想追求，单纯成为白人的劳动牲口。在盖恩斯描写的贝昂镇，年轻的父母都到北方或城里去打工了，把自己的子女留在了家乡，由年老体迈的祖父母照料。由于缺少父母的关爱，这些留守儿童时常聚集在一起，惹是生非，打架、偷东西，危害社会治安。他们大多曾被送进过拘留所，也有一些被送进了魔窟般的安哥拉监狱。盖恩斯借小说人物贾米森（Jamison）之口说："波波依被送进监狱时有200磅，出来的时候不到130磅。垮了，垮了，整个身心都垮了。"②黑人孩子被送入监狱后会遭到各种非人的折磨。因此，一些老人情愿自己的孙子死掉，也不愿他们被关进人间地狱——安哥拉监狱。为了遏制青少年的违法行为，他们主动把小孩送到布雷迪家来接受暴力规训。布雷迪本是贝昂镇的农民，靠种植西瓜、蘑菇、豆类、西红柿、黄瓜等为生，后因采用暴力手段管教黑人青少年的严酷而成为当地"规训正确"的代表人物。他不但用暴力规训自己的孩子，还采用暴力手段强迫其他的孩子改变陋习或违法行为，鞭子是他管教当地青少年的常用工具。他的暴力规训震慑了一大批黑人孩子，同时也把一些黑人孩子逼上绝路，使黑人青少年产生了父子关系敌意化的身份危机。暴力规训是布雷迪盲目奉行"规训正确"的反社会行径，同时也是人性之恶的一种表现形式。

其次是践踏法制。"规训"以一种内在的形式控制了布雷迪的大脑，迫使他采用一切措施来维护自己的"正确"。其行为捍卫了"自封执法者"的社会身份，但使他抛弃了为人之父的亲情身份。布雷迪的儿子查理（Charlie）偷了一辆停在路边的自行车，在骑车回家的路上被警察查获。从警察局局长梅普斯（Mapes）那里得知此事后，布雷迪迅速赶到拘留所，但他不是去了解案情，也不是要请律师为儿子辩护，而是要求与儿子独处五分钟。当梅普斯和警察一离开牢房，布雷迪就解下自己的皮带，猛抽儿子的头部和背部。布雷迪毒打儿子的行为不是恨铁不成钢的暴躁反应，而是觉得自

---

① 布克·T. 华盛顿（Booker T. Washington, 1856—1915）是1887年美国南方重建结束到1915年哈莱姆文艺复兴期间举足轻重的黑人领袖。有的人反对华盛顿用民权去交换学习手艺的机会，为追求"实际的知识"或"获知如何谋生的手段"而放弃普通教育；还有的反对者认为华盛顿的政治主张无异于为南方种植园培养体力劳动者。但是，华盛顿优先发展个人能力和改善个人生存状况的学说对黑人民众的影响很大。他认为非裔美国人在南方应该接受政治现状，通过辛勤劳动来证实自己的社会价值，表明自己在法律面前应该得到公平的待遇，从而以这样的方式渐渐改变黑人的政治地位。他的妥协方案是为了达成美国南方白人和黑人之间的休战。华盛顿认为种族之间的和平可以通过下列方式实现：白人和黑人在地区发展中互相认可彼此的利益；非裔美国人放弃马上获得种族平等的要求。

② Ernest J. Gaines, *The Tragedy of Brady Sims*, New York: Vintage, 2017, p.36.

己"规训正确"的面子遭到毁灭后的泄愤举动。此外,盖恩斯还描写了另一个布雷迪维护"规训正确"的事件。布雷迪的另一个儿子吉恩-皮埃尔(Jean-Pierre)因参与银行抢劫案而被法庭判处死刑。作为贝昂镇伦理道德的标杆,布雷迪无法容忍自己的儿子堕落成犯罪分子,即将被法庭用电刑处死的后果。作为黑人,他有强烈的种族自尊心。白人是不会去坐电刑椅的。为了阻止自己的儿子去坐电刑椅,布雷迪不惜以身试法,在法庭审判结束后开枪打死了儿子。他打死儿子的行为是践踏法制的行为,他之所以这么做是因为在其心目中"规训正确"面子的维护比亲情和法制更为重要。

最后是孤注一掷。为了维护自己心目中的"规训正确",布雷迪不惜牺牲自己的亲情和生命。吉恩-皮埃尔从加利福尼亚回到贝昂镇后住在父亲家。但是,吉恩-皮埃尔不但在家里招妓,还经常和其他女人淫乱、吸毒。他的所作所为突破了布雷迪的容忍底线。最后,布雷迪把吉恩-皮埃尔赶出家门。之后,吉恩-皮埃尔不但没有收敛,反而在犯罪道路上越陷越深,最后沦为银行抢劫犯。为了维护自己"规训正确"楷模的形象,布雷迪放弃了自己的"父亲"身份,把正在变坏的儿子完全推向社会,使其进入可能彻底变坏的空间。从这一点来看,他以维护自己的"善"来放任儿子"恶"的发展。在法庭上枪杀儿子后,布雷迪驾车逃走。他的逃走不是潜逃,而是去为吉恩-皮埃尔挖墓穴。挖好后,他就回家等待警察的逮捕。当警察局局长梅普斯来到他家时,他坦率承认了自己的犯罪事实。在他的心目中,审判会玷污自己的"规训正确"形象。于是,他借故进入自己的卧室,躺在床上,对着自己的头部开了一枪,以死来维护"规训正确"的个人形象,逃避被法律制裁的"罪犯"身份。

由此可见,盖恩斯在这部小说里刻画了固守"规训正确"的黑人老人形象。在坚守自己信念的过程中,布雷迪成为当地一名亦正亦邪的人物,一方面他是当地对于子女变坏而又无可奈何的父母们和祖父母们的救星,另一方面他又是孩子们心目中的恶魔。他在全镇维护"规训正确"的同时,难以正视自己的子女的违法行为和道德堕落事件,只好通过大义灭亲的方式来捍卫自己"规训正确"的社会身份,最后以自己的生命为代价来表明"规训正确"的崇高性。其实,布雷迪的"规训正确"是一种盲目的唯我论。他以生存的辩证法反对社会道德的退化,认为人们必须切断与堕落和犯罪行为的所有联系,才能达到自我灵魂的彻底净化。他把大义灭亲看作自我救赎和自我升华的一个表现形式。盖恩斯所塑造的"规训正确"人物形象是唯我主义艺术观的一种典型表现形式,它使得人物刻画在抖落了政治意识形态积垢的同时,展现出"正确"自信的难以纠错性和偏执性。

"利己正确"引起的身份危机

"利己正确"指的是人在一定社会情境里只顾个人利益而不顾他人或集体利益的一种价值取向。"'利己正确'通常把利己看作人的天性，把个人利益视为高于一切的生活态度和行为准则，其基本特征是：从极端自私的个人目的出发，不择手段地追逐名利、地位和享受。追名逐利历来是一切利己主义者的人生目的。"[①]"利己正确"是一种公开形式的个人主义，目的在于使损人利己的唯我本性合理化，使个人主义合法化。"利己正确"的非理性实施必然会引起恶的生成和泛滥。持有"利己正确"观的人通常会对自己已经形成的价值观和世界观盲目自信，缺乏自我纠错功能，也排斥他人的纠错干预，陷入自以为是的利己主义泥潭。在《布雷迪·西姆斯的悲剧》里，盖恩斯描写了"利己正确"论者的各种表现。在他看来，人不可避免地都会犯唯我正确论的错误，《布雷迪·西姆斯的悲剧》也因此具有一种令人不安的震撼力量，表明人类易受臆想驱使，并以扭曲的目光来注视世界。"利己正确"论与唯我论相得益彰，是存在于人类意识之中被私欲控制的一种想象机制。正如默多克所言，"人们的坏'并非是邪恶意义上的'，尽管自私'是绝对与生俱来的'"[②]。盖恩斯在这部小说里从经商、赌博和功利三个方面描写了"利己正确"与恶的内在关联，揭示了人们在不同社会环境里的身份危机。

首先，经商者皆以追求商业利润最大化为己任，但经商伦理时常与社会伦理发生冲突，引起人们对经商伦理的道德反思。经商利益最大化的动机和目标其实也是唯我论思想在商界的另一种表现形式。在这部小说里，多萝茜（Dorothy）有一个懒惰的儿子名叫诺曼（Norman），诺曼成年后也不出去工作，整天在家里酗酒。他每天早上起床后做的第一件事就是去特·雅克（Te Jacques）的商店买一瓶烈性的麝香葡萄酒。多萝茜阻止不了儿子的酗酒行为，就转而乞求特·雅克别卖酒给她儿子了。但是特·雅克说："我不能不卖给他。我的职业就是满足顾客的需求，不是吗？我不赊账的。但是，用钱就能买。"[③]特·雅克的生意经就是只要顾客有钱买，他就必然卖。至于顾客是否酗酒，以及饮酒是否会伤害身体，这些都不是他所关心的事。他所奉行的"利己正确"观点是以自己的经济利益为基础的，

---

① Ernst Tugendhat, *Egocentricity and Mysticism: An Anthropological Study*, Trans. Alexei Procyshyn & Mario Wenning, New York: Columbia University Press, 2016, p.79.
② 转引自马惠琴：《人性面具的背后——谈艾丽丝·默多克小说中的"唯我论"》，载《当代外国文学》2010年第3期，第75页。
③ Ernest J. Gaines, *The Tragedy of Brady Sims*, New York: Vintage, 2017, p.61.

多萝茜的请求属于道德层面的，不是他所关心的。由此可见，特·雅克的"利己正确"也是唯我论的一种表现形式，他把牟利置于社会道德层面之上，颠覆了自己的善良商人身份。特·雅克的无所作为导致诺曼更加沉溺于酗酒，后来诺曼在街上歪歪斜斜走路时被汽车撞伤，失去了双腿。由此可见，特·雅克对诺曼所遭受的不幸负有不可推卸的间接责任。

其次，赌博是一种用有价值的东西作筹码来赌输赢的游戏，也是一种娱乐方式。赌博的主要目的是利用手中一定数量的金钱去赢取更多的金钱。在拜金主义思潮的影响下，不少人急功近利，追求快速致富，占有财富的欲望恶性膨胀，而当人们无法通过正当途径满足欲望时，赌博这种冒险手段就成为他们通向发财之路的阶梯。由于赌博的胜负是不规则的，带有极大的随机性和偶然性，因此迎合了人们不劳而获的投机和侥幸取胜心理。盖恩斯在这部小说里讲述了赌徒吉恩-皮埃尔的故事。吉恩-皮埃尔在加利福尼亚时从黑帮头子萨米（Sammy）处偷走了 20 个金币，之后逃回老家贝昂镇。当萨米派手下劳顿（Lawton）和费（Fee）到贝昂镇绑架他的时候，他已经把手上的金币都输光了。吉恩-皮埃尔本想快速致富，用偷的钱去赌博，赢了钱后就把偷的金币还给萨米。不料偷来的巨款被他很快输掉，他不但无法归还欠债，连基本的生活都难以维持。赌博毁了他的一生，使他陷入了难以自拔的泥潭。挪用他人钱财去赌博赢钱是"利己正确"的一种投机心理。其实，即使侥幸赌赢，他也不一定会去归还挪用的金钱，而会在"利己正确"思想的怂恿下继续参与赌博，继续自己的赌徒身份，以期获得更大的收益，直到输掉所有的钱财为止。

最后，盖恩斯在这部小说里还塑造了一些功利思想严重的人物。从人类社会学来看，"功利只是人类行为的动机之一，功利主义试图以功利来概括全部人的行为动机，把快乐当作道德的唯一价值，把追求功利当作人生的唯一目标"[①]。布雷迪就是一名功利思想非常严重的人。他和儿子吉恩-皮埃尔一起上山打猎。一个小时后，吉恩-皮埃尔扛着枪回来说一只兔子都没有打到。布雷迪非常不满，说满山都有兔子，不相信儿子一只兔子都打不中。吉恩-皮埃尔告诉父亲，他曾瞄准兔子开了两枪，但是没有打中。听到此话，布雷迪暴跳如雷，怒吼道："你是说打了两枪，一只兔子也没有打中？……天黑之前你必须打一只兔子回来，不然就别回家吃饭。"[②]布雷迪对吉恩-皮埃尔浪费了两发子弹的行为非常生气。在他的心目中，每一发子

[①] David Sloan Wilson, *Does Altruism Exist?: Culture, Genes, and the Welfare of Others*, New Haven: Yale University Press, 2015, p.59.

[②] Ernest J. Gaines, *The Tragedy of Brady Sims*, New York: Vintage, 2017, p.61.

弹都是有成本的；如果没有打中猎物，就意味着亏损。布雷迪因为功利思想和莽撞行为否认了事物发展的客观情况和偶然性的存在，其话语严重伤害了他与儿子之间的感情，颠覆两人的父子身份，为两人关系的恶化埋下了伏笔。此外，吉恩-皮埃尔刚从加利福尼亚回来时，在贝昂镇的加油站、杂货店、修理店、五金店等地方都没有找到工作，主要原因是他是黑人，老板们担心雇用他会耽误自己的生意。这些商店老板的功利思想阻断了吉恩-皮埃尔寻求一份体面工作来谋生的道路，使他走进了一条既没有前程也没有退路的死胡同。"利己正确"会消解人的"善良"，反感他人的批评，把自私的唯我欲望发挥到极致。

盖恩斯关于"利己正确"的描写似乎在向人们表明："唯我论"观念浸入了现代人的生存空间。他层层剥离其建构的利己表象，揭示自私、贪婪和狭隘等人格对人物身份的影响。利己主义者同时也是个人主义者，他们把人生的目的都看作捍卫自我利益的追求。从道德本性来看，"利己正确"论者认为道德目的、道德终极标准完全是他律的，全在于增进自我利益。从善恶原则来看，盖恩斯认为凡是以利用社会和他人为手段，不论是损人还是利人的行为，都可视为恶的一种表现形式。因此，"利己正确"把个人私欲无限放大，通常会颠覆或毁灭他人的身份，造成严重的后果。

"避险正确"引起的身份危机

避险就是躲避危险，这是人在危急时刻的本能选择，但避险也与人的主观意识密切相关。"避险正确"指的是把自己的利益放在第一位，采取规避的方式来消解自己应该承担的责任。避险意识深深地潜藏在人的社会生活中，与人的精明、自私和唯我观等密切相关。[1]在一定的社会语境中，特别是在人身安全受到严重威胁时，为了自我生存，人们可能会采取背叛、撒谎或诬陷的方式捍卫自己的身份，寻求生机。受害者甚至会与加害者勾结，以让加害者获取更大利益的方式来摆脱自己的生存危机，其行为方式类似于路西法效应。"避险正确"是唯我论的另外一种表现形式，把自我利益和自我生存权凌驾于社会公德和法制之上，通常会导致人们因自保而采取极端的违法犯罪行为。[2]盖恩斯在《布雷迪·西姆斯的悲剧》里描写了避险意识的理性和非理性，从自保和斯德哥尔摩效应两个方面来探

---

[1] Lydia Sapouna & Peter Herrmann, eds., *Knowledge in Mental Health: Reclaiming the Social*, New York: Nova Science Publishers, 2006, p.45.
[2] 李革新：《从现代唯我论到古典政治哲学——近现代哲学中的唯我论及其批判》，载《南京社会科学》2008 年第 12 期，第 33 页。

究"避险正确"与恶的派生关系,展现现代人的唯我意志观[①]对他人身份的践踏。

首先,自保指的是一个人在人身利益受到外来伤害或威胁时,在不能够获得他人帮助的情况下所采取的一种自我防卫措施。在社会生活中每个公职人员都担有一定的工作职责,如果在自己的职责范围内发生事故或灾难,自己就会为此承担责任,从而受到处罚,失去自己的已有身份。为了逃避因失职而受到的处罚,人们可能采用各种手段来消解和规避自己的职责,逃避或减轻应受的处罚。在这部小说里,布雷迪在法庭上开枪打死了刚被判处死刑的儿子吉恩-皮埃尔,然后提着冒烟的手枪大摇大摆地走出法庭,开车逃离了现场。现场有许多法警、法官、律师、陪审员等,但是没有一个人出面阻拦或逮捕罪犯。法庭内法律公职人员的不作为是寻求自保的外在表现形式,同时也表明了其"公职人员"身份的沦丧。荷枪实弹的法警克劳德(Claude)和拉塞尔(Russel)木然地目睹了开枪者逃离现场的过程。表面上是他们反应迟钝,实质上是他们被行凶者威慑后放弃了自己的抓捕职责和作为"警察"的社会身份。作为当地警察局局长的梅普斯对此负有直接的领导责任。他知道布雷迪在当地是口碑不错的农民:布雷迪与人为善,具有爱心,经常把自己种植的瓜果蔬菜送给邻居,而且还把打猎得到的动物肉分给村民共享。布雷迪所杀死的人是自己的儿子吉恩-皮埃尔,其目的是维护自己"规训正确"的形象。尽管布雷迪是梅普斯的好朋友,但为了证明自己秉公执法,梅普斯只好开着警车去布雷迪家,以自保的方式弥补自己的失职。梅普斯的"避险正确"抹杀了他与布雷迪之间数十年的友谊,虽然显得大公无私,但缺乏足够的人文关怀。

其次,斯德哥尔摩效应也可称为人质情结或人质效应等。该效应指的是在一些刑事案件里被害者对罪犯产生了好感和依赖感,甚至反过来帮助罪犯的现象。其实,斯德哥尔摩效应不是刑事案件中的个案,而是人类社会发展过程中一种较为普遍的社会现象或精神病态。也就是说,在一定社会情境里,当人的生存权被某个犯罪分子或犯罪团伙控制时,受害者通过合法途径维护生存权的道路被堵塞,如果反对绑架者,受害者会直接受到无情的打击、报复和迫害,甚至会被杀死,因此,出于对生命的留恋,他放弃了自己的"受害者"身份,屈意奉承加害者,谋求生存权或自身利益

[①] 唯我意志观指的是把唯意志论作为个人在社会生活中的行为准则的世界观。唯意志论是一种主张意志高于理性并且是宇宙本体的非理性主义哲学。唯意志论哲学最突出的特点在于抛弃理性思维,而把情感意志奉为宇宙的中心。

的最大化。在与加害者的周旋过程中，受害者失去了自我和人格，从受害者渐渐转变为加害者利益的狂热维护者，陷入斯德哥尔摩效应的泥潭之中。盖恩斯在这部小说里描写了一名与绑匪相勾结的人质。吉恩-皮埃尔因盗窃了犯罪团伙头目的金币而遭到两名杀手的绑架。因他把所偷的金币已经输掉，两名杀手逼迫他还钱，哪怕是借钱来还也行。但由于吉恩-皮埃尔早已与父亲断绝关系，平时游手好闲，因此没有朋友愿意借钱给他。无法还钱就意味着死路一条，为了活命，吉恩-皮埃尔建议两名绑匪和他一起去抢劫银行，并把自己探知的银行安保情况告知绑匪。这时，在"避险正确"观的指导下，吉恩-皮埃尔已经从人质变成了抢劫犯。吉恩-皮埃尔的紧急避险行为把他从"受害者"的身份变成了"罪犯"的身份，成为银行抢劫案的策划者和实施者。在抢劫过程中，他不但打伤了银行工作人员，而且还协助抢劫犯逃走，成为彻底的斯德哥尔摩综合征患者，从受害者变成加害者的帮凶。

因此，在这部小说里，盖恩斯描写了受害者因避险所产生的犯罪意识，揭示了唯我论中"避险正确"的心理动机。"避险正确"把自我安危凌驾于社会规则和国家法律之上，是唯我论的重要表现形式之一，通常会践踏社会良知和法治意识，导致唯我之恶的泛滥和自我身份的沦丧。

盖恩斯在《布雷迪·西姆斯的悲剧》里用犀利的现实主义笔触勾勒了20世纪初美国南方社会的世俗性以及黑人下层民众自闭和盲目的生活，表现出对种族歧视和犯罪问题的深切关注，揭露了黑人青少年规训者的卑劣人格。其笔下的黑人人物多具有追求理想和实现自我的美好志向，但又在种族主义社会里因无所作为而倍感孤立，只好在唯我意识中认知世界的所谓"正确"。盖恩斯所描写的"规训正确"是权力意志的另类表现形式，认为权力意志的反社会性在于漠视人权的高度控制性，这种超越他人意志的高度控制使黑人成为白人社会的奴仆。他通过"利己正确"和"避险正确"揭示了个人观念"正确"的偏狭性和难以纠错性。因各类"正确"以唯我论为基础，放大了自我身份的社会功效，扭曲了受害者的世界观和价值观，所导致的社会危害性和反社会性远远大于各类"错误"所导致的社会问题。盖恩斯在这部小说里所展现的"正确"观是一种扭曲了的种族价值观，反映了黑人在种族偏见和种族歧视中的生存危机。他笔下捍卫各种"正确"的唯我举动其实是道德沦丧的表现形式。盖恩斯关于现代社会"正确危机"与恶之演绎的描写拓展了当代黑人身份危机小说的主题空间，对21世纪黑人文学的发展有着重要的影响。

小　　结

　　非裔美国小说家关注社会规训对非裔美国人身份危机的重要影响，抨击种族主义社会对非裔美国人人权的践踏和对公民权的剥夺。海姆斯在《如果他大叫，就放开他》里揭露了美国民主与法治的阴暗面，认为美国种族主义者以社会规训和全景敞视监狱为手段来驯化黑人，极大地激化了种族矛盾，恶化了种族关系。该小说的写实性叙述表明小说主人公的悲剧不是他的个人悲剧，而是在美国社会里所有遭到"玻璃天花板"的阻碍和全景敞视监狱迫害的黑人的生存危机的真实写照。埃里森在《隐身人》里描写了非裔美国人遭受社会排斥所引起的严重后果，认为把黑人长期排斥在美国主流社会之外的做法是反文明的，由此所引起的黑人民族主义敲响了美国社会的警钟。《紫色》描写了父权制社会对非裔美国人妇女的规训，认为非裔美国男性的性别歧视和野蛮的家庭暴力践踏了非裔美国女性的人权和女权，直接导致了她们在美国黑人社区的隐形性。茜莉的个人遭遇是非裔美国妇女生存状况的一个缩影，但她的不屈抗争为黑人女性同胞指出了一条新的发展道路：妇女只有在经济上摆脱对男人的依靠，在宗教上不迷信上帝，在性取向上不限于男性，才能改变自己的苦难命运，最终获得人格和个性的独立与解放。盖恩斯在《布雷迪·西姆斯的悲剧》里从"规训正确""利己正确""避险正确"等方面探究了以"正确"标榜的偏执心理和行为对父子关系、邻里关系和种族关系的恶化，认为各种规训"正确"其实是社会伦理颓废的不同表现形式，引起了被规训者的身份危机。

　　总之，通过对这些小说主人公的悲惨命运和身份危机的书写，海姆斯、埃里森、沃克和盖恩斯对非裔美国人的身份危机问题做了生动的描述，表明非裔美国作家对种族主义社会里非裔美国人的苦难人生具有深切同情。非裔美国人所遭遇的个人身份危机不仅是社会危机的个体表现，同时也是社会发展过程中必须予以重视和解决的社会问题。

第七章 创伤书写

  非裔美国人在美国社会里饱受创伤，因此，非裔美国作家时常以创伤为主题描写非裔美国人在各个历史时期的不幸经历。创伤书写是非裔美国文学传统的重要组成部分之一，反映了非裔美国人在美国社会生活里所经历的各种磨难。英文 trauma（创伤）在希腊语里的意思是"伤口"。希腊人把这个词语用于指代"有形的肉体伤口"，但现在这个词多用于形容"情感伤口"。"创伤"一词可用于两种不同的语境：在物理环境中，它意味着某种外部因素对一个人造成的物理伤害；在心理学语境中，它是指人对一件非常令人痛苦或不安的事件的情绪反应，如突然失去所爱的人，以及遭遇重大变故、不幸事件或自然灾难。众所周知，一个创伤类事件在当事人的肉体伤口痊愈后所造成的心理痛苦还会延续更长的时间。精神创伤是人对一个极度痛苦或令人不安的事件的反应；它可能超过一个人的应对能力，给人造成一种无助感，削弱其自我意识和感受各种情绪的能力。虽然没有客观的标准来评估哪些事件会导致"创伤后应激障碍"（post traumatic stress disorder，PTSD）的相关症状，但情绪失控、胡言乱语、茫然无助、痛苦万分、困惑不已等心理情感与创伤后应激障碍有着密切的关系。造成创伤后应激障碍的情况因人而异。令人心理极度紧张的事件会打破当事人的安全感，使其感受到所处环境的危险性。心理创伤都是当事人经历这类事件后的结果，会使当事人在烦躁的情绪、记忆和焦虑中挣扎，而这些心理现象不但不会自动消失，反而还会使当事人感觉麻木，失去与人沟通的意愿，导致信任危机。

  非裔美国小说家在创作中把身体创伤、心理创伤、种族创伤等话题作为创伤主题的主要内容。在奴隶叙事和废奴小说中，弗雷德里克·道格拉斯和威廉·威尔斯·布朗等作家通过描写黑奴主人公惨不忍睹的身体创伤和不堪回首的心理创伤，揭露了奴隶制的残酷性和反人类性，为美国社会的废奴运动提供了有力的证据和武器。在理查德·赖特、詹姆斯·鲍德温、拉尔夫·埃里森等作家的笔下，黑人主人公经常因种族歧视和种族偏见而遭受各种心理创伤，他们的不幸遭遇揭示了制度化种族歧视和世俗化种族偏见的非理性。在托尼·莫里森、艾丽斯·沃克、科尔森·怀特黑德等当代作家的作品中，黑人因隐性种族偏见和变相种族隔离而遭受到难以言表的心理创伤，难以享受与白人平等的各种人权和公民权。

在非裔美国小说中，黑人遭受的心理创伤分为三个主要类型：急性创伤、慢性创伤和复杂性创伤。在鲍德温、赖特等的小说里，黑人主人公遭受的急性创伤主要源于单一的痛苦事件，如意外事故、白人强奸、种族主义者的袭击或自然灾害的伤害等。急性创伤通常表现为过度焦虑或恐慌、烦躁、困惑、无法安睡、与周围环境脱节、缺乏信任、无法专注于工作或学习、缺乏自我照顾、攻击性行为等。内勒·拉森、莫里森、杰丝米妮·瓦德等的小说表明黑人的慢性创伤是指一个人在一段较长的时间里处于痛苦万分的创伤事件之中。例如，长期的性虐待、家庭暴力、欺凌和战争后遗症等极端情况都会导致主人公的慢性创伤。慢性创伤的症状往往会延续很长一段时间，甚至数年。在艾丽斯·沃克、凯莉·雷德、沃尔特·莫斯利等的小说里，黑人主人公的复杂性创伤与其遭受的童年虐待、家庭暴力、种族压迫和生存困境等密切相关。

非裔美国小说家通过对黑人各种遭遇和生存危机的描写，表明其心理创伤多是由一个或多个种族歧视事件对其身心造成损害所形成的，属于复杂性创伤。非裔美国人在社会生活中时常经历身份被忽视、人格被践踏、躯体被虐待、甚至暴力袭击的事件，因此他们所遭受的心理创伤在某种程度上根源于种族创伤，即由于遭遇种族隔离、种族歧视和种族仇恨犯罪而造成的精神和情感伤害。非裔美国人经过奴隶制和后奴隶制时代的种族歧视和种族压迫后，一些不幸的人生经历给他们留下了深深的心理烙印。遭受心理创伤的非裔美国人通常会产生无助感和疏离感。种族主义社会的创伤状态会渗透进那些没有自行消化创伤能力的受害者的主观解释、行为模式、认知模式等方面，甚至会产生代际遗传。随着时间的推移，一些新的创伤事件的产生又会加剧其心理创伤的形成、发展和恶化。非裔美国人所遭受的这些超出一般人经验或想象的心理创伤也会在某些情境下转化为他们对种族社会的不满、愤怒、抗争，甚至是超越法制的维权行为。在非裔美国作家创作的创伤类文学作品里，主人公在很多时候都深陷抗争与逃避的矛盾之中。他们的创伤问题既有被其他认知结构同化的倾向，也完全有可能被卷进一种新的仇视和反抗之中。

现代非裔美国作家书写现代人的生存空间与其精神世界的演绎，其笔下的精神创伤跨越了种族和阶级的界限，甚至跨越了地理区域。他们不为性别和文化所束缚，站在人类社会广阔的地平线上采用心理分析式的创伤书写揭示非裔美国人的生存现状。在以"创伤书写"为主题的当代非裔美国小说中,非裔美国女性作家的文学成就尤为突出。本章主要探究三位有代表性的非裔美国女性作家,即玛丽琳·泰纳、托尼·莫里森和杰丝米妮·瓦德关于"创伤书写"的四部小说。泰纳擅长于描写黑人社区里母女关系和夫妻关系的家庭创伤问题,在《缺爱》里通过再现创伤历史的叙事手法揭示了创伤书写的客观性,对社会生活中出现的创伤客体表达了最深切的人文关怀。莫里森在《家》(Home)里把心理创伤书写的视角转向朝鲜战争、亲情荒原和种族歧视。创伤后应激障碍使战争创伤受害者遭受再体验、回避反应和高警觉的精神折磨;亲情创伤是亲情荒原形成的基础;种族创伤必然会加剧美国社会白人和黑人之间的种族仇恨和种族冲突,导致人性在生存危机和社会危机中的异化。莫里森披露了非裔美国人在种族歧视环境里的挫折和磨难,探究了引起其心理创伤的致因,彰显了妇女互助精神的重要性。她的心理创伤书写图解了精神病理学和社会伦理学的创伤理论,展现了其小说叙事艺术的独特魅力。莫里森在《上帝会救助那孩子》(God Help the Child)里还以细腻的笔触、讽刺的话语和耐人寻味的哲理反思,展示了美国妇女儿童所遭受的亲情创伤、视觉创伤和司法创伤,显示了亲情异化、性情异化和身份异化所造成的各种生存危机和精神危机,揭示了亲情关系、友情关系和人伦关系在社会生活中的窘境和负向迁移。瓦德在其处女作《家族流血之处》里从隔代亲情、母子情和父子情三个方面描写了亲情之爱与创伤的内在关联,揭示了 21 世纪美国南方黑人的真善美与人性演绎。这些女性作家的创伤书写表明她们已经把小说创作的关注点从种族问题转向了更为深刻的人类共性问题,揭示了全社会都应该关注的精神创伤问题。

第一节 伤痕与阴霾:《缺爱》之创伤书写

玛丽琳·泰纳是当代美国黑人女作家。她于 1976 年出生在美国匹兹堡的一个小镇,曾在华盛顿特区霍华德大学攻读心理学和动物学。她于 20 世纪末步入美国文坛,在 1997 年发表了第一部小说《逐步》(Step by Step)。之后,她陆续发表了六部小说《秘密》(Secrets,1998)、《错误的印象》(False Impressions,1999)、《心中的秘密》(Secrets of the Heart,2000)、《要得到的一切》(Everything to Gain,2001)、《每次心跳》(One Heartbeat at a Time,2002)和《缺爱》(2003)。泰纳的这七部小说在人物和情节的现实主义描写方面独具特色。《缺爱》是泰纳探讨情感问题的重要代表作。她冲破性别差异和黑人文化的束缚,站在人类社会广阔的地平线上纵观心理问题的创伤性演绎，探索人际关系的哲学问题。她虽然是黑人作家，但在作品里很少直接谈及美国的种族问题，而是从心理创伤的角度来揭示母爱创伤、婚姻创伤和创伤后遗症等方面的问题，展现了当代黑人女作家对美国社会问题的新见解。

母爱创伤与共情缺陷

母爱创伤是心理创伤的一种，是指子女在家庭生活中，特别是在未成年阶段，所经历的母亲强权、家庭暴力或与母亲偏执意念冲突后所产生的一种强烈情感反应。泰纳在《缺爱》中所关注的是"看似并未危及生命，实际上为慢性的负性情感积累，最终导致情感、行为、躯体及认知慢性、部分或全面障碍的疾病，它可以在创伤后数天、数月或数年后发生"[1]。审美危机所引起的心理创伤在偏执母爱的扭曲下，可能对当事人的意识、情绪、身体、智力、审美观和行为举止等方面产生重大影响。[2]小说主人公肯德尔·绮思（Kendall Chase）早期的受虐经历影响到其正常的情感生活和人际交往，并且还导致了她与母亲的共情缺陷。[3]这部小说从少女噩梦、成年阴霾及审美障碍三个方面揭示了肯德尔与母亲的共情缺陷所导致的人格障碍。

首先，少女噩梦是少女受到外界强刺激后所产生的一种恐惧性梦幻。泰纳在《缺爱》中描写了一位强势的母亲把自己的爱强加于女儿身上使其产生的心理创伤。肯德尔的母亲杰姬（Jakie）从肯德尔小时候就限制她的饮食，不准她随意进食。她的母亲因为自己很胖，所以不想女儿也变得过度肥胖。因此，母亲每天不辞辛苦地送饭到学校，避免女儿在学校吃食堂的饭而长胖。母亲抑制女儿饮食的行为引起了女儿的极大反感，这样的做法也妨碍了少女的自然发育，导致女儿对母亲产生逆反心理。母亲不给她好吃的，女儿就从同学那里去要，结果女儿的体重不但没有减下来，反而涨得更快，引起了母女之间更大的冲突。实际上，杰姬对肯德尔肥胖的过度担忧来源于一个邻居女孩的故事。那个邻居女孩因为太胖而自杀了，不是因为没有男孩子喜欢她，而是因为别人的讥笑。为了防止女儿发生同样的事，杰姬不顾一切地强迫肯德尔减肥。结果，非但女儿的体重没有降下

---

[1] 赵冬梅：《弗洛伊德和荣格对心理创伤的理解》，载《南京师大学报（社会科学版）》2009年第6期，第93页。
[2] T. Farrow, *Empathy in Mental Illness*, New York: Cambridge University Press, 2007, p.231.
[3] 共情缺陷是子女与父母的亲情关系演绎过程中的一种发展障碍，与子女在童年时期的创伤性经历有关，并且可能导致当事人的人格病理性改变。

去，母女之情却丧失了。读者对这个母亲的限食举动颇有微词，但是在小说的结尾部分，这位母亲满含眼泪地反问道："你以为我愿意这样来伤害我的女儿吗？"[①]这个反问揭开了母亲行为的谜底，原来她的爱被女儿误解成了故意伤害，导致了母女关系的异化。

其次，成年阴霾是指人在成年后仍然不能摆脱少年时代的心理创伤所导致的持续性心理阴影。在《缺爱》中，肯德尔的心理活动是复杂多变的。感知误导、理解错位、想象偏激、联想无度和情感裂变等心理活动此起彼伏，相互联系，彼此促进，导致其逐渐形成人格障碍。她在生活中不愿见母亲，不愿和母亲说话，更不愿和母亲长期生活在一起。肯德尔快结婚的时候，她出于礼仪，打电话把婚期告诉了母亲，但其内心中并不愿意母亲真的来参加她的婚礼，因为母亲早年对她体型的贬低性评价给她造成了严重的成年阴霾，使她难以释怀。肯德尔说："我母亲不同意我举办大型婚礼，也不同意我这样身材的人穿长婚纱。"[②]母亲一直把肯德尔看成小孩，似乎长得胖的人就不值得拥有爱情和幸福的婚姻。肯德尔内心的阴霾使她与母亲的关系格格不入。

最后，审美障碍是因为个人对美的认知背离了社会群体的共性审美观而产生的负向情感。"审美是人类掌握世界的一种特殊认知形式，指人与世界所形成一种主观的、形象的和情感的心理取向性感知。"[③]在《缺爱》中，母亲杰姬的审美观深受当时社会环境的影响，认为瘦是美，而胖是丑，她竭力顺应社会的审美观念。其实，审美在社会生活中是一种主观性的心理评判。杰姬的审美是根据她本人的价值观对其女儿所提出的一种看法，带有较强的主观性和非理性。由此可见，泰纳所描写的审美障碍是事物和谐发展过程中难以避免的客观属性与功能激发出来的主观感受，是客观实际与主观感受的辩证统一体。

因此，在这部小说里，泰纳站在历史的高度描写了新一代黑人青年的心理创伤和人生追求，同时又突出了真诚、善良和勇敢无畏的人格魅力，揭示了现代人的生存状态与精神世界。

婚姻创伤与闪回现象

婚姻创伤指的是在家庭生活中不良婚姻所引起的精神创伤或心理创

---

① Marilyn Tyner, *Love Is Not Enough*, Washington, DC: BET Publications, 2003, p.280.
② Marilyn Tyner, *Love Is Not Enough*, Washington, DC: BET Publications, 2003, p.274.
③ A. N. Schore, *Affect Regulation and the Origin of the Self: The Neurobiology of Emotional Development*, New Jersey: Lawrence Erlbaum Associates, 2003, p.47.

伤，通常会使当事人感到无助或无奈。詹妮特·怀尔德·奥斯汀顿（Janet Wilde Astington）说："弗洛伊德和荣格都强调其造成的内在心理创伤的影响大于外在创伤，认为无意识幻想在处理创伤时具有积极和消极两方面的作用。弗洛伊德更多的是强调"力比多"（libido），即创伤是由于被压抑的性所导致的，而荣格的理解则更为宽泛，他研究各种创伤所形成的情结。"① 婚姻创伤通常会引起闪回现象②，对当事人的智力、情绪和行为等造成影响，有时甚至会改变其对婚姻和恋爱事件的理性认知。不少离异人士都曾经历过程度不等的婚姻创伤，对再婚会有不少心理顾忌。闪回现象会在受害方的心中不时出现。当事人经历过婚姻失败后，会对婚姻产生恐惧，总会有悲剧重演的错觉，因此不敢重新踏入新的婚姻。《缺爱》从社会压抑和婚后纠缠等方面描写了婚姻创伤与闪回现象的相互关系。

首先，社会对女性的压抑时常引起或加剧女性的婚姻创伤。由于父权制社会对离婚的传统偏见，人们总是习惯于把一切不幸都归咎于女性。即使女性是婚姻的受害者，有时在社会上也会受到他人的冷落。因此，不少女性离婚后会背上沉重的心理包袱。一般来说，离婚女性遭受心理折磨的程度与个人性格和社会风气有着密切关系。在《缺爱》中，肯德尔是在对前夫斯科特·霍姆斯（Scott Holmes）彻底绝望的情况下才提出离婚的。为了使自身更快地从忧虑、压抑和痛苦中解脱出来，肯德尔竭力通过繁忙的工作来缓释心理压力，避免心理创伤在头脑中的闪回显现，从而抑制抑郁症的发作。

其次，从社会学上讲，婚后纠缠是离婚后男方或女方仍然遭受到前妻或前夫各种骚扰和恶意纠缠的现象。肯德尔在读大学时和同学斯科特发展成恋人。由于年轻无知，肯德尔婚后才发现斯科特有贪婪奸诈、好逸恶劳等不良品行。他们的婚姻持续了三年，但斯科特去上班的时间不足18个月。他不爱劳动，游手好闲，把妻子当成挣钱的工具，所以，肯德尔对他日益不满。尽管怀了孕，肯德尔还是坚决地与他分居，然后与他离了婚。离婚一个月后，斯科特居然跑到肯德尔的朋友埃丽卡（Erica）的家里来谋杀肯德尔，企图从保险公司骗取高额人寿保险。在目击证人的指控下，斯科特的谋杀罪名成立，之后被判处有期徒刑五年。尽管肯德尔已经搬离原来居住的费城，但斯科特刑满释放后，仍然不断打电话骚扰肯德尔，并多次上

---

① Janet Wilde Astington, *The Child's Discovery of the Mind*, Camabridge, MA: Harvard University Press, 1994, p.89.
② 闪回现象指的是某人在看到某个场景、人物或目睹某个事件时，觉得似曾相识或经历过。实际上，这是记忆中枢短路所引起的一种错觉。

门威胁她，要求复婚。肯德尔从来没有在与斯科特的婚姻中得到过幸福。斯科特的婚内强奸暴行和婚后骚扰行为在肯德尔心中形成了难以消除的恐惧。肯德尔一听到电话铃声或敲门声，就会本能地产生一种难以抑制的恐惧感。为了摆脱斯科特的骚扰，她多次搬家。但是，肯德尔的母亲杰姬不明真相，总是偏听偏信斯科特的话，每次都把肯德尔的新住址和新电话号码告诉斯科特，使斯科特成为肯德尔无法摆脱的梦魇。此后，电话声和敲门声成了肯德尔的恐惧之声，诱发以前的心理创伤在其心中闪回出现，给她的正常生活和情感追求蒙上了阴影。

一般来讲，离婚是对不幸婚姻的一种"反抗"，导致的结果可能是彻底的背叛，也可能是获得拯救。不幸婚姻的结束可能给双方带来另一次快乐的婚姻，也可能导致离婚后的无休止骚扰，从而使当事人中处于弱势的一方蒙受难以消解的心理创伤。无论如何，心理创伤最后都会使当事人采用分离的方式，从而压抑或遗忘创伤所带来的精神痛苦。在追求新伴侣的过程中，心理创伤的闪回出现必然会给当事人的心灵蒙上厚厚的阴霾，妨碍其感情生活的正常发展。

创伤后遗症与自我疗伤

创伤后应激障碍是指人的生命遭到严重威胁、身体遭受严重伤害、身心遭遇无耻胁迫后，其心理状态会产生失调后遗症。离婚造成的心理创伤通常会使离异双方产生程度不等的失落感、孤独感和自卑感，而离异中的受害方会遭受更大的精神痛苦，有时甚至会伤害到身心健康。泰纳在《缺爱》中从以下三方面描写了主人公肯德尔和贝恩（Ben）的创伤后遗症：肯德尔的叛逆、贝恩的胆怯和自我疗伤。

首先，肯德尔的叛逆心理从少女时代一直延续到成年岁月。肯德尔因不满母亲在其少女时代对她强制执行的减肥计划，成年后与母亲的关系格格不入。为了避免和母亲关系的进一步恶化，肯德尔从宾夕法尼亚的费城搬到马里兰州的巴尔的摩城居住。与母亲分离五年后，肯德尔才发现：真正能让母亲开心的是一项已告失败的主张，即针对自己的减肥计划。肯德尔不愿遵从母亲的意愿进行减肥，因为她认为没有任何必要。因此，她自知与母亲永远不可能愉快地相处。肯德尔与母亲不在一个城市，她把自己对母亲的孝顺转移到梅贝尔·詹金斯（Mabel Jenkins）身上。梅贝尔是一位 80 岁的孤寡老人，也是肯德尔的教友。肯德尔经常去看望她，以转移自己对母亲的爱，这也是肯德尔消解创伤后遗症的有效方式之一。

第一次婚姻的失败通常会给人们造成很大的心理创伤，并给当事人新的情感追求造成一定的心理障碍。失败婚姻的受害方在接受或追求第二次婚姻时会特别谨慎，力图避免重蹈覆辙。小说《缺爱》开始的时候，肯德尔已经离婚五年了。当贝恩进入肯德尔视野的时候，她对他的好感日益增加。好朋友瓦莱丽·汉密尔顿（Valerie Hamilton）发现他们两人都有意，于是对肯德尔说："当他看着你的时候，我从他的眼神中发现，他的意思不会是'帮我策划圣诞晚会'那么简单吧。"①但是因为以前的教训，肯德尔心中有"一朝被蛇咬，十年怕井绳"的心理恐惧。即使在好朋友面前，肯德尔也不肯轻易承认自己情感世界的变化。在贝恩不断向她表达爱意的时候，肯德尔也难免心潮起伏，对于是否该抓住这个机会，她的心里充满矛盾，显得忐忑不安。泰纳用一段意识流来表达肯德尔的内心活动："抓住吧，肯德尔。他（贝恩——笔者注）已经清楚表明了对你的看法。你不抓住这个好机会，太荒谬了吧。"②其实，肯德尔对再婚并没有信心，害怕再次陷入不幸婚姻的泥潭。此后，她对朋友安排的相亲也极为反感。有一次，瓦莱丽把41岁的律师艾伦·威尔逊（Allen Wilson）介绍给肯德尔认识。当他们在餐馆点餐的时候，肯德尔说："我想吃奶酪饼。"威尔逊扫了一眼肯德尔发胖的身体，然后说："你觉得这是明智的选择吗？"③肯德尔一愣，心想自己从来没想过嘲笑他那微微隆起的肚子。威尔逊的话语触及了肯德尔少女时代的心理创伤。在肯德尔成年后，她也十分反感有人限制其饮食或嘲讽其身材。因此，少女时代的母爱创伤是这次相亲失败的直接缘由，这也可以看作是心理创伤的后遗症之一。

其次，贝恩也遭受过一次相似的婚姻创伤，因此变得十分胆怯。他的前妻克里斯汀（Christine）是因病去世的，但是在她去世的半年前，贝恩无意中撞见她与一名男人在宾馆里幽会。克里斯汀在死之前也没有向贝恩提出离婚或表示过忏悔，而是告诉贝恩自己得了癌症。这给贝恩造成了极大的心理创伤。他心中的悲愤无处发泄，只好把妻子不忠之事强忍于内心，遭受内心的煎熬。很多年之后，贝恩都没有再涉足情感之事。贝恩的母亲罗莎太太（Mrs. Rosa）经常给他介绍对象，他也去相过几次亲，但是一点也没有找到恋爱的感觉。然而，当第一次看见肯德尔时，贝恩就有了触电的感觉，但是由于担心再婚失败，他也像肯德尔一样一次又一次地压抑自己的情感，不敢明确地向肯德尔表露自己的心迹。当他鼓足勇气，准备接肯德尔去约会时，看见一个男人和她一起从她家里出来，那个男人还亲吻

---

① Marilyn Tyner, *Love Is Not Enough*, Washington, DC: BET Publications, 2003, p.50.
② Marilyn Tyner, *Love Is Not Enough*, Washington, DC: BET Publications, 2003, p.54.
③ Marilyn Tyner, *Love Is Not Enough*, Washington, DC: BET Publications, 2003, p.40.

了她的脸。这个事件触发了贝恩的心理创伤，因为他的前妻就曾发生过婚外恋，所以贝恩认为肯德尔也是水性杨花的女人。于是，他悄悄地驾车离开，胡乱找了一个借口毁约，并且事后也没向肯德尔做任何解释，只是不再与肯德尔约会了。他的婚姻创伤后遗症是无法容忍自己爱恋的人与异性有亲密接触，结果导致他与肯德尔之间的误会越来越深。

最后，肯德尔和贝恩的恋爱经历了多次因误会而造成的危机，两人的恋爱也因此而中断过。然而，之前的快乐交往总是能唤起他们的回忆，使中断的关系在双方的努力下重新建立起来。他们两人用和谐的性爱和幸福的情感关注医治彼此的创伤后遗症，这是一种自我疗伤。贝恩十分珍惜肯德尔，对她的追求没有急于求成，因为他想要的不是艳遇，而是真心相爱。他们的相濡以沫和宽容体谅也有助于他们消除彼此的婚姻创伤后遗症。

泰纳所描写的创伤后遗症问题也正是现代社会及未来社会所面临的问题，反映了五彩斑斓的人性和错综复杂的人类社会。如果该小说的创伤书写视角是在作家个人心理创伤的体验和反思中形成的，那么，"伴随而来的世界性眼光则是痛苦结出的甜蜜的果实"[①]。

《缺爱》的小说标题之寓意不是"缺少爱"，而是"仅有爱是不够的"。因此，泰纳所要表达的主题是：心理创伤所引起的人格障碍可能会影响到人们对爱情和婚姻的看法，给亲密关系的形成和发展带来阻力。该小说不但书写了现代人的精神危机和婚姻问题所引起的各种心理创伤，还表达了作家对现代社会最深切的人文关怀，拓展了21世纪黑人女性文学的主题空间。

第二节 《家》：莫里森笔下的心理创伤

托尼·莫里森从20世纪70年代初开始从事文学创作，是一位著述颇丰的诺贝尔文学奖获得者。她勇于探索，不断创新，把美国黑人民间传说、圣经故事和西方古典文学的精华糅合在文学作品里，把黑人文学传统和白人文学传统有机地结合起来，极大地促进了黑人文学的发展。与同时代的黑人男性作家不同，莫里森把视线转向美国黑人社区内部，从黑人的历史文化、风俗习惯和伦理道德等方面讨论黑人文化的价值和黑人自身存在的

[①] 周桂君：《现代性语境下跨文化作家超越创伤的书写》，载《东北师大学报（哲学社会科学版）》2011年第4期，第115页。

问题，进而揭示人类文明发展中存在的诸多共性问题。其作品受到各国读者的喜欢，有力地促进了世界人民对美国黑人历史和文化的了解。莫里森于2012年5月出版了其第十部小说《家》。这部小说以诗体化的言辞、梦幻般的想象和超现实主义的笔触描写了20世纪50年代初期从朝鲜战场归来的一名美国退伍士兵的故事，实质上揭示的是美国黑人在遭遇各类创伤后的寻"家"之旅。该小说是莫里森对人性问题和心理问题的哲学思考，表明黑人作家所关切的不仅是黑人问题，还有人类社会所面临的共同问题。

《家》一出版就引起了中国学界的极大关注。赵宏维[1]在《外国文学动态》上发表文章，介绍了这部作品；随后，王守仁和吴新云[2]、许克琪和马晶晶[3]等学者撰文探究了莫里森所描写的美国黑人的生存空间问题；陈春雨[4]等学者谈论了该书所涉及的黑人传统文化与种族出路问题；彭杰[5]、项玉宏[6]等学者研究了该小说的社会伦理、叙事策略等问题。该小说在创作上还值得关注的是莫里森对创伤书写的新拓展。其实，莫里森在《最蓝的眼睛》、《苏拉》（*Sula*, 1973）、《至爱》等小说里采用过创伤书写的写作手法，从新历史主义的角度讲述美国种族主义社会所存在的社会创伤、审美创伤、人际关系创伤和心灵创伤，但在《家》这部小说里，她进一步拓展了创伤书写的主题空间，把创伤书写的视角转向朝鲜战争、亲情荒原和种族歧视，揭示人格异化和人性异化的危害性。因此，莫里森在《家》里从战争创伤、亲情创伤和种族创伤等方面揭示了心理创伤的表征与实质，展现了她对创伤问题的新见解。

战争创伤

莫里森在《家》这部小说里的关注点不是战争本身，而是战争给人们

---

[1] 赵宏维：《回归的出逃——评莫里森的新作〈家〉》，载《外国文学动态》2012年第6期，第17-18页。
[2] 王守仁、吴新云：《国家·社区·房子——莫里森小说〈家〉对美国黑人生存空间的想象》，载《当代外国文学》2013年第1期，第111-119页。
[3] 许克琪、马晶晶：《空间·身份·归宿——论托妮·莫里森小说〈家〉的空间叙事》，载《当代外国文学》2015年第1期，第99-105页。
[4] 陈春雨：《遥远的回家之路——论托尼·莫里森〈家〉中弗兰克的回归》，载《长江大学学报（社科版）》2014年第9期，第42-44页。
[5] 彭杰：《罪行·救赎·男子气概——莫里森新作〈家〉中的叙事判断与伦理归旨》，载《北京社会科学》2013年第5期，第73-78页。
[6] 项玉宏：《托尼·莫里森新作〈家〉的叙事策略》，载《江淮论坛》2014年第1期，第182-187页。

留下的心理创伤和后遗症。众所周知,战争创伤是人们经历过战争惨烈场面后所形成的一种心理创伤。在精神病理学上,这种心理创伤也可称为创伤后应激障碍,指的是对创伤等严重应激因素的一种异常精神反应。这种疾病的患者"由于受到异乎寻常的威胁性和灾难性的心理创伤,通常会形成延迟出现和长期持续的心理障碍"[1]。创伤后应激障碍患者的主要症状表现为噩梦、性格变异、情感解离、再体验、情感麻木、回避反应、通宵失眠、易怒、过度警觉、失忆和易受惊吓等等,而且还会故意逃避会引发患者创伤回忆的人和物。[2]莫里森在《家》里描写了从朝鲜战争归来的退伍士兵弗兰克·莫尼(Frank Money)所遭受的战争创伤。弗兰克所遭遇的精神折磨呈现出创伤后应激障碍的主要症状,如再体验、回避反应和过度警觉。

首先,再体验是创伤后应激障碍的最常见症状之一。"在重大创伤性事件发生后,患者会经历各种形式的反复发生的闯入性创伤性体验重现,也就是一种病理性重现。"[3]在《家》里,莫里森以细腻的笔触描写了弗兰克所经历的各种战争场面,特别是与敌军士兵的生死相搏、尸横遍野的战场、被炸得血肉模糊的战友、惨遭屠杀的平民等等。从朝鲜战场回国后,弗兰克成为创伤后应激障碍的严重患者。那些战争场景以惨烈血腥的清晰画面的形式常常在弗兰克的脑海里反复出现,甚至还诱发出反复性的可怕错觉和幻觉。这些创伤性事件的再体验使弗兰克仿佛又重新身临其境,引起他巨大的心理痛苦和强烈的生理反应。莫里森把这些战争场景的重现与错觉、幻觉和分离性意识等交织在一起,逼真地描写出弗兰克难以摆脱的心理创伤:他睁开眼睛看见某物时,时常会产生"触景生情"式的精神痛苦,但闭上眼睛时又会在脑海里出现类似的梦幻。莫里森写道:"任何东西都能使他联想起一些痛苦的往事。"[4]在战争创伤的再体验中,弗兰克遭受了常人难以想象的神经症折磨。

其次,弗兰克遭受创伤后应激障碍的另一个症状是回避反应。从精神病理学来看,创伤性事件的受害者在社会生活中通常会躲避或回避与引起其创伤有关的人员、物体、场景或类似场景。"患者不愿提及有关事件,通

---

[1] J. Gayle Beck & Denise M. Sloan, *The Oxford Handbook of Traumatic Stress Disorders*, Oxford: Oxford University Press, 2012, p.134.
[2] Laurence Armand French & Lidija Nikolic-Novakovic, *War Trauma and Its Aftermath: A Perspective on the Balkan and Gulf Wars*, Lanham: University Press of America, 2012, p.206.
[3] G. M. Rosen & B. C. Frueh, *Clinician's Guide to Posttraumatic Stress Disorder*, Hoboken, N.J.: John Wiley & Sons, 2010, p.65.
[4] Toni Morrison, *Home*, New York: Alfred A. Knopf, 2012, p.vi.

常会故意避免相关的话题，甚至还会在交谈中出现'选择性失忆'。患者似乎希望把这些'创伤性事件'从记忆中'抹去'。"[1]在《家》中，弗兰克的创伤后应激障碍回避症状具体表现在三个方面：回避战友的父母、回避自己的人生规划和回避自己的亲妹妹。出于对战争创伤再体验痛苦的回避，弗兰克从朝鲜战场归国后，在美国西北部的西雅图逗留了一年多，始终不愿回到家乡佐治亚。他在西雅图整日酗酒、赌博，把退伍军人补偿金挥霍一空，用酒精和狂欢来麻痹自己的神经。他不愿返回家乡的原因之一是，同村的两个伙伴兼战友麦克（Mike）和斯达夫（Stuff）都在朝鲜战场上死在他的怀抱里，他觉得自己无法去面对他们的家人。一旦见到战友的家人，他又得复述和再体验那些惨烈的场景。因此，他采取了滞留在外的方式来消极回避可能引发战争心理创伤体验的事件。这种回避反应本是弗兰克的一种自我保护机制，表面上有助于个体创伤后应激障碍相关症状的复原，但事实上却加剧了他的精神病症：他越是想抑制的东西，越是不受控制地出现在其脑海里。随着病情的恶化，他不得不被送进精神病院，接受强制性治疗。弗兰克患上了创伤后应激障碍后，思维反应迟钝，情感麻木，丧失了兴趣爱好，疏远他人，惧怕与其创伤有关的话题。后来，弗兰克与洗衣店店员莉莉（Lily）的相爱和同居也是昙花一现，爱情也化解不了其心中的战争创伤。莉莉时常发现弗兰克待在家里无所事事，坐在沙发上盯着地毯出神，似乎神情紧张万分。他对前途感到渺茫、失望，心情抑郁，不愿和莉莉一起重新规划自己的人生，最后两人不得不分手。弗兰克不愿返回家乡的另一个原因是他曾在朝鲜战场上枪杀了一名无辜的朝鲜女孩，那个女孩和他妹妹的年龄差不多。那个女孩因饥饿到美军阵地的垃圾桶里寻找食物，但是她的出现激活了弗兰克压抑已久的性饥饿，诱发了其心中的"本我"。每次小女孩到阵地上觅食，他都会强迫她舔自己的生殖器。后来，弗兰克为了掩盖自己的罪孽，开枪打死了小女孩。这件不堪回首的恶行随之成为压抑在弗兰克心中的巨石，他时常自责，觉得无颜面对与受害者年龄相仿的妹妹依茜德娜（Ycidra）。弗兰克不愿回家见妹妹的表象是"情感麻痹"，实际上却是为了回避创伤后应激障碍的再体验。

最后，在日常生活中，使弗兰克终日得不到安宁的是创伤后应激障碍中的"过度警觉"或"警觉性增高"症状。从病理学来看，"这种病症的患者会出现睡眠障碍，难以入睡、易惊醒、易发怒、易受惊吓，难以集中注

---

[1] G. M. Rosen & B. C. Frueh, *Clinician's Guide to Posttraumatic Stress Disorder*, Hoboken, N.J.: John Wiley & Sons, 2010, p.65.

意力等警觉性增高的症状"①。在《家》里，弗兰克的过度警觉主要表现在三个方面：睡眠障碍、脾气失常和过度敏感。睡眠障碍是弗兰克患上创伤后应激障碍后所遭受的最大困扰之一。在生活场景中遇到的一些人和物容易引起他的紧张情绪，诱发其回想起不堪回首的战争经历。他总担心自己再次陷入战争危险，过度的担心导致他难以平静入睡。弗兰克平时脾气温和，但在一定外界场景的刺激下，他会很快脾气失常，做出出乎意料的失礼之事。一天，弗兰克和女朋友莉莉应邀出席在一个中学足球场上举办的教会聚餐。一个小女孩伸手去取蛋糕，弗兰克把装有蛋糕的盘子拿给她。"当那个小女孩向他饱含谢意地微笑时，他扔下装满食物的盘子，一下子跑出了人群。"②就餐的人们一下子惊呆了，不知发生了什么事。原来，那名小女孩的微笑使弗兰克联想起死在其枪口下的朝鲜小女孩，因为她在拾美军的食品垃圾时也曾向他露出过类似的笑容，这一场景诱发了其内心的冤魂恐惧。过度敏感也是弗兰克创伤后应激障碍的表征之一。生活中的许多细小事件在一定环境的刺激下都会使他产生极为强烈的心理反应。莫里森在该小说里还设置了一个类似的情节：莉莉请弗兰克去看电影《他一直在跑》。回家后，莉莉发现弗兰克大半个晚上都紧紧地攥着拳头，似乎还没有从电影情节中回过神来，害怕电影中的人跑出来危及他的人身安全。他在战争年代养成的高度警惕性在其战后岁月里继续衍生，且有愈演愈烈之势，似乎外界的任何人和事都可以成为危及其生命的可怕因素，他绷紧的神经难以得到放松，导致他时常做出神经质的本能反应。因此，战争期间遭受到的死亡威胁在战争结束后仍然会给受害者留下潜意识的恐惧感、无助感和毁灭感，引发长期难以痊愈的心理障碍。

　　因此，战争所引起的创伤后应激障碍必然会给个人、家庭和社会造成严重的后果，甚至会使受害者的人性和人格被异化，从而使其失去爱的能力和追求理想的动力，陷入难以消解的"社会性死亡"状态。弗兰克的悲剧不是他的个人悲剧，而是一代美国年轻人共同的悲剧。美国在国际舞台上时常扮演着"世界警察"的角色，在美国参与的每一次战争中都有不少美国士兵死在战场上或在战后重复弗兰克式的命运，遭受创伤后应激障碍的困扰和折磨。因此，莫里森的这部小说对美国读者认识"世界警察"角色的危害性也许会有所帮助。

---

① Taylor Steven, ed., *Advances in the Treatment of Posttraumatic Stress Disorder: Cognitive-Behavioral Perspective*, New York: Springer, 2004, p.109.
② Toni Morrison, *Home*, New York: Alfred A. Knopf, 2012, p.96.

亲情创伤

从社会心理学来讲，亲情创伤指的是一个人在童年时期长期受到虐待或失去亲情关爱后所形成的一种心理创伤。"……受创伤时的年龄越小，未来形成心理创伤的可能性越大，心理创伤也会越严重。幼年期是形成无意识的关键时期，还没有形成足够的整合能力，还不能对创伤事件进行正确的加工，也不能用语言清晰地表达出创伤体验、创伤过程等，所以，创伤事件就留在了当事人的无意识中，对其日后的生活会有很大的影响。"[①] 莫里森在《家》中通过描写黑人女孩依茜德娜的成长经历来揭露黑人社区的亲情阴暗面和人格异化。

莫里森在《家》里颠覆了黑人社区"隔代亲"的传统，揭露了黑人儿童受虐问题。黑人社区"隔代亲"的主要特征是：父母对儿女这一代要求严格，甚至苛刻，但对孙辈这一代却失去了原则，非常宽容，甚至百般溺爱。依茜德娜是在父母从得克萨斯逃亡的路途中降生的，随父母来到爷爷家。爷爷萨利姆（Salem）本来是穷人，娶了富婆勒诺（Lenore）之后生活才变得富裕起来，但在家庭事务方面却没有太大发言权。为了避免被勒诺抛弃，萨利姆放弃了对小孙女依茜德娜的关爱，导致她时常遭受勒诺（不是依茜德娜的亲奶奶——笔者注）的虐待。勒诺不但把依茜德娜当作干活的牲口，还剥夺了她受教育的机会。勒诺不但没有同情她出生在路边的不幸遭遇，反而借此讥笑她，时常骂她为"沟边孩子"或"野孩子"。勒诺虽然不是依茜德娜的亲奶奶，但她是萨利姆的妻子，理应善待他的孙女。因此，她的刻薄和绝情是其人格异化的外在表现形式之一。她漠视依茜德娜的儿童亲情需求，给其幼小的心灵造成了极大的亲情创伤，致使依茜德娜成年后与爷爷和勒诺形同陌路。

莫里森还把依茜德娜描写成黑人社区的"留守儿童"，揭露了黑人家庭的儿童问题。为了尽早摆脱寄人篱下的尴尬局面，依茜德娜的父亲卢瑟（Luther）和母亲艾达（Ida）每天在多个种植园打工，拼命挣钱。因此，他们根本无暇顾及子女的教育，也无法给小女儿应有的亲情关爱。依茜德娜从小聪明，热爱读书，但父母并没有克服困难筹钱送她上学。哥哥弗兰克参军后，依茜德娜就长期一个人留在家，过着孤苦伶仃的生活。依茜德娜的父母放弃或忽略了自己应尽的义务，其"不作为"的行为所导致的危害性不亚于虐待或家庭暴力所引起的亲情创伤。母爱和父爱的缺失致使她对亲情和关爱产生心理饥渴，导致她误把白人医生斯科特（Scott）的伪善视

---

① 赵冬梅：《心理创伤的理论与研究》，广州：暨南大学出版社，2011年版，第5页。

为久违的父爱，差点命丧于这个人格异化者之毒手。

此外，情感骗局使依茜德娜所遭受的亲情创伤更是雪上加霜。她 14 岁那年情窦初开，爱上了来自亚特兰大的城市青年普林斯（Prince）。很不幸的是，普林斯是个花花公子，根本瞧不上这个乡下姑娘。他和依茜德娜结婚的目的仅是骗走勒诺借给她家的林肯牌轿车。普林斯诱骗她去办理了结婚手续，但在把她带到亚特兰大的第二天，就把她留在出租屋里，然后他开着那辆林肯牌轿车不辞而别，似乎永远从人间蒸发了。事后，勒诺不但不同情被人骗婚的依茜德娜，还把车被骗走的事件完全归咎于她，并不时地辱骂她为"小偷、傻瓜、荡妇"[1]等，使她觉得在家乡无颜立足。这样的亲情创伤给她留下了难以消解的心理阴影，导致她以后不敢再与任何男孩子交往，其性格也变得更加孤僻、自卑。

最后，依茜德娜与爷爷、后奶奶勒诺、爸爸、妈妈以及丈夫的亲情均以失败而告终，由此而滋生出巨大的无助感、疏离感和被遗弃感，导致其亲情创伤的形成和恶化。由于亲情缺失，依茜德娜的性格显得极为敏感、自卑与胆怯，并且对父母之家和家乡都没有眷念之情。她失去了爱别人和爱家人的能力和勇气。直到小说结束，她仍然孑然一身。亲情创伤使她对解救过自己的哥哥弗兰克也无法产生亲近之感，她把自己的生存空间建构成了一个亲情淡漠的情感荒原。尽管依茜德娜后来得到了黑人社区和弗兰克的关爱，但是她自始至终都游离在祖辈和父辈的关爱之外。亲情创伤是对人的心灵伤害最大和最严重的心理创伤之一，同时也是人格异化在亲人间的悲剧性再现。莫里森对亲情缺失的心理创伤书写给依茜德娜的命运涂上抑郁的悲剧色彩。由此可见，人在儿童和青少年时代所遭受的亲情创伤会对人格的形成产生巨大的消极性影响。

种族创伤

《家》的历史背景处于 20 世纪 50 年代初期美国民权运动爆发的前夜，这个时期正是美国种族歧视、种族隔离和种族偏见极为泛滥的时期。白人种族主义者的暴行在心理层面上给黑人造成了很严重的种族创伤，加剧了美国社会的种族排斥和种族仇恨，破坏了美国的法制秩序和社会安定。在这部小说里，莫里森描写了黑人所遭受的种族创伤，揭露了白人种族主义暴行的非理性和残忍性，展现了种族歧视和种族偏见给黑人所造成的心理创伤。

---

[1] Toni Morrison, *Home*, New York: Alfred A. Knopf, 2012, p.61.

白人种族主义者把黑人视为"牲口"或"次人类",在严重伤害黑人种族自尊心的同时也异化了自己的人性。在《家》的第 1 章里,一伙人用手推车把一名受了重伤的黑人运送到马场附近,将其扔进一个早已挖好的坑里,弗兰克和妹妹目睹了那伙人把那个黑人还在动的脚铲进坑里,残酷地掩埋了一个大活人。在该小说的第 15 章里,莫里森借用黑人退伍老兵安德森(Anderson)之口说:"他(被活埋的黑人的儿子——笔者注)告诉我们:白人把他和其父亲从亚拉巴马州抓来,用绳子绑着押来,然后逼迫他们相互肉搏。用刀!"[①]原来白人把一对黑人父子抓住,强迫他们像罗马斗兽场的角斗士那样进行生死搏斗,只有获胜者才能生存下来。黑人儿子不忍心对自己的父亲下手,但白人威胁说,如果他们不拼命相搏,那么两人都会被杀死;如果其中一个人杀死了另外一个人,那么获胜者就有可能获得自由。为了让自己的儿子活下去,黑人父亲请求儿子杀死自己。在小说的第 1 章里,弗兰克和其妹妹所目睹的那个被活埋的黑人就是杰洛米(Jerome)的父亲。杰洛米之父的行为是黑人父亲保护下一代的悲壮之举,象征了黑人父爱在绝境中呈现出的自我牺牲精神。但是,白人为了赌博而让一对美国黑人父子自相残杀的行为是典型的反人类暴行,同时也再现了白人种族主义者的人性异化。这些美国黑人的不幸遭遇不仅会引起受害者个体的心理创伤,还会给整个黑人种族造成精神创伤。种族创伤会降低黑人的自信心,逐渐演绎成黑人对白人的恐惧,导致黑人在现实生活中既不敢也不愿与白人居住在一个地区或近距离地待在一起。

白人种族主义者在住宅区域方面对黑人实施种族隔离,把黑人排斥为社会的边缘人和局外人,强化了黑人中普遍存在的双重意识情结。在《家》里,弗兰克的家乡在美国南方得克萨斯州的班德拉县,当地以"三K党"为首的种族主义者是人格异化了的暴徒,他们用暴力强行把黑人从白人居住区域及其附近地区赶走。黑人老人克劳福德(Crawford)坐在自家房子的门廊台阶上,拒绝搬走。不久,人们就发现他被人用铁管和枪托打死后吊在一棵大树上。事后有目击者说,克劳福德的眼球也被白人暴徒挖掉了。白人的私刑给黑人造成了极大的心理伤害,同时也引起黑人对白人的恐惧和仇恨。这是白人种族主义者在南方用暴力手段来实施种族隔离的典型事例之艺术再现。然而,在美国北方也存在隐性的种族隔离现象。弗兰克的女朋友莉莉也曾遭遇过类似的种族隔离事件。莉莉是一家戏院的专职裁缝,攒了一点钱后,她想拥有自己的房子。于是,有朋友给她推荐了一处房子。

---

① Toni Morrison, *Home*, New York: Alfred A. Knopf, 2012, p.179.

虽然这房子离她上班的地点远了一点，但她觉得该房子所处的社区环境很好。当她去那个社区看房子时，遇到过一些异样的目光，但她没放在心上。然而，当她去房屋中介公司洽谈购房一事时，那里的工作人员告诉她，该社区的业主们有约定：社区里的任何房子都不得卖给犹太人、黑人、亚裔人和马来人。白人的住宅种族隔离行为实际上把美国黑人和其他少数族裔美国人视为美国社会的局外人和边缘人，这是"白人至上论"的现实演绎版。实际上，种族隔离是白人种族主义者人格异化的表征之一。这类隔离事件极大地伤害了黑人的种族自尊心，加剧了黑人对白人的种族仇恨，导致美国种族关系的恶化。[1]在21世纪的美国，种族歧视和种族隔离虽然是非法的，但是大多数黑人还是"喜欢"居住在黑人居民较多的社区里。这也许就是种族创伤后遗症的一种表现形式。这种被迫"喜欢"心理的形成会导致美国社会事实上的种族隔离，不利于美国多元化平等社会的建立。

更有甚者，种族隔离主义者会限制黑人的生活空间，不允许黑人进入白人工作、购物、娱乐或就餐的场所，通常会采用暴力的方式驱赶或毒打误入白人区域的黑人。在《家》的第2章，弗兰克在开往芝加哥的列车上看到一对被打得头破血流的黑人夫妇。那位黑人丈夫趁火车在一个小站暂停的机会，去一家路边店购买咖啡等食品，不慎误入了仅为白人服务的商店，遭到店主和白人顾客的围殴。他妻子上去劝架，也被一块石头掷中面部，顿时鲜血直流。"有人把这事报告给列车员吗？"弗兰克问道。"你疯了吗？"餐车服务生反问道。[2]在当时的社会环境里，白人列车员是不会为黑人受害者申冤的。在20世纪50年代的美国，法律实施双重标准：如果是黑人打了白人，那个黑人马上就会被白人警察逮捕，并很快受到法律的严惩；但是，如果是白人打了黑人，警察和法院的处理速度通常很慢，并且在大多数情况下都不予追究。白人种族主义者的暴行深深刺伤了车上所有黑人乘客的种族自尊心，加大了黑人对所有白人的恐惧感和仇恨感。白人对黑人人权和公民权的剥夺是对人类文明的践踏；他们在凌辱黑人人格的同时也导致了自己人性的异化。

莫里森还揭露了白人种族主义医生践踏黑人人权的罪行。在小说第2章，弗兰克从精神病院逃到牧师约翰·洛克（John Locke）家。洛克告诉弗兰克，精神病院的医生时常把去世患者的尸体卖给科研机构的医生牟利。洛克的话语揭露了美国医学道德的堕落，为弗兰克妹妹依茜德娜的悲惨遭

---

[1] Simon Hailwood, *Alienation and Nature in Environmental Philosophy*, New York: Cambridge University Press, 2015, p.67.

[2] Toni Morrison, *Home*, New York: Alfred A. Knopf, 2012, p.30.

遇埋下了伏笔。在小说第 12 章,莫里森借用管家萨拉(Sarah)之口揭露了斯科特医生的人性沦丧。斯科特医生给不知情的患者注射毒品,然后让患者服用自己制作的药剂来做实验,检验这些药剂是否能有效消除毒瘾。此外,斯科特医生对优生学特别感兴趣,尤其热衷于研究女人的子宫;他还制作了一些专门的工具来窥视女性的子宫,探索子宫与优生的内在关联。他本人并不喜欢黑人,但却高薪聘请黑人女孩依茜德娜来医院当杂工。他雇用她的真实目的是把她当作自己研制的药物和器械的活体试验品。莫里森描述道:"她的老板(斯科特医生——笔者注)回到亚特兰大对她的身体做了什么——他(弗兰克——笔者注)也不知道是什么,她的高烧一直退不下去。"[1]依茜德娜被解救回家乡后,一直遭受着莫名疾病的折磨。莫里森以小说的形式再现了白人医生在黑人身上做药物试验的事例,抨击了种族主义者的反人类行径。白人医生的暴行使黑人对白人产生了深深的恐惧感和不信任感,造成了严重的种族心理创伤。

莫里森在《家》里揭露了种族主义者从政治、经济和文化方面对黑人进行的压迫和虐待,抨击了人格异化所引起的种族霸权和文明倒退,展现了种族问题所导致的各种心理创伤。实际上,种族歧视是对人类尊严的凌辱,也是种族主义者对美国文明和民主制度的亵渎。莫里森所采用的种族创伤叙事是多角度的,创伤见证也是多重的,其书写种族创伤不是为了给小说的情节发展制造紧张或恐怖气氛,而是为了让读者了解到种族歧视和种族压迫所导致的巨大危害性和反文明性。

《家》所描写的战争创伤、亲情创伤和种族创伤勾画出第二次世界大战后美国黑人的生存窘境,艺术性地再现了社会危机和心理危机中的人性异化,丰富和发展了莫里森的创伤书写。莫里森用黑人女性的文化认同感和团结互助的宽大胸怀来表现黑人社区种族团结的重要性和必要性。其创伤书写探究了心理创伤的社会后遗症,图解了精神病理学和社会伦理学的创伤理论,拓展了当代美国黑人文学的主题空间。战争后遗症、黑人社区问题和种族偏见交织在一起,展现了黑人和白人的人性异化;而人性的异化同时加深了黑人在多个层面的精神创伤,恶化了美国社会的种族关系和生存环境。莫里森对美国社会精神创伤的写实性描写不仅是为了追求文学作品的艺术震撼力,还是为了向世人传递构建世界和平、亲情和谐和种族平等的重要性和必要性,凸显了其心理创伤书写的独特艺术魅力。

---

[1] Toni Morrison, *Home*, New York: Alfred A. Knopf, 2012, pp.153-154.

第三节 《上帝会救助那孩子》：创伤与异化

《上帝会救助那孩子》是美国作家托尼·莫里森于 2015 年出版的第 11 部小说，也是她以当代美国社会生活为题材的第一部小说。该小说主要讲述了不同肤色和不同年龄段的孩子们在 21 世纪初的美国社会里所遭受的各种人身伤害和生存危机，揭示了亲情关系、友情关系和人伦关系在社会生活中的负向迁移。莫里森通过小说人物斯维特尼丝（Sweetness）之口表达了自己对儿童问题的感悟："你对孩子所做的每个行为都挺重要的，也许他们终生难以忘却。"[①]该小说一出版就获得了国际学界的好评。卡拉·沃克（Kara Walker）称赞说："这部小说体现了莫里森的艺术风格，故事迷人，措辞精妙。"[②]安吉拉·陈（Angela Chen）说："太好了……莫里森仍然是创作力令人难以想象的作家，不论她写的是什么，都会引起人们的广泛关注。"[③]但也有一些作家持不同观点，罗·查尔斯（Ron Charles）把这部小说与其第一部小说《最蓝的眼睛》比较后，认为该小说对人物内在心理活动的描写不足。[④]还有评论家认为，这部小说中"人物描写太教条化，缺乏鲜活感"[⑤]。中国学界也非常关注该小说的问世，王守仁和吴新云撰文探讨了这部小说中童年创伤与儿童身心健康方面的问题，抨击了性暴力对各种族儿童的严重伤害[⑥]；杨艳探究了莫里森在该部小说中所揭示的母女关系错位、修复、解构和重构等问题，把儿童成长问题的描写视为作家对世人发出的重要警示[⑦]；李阳从种族操演的视角分析了这部小说，认为只有保持主

[①] Toni Morrison, *God Help the Child*, New York: Vintage, 2015, p.43.

[②] Kara Walker, "Toni Morrison's 'God Help the Child'," http://www.nytimes.com/2015/04/19/books/review/toni-morrisons-god-help-the-child.html?smid=tw-share[2016-4-15].

[③] Angela Chen, "Toni Morrison on Her Novels: 'I Think Goodness Is More Interesting'," *The Guardian*, http://www.theguardian.com/books/2016/feb/04/toni-morrison-god-help-the-child-new-york[2016-4-10].

[④] Ron Charles, "In Colson Whitehead's 'The Nickel Boys,' an Idealistic Black Teen Learns a Harsh Reality," *The Washington Post*, 2019-08-08.

[⑤] Allison Flood, "Toni Morrison to Publish New Novel on Childhood Trauma," http://www.theguardian.com/books/2014/dec/04/toni-morrison-new-novel-god-help-the-child-april-2015[2016-4-15].

[⑥] 王守仁、吴新云：《走出童年创伤的阴影，获得心灵的自由和安宁——读莫里森新作〈上帝救助孩子〉》，载《当代外国文学》2016 年第 1 期，第 107 页。

[⑦] 杨艳：《以文学伦理学为视角解读莫里森新作〈上帝拯救孩子〉中的母女关系》，载《开封教育学院学报》2016 年第 2 期，第 54 页。

体性才能发展黑人自身的文化。[①]

莫里森在《上帝会救助那孩子》里着重描写了男童和女童遭受性侵犯，尤其是同性性犯罪的问题。儿童时代遭遇的伤害事件可能会使孩子成年后的心理和价值观发生扭曲，导致一系列社会伦理问题的出现。其实，这类问题也是社会伦理学的重要研究对象。社会伦理学的基本主题是紧扣时代的道德观念与伦理秩序，围绕着人际关系、义利关系、公平正义、底线伦理和传统道德资源等问题展开研究。[②]国内学界也有不少学者关注社会伦理学对文学作品的阐释功能。例如，乔学斌和王鹏飞认为后现代主义从现实和理论两个层面对现代伦理学的解构，在一定意义上揭示了西方现代伦理学异化的必然性，并指出未来伦理学的发展方向对文学文本的解读具有重要的启迪性[③]；胡胜和赵毓龙把社会伦理学的视角与方法引入古典文学叙事研究，探究实际社会生活中伦理思想的"文学映像"。[④]目前，国内外学界从社会伦理学角度研究美国文学作品中精神创伤与人性异化问题的成果还不多见。本节拟把社会伦理学的基本原理导入美国文学研究，从以下三个方面来探析莫里森在《上帝会救助那孩子》里所描写的创伤与异化问题：亲情创伤与亲情异化、视觉创伤与性情异化、司法创伤与身份异化。

亲情创伤与亲情异化

亲情是人类最重要的情感之一，也是人类社会建立和发展不可缺少的基石。在坎坷的人生道路上，亲情是最持久的动力，给予人以无私的帮助和依靠；当人寂寞无助的时候，亲情是最真诚的陪伴，让人在不幸和苦难中感受到亲人的慰藉和人间的温馨。亲情创伤指的是因文化、经济、私利等原因对家庭成员或亲属实施的故意性伤害，通常会给受害者留下严重的精神伤痛和心灵创伤。[⑤]这样的创伤通常会引起家庭成员内部或家族内部的关系疏离、情感排斥，甚至情同仇敌，从而颠覆了人间亲情和社会伦理的底线。因此，莫里森在《上帝会救助那孩子》里从亲人疏离、母爱沦丧和

[①] 李阳：《自我追寻与救赎——〈上帝救助孩子〉的种族操演性》，载《山西青年》2016 年第 18 期，第 90 页。

[②] 郭美华：《伦理学应关注社会生活的本质——21 世纪中国与世界：伦理学的社会使命与理论创新》，载《哲学动态》2009 年第 8 期，第 79 页。

[③] 乔学斌、王鹏飞：《后现代主义的伦理学启示》，载《西北农林科技大学学报（社会科学版）》2006 年第 5 期，第 127 页。

[④] 胡胜、赵毓龙：《伦理学视阈下的中国古代小说》，载《社会科学战线》2013 年第 3 期，第 155 页。

[⑤] Sibnath Deb, ed., *Child Safety, Welfare and Well-Being: Issues and Challenges*, New Delhi: Springer, 2016, p.143.

乱伦等方面描写了亲情创伤与亲情异化的内在关联，揭示了社会伦理在亲情危机中的沦丧。

首先，从社会伦理学来看，亲人是具有血缘或亲缘关系的人，同时也是在社会群体生活中最可靠、最亲近、最值得信赖和相互依托的人。莫里森在这部小说里描写了儿童被父母疏离和排斥的故事。小说主人公斯维特尼丝的祖母是肤色与白人无异的黑白混血儿，通过种族越界进入白人社会后，毅然断绝了与所有子女的联系。斯维特尼丝的母亲露娜·梅（Lula Mae）遭到其母亲的抛弃后，仍然保持"白人"的生活方式，不愿使用任何标识为"有色人种专用"的物件。斯维特尼丝生下女儿露娜·安（Lula Ann）之后发生了一个奇特的事件：露娜·安的皮肤出生后不久就从白色渐渐变成了深黑色。孩子肤色的变化引起了斯维特尼丝和孩子父亲路易斯（Louis）关系的破裂。由于内化种族主义思想作祟，父亲路易斯不愿意看到这个黑乎乎的女儿；母亲斯维特尼丝的虚荣心重，也不愿带黑皮肤的女儿出门，她难以坦然面对他人的好奇眼光和蔑视心态。夫妻两人还为生下黑肤色的孩子之事互相指责，把亲生女儿露娜·安视为怪物和不祥之物。之后，斯维特尼丝进一步疏远女儿，只准女儿称她为"斯维特尼丝"，不准叫她"母亲"或"妈妈"。斯维特尼丝认为，"让一个皮肤很黑、嘴唇又厚的人叫我'妈妈'会使我心烦的"[①]。但是，母亲的排斥引起露娜·安对母亲更大的依恋。露娜·安在童年时非常渴望得到母爱，甚至达到了一种病态：即使母亲打她，她也觉得快乐，因为母亲打她时手会接触到她的皮肤。她把母亲的殴打视为一种难得的"亲情享受"。母亲故意疏离女儿的荒唐行为导致母女关系日益恶化，露娜·安成年后把自己的名字改为"布莱德"（Bride），表明自己开启新生活的决心。但是，母亲的亲情排斥在布莱德幼小的心灵里留下了难以愈合的创伤：事业成功后，她对母亲的态度仍然没有改变。对于其母亲，她只给予钱财方面的帮助，从不回家探望。由此可见，亲情创伤的后遗症远远超过一般的外伤，很难愈合。

其次，莫里森在这部小说里还描写了母爱沦丧的社会现象。母爱沦丧是童年创伤的重要表现形式之一。在这部小说里，斯维特尼丝对布莱德的母爱陷入了一种歧途。斯维特尼丝总觉得女儿皮肤黑，难以融入社会，于是就把女儿当成女奴一样培养，期待她将来能更好地适应种族社会的不良环境。当布莱德第一次来月经时，斯维特尼丝不但不给予女儿生理卫生方面的指导，反而痛骂女儿，要求女儿马上用冷水把被月经染红的床单洗干

---

① Toni Morrison, *God Help the Child*, New York: Vintage, 2015, p.7.

净。在这种情形下，母爱沦为对青春期少女的身心迫害。接着，莫里森讲述了另一个母爱沦丧的故事。朱莉（Julie）是一名被关押在监狱里的重刑犯，她的罪名是杀害了有残疾的亲生女儿。她杀害女儿的动机是害怕女儿因残疾而遭受社会的歧视和他人的欺压。最后，莫里森还描写了一位母亲强迫女儿卖淫的事件。小女孩雷茵（Rain）大约 6 岁时，其母亲就叫她去接客。她向布莱德讲述了自己的遭遇："他（嫖客——笔者注）把撒尿的东西塞进我嘴里，我就咬了一口。为此，她（雷茵的母亲——笔者注）向他道歉，并退还了 20 美元的嫖资。然后，让我站在门外。"[1]之后，她被母亲赶出家门，流落街头。母爱的沦丧引起雷茵的人格异化，后来她把母亲的头颅砍了下来；望着母亲血淋淋的人头，雷茵感到的不是恐惧，而是痛快。由此可见，母爱沦丧不仅会伤害和剥夺女儿的基本人权，还会使受害者的亲情观也随之发生变异，甚至引发了路西法效应，突破亲情关系的伦理底线，导致受害者成为弑母的"恶魔"。

最后，乱伦一般是指在家庭成员之间发生的，但不为社会伦理和法制所允许的性关系。乱伦是文明社会的重要禁忌之一。乱伦的行为一般涉及从触摸、抚弄或亲吻性器官到性交的所有性活动。[2]莫里森在这部小说里描写了父女之间和舅甥之间的乱伦问题。汉娜（Hannah）的父亲经常用手去摸她的阴部，使她羞愧难当。于是，她就把此事告诉了母亲奎恩·奥利弗（Queen Olive）；母亲却不相信，反而斥责她。母亲的不作为给童年时代的汉娜造成了巨大的亲情创伤，导致她成年后与母亲的关系水火不容，从来不回家探望母亲。即使母亲因意外火灾而丧生时，她也没有回家参加母亲的葬礼。此外，莫里森还描写了布鲁克琳（Brooklyn）遭到舅舅性骚扰的故事。布鲁克琳以意识流的方式回忆道："我的舅舅本能性地又开始想把手指放在我的两腿之间。我有时躲避，有时逃跑，有时假装肚子疼。"[3]由于母亲酗酒，根本无力保护渐渐长大的女儿，而舅舅不顾社会伦理的性骚扰使布鲁克琳难以容忍。于是，她未满 14 岁就离家出走了。家庭或家族内部的乱伦不但违背社会伦理和国家法律，而且会给受害者的身心健康造成巨大的伤害，引起亲情的异化。正如赵冬梅所言，"创伤会破坏个体对自己和他人的感觉，会粉碎个体对现实世界的安全感和对自己生活的控制感；如果创伤是由他人所造成，还会逐步破坏个体对他人的基本信任，甚至瓦解

---

[1] Toni Morrison, *God Help the Child*, New York: Vintage, 2015, p.101.
[2] Yehudi A. Cohen, *Legal Systems & Incest Taboos: The Transition from Childhood to Adolescence*, New Brunswick: Aldine Transaction, 2010, p.68.
[3] Toni Morrison, *God Help the Child*, New York: Vintage, 2015, p.140.

个体的自我价值感和自尊感"①。因此，在儿童时代遭受到乱伦性侵害或性骚扰的受害者通常陷入愤怒、难堪和羞辱的窘境。如果受害者的父母保护不力或不作为，受害者的人格大都会发生变异，对亲情失去信任感和依托感；成年后，受害者也会备受孤独感和不安全感的长期困扰。

由此可见，莫里森在这部小说里描写了亲情关系疏离后的身份危机和母爱丧失后的人性危机，揭露了现代社会中少女可能遭受的各种性侵害，特别是涉及家庭成员或家族成员的乱伦之害。她不仅讲述了童年时代的各种创伤，还展现了人性在遭遇生存和社会危机后的各种演绎和后果，进一步表明儿童心理创伤问题是任何社会都不能忽略的严重问题之一。因此，亲情创伤使亲情关系异化，所产生的疏离感和排斥感使受害者倍感陌生、冷漠、孤立无援、被抛弃，这是现代社会亲情关系的一种负向迁移。

视觉创伤与性情异化

从眼科学来讲，"视觉是通过视觉系统的眼睛来接受外界环境中一定波长范围内的电磁波刺激，经神经中枢的有关部分进行编码加工和分析后获得的主观感觉"②。视觉创伤指的是人们在社会生活中因目睹某种不宜事件或不妥行为后所引发的一种精神创伤，其强烈的刺激会给受害者留下难以磨灭的心灵伤害或后遗症，使受害者的性情发生不同程度的异化。莫里森在《上帝会救助那孩子》里描写了视觉创伤给人们所造成的心理伤害，从娈童场景、弃尸惨状和伪善面具等方面揭示了视觉创伤与性情异化的内在关联。

首先，娈童指的是成年人对同性别的儿童实施的猥亵、强奸等性侵害行为。有恋童癖的人在任何阶层都有可能存在，娈童行为癖好与宗教信仰、教育程度、收入、社会地位和职业等没有因果关系。莫里森在这部小说里描写了房东娈童事件给少女造成的心理创伤。6岁时的一天，布莱德听到窗户外有猫叫声，就走到窗边往外一看："我看到的不是猫，而是一个人。他把一个小孩胖胖的小腿夹在毛乎乎的两条白腿之间，我把身子伸出窗户一看，那人的背影极像房东利先生（Mr. Leigh），头发和他的一样红。"③布莱德把看见的事告诉了妈妈斯维特尼丝。如果去告发利先生，她们就会失去租借其房子的机会。因此，斯维特尼丝既没有对那个哭叫的男孩表示同

---

① 赵冬梅：《心理创伤的理论与研究》，广州：暨南大学出版社，2011年版，第6页。
② Elena Hitzel, *Effects of Peripheral Vision on Eye Movements: A Virtual Reality Study on Gaze Allocation in Naturalistic Tasks*, Wiesbaden: Springer, 2015, p.26.
③ Toni Morrison, *God Help the Child*, New York: Vintage, 2015, p.154.

情，也没有采取捍卫正义的措施，而是斥责了布莱德，并恶狠狠地告诫她不得把此事外传。这个娈童事件给布莱德留下了极大的心理阴影。之后，那个小男孩在被强暴中发出的惨叫声时常回响在她的耳际，母亲的自私冷漠也深深地刺伤了布莱德幼小的心灵。母亲对这个事件的处理方式在很大程度上影响了布莱德的行为方式。布莱德在学校读书时，其他白人同学骂她为"黑鬼"，在她书桌上放上一串香蕉，并做模仿猴子的动作，把她当成猴子嘲讽。布莱德本来可以向老师报告，因为在 21 世纪的美国种族歧视是违法的。但是，布莱德潜意识地把母亲在处理利先生娈童事件时的顾虑与自己的处境联系起来，产生了忐忑不安的焦虑，她担心自己会因此而被同学孤立或赶走，因此，她采用了母亲的方法，对不公正、罪恶的社会现象采取了容忍和规避的态度。

其次，莫里森在这部小说里还描写了一个令人毛骨悚然的儿童弃尸场景。布克（Booker）的大哥亚当（Adam）在童年时被一个娈童变态狂杀死，尸体数月后在一个涵洞里被找到。布克和父亲一起去辨认，发现亚当的尸体"全身肮脏无比，到处是老鼠啃过的痕迹，一只眼睛只剩下眼眶。全身布满了蛆。他仍穿着被撕成条状的黄色 T 恤衫，上面沾满了泥土。尸体没穿裤子和鞋子"[①]。亚当尸体的惨状给布克幼小的心灵留下了深深的创伤。从那以后，他就对娈童者深恶痛绝，甚至达到神经质的程度。有一天，他在学校操场看到一个露阴癖者对着一群孩子裸露生殖器。平时性格温和的布克见状后性情大变，神经质地冲上去，一记重拳把露阴癖者揍得昏死过去。在其心目中，露阴癖者和娈童者都是一类货色。后来，当他得知女友布莱德去监狱迎接刚被假释的"娈童女魔头"索菲娅（Sofia）时，愤怒万分，把布莱德痛揍了一顿，然后对她大声吼道："你，不是我要的女人！"[②] 随后，他神经质地摔门而出，离家出走了。布克本是一名学经济学的硕士研究生，平时性格温和，深爱自己的女友布莱德。但是，布莱德对娈童犯的"友善行为"激活了埋藏在布克心灵深处的亚当惨死心象，引起布克性情骤变，最后他与女友分道扬镳。布克把一切娈童者视为自己最大的敌人；在其性情异化中，他把一切与娈童者关系好的人也视为不共戴天的仇敌。

最后，伪善指的是故意装出来的友善或虚假的善意。从社会伦理学来看，"伪善"在现实生活中对人际关系的杀伤力比"无善"更为严重，更为令人恐惧。莫里森在这部小说里描写了一个关于伪善的典型故事。洪堡

[①] Toni Morrison, *God Help the Child*, New York: Vintage, 2015, p.114.
[②] Toni Morrison, *God Help the Child*, New York: Vintage, 2015, p.10.

(Humboldt)是一名退了休的汽车机修工，经常利用其技术为邻居修理冰箱、煤气炉或锅炉等；他脸上总是堆满了笑，待人和蔼可亲，被社区居民誉为"世上最好的人"[1]。然而，他善良的外表其实是装出来的。在其心灵深处，他是一个彻头彻尾的恶魔。他利用小孩喜欢小狗的心理，用家里的宠物犬作为诱饵，诱惑一些孩子到其家里玩。一旦孩子来了，他就会把这些孩子绑起来，进行性骚扰、实施性暴力或者砍掉他们的手或脚。当地前后共失踪了六个孩子，电线杆上到处都贴满了寻人启事。一个老太太偶然发现寻人启事上的一个小孩曾出现在洪堡开的车上。于是，她马上报警。警察搜查了洪堡的住宅，发现其地下室的地垫上有干了的血迹，并且还在他家地下室里搜到一个盒子，里面装满了儿童阴茎。这时，警察终于找到了洪堡残害儿童的铁证。尽管真相大白于天下，但洪堡的伪善面孔给善良的人们造成了巨大的视觉创伤，使大家不敢再相信自己的视觉判断。当地居民产生了难以消除的不安全感和危机感，甚至引起彼此之间的猜忌心理，似乎每一个外表和善的人都可能是另一个"洪堡"。莫里森利用视觉引起的创伤症状充分展示了人的性情异化，把创伤的实质、创伤产生的机制和创伤对人性的毁坏一点一点地展现出来，一层一层地剥离出来，给读者的心灵打上了深深的烙印。[2] "伪善"是对人性向善的颠覆，会使人们生活在善恶难辨的惶恐之中，破坏人与人之间的和谐和信任。

因此，莫里森在这部小说里从变童场景、弃尸惨状和伪善面具三个方面展现了视觉创伤给人们造成的严重精神伤害，指出这类创伤会对人们的法治意识和性情演绎造成巨大的影响。视觉创伤的震撼力和身心伤害给人们的后续生活也会留下难以消解的后遗症。视觉创伤所导致的精神损害通常源于受害者所遭遇的侵权行为。受害者在心理和情感方面遭受创伤和痛苦后，时常会陷入精神上的悲伤、失望、焦虑，难以获得身心的统一与和谐。视觉创伤所导致的心灵创伤具有长期潜伏性和人性扭曲性，会颠覆人的社会伦理意识，对人的性情或性格都有巨大的影响力和制约力。

司法创伤与身份异化

司法是指检察机关或法院依照法律对民事、刑事案件进行侦查、审判的工作。在司法过程中，对嫌疑犯定罪的重要依据是证据，法官、陪审团或检察官在案件审理中依靠证据来分析案情、辨明是非、区分真伪。证据

---

[1] Toni Morrison, *God Help the Child*, New York: Vintage, 2015, p.118.
[2] Cynthia Hudley, *Adolescent Identity and Schooling: Diverse Perspectives*, New York: Routledge, 2016, p.246.

的滥用或缺失通常会造成司法不公,甚至冤假错案,导致受害者的身份也随之发生异化。[①]莫里森在《上帝会救助那孩子》里描写了因司法不公所引起的司法创伤,从伪证创伤、牢内暴力和无证据创伤等方面展现了在美国不合理社会里司法创伤与身份异化的相互关系。

首先,伪证指的是在法庭上提供的虚假证词。伪证会严重干扰法官和陪审团在案件审理中的公正性和合法性。[②]在这部小说里,索菲娅就遭受了伪证创伤。她本是一所学校的教师,工作认真负责,但对学生的要求过于严格,引起学生的不满。一些学生在家长的支持下,串通起来,联合指控索菲娅犯了"性侵女童"之罪。当其他同学退缩或逃避作证时,8岁的女童布莱德在法庭上指认索菲娅,导致索菲娅被判处25年徒刑。索菲娅的父母因为她的"罪行"伤透了心,除了过节给她送点东西之外,从不到监狱去探视。她入狱后失去了自由和工作,这给她造成了难以消除的心灵创伤。伪证使她从教师变成了囚犯,其内心对做伪证者充满了仇恨。坐牢15年后,索菲娅获得了假释。伪证事件也使长大成人的布莱德心里不安。于是,她在索菲娅获得假释那天专门去接她,并打算送给她5000美元作为补偿。遭受伪证创伤的索菲娅不但拒绝接受布莱德的施舍,而且还把她痛打了一顿。莫里森通过意识流描写展现了索菲娅当时的创伤心理:"她说起话来,似乎我们是朋友,但直到她想把钱递给我时,我才知道她想说什么,想干什么。"[③]索菲娅把布莱德欲给的钱视为对自己的最大侮辱,钱是无法弥补其失去的名誉、青春和事业的。其实,索菲娅遭受的司法创伤不仅是她个人的创伤,还是美国法制的创伤——标榜司法公正的法律因采信伪证而把一名无辜者拘禁了15年之久。

其次,牢内暴力是美国黑人文学的一个热门话题。詹姆斯·鲍德温在《如果比尔街会说话》(*If Beale Street Could Talk*)里描写了黑人男青年福尼(Fonny)在监狱里遭受到男性囚犯毒打和强暴的事件;与此相对应,莫里森在《上帝会救助那孩子》里也揭露了女囚在牢房里遭到同牢房女囚毒打和强暴的事件。朱莉在进入牢房的第一天就遭到四名女囚的群殴和轮奸。之后,为了活命,她被迫成为女牢头的佣人和性奴,还屈辱地称呼女牢头为"老公"。朱莉遭到如此的屈辱之后,多次自杀未遂。监狱能采用的唯一措施就是把她关入单间的黑牢房,使她遭受更大的折磨。牢内暴力给朱莉

---

① Cynthia Hudley, *Adolescent Identity and Schooling: Diverse Perspectives*, New York: Routledge, 2016, p.123.
② Jonathan Aitken, *Pride and Perjury*, London: HarperCollins, 2000, p.78.
③ Toni Morrison, *God Help the Child*, New York: Vintage, 2015, p.69.

造成了巨大的司法创伤。她是犯故意杀人罪而入狱的，但在监狱里她得不到法律定义下的囚犯待遇。其他囚犯对她实施的暴行和规训，使她丧失了基本的人权和人格，从"囚犯"变成了"奴隶"。监狱当局对囚犯伤害和折磨囚犯的行为听之任之，没有采取有效的措施来制止囚犯的犯罪行为。因此，给囚犯造成最大心理和生理创伤的不是法律的惩罚，而是牢房内的非人折磨。

最后，无证据创伤指的是受害者因缺乏证据而无法指控罪犯行为所遭受的二次心理伤害。利先生是布莱德家的房东，布莱德曾目睹他娈童的现场，但在母亲斯维特尼丝的高压下，她不敢去指控利先生的违法行为。由于缺乏有效证据，遭到利先生强暴的男童也无法到法院去起诉。那个男童遭到的创伤必定会给其一生蒙上噩梦般的阴影。此外，莫里森还描写了亚当遇害后，因家人无证据指控罪犯，元凶逍遥法外长达六年之久。从情理上来讲，坏人违反了法律就应该受到法律的严惩，但法律的实施又是要以证据为依据的；如果罪犯能逃避证据的指控，也就逃脱了法律的制裁，从而成为法律惩罚不了的罪犯。在司法创伤中，受害者成为永远的受害者，而罪犯却成为无法指控的"良民"。这也是无证据创伤的可悲之处，同时也是司法行为的不公正之处。

莫里森在这部小说里从伪证创伤、牢内暴力和无证据创伤三个方面描写了司法创伤与身份异化，揭露了人性的残酷、法律的局限、社会伦理的沦丧和弱者的无奈，抨击了美国社会不合理的司法制度和冷酷的社会环境，展现了受害者在生存危机中的身份异化，给读者造成强烈的心理冲击。国家机器在追求社会正义时的局限性所导致的危害和盲点仍然是文明社会之痛，表明了完善法律、消除法制盲区和重建社会伦理规则的必要性和迫切性。

总之，莫里森在《上帝会救助那孩子》里以细腻的笔触、讽刺的话语和耐人寻味的哲理反思，展示了美国儿童和妇女所遭受的亲情创伤、视觉创伤和司法创伤，揭示了亲情异化、性情异化和身份异化所造成的各种生存窘境和精神危机。种族创伤、亲情创伤和人格异化是莫里森长期关注的问题，这也是她把这些话题引入这部小说的原因，她就是要借此告诉人们如何认知这个世界，以及如何消解已经出现的社会问题。莫里森给这部小说取名为"上帝会救助那孩子"，表达了作家对未来社会的一种乐观主义态度。谁是莫里森提及的"上帝"呢？其实，这个"上帝"就是传承了社会正义和善良德行的人们，那个"孩子"不是指某个具体的孩子，而是所有遭遇过童年创伤的孩子。该小说所揭示的社会问题和心理问题引起人们对长辈与晚辈的亲情关系和伦理关系的关注，警示父母担负起保护未成年人权益的责任，防止因为自己的失察而使未成年人遭到伤害。这部小说就像是创伤理论的演绎，展现了童年经历和成年创伤的形成过程，以及创伤形成后的具体表现。在莫里森独具匠心的安排下，创伤症状展现的过程实际上也是创伤暴露的过程；创伤暴露的过程又是受伤者通过暴露疗伤法治疗自己创伤的过程。莫里森在这部小说里对现代题材的采用，表明其小说创作的关注点已经从黑人种族问题转向了更为普遍的社会伦理问题。这将给当代美国黑人文坛带来一股新风，促使更多的当代黑人作家突破种族局限性，关注美国社会的现实问题和人类社会的共性问题。

第四节 《家族流血之处》：亲情中的创伤与创伤中的亲情

杰丝米妮·瓦德（1977— ）是知名的当代非裔美国作家。至2023年，她已发表了三部长篇小说《家族流血之处》（2008）、《拾骨》（2011）和《唱吧，暴尸鬼，唱吧》（2017）。后两部小说分别于2011年和2017年获得美国国家图书奖，瓦德也成为第一位两次获得美国国家图书奖的非裔作家。她把小说的故事场景都设置在一个虚拟的密西西比小镇波斯萨维（Bois Sauvage），描写了美国南方黑人在21世纪的悲欢离合和爱恨情仇[1]，具有威廉·福克纳（William Faulkner）的艺术风格。

《家族流血之处》是瓦德的处女作，在2008年刚一出版就被《精粹》（*Essence*）杂志选为书友会读物，并于2009年入选了"弗吉尼亚联邦大学卡贝尔首席小说家奖"（VCU Cabell First Novelist Award）和"赫斯顿·赖特文学遗产奖"（Hurston-Wright Legacy Award）短名单。[2]该小说讲述了一对双胞胎兄弟在父母离异后由外婆抚养长大的故事，真实再现了21世纪初美国南方黑人青年的生存状况。《出版商周刊》（*Publishers Weekly*）认为瓦德的这部小说是美国的新声音，生动地描写了一个充满绝望但不失希望的世界。[3]丹尼尔·K. 泰勒（Danille K. Taylor）高度赞扬瓦德对美国南方问题的关注，认为她在《家族流血之处》里揭示了"肮脏南方"（Dirty South）的社会现实和年轻一代黑人的人生追求与挫折。[4]我国学界近年来也开始关注这部作品。马亚莉说："……这位黑人女作家笔下的穷人与脑海中固有的

---

[1] Carolyn Kellogg, "Jesmyn Ward Wins National Book Award for Fiction," *The Los Angeles Times*, 2011-11-17.
[2] Angela Carstensen, "The Alex Awards, 2012," *School Library Journal*, 2012-1-24.
[3] "Fiction Review: *Where the Line Bleeds* by Jesmyn Ward," *Publishers Weekly*, 2008-9-24.
[4] Danille K. Taylor, "Literary Voice of the Dirty South: An Interview with Jesmyn Ward," *CLA Journal* 60.2 (2016): 266.

黑人脸谱迥然不同。他们不是活在与世隔绝的怪异星球，不是麻木不仁的粗俗蛮人，他们与小镇外界的普通人一样，拥有爱恨情仇，拥有善恶丑美，是活生生的平等的人。"[1]总的来看，这是一部非常贴切生活的作品，从平淡人生中折射出值得审视的人生哲理。本节拟从隔代亲情、母子情和父子情三个方面来探究瓦德在《家族流血之处》中所描写的亲情之爱与创伤的内在关联，揭示21世纪美国南方黑人的真善美与人性演绎。

隔代亲情与创伤修复

从社会学来看，隔代抚养是伴随着社会发展而出现的一种非常规的家庭教育抚养现象。这种现象在美国黑人社区里比较常见，引起的原因较多，如父母离异、早亡、缺乏养育能力等。《家族流血之处》里关于隔代抚养的故事发生在密西西比的一个名叫"波斯萨维"的小镇。小说主人公玛米（Ma-mee）和其丈夫卢西恩（Lucien）带着家人从新奥尔良移居到这个地方。这个地方土地便宜，穷苦的黑人都喜欢到这里来买地安家，满足自己的土地梦。但是，这里靠海，土壤贫瘠，种出的庄稼难以维持生计，因此，黑人移民就边种地边到白人家去打工。[2]黑人居住地渐渐发展成为一个封闭的小型黑人农村社区。但随着美国南方城市化的发展[3]，越来越多的黑人青年选择到城市中谋求更好的发展，他们往往会将自己的孩子交给父母抚养，形成了隔代抚养现象。留守儿童长期与隔代的亲人生活在一起，无论是在心理方面还是在生理方面都会存在一定问题。隔代亲人的思想观念和生活方式与现实社会存在一定的偏差，对儿童的身心健康和发展必然会造成重要的影响。在《家族流血之处》里，瓦德描写了黑人祖母玛米抚养女儿西尔（Cille）生下的双胞胎外孙乔舒亚（Joshua）和克里斯托弗（Christophe）的故事。笔者拟从隔代抚养、正面教育和力不从心等方面探究瓦德在这部小说里所揭示的隔代亲情之爱与创伤问题，揭示黑人社区隔代子女养育中出现的问题。

首先，隔代抚养是非裔美国社区常见的一种社会现象，指的是父母不在身边的孩子由祖父母或外祖父母抚养的情形。在《家族流血之处》里，玛米养育了四儿两女，均已成年。最让她操心的是大女儿西尔。西尔与品

---

[1] 马亚莉:《"美国文学的新声音"——论杰斯敏·沃德的小镇情结》，载《当代作家评论》2013年第4期，第121–122页。

[2] Anna Bersanding, "How Hurricane Katrina Shaped Acclaimed Jesmyn Ward Book," *BBC News Magazine*, 2011-12-22.

[3] Alvin Henry, "Jesmyn Ward's Post-Katrina Black Feminism: Memory and Myth through Salvaging," *English Language Notes* 57.2 (2019): 71.

行不端的青年桑德曼（Sandman）恋爱，玛米竭力阻止，但当时女儿已经怀孕，她只好默许。西尔生下一对双胞胎儿子后不久，就与男友桑德曼分道扬镳，独自到亚特兰大去工作，把孩子留给了母亲。女儿的行为给玛米留下了深深的心理创伤，她把女儿的不幸归咎于自己的失职。在波斯萨维镇，大多数夫妻离异后，孩子要么被送到孤儿院，要么被领养。玛米不愿自己的外孙生活在没有亲人照顾的环境里，于是不辞辛苦地担负起抚养和教育的重任。

其次，在隔代抚养中，玛米采用正面教育的方式，培养外孙在生活和品德等方面的良好习惯，使他们热爱生活、积极进取、健康成长。玛米对双胞胎外孙实施的正面教育主要表现在三个方面：重视学业、鼓励、兄弟感情培养。当乔舒亚和克里斯托弗18岁完成高中学业时，玛米的身体状况每况愈下，眼睛几乎失明，但她仍然坚持到学校参加外孙们的毕业典礼。因父母皆不来参加他们的毕业典礼，双胞胎兄弟感到非常失望，造成了一定的心理创伤，但外婆玛米和保罗舅舅（Uncle Paul）的出席有助于消除他们的失落感和治愈心中的亲情创伤。高中毕业后，乔舒亚和克里斯托弗到码头上求职，乔舒亚被录取为码头装卸工，但克里斯托弗连面试机会也没有得到，非常沮丧。目睹了克里斯托弗的消沉和失落后，玛米对他说："你不是懒人，克里斯托弗。你跟着卢西恩学木匠时，你和所有人一样出色。在园艺设计方面，你比你的保罗舅舅更优秀。"[①]玛米的鼓励给困境中的克里斯托弗带来了很好的精神安慰，亲情的包容和接纳是其他社会人员都无法给予的。双胞胎兄弟在求职中遇到挫折时，情绪低落，非常容易爆发冲突，为了缓和他们之间的紧张关系，促进他们的兄弟情，玛米故意安排克里斯托弗每天开车接送乔舒亚上下班，让待业在家的克里斯托弗也觉得自己对家庭经济有贡献。

最后，力不从心指的是在一定场景里当事人心里想做而力量不够的一种社会现象。随着年龄的增长，玛米对外孙的监控和管束能力不断下降，对外孙吸毒和贩毒的事件难以觉察和有效制止。因长期找不到工作，克里斯托弗向表兄杜恩尼（Dunny）购买大麻，并在黑人社区把大麻分销给吸大麻烟卷的顾客。他每天黎明时分故意避开玛米的注意力，偷偷在家后面的牲口棚里把大麻分成小包，以便于出售。双胞胎毕业后，西尔便不再给双胞胎儿子汇寄生活费了。克里斯托弗把贩毒赚的钱，或者以乔舒亚加班费的名义交给祖母，或者直接把钱偷偷放在祖母的钱包里。克里斯托弗说：

---

① Jesmyn Ward, *Where the Blood Bleeds*, London: Bloomsbury, 2018, p.69.

"卖毒品一周挣的钱比乔舒亚在码头干两周还多。"[1]当克里斯托弗以为自己的掩饰手段十分高明时，其实外祖母玛米早就发现了这些来路不明的钱，虽然她没有说破，但其内心仍然遭受到巨大的心理创伤，担心自己的外孙哪一天会因贩毒而遭受牢狱之灾。

在这部小说里，西尔离异后遗弃儿子的行为给其母亲玛米留下了深深的精神创伤，最后玛米在万般无奈之下不得不担负起抚养外孙的重任。之后，她把所有的爱都凝聚在孙辈的身上，表面上是维护家族的传承，实际上是传播人间的大爱。玛米的爱呈现出对黑人种族的爱、对亲人的爱、对生命的爱和对自己的爱。这种厚爱的深度和广度达到了忘我的、自我牺牲的境界，弘扬了黑人社区中亲情至上的正能量。

母爱缺位与心灵创伤

从社会心理学来看，隔代抚养的情况下，由于缺失了父母的亲子关怀和教育引导，儿童容易生成自卑感和养成冷漠情感，心理出现畸形，在遭受较大的打击或挫折时特别容易出现心理障碍。母亲的缺位必然会导致儿童形成难以健康成长的心理问题。在《家族流血之处》里，为了追求个人事业的发展和经济地位的提高，黑人妇女西尔离婚后走出家庭，到大城市亚特兰大去工作，担任一家美容品销售公司的经理，成为一名较为成功的职业女性。但是，她个人事业上升的状况与其双胞胎儿子得到母爱的程度成反比。她越成功，回家探望儿子的次数就越少，母子之间的鸿沟就越来越大。笔者拟从孤独、躁狂和乖戾等方面探究瓦德在这部小说里所描写的母子关系失调，揭示母爱缺位可能造成的心理创伤。

首先，瓦德在这部小说里描写了乡村留守儿童的生存状态，表明儿童的孤独是一种被父母遗弃的感觉和体验，也是一个人生存空间的自我封闭和被父母排斥的生活状态。一般来讲，孤独的人会脱离社会群体而生活在一种消极的状态之中。西尔在双胞胎儿子 5 岁时就到亚特兰大去工作，一年回家两次。长期的分离引起了母子之间的时空隔离和情感隔阂，导致儿童心理的异化。这种异化主要表现在两个方面：对母亲的过度依恋和对母亲的过度冷漠。当西尔打电话回家时，乔舒亚会唠唠叨叨与母亲交谈，说话的内容不重要，重要的是他想通过电话把自己和母亲紧密地连接在一起，以此来排解内心的孤独感。克里斯托弗在内心中也很想依恋母亲，但他越想念母亲，就越想排斥母亲，他拒绝接母亲的任何电话，担心接了电话后，

---

[1] Jesmyn Ward, *Where the Blood Bleeds*, London: Bloomsbury, 2018, p.211.

自己会变得更加孤独、更加无助。

其次，双胞胎儿子对母亲的强烈思念在心理层面转化成一种欲望得不到满足的躁狂，显得狂乱不安、妄作妄动，使其失去基本的理智。当西尔的探亲假结束的时候，双胞胎儿子开始出现焦虑不已的躁狂，引起其心理创伤的显现。克里斯托弗的躁狂性表现为一个人待在家里生闷气，不愿任何人在他面前提起"西尔"的名字。乔舒亚的躁狂性表现为一个人围绕外祖母玛米的房子疯狂地跑步，久久不愿停下来。这对双胞胎兄弟通过自我折腾的方式来排解内心的躁狂和不安，使自己的心理创伤更加难以自愈或消解。

最后，乖戾是儿童心理创伤的一种表现形式，表现为儿童采用与正常人不一样的话语行为或暴力行为来排解内心的焦虑和烦躁。乔舒亚和克里斯托弗见到母亲西尔时，不是亲热地称她为"母亲"或"妈妈"，而是直呼其名，这折射出母子关系的隔阂性和疏远性。但如果外人有侮辱其母亲的言行，他们会采用暴力方式攻击。同班同学鲁克（Rook）见到性感漂亮的西尔，当着克里斯托弗的面说了侮辱西尔的流氓话。克里斯托弗顿时被激怒，把手上的铁球砸向鲁克的面部，致其鼻子被砸伤，血流满面。他边打鲁克，边骂他为"杂种"。克里斯托弗的乖戾反应是其心理创伤的外在表现形式，表明儿童可以自己责备母亲，但不允许他人做出不利于其母亲的行为。

在瓦德的笔下，为了获得社会地位和事业成功，妇女不得不放弃一个女人、一位妻子、一位母亲在自己家庭中应尽的职责和义务。作为21世纪的一位母亲，西尔与其母亲玛米的价值取向截然不同。她不愿牺牲自己的事业和个性来成全孩子，也不再将自己未来的宏伟志向全部寄托于孩子身上，而是不顾一切地走上实现自我的道路。渐行渐远的"母爱"从双胞胎儿子出生的那一刻就开始了，夫妻离异加剧了母子关系的异化。母爱缺位在某种程度上加重了祖母隔代抚养的难度，虽然有助于孩子的自立，但也使孩子在缺少管教和引导中走上邪路。

父爱缺位与创伤再现

"父爱同母爱一样无私，不求回报；父爱是一种默默无闻、寓于无形之中的一种感情，只有用心的人才能体会。"[①]在现实生活中，母爱缺位的儿

---

① Jennifer Reich, *The State of Families: Law, Policy, and the Meanings of Relationships*, New York: Routledge, 2021, p.56.

童的心理健康问题较大。如果父亲也不在场,儿童的心理健康问题就会雪上加霜。"'父亲缺位'指的是在儿童成长中父亲缺少对其教育过程的参与。"[1]瓦德在《家族流血之处》里除了描写母爱缺位引起的儿童心理问题,还讲述了父爱缺位对儿童心理发展的重要影响。桑德曼是双胞胎兄弟乔舒亚和克里斯托弗的亲生父亲。从其生活方式和外表来看,他不是一个好丈夫和好父亲。由于南方小镇的就业机会和发展空间有限,桑德曼未能找到一份体面的工作来养家糊口,最后堕落成了毒品贩子和瘾君子。瓦德在这部小说里从既爱又恨、否定亲情和"弑父"等情节描写了父爱缺位所引起的心理创伤,揭示了父亲缺位可能引起的社会危害性。

首先,既爱又恨是热爱和仇恨交织在一起的复杂情感。在《家族流血之处》里,父亲桑德曼因离婚,在双胞胎儿子乔舒亚和克里斯托弗童年最需要父爱之时自私地离开,起初隔几个月会探望一下儿子,后来长达13年没回家关心过儿子,也没有为儿子的成长提供过生活和学习费用。父亲的遗弃和冷落给这对双胞胎造成了难以弥合的心理创伤,他们对其父亲的感情也非常冷淡,从没有叫过桑德曼为"爸爸"。但是,"血浓于水"的家族基因导致双胞胎儿子对父亲难以完全忘怀。乔舒亚和克里斯托弗读初中时,有一次从校车上看到了身体消瘦的父亲,听闻他因吸毒而生活落魄,心里产生了难以言表的关切和焦虑,呈现出对父亲的怜爱。既爱又恨心理的形成导致乔舒亚和克里斯托弗对桑德曼的情感是爱中有难解的恨,恨中有无法舍去的爱。

其次,在既爱又恨情感中,当恨的成分在当事人心中占统治地位时,否定亲情的情形就会出现。否定亲情指的是亲人因某种原因对血缘之亲的否认或拒绝承认。在这部小说里,外婆玛米曾想调和双胞胎外孙与其父亲桑德曼的关系,于是对外孙们说:"你们父亲不会来害他的亲骨肉的。"[2]乔舒亚不接受外婆的调解,说:"没有亲骨肉,他是一个瘾君子。"[3]乔舒亚认为像父亲那样的吸毒者是不可能有真正的父爱的,因此,他明确表示拒绝接纳父亲。有一次,在社交场合中,桑德曼想缓解和双胞胎儿子的关系,但克里斯托弗故意大声对乔舒亚说:"他在这里没有儿子。"[4]两兄弟都拒绝和他搭话,桑德曼只好离开。桑德曼想和儿子们和解的最后尝试出现在毒

---

[1] 温召玮、翟秀海:《儿童家庭教育中"父亲缺位"问题探析》,载《现代商贸工业》2019年第34期,第132页。

[2] Jesmyn Ward, *Where the Blood Bleeds*, London: Bloomsbury, 2018, p.124.

[3] Jesmyn Ward, *Where the Blood Bleeds*, London: Bloomsbury, 2018, p.124.

[4] Jesmyn Ward, *Where the Blood Bleeds*, London: Bloomsbury, 2018, p.161.

贩嘉文（Javon）家。桑德曼想与克里斯托弗搭话，就说："今天这个地方真热！"①克里斯托弗不但没有接过他的话题，反而斥责道："我记得我告诉过你，我和你没有话说。"②乔舒亚和克里斯托弗否定自己与父亲的亲情关系的事件是他们早年受到心理创伤的外在表现形式。随着年龄的增长，他们对父亲的怨恨和仇恨越来越大，难以消除。

最后，否定亲情行为在发展过程中的极端形式就是消灭亲情，毁灭父子之情的最高表现形式就是"弑父"。在这对双胞胎兄弟中，克里斯托弗最恨父亲。每次见到父亲桑德曼，他都很想揍父亲一顿。他对乔舒亚说："我以为我能出手，但看到他的脸……"③原来，桑德曼的面容与儿子乔舒亚酷似，因此热爱自己兄弟的克里斯托弗对父亲下不了手。双胞胎的真正"弑父"行为发生在小说的第14章。乔舒亚陪克里斯托弗到毒贩嘉文家去批发大麻和可卡因。其父桑德曼无钱购买毒品，但仍到毒贩嘉文家去蹭毒品。嘉文对穷困潦倒的桑德曼极为厌恶，竭力赶他走。结果，两人发生了肢体冲突。克里斯托弗怕他们的打架影响自己的生意，于是上前去劝架，但桑德曼误以为克里斯托弗是嘉文的帮凶，于是就把一个破口的啤酒瓶猛地捅向克里斯托弗的腹部，致使克里斯托弗当场倒下，血流一地。乔舒亚见状，满腔怒火地冲上去把桑德曼打倒在地，骑在其身上用拳头猛揍。然后，他把克里斯托弗送到医院抢救，但对倒在地上的桑德曼没有施与任何救助。此后，再也没有人见过桑德曼了。乔舒亚回顾道："我想我几乎杀死了他，克里斯托弗，如果他还活着的话。"④瓦德以此给读者留下了一个关于"弑父"的悬念：桑德曼被乔舒亚打死了吗？桑德曼的永久性失踪和镇上人们的议论增添了这个悬念的神秘性，表明桑德曼这个父亲实际上从双胞胎兄弟的生活中彻底消失了，但同时也给他们增添了"弑父"的心理创伤和精神压力。⑤

这部小说通过双胞胎兄弟的既爱又恨、否定亲情和"弑父"等行为揭示了在黑人社区里父爱缺位给黑人青少年所造成的严重心理创伤。瓦德表明父亲这一角色在儿童身心健康的发展中起着重要的作用，并会对儿童成年后的心理和行为产生重要影响。父亲的缺位导致父亲缺少对儿童抚养教育的投入和参与程度，这不仅会引起儿童身心健康发展的缺陷，也会对父

---

① Jesmyn Ward, *Where the Blood Bleeds*, London: Bloomsbury, 2018, p.161.
② Jesmyn Ward, *Where the Blood Bleeds*, London: Bloomsbury, 2018, p.161.
③ Jesmyn Ward, *Where the Blood Bleeds*, London: Bloomsbury, 2018, p.141.
④ Jesmyn Ward, *Where the Blood Bleeds*, London: Bloomsbury, 2018, p.234.
⑤ Molly Travis, "We Are Here: Jesmyn Ward's Survival Narratives Response to Anna Hartnell, 'When Cars Become Churches'," *Journal of American Studies* 50.1 (2016): 219.

子关系造成严重的影响，妨碍黑人青年正确伦理观和价值观的形成。

瓦德在《家族流血之处》里从祖孙关系、母子关系和父子关系三个方面描写了美国南方黑人社区的亲情异化与心理创伤的密切关系，揭示了美国南方黑人在21世纪的生存窘境和人性危机。离异父母把子女长期遗留在祖父母家而不管不问是极为不可取的，这样的情形会导致儿童产生被抛弃感和自卑感，引发一系列儿童心理问题。隔代亲人抚养孩子，通常会导致孩子与父母之间的亲密度较低，致使亲情冷漠，甚至会产生暴力倾向。瓦德在关于家庭关系的叙述中特别关注家庭教育和家庭关系对儿童心理发育和后期成长的重要影响，表明不完整的家庭结构和不和谐的亲情关系会扭曲青年一代的心灵，导致他们在复杂的社会环境里踏上更为艰难的成人之路。这部小说关于家庭亲情问题的描写开启了读者了解黑人社区情感生活的窗户，揭开了美国后种族时代的黑人生活实景。

小　　结

本章主要探讨了三位非裔美国女性作家对创伤问题的书写，展现了黑人在黑人社区和白人社区所遭受的挫折和磨难，揭露了共情缺陷、家庭关系、种族偏见、战争经历所导致的各种心理创伤。泰纳在《缺爱》中从母爱创伤、婚姻创伤和创伤后遗症三个方面探讨了心理创伤对社会生活、人际交往和共情缺陷的重要影响。她所描写的精神创伤跨越了种族和阶级的界限，甚至超越了地理区域，展现了现代人的生存环境与其精神世界的相互关系。泰纳不为性别和黑人文化所束缚，站在人类社会广阔的地平线上采用透视心理问题的创伤书写方式，探讨人际关系的哲学问题。莫里森在《家》里把战争后遗症、黑人社区和种族偏见等话题交织在一起，展现了黑人和白人的人性异化；人性的异化同时也加大了黑人在多个层面的精神创伤，恶化了美国社会的种族关系和生存环境。莫里森对美国社会精神创伤的写实性描写不仅是为了追求文学作品的艺术震撼力，还是为了向世人传递构建世界和平、亲情和谐和种族平等的重要性和必要性。莫里森在另外一部小说《上帝会救助那孩子》里描写了美国妇女和儿童所遭受的亲情创伤、视觉创伤和司法创伤，揭示了亲情关系、友情关系和人伦关系在社会生活中的窘境和负向迁移。这表明莫里森创作小说的关注点超越了黑人种族问题，转向了人类社会的共性问题，同时也表现了其关心现实和同情弱者的新种族价值观。瓦德在《家族流血之处》里通过隔代抚养、正面教育和力不从心等情节的描写揭示了隔代亲情之爱与心理创伤的内在关联。孤独、躁狂和乖戾是瓦德小说里所描写的母子关系失调的外在表现形式，展现了母爱缺位可能造成的心理创伤。母亲的缺位在某种程度上加重了外祖母隔代抚养的难度，虽然有助于孩子的自立，但也使孩子在缺少管教和引导中走上邪路。既爱又恨、否定亲情和"弑父"等方面的描写有助于揭示父爱缺位可能引起的社会危害性。

总而言之，泰纳、莫里森和瓦德以细腻的笔触描写了美国黑人在现代社会生活中遭遇的各种创伤，展现了他们在困境中追求种族平等、社会正义和自我实现的不懈努力和不屈不挠的民族精神。

结　　语

　　本书选取 24 位有代表性的非裔美国作家的 28 部重要作品为研究对象，探析了非裔美国小说的主题思想和作家风格，揭示了非裔美国人从奴隶到公民的身份演变历程以及其中的辛酸和苦难。这些作品涉及非裔美国文学的各个历史时期，代表了非裔美国文学的重要成就。通过深入而细致地探讨这些作品的主题寓意和思想内涵，本书展现了非裔作家对美国社会中种族、阶层、性别、身份等问题的认知和艺术性再现，表明他们在文学创作中所呈现的思想境界和哲理认知毫不逊色于同时代的白人作家。

　　在文学创作中，非裔美国作家把作品主题聚焦于非裔美国人在不同历史时期和不同区域的生存经历和人生感悟，主要包括以下内容：非洲历史与非裔美国文化的渊源、"中间通道"的奴隶贸易、南方种植园、奴隶制与种族压迫、奴隶抗争与残酷镇压、文化教育与宗教、美国内战与战后重建、种族隔离中的"他者生活"、黑白混血儿与种族越界、美国大迁移与黑人都市生活、身份危机与双重意识等。在非裔美国人文学作品的出版史上，黑人作家写作品难，发表作品更难。为了让自己的作品通过白人编辑的评审或获得更多白人读者的青睐，黑人作家只得小心翼翼地对待种族主义主题或把这类话题隐含在其作品中。也就是说，黑人作家经常采用含混的方式来间接性地描写种族主义之恶，只有黑人读者和同情黑人的白人读者才能感受到，而对黑人没有同情心的白人读者一般注意不到。在查尔斯·W. 切斯纳特的作品里，读者能时常看到这种含混处理种族问题的方式，因为对种族主义之恶的描写如果太直接或太明显的话，他的作品就很难找到愿意接收的出版社。直到 20 世纪中期，特别是民权运动之后，美国的种族形势好转，非裔作家的作品出版状况才有了较大的改变，非裔美国文学才逐渐蓬勃发展起来。随后，获得诺贝尔文学奖、美国普利策小说奖、美国国家图书奖等重要奖项及入选英国布克奖长名单的非裔美国作家越来越多，极大地提高了非裔美国小说在美国文坛和世界文坛的地位，为世界读者认知非裔美国文学和文化开辟了更多的路径。

非裔美国作家在文学创作中除了发展文学艺术之外，还担负起在文坛上维护黑人形象的历史责任和种族义务，即树立黑人的正面形象，矫正白人对非裔美国人的刻板成见，修正美国历史上关于非裔美国人的不当描写，宣传非裔美国人的文化、经历、成就和社会贡献，以及揭露种族主义在美国政治、经济、文化、大众媒介等领域的歧视和偏见。非裔美国小说主题有一个共同的表征，即非裔美国人在逆境中坚韧不懈地追求自我实现的民族精神。现当代非裔美国小说倡导的核心种族价值观是克服一切苦难，实现自我，追求与白人平等的人权和公民权，为建立一个文化多元的美国社会而不懈努力。

非裔美国小说传统的形成和发展过程是非裔美国人向美国白人社会发出呼吁，寻求身份接纳、地位认可和人格尊重的历史；研究非裔美国小说的过程也是发现非裔美国文学之精华和灵魂的过程。非裔美国小说经历了从痛述到抗议、从激进到内省、从对非裔美国文化传统与黑人性的倡导到对人类共性问题的关注的发展历程，并逐步从边缘向主流位移。写实性的奴隶叙事是非裔美国小说的萌芽，为虚构性的废奴小说和新奴隶叙事的出现打下了基础，同时为现代人了解美国奴隶制的形成、发展和消亡提供了重要的第一手材料。非裔美国作家在其作品中所描写的黑人社区生活、种族隔离和种族压迫等内容展示了美国社会的黑人生活实景和黑白种族关系的状况，揭露了种族主义者反法制、反文明和反伦理的行径，同时还描写了黑人之间的团结和友爱。从种族关系主题中分离出来的种族越界主题描写了美国黑白混血儿的悲剧人生，表明种族越界的动机来源于非裔美国人的双重意识心理与文化归属问题的冲突。黑白混血儿的种族越界很难真正改变他们的人生，因为他们越界后的身份既不能被白人社会真正接纳，也不会被黑人社区认同。人性之恶书写也是非裔美国小说的特色书写方式之一。以人性之恶为主题的非裔作家描写了在美国社会发展各个阶段出现的根本恶、平庸之恶和个性之恶，发展了传统文学中的善恶价值观，把人性问题视为社会发展和文明进步的根本问题，其关于人性之恶的艺术性描写极大地提升了非裔美国小说的文学价值和伦理价值。以身份危机为主题的非裔美国小说贯穿于整个非裔美国文学发展史，致力于在主流社会中维护和构建非裔美国文化本位，始终以表现和探索非裔美国人的文化、历史、命运和精神世界为写作目的，将捍卫黑人种族的道义责任提升到弘扬生命意义和社会正义的层面。

本书既注重对非裔美国小说个案的微观分析，又突出对非裔美国文学叙事传统的整体阐释，同时挖掘非裔美国人种族价值观生成和演绎的复杂文化成因，探索非裔美国作家的文艺观和哲学思想。此外，本书在研究过程中贯彻"三个结合"的基本原则，即把非裔美国小说的主题分析与美国种族状况的阐释相结合，把理论诠释与文本解读相结合，以及把文本里所揭示的社会问题与对现实社会问题的反思相结合。研究表明，种族偏见和种族歧视不但没有摧毁非裔美国人的自信心和种族自豪感，反而增进了他们在逆境中发展自我和实现自我的信念和毅力。

本书遵循辩证唯物主义和历史唯物主义的基本原则，以具有代表性的非裔美国小说为抓手，探究文学、文化与历史的内在关系，揭示了非裔美国文学叙事传统在文化移入中形成和发展的历史轨迹和客观规律。本书运用社会学、历史学、人类学、美学、哲学、伦理学、精神分析学和心理学等学科的理论和方法从宏观上对非裔美国小说进行了综合研究，揭示了非裔美国作家的创作动因、哲理认知和主题意义。同时，本书还以布朗、约翰逊、拉森、赖特、莫里森、沃克、怀特黑德等经典作家的重要作品为个案研究对象，对其重要观点加以论证分析，归纳总结出非裔美国小说的文化记忆脉络、哲学思想及作家的个性特色，拓展了我国学界对非裔美国小说创作观和人文观的认知，为美国文学中相关问题的研究提供了理论与实证的支持，同时也为中外文学作品的主题研究提供了有建设性意义的讨论基础和考察视野。

总而言之，本书探究了非裔美国小说中的种族文化记忆、审美观和价值观，解析了非裔美国人在逆境中自强不息和不懈追求自我实现的民族精神，揭示了非裔美国小说的主题特色和审美理念，以及其对非裔美国文学传统的形成和发展的重大贡献。对非裔美国小说主题特色的深入探究与积极反思有利于认知非裔美国文学叙事传统形成和发展的客观规律，有助于从非裔美国作家的文学成就中汲取文化养分和哲学养分，从而增强对非裔美国小说和美国文化的了解，提高对世界多元文化的认知力、包容力和鉴赏力，更好地领略人类文明的博大精深和丰富多彩，弘扬那些跨越时空、超越国度、具有当代价值的优秀文化精神，促进我国社会主义精神文明的发展。同时，本书还有助于推进新时代外国文学学科的建设和文学批评话语体系的发展，增强我国学界在外国文学相关研究领域的国际话语权，进而促进我国哲学社会科学的深入发展。

本书是笔者主持的国家社会科学基金后期资助项目"非裔美国小说主题研究"的最终研究成果。洛阳理工学院外国语学院教师刘敏杰博士、江苏师范大学外国语学院副教授王苑苑博士、浙江水利水电学院国际教育交流学院教师卢肖乔博士、广东外语外贸大学外国文学文化研究院博士生曹玉洁和沈萍参与了课题组的研究工作，并对书稿做了仔细的校对，提出了许多有价值的建议。在此一并表示衷心的感谢！

参 考 文 献

[德]阿伦特：《极权主义的起源》，林骧华译，北京：生活·读书·新知三联书店，2008年版。

包威：《〈最蓝的眼睛〉：强势文化侵袭下弱势文化的异化》，载《外语学刊》2014年第2期，第139-142页。

[美]伯纳德·W.贝尔：《非洲裔美国黑人小说及其传统》，刘捷等译，成都：四川人民出版社，2000年版。

蔡青、徐曼：《跨越与协商——美国华裔女性自传体书写研究》，载《外语教学》2010年第4期，第81-84页。

陈春雨：《遥远的回家之路——论托尼·莫里森〈家〉中弗兰克的回归》，载《长江大学学报（社会科学版）》2014年第9期，第42-44页。

陈青萍：《精神控制论：从临床心理学视角分析膜拜现象》，北京：人民出版社，2010年版。

陈许、陈倩茜：《女性、家庭与文化——托妮·莫里森〈最蓝的眼睛〉主题解读》，载《当代外国文学》2014年第4期，第127-132页。

程立涛：《"自私"的德性与利他主义伦理》，载《河北师范大学学报（哲学社会科学版）》2017年第4期，第117-122页。

方成：《传统与现状：美国自然主义文学研究反思》，载《英美文学研究论丛（春季版）》，上海：上海外语教育出版社，2001年版。

[美]弗洛伊德：《弗洛伊德本能成功学》，吴生明编译，北京：北方妇女儿童出版社，2005年版。

[美]弗洛伊德：《精神分析导论讲演》，周泉、严泽胜、赵强海译，北京：国际文化出版公司，2000年版。

龚瑶：《〈哈姆雷特〉中自我防御机制的移置作用》，载《大学英语（学术版）》2007年第1期，第188-190页。

郭建飞、许德金：《引导、评论、深化文本主题——〈拥有快乐的秘密〉中的类文本及其叙事功能分析》，载《当代外国文学》2020年第1期，第27-34页。

郭美华：《伦理学应关注社会生活的本质——21世纪中国与世界：伦理学的社会使命与理论创新》，载《哲学动态》2009年第8期，第79-80页。

寒冰：《从〈色戒〉看斯德哥尔摩效应》，载《大众心理学》2008年第7期，第20-21页。

洪晓楠、蔡后奇：《"根本恶"到"平庸的恶"的逻辑演进》，载《哲学研究》2014年第11期，第93-98页。

胡胜、赵毓龙：《伦理学视阈下的中国古代小说》，载《社会科学战线》2013年第3期，第155-159页。

胡颖峰：《规训权力与规训社会——福柯权力理论新探》，载《浙江社会科学》2013年第1期，第114-119页。

黄晖：《镜子阶段与自我认证——阐释艾丽斯·沃克的小说〈拥有快乐的秘密〉》，载《英语研究》2003 年第 1 期，第 42-45+135 页。

黄卫峰：《美国历史上的黑白混血儿问题》，载《世界民族》2006 年第 5 期，第 46-52 页。

金莉：《文学女性与女性文学：19 世纪美国女性小说家及作品》，北京：外语教学与研究出版社，2004 年版。

[美]津巴多：《路西法效应：好人是如何变成恶魔的》，孙佩妏、陈雅馨译，北京：生活·读书·新知三联书店，2010 年版。

李革新：《从现代唯我论到古典政治哲学——近现代哲学中的唯我论及其批判》，载《南京社会科学》2008 年第 12 期，第 32-38 页。

李阳：《自我追寻与救赎——〈上帝救助孩子〉的种族操演性》，载《山西青年》2016 年第 18 期，第 32-34 页。

梁媛：《评内拉·拉森〈冒充白人〉中的越界主题》，载《吉林省教育学院学报》2010 年第 12 期，第 125-126 页。

刘贲：《标志设计文化根性的超越》，载《装饰》2004 年第 12 期，第 66 页。

刘清平：《利他主义"无人性有德性"的悖论解析》，载《浙江大学学报（人文社会科学版）》2019 年第 1 期，第 141-149 页。

刘喜波：《作为成长小说的〈棕色姑娘，棕色砖房〉》，载《电影文学》2008 年第 4 期，第 80-81 页。

刘喜波：《〈棕色姑娘，棕色砖房〉中的黑人女性形象》，载《学术交流》2010 年第 1 期，第 184-186 页。

刘晓燕：《新历史主义视角中的〈简·皮特曼小姐的自传〉》，载《在全球语境下美国非裔文学国际研讨会论文集》，武汉：华中师范大学出版社，2009 年版，第 248-255 页。

刘媛媛：《忙碌的母亲与缺位的母爱》，载《黄石日报》2006 年 11 月 3 日，第 5 版。

卢璟、磨玉峰：《"玻璃天花板"效应研究综述》，载《商业时代》2008 年第 34 期，第 58-59 页。

卢卡奇：《历史和阶级意识：马克思主义辩证法研究》，王伟光、张峰译，北京：华夏出版社，1989 年版。

卢焱：《论余华小说中的人性光芒》，载《语文知识》2011 年第 3 期，第 14-17 页。

[美]罗宾·斯特恩：《煤气灯效应：如何认清并摆脱别人对你生活的隐性控制》，刘彦译，北京：中信出版集团，2020 年版。

吕卫清：《"母亲"的缺位》，载《青年文学家》2015 年第 15 期，第 76-77 页。

马惠琴：《人性面具的背后——谈艾丽丝·默多克小说中的"唯我论"》，载《当代外国文学》2010 年第 3 期，第 72-80 页。

[英]马克思等：《马克思恩格斯选集》（第二卷），中共中央马克思恩格斯列宁斯大林著作编译局编译，北京：人民出版社，1995 年版。

[英]马克思：《1844 年经济学哲学手稿》，中共中央马克思恩格斯列宁斯大林著作编译局编译，北京：人民出版社，2010 年版。

马亚莉：《"美国文学的新声音"：论杰斯敏·沃德的小镇情结》，载《当代作家评论》2013 年第 4 期，第 121-124 页。

马艺红：《西班牙、美国、日本文学作品中的边缘人物分析——以〈帕斯库亚尔·杜阿尔特一家〉〈最蓝的眼睛〉〈个人的体验〉为例》，载《现代交际》2018 年第 15 期，第 95-98 页。

[法]米歇尔·福柯：《规训与惩罚：监狱的诞生》，刘北成、杨远婴译，北京：生活·读书·新知三联书店，2019年版。

聂珍钊：《文学伦理学批评：基本理论与术语》，载《外国文学研究》2010年第1期，第12-22页。

庞好农：《非裔美国文学史（1619—2010）》，北京：中央编译出版社，2013年版。

庞好农：《从马歇尔〈褐色女孩，褐色砂石房〉看移民焦虑的演绎》，载《西安外国语大学学报》2013年第4期，第85-88页。

庞好农：《种族越界与心理流变——评约翰逊〈一个前有色人的自传〉》，载《英美文学研究论丛》2015年第12期，第150-162页。

庞好农：《意识流·蒙太奇·悬念——解析〈最蓝的眼睛〉之叙事特色》，载《英语研究》2017年第2期，第11-20页。

庞好农：《从〈地下铁道〉探析怀特黑德笔下恶的内核与演绎》，载《安徽师范大学学报（人文社会科学版）》2018年第5期，第140-145页。

庞好农：《"正确"的偏执与恶的演绎——评盖恩斯〈布雷迪·西姆斯的悲剧〉》，载《国外文学》2019年第1期，第106-112+159页。

庞好农：《"赖特部落"之人性之恶书写》，北京：科学出版社，2020年版。

庞好农：《美国非裔文学种族越界心理探秘》，载《湖南师范大学社会科学学报》2021年第6期，第125-130页。

庞好农：《底层叙事的历史重构——评盖恩斯〈简·皮特曼小姐自传〉》，载《天津外国语大学学报》2022年第2期，第69-78+112-113页。

庞好农：《种族越界与心理书写：解析拉森的小说〈越界〉》，载《广东外语外贸大学学报》2022年第6期，第93-101+159页。

庞好农、刘敏杰：《非裔美国小说艺术研究》，北京：科学出版社，2022年版。

庞学铨、冯芳：《唯我与共生——新现象学对主体间关系问题的新探索》，载《哲学分析》2011年第6期，第21-41页。

彭杰：《罪行·救赎·男子气概——莫里森新作〈家〉中的叙事判断与伦理归旨》，载《北京社会科学》2013年第5期，第73-78页。

乔学斌、王鹏飞：《后现代主义的伦理学启示》，载《西北农林科技大学学报（社会科学版）》2006年第5期，第127-131页。

芮渝萍：《文化冲突视野中的成长与困惑——评波·马歇尔的〈棕色姑娘，棕色砖房〉》，载《当代外国文学》2003年第2期，第102-108页。

施咸荣：《美国黑人奴隶纪实文学》，载《美国研究》1990年第2期，第123-137页。

石庆环：《20世纪美国黑人中产阶级的构成及其社会地位》，载《求是学刊》2012年第41期，第138-144页。

水彩琴：《分裂与整合：〈拥有快乐的秘密〉中塔希的多重人格》，载《兰州大学学报（社会科学版）》2013年第4期，第144-149页。

[苏]斯克里普尼克：《论个人道德堕落的若干特点》，普军译，载《现代外国哲学社会科学文摘》1986年第6期，第15-17页。

粟莉：《卢卡奇物化理论及其对中国的启示——基于〈历史与阶级意识〉一书的分析》，载《人民论坛》2012年第17期，第198-199页。

汪凡凡：《在文化冲突中构建成长——论波·马歇尔小说〈棕色姑娘，棕色砖房〉》，载《郑州航空工业管理学院学报（社会科学版）》2012年第5期，第63-65页。

王晋平：《心狱中的藩篱——〈最蓝的眼睛〉中的象征意象》，载《外国文学研究》2000年第3期，第104-107页。

王俊霞：《黑人命运的枷锁——解读〈宠儿〉与〈最蓝的眼睛〉中三代黑人的心理历程》，载《外语学刊》2016年第6期，第148-150页。

王黎云：《评托妮·莫里森的〈最蓝的眼睛〉》，载《杭州大学学报（哲学社会科学版）》1988年第4期，第143-147页。

王丽亚：《伊什梅尔·里德的历史叙述及其政治隐喻：评〈逃往加拿大〉》，载《外国文学评论》2010年第3期，第57-75+158页。

王钦峰：《古希腊人性的异化及其现代反响》，载《外国文学评论》1994年第1期，第78-86页。

王胜：《戏谑·调侃·戏仿——论新时期小说中的反常规叙事手法》，载《潍坊学院学报》2008年第5期，第46-48页。

王守仁、吴新云：《国家·社区·房子——莫里森小说〈家〉对美国黑人生存空间的想象》，载《当代外国文学》2013年第1期，第111-119页。

王守仁、吴新云：《走出童年创伤的阴影，获得心灵的自由和安宁——读莫里森新作〈上帝救助孩子〉》，载《当代外国文学》2016年第1期，第107-113页。

王卫强：《〈觉醒〉：女性主义文学的探索性尝试》，载《西安外国语大学学报》2012年第9期，第92-95页。

王业昭：《人种同源还是人种多元？——论美国种族主义思想的"科学化"进程》，载《世界民族》2018年第6期，第21-28页。

王跃红、马俊：《亨利·詹姆斯〈华盛顿广场〉人物形象的含混性》，载《外语教学》2010年第4期，第88-90页。

王振杰、魏小红：《非正常危机境遇下人性善恶的反思》，载《甘肃理论学刊》2012年第3期，第85-88页。

温召玮、翟秀海：《儿童家庭教育中"父亲缺位"问题探析》，载《现代商贸工业》2019年第34期，第132-134页。

吴先伍：《超越善恶对立的两极——科学价值中立论申论》，载《自然辩证法通讯》2005年第1期，第16-18页。

吴迎春：《身体的伤痕：〈宠儿〉中奴隶叙事的话语分析》，载《辽宁行政学院学报》2010年第10期，第128-130页。

项玉宏：《托尼·莫里森新作〈家〉的叙事策略》，载《江淮论坛》2014年第1期，第182-187页。

谢晖：《法（律）人类学的视野与困境》，载《暨南学报（哲学社会科学版）》2013年第2期，第8-21页。

徐贲：《平庸的邪恶》，载《读书》2002年第8期，第89-96页。

许克琪、马晶晶：《空间·身份·归宿——论托妮·莫里森小说〈家〉的空间叙事》，载《当代外国文学》2015年第1期，第99-105页。

杨伯峻（注译）：《孟子译注》，北京：中华书局，2008年版。

杨仁敬：《读者是文本整体的一部分——评〈最蓝的眼睛〉的结构艺术》，载《外国文学研究》1988年第2期，第75-80页。

杨艳：《以文学伦理学为视角解读莫里森新作〈上帝拯救孩子〉中的母女关系》，载《开封教育学院学报》2016年第2期，第54-55页。

仰海峰：《惰性实践、物的指令与物化的社会场域——萨特〈辩证理性批判〉研究》，载《马克思主义与现实》2009 年第 3 期，第 114-119 页。

姚大志：《利他主义与道德义务》，载《社会科学战线》2015 年第 5 期，第 24-30 页。

叶雅观：《召唤—回应模式——〈简·皮特曼小姐自传〉的叙事特色》，载《牡丹江大学学报》2014 年第 3 期，第 68-70 页。

余卫东、戴茂堂：《伦理学何以可能？——一个人性论视角》，载《湖北大学学报（哲学社会科学版）》2004 年第 6 期，第 448-450 页。

喻继如：《大西洋奴隶贸易对资本主义发展的影响》，载《拉丁美洲研究》1990 年第 2 期，第 34-39 页。

袁彬、黄驰：《文化冲突中的抗争与生存：论托妮·莫里森〈最蓝的眼睛〉》，载《英美文学研究论丛》，上海：上海外语教育出版社，2004 年版，第 176-183 页。

张丛丛：《奴隶叙事中的性别视角分析——对比研究〈女奴生平〉和〈一个美国黑奴的自传〉》，载《科技创新导报》2010 年第 25 期，第 228-230 页。

张德文：《论〈一个前有色人的自传〉的滑稽模仿技巧》，载《英美文学研究论丛》2011 年第 2 期，第 228-234 页。

张德文、吕娜：《哈莱姆文艺复兴时期的越界小说及其传统》，载《山东文学》2009 年第 7 期，第 134-136 页。

张晶：《人性密码的深度破译——〈路西法效应〉评析》，载《南京大学法律评论》2013 年第 2 期，第 357-376 页。

张小丽：《美国黑人缺失历史的再现：〈简·皮特曼小姐的自传〉》，载《文学界（理论版）》2010 年第 5 期，第 28-29 页。

张燕：《一部大胆揭露女性割礼的小说——读爱丽斯·沃克的小说〈拥有快乐的秘密〉》，载《英美文学研究论丛》2007 年第 2 期，第 170-176 页。

赵冬梅：《弗洛伊德和荣格对心理创伤的理解》，载《南京师大学报（社会科学版）》2009 年第 6 期，第 93-97 页。

赵冬梅：《心理创伤的理论与研究》，广州：暨南大学出版社，2011 年版。

赵宏维：《回归的出逃——评莫里森的新作〈家〉》，载《外国文学动态》2012 年第 6 期，第 17-18 页。

赵文书：《重复与修正：性别、种族、阶级主题在〈看不见的人〉和〈最蓝的眼睛〉中的变奏》，载《当代外国文学》2015 年第 3 期，第 5-12 页。

郑玉兰、张辉：《论人性的两极张力结构》，载《湖湘论坛》2010 年第 2 期，第 125-128 页。

钟敏、张雪：《试论〈一个前有色人的自传〉的混血儿新范式》，载《作家杂志》2013 年第 6 期，第 72-73 页。

周桂君：《现代性语境下跨文化作家超越创伤的书写》，载《东北师大学报（哲学社会科学版）》2011 年第 4 期，第 111-115 页。

Aitken, Jonathan. *Pride and Perjury*. London: HarperCollins, 2000.

Albanese, Andrew. "ALA Midwinter 2017: Colson Whitehead, Matthew Desmond Win ALA Carnegie Medals." *Publishers Weekly*, 2017-1-23 (3).

Alter, Alexandra. "'The Sellout' Wins National Book Critics Circle's Fiction Award." *The New York Times*, 2016-3-17.

Anderson, Victor. *Creative Exchange: A Constructive Theology of African American Religious Experience*. Minneapolis: Fortress, 2008.

Armstrong, Adrian. *Ethics and Justice for the Environment*. New York: Routledge, 2012.

Astington, J. *The Child's Discovery of the Mind*. Cambridge, MA: Harvard University Press, 1994.

Baker, Houston A., Jr. "Introduction." In Frederick Douglass (Ed.), *Narrative of the Life of Fredrick Douglass, an American Slave, Written by Himself*. New York: Penguin American Library, 1982: 12-13.

Baker, Houston A., Jr. *Blues, Ideology, and Afro-American Literature: A Vernacular Theory*. Chicago: The University of Chicago Press, 1984.

Baldwin, Joseph A. "African (Black) Psychology: Issues and Synthesis." *Journal of Black Studies* 16.3 (March 1986): 235-249.

Banitt, Susan Pease. *Wisdom, Attachment, and Love in Trauma Therapy: Beyond Evidence-based Practice*. New York: Routledge, 2019.

Barry, Peter Brian. *Evil and Moral Psychology*. New York: Routledge, 2013.

Batson, C. Daniel. *A Scientific Search for Altruism: Do We Care Only about Ourselves?* New York: Oxford University Press, 2019.

BCALA Literary Awards Committee. "BCALA Announces the 2009 Literary Awards Winners." http://www.bcala.org[2009-1-25].

Beck, J. Gayle & Denise M. Sloan. *The Oxford Handbook of Traumatic Stress Disorders*. Oxford: Oxford University Press, 2012.

Begley, Sarah. "Here's What President Obama Is Reading This Summer." *Time Magazine*, 2017-8-12 (14).

Bell, Bernard W. *The Afro-American Novel and Its Tradition*. Amherst: University of Massachusetts Press, 1987.

Bem, Sacha & Huib Looren de Jong. *Theoretical Issues in Psychology: An Introduction*. New York: Sage, 2013.

Bersanding, Anna. "How Hurricane Katrina Shaped Acclaimed Jesmyn Ward Book." *BBC News Magazine*, 2011-12-22.

Bewes, Timothy. *Reification, or the Anxiety of Late Capitalism*. New York: Verso, 2002.

Bibler, Michael. "Southern Plantations and Ernest J. Gaines' *The Tragedy of Brady Sims*." *Southern Spaces*, 2017-12-21 (4).

Bloom, Harold, ed. *Modern Critical Review: Ralph Ellison*. New York: Chelsea House, 1986.

Blundell, John. *Ladies for Liberty: Women Who Made a Difference in American History*. New York: Algora, 2011.

Bone, Robert. *The Negro Novel in America*. New Haven and London: Yale University Press, 1965.

Braithwaite, John. *Inequality, Crime and Public Policy*. New York: Routledge, 2013.

Brandon, Mark E. *Free in the World: American Slavery and Constitutional Failure*. Princeton, N.J.: Princeton University Press, 1998.

Brown, Kirk W., et al., eds. *Hazardous Waste Land Treatment*. Boston: Butterworth, 1983.

Brown, Sterling. *Negro Poetry and Drama and the Negro in American Fiction*. New York: Atheneum, 1969.

Brown, William Wells. "Clotel; or, The President's Daughter." In Henry Louis Gates, Jr. (Ed.), *Three Classic African-American Novels*. New York: Vintage, 1990: 45-46.

Brubaker, Timothy H., ed. *Family Relations: Challenges for the Future*. Newbury Park, CA: Sage, 1993.

Buckner, Timothy R. *Fathers, Preachers, Rebels, Men: Black Masculinity in U.S. History and Literature, 1820-1945*. Jackson: University Press of Mississippi, 2010.

Bufferd, Lauren. "Kiley Reid: A Debut with a Social Conscience." *BookPage*, 2020-1-10.

Butler, Robert. *Native Son: The Emergence of a New Black Hero*. Boston: Twayne, 1991.

Byerman, Keith E. *Fingering the Jagged Grain: Tradition and Form in Recent Black Fiction*. Athens, Ga.: University of Georgia Press, 1985.

---. "Walker's Blues." In Harold Bloom (Ed.), *Modern Critical Review: Alice Walker*. New York: Chelesa House, 1989: 93-98.

Callahan, John F. *In the Afro-American Grain: The Pursuit of Voice in Twentieth-Century Black Fiction*. Urbana: University of Illinois Press, 1988.

Canfield, David. "Kiley Reid Has Written the Most Provocative Page-Turner of the Year." *Entertainment Weekly*, 2019-12-17.

Carstensen, Angela. "The Alex Awards, 2012." *School Library Journal*, 2012-1-24.

Charles, John C. *Abandoning the Black Hero: Sympathy and Privacy in the Postwar African American White-Life Novel*. New Brunswick, N.J.: Rutgers University Press, 2013.

Charles, Ron. "In Colson Whitehead's 'The Nickel Boys,' an Idealistic Black Teen Learns a Harsh Reality." *The Washington Post*, 2019-8-8 (5).

Chen, Angela. "Toni Morrison on Her Novels: 'I Think Goodness Is More Interesting'." *The Guardian*, http://www.theguardian.com/books/2016/feb/04/toni-morrison-god-help-the-child-new-york[2016-4-10].

Chesnutt, Charles W. *The Marrow of Tradition*. New York: Vintage, 1990.

Christian, Barbara. "Paule Marshall." *DLB* 33 (1984): 103-117.

Cohen, Yehudi A. *Legal Systems & Incest Taboos: The Transition from Childhood to Adolescence*. New Brunswick: Aldine Transaction, 2010.

Colbert, Soyica Diggs. *The Psychic Hold of Slavery: Legacies in American Expressive Culture*. New Brunswick, New Jersey: Rutgers University Press, 2016.

Cornell, Andrew. *Unruly Equality: U.S. Anarchism in the Twentieth Century*. Oakland, California: University of California Press, 2016.

Countryman, Edward. *How Did American Slavery Begin?* New York: St. Martin's, 1999.

Cox, John D. *Traveling South: Travel Narratives and the Construction of American Identity*. Athens: University of Georgia Press, 2005.

Crystal, J. Lucy. "A Journal of Ideas." *Proteus* 21.2 (2004): 21-26.

Crum, Maddie. "The Bottom Line: 'The Sellout' by Paul Beatty." *The Huffington Post*. 2015-3-4.

Dabney, Virginius. *The Jefferson Scandals: A Rebuttal*. New York: Dodd, 1981.

Dainton, Barry. *Stream of Consciousness: Unity and Continuity in Conscious Experience*. New York: Routledge, 2000.

Dance, Daryl. "An Interview with Paule Marshall." *Southern Review*, 1992-1-28 (12).

Darby, Derrick. *Rights, Race, and Recognition*. New York: Cambridge University Press, 2009.
Davis, Thadious M. *Nella Larsen, Novelist of the Harlem Renaissance*. Baton Rouge: Louisiana State University Press, 1994.
Dearey, Melissa. *Making Sense of Evil: An Interdisciplinary Approach*. New York: Pal Scholarly, 2014.
Deb, Sibnath, ed. *Child Safety, Welfare and Well-Being: Issues and Challenges*. New Delhi: Springer, 2016.
Deborah M. Garfield & Rafia Zafar, eds. *Harriet Jacobs and Incidents in the Life of a Slave Girl*. New York: Cambridge University Press, 1996.
The Declaration of Independence and The Constitution of the United States: With an Introduction by Pauline Maier. New York: Bantam Classic, 1998.
Delgado, José Manuel Rodriguez. *Physical Control of the Mind: Toward a Psychocivilized Society*. New York: Harper and Row, 1969.
Demo, Anne Teresa & Bradford Vivian. *Rhetoric, Remembrance and Visual Form: Sighting Memory*. New York: Routledge, 2012.
Deredita, John Frederick. *Disintegration and Dream Patterns in the Fiction of Juan Carlos Onetti*. Ann Arbor, Mich.: UMI, 1973.
Dewees, Jacob. *The Great Future of America and Africa*. Whitefish, MT: Kessinger, 2010.
Dewey, John. *Human Nature and Conduct*. Mineola, N.Y.: Dover, 2002.
Dick, Bruce & Amritjit Singh, eds. *Conversations with Ishmael Reed*. Jackson: University Press of Mississippi, 1995.
Donovan, Josephine. *Feminist Theory: The Intellectual Traditions of American Feminism*. New York: Continuum, 1992.
Douglas, Christopher. *A Genealogy of Literary Multiculturalism*. Ithaca: Cornell University Press, 2009.
Douglass, Frederick. *Narrative of the Life of Frederick Douglass, an American Slave, Written by Himself*. Edited with an Introduction by Houston A. Baker, Jr. New York: Penguin American Library, 1982.
Douglas G. Glassgow. *The Black Underclass: Poverty, Unemployment, and Entrapment of Ghetto Youth*. New York: Jossey-Bass, 1980.
Downes, Stephen & Edouard Machery, eds. *Arguing about Human Nature: Contemporary Debates*. New York: Routledge, 2016.
Drash, Wayne. "Ernest Gaines and His Literary Career." *CNN*, 2017-9-9 (2).
Du Bois, W.E.B. *The Souls of Black Folk*. New York: Bantam, 1989.
Dulaney, W. Marvin. *Black Police in America*. Indiana: Bloomington, 1996.
Eddo-Lodge, Reni. "*The Sellout* by Paul Beatty Review — A Whirlwind Satire about Racial Identity." *The Guardian*, 2016-3-11.
Ellison, Ralph. *Invisible Man*. Beijing: Foreign Language Teaching and Research Press, 2000.
Elster, Jon. *Sour Grapes: Studies in the Subversion of Rationality*. Cambridge: Cambridge University Press, 1983.

Emig, Rainer & Oliver Lindner, eds. *Commodifying (Post) Colonialism: Othering, Reification, Commodification and the New Literatures and Cultures in English.* New York: Editions Rodopi, 2010.

Epstein, Orit Badouk, et al., eds. *Ritual Abuse and Mind Control: The Manipulation of Attachment Needs.* London: Karnac, 2011.

Equiano, Olaudah. *The Interesting Narrative of the Life of Olaudah Equiano, Written by Himself.* Ed. Robert J. Allison. Boston: Bedford, 1995.

Ernest, John. "Economies of Identity: Harriet E. Wilson's *Our Nig*." *Modern Language Association* 109. 3 (1994): 424-438.

Esteve, Mary. *Nella Larsen's "Moving Mosaic": Harlem, Crowds, and Anonymity.* Oxford: Oxford University Press, 1997.

Eubank, Johanna. "Kiley Reid, Author of 'Such a Fun Age,' Grew Up in Tucson and Is Returning for the Book Festival." *Arizona Daily Star*, 2020-2-11.

Fabre, Michel. *From Harlem to Paris: Black American Writers in France, 1840-1980.* Urbana: University of Illinois Press, 1991.

---. *Richard Wright: Books & Writers.* Jackson: University Press of Mississippi, 2008.

---. *The Unfinished Quest of Richard Wright.* Trans. Isabel Barzun. Chicago: University of Illinois Press, 1993.

Farrow, T. *Empathy in Mental Illness.* New York: Cambridge University Press, 2007.

Felgar, Robert. *Student Companion to Richard Wright.* Westport, Conn: GP, 2000.

Ferguson, Vernice D. *Case Studies in Cultural Diversity: A Workbook.* Boston: Jones and Bartlett, 1999.

"Fiction Review: *Sing, Unburied, Sing* by Jesmyn Ward." *Publishers Weekly*, 2008-9-22.

"Fiction Review: *Where the Line Bleeds* by Jesmyn Ward." *Publishers Weekly*, 2008-9-22.

Fiske, David. *Solomon Northup: The Complete Story of the Author of Twelve Years a Slave.* Santa Barbara, California: Praeger, 2013.

Fleissner, Jennifer L. *Women, Compulsion, Modernity: The Moment of American Naturalism.* Chicago: University of Chicago Press, 2004.

Fleming, R. "Introduction." In Willard Motley (Ed.), *Knock on Any Door*. New York: Northern Illinois University Press, 1947: i-xv.

Flood, Allison. "Toni Morrison to Publish New Novel on Childhood Trauma." http://www.theguardian.com/books/2014/dec/04/toni-morrison-new-novel-god-help-the-child-april-2015[2016-4-15].

Floyd, Kevin. *The Reification of Desire: Toward a Queer Marxism.* Minneapolis: University of Minnesota Press, 2009.

Foner, Eric. *Gateway to Freedom: The Hidden History of America's Fugitive Slaves.* Oxford: Oxford University Press, 2015.

Forna, Aminatta. "*The Nickel Boys* by Colson Whitehead Review — Essential Follow-up to *The Underground Railroad*." *The Guardian*, 2019-8-8 (4).

French, Laurence Armand & Lidija Nikolic-Novakovic. *War Trauma and Its Aftermath: A Perspective on the Balkan and Gulf Wars.* Lanham: University Press of America, 2012.

Gaines, Ernest J. *The Autobiography of Miss Jane Pittman.* New York: Bantam, 1972.

---. *The Tragedy of Brady Sims*. New York: Vintage, 2017.
Gallagher, Kathleen. "Bigger's Great Leap to the Figurative." *CLA Journal (College Language Association Journal)* 27.2 (1984): 293-314.
Gates, Henry Louis, Jr. *Life upon These Shores: Looking at African American History, 1513-2008*. New York: Alfred A. Knopf, 2011.
--- & Valerie A. Smith. *The Norton Anthology of African American Literature*. New York: W.W. Norton, 2004.
---. "Preface." In Harriet Wilson (Ed.), *Our Nig*. New York: Vintage, 2002.
---. *The Signifying Monkey: A Theory of African-American Literary Criticism*. New York: Oxford University Press, 1988.
Gayle, Addison. *The Way of the New World: The Black Novel in America*. Garden City, N.Y.: Anchor, 1975.
Gelfant, B. *The American City Novel*. Norman: University of Oklahoma Press, 1954.
Gelfand, Michele J. *Advances in Culture and Psychology*. Oxford: Oxford University Press, 2011.
Gibbs, Raymond W. & Herbert L. Colston. *Irony in Language and Thought: A Cognitive Science Reader*. New York: Lawrence Erlbaum Associates, 2007.
Giles, J. "Willard Motley's Concept of 'Style' and 'Material'." *Studies in Black Literature* 4.1 (Spring 1973): 5-10.
Gillespie, Carmen R. *Toni Morrison: Forty Years in the Clearing*. Plymouth, U.K.: Bucknell University Press, 2012.
Gilman, Charlotte Perkins. *Women and Economics: A Study in the Economic Relation between Men and Women as a Factor in Social Evolution (1898)*. New York: Harper, 1966.
Gilroy, Paul. *Against Race: Imagining Political Culture beyond the Color Line*. Cambridge, Mass.: Harvard University Press, 2001.
Glass, Kathy L. *Courting Communities: Black Female Nationalism and "Syncre-Nationalism" in the Nineteenth-Century North*. New York: Routledge, 2006.
Gounard, Jean-Francois. *The Racial Problem in the Works of Richard Wright and James Baldwin*. Trans. Joseph J. Rodgers, Jr. Westport, Conn.: Greenwood, 1992.
Grady, Hugh. *Shakespeare's Universal Wolf: Studies in Early Modern Reification*. Oxford: Oxford University Press, 2011.
Grier, William H. & Price M. Cobbs. *Black Rage*. New York: Basic, 1968.
Grimi, Elisa. *Virtue Ethics: Retrospect and Prospect*. New York: Springer, 2019.
Hailwood, Simon. *Alienation and Nature in Environmental Philosophy*. New York: Cambridge University Press, 2015.
Hakutani, Yoshinobu. "Richard Wright's 'The Man Who Lived Underground' Nihilism, and Zen." *Mississippi Quarterly* 54.6 (Spring 1994): 34-42.
Harris, Glen Anthony. "Ishmael Reed and the Postmodern Slave Narrative." *Comparative American Studies* 5. 4 (December 2007): 459-465.
Haynes, Elizabeth T. "The Named and the Nameless: Morrison's 124 and Naylor's 'the Other Place' as Semiotic Chorae." *African American Review* 38. 4(2004): 669-681.

Henry, Alvin. "Jesmyn Ward's Post-Katrina Black Feminism: Memory and Myth through Salvaging," *English Language Notes* 57.2(2019): 71-85.
Higgins, Chester. "People Are Talking about." *Jet*, 2015-6-12.
Higman, B. W. *A Concise History of the Caribbean*. New York: Cambridge University Press, 2011.
Hill, Patricia Liggins. *Call and Response: The Riverside Anthology of the African American Literary Tradition*. Boston: Houghton Mufflin, 1998.
Himes, Chester. *If He Hollers Let Him Go*. Cambridge, MA: Da Capo, 1945.
Hitzel, Elena. *Effects of Peripheral Vision on Eye Movements: A Virtual Reality Study on Gaze Allocation in Naturalistic Tasks*. Wiesbaden: Springer, 2015.
Hodges, LeRoy. *Portrait of an Expatriate*. Westport, Conn.: Greenwood, 1985.
Hoffman, Wendy & Alison Miller. *From the Trenches: A Victim and Therapist Talk about Mind Control and Ritual Abuse*. London: Routledge, 2019.
Holland, Jesse. *Black Men Built the Capitol: Discovering African-American History in and around Washington, D.C.* New York: Globe Pequot Press, 2007.
Honeycutt, James M. *Promoting Mental Health through Imagery and Imagined Interactions*. New York: Peter Lang, 2019.
Horney, Karen. *The Neurotic Personality of Our Time*. New York: Norton, 1937.
Hornsby-Gutting, Angela. *Black Manhood and Community Building in North Carolina, 1900-1930*. Gainesville: University Press of Florida, 2009.
Howe, Irving. *A World More Attractive*. New York: Horizon, 1963.
Hudley, Cynthia. *Adolescent Identity and Schooling: Diverse Perspectives*. New York: Routledge, 2016.
Hurst, Mary Jane. *Language, Gender, and Community in Late Twentieth-Century Fiction: American Voices and American Identities*. New York: Palgrave Macmillan, 2011.
Hutchinson, George. *In Search of Nella Larsen*. Cambridge, Mass.: Belknap, 2006.
Irwin-Zarecka, Iwona. *Frames of Remembrance: The Dynamics of Collective Memory*. New Brunswick, NJ: Transaction Pub, 2008.
Israel, Yahdon. "'The Outrage Was So Large and So Secret': Colson Whitehead Talks Hope, Despair, and Fighting the Power in *The Nickel Boys*." *Vanity Fair*, 2019-07-16.
Izzo, David Garrett & Maria Orban. *Charles Chesnutt Reappraised*. Jefferson, N.C.: McFarland, 2009.
Jacobs, Harriet Brent. *Linda Brent: Incidents in the Life of a Slave Girl*. Dan Diego: HBJ, 1973.
Jackson, Mitchell S. "'Carry It within Me.' Novelist Colson Whitehead Reminds Us How America's Racist History Lives on." *Time*, 2019-6-27 (3).
Jefferson, Alison Rose. *Living the California Dream: African American Leisure Sites during the Jim Crow Era*. Lincoln: University of Nebraska Press, 2020.
Jeffries, Vincent. *The Palgrave Handbook of Altruism, Morality, and Social Solidarity: Formulating a Field of Study*. New York: Palgrave Macmillan, 2014.
Jenn, Baillie Justine. *Toni Morrison and Literary Tradition*. New York: A&C Black, 2013.
Johnson, James Weldon. *The Autobiography of an Ex-Colored Man*. New York: Norton,

2015.

Johnson, Samuel R. *Middle Passage*. New York: Penguin, 1990.

Johnson, Willie Earl. *Racial Residential Segregation and Social Policy: Ghettoization and Public Expenditures*. Ann Arbor, Mich.: UMI, 1976.

Jones, Anne Goodwyn & Susan V. Donaldson, eds. *Haunted Bodies: Gender and Southern Texts*. Charlottesville: University of Virginia Press, 1997.

Jones-Smith, Elsie. *Theories of Counseling and Psychotherapy: An Integrative Approach*. Thousand Oaks, Calif.: Sage, 2012.

Kaestle, Carl F. & Alyssa E. eds. *To Educate a Nation: Federal and National Strategies of School Reform*. Lawrence, Kan.: University Press of Kansas, 2007.

Kant, Immanuel. *Religion within the Boundaries of Mere Reason and Other Writings*. Trans. Allen Wood & George Di Giovanni. Cambridge: Cambridge University Press, 1998.

Kaufman, William. "Introduction." In Sojourner Truth (Ed.), *Narrative of Sojourner Truth: A Northern Slave*. New York: Dover, 1997.

Keifer, Joseph Warren. *Slavery and Four Years of War: A Political History of Slavery in the United States, Together with a Narrative of the Campaigns and Battles of the Civil War in Which the Author Took Part, 1861-1865. Volume II, 1863-1865*. Whitefish, MT: Kessinger, 2010.

Keizer, Arlene R. *Black Subjects: Identity Formation in the Contemporary Narrative of Slavery*. Ithaca, N.Y.: Cornell University Press, 2004.

Kellogg, Ronald T. *Fundamentals of Cognitive Psychology*. Thousand Oaks: Sage, 2016.

Kellogg, Carolyn. "Jesmyn Ward Wins National Book Award for Fiction." *The Los Angeles Times*, 2011-11-17.

Kelsall, Malcolm, ed. *Literature and Criticism: A New Century Guide*. London: Routledge, 1990.

Klein, Marcus. "Ralph Ellison." In his *After Alienation: American Novels in Mid-Century, 1964*. Philadelphia: World Publishing Company, 1964: 77-82.

Klein, Herbert S. *The Middle Passage: Comparative Studies in the Atlantic Slave Trade*. Princeton, N.J.: Princeton University Press, 1978.

Kough, Ann Loree. *The Effect of Sex-Roles on Bystander Intervention*. Ann Arbor, Mich.: UMI, 1977.

Lackey, Michael. *African American Atheists and Political Liberation*. Gainesville: University Press of Florida, 2007.

Larsen, Nella. *Passing*. New York: Dover, 2004.

---. *Quicksand*. New York: Alfred A. Knopf, 2006.

Lasser, Carol & Stacey Robertson. *Antebellum Women: Private, Public, Partisan*. Lanham, Md.: Rowman & Littlefield, 2010.

Lawson, Clive. *Technology and Isolation*. New York: Cambridge University Press, 2017.

Lea, John. *Political Correctness and Higher Education: British and American Perspectives*. London: Routledge, 2010.

Lee, Maurice S. *The Cambridge Companion to Frederick Douglass*. New York: Cambridge University Press, 2009.

Lee, Robert A., ed. *Black Fiction: New Studies in the Afro-American Novel Since 1945*. New York: Barnes and Noble, 1980.

Lehman, Christopher P. *Slavery in the Upper Mississippi Valley, 1787-1865: A History of Human Bondage in Illinois, Iowa, Minnesota and Wisconsin*. Jefferson, N.C.: McFarland, 2011.

Levecq, Christine. *Slavery and Sentiment: The Politics of Feeling in Black Atlantic Antislavery Writing, 1770-1850*. Durham: University of New Hampshire Press, 2008.

Levine, Robert S. *Dislocating Race & Nation: Episodes in Nineteenth-Century American Literary Nationalism*. Chapel Hill: University of North Carolina Press, 2008.

Lewicki, Zbigniew. *The Bang and the Whimper: Apocalypse and Entropy in American Literature*. Westport, Conn.: Greenwood, 1984.

Littlewood, Roland. *Reason and Necessity in the Specification of the Multiple Self*. London: Royal Anthropological Institute, 1996.

Lockhart, John M. "The Art of *The Tragedy of Brady Sims*." *The Riverside Reader*. 2018-2-4 (3).

Lukas, Curtis. *Third Ward, Newark*. New York: Lion Books, Inc., 1946.

Malloy, Allie. "Obama Summer Reading List: 'The Girl on the Train'." *CNN*, https://edition.cnn.com/2016/08/12/politics/obama-summer-reading-list/[2016-8-12].

Martin, Reginald. *Ishmael Reed and the New Black Aesthetic Critics*. New York: St. Martin's, 1988.

Marshall, Paule. *Brown Girl, Brownstones*. New York: Dover, 2009.

Mason, Theodore O. Jr. "Walter Mosley's Essay Rawlings: The Detective and Afro-American Fiction." *The Kenyon Review* 14 (1991):174-182.

Master, Tim. "Man Booker Prize: Paul Beatty Becomes First US Winner for *The Sellout*." *BBC News*, 2016-10-26.

Maurer, Christian. *Self-love, Egoism and the Selfish Hypothesis: Eighteenth-Century British Moral Philosophy*. Edinburgh: Edinburgh University Press, 2019.

McCall, Martin W. *Classical Mechanics: From Newton to Einstein: A Modern Introduction*. Hoboken, NJ: Wiley, 2016.

McGary, Howard & Bill E. Lawson. *Between Slavery and Freedom: Philosophy and American Slavery*. Bloomington: Indiana University Press, 1992.

McSweeney, Kerry. *Invisible Man: Race and Identity*. Boston: Twayne, 1988.

McVittie, Andy. *The Art of Alien Isolation*. London: Titan, 2014.

Miller, Alice M. & Mindy Jane Roseman. *Beyond Virtue and Vice: Rethinking Human Rights and Criminal Law*. Philadelphia: University of Pennsylvania Press, 2019.

Miller, Lucien. *Masks of Fiction in Dream of the Red Chamber: Myth Mimesis, and Persona*. Tuscon: University of Arizona Press, 1975.

Moore, Geneva Cobb & Andrew Billingsley. *Maternal Metaphors of Power in African American Women's Literature: From Phillis Wheatley to Toni Morrison*. Columbia: University of South Carolina Press, 2017.

Morrison, Toni. *The Bluest Eye*. New York: Alfred A. Knopf, 1993.

---. *God Help the Child*. New York: Vintage, 2015.

---. *Home*. New York: Alfred A. Knopf, 2012.
Mosley, Walter. *Trouble Is What I Do*. New York: Little, Brown and Company, 2020.
Motley, Willard. *Knock on Any Door*. New York: Northern Illinois University Press, 1947.
---. *We Fished All Night*. New York: Appleton-Century-Crofts, 1951.
Myers, Peter C. *Frederick Douglass: Race and the Rebirth of American Liberalism*. Lawrence: University Press of Kansas, 2008.
Nagel, James. "Images of 'Vision' in *Native Son*." In Keneth Kinnamon (Ed.), *Critical Essays on Richard Wright's Native Son*. New York: Twayne, 1997: 86-93.
Naylor, Gloria. *The Men of Brewster Place*. New York: Penguin, 1998.
Neal, Mark A. *Soul Babies: Black Popular Culture and the Post-Soul Aesthetic*. New York: Routledge, 2002.
Northup, Solomon. *12 Years a Slave: A True Story*. London: William Collins, 2014.
Nuccetelli, Susana & Gary Seay. *Ethical Naturalism: Current Debates*. New York: Cambridge University Press, 2012.
Osorio, Flavia de Lima, ed. *Social Anxiety Disorder: From Research to Practice*. New York: Nova Biomedical, 2013.
Parrish, John M. *Paradoxes of Political Ethics: From Dirty Hands to the Invisible Hands*. New York: Cambridge University Press, 2017.
Perry, John C. *Myths & Realities of American Slavery: The True History of Slavery in America*. Shippensburg, Pa.: Burd Street, 2002.
Phillips, Ulrich Bonnell. *Life and Labor in the Old South*. Columbia, SC: University of South Carolina Press, 1918.
Purcell, Andrew. "Western Advocate." *The Washington Post*, 2017-5-20 (5).
Rabin, Jessica G. *Surviving the Crossing: (Im)migration, Ethnicity, and Gender in Willa Cather, Gertrude Stein, and Nella Larsen*. New York: Routledge, 2016.
Rand, Ayn. *The Unconquered: With Another, Earlier Adaptation of We the Living*. New York: Palgrave Macmillan, 2014.
Raworth, Tom. *Survival*. Cambridge, UK: Equipage, 1994.
Reed, Ishmael. *Flight to Canada*. New York: Macmillan, 1976.
Reich, Jennifer. *The State of Families: Law, Policy, and the Meanings of Relationships*. New York: Routledge, 2021.
Reid, Kiley. *Such a Fun Age*. London: Bloomsbury Publishing, 2020.
Rex, John. *Sociology and the Demystification of the Modern World*. London: Routledge, 2015.
Rosa, Hartmut. *Social Acceleration: A New Theory of Modernity*. Trans. Jonathan Trejo-Mathys. New York: Columbia University Press, 2013.
Rosen, Gerald M. & B. Christopher Frueh. *Clinician's Guide to Posttraumatic Stress Disorder*. Hoboken, N.J.: John Wiley & Sons, 2010.
Rosenbloom, Stephanie. "Alice Walker-Rebecca Walker-Feminist-Feminist Movement-Children." *The New York Times*, 2007-3-18.
Rottenberg, Catherine. "Race and Ethnicity in *The Autobiography of an Ex-Colored Man* and *The Rise of David Levinsky*." *Melus* 29 (Fall/Winter 2004): 315-316.

Rousseau, Jean-Jacques. *Du Contrat Social*. Paris: Ernest Flammarion, 1995.

Royster, Beatrice Horn. *The Ironic Vision of Four Black Women Novelists: A Study of the Novels of Jessie Fauset, Nella Larsen, Zora Neale Hurston, and Ann Petry*. Ann Arbor, Mich.: UMI, 2016.

Royster, Philip M. "In Search of Our Fathers' Arms: Alice Walker's Persona of the Alienated Darling." *Black American Literature Forum* 20.4 (Winter 1986): 347-356.

Salas, Eduardo & Aaron S. Dietz. *Situational Awareness*. Farnham: Ashgate, 2011.

Sanborn, Fred W. & Richard Jackson Harris. *A Cognitive Psychology of Mass Communication*. New York: Routledge, 2019.

Sapouna, Lydia & Peter Herrmann, eds. *Knowledge in Mental Health: Reclaiming the Social*. New York: Nova Science Publishers, 2006.

Savelson, Donald W. Asbestos: *Regulation, Removal, and Prohibition*. New York: Practising Law Institute, 2007.

Schatt, Stanley. "You Must Go Home Again: Today's Afro-American Expatriate Writers." *Negro American Literature Forum* 7 (Fall 1993): 80-82.

Schaub, Michael. "'The Sellout' Is a Scorchingly Funny Satire on 'Post-Racial' America." *NPR*, 2015-3-2.

Schore, A. N. *Affect Regulation and the Origin of the Self: The Neurobiology of Emotional Development*. New Jersey: Lawrence Erlbaum Associates, 2003.

Schraufnagel, Noel. *From Apology to Protest: The Black American Novel*. DeLand: Everett-Edwards, 1973.

Seelye, Katharine Q. "Ernest J. Gaines and His Latest Fiction." *New York Times*, 2017-12-12 (8).

Seth, Colter Walls. "*The Sellout* by Paul Beatty Review: A Galvanizing Satire of Post-Racial America." *The Guardian*, 2015-3-4.

Shaw, C. *The Jack-Roller: A Delinquent Boy's Own Story*. Chicago: University of Chicago Press, 1930.

Singh, Amritjit. "Richard Wright's *The Outsider*: Existentialist Exemplar or Critique?" In Robert J. Butler (Ed.), *The Critical Response to Richard Wright*. Westport, Conn: Greenwood, 1995: 124-143.

Smith, Justin. *Nature, Human Nature & Human Difference — Early Modern Philosophy*. Princeton, NJ: Princeton University Press, 2012.

Smith, R. Scott. *Naturalism and Our Knowledge of Reality: Testing Religious Truth-Claims*. Burlington, VT: Ashgate, 2012.

Smith, Tracy K. "In 'Sing, Unburied, Sing,' a Haunted Road Trip to Prison." *The New York Times*, 2017-9-22.

Stajković, Alexander. D. & Kayla Sergent, *Cognitive Automation and Organizational Psychology: Priming Goals as a New Source of Competitive Advantage*. London: Taylor & Francis Group, 2019.

Stampp, Kenneth M. *America in 1857: A Nation on the Brink*. New York: Oxford University Press, 1990.

Steven, Taylor, ed. *Advances in the Treatment of Posttraumatic Stress Disorder: Cognitive-

Behavioral Perspective. New York: Springer, 2004.

Stovall, Tyler. *Paris Noir: African Americans in the City of Light*. New York: Mariner, 1998.

Stern, Julia. "Excavating Genre in *Our Nig*." *American Literature* 67.3(1995): 43-52.

Steven, Taylor, ed., *Advances in the Treatment of Posttraumatic Stress Disorder: Cognitive-Behavioral Perspective*. New York: Springer, 2004.

Strentz, Thomas. *Psychological Aspects of Crisis Negotiation*. Boca Raton, FL: Taylor & Francis, 2006.

Stringer, Dorothy. *Not Even Past*. New York: Fordham University Press, 2010.

Stephens, Gregory. *The Anti-slavery Movement, a Lecture by Frederick Douglass before the Rochester Ladies' Anti-slavery Society in 1855*. New York: Cambridge University Press, 1999.

Sweeney, Fionnghuala. *Frederick Douglass and the Atlantic World*. Liverpool: Liverpool University Press, 2007.

Tate, Ernest Cater. *The Social Implications of the Writings and the Career of James Weldon Johnson*. Ann Arbor, Mich.: UMI, 1959.

Taylor, Danille K. "Literary Voice of the Dirty South: An Interview with Jesmyn Ward." *CLA Journal* 60.2(2016): 266-268.

Taylor, Eric Robert. *If We Must Die: Shipboard Insurrections in the Era of the Atlantic Slave Trade*. Baton Rouge: Louisiana State University Press, 2006.

Thomas, H. Nigel. *From Folklore to Fiction: A Study of Folk Heroes and Rituals in the Black American Novel*. New York: Greenwood, 1988.

Tomich, Dale W. *Through the Prism of Slavery: Labor, Capital, and World Economy*. Lanham: Rowman & Littlefield, 2004.

Tracy, Steven C., ed. *Writers of the Black Chicago Renaissance*. Urbana: University of Illinois Press, 2011.

Travis, Molly. "We Are Here: Jesmyn Ward's Survival Narratives Response to Anna Hartnell, 'When Cars Become Churches'." *Journal of American Studies* 50.1(2016): 219-224.

Trigg, Roger. *Ideas of Human Nature: An Historical Introduction*. Malden, Mass.: Blackwell, 1999.

Truth, Sojourner. *Narrative of Sojourner Truth: A Northern Slave*. New York: Dover, 1997.

Tucker, Lois. *Dismantling the Hierarchies: Redefining Family in Charles W. Chesnutt*. Saarbrücken: VDM Verlag, 2009.

Tugendhat, Ernst. *Egocentricity and Mysticism: An Anthropological Study*. Trans. Alexei Procyshyn & Mario Wenning. New York: Columbia University Press, 2016.

Tyner, Marilyn. *Love Is Not Enough*. Washington, DC: BET Publications, 2003.

Tyson, Lois. *Critical Theory Today: A User-Friendly Guide*. New York: Garland, 1999.

Wagner, Erica. "*The Nickel Boys* by Colson Whitehead — Racism in America." *Financial Times*, 2019-7-26 (7).

Walker, Alice. *The Color Purple*. New York: Harcourt Brace Jovanovich, 1982.

---. *Possessing the Secret of Joy*. New York: The New Press, 1992.

Walker, Kara. "Toni Morrison's 'God Help the Child'." http://www.nytimes.com/2015/04/

19/books/review/toni-morrisons-god-help-the-child.html?smid=tw-share[2016-4-15].

Walters, Kerry. *American Slave Revolts and Conspiracies: A Reference Guide*. Santa Barbara, California: ABC-CLIO, 2015.

Ward, Jesmyn. *Sing, Unburied, Sing*. New York: Scribner, 2017.

Ward, Selena & Brian Phillips. *Today's Most Popular Study Guides: Invisible Man*. Tianjin: Tianjin Science and Technology Translation Publishing Company, 2003.

Ward, Tony & Arnaud Plagnol. *Cognitive Science as an Integrative Framework in Counselling Psychology and Psychotherapy*. Cham, Switzerland: Palgrave Macmillan, 2019.

Warf, Barney. "Review of the Production of Space." *Journal of Regional Science* 33.1(1993): 111-112.

Weiss, Stanley Irwin. *Natural Modes of Vibration of Twisted Unsymmetrical Cantilever Beams Including Centrifugal Force Effects*. Ann Arbor, Mich.: UMI, 1950.

Welsh, John F. *Max Stirner's Dialectical Egoism: A New Interpretation*. Lanham, Md.: Lexington Books, 2010.

Werner, Graig. "Ralph Ellison." In Frank N. Magill (Ed.), *Critical Survey of Long Fiction*. Pasadena, California: Salem, 1991: 1057-1065.

West, Elizabeth J. "Reworking the Conversion Narrative: Race and Christianity in *Our Nig*." *Melus* 24.2(1999): 37-43.

White, Barbara. "'Our Nig' and the She-Devil: New Information about Harriet Wilson and the 'Bellmont' Family." *American Literature* 65.1(1993): 192-198.

---. *Visits with Lincoln: Abolitionists Meet the President at the White House*. Lanham, Md.: Lexington, 2011.

White, Evelyn C. *Alice Walker: A Life*. New York: W. W. Norton & Company, 2005.

Whitehead, Colson. *The Underground Railroad*. New York: Doubleday, 2016.

Wilson, David Sloan. *Does Altruism Exist?: Culture, Genes, and the Welfare of Others*. New Haven: Yale University Press, 2015.

Wilson, Harriet E. "*Our Nig*: Sketches from the Life of a Free Black." in Frederick Douglass, William Wells Brown & Harriet E. Wilson (Eds.), *Three Great African-American Novels*. Mineola, New York: Dover, 2008: 215-223.

Wilson, Matthew. *Whiteness in the Novels of Charles W. Chesnutt*. Jackson: University Press of Mississippi, 2004.

Wright, Richard. "The Man Who Lived Underground." In his *Eight Men*. New York: Harperperennial, 2008: 19-84.